BASTEI LÜBBE TASCHENBUCH

Weitere Titel der Autorin:

Tochter des Nordens
Kinder des Feuers

Titel in der Regel auch als E-Book erhältlich

Über die Autorin:

Julia Kröhn wurde 1975 in Linz an der Donau geboren. Heute lebt sie mit ihrer Familie in Frankfurt am Main. Sie veröffentlicht unter verschiedenen Pseudonymen sehr erfolgreich Kinder-, Fantasy-, Frauen- und Historische Romane. Unter dem Pseudonym Carla Federico erhielt sie im Jahr 2010 den internationalen Buchpreis CORINE für ihren Roman *Im Land der Feuerblume*. Besuchen Sie die Autorin unter www.juliakroehn.de im Internet.

Julia Kröhn

MEISTERIN DER RUNEN

Historischer Roman

BASTEI LÜBBE
TASCHENBUCH

BASTEI LÜBBE TASCHENBUCH
Band 16 932

1. Auflage: Dezember 2013

Dieser Titel ist auch als E-Book erschienen.

MIX
Papier aus verantwortungsvollen Quellen
FSC® C006701
FSC
www.fsc.org

Originalausgabe

Dieses Werk wurde vermittelt durch
die Literarische Agentur Thomas Schlück GmbH, 30827 Garbsen.

Lektorat: Melanie Blank-Schröder
Titelillustration: © MissBehavior.de
Umschlaggestaltung:
Pauline Schimmelpenninck, Büro für Gestaltung, Berlin
Satz: Urban SatzKonzept, Düsseldorf
Gesetzt aus der Garamond
Druck und Verarbeitung: CPI – Eber & Spiegel, Ulm
Printed in Germany
ISBN 978-3-404-16932-0

Sie finden uns im Internet unter
www.luebbe.de
Bitte beachten Sie auch:
www.lesejury.de

Runen ritze keiner,
weiß er nicht,
was sie bedeuten!

Aus der Egilssaga

Die Runen

ᚠ	*Fehu F*	ᛇ	*Eihwaz X*
ᚢ	*Uruz U*	ᛈ	*Perthro P*
ᚦ	*Thurisaz D*	ᛉ	*Algiz Z*
ᚨ	*Ansuz A*	ᛊ	*Sowilo S*
ᚱ	*Raidho R*	ᛏ	*Tiwaz T*
ᚲ	*Kenaz K*	ᛒ	*Berkana B*
ᚷ	*Gebo G*	ᛖ	*Ehwaz E*
ᚹ	*Wunjo W*	ᛗ	*Mannaz M*
ᚺ	*Hagalaz H*	ᛚ	*Laguz L*
ᚾ	*Naudhiz N*	ᛜ	*Ingwaz NG*
ᛁ	*Isa I*	ᛞ	*Dagaz D*
ᛃ	*Jera J*	ᛟ	*Othala O*

Vorbemerkung

Seit dem 9. Jahrhundert suchen Wikinger aus Dänemark und Norwegen den Norden des Westfrankenreichs heim. Um der steten Bedrohung Herr zu werden, bietet der fränkische König einem ihrer Anführer, Rollo, 911 ein Stück Land am Unterlauf der Seine an, künftig das Land der »Nordmänner«, Normandie, genannt. Voraussetzung dafür ist, dass jener Rollo dem fränkischen König den Lehnseid schwört und sich taufen lässt.

Trotz des Bekenntnisses zum Christentum bleibt Rollo innerlich zeitlebens der nordischen Religion verpflichtet – ganz anders als sein Sohn und Nachfolger, Graf Wilhelm Langschwert: Der zweite Graf der Normandie ist gläubiger Christ und passt sich der fränkischen Kultur voll und ganz an. Sein Sohn Richard, seit 941 der nunmehr dritte Graf der Normandie, tut es ihm gleich.

Doch seine Nachbarn – ob nun die Mächtigen im fränkischen Königreich oder die der diversen Grafschaften – akzeptieren Richard nur vermeintlich als ebenbürtigen Herrscher. Zu groß ist insgeheim das Misstrauen gegenüber einem, der von den rohen »Nordmännern« abstammt. Zu groß auch ihre Gier, sich sein Herrschaftsgebiet selbst einzuverleiben …

Fécamp
996

Agnes fand es langweilig, auf den Tod zu warten. Sie hatte ihn sich anders vorgestellt, unheimlicher und bedrohlicher, hatte Schauder erwartet, die ihr über den Rücken rannen, weil mit dem Tod doch die Dämonen kamen, um nach der unsterblichen Seele zu gieren und mit Gottes Engeln eine Schlacht auszufechten. Doch da waren keine dunklen Schatten, kein geheimnisvolles Wispern unsichtbarer Gestalten, kein Flügelschlagen überirdischer Wesen, nein, da war nichts, was von der jenseitigen Welt kündete, nur jede Menge Rauch, der in der Kehle kitzelte. Und da waren ausdruckslose Gesichter.

Der ganze Hofstaat hatte sich am Totenbett des Grafen der Normandie versammelt: seine Getreuen, die Großen des Landes, der Klerus und natürlich seine Familie – seine Gattin und die zahlreichen Kinder und Kindeskinder.

Sie alle wirkten ernst. Ob sie auch gelangweilt waren wie sie und enttäuscht vom Tod, konnte Agnes nicht sagen, aber sie war überzeugt, dass alle hofften, dieses quälend lange Ringen möge nicht mehr allzu lange dauern. Ob nun allerdings der Tod zu schwach war oder der Graf zu stark – es ging einfach nicht zu Ende.

Eine Woche zuvor war der Graf während eines Aufenthalts

in Bayeux zusammengebrochen. Er hatte sich dort vom Fortschritt der Bauarbeiten – seit einigen Jahren werkte man daran, aus den Ruinen der römischen Zitadelle einen fürstlichen Palast erstehen zu lassen – überzeugen wollen. Doch ehe er die neuen Wände bestaunen und sich ein künftiges Leben darin ausmalen konnte, war er, so der Bericht seines Halbbruders Raoul von Ivry, von einer Ohnmacht überwältigt worden. Er erwachte daraus bald wieder, wurde seitdem aber von grässlichen Schmerzen geplagt, im Kopf ebenso wie in den Gliedern.

Sein Zustand verschlechterte sich, sodass man ihn, der doch zeit seines Lebens gern geritten war, im Wagen nach Fécamp bringen musste. Bei seiner Ankunft fühlte er sich zu elend, deswegen Scham zu bekunden. Schlimm genug, dass er gleich danach sterben sollte, stand es dennoch nicht um ihn. In aller Ruhe hatte er von den Seinen Abschied genommen, mit rasselnder Stimme erklärt, dass sein ältester Sohn der Erbe der Normandie sei, und ins Gebet der Mönche eingestimmt. Mittlerweile war er verstummt, atmete jedoch immer noch.

Agnes unterdrückte ein Seufzen. Sie verstand nun, warum die heidnischen Nordmänner, die einst dieses Reich gegründet hatten, mittlerweile aber allesamt getauft worden waren, das langsame Sterben im Bett als Fluch ansahen: Wer auf dem Schlachtfeld fiel, starb einen ruhmreichen und vor allem schnellen Tod.

Ob sich auch der Graf langweilte? Und ob er womöglich mit einem Gähnen, nicht mit einem Lächeln bei Petrus an der Pforte klopfen würde?

Sein Gesichtsausdruck war jedenfalls so leer wie der der anderen – oder nein … nicht aller.

Agnes war plötzlich hellwach. Bei zweien der Mönche nahm sie eine große Anspannung wahr, die nicht allein das langsame

Sterben des Grafen bedingen konnte. Der eine hieß Bruder Ouen und war für seine außergewöhnliche Leibesfülle ebenso bekannt wie für seine schöne Schrift, weswegen er seit Jahren dafür Verantwortung trug, bei Hofe Urkunden anzufertigen. Der andere war Bruder Remi. Obwohl er erst wenige Tage zuvor angereist war, kannte dennoch der ganze Hof in Fécamp seinen Namen: Er war ein Mönch vom Mont-Saint-Michel und darauf so stolz, dass er einem jeden diese Tatsache unter die Nase rieb, ob der es nun wissen wollte oder nicht.

Die beiden Mönche schienen sich zu kennen, denn eben nickten sie sich zu, woraufhin sich Bruder Ouen schwerfällig vom Bett des Sterbenden entfernte und nach draußen trat. Bruder Remi folgte ihm rasch, nachdem er sich noch einmal misstrauisch umgesehen hatte.

Agnes' Herz pochte schneller, als auch sie sich unauffällig erhob und den Gang betrat. Den übrigen Versammelten mochte entgangen sein, was die beiden trieben, und hätten sie es bemerkt, hätten sie ihr Verschwinden nicht weiter infrage gestellt, doch in ihr erwachte die Neugier, was die beiden wohl bewogen hatte, sich aus dem Sterbezimmer zu schleichen.

Vielleicht gab es einen harmlosen Grund, und sie suchten lediglich die Latrinen auf oder wollten sich den Magen vollschlagen. Zumindest Bruder Ouen war nicht grundlos so dick, sondern dafür bekannt, dass er der Versuchung der Völlerei viel öfter erlag als widerstand. Vielleicht hatten die beiden aber auch Wichtiges zu bereden, und herauszufinden, ob das stimmte, war in jedem Fall abwechslungsreicher, als den siechen Grafen zu betrachten.

Agnes folgte den beiden Geistlichen mit raschem, lautlosem Schritt. Sie waren am Ende des Gangs stehen geblieben, hatten die Köpfe zusammengesteckt und tuschelten aufgeregt miteinander. Agnes nahm nur ein Zischen der Stimmen wahr, doch als sie näher schlich, glaubte sie, einzelne Wörter zu verstehen.

»Was nun tun ... lang gehütetes Geheimnis ... einer meiner Mitbrüder ... kurz vor seinem Tod anvertraut ... unabsehbare Folgen ...«

Agnes stand im Schatten einer Säule verborgen und atmete tief durch. Die lähmende Müdigkeit fiel jäh von ihr ab, und ihr Körper spannte sich nicht minder an als der der beiden Mönche.

»Ich lebe seit Jahren hier bei Hofe«, erklärte der dicke Bruder Ouen eben, und sein Doppelkinn erbebte, »aber in all dieser Zeit habe ich noch nie etwas von diesen Schriften gehört.«

»Natürlich nicht!« Bruder Remi wirkte ungeduldig. Sein Kinn war anders als das von Bruder Ouen spitz und seine Nase nicht minder, was Agnes unwillkürlich an einen Raubvogel denken ließ. »Wenn alle Welt davon wüsste, dann wären es ja keine geheimen Schriften. Aber ich bin mir sicher, dass die Gräfin sie irgendwo aufbewahrt!«

Bruder Ouen schüttelte den Kopf, und wieder bebte das schlaffe Kinn. »Es wäre närrisch von ihr gewesen, das zu tun, vorausgesetzt, diese Schriften sind tatsächlich so gefährlich, wie du behauptest.«

»Mhm«, machte Bruder Remi. »Sie mag ja eine kluge Frau sein, aber dennoch bleibt sie ein Weib, und den Weibern hat, wie wir alle wissen, Gott mehr Gefühl als Verstand gegeben. Was bedeutet, dass sie den Hof kundig zu führen weiß und kostbare Kleidung samt Schmuck mit Würde zu tragen, nicht unbedingt jedoch, dass sie in weiser Voraussicht künftiger Politik zu handeln versteht.« Verachtung schwang in seiner Stimme mit.

Bruder Ouen stellte den anderen für diese schmähenden Worte nicht zur Rede. »Und jetzt?«, fragte er.

»Nun …«, setzte Bruder Remi gedehnt an, »… du weißt doch gewiss, wo sich das Gemach der Gräfin befindet. Eine bessere Gelegenheit, nach diesen Schriften zu suchen und sie an uns zu bringen, wird es nicht geben. Undenkbar, dass sie sich in den nächsten Stunden auch nur ein Jota vom Bett ihres Gatten entfernt.«

Jetzt erzitterte Bruder Ouens ganzer Körper vor Erregung, und überdies glaubte Agnes, Schadenfreude in seiner Miene zu lesen. Sie spürte Wut in sich aufsteigen.

»Die Gräfin ist ein stolzes Weib«, murmelte er. »Sie hielt sich immer über alle Welt erhaben und für unbesiegbar. Doch wenn es stimmt, was du sagst …«

»Es stimmt, du kannst es mir glauben!«

»Nun, wenn sie tatsächlich dieses Geheimnis hütet, wir es aber aufdecken und mit besagten Schriften den Beweis erbringen würden, dass wir nicht üble Verleumdung begehen, sondern die Wahrheit sagen, so wäre nicht nur ihr Ruf zerstört. Die Zukunft der Normandie stünde auf dem Spiel!«

Auf seine aufgeregten Worte folgte Gelächter, das wie das Meckern einer Ziege klang. Was ihn zu belustigen schien, jagte Agnes einen eisigen Schrecken über den Rücken. Seit Stunden wartete sie darauf, innerlich zu erbeben, doch nun brachte sie nicht der zu erwartende Tod des Grafen dazu, sondern die Ahnung, dass sie etwas gehört hatte, was sie niemals hätte hören dürfen.

»So ist es!«, stimmte Bruder Remi nicht minder triumphierend zu.

Gütiger Gott!, dachte Agnes bestürzt. Was bloß war das Geheimnis der Gräfin der Normandie, die im Nebenraum von ihrem geliebten Gatten Abschied nahm? Und welchen Schaden würden diese beiden Mönche bewirken, könnten sie es tatsächlich ans Licht zerren?

I.

962

Das Licht war derart trübe, dass Gunnora die einzelnen Zeichen kaum erkennen konnte, weswegen sie mit ihren Fingern ehrfürchtig darüberfuhr, um sie sich einzuprägen. Ihre Mutter Gunhild hatte sie mit einem kleinen Messer ins Holz geritzt. Nach einer Weile nahm Gunnora ihr das Werkzeug ab und ritzte nun selbst einige Runen.

»Ich beherrsche jetzt alle Zeichen«, erklärte sie stolz.

In früheren Zeiten hatte es nur sechzehn Runen gegeben, später waren acht weitere hinzugekommen. Und dann gab es noch einige Geheimrunen, die nur wenigen bekannt waren: Eine glich einem Wolf, und wenn man sie in den Grabstein eines Verstorbenen ritzte, war dieser für immer verflucht. Eine große Macht lag in den Runen, und die Mutter wurde nicht müde, sie vor dieser Macht zu warnen, so auch jetzt.

»Jede Rune steht für ein Zeichen, aber überdies hat sie einen eigenen Namen, der andeutet, worin ihre Macht besteht. Und jede Rune kann etwas Gutes bewirken, wenn man sie jedoch verkehrt herum zeichnet, etwas Schlechtes. Das darfst du nie vergessen!«

Ihre Stimme wurde immer leiser, der Griff um Gunnoras Schultern fester. Ein Knarzen ertönte, als der Schiffsbauch etwas schwankte. In den ersten Tagen ihrer Reise hatte der stete Wellengang in ihr Übelkeit ausgelöst, mittlerweile hatte Gunnora sich jedoch an die unruhige See und die vielen fremden Laute, ob vom ächzenden Holz oder der spritzenden Gischt, gewöhnt.

Sie nickte eifrig und schnitzte weiter. »Ja, ich weiß«, sagte sie, »diese Rune hier, die achte, heißt Wunjo, was Erfolg und Erkenntnis bedeutet. Sie kann hingegen auch für Sorgen, Entfremdung und Besessenheit stehen. Und das ist die zehnte Rune, Naudhiz, was Not bedeutet. Sie gibt uns Kraft, unser Schicksal anzunehmen und unseren Ängsten ins Auge zu blicken. Doch wer unter ihrem Fluch steht, muss Mühsal ertragen, Verlust und Armut.«

Gern hätte sie weitere Runen geschnitzt und mit der Mutter geredet, diese hingegen nahm ihr das Messer aus der Hand. »Es ist gut für heute«, entschied sie. »Du zeigst großen Eifer, Gunnora. Mit deinen siebzehn Jahren weißt du mehr über die Runen als manch altes Weiblein.«

Sie klang stolz, zugleich auch unerwartet kummervoll, und sie strich ihrer Tochter über den Kopf, als wollte sie sie weniger loben als vielmehr trösten.

»Aber du hast selbst gesagt, wie wichtig das ist!«, rief Gunnora. »Schließlich ist nicht gewiss, ob die Menschen in unserer neuen Heimat noch von der Macht der Runen wissen.«

Sie konnte die Verachtung in ihrer Stimme nicht ganz unterdrücken. Wann immer sie an das künftige Zuhause dachte, erwachten Zweifel, ob sie das Land je würde lieben können und seinen Bewohnern je vertrauen. Der Vater hatte entschieden, dass in der Normandie ihre Zukunft läge, und dem Vater widersprach man nicht, doch ihr war das Widerstreben der Mutter nicht entgangen, als sie ihren Hof in Dänemark verlassen und das Schiff bestiegen hatten.

»Das Wort Rune«, fuhr Gunnora fort, »bedeutet Geheimnis, und ich will all die Geheimnisse kennen, genau wie du. Ich will deine Macht besitzen!«

Ja, Runen bedeuteten Macht. Es gab zwar Leute, die vor allem einen praktischen Nutzen darin sahen: Händler, die Vereinbarungen über die Lieferung von Waren mit Runen festhielten, oder Reisende, die auf ihren Wegen Botschaften hinterließen, Bauern, die ihren Namen in Pflüge ritzten, auf dass jeder wusste, wem diese gehörten, oder Krieger, die ihre Schilde und Schwerter auf diese Weise als die ihren kennzeichneten. Doch erst wenn man wie Gunhild die Runenzauberei beherrschte, entfalteten die einzelnen Zeichen ihre ganze Kraft: Sie konnten das Schicksal vorhersagen, Glück oder Pech bringen, konnten das Andenken an Verstorbene wahren oder deren Namen verfluchen, sie konnten Vieh gedeihen, die Ernte reifen und Geschwüre heilen lassen – oder Unwetter, Fäulnis und Tod bringen.

Erneut strich die Mutter ihr über den Kopf. »Ich bin stolz, eine so gelehrige, wissbegierige Tochter zu haben«, murmelte sie, »aber du darfst eines nicht vergessen: Um die Macht der Runen zu nutzen, musst du einen Preis bezahlen.«

Wieder knirschte es im Gebälk.

»Welchen Preis?«, fragte Gunnora.

Gunhild zögerte einen Augenblick. Sie schien sich nicht sicher zu sein, ob sie der Tochter diese Last aufbürden sollte. Schließlich gab sie sich einen Ruck.

»Ich habe dir erzählt, welcher Gott am meisten über die Runen und ihre Magie weiß.«

»Odin.«

»Aber weißt du auch, wie er dieses Wissen erlangt hat?«

Gunnora schüttelte den Kopf.

»Odin war beharrlich auf der Suche nach Weisheit. Für

einen Schluck aus Mimirs Brunnen, der seherische Kräfte verleiht, gab er sein rechtes Auge. Und er verwundete sich selbst. Neun Tage und neun Nächte hing er kopfüber im Weltenbaum Yggdrasil, ehe er Kenntnis von der Macht der Runen gewann und sich befreien konnte. Jeder kann lernen, diese Macht auszuüben – aber jeder hat dafür etwas zu geben.«

Neun Tage, dachte Gunnora, neun Tage kopfüber in einem Baum hängen ...

»Und ich?«, fragte sie heiser, »was habe ich zu geben?«

»Das weiß allein Odin.«

Das Rumoren im Schiffsbauch wurde lauter, sein Ächzen klang plötzlich so unheilvoll wie die Stimme der Mutter. Gunnora starrte sie an, und trotz des trüben Lichts erkannte sie deutlich deren Angst. Galt sie den Runen, die ebenso schaden wie nutzen konnten, den unberechenbaren Göttern, die sich manchmal einen Spaß daraus machten, die Menschen zu quälen? Oder galt sie der Zukunft in ihrer neuen Heimat, für die sie ihre vertraute Welt zurückgelassen hatten?

Gunnora zuckte angstvoll zusammen, als plötzlich ein Ruf von draußen erschallte. Aus der Miene der Mutter schwand sogleich die Sorge, und ihr Mund verzog sich zu einem Lächeln.

»Wie es aussieht, ist endlich Land in Sicht.«

Später fragte sich Gunnora oft, ob das Unbehagen sie schon begleitet hatte, als sie von der niedrigen Kammer ins Freie getreten war, auf das glitzernde Wasser gestarrt und am Horizont einen Streifen Land auszumachen versucht hatte, und ob dieses Unbehagen nur von der Geschichte über Odins Opfer gerührt hatte oder von einer dunklen Vorahnung. Sie war sich nicht sicher. In jedem Fall hatte es außer dem leichten Unbehagen nichts gegeben, das sie vor dem Kommenden gewarnt hatte.

Gespannt, ein wenig wehmütig und nicht ohne Zweifel sah sie nun in Richtung Küste, die immer deutlicher zu erkennen war, ein Sandstreifen zwischen Himmel und Meer, von schroffen Felsen begrenzt. Ein Zeichen, dass das Leben in der Heimat endgültig vorüber war und das in der Normandie begann.

Der Meerwind blies ihr ins Gesicht, und Gunnora schloss kurz die Augen, um den salzigen Geruch und die Ahnung von Freiheit, die er schenkte, zu genießen. Die Mutter lehrte sie die Runen nur drinnen, ob in ihrem Langhaus in Dänemark oder nun in der Kammer auf dem Schiff, und dafür war sie gern bereit, auf die Sonne zu verzichten. Doch jetzt nahm sie erfreut die Wärme in sich auf, sah darin ein hoffnungsvolles Zeichen und schüttelte die Zweifel ebenso ab wie das stete Frösteln. Viel zu oft war ihr im Leben kalt gewesen, auch in den letzten Nächten im Schiffsbauch, wo es kein Feuer gab, um sich zu wärmen, wo sie sich zitternd aneinanderpressen mussten und ihre Haare sich in der Feuchtigkeit kräuselten, die stetig durch die Ritzen kroch.

Knörr hießen Schiffe wie dieses, hatte ihr Vater erklärt, im Vergleich zu den geschmeidigen, schnellen Langschiffen ungleich behäbiger und zum Transport schwerer Waren wie Eisen und Speckstein geeignet. Ihr Nachtlager im niedrigen Frachtraum hatten sie inmitten dieser Güter aufgeschlagen, nicht frei von Furcht, im Schlaf davon erdrückt zu werden.

Das nächste Mal werde ich in der fremden, neuen Heimat einschlafen, dachte Gunnora – plötzlich nicht minder aufgeregt als ihr Vater, dem man die Ungeduld deutlich ansah.

»Wann werden wir anlegen?«, fragte er.

Der Mann, dem das Schiff gehörte, war für gewöhnlich

wortkarg, desgleichen seine Besatzung: sechs Männer, die den Handel zwischen Dänemark und der Normandie belebten. Jetzt erklärte er nicht ohne Stolz, dass sein Schiff, von ihm liebevoll *Elch des Meeres* genannt, die Reise schneller als erwartet hinter sich gebracht habe.

»Wenn die Sonne am höchsten steht, betreten wir wieder Land«, fügte er hinzu.

Gunnoras jüngere Schwestern hatte es belustigt, dass er seinem Schiff einen Kosenamen gab. Während der Reise hatten sie es gründlich erforscht, doch heute interessierten sie sich nicht länger für die im Wind knatternden Segel oder die langen Ruder, die mit einem lauten Klatschen in die Fluten tauchten, sondern nur noch für das Land in der Ferne.

»Stimmt es ... stimmt es, dass die Wiesen in der Normandie voller Blumen stehen und die Äcker vor Ähren überquellen?«, fragte Seinfreda, ein Jahr jünger als Gunnora und zarter als sie, mit so heller Haut, dass man die dunklen Adern durchschimmern sah. Im Gegensatz zu Gunnora, die schwarzes Haar hatte, war die Schwester blond. Ihre Füße waren so winzig, dass man meinen konnte, sie würde keinen ordentlichen Halt auf der Erde finden, sondern jederzeit vom Wind fortgeweht werden.

»Nun, auch dort gibt es Unwetter und Kälte, aber nicht so oft wie bei uns«, erwiderte ihr Vater Walram.

Wevia, die Dritte im Bunde und acht Jahre alt, interessierte sich nicht für Blumen und Ähren. »Werde ich in der Normandie eine Kette bekommen, die so schön wie die von Mutter ist?«

Sie liebte den Schmuck, den Gunhild trug, und konnte ihn stundenlang betrachten. Manchmal hatte ihr Walram einzelne Perlen geschenkt, jedoch nie eine vollständige Halskette, wie eine Schwester der Mutter sie kunstvoll herzustellen vermochte, indem sie Rohglasklumpen und Mosaiksteine in einer Schmelzpfanne erwärmte und daraus mit einem Eisenstab kleine Steine formte.

»Wenn wir erst einmal Land haben und reiche Ernte einfahren, dann wirst du auch eigenen Schmuck bekommen«, meinte der Vater lächelnd.

»Und wenn du etwas älter bist«, fügte Gunhild ein wenig strenger hinzu.

Bei Wevia regte sich Widerspruch, doch ehe er laut wurde, trat die vierjährige Duvelina dazwischen, schmiegte sich an den Vater und bat: »Erzähl mir eine Geschichte von der Normandie!«

Ob im neuen Land häufiger die Sonne schien und mehr Reichtum zu erwarten stand, war ihr gleich, umso wissbegieriger aber war sie, ob dort wie in Dänemark Drachen, Elfen und Zwerge wohnten, faszinierende Wesen allesamt, von deren Eigenheiten zu hören sie nicht genug bekommen konnte. Der Vater erzählte ihr nicht nur Geschichten darüber, sondern schnitzte ihr Figuren, so auch den hölzernen Wolf, den Duvelina eben fest umklammert hielt. Als Gunnora noch kleiner war, hatten sie jene Miniaturnachbildungen von Booten, Schwertern, Tieren und allen möglichen geheimnisvollen Gestalten aus den Märchenwelten ebenso begeistert, doch mit den Jahren zogen die Runen eher ihr Interesse auf sich.

Die Sonnenstrahlen fielen unterdessen fast senkrecht vom Himmel und krönten die Wellen mit ihrem goldenen Licht. Die Fahrt wurde langsamer, als das Segel eingeholt wurde, das an der querschiffs stehenden Rahe befestigt war. Den Mast wiederum, der die Rahe hielt, legten die Männer mithilfe von Wanten und Stagen aus Seehundsleder im Kielschwein um. Finngeirr, der Besitzer des Schiffes, erklärte voller Genugtuung, dass das nicht auf jedem Schiff möglich sei.

Duvelina war außer sich vor Begeisterung, als nun der Drachenkopf am Bug des Schiffes abgenommen wurde. Draußen auf den Meeren diente er dazu, die bösen Meergeister fernzuhalten, an Land jedoch musste man ihn verstecken, auf dass er niemanden erschreckte – weder die Menschen noch die Wesen aus der Zwischenwelt. Gunnora wusste, dass Letztere großen Schaden verursachen konnten, doch für Duvelina waren Zwerge und Elfen noch nicht unheimlich, das Leben ein großer Spaß und alles, was man brauchte, es zu bestehen, dazu da, sie zu unterhalten – auch der Sonnenstein neben der Peilscheibe, mit dem man den Standort berechnete, der nun aber nicht länger vonnöten war.

Noch war an Land nichts von den versprochenen Blumen und Ähren zu sehen, nur Sand und Stein und ein paar vereinzelte Bäume, die, verglichen mit den riesigen Eichen und Buchen der dänischen Wälder, dürr und mickrig erschienen. Gunnora sehnte sich schon jetzt nach ihrem würzigen Duft, wenngleich sie sich zu sagen versuchte, dass es gewiss auch hier Wälder gab und in Dänemark wiederum weites Ödland aus Sanddünen, Feuchtwiesen und Sümpfen, das nicht einladender war als diese Küste.

Die Mutter trat zu ihr. »Du wirst sehen, hier wird alles besser.«

Ob sie die Tochter trösten wollte oder vielmehr sich selbst?

Gunnora nickte, lächelte aber nicht. Ein Leben ohne Kälte. Ein Leben ohne Hunger. Ein Leben ohne … Heimat.

Walram schnalzte mit der Zunge. »Hat unsere Älteste etwa schon wieder Heimweh?« Und als Gunnora keine Antwort gab, sagte er: »Manchmal braucht man Mut zu bleiben, manchmal braucht man Mut zu gehen. Unser Volk hatte stets beides.«

»Das weiß ich doch«, erwiderte Gunnora schnell.

Neben Geschichten über Zwerge und Elfen hatte ihr Vater immer gern von den Jüten erzählt, die einst auf Booten nach England fuhren, viel kleiner und wackliger diese als ihr breites Frachtschiff. Etliche waren ertrunken – was andere nicht davon abgehalten hatte, es auch zu versuchen.

Sie rang sich ein Lächeln ab. »Ich freue mich doch darauf, in der Normandie zu leben.«

»Ich freue mich, wenn wir genug zu essen haben«, sagte die zarte Seinfreda.

»Und ich freue mich auf meine erste Kette!«, rief Wevia.

»Und schnitzt du mir ein Pferd?«, quäkte Duvelina.

Gunhild sagte oft, dass ihre Töchter so verschieden wie die vier Himmelsrichtungen seien. Ihre Züge glichen sich, die Farbe ihrer Haare nicht – die von Seinfreda waren blond, die von Gunnora schwarz, Duvelina wuchsen rote Locken, Wevia weiche kastanienbraune.

Ich bin der Norden, dachte Gunnora, dunkel wie die Wälder und das Meer, weil viel zu selten die Sonne darauf fällt wie jetzt. Und weil aus dem Norden das Wissen über die Runen stammt, das ich hier bewahren werde.

»Aber natürlich schnitze ich dir ein Pferd!«, rief Walram.

Er klang so begeistert, dass Gunnora sich von ihrer Wehmut nicht bezwingen ließ. Da war kein Unbehagen mehr, keine düstere Vorahnung. Nichts hatte sie gewarnt.

Nichts darauf vorbereitet, was geschehen würde.

Es dauerte nicht mehr lange, bis sie das Land erreichten, doch ihre Geduld wurde auf eine harte Probe gestellt, ehe sie nach vielen Tagen auf hoher See tatsächlich wieder festen Boden betreten konnten. Vor dem Anlegen galt es, mit einer Leine die Wassertiefe auszuloten und danach das Schiff behutsam an den Portus heranzuführen, einen Steg aus Reisigbündeln und Flechtwerk, den man mit Steinen und Holzstämmen beschwert hatte. Pflöcke standen davon ab, die man in eine dafür vorgesehene Vorrichtung des Schiffes steckte, sodass es alsbald fest mit dem Steg verbunden war. Nun galt es noch abzuwarten, bis die Männer das Schiff entladen hatten.

Gunnora kletterte auf den Steg und ging, Wevia an der Hand, ein paar wacklige Schritte. Obwohl das Holz kaum knarrte, vermeinte Gunnora noch den Rhythmus der Wellen in den Knochen zu spüren. Bei jedem Schritt schien der Boden zu beben. Der salzige Geruch des Meeres, der von Weite, Freiheit und Sonne kündete, wich einem fauligen von brackigem Wasser, und die Fluten waren nicht länger schaumgekrönt. Die Oberfläche spiegelte ihr Gesicht nicht. Das Wasser stand so ruhig wie das eines Tümpels.

Seinfreda streckte ihre Hand nach der ältesten Schwester aus. »Ist das nicht aufregend?«, fragte sie.

Gunnora nickte. Sie schritt entschlossen weiter und konnte doch die Angst nicht abschütteln, auf diesem schmalen Steg zu stolpern und ins Wasser zu fallen. Sein tiefes Grün wirkte so beängstigend: Unmöglich würde sie sich an der Oberfläche halten können, sie müsste untergehen und ertrinken! Doch sie stolperte nicht, erreichte einige Schritte später den sandigen Boden der Normandie und hatte dort keine Angst mehr vor dem Wasser, sondern vor dem Stimmengewirr, das sie empfing.

Ihr Schiff war nicht das einzige, das eben angekommen war, und Gunnoras Familie nicht die einzige, die sich hier ansiedeln wollte. Ein zweites wurde gerade entladen. Unter den Menschen, die es verließen, befanden sich nicht nur Dänen, sondern auch Schweden. Einst waren sie nach Jütland gekommen, weil sie sich dort fruchtbareres Land erhofft hatten, nun, da diese Hoffnung unerfüllt geblieben war, kamen sie in die Normandie. Neugierig sahen sie sich um, Gunnora folgte ihrem Blick. Weiterhin waren nur Steine, Sand und gelblich schimmerndes Gras zu sehen. Die Schweden tuschelten dennoch aufgeregt, und auch Walrams Familie störte sich nicht daran, zumal es galt, ihren kostbarsten Besitz auszuladen – ihre beiden Pferde.

Wie ein Großteil der Schweden war auch Walram Pferdezüchter. Keine zäheren Tiere gebe es, so hieß es, als die aus Dänemark – ob die, die im Kampf Krieger trugen, oder solche, die in Friedenszeiten Wagen zogen. Jetzt jedoch wirkten die beiden Tiere nicht zäh, sondern ängstlich. Als sie in Aggersborg das Schiff bestiegen hatten, hatte Walram sie auf die Seite gelegt und vertäut, seitdem waren sie nicht bewegt worden. Sie fühlten sich jetzt gewiss noch wackliger auf den Beinen als Gunnora. Die Tiere stürmten nahezu über den Steg, und Gunhild hob Duvelina rasch hoch, damit sie nicht unter ihre Hufe geriet. Die Pferde wieherten, und Walram lachte erleichtert.

Es war das letzte Mal, dass Gunnora ihren Vater lachen hörte, das letzte Mal, dass die schwedischen Siedler ihnen etwas in ihrer Sprache zuriefen, das letzte Mal, dass Gunnora Pferde sah, ohne an Blut zu denken.

Kaum hatten sie den sandigen Boden erreicht, hielten die Tiere plötzlich inne. Sie schnaubten, stiegen in die Luft und schüttelten ihre Mähne. Jetzt sah Gunnora, was sie so beunruhigte. Aus der Ferne näherten sich Artgenossen. Reiter saßen auf ihnen, die Reiter trugen Waffen, und sie ritten auf den Strand zu.

»Wer ist das?«, fragte sie.

Sie versuchte mehr zu erkennen, aber das Sonnenlicht, das sie eben noch wohlig gewärmt hatte, blendete sie.

»Ich weiß es nicht ...«

Täuschte sie sich, oder zitterte die Stimme der Mutter? In jedem Fall vertraute ihr Gunhild hastig die jüngste Schwester an.

»Wartet hier!«, befahl sie.

Walram versuchte, die beiden Pferde zu beschwichtigen, und wenn er ihr angstvolles Wiehern auch nicht zum Verstummen brachte, führte er sie doch alsbald wieder sicher am Halfter.

»Ist das deine Familie?«, rief Gunnora ihm zu.

Einige seiner Verwandten lebten seit geraumer Zeit in der Normandie. Bei ihnen, so hatte Walram gehofft, würden sie fürs Erste ein Zuhause finden. Doch sie wussten nichts von ihrer Ankunft, und sie waren nicht reich genug, um so viele Pferde zu haben ... und Waffen.

Walram folgte seiner Frau. »Lass mich fragen!«

Seine Töchter ließ er zurück – die Pferde nicht. Er hielt sie rechts und links, als er auf die Reiter zutrat, die eben stehen geblieben waren. Die Tiere schnaubten, verdrehten die rotgeäderten Augen. Fürchteten sie die Artgenossen? Die Reiter, die sich nicht rührten? Den süßlichen Geruch?

Ja, plötzlich roch es nicht mehr nach brackigem Wasser, sondern ... süßlich.

In der Aufregung hatte Gunnora diesen Geruch nicht bemerkt – auch nicht, dass ihnen niemand entgegengekommen war, um ihnen beim Ausladen zu helfen, obwohl doch in der Nähe des Stegs ein kleines Dorf lag. Sie war damit beschäftigt gewesen, heil an Land zu kommen und dieses Land zu mustern, hatte nach Äckern und Blumen Ausschau gehalten, nicht nach den wenigen Hütten. Jetzt betrachtete sie die Hütten, jetzt sah sie, dass hinter einer der Hütten ein Mensch lag ... nicht schlafend, sondern ... verwesend.

Ehe sie auch nur den Mund öffnen konnte, hörte sie die Mutter schreien. »Lauft! Lauft fort!«

Gunhild begann zu laufen – jedoch nicht von der Gefahr fort, sondern an die Seite des Vaters. Inmitten der beiden Pferde wirkte er so klein. Die Reiter hingegen, die ihre Waffen zogen, schienen geradezu riesig.

»Lauft!«, schrie die Mutter wieder.

Gunnora lief nicht, sie stand ganz starr. Wevia, an Seinfredas Hand, begann jetzt zu weinen, und Duvelina krallte sich an ihr fest. Ich bin die Älteste, ich muss sie in Sicherheit bringen, fuhr es ihr durch den Kopf.

Denken konnte sie noch, sich rühren nicht. Wie gelähmt sah sie zu, wie einer der Reiter auf den Vater zugaloppierte. Der ließ die Pferde los und hob die Hand, um den Angreifer dazu zu bewegen, anzuhalten, doch dieser ritt weiter und schwang sein Schwert. Kurz blitzte die Klinge in der Sonne, dann hatte er es schon wieder gesenkt. Es war so schnell gegangen, dass Gunnora nicht gesehen hatte, wie er den Schlag ausführte. Sie sah nur, wie ihr Vater auf die Knie sank, sah einen Wimpernschlag später seinen Kopf, der, vom Rumpf getrennt, auf den Boden fiel.

Der Sand färbte sich rot.

Weiterhin konnte sie denken, jedoch nichts fühlen und sich nicht bewegen, selbst dann nicht, als hinter ihr ein Tumult losbrach. Die Siedlerfamilien schrien, drängten sich erst aneinander und flohen dann in sämtliche Richtungen. Der Weg wurde ihnen abgeschnitten, von überall schienen nun Reiter zu kommen, enthaupteten Menschen mit ihren Schwertern, schlugen sie entzwei, durchbohrten ihre Brust mit Lanzen.

Der Sand wurde immer röter, ein ganzes Meer von Blut.

Seinfreda zerrte an ihrer Hand. Ihre Augen waren weit aufgerissen, das blonde Haar hob sich kaum von ihrem blassen Gesicht ab. Ein seltsamer Gedanke kam Gunnora in den Sinn: Wenn Seinfreda vom Schwert getroffen würde, wäre ihr Blut nicht rot, sondern weiß wie die Gischt …

Aber Seinfreda durfte nicht getroffen werden, und auch nicht Wevia, nicht Duvelina, nicht sie selbst!

»Lauft! Lau…«

Der Schrei der Mutter riss ab. Ihr Körper wurde von einer Lanze durchbohrt, sie sank auf den Boden.

Dieses Mal gehorchte Gunnora ihrem Befehl. Sie lief zurück zum Steg, weg von den Reitern und den Toten. Sie sah in weiter Ferne ein Stückchen Wald. Es waren nicht genug Bäume, um sich dahinter zu verstecken. Unmöglich auch, sie zu erreichen. Ihr Mut sank.

»Das Boot.«

Sie konnte Seinfreda unter dem Schreien der Menschen kaum verstehen, aber jetzt sah sie es selbst: Im grünen, schlickigen Wasser trieb ein Boot. Sie nickte und watete ins Wasser. Die Kälte fuhr wie ein Messerstich in ihre Glieder, doch das war nicht wichtig. Mit der einen Hand hielt sie Duvelina umklammert, mit der anderen drehte sie das Boot um. Seinfreda half ihr dabei, während sie ihrerseits Wevia festhielt. Die beiden Jüngsten weinten hemmungslos.

Immer tiefer versank Gunnora im Wasser, immer kälter wurde ihr, doch nichts war so kalt wie der Tod – und dies war die einzige Möglichkeit, sich vor ihm in Sicherheit zu bringen.

»Halt die Luft an!«

Das brackige Wasser schlug über ihrem und Duvelinas Kopf zusammen. Als sie wenig später unter dem Boot wieder auftauchte, schien es nicht länger grünlich, sondern schwarz. In dem Hohlraum war es dunkel, Duvelina hörte zu weinen auf. Seinfreda und Wevia folgten, auch sie starr vor Angst und Kälte. Gunnora starrte Seinfreda an, las die eigene Sorge in ihrer Miene: Bot der Hohlraum genug Luft zum Atmen? Allerdings würde das Töten nicht mehr lange dauern. Bis auf die vier Schwestern konnte kaum mehr einer am Leben sein.

Seinfredas Haut wirkte nicht mehr weiß, sondern bläulich. Gunnora ertrug es nicht, sie anzusehen, deshalb schloss sie die Augen.

Sie zitterten, die Zähne klapperten, die Haut brannte.

»Ist es vorbei?«, fragte Seinfreda.

»Psst.«

Wellen schlugen an das Boot, sonst hörten sie nichts. Immer tiefer versanken ihre Füße in den Grund, nicht sandig dieser, sondern schlammig. Gunnora öffnete ihre Augen wieder, spähte durch eine Ritze zwischen den Planken.

Die Toten konnte sie nicht erkennen – einen ihrer Mörder jedoch ganz genau. Er war von seinem Pferd gesprungen, schritt, das Schwert fest umklammert, den Strand auf und ab und hielt Ausschau nach Überlebenden. Sein Gesicht schien nicht aus Fleisch und Blut zu sein, sondern aus Eisen gehämmert. Sie schloss die Augen vor Schreck, öffnete sie erneut, erkannte nun, dass nicht das Gesicht aus Eisen war, sondern nur sein Helm mit den genieteten Bronzeplatten, an dem ein mandelförmiger Schutz für Wangen und Nase angebracht war. Über dem Helm trug er eine Kapuze aus Eisenmaschen, an einem Kettenhemd befestigt, der nur die Unterarme freiließ. Die Sonne fiel auf den Mann, ließ alles an ihm silbrig glänzen. Nur das Kreuz, das von seiner Brust baumelte, war aus Holz und blieb matt.

Gunnora wusste nicht, ob er ein Normanne oder ein Franke war – ihr Vater hatte stets gesagt, dass diese beiden Völker hier nicht zu trennen seien. Sie wusste auch nicht, warum er und seine Mitstreiter die Siedler aus Dänemark und Schweden mitsamt den Händlern, auf deren Schiffen sie gekommen waren, niedergemetzelt hatten – gleich jenen, die wohl in den letzten Tagen angekommen waren. Sie wusste nur, er war Christ, und sie würde entweder durch seine Hand sterben oder er durch ihre.

Der Mann, der das Zeichen der Christen um den Hals trug, ging noch eine Weile auf und ab. Er keuchte kaum hörbar. Schließlich verschwand er aus ihrem Sichtfeld. Das Knirschen des Sandes verstummte, das Hufgetrappel, das ihm folgte, alsbald auch.

Kein Klagelaut durchbrach mehr die Stille. Die Schwestern waren verstummt, alle anderen hatten das Massaker nicht überlebt. Nur die Möwen kreischten, und Gunnora fragte sich jäh, ob sie die Toten wohl wie Aasgeier fressen würden.

Gemeinsam mit Seinfreda kippte sie das Boot zurück und watete zum Strand. Die Sonne versteckte sich hinter den Wolken, und der Sand war nicht länger blutrot, sondern schwarz.

Ein verwunschenes Land, dachte Gunnora, unfruchtbar, dem Tode geweiht ... Wir hätten nicht hierherkommen dürfen ... es ist die Heimat von Christen, nicht unsere ...

Gunnora war nicht getauft, obwohl der Vater es so gewünscht hatte, zumindest zum Schein. Viele Dänen hielten das so – vor allem die, die in der Normandie eine neue Heimat suchten. Sie ließen sich mit dem Kreuzzeichen segnen, aber nicht mit Wasser begießen, erklärten, an Jesus Christus zu glauben, aber verehrten im Herzen die Götter – wie die Nordmänner, die einst dieses Land erobert und ihm seinen Namen gegeben hatten. Die meisten von diesen waren Christen geworden – der erste Graf der Normandie, Rollo, erst als Erwachsener, seine Nachfolger Wilhelm und Richard bereits als

Kinder. Aber das, so hatte ihr Vater einmal gesagt, bedeute nicht, dass sie ihre Herkunft vergessen hätten.

Wie auch immer – die Mutter hatte der Vater nicht überzeugen können, sie hatte sich geweigert, einen christlichen Priester auch nur in die Nähe ihrer Töchter zu lassen. Die Mutter war schließlich eine Meisterin der Runen. Und nun lag sie reglos und blutüberströmt im Sand: Die Macht der Runen hatte sie nicht vor dem grausamen Tod bewahrt.

Gunnora hielt Duvelina die Hände vor die Augen, um sie vor dem Anblick zu bewahren; sie selbst jedoch konnte sich ihm nicht blind stellen. Das grässliche Bild fraß sich in ihre Seele, während sie die Schwestern hastig mit sich zog. Weit und breit waren nirgendwo die Pferde ihres Vaters zu sehen. Sie waren entweder geflohen oder von den Mördern mitgenommen worden – in jedem Fall hatten wenigstens sie überlebt.

»Wohin?«, fragte Seinfreda.

Gunnora wusste es nicht. Sie brauchten trockene Kleidung, Essen, Feuer, ein Dach über dem Kopf. Sie brauchten Hilfe, Zuspruch, Trost. Doch weder kannte sie die Namen ihrer Verwandten noch den Ort, an dem sie wohnten.

»Und wenn sie zurückkommen?«

Gunnora schüttelte mit aller Macht ihre Verzweiflung ab. Noch wichtiger als Essen, Kleidung und ein Dach war es, zu überleben.

»Wir müssen uns verstecken.«

Sie blickte sich um. Eines der Schiffe hatte sich vom Steg gelöst und trieb unerreichbar im Wasser. Die Hütten waren unbeschädigt, aber wenn der Christ mit seinen Männern wiederkehrte, würde er dort zuerst nach Überlebenden suchen. Und sie wollte auch nicht länger in der Nähe der Leichen bleiben. Sie deutete auf den Wald im Landesinneren.

»Bis dorthin müssten wir es schaffen. Im Schatten der Bäume können wir uns verbergen.«

Gunnora, Duvelina, Seinfreda und Wevia drehten sich nicht nach den gefallenen Eltern um. Sie gingen erst über den Sand, dann über Gras, gelb und verdorrt, aber zumindest nicht blutig rot. Hufe hatten Spuren hinterlassen – Gunnora war sich nicht sicher, ob sie von den Pferden des Vaters oder denen der Mörder stammten. Nur eines wusste sie: Von ihr selbst sollten so wenig Spuren wie nur möglich zurückbleiben. Sie war kaum angekommen, und doch hasste sie dieses Land schon, und sie hasste die Christen, die es bewohnten.

Duvelina wurde immer schwerer, sie trug sie dennoch verbissen weiter und achtete nicht auf den Schmerz in den Armen. Die Kleine begann wieder zu weinen, alsbald übertönte das Rascheln der Blätter im Wind jedoch das Schluchzen. Groß und dunkelgrün waren diese Blätter, aber nicht sehr zahlreich – der Wald war noch lichter als von der Ferne vermutet.

»Und jetzt?«, fragte Seinfreda.

Gunnora hatte keine Antwort.

Sie stellte Duvelina auf den Boden, sank auf ihre Knie, stützte sich auf. Die Erde war warm. Mit einem Finger zeichnete sie in die warme Erde eine Rune.

Naudhiz. Die Rune, die Not symbolisierte.

Dank ihrer konnte man Not annehmen, daran wachsen und sie wenden. Oder davon erdrückt werden, daran zugrunde gehen, nie wieder seines Lebens froh werden. Segen oder Fluch. Nutzen oder Schaden. Gut oder Böse.

Duvelina klagte, rief nach ihrer Mutter, Wevia war verstummt. Sie sah nicht wie ein Kind aus, sondern wie eine Greisin. Der Schock hatte sie um Jahre altern lassen.

»Still!«, murmelte Gunnora. Duvelina weinte hemmungslos weiter. »Still!«, sagte sie noch einmal, und als das Mädchen nicht verstummte, schlug sie ihm die Hand vor den Mund. Es hing noch Erde daran, die an den weichen Lippen haften blieb.

Augenblicklich war nichts mehr vom Weinen zu hören, still wurde es dennoch nicht. Hufgetrappel ertönte und wurde lauter, der Christ kehrte mit seinen Männern zurück. Vielleicht war er nie fort gewesen, sondern hatte aus der Ferne beobachtet, ob sich noch jemand regte.

Nun brach Seinfreda vor Schreck in Tränen aus.

Gunnora erhob sich und fuhr sie an: »Du bist eine Dänin, und Dänen weinen nicht. Unser Volk verabscheut Tränen.«

»Sie werden uns töten, uns abschlachten!«, rief Seinfreda heiser.

»Nicht, wenn ich es verhindern kann.«

Ehe sie die Schwestern anwies, ihr zu folgen, warf sie einen letzten Blick auf die Rune Naudhiz.

Ich werde die Prüfung annehmen.

Ich bin stark und zäh.

Ich werde nicht aufgeben.

Sie liefen davon, hasteten über ein Stück freie Wiese und erreichten eine weitere Baumgruppe, die dichter war. Birken und Ahornbäume gaben sich die Hände, Farne wuchsen kniehoch. Vögel stoben aus dem Gebüsch – über jedes ungewohnte Geräusch nicht minder erschrocken wie sie. Anders als sie konnten die Vögel die Flügel ausbreiten und fliehen, Gunnora hingegen wähnte sich in eine Falle geraten, als sie auf einer Lichtung innehielt und sich umblickte. Wenn jetzt die Reiter auftauchten …

Nein, das durfte sie nicht einmal denken! Auch nicht, dass ihre Eltern erschlagen im blutroten Sand lagen und sie nun allein die Verantwortung für ihre Schwestern trug!

»Wir müssen uns zu den Verwandten unseres Vaters durchschlagen«, sagte Seinfreda.

Gunnora war froh, dass Seinfreda wie sie noch nüchtern nachzudenken imstande war, anstatt sich Kummer und Grauen hinzugeben. Ihren Vorschlag hieß sie dennoch nicht gut.

»Wir wissen zu wenig über sie, um sie finden zu können, noch nicht einmal ihren Namen. Besser, wir trennen uns.«

Seinfreda starrte sie erschrocken an. »Aber ...«

»Nur für kurze Zeit«, sagte Gunnora schnell. »Und nur, solange die Männer in der Nähe sind. Ihr geht noch tiefer in den Wald hinein, und ich bleibe hier und halte nach ihnen Ausschau. Wenn ich sie höre, locke ich sie in die falsche Richtung.«

»Aber ich kann doch nicht ...«

»Doch du kannst!«

Gunnora packte Seinfredas Arm. Er war so dünn wie all ihre Glieder, und dennoch: Als sie ihren Blick suchte, stand etwas darin, das sich nicht brechen, nicht fortwehen, nicht erschlagen ließ. Der Wille, bis zum letzten Atemzug zu kämpfen – für sich selbst, und vor allem für die Schwestern.

Seinfreda nickte. Die beiden Jüngeren hingegen nahmen die Entscheidung nicht hin. Wevia schrie spitz und hoch, Duvelina klammerte sich an sie. Gunnora bog mit Gewalt ihre zarten Fingerchen auf und glaubte dabei, ihr Herz würde brechen. Allerdings – war es nicht schon zerbrochen? Lief sie nicht längst schon auf Scherben und konnte doch noch gehen, ohne dass ihre Fußsohlen davon zerschnitten wurden?

»Tut, was ich euch sage!«

So streng hatte sie noch nie gesprochen. So erwachsen hatte sie sich noch nie gefühlt.

Die Mädchen erschraken und folgten Seinfreda ins Dickicht. Hoffentlich ist das eine gute Entscheidung, dachte Gunnora, als nichts mehr von ihnen zu sehen und zu hören war. Nun, da sie allein war, fühlte sie sich nicht mehr streng und alt, sondern verzagt wie ein kleines Mädchen, das sich nach den Armen seines Vaters sehnt, nach den weisen Worten der Mutter, nach der Heimat.

Wir haben es doch gut gehabt, warum sind wir nur fortgegangen? Gewiss, wir froren manchmal, aber das tue ich jetzt auch ... Wir litten Hunger, doch da war kein Christ, der uns töten wollte.

Gunnora lehnte sich an einen Baumstamm, barg das Gesicht in ihren Händen. Das Leben war einfach, aber friedlich gewesen. Ob Pferdezüchter oder Bauer, Jäger, Fischer oder Fallensteller ... jeder hatte gleich viel oder gleich wenig besessen. Meist war es wenig. Einmal fiel die Ernte so schlecht aus, dass das Gesetz erlassen wurde, wonach mit Gerste nur mehr Brot zu backen war, kein Bier zu brauen. Die Menschen, allen voran ihr Vater, wollten nicht darauf verzichten. Sie mischten Bier mit Algensuppe oder einer Brühe aus Baumrinde, legten Früchte darin ein und aßen es anstelle von Brot.

Gunnoras Magen knurrte. Hier gab es weder Bier noch Brot, bestenfalls ein paar Beeren, Pilze, Nüsse. Sie ließ die Hände sinken.

Die Erde war braun und saftig, das Moos grün und feucht, sie erspähte jedoch nichts Essbares und konnte das Gefühl nicht abschütteln, der Boden wäre auch hier blutig und ... verflucht. Nie würde sie sich in der Normandie sicher fühlen, nie eine Heimat hier finden.

Sie raffte ihr Kleid, zwängte sich durchs Unterholz, lauschte atemlos. Dornige Ranken blieben am Stoff hängen und zerfetzten ihn. Sie blickte an sich herab, sah Blutspritzer auf dem Trägerrock, auf der Nadel, die den Überwurf zusammenhielt, auf den beiden ovalen Broschen, die die Träger an ihrem Leinenhemd befestigten.

Noch größer als die Gier nach Essen und nach Wärme wurde der Wunsch, sich zu waschen. Sie gab ihm nicht nach, ignorierte das Blut, lauschte weiter. Auf das Knacken von Holz, auf den eigenen unruhigen Atem, auf Stimmen …

Ja, da war eine Stimme! Nicht die des Waldes, jenes Chores aus Heulen, Gurren, Knurren, Knarzen, sondern die Stimme des Mörders.

»Es waren Frauen … Mädchen … Sie haben sich irgendwo versteckt. Wir müssen sie kriegen … Sie haben alles gesehen … könnten es bezeugen …«

Auf die Stimme folgte neues Hufgetrappel, das Schnauben von Pferden. Noch war nichts zu sehen, aber Gunnora vermeinte, die Blicke des Mannes auf sich zu spüren, die Blicke des Christen …

Sie wusste, sie sollte ruhig stehen bleiben, sich eine Rune ausdenken, die Schutz versprach, sie in den Boden malen und den Mörder damit bannen. Doch ihr Geist war plötzlich wie leer, und sie hielt nicht länger an ihrem Plan fest, die Männer von ihren Schwestern wegzulocken. Sie konnte nicht mehr denken, nur rennen, keuchend, schnell und laut … viel zu laut.

Sie kämpfte sich weiter durchs Unterholz und kam zu einer weiteren Lichtung. Sie betrat sie nicht als Erste. Der Mörder war vor ihr dort angekommen, und sie rannte ihm direkt in ie Arme.

ᚠ

Am Hof von Graf Richard in Rouen wurde in diesen Tagen viel getuschelt, und einmal mehr presste Alruna das Ohr an die Tür.

Ihre Mutter hatte sie oft ermahnt, dass es ein Laster sei, heimlich zu lauschen, aber sie hatte sie auch schon sagen hören, dass Wissen Macht bedeute. Und Wissen, so war Alruna überzeugt, erwarb man sich nicht nur, indem man Fragen stellte und auf Antwort hoffte. Manchmal musste man es ähnlich stehlen wie der Dieb die frischen roten Äpfel vom Markt.

»Ich mache mir große Sorgen um den Grafen«, hörte Alruna ihre Mutter eben sagen.

»Er ist jung, er kommt darüber hinweg.« Die Worte ihres Vaters sollten wohl Trost spenden, aber seine Stimme klang so verzagt wie die seiner Frau.

Beide dienten Richard, dem jungen Grafen der Normandie, und beide waren sie bestürzt, dass er einen so großen Verlust hatte hinnehmen müssen. Noch ergebener als ihre Eltern war Alruna dem Grafen, für sie war es nahezu unerträglich, Richard so leiden zu sehen.

»Denkst du, er hat sie geliebt?«, fragte Arvid, ihr Vater.

Alruna konnte ihre Mutter nicht sehen, war sich dennoch sicher, dass Mathilda die Schultern zuckte.

»Wer kann schon in das Herz eines Menschen sehen? Gewiss ist nur: Solange sie lebte, konnte er sich des Schutzes und der Freundschaft ihres Bruders sicher sein. Doch nun …«

Sie sprachen von Emma, Tochter Hugos des Großen und Schwester von Hugo II., Letzterer der mächtige Herrscher von Franzien, dem Nachbarland der Normandie. Seit Alruna denken konnte, war Richard mit Emma verlobt gewesen, und als die Braut alt genug geworden war, hatte Hugo Richard nach Paris eingeladen, wo erst eine feierliche Messe gefeiert worden war und sich später das Paar zum ersten Mal gegenübergestanden hatte. Alruna konnte jenes denkwürdige Treffen nicht bezeugen, hatte jedoch erfahren, dass Richard von Emmas Liebreiz und Schönheit verzückt gewesen war.

Sie konnte nicht so recht glauben, dass dies der Wahrheit entsprach. Als Emma nach der Hochzeit nach Rouen kam, befand sie sie für blass, nichtssagend und unwürdig, die Frau an Richards Seite zu sein. Doch auch wenn sie sie nicht sonderlich mochte und sie insgeheim beneidete – den plötzlichen Tod, der Emma wenige Wochen zuvor ereilt hatte, hatte sie ihr nicht gewünscht, und sei es nur, um Richard möglichen Kummer zu ersparen.

»Was denkst du, wird Hugo nun tun?«, fragte Mathilda.

Arvid schnaubte. »Hugo ist ein Wendehals wie sein Vater, das wissen wir alle. Er hat schon so viele Schwüre geleistet, die er hinterher leichtherzig gebrochen hat. Aber um Hugo mache ich mir die geringsten Sorgen, sondern …«

Er brach ab, begann auf und ab zu gehen. »Richard darf sich nicht in seiner Trauer verkriechen!«, rief er schließlich beunruhigt. »Gerade jetzt nicht!«

Alruna löste ihr Ohr von der Tür, atmete tief durch und trat ein.

Der Schmerz musste nur allzu deutlich in ihren Zügen stehen, denn ihre Mutter musterte sie nur flüchtig, ehe sie grußlos sagte: »Du vermisst sie gewiss auch unendlich!«

Alruna packte das schlechte Gewissen. Mathilda war eine kluge Frau, die den meisten Menschen ins Herz sehen konnte, aber das, was ihre Tochter umtrieb, deutete sie häufig falsch. Sie glaubte tatsächlich, dass sie Emma von ganzem Herzen gemocht hatte, war sie doch deren Zofe gewesen! In Wahrheit hatte sie diesen Dienst nur widerstrebend geleistet, sich ihm schlichtweg nicht entziehen können, da jeder in ihrer Familie eine Aufgabe am gräflichen Hof innehatte: Ihr Vater Arvid war einst Lehrer des jungen Grafen gewesen und mittlerweile einer seiner engsten Berater, und ihre Mutter war neben dem Mansionarius für die Hofhaltung verantwortlich.

Alruna schluckte das schlechte Gewissen hinunter. »Ich würde so gern etwas tun ...«, murmelte sie.

Der Vater strich ihr tröstend über das Haar. »Ich fürchte, du kannst nichts tun, ich selbst muss ihm ins Gewissen reden, ich muss ihm sagen, dass ...«

»Es ist wegen Thibaud von Chartres, nicht wahr?«, unterbrach Alruna ihn hastig.

Der Vater blickte sie verwundert an. »Woher kennst du denn diesen Namen?«

Alruna unterdrückte ein Seufzen. Der Vater hatte immer noch nicht begriffen, dass sie kein kleines Mädchen mehr war, das man mit Rasseln aus Knochenstücken erfreuen konnte, sondern sechzehn Jahre alt und somit erwachsen. Ein Gutes hatte es gehabt, an Emmas Seite zu leben – Alruna wusste nun alles über die Vergangenheit der Normandie und die hohe Politik. Und sie kannte die Namen der vielen Feinde, die Richards Macht bedrohten, und der vielen Neider im fränkischen Reich, die den Grafen der Normandie als Piraten bezeichneten, weil er ein Nachfahre der grausamen, heidnischen Nordmänner war. Einer war besagter Thibaud von Chartres, genannt le Tricheur, Graf von Blois und Bruder vom Grafen der Champagne.

Ja, Alruna hatte sich all diese Titel gemerkt und auch, dass Thibaud immer wieder Raubzüge in die benachbarte Normandie unternahm. Der fränkische König Lothar strafte ihn nicht dafür – im Gegenteil. Er schien für die Einflüsterungen Thibauds empfänglich, wonach er selbst die Normandie erobern sollte. Nun, Lothar war nicht gefährlich, er war noch viel zu jung. Aber Hugo, Emmas Bruder, könnte in Versuchung geführt sein, sich erst der fränkischen Krone zu bemächtigen und später der der Normandie.

Das alles legte sie ihrem Vater dar und schloss mit den Worten: »Richard muss auf der Hut sein, jetzt, da Emma tot ist. Wenn Hugo der Große noch leben würde, könnte er sich seines Schutzes sicher sein, doch sein Sohn pflegt eine nicht mehr ganz so enge Freundschaft mit Richard, und nun ist er nicht länger sein Schwager.«

Erst hatte sich Verwirrung im Gesicht des Vaters ausgebreitet, am Ende neue Sorgen, doch anders als erwartet galten diese nicht Graf Richard.

»Du solltest dich nicht mit solchen Dingen beschäftigen«, murmelte er zweifelnd.

»Warum? Weil sie eine Frau ist?«, ging die Mutter scharf dazwischen und nahm den Widerspruch vorweg, der Alruna selbst auf den Lippen lag.

»Nein, weil sie noch so jung ist.«

Alruna reckte ihr Kinn. Wie sie es hasste, wenn über sie geredet wurde, als wäre sie gar nicht anwesend.

»Lasst mich mit Richard sprechen!«, forderte sie entschlossen.

Obwohl sie eigentlich auf ihrer Seite stand, wirkte nun auch Mathilda verwirrt. »Aber ...«

»Er ist von seiner Trauer gefangen und blind für die politische Lage«, fuhr sie rasch fort. »Das ist es doch, was euch umtreibt, und deswegen willst du ihm ins Gewissen reden, nicht wahr, Vater? Ich könnte das doch auch tun, und gerade weil ich eine Frau bin und noch jung, mehr Erfolg haben als du!«

Arvid runzelte argwöhnisch die Stirn, doch ehe er etwas sagen konnte, legte Mathilda ihre Hand auf seinen Arm. »Das ist kein schlechter Vorschlag. Alruna hat einen besonderen Platz in seinem Herzen, und vielleicht vermag niemand besser als sie, die Schwärze aus seinem Herzen zu vertreiben.«

Nur wenig später stand Alruna vor dem Grafen.

»Ach, Alruna …«, seufzte Richard.

Er sah älter aus, hagerer, etwas gebeugter – ein Anblick, der ihr Kummer bereitete, zugleich jedoch auch Zorn entfachte. Richard durfte sich nicht gehen lassen! Sich dem Alter hingeben durften seine Berater, ihr Vater darunter, aber doch nicht er, ihr Held, ewig strahlend, jung und stark! Er durfte nicht immer wieder seufzen, den Kopf schütteln, ihr Anliegen schlichtweg ablehnen!

Eben hatte sie vorgeschlagen, gemeinsam auszureiten, doch mit diesem Ansinnen nicht die erhoffte Leidenschaft in ihm entfachen können.

»Ich bitte dich«, bedrängte sie ihn, »du liebst das Reiten über alles, es wird dir guttun!«

»Aber du hast doch Angst vor Pferden.«

Immerhin, in seinem Tonfall lag etwas Neckisches. So sprach er oft mit ihr, als wäre sie noch das kleine Kind, mit dem er früher manchmal gespielt hatte, desgleichen, wie immer, wenn er sie anlächelte, ein Augenzwinkern folgte. Sie liebte sein Lächeln – das Augenzwinkern hingegen nicht. Sie wollte, dass er sie ernst nahm und in ihr nicht länger das kleine Mädchen sah!

»Ich habe schon lange keine Angst mehr!«, rief sie überzeugt.

Das war eine dreiste Lüge – nichts fürchtete sie mehr als jene mächtigen Schlachtrosse, die gewohnt waren, Krieger zu tragen, keine Frauen. Richard war auf dem Pferderücken aufgewachsen, er hatte schon mit vier Jahren reiten gelernt. Sie selbst hingegen war viel älter gewesen, als sie das erste Mal auf einem solchen Tier gesessen hatte – und viel widerwilliger.

Allerdings ließ sie sich das nicht anmerken, sondern starrte ihn herausfordernd an. »Es wird Zeit, dass du dich wieder unter die Lebenden mischst!«, rief sie.

Was ihre Worte nicht auszurichten vermochten, schaffte ihr Blick.

Er lächelte nicht mehr, zwinkerte sie nicht spöttisch an, sondern wurde plötzlich ganz ernst. »Wenn du meinst.«

Alrunas Herz pochte, als sie gemeinsam den Turm hinabstiegen. Vor einigen Jahren hatte Richard die gräfliche Pfalz in Rouen von Grund auf erneuern und einen Turm, dessen Fenster Richtung Südwesten lagen, errichten lassen. War er in seiner Hauptstadt, verbrachte er viel Zeit dort. Für gewöhnlich verließ er ihn nicht an der Seite einer Frau, sondern von Männern – am liebsten von Raoul, seinem Halbbruder, den seine Mutter Sprota einem Müller von Pîtres geboren hatte. Ohne die Last, der Sohn eines Grafen zu sein und dereinst ein schwieriges Erbe antreten zu müssen, war Raouls Kindheit viel leichter gewesen und sein Wesen darum viel fröhlicher – in der Trauer der letzten Wochen vielleicht sogar ein wenig zu fröhlich für Richard. Alruna war sich sicher, dass er sich von ihr, deren Ernsthaftigkeit er oft verspottet hatte, besser verstanden fühlte.

Rasch waren die Pferde gesattelt und einer Gruppe von Kriegern der Befehl erteilt, mit etwas Abstand zu folgen. Richard ritt nie allein aus, sondern immer in Begleitung einer kleinen Einheit, bestehend aus jungen Männern, die am Hof lebten und zu Kriegern ausgebildet wurden.

Anfangs fühlte Alruna sich von ihnen gestört, später, als sie die Straße verließen und auf unebenem Gelände weiterritten, galt ihr ganzes Augenmerk dem Trachten, sich auf dem Pferderücken zu halten, ohne dabei lächerlich zu wirken. Die Pferde der Krieger hatten Riemen mit Eisenbeschlägen an Brust und Unterbauch, ihres nur einen Sattel mit Steigbügeln, der bei jedem Schritt zu verrutschen drohte. Vielleicht war es aber gar nicht der Sattel, sondern sie, die alsbald auf dem Boden zu landen drohte.

»Und du hast doch Angst«, neckte Richard sie. »Mir brauchst du nichts vorzumachen.«

Sie verzichtete auf eine weitere Lüge. »Du mir auch nicht«, erwiderte sie ernst. »Ich weiß, warum du dich in deinem Turm verkriechst. Nicht wegen der Trauer um Emma nämlich, wie du alle Welt glauben machst. Du hast sie nicht geliebt – lediglich das Leben an ihrer Seite. Solange sie deine Frau war, konntest du dich halbwegs sicher fühlen vor deinen Feinden, galtest als Franke und frei von der Bürde, ein Nachfahre der wilden Nordmänner zu sein. Emma hat alle Welt das Erbe deines Blutes vergessen lassen. Doch nun scheint dein Trachten, einer der ihren zu sein, vergebens.«

Die ersten Worte waren noch zögerlich über ihre Lippen gekommen, danach redete sie immer entschlossener auf ihn ein. Vielleicht ging sie zu weit, aber dieser gestohlene Moment war zu kostbar, ihm auch nur einen der Gedanken, der sie seit Tagen umtrieb, zu verschweigen. In seinem Blick stand Verwirrung, doch er senkte ihn nicht, und er versuchte auch nicht, sie zu unterbrechen.

Erst nachdem sie geendet hatte, murmelte er: »Seit ich denken kann, bin ich von Feinden bedroht worden. Mein Vater ist ermordet worden, ich habe als Kind monatelang in Gefangenschaft gelebt. So oft hätte ich um ein Haar die Normandie verloren oder gar mein Leben.«

Sie nickte. »König Ludwig, Hugo der Große, Kaiser Otto, Arnulf von Flandern …«, nannte sie die Namen derer, die ihn viele schlaflose Nächte gekostet haben mussten.

Sie selbst konnte sich noch daran erinnern, als die Truppen des Kaisers die Normandie überfielen und Richard sie erst im letzten Augenblick überlisten konnte. Eigenhändig hatte er damals den Neffen des Kaisers enthauptet, was dessen Truppen dazu getrieben hatte, entsetzt in alle Himmelsrichtungen zu fliehen.

Unmerklich glitt ihr Blick zu diesen Händen. Es waren schöne Hände, feingliedrig und doch voller Kraft. Sie konnte sich nicht vorstellen, wie diese Hände töteten, wollte es auch gar nicht, wollte sich lieber ausmalen, wie diese Hände zärtlich über ihr Gesicht streichelten. Wie sehr sie sich danach verzehrte! Wie glühend rot sie allein bei dem Gedanken daran wurde!

»Eben aber denkst du nicht an meine Feinde, oder?«, neckte er sie.

Sie fühlte sich ertappt, blickte hastig von den Händen weg und studierte sein Gesicht. Obwohl es ihr vertraut war, war es immer wieder eine Freude, ihn zu mustern, sich jedes Detail einzuprägen, seine ebenmäßigen Züge, sein zu Zöpfen geflochtenes, schulterlanges Haar, seinen sorgfältig gestutzten Bart, seine blauen Augen.

Er war so stattlich, so männlich, so herrschaftlich ...

»Trotz der vielen Feinde hast du dich immer als stark erwiesen«, rief sie eifrig. »Man nennt dich nicht ohne Grund Richard, den Furchtlosen. Du hast Emma verloren, aber gewiss nicht deine Tapferkeit.«

Sein Lächeln schwand von den Lippen. »Und siehst du, vielleicht irrst du dich, vielleicht irrt sich alle Welt. Manchmal habe ich doch ... Angst.«

Er sprach das Wort aus, als würde er sich daran verbrennen.

»Das ist doch nichts Schlimmes«, rief sie. »Du darfst dich nur nicht dazu bekennen! Es ist dein Geheimnis ... deines ... unseres ...«

»Du scheinst darin geübt, solche Geheimnisse zu hüten.«

Wie leicht es plötzlich schien zu nicken! Wie leicht, ihm anzuvertrauen, was sie bis jetzt aller Welt eisern verschwiegen hatte! Doch ehe sie es tun konnte, erklang ein Rascheln im Gestrüpp, und sie zuckte zusammen.

»Es wird doch kein Bär sein!«, rief sie erschrocken.

»Und selbst wenn ... Ich würde ihn töten, ehe er dir etwas zuleide tun könnte.«

Wieder fiel ihr Blick auf seine Hände, wieder konnte sie sich nicht recht vorstellen, dass diese halfen, Blut zu vergießen.

»Er ist so unglücklich mit seiner Frau.«

Ohne dass der Name seines Bruders fiel, entfuhren Richard diese Worte. Raoul nannte man den Bärentöter, seit er einmal auf der Jagd im Wald von Vivière ein besonders großes, gefährliches dieser Tiere getötet hatte, weswegen Richard nun an ihn dachte.

Alruna schluckte. Der ganze Hof schwatzte über Raouls Ehefrau Ermentrude, die ihm das Leben schwer machte, wo sie nur konnte. Wie ungerecht es war, dass Raoul in einer freudlosen Ehe gefangen war, Richard hingegen Witwer, obwohl er Emma doch gemocht hatte! Wie ärgerlich auch, dass das Rascheln sie von ihrem Bekenntnis abgehalten hatte und nun die Gelegenheit verstrichen war!

»Es tut mir leid«, murmelte sie schlicht. »Nicht, dass Raoul unglücklich ist ... sondern du.«

»Ach, das muss dir doch nicht leid tun«, rief er leichtfertig. »Du gibst dir alle Mühe, mich auf andere Gedanken zu bringen. Und wenn ich nicht glücklich bin, ist es gewiss nicht deine Schuld, im Gegenteil. Du bist ...«

Er hielt inne. Obwohl das Rascheln längst verstummt war, ritten sie nicht weiter.

»Ja?«, fragte sie.

»Du bist so gut zu mir«, sagte er, »ich liebe dich.«

Ihre Welt stand still.

»Ich liebe dich wie eine Schwester«, fügte er dann hinzu.

Ihre Welt wankte.

Ich liebe dich auch, dachte sie, ich habe dich immer geliebt, schon als kleines Mädchen, ich bin mit der Liebe groß geworden, und diese Liebe hat sich gewandelt, ist längst viel inniger geworden, als die zu einem Bruder es ist.

Sie lächelte, aber sie hatte Tränen in den Augen. Er bemerkte sie nicht, sondern gab seinem Pferd die Sporen.

Alruna lächelte immer noch, als sie zurückkehrten. Sie lächelte, weil Richard in der Nähe war und sie ihm nicht zeigen wollte, wie sehr seine Worte sie getroffen hatten. Und sie lächelte noch mehr, als sie ihre Mutter erblickte, die im Hof wartete, denn vor ihr wollte sie noch viel weniger eingestehen, wie tief der Schmerz saß, der in ihrer Brust wütete.

Richard ließ sich täuschen, Mathilda nicht.

Kaum hatte Alruna ihr Pferd an einen Knecht übergeben und der Graf sich wieder in seinen Turm zurückgezogen, zog Mathilda sie mit sich. Alruna ließ es über sich ergehen.

»Sein Kummer scheint nicht mehr ganz so schwer auf ihm zu lasten«, stellte Mathilda fest.

Alruna nickte mit enger Kehle.

»Aber deiner scheint gewachsen zu sein.«

Der Griff der Mutter war fest und tröstlich, doch Alruna riss sich unwirsch los. »Warum denkt ihr alle, dass ich in Trauer um Emma vergehe? So nahe habe ich ihr nicht gestanden!«

Nie hatte sie dermaßen die Beherrschung verloren, doch die Mutter schien nicht überrascht.

»Du trauerst nicht um Emma«, sagte sie leise, »das weiß ich wohl. Du leidest nicht wegen des Todes ... sondern wegen der Liebe.«

Endgültig entglitten Alruna die Züge. Wie sollte sie der Mutter etwas vormachen, dieser lebensklugen, erfahrenen Frau, die durch manche Schicksalsstürme gegangen, von ihnen jedoch nicht umgeworfen worden war und danach nur umso fester im Boden verwurzelt schien?

Alruna hingegen war es, als würde dieser Boden zittern. »Ich liebe ihn, seit ich denken kann«, brach es aus ihr hervor.

Mathilda nickte nachdenklich. »Und siehst du, das macht mir Sorgen. Dass du nie eine gewesen bist, die ihn nicht liebte.«

Alruna sah sie betroffen an. »Was soll das heißen?«, fragte sie unwirsch und suchte vergebens, ihre Verstörtheit hinter Trotz zu verbergen.

»Dass du mehr sein musst als ein Zweiglein, das an seinem Baume wächst, denn sonst verkümmerst du.«

»Also glaubst du nicht, dass er mich ebenfalls lieben könnte?«

Mathilda seufzte. »Die Trauer um Emma mag echt gewesen sein, sonderlich tief ging sie jedoch nicht. Richards Gefühle sind stets heftig, hingegen selten langlebig. Das Problem ist nicht, dass er nicht lieben kann, sondern dass er zu viele liebt.«

Alruna schwieg betroffen. Sie hätte es gern geleugnet, aber sie wusste so gut wie ihre Mutter, dass die verstorbene Emma nicht die einzige Rivalin um Richards Gunst gewesen war. Seine Ehe hatte ihn nicht davon abgehalten, weiter seine Konkubinen aufzusuchen, die ein eigenes Haus in der gräflichen Pfalz bewohnten. Einige von ihnen hatten ihm Bastarde geboren – einen Sohn namens Geoffrey und ein Mädchen namens Beatrice –, und glaubte man den Gerüchten, waren weitere unterwegs.

Mathilda suchte ihren Blick. »Vergiss nie, du bist etwas Besonderes für ihn, Alruna, nicht eine von vielen! Und das nur, weil euch langjährige Vertrautheit bindet, nicht Geschlechtlichkeit. Begnüg dich damit, denn alles andere wirst du nicht bekommen, oder falls doch, wird es dich nicht glücklich machen.«

»Ich will nicht, dass er mich wie eine Schwester liebt!«

»Daran ist doch nichts Schlechtes zu finden.«

In Alrunas Ohr klang es dennoch düster wie ein Todesurteil. Alles in ihr bäumte sich dagegen auf, und dieses Mal hatte ihr Trotz nicht gegen Verwirrung zu kämpfen, sondern gegen bittersten Schmerz.

»Ich werde euch alle eines Besseren belehren«, flüsterte sie.

Sie floh, ehe die Mutter ihr widersprechen konnte. Diese hielt sie nicht auf, sah ihr nur betroffen nach. Alruna spürte ihren Blick, spürte ihre Zuneigung ... spürte auch ihr Mitleid. Voller Unbehagen zog sie die Schultern hoch. Mitleid war, gemessen an unerfüllter Liebe, ein noch lähmenderes Gift. Nein, sie würde es nicht schlucken, würde es der Welt vielmehr ins Gesicht spucken, würde mit Freuden zusehen, wie es deren Gesicht zerfraß, und darüber vergessen, welcher Schmerz das eigene Herz brechen ließ. Sie würde nicht in Qual erstarren, sondern eisern mit ihr ringen, bis alle Welt wusste, dass das Leiden sie nicht schwächte, sondern stärkte. Ganz gleich, was die Mutter sagte – sie war kein Zweiglein, das an Richards Baum wuchs, sondern selbst einer, ein dicker, mächtiger. Ach, wenn Richard doch nur dessen Wurzeln begösse und die Zweige Knospen trieben, aus denen Blüten wurden, bunte und schöne!

Alruna stieg den raucherfüllten Gang nach oben in Richards Turm. Hier war es nicht bunt und schön, sondern grau in grau. Ein Mann wartete auf der obersten Stufe der Treppe, und sie dachte schon, dass es Richard wäre, aber dann erkannte sie seinen jüngeren Bruder Raoul. Er war nicht viel älter als sie selbst, was bedeutete, dass ihn von Richard ein halbes Leben trennte, doch sein Spott konnte grausam sein wie der eines alten Menschen, der mehr Bitteres als Süßes geschluckt hat. Gewiss, er war von fröhlicher Natur und nahm das Leben leicht, hatte aber in seiner unglücklichen Ehe dennoch lernen müssen, dass es das Schicksal, nur weil man noch jung war, nicht immer gut mit einem meinte, ja, dass besagtes Schicksal mit den besonders Kecken, Leichtsinnigen und Selbstbewussten vielmehr am liebsten seine verstörenden Spiele trieb.

»Was hast du mit ihm gemacht?«, rief Raoul lachend.

Alruna hielt inne. Sie wusste die Worte nicht zu deuten. Eigentlich verhießen sie Anerkennung, sprachen sie ihr schließlich die Macht zu, Richard von seiner Trauer befreit zu haben, doch das Gelächter, das nicht abriss, war zu schrill, um es für freundlich zu halten.

Ihr Blick fiel auf die geschlossene Tür, und plötzlich stieg eine Ahnung in ihr hoch, wie Richard den Weltschmerz tatsächlich abgeschüttelt hatte, aber auch, dass sie ihm darüber nicht unbedingt nähergekommen war.

Sie drängte sich an Raoul vorbei. Kurz zögerte sie noch, dann hielt sie an ihrem Entschluss fest, sich vom Leid nicht brechen, sondern stärken zu lassen.

Sie öffnete die Tür einen Spalt weit, lugte hindurch, schloss sie wieder.

Raoul hatte zu lachen aufgehört und strich nun neckisch über ihren Arm. »Es war die richtige Idee, ihn in den Wald zu entführen, der Wald hat ihm immer gutgetan. Kaum zu glauben, wie euer Ausritt seine Lebensgeister geweckt hat – und seinen Hunger.«

Es war kein Hunger auf Met und Rinderbraten, sondern Hunger auf eine der vielen Konkubinen, blond oder dunkel, rundlich oder zart, kokett oder schüchtern. Sie sahen unterschiedlich aus, alle hatten sie jedoch gemein, dass sie dem Grafen gefallen wollten, und dazu bedurfte es nicht viel mehr, als bereitwillig die Schenkel zu öffnen.

Zwischen solchen Schenkeln wälzte sich nun Richard, die Beinkleider aufgeschnürt, ansonsten noch angekleidet. Dass er sich nicht einmal die Zeit genommen hatte, die Kleidung abzulegen, die er in ihrer Gegenwart getragen hatte, war für Alruna besonders bitter … und erniedrigend.

Ihre Fingernägel gruben sich in die Daumenballen. Sie blickte Raoul herausfordernd an, lächelte wieder, dann ging sie aufrechten Ganges die Treppe hinunter. Erst als sie den Turm verlassen hatte, schossen neue Tränen in ihre Augen, und sie sank verzweifelt auf die Knie.

ᚢ

Gunnora starrte den Mann an, der ihre Eltern ermordet hatte, und fühlte nichts. Sie fühlte keine Angst vor dem Tod, keine Trauer ob des Verlustes, keine Sorge um die Schwestern, keine Wehmut ob der Erinnerungen an ihr viel zu kurzes Leben. Sie fühlte nichts, weil sie es so wollte.

Ihr Blick fiel auf das Kreuz auf seiner Brust, dunkel, vom Blut getränkt, und eine Rune kam ihr in den Sinn, die sie diesem Kreuz entgegenhalten wollte.

Isa.

Die Rune, die Eis bedeutete. Sie stand für Stille und Kälte, für Innehalten und Warten – und wenn man sie nutzte, um jemanden zu verfluchen, so vermochte sie die Wirkung aller anderen Runen zu schwächen, Schwerter stumpf zu machen und Gefühle zu töten.

Und genau das war es, was sie wollte. Sie konnte nichts gegen ihren Mörder tun, ihm nicht in den Arm fallen, wenn er seine Waffe gegen sie richtete, sich seinem Griff nicht entwinden, wenn er sie packte. Aber sie konnte ihm zuvorkommen, konnte ihr Innerstes töten, ehe er es tat, und ihm nichts als eine leblose Hülle hinterlassen. Das Eis, zu dem sie wurde, glitzerte nicht in der Sonne, es lud dazu ein, mit Tierknochen unter dem Schuhwerk darauf zu tanzen, wie sie es manchmal im Winter getan hatten. Es ließ vielmehr alles erstarren, was sich zu schnell bewegte, und wer seiner Kälte mit Lebendigkeit trotzte, riskierte, darin einzubrechen und vom winterlich schlafenden Wasser verschlungen zu werden.

Der Mann zögerte. Anstatt auf sie loszugehen, schien er sichtlich verstört, dass sie nicht wie die Beute vor dem Jäger zu fliehen versuchte, sondern ihm trotzte. Erst jetzt bemerkte sie, dass er allein war, dass er die anderen Männer fortgeschickt hatte, wohl weniger aus Scheu, vor Zeugen zu töten, sondern vielmehr, damit diese ihre Schwestern suchen konnten.

Nun bekam ihre Beherrschung doch Sprünge – und seine Ausdruckslosigkeit nicht minder. Er lächelte, als er ihre Angst witterte. So musste eine Spinne lächeln, die nach dem Leben der Opfer lechzte und es bis zum letzten Tropfen aus ihm herauszusaugen gedachte.

Gunnora ballte ihre Hände zu Fäusten.

Mein Blut kriegst du nicht, nur Wasser, farblos und kalt wie das Eis. Du weißt nicht, wie ich heiße, darum tötest du nicht mich, nur eine namenlose Frau, eine von vielen.

Noch zögerte er, noch tötete er sie nicht.

Er pirschte sich mit den lautlosen Schritten eines Raubtiers an sie heran, angespannt, lauernd ... gierig.

Beinahe hatte er sie erreicht, als sie verspätet begriff, was er wollte – sie nicht nur einfach ausschalten, sondern daran Vergnügen finden. Und mit dem vom Schwert gebrachten und darum schnellen Tod war das nicht zu erreichen. Bevor sie starb, würde er sie schänden, würde sie schreien lassen, würde sie verletzen.

Wieder entglitten ihr die Züge. Ja, Eis war kalt und hart, aber Eis konnte brechen. Es war kein schöner Tod, frierend zu ertrinken, auch kein heldenhafter. Und plötzlich schien es ihr ebenso wenig heldenhaft, dass sie nichts fühlte, dass sie nicht zu fliehen versuchte, dass sie nicht gegen ihn kämpfte, sondern ihn nur wie erstarrt musterte. Dieser Gleichmut einer Greisin war ein ergrautes, faltiges, schlaffes Gefühl – keines, mit dem sie sterben wollte.

Er trat näher, hob seine Hand, berührte ihr Gesicht, das Eis schmolz.

Sie schrie, schrie um Hilfe, schrie, dass ihn die Götter verfluchen sollten, hoffte nicht darauf, dass jemand den Schrei hörte, und noch weniger, dass die Götter es ihm tatsächlich heimzahlten, aber sie schrie dennoch weiter. Nein, nicht lautlos wollte sie auf der Straße nach Hel den Eltern folgen, sie wollte Spuren im Waldboden hinterlassen, wollte, dass die Kratzer in ihrem Gesicht nicht von seinen Händen rührten, sondern von den Ranken, die ihr auf der Flucht ins Gesicht schlugen.

Auf dieser Flucht kam sie nicht weit. So abrupt hatte sie sich umgedreht und war losgerannt, dass er zwar zunächst ins Leere griff, als er sie zu packen versuchte, doch alsbald hörte sie seine Schritte, die ihr folgten. Sie hörte auch seinen Atem, heiß und lüstern, hörte ein Klappern, als das hölzerne Kreuz gegen sein eisernes Wams schlug.

Gleich würde sie erneut seine Hände fühlen. Gleich würde er sich nicht mehr damit begnügen, über ihr Gesicht zu streichen.

Sie stolperte, fiel zu Boden, mit dem Gesicht voran, schmeckte feuchte Erde. Als sie sich umdrehte, aufrichtete und die Erdeausspuckte, stand der Mörder ihrer Eltern nicht über sie gebeugt, wie sie erwartet hatte, sondern lag selbst dahingestreckt auf dem Boden.

»Los, weg von hier, schnell!«

Gunnora hörte die fremde Stimme, konnte aber nicht einordnen, aus welcher Richtung sie kam. Etwas lief ihr feucht über die Wangen, doch es waren nur Tränen, kein Blut.

Ich blute nicht, hämmerte es in ihrem Kopf. Schmutzig will ich gern sein, nur nicht geschändet, nur nicht tot ...

»Komm mit!«

Er sprach Fränkisch – eine Sprache, die sie von ihrem Vater gelernt hatte. Ein Mann, der mit Pferden handelte, musste möglichst viele Sprachen beherrschen, und als der Entschluss gefallen war, Dänemark zu verlassen, hatte Walram auch von seinen Töchtern gefordert, des Fränkischen kundig zu werden.

Blätter raschelten, und nun sah sie hinter den Bäumen den Mann, der zu ihr gesprochen hatte. Er war kleiner und gedrungener als der Angreifer, trug ein Hemd aus grobem Wollstoff, leinene Hosen und einen weißen Rock darüber. Die Beine waren mit breiten Lederbändern umschnürt, die Füße steckten in plumpen Schuhen. In seinem Gürtel trug er ein kleines Messer, um seine Schultern lag ein Fell aus Fischotter, das speckig wirkte. Er war offenbar nicht reich, besaß weder Schwert noch Pferd. Er war kein Krieger, kein Mörder.

»Wer bist du?«, fragte sie heiser.

Er packte sie am Arm und zog sie mit sich, gab jedoch keine Antwort.

»Wie hast du ihn zu Fall gebracht?«

Dieses Mal bekam sie eine Antwort, doch nicht von ihm.

»Das hat doch nicht er gemacht, sondern ich. Ich habe mit einem Ast auf seinen Kopf geschlagen.«

Sie fuhr herum und erblickte Seinfreda, nicht weiß und blass und hellblond, sondern braun von der Erde wie sie. Die beiden kleinen Schwestern klammerten sich an ihren Rock.

»Warum bist du zurückgekommen?«, schimpfte Gunnora. »Ich habe dir doch gesagt, dass ihr euch in Sicherheit bringen sollt!«

»Wenn wir das getan hätten, wärest du nun tot. Wir haben Samo gefunden, er war nicht nur bereit, mit uns nach dir zu suchen, sondern will uns auch weiterhin helfen.«

Der Fremde, der Fränkisch sprach, hieß also Samo.

»Beeilt euch!«, rief er.

Viele Fragen lagen auf Gunnoras Lippen, aber als ihr Blick auf den reglosen Christen fiel, sah sie ein, dass diese warten mussten. Rasch nahm sie Duvelina auf den Arm und eilte den anderen nach.

»Wohnen nicht Wölfe und Bären im Wald?«, fragte Wevia bange. »Ich habe Angst vor ihnen!«

Wie kann sie am heutigen Tag nicht gelernt haben, dass tödlicher als Klauen und Zähne Schwerter sind?, fragte Gunnora sich stumm.

»Im Wald lebt vor allem Samo«, tröstete Seinfreda sie, »und er hat uns gerettet.«

Gunnora blickte sich um. Der Leib des Christen war nicht länger zu sehen, aber es war zu früh, aufzuatmen. Womöglich war er vom Ast nicht tödlich getroffen worden, sondern nur in Ohnmacht gefallen, würde ihnen, sobald er daraus erwachte, wieder auf der Spur sein und sie womöglich bald einholen.

Gleiches schien auch diesem Samo durch den Kopf zu gehen. »Schneller!«, rief er heiser und hetzte sie durch den Wald.

Seinfreda schien dem Fremden zu vertrauen – Gunnora folgte ihm zwar, vertraute ihm aber nicht. In seinem Gesicht las sie nichts, was auf Freundlichkeit und Mitgefühl schließen ließ, nur Einfalt und eine Spur Misstrauen, und das war zu wenig, ihm die Verantwortung für die Schwestern zu überlassen. Vielleicht tat sie ihm Unrecht, vielleicht war er ein guter Mann, aber sie konnte es nicht sehen, weil ihr Herz nach den Schrecken dieses Tages blind geworden war.

Sie rannten und rannten, stiegen über Wurzeln, duckten sich unter Ästen, blieben einmal schnaufend stehen. Nicht länger blickte Gunnora auf den Weg vor ihren Füßen, sondern gen Himmel, dessen Blau durchs Geäst schimmerte.

Ich möchte sein wie du, Sonne, dachte sie. Du hast zu viele Gräuel mit deinem strahlenden Licht erhellt, als dich über ein einzelnes zu grämen, und in deiner Hitze trocknen die Tränen, ehe sie fließen.

Ich möchte sein wie du, Mond. Die Nacht ist die Schwester des Schweigens, und worüber man nicht redet, darüber breitet sich der Schleier des Vergessens, dunkel und schwer wie der Schlaf.

Ich möchte sein wie ihr, Sterne. Die Finsternis umgibt euch, aber sie frisst euch nicht auf; erst das Morgenlicht fegt euch vom Himmel, doch selbst dem trotzt ihr noch, indem ihr es mit euren Strahlen zerschneidet und die frühe Sonne blutrot färbt.

Sie wusste, ihre Sehnsucht würde sich nicht erfüllen. Sie konnte nicht gen Himmel fliehen, sie war auf die Erde verbannt. Und auf dieser Erde würde sie nie vergessen, was an diesem Tag geschehen war, würde nie aufhören, daran zu leiden, würde ihr Herz immer bluten vor Gram.

Fécamp
996

Agnes fröstelte immer mehr. Warum war sie bloß nicht beim sterbenden Grafen geblieben, warum hatte sie sich nicht weiter gelangweilt, warum nicht auf den Tod gewartet? Seine Fratze war gewiss nicht so verstörend wie das Geheimnis, von dem die beiden Mönche sprachen.

Das Geheimnis der Gräfin, in Schriften festgehalten. Das Geheimnis, das die Zukunft der Normandie bedrohte.

Unmöglich, dass es die Normandie nicht mehr gab!

Agnes kannte keine andere Heimat, kein anderes Leben. Gewiss, man hatte ihr von klein auf eingebläut, dass der Friede, der nun herrschte, ein mühsam errungener war, und dass in der Vergangenheit die Macht des Grafen oft bedroht gewesen war. Er hatte viele Widersacher gehabt, doch er hatte sie alle überlebt, und sein Sohn war ein würdiger Erbe.

Nun gut, die Welt blieb dennoch ein gefährlicher Ort, ihr Großvater, der einige Jahre zuvor gestorben war, hatte manchmal davon gesprochen – von Hungersnöten, Kriegen und Raubzügen. Aber all das hatte eher wie ein schauriges Märchen geklungen, und der Grusel, den es bedingte, verursachte ein wohliges, kein unerträgliches Gefühl. Manchmal hatte sie über diese Geschichten sogar lachen müssen. Ihr Großvater war nun mal alt gewesen, und alte Leute waren immer ein wenig misstrauisch und runzelten häufig ihre Stirn.

Bruder Remi war noch nicht alt und wirkte dennoch argwöhnisch, vor allem aber bösartig. Ihre Mutter hatte ihr erzählt, dass das Kloster in Cluny, in dem er gelebt hatte, ehe er ein Mönch vom Mont-Saint-Michel wurde, von Sarazenen überfallen worden war. Der Abt war sogar von ihnen gefangen genommen worden, und die Mönche hatten im ganzen Reich betteln müssen, um das Lösegeld für ihn zusammenzubringen. Ob Bruder Remi selbst einem dieser Furcht erregenden Heiden, deren Gesichter, wie man munkelte, so schwarz wie ihre Seelen waren, gegenübergestanden hatte? Und was geschah wohl mit den Seelen, wenn sie in der Hölle brannten, da es doch nichts gab, was noch dunkler war als dieses Schwarz?

Agnes schüttelte den Kopf, um die Gedanken daran zu vertreiben. Von den Sarazenen drohte hier in Fécamp keine Gefahr, umso mehr hingegen von den beiden Mönchen, die eben ihren Platz verließen.

Tatsächlich! Sie kehrten nicht etwa ins Sterbezimmer zurück, sondern stiegen – an anderen Mönchen und den Wachen vorbei – die Treppe hoch. Agnes folgte ihnen lautlos. Sie war kaum überrascht, als die beiden Mönche wenig später das Gemach der Gräfin erreichten, sich noch einmal umblickten, es dann aber betraten.

Wie konnten sie es nur wagen! Agnes war zwar selbst oft hier gewesen, denn die Gräfin war eine enge Freundin ihrer Mutter und für sie darum wie eine Tante. Dennoch hätte sie nie gewagt, die Kemenate allein zu betreten, sie konnte es kaum fassen, dass die beiden Mönche keinerlei Scheu kannten.

Während Agnes auf der Schwelle verharrte, schritten sie forsch in die Mitte des Raumes, der auf den ersten Blick sehr schlicht wirkte, jedoch mit vielen edlen Details versehen *war. Die mit Steinen ausgekleidete Feuerstelle hatte einen eigenen Rauchabzug. Davor befand sich eine große Platte aus dünn gehämmertem Eisen, die den hölzernen Boden vor Funken schützte. Die Fenster waren mit dicken Stoffstücken zugehängt, in einer Ecke stand ein Kohlebecken aus Bronze, so kunstvoll gearbeitet, wie es nur Handwerker aus einem Land weit im Osten zustande brachten. Öllampen hingen von der Decke, sie berührten beinahe die Köpfe der beiden Gottesmänner, die nun den großen Tisch aus Eichenbohlen betrachteten oder vielmehr das, was darauf lag: Pergament, Bücher und Schreibgerät. Was immer sie suchten – sie wurden nicht fündig, gingen darum an den aus gedrechselten Hölzern gefertigten Stühlen vorbei zu den Truhen im hinteren Raum. Die größeren, die wohl Kleidung beinhalteten, weckten ihr Interesse nicht – eine kleine mit Intarsien aus Elfenbein hingegen umso mehr.*

Bruder Remi öffnete sie zielstrebig und zog mehrere Rollen hervor.

»Und?«, fragte Bruder Ouen aufgeregt.

Remi ließ nicht erkennen, ob er in Händen hielt, wonach er suchte.

»Ist es dieses . . . Dokument?«, fragte Bruder Ouen erneut.

Scheinbar waren es nicht die gewünschten Schriften, denn Remi ließ sie wieder sinken, zog weitere aus der Truhe hervor, musterte auch sie.

»Nun, vielleicht ist die Gräfin doch nicht so leichtsinnig, wie du denkst, und hat die Schriften längst zerstört«, murrte Bruder Ouen.

Er wirkte nicht länger sensationslüstern, sondern ungeduldig. Vielleicht war er schlichtweg hungrig.

»Das glaube ich nicht«, sagte Bruder Remi. »Du hast doch sicher gehört, dass Dudo an einer Chronik schreibt und dass

die Gräfin ihm zu diesem Zweck regelmäßig von lange vergangenen Ereignissen berichtet.«

Das hatte Agnes auch gehört. Dudo war nicht nur Kanzler und Kaplan des Grafen und stand somit an höchster Stelle in der Rangordnung von dessen Beratern, sondern war überdies Dekan der Gemeinschaft von Saint-Quentin und wurde für seine weisen Ratschläge, seine Leidenschaft für die Dichtkunst und sein stilistisches Können gerühmt.

»Und du denkst ...«, setzte Bruder Ouen an.

»Ich glaube nicht, dass eine Frau über ein derart großes Erinnerungsvermögen verfügt«, meinte Remi, »sie kann ihm nur so viele Details berichten, weil sie die entsprechenden Dokumente aufbewahrt.«

»Aber von ihrem Geheimnis wird sie ihm wohl nichts erzählen wollen! Also hat sie vielleicht gerade diese Schriften vernichtet!«

Bruder Remi knurrte Unverständliches. »Das wissen wir erst, wenn wir alles, wirklich alles durchsucht haben ...«

Und wieder beugte er sich über die Truhe, um weitere Pergamentrollen hervorzuziehen.

Bruder Ouen schnaubte, Agnes bemerkte seinen Unwillen nur allzu deutlich.

»Was ist?«, fuhr Bruder Remi ihn an, dem es genauso zu ergehen schien. »Ein wenig Mühe kostet es nun mal, die Welt zu verändern.« Er hielt inne. »Du hast bekräftigt, dass es dir nicht minder wichtig ist als mir, dass die Normandie wieder ans Frankenreich fällt, dass dieses Land von einem christlichen Herrscher regiert wird, nicht von einem Nachfahren der wilden Nordmänner.«

Er verschluckte sich beinahe an seinem letzten Wort, als könnte man sich, spräche man es nicht mit gebührender Vorsicht aus, daran vergiften.

Bruder Ouen lenkte ein. »Gewiss«, erklärte er und begann ebenso wie Bruder Remi, die Dokumente aufzurollen und zu lesen.

Agnes hingegen musste sich beherrschen, nicht laut aufzuschreien.

Die Normandie … ans fränkische Reich zurückfallen … Nachfahren von wilden Nordmännern …

Gütiger Gott! Die beiden Mönche wollten nicht nur der Gräfin schaden, indem sie ihr dunkles Geheimnis ans Tageslicht zerrten, sondern vielmehr verhindern, dass nach dem Tod des Grafen ihr Sohn die Macht ergriff! Sie wollten ihn vernichten! Ihn und sein Land, das doch ihre Heimat war, die einzige, die sie kannte!

Ich muss es verhindern, dachte Agnes, ich muss es unbedingt verhindern.

II.

962

Agnarr, der Mann, der Gunnoras Eltern auf dem Gewissen hatte, wusch sich seine Hände, ehe er dem Vater gegenübertrat – sein Gesicht hingegen wusch er nicht. Die Blutspritzer auf den bereits rötlichen Bartstoppeln verbargen schließlich, wie schütter diese wuchsen. Nicht zu verbergen vermochten sie seine etwas weibischen Lippen und noch weniger ihr Zittern.

Er zitterte vor Wut, weil ihm jene Frau entkommen war, weil ein Unbewaffneter ihn überwältigt und niedergeschlagen hatte und weil ihn seine Männer später nicht stolz zu Ross und siegreich vorgefunden hatten, sondern vor Schmerzen wimmernd und auf allen vieren kriechend.

Die Schmerzen waren zu einem dumpfen Dröhnen verkommen, der Zorn jedoch immer lodernder geworden. Es machte es nicht leichter, gleichen Zorn im Gesicht seines Vaters gespiegelt zu sehen.

»Bist du verrückt geworden?«, zischte dieser, kaum dass er das Langhaus betreten hatte. »Du weißt, dass es für unsere Taten keine Zeugen geben darf.«

Als ob er ein tumber Narr wäre, der vergaß, was er zu tun hatte! So oft war er in den letzten Jahren ausgeritten und hatte Ankömmlinge aus den nordischen Ländern getötet, um Zwietracht zu säen. Natürlich wusste er, dass Zeugen gefährlich waren und ihren Plan zum Scheitern bringen konnten, niemand musste ihn daran erinnern!

Er unterdrückte einen Fluch und fragte sich, wer ihm wohl zuvorgekommen war, dem Vater von seinem Versagen schon berichtet und ihn solcherart der Gelegenheit beraubt hatte, diesen milde zu stimmen.

Guomundr packte ihn an der Schulter und rüttelte ihn. Obwohl Agnarr es insgeheim erhoffte, schlug er seinen Sohn jedoch nicht. Das hätte bedeutet, die Beherrschung zu verlieren, und das tat er nie ... so wenig wie die schwarze Dänin. Sie hatte nicht geheult, nicht um ihr Leben gefleht ...

»Ich mache es wieder gut«, erklärte Agnarr hastig. »Ich durchpflüge den Wald, wenn es sein muss bis nach Rouen oder gar Évreux. Das Weib ist allein unterwegs, es kann nicht lange überleben.«

»Du bist doch von irgendjemandem niedergestreckt worden, also hat sie Verbündete.«

Auch das hatte man Guomundr gesagt?

»Und dennoch, ich werde ...«

»Nichts wirst du! Du Dummkopf! Wenn dieses Weib dich erkannt hat ... wenn durch sie die Welt erfährt, dass wir die Menschen aus dem Norden meucheln ... wenn man dem Gerücht widerspricht, das wir seit Jahren streuen, dann ...«

Guomundrs Stimme riss ab.

Dann war alles vergebens. Dann war ihr Trachten gescheitert, Graf Richard zu stürzen und Guomundr an seine Stelle zu setzen.

Agnarr öffnete den Mund, schloss ihn dann wieder. Das Blut, das in sein Gesicht gespritzt war, fühlte sich mit einem Mal klebrig an und war nicht länger ein Zeichen von Ruhm. Er hätte es sich doch von den Wangen waschen sollen.

Sein Vater ließ ihn los und betrachtete ihn angewidert.

Als Schlächter schickst du mich aus, dachte Agnarr, zum Tier soll ich werden ... doch wenn ich vor dir stehe, verachtest du gerade dies und willst stattdessen einen Mann sehen, der das Ränkespiel beherrscht, dem man den Hunger nach Blut nicht ansieht, der keine Lust am Quälen findet.

»Geh mir aus den Augen!«, schimpfte Guomundr.

Er sprach leise, wurde nie laut wie Agnarr, ließ nie zu, dass ihm die Züge entglitten wie eben seinem Sohn.

Woher zog sein Vater diese Kraft? Woher die schwarze Dänin?

Warum gelang es ihnen, sich dem Spiel zu widersetzen, das dieses Leben mit ihnen spielte, indem es Mörder und Opfer, Starke und Schwache, Herren und Sklaven ins Feld schickte und sich am Siegen und Untergehen weidete? Wie schafften sie es, am Rand zu stehen und zuzuschauen, als ginge es sie nichts an?

»Warum eigentlich?«, fragte er.

»Warum was?«, gab sein Vater zurück.

Agnarr musterte Guomundr. Er selbst trug noch Kettenhemd und Schwert, während sein Vater nur mit Kittel und Hosen bekleidet war. Rüstungen waren zu teuer, als dass man sie trug, wenn man nicht gerade tötete.

»Warum lasse ich mich von dir gängeln?«, fragte Agnarr leise. »Warum mich verschmähen?«

Guomundrs Augen weiteten sich. Agnarr war nicht sicher, ob er auf deren Grund Verachtung aufblitzen sah oder Angst. Er studierte den Vater nicht länger, blickte sich stattdessen um. Sie waren allein im Langhaus. Die Männer hockten draußen, soffen Met und brieten Fleisch über dem Feuer. Auch sie hatten ihre Gesichter nicht gewaschen, auch an ihnen klebte noch Blut.

»Du bist nichts ohne mich«, knurrte Guomundr.

»Doch«, bestand Agnarr heiser, »töten kann ich gut allein. Wann hast du mich je begleitet? Wann mich die schmutzige Arbeit nicht allein verrichten lassen?«

Während er sprach, zog er sein Schwert.

»Zu töten und zu herrschen sind zweierlei Dinge.« Guomundrs Stimme war nicht lauter als ein Flüstern. »Dass du das eine kannst, ist kein Beweis, dass du auch das andere gelernt hast.«

»O doch! Deine wichtigste Regel besagt, dass, wer über andere herrschen will, als Erstes vollkommene Macht über sich selbst gewinnen muss. Folge nicht der Gier und Lust oder dem Rausch, folge deinem Kopf – das hast du mir immer gesagt. Ich bin weder schwach noch ein Narr, ich kann dieser Regel folgen.«

»Und eben deswegen wirst du jetzt dein Schwert weglegen.«

Guomundrs Stimme war lauter als je zuvor. Oder kam Agnarr das nur so vor, weil sein Blut nicht in den Ohren rauschte, sondern dickflüssig zu werden schien?

Reue überkam ihn, Entsetzen über die eigene Skrupellosigkeit, auch Angst, was käme, wenn er ohne den Vater wäre. Doch anstatt das Schwert sinken zu lassen, dachte er an die schwarze Dänin. Wenn es einem schwächlichen Weib gelang, seine Gefühle zu unterdrücken, dann müsste er selbst es doch noch meisterhafter können.

»Ich bin stärker als du«, erklärte Agnarr kalt und hob das Schwert.

»Wag es nicht!«

Der Vater schrie, wollte es zumindest. Kaum war der Schrei ertönt, riss er schon wieder ab. Nie wieder würde er schreien, nie wieder leise sprechen – das Schweigen der Toten war immer gleich endgültig, ganz gleich, wer sie zu Lebzeiten waren.

Der Kopf des Vaters polterte zu Boden, Agnarr ließ das Schwert sinken.

Agnarr blieb einen Moment reglos stehen, dann ging er hinaus, wusch sich endlich das Blut ab, wischte sich auch den Schweiß von der Stirn. Blicke richteten sich fragend auf ihn, er missachtete sie. Nur den eigenen Augen konnte er nicht ausweichen. Aus dem Holztrog, vor dem er hockte, starrten sie ihn an, bestürzt, anklagend, ratlos. Es schienen nicht seine Augen zu sein, sondern die eines Fremden.

Vatermörder, sagte sein Blick.

Er schloss die Augen.

Sieger, dachte er trotzig. Ich habe ihn besiegt.

Nur die schwarze Dänin hatte er nicht besiegt, sie war immer noch auf der Flucht. Er öffnete die Augen wieder. Sein Blick war nicht länger anklagend, sondern irrte in die Ferne ... Jahre zurück, als er noch ein junger Mann und dem Vater restlos ergeben war. Mit dem dänischen Heer unter der Führung von Prinz Harald Blauzahn waren sie im Jahr 945 ins Land gekommen, das Richards Herrschaft retten und den fränkischen König vertreiben sollte, der in die Normandie eingefallen war. Tatsächlich war das gelungen, doch Richards Dank war ausgeblieben, die heidnischen Dänen waren misstrauisch betrachtet und von den wichtigen Hofämtern ferngehalten worden.

Agnarr versenkte seine Hände in das Wasser. Er konnte sein Gesicht nicht länger sehen. Nun, er wollte sich gar nicht betrachten, wollte auch nicht an Richard denken, an den Hass auf ihn, der ihn mit seinem Vater verbunden hatte. Er dachte erneut an die schwarze Dänin ... und an Berit, an die diese ihn erinnert hatte. Nicht, dass sie sich glichen. Berit hatte rote Haare und grüne Augen gehabt, große Brüste, aber magere Schultern. Und Berit hatte er auch nicht verfolgt, um sie zu töten, vielmehr hatte er um sie geworben, damit sie sein Weib werde. Erst als sie ihn ausgeschlagen hatte, war seine Wut erwacht.

Nächtens überfiel er ihr Dorf und raubte sie. Ehe er sie gewaltsam zu seinem Weib machen konnte, ließ sie sich auf ein Schwert fallen und verblutete. Kaltes Eisen war ihr lieber als sein lüsternes Fleisch.

Jahrelang hatte er nicht mehr an Berit gedacht, jetzt fiel sie ihm wieder ein, ihre Schönheit, ihr Stolz, ihre Entschlossenheit, vor allem aber seine Ohnmacht, weil es ihr gelungen war, ihm zu entgehen.

Er zog seine Hände aus dem Wasser, die Oberfläche war wieder glatt, und auch sein Geist nicht länger aufgewühlt.

Gewiss, Berit mochte ihm zuvorgekommen sein, aber dem Vater hatte er den Tod gebracht, ohne dass dieser ihn hatte kommen sehen, und auch die schwarze Dänin, das schwor er bei allen Göttern, würde sterben, wenn er, nicht wenn sie es wollte.

ᚹ

Ihre Schritte wurden langsamer, ihr Schweigen immer lähmender. Seinfreda lächelte Samo, den Mann, der sie gerettet hatte, fortwährend an, scheu zwar, aber freundlich. Er erwiderte ihr Lächeln nicht, es schien ihn jedoch zu rühren, denn er gab ihnen Felle, damit sie sich sich wärmten. Offenbar hatte er sie eigenhändig von erlegten Tieren abgezogen und handelte damit, denn er trug eine Menge davon in einem Lederbeutel mit sich: Sie reichten für alle vier Schwestern.

Gunnora wurde trotz der Felle nicht warm, und sie hieß Seinfredas Lächeln nicht gut. Wie konnte die Schwester lächeln, obwohl ihre Eltern tot und sie im fremden Land allein waren? Wie konnte sie lächeln, obwohl sie von diesem Mann nichts wusste?

Nun gut, sie kannten seinen Namen, und im Augenblick verhieß er Schutz und Hilfe. Dennoch hoffte Gunnora, dass sie hinter dem Wald auf ein Dorf stießen und dass darin andere Menschen wohnten. Nicht, dass sie ihnen mehr vertrauen würden – es waren Christen wie der Mörder der Eltern, aber dann wären sie zumindest nicht länger von der Gunst eines Einzelnen abhängig, und Seinfreda würde ihn nicht mehr so verbissen anlächeln.

Die beiden jüngeren Schwestern lächelten nicht. Wevia weinte lautlos mit vielen Tränen. Gunnora strich ihr tröstend über den Rücken.

»Es wird doch alles gut«, murmelte sie.

Sie glaubte nicht daran, und Wevia auch nicht. »Sie ist verloren!«, rief sie verzweifelt.

»Was?«, fragte Gunnora verständnislos.

»Mutters schöne Kette …«

Gunnora spürte mit einem Mal, dass ihre Gefühle doch nicht tot waren. Wut packte sie. Wie konnte die Kleine ausgerechnet an Schmuck denken, nachdem ihre Eltern wie Tiere abgeschlachtet worden waren! Aber dann begriff sie, dass es leichter war, von verlorenen Perlen zu sprechen und darüber zu weinen als von toten Eltern.

Duvelina wurde immer schwerer auf ihrem Arm. Sie und Seinfreda trugen sie nun abwechselnd, bis sie einschlief, waren irgendwann aber beide zu erschöpft. Als Samo ihnen anbot, das Mädchen an ihrer statt zu tragen, zögerte Gunnora. Sie wollte ihm trotz der schmerzenden Arme das Kind nicht anvertrauen.

»Ich tue Kindern nichts zuleide«, erklärte Samo mürrisch.

Schweren Herzens überließ sie ihm Duvelina. Die Kleine erwachte davon und schrie auf.

»Ganz ruhig«, murmelte Gunnora und streichelte über ihren Kopf. Fortan wich sie Samo nicht von der Seite und versuchte Duvelina zu beschwichtigen, indem sie ihr Geschichten erzählte wie früher der Vater. Jetzt musste sie das für ihn tun, jetzt lag es an ihr, für ihre Schwestern zu sorgen, jetzt gab es nur mehr sie, um die Weisheit der Runen am Leben zu erhalten ...

»Gott Thor«, erzählte sie, »hat einen Streitwagen, und dieser wird von zwei Ziegenböcken gezogen. Als er einmal auf Reisen war und ihm der Proviant ausging, wurde er hungrig, schlachtete die Ziegen und briet sie über dem Feuer. Später erweckte er sie wieder zum Leben, auf dass sie erneut seinen Wagen zögen, doch eine der Ziegen hinkte, weil er in seiner Gier einen Knochen durchbissen hatte.«

Duvelina lachte, Seinfredas Lächeln aber schwand. Die beiden Schwestern tauschten einen Blick.

Wann werden wir jemals wieder Fleisch essen?, schien Seinfreda zu fragen.

Und wann werden wir jemals wieder Hunger haben?, gab Gunnora stumm zurück. Und wenn der gebrochene Knochen einer Ziege nicht heilen kann, wie dann ein zutiefst verletztes Herz?

Sie musste an eine andere Geschichte denken, an die von Egil, einem großen Magier, der sich manchmal in einen Wolf verwandelte. Er war mächtig und stark, und seine Raubzüge nach England waren siegreich, doch als seine Söhne starben, konnte er nichts mehr essen und trinken und wäre des Hungers gestorben, wenn seine Tochter nicht gewesen wäre. Erst verlangte sie, dass er einen Trauergesang für die toten Brüder verfasste, später ein Gedicht über ihre Heldentaten, und um sich dafür zu stärken, aß und trank er und wurde alt.

Gunnora ahnte: Auch wenn sie keinen Appetit hatte, würde sie essen und trinken und sich stärken. Nicht um ihrer selbst willen, sondern um für ihre Schwestern zu sorgen und das Andenken ihrer Eltern zu ehren.

Der Wald fand immer noch kein Ende, weit und breit war kein Dorf zu sehen, doch inmitten von Bäumen plötzlich eine Hütte. Das Dach bestand aus begrünten Torfstücken, die Spalten waren mit Birkenrinde gestopft. Aus Torfziegeln waren auch die Wände, die überdies ein Gerüst aus Flechtwerk stützte.

»Hier wohne ich«, erklärte Samo.

Sie waren in einem fremden Land, doch im Inneren der Hütte sah es aus wie in ihrem Zuhause in Dänemark. Gunnora schloss die Augen und sog den vertrauten Geruch nach Torf und Holz, Rauch und Erde ein. Als sie die Augen wieder öffnete musterte sie das schlichte Mobiliar: Ein langer Tisch stand in der Mitte des Raumes, zwei Bänke rechts und links davon. An den Wänden waren viele kleine Haken angebracht, woran Schöpfkellen aus verzinntem Eisen, Schlüssel, Fingerhüte und ein metallenes Klappmesser hingen. Das Dach wurde von Querbalken getragen, die von etlichen Pfeilern gestützt wurden. Einen Vorratsraum oder Winterstall, der sich dem Wohnraum anschloss, sah Gunnora nicht, jedoch im hinteren Teil die Lagerstätte: Strohsäcke auf dem leicht erhöhten Boden. Es waren mehr als einer, was bedeutete, dass Samo hier nicht allein wohnte.

Noch konnte Gunnora niemanden erkennen, da es zu dunkel war. Es gab keine Fenster, nur winzige Luken, allesamt mit Schweinsblasen bespannt, die Wind und Kälte abhalten sollten. Torfstäbe glühten, aber nicht stark genug, um die Dunkelheit zu erhellen, und das Herdfeuer verbreitete nur ein paar Schritte weit sein heimeliges Licht. Eine Kette hing über diesem Feuer, an der wiederum ein Topf befestigt war. Überdies waren Schüsseln aus Speckstein in die Glut gebettet worden, in denen Essen garte.

Gunnora wurde übel vor Hunger, aber sie konnte sich nicht überwinden, um Essen zu flehen. Seinfreda hingegen tat es ohne Scheu, sie hängte sich bei Samo ein und schmiegte sich an ihn. Obwohl das Licht so trüb war, erkannte Gunnora, dass Samo vor Verlegenheit glühend rot wurde.

Gunnora wurde glühend rot vor Zorn, sie zeigte ihn jedoch nicht, ließ sich vielmehr von ihrem Hunger bestechen und machte sich wenig später über den Eintopf her, mit dem Samo aufwartete: Er war mit dicken Bohnen, Kürbis und sogar etwas Fleisch zubereitet worden, Gunnora schmeckte auch Gewürze heraus: Brunnenkresse, Anis und Liebstöckel.

Sie konnte also noch guten Appetits essen, konnte sich daran erfreuen, dass sie endlich satt war, nur lächeln wie Seinfreda konnte sie nicht, und auch nicht wie diese Fragen stellen – so, warum Samo hier im Wald lebte.

Der Wald gehöre einem reichen Grundherrn, antwortete er nuschelnd, und für diesen Grundherrn jage er Wild, hüte den Baumbestand und melde jeden, der den Wald betrete.

Wird er auch uns melden?, fragte Gunnora sich voller Angst. Und noch angstvoller stimmte sie die Frage, wer an seiner Seite in dieser Hütte lebte.

Obwohl ihre Lippen versiegelt blieben, bekam sie Antwort. Eine kreischende Stimme erklang von der Tür her. »Wen hast du da gebracht?«

Gunnora beruhigte Duvelina, die aufschreckte, als sie nun die Silhouette einer gekrümmten Gestalt wahrnahmen, einer

Frau, die zum Herdfeuer trat und sich misstrauisch darüber beugte, um zu prüfen, wie voll der Topf noch war. Ihr Haar war grau, der Rücken bucklig, das Gesicht faltig.

Gewiss war das nicht Samos Eheweib, sondern wohl seine Mutter. Gunnora war es gleich, doch Seinfreda schien erleichtert. Unterwürfig wandte sie sich an die Alte.

»Vergib die Störung ... wir sind nur Frauen ... und haben unser Leben deinem Sohn anvertraut ...«

Als sie in knappen Worten vom Massaker berichtete, kam es Gunnora wie ein Verrat vor. Die Trauer um die toten Eltern gehörte doch ihnen allein! Und sie wussten viel zu wenig über Samo, auch nicht, ob er womöglich mit dem Mörder verbündet war oder zumindest sein Grundherr!

Die alte Frau stemmte ihre Hände in die Hüften. »Mir ist es völlig gleich, wer ihr seid und woher ihr kommt. Wer essen will, muss dafür arbeiten.«

Samo mischte sich ein. »Siehst du denn nicht, dass sie völlig erschöpft sind?«

Gunnora war verblüfft. Er war ja doch des Mitleids fähig, nicht völlig dumpf.

»Sie schlafen draußen«, erklärte die Alte ungerührt.

»Aber draußen ist es zu kalt«, knurrte Samo.

Die beiden maßen sich, und Gunnora entging das Erstaunen, das im Gesicht der Alten geschrieben stand, nicht. Offenbar war sie nicht gewohnt, dass der Sohn sich gegen sie stellte. Dieses ungewöhnliche Verhalten musste mit Seinfredas Lächeln zu tun haben.

Gunnora erhob sich und hob Duvelina hoch. »Wir gehen«, verkündete sie.

Sie kam kaum einen Schritt weit, als sich Seinfreda ihr in den Weg stellte. »Wir sind Waisen, wir haben niemanden, wir bleiben.«

Ein ähnlicher Zweikampf wie zwischen Samo und seiner Mutter entspann sich, und auch nun beugte sich die für gewöhnlich Stärkere.

Gunnora legte Duvelina wieder auf eine der Bänke. Seinfreda indessen wandte sich an die alte Frau: »Wir werden dich für deine Güte belohnen. Wir werden alles, was wir essen, mit unserer Hände Arbeit bezahlen.«

Gunnora wusste, sie sollte ihr beipflichten, doch plötzlich überkam sie das Gefühl, dass sie sich, sobald sie den Mund aufmachte, übergeben müsste.

Die Zeit war kein Fluss, sie war ein trübes Loch. In den kommenden Wochen versank alles darin – Trauer, Entsetzen, Zukunftsängste. Doch auch wenn sie nichts fühlte, war sich Gunnora sicher: Ihre Wunden heilten nicht. Irgendwann würde alles wieder hochsteigen, schmutzig und schwer wie Morast.

Seinfreda betäubte ihren Schmerz, indem sie lächelte und arbeitete, wie sie es nie zuvor getan hatte. Duvelina und Wevia jammerten viel, schliefen erschöpft davon ein, riefen klagend nach den Eltern und schliefen wieder.

Gunnora konnte nicht schlafen, dennoch wurde sie von Trägheit übermannt. Anstatt Seinfreda zu helfen, wenn diese Brot buk, das Federvieh im kleinen Stall neben dem Haus fütterte, Holz sammelte und Wolle spann, hockte sie sich in den Schatten eines Baumes und lehnte sich an dessen Rinde. Als dieser Baum einst zu wachsen begonnen hatte, hatten ihre Eltern noch nicht gelebt … ein Gedanke, der sie irgendwie tröstete.

Noch tröstlicher war es, in die Rinde Runen zu ritzen. Ihren eigenen Namen, auch andere, vor allem die der Eltern. Es war die einzige Möglichkeit, ihr Andenken zu ehren. Sie konnte schließlich keinen Becher Wein auf sie trinken, wie es in Dänemark üblich war. Sie konnte keinen Gedenkstein in Auftrag geben, in den Gedichte gemeißelt wurden. Sie konnte nur ihre Namen festhalten – für immer oder zumindest für sehr lange –, sie konnte auch Thors Namen schreiben, ihn bitten, diese Runen zu heiligen und jeden zu verfluchen, der sie zerstören wollte.

Sie musste an den Tod ihrer Großmutter denken und dass damals die Mutter selbst den Runenstein beschrieben hatte. *Gunhild errichtet diesen Stein zum Andenken an Guorun, ihre Mutter.*

Gunnora hatte keine Ahnung, wie man Runen in Stein ritzte, und zum ersten Mal weinte sie. So viel wusste sie nicht, so vieles müsste sie noch lernen, so vieles konnte Gunhild sie niemals mehr lehren!

Sie wischte sich hastig die Tränen ab. Es waren ja doch nicht genug, ihrer Trauer Herr zu werden, nicht genug, um den blutigen Strand wieder reinzuwaschen, nicht genug, um die Toten ins Meer zu spülen, sodass sie nicht von Geiern und der Witterung zerfressen wurden, sondern im Wasser Richtung Heimat trieben.

Sie ritzte wieder etwas in die Rinde des Baumes, dieses Mal keine Rune, sondern ein Schiffchen. Die Vornehmen ihres Volkes wurden in Schiffen bestattet und vergraben, und die, die sich das nicht leisten konnten, bauten aus Holz und Steinen Schiffe, die sie auf die Gräber stellten. Wir sind schließlich ein Volk, das auf dem Wasser ebenso zu Hause ist wie auf der Erde, hatte ihr Vater oft gesagt, obwohl er selbst am liebsten geritten war.

Nun, sie hatte kein Schiff, um heimzukehren, und wenn sie eines hätte, daheim doch keine Familie mehr, die auf sie warten würde.

Gunnora spürte neue Tränen hochsteigen. Sie schluckte sie schnell hinunter, erhob sich, ging tief in den Wald hinein. In den ersten Tagen hatte sie Angst davor gehabt, dass der Christ ihnen gefolgt war, doch niemand war bei der Hütte aufgetaucht, und Samo meinte, dass man in der Gegend nur selten Menschen anträfe. Die Bauern der Umgebung hatten zwar das Recht, trockenes Reisig für ihre Herde aus dem Wald zu holen und ihre Schweine mit Wurzeln und Eicheln zu füttern, aber sie wagten sich selten so tief ins Dickicht. Der Grundherr wiederum jagte manchmal, aber erst im Herbst.

Keine Schritte erklangen also, kein fremder Atem, keine Worte, nur die Geräusche des Waldes, die Stimmen der Tiere … oder der Geister.

Wanderte irgendwo der Geist ihrer Eltern umher?

»Was soll ich tun, Mutter, was soll ich tun, Vater?«

Die Stimmen gaben ihr keine Antwort. Vielleicht flogen Walrams und Gunhilds Geist über die Baumwipfel, blickten zwar hinab, aber konnten sie im Unterholz nicht sehen.

Wieder musste sie an das Begräbnis der Großmutter denken. Man hatte die Tote damals nicht durch die Tür aus dem Langhaus gebracht, sondern ein Loch in die Wand geschlagen und es hinterher wieder verschlossen. Obwohl Gunhild ihre Mutter geliebt hatte, hatte sie Angst vor deren Wiederkehr gehabt, und auf diese Weise konnte sie sicher sein, dass die Tote nicht auf demselben Weg zurückkehren und Unruhe stiften würde. Gunnora teilte diese Angst nicht. Ein kopfloser Vater und eine blutüberströmte Mutter wären ihr lieber gewesen als die Einsamkeit.

Immer unerträglicher wurde diese nun, und sie entschloss sich, wieder zurückzukehren. Zuerst orientierte sie sich an den eigenen Spuren, die sie in der feuchten Erde hinterlassen hatte, dann folgte sie dem Geschrei.

Es war Hilde, Samos Mutter, die so schrie, wie immer unangenehm schrill und zu durchdringend, als dass man die Ohren verschließen könnte. Gunnora trat näher und erkannte, dass das Geschrei auch Seinfreda und Samo herbeigelockt hatte. Hilde plärrte Samo an, und kurz vermeinte Gunnora, dass sie ihn maßregelte, doch kaum hatte die Alte sie selbst erblickt, ging sie auf sie los.

»Fort! Fort mit dir! Du heidnische Hexe! Und du ...«, geifernd wandte sie sich an Samo, »... du sorgst dafür, dass sie unser Heim nicht mehr betritt.«

Gunnora begriff nicht, was die andere umtrieb, sah jedoch Entsetzen in Seinfredas Blick und folgte ihm. Ihre Schwester hatte die Runen entdeckt, die sie in den Baum geritzt hatte – und Hilde offenbar auch.

»Das ist ein böser Zauber!«, rief Hilde anklagend. »Wir alle werden zugrunde gehen! Verflucht hast du uns, allesamt verflucht!«

»Du dummes Weib!«, brach es aus Gunnora hervor. »Diese Runen ehren meine toten Eltern.«

»Von euch kommt nichts Gutes, das wusste ich von Anfang an. Du bist eine Zauberin, und deine kleine Schwester ist eine Diebin. Sie hat mir meine Fibel gestohlen.«

Seinfreda fand ihre Fassung wieder, ihr Lächeln jedoch nicht. Mit zitternden Lippen sank sie vor Hilde auf die Knie.

»Ich bitte dich, sei uns gnädig. Ich werde noch mehr arbeiten, ich helfe dir, wo ich kann. Nur lass uns bleiben! Sag mir, was ich tun kann, damit du meinen Schwestern verzeihst!«

Gunnora presste die Lippen zusammen. Sie liebte niemanden wie Seinfreda und verachtete in diesem Augenblick doch keine wie sie. Wie konnte sie sich so erniedrigen! Hatte sie vergessen, wer sie war? Aus einfachem Hause zwar, aber keine der Sklaven, die nur die schmutzigsten Arbeiten verrichteten, Torf gruben, Schweine hüteten und das Feld düngten!

Nun gut, das mussten sie auch hier nicht tun, und dennoch … zu betteln und zu flehen konnte nicht grässlicher schmecken, als mit dem Gesicht voran in Kuhmist zu fallen. Als Seinfreda sie obendrein auffordernd anblickte, offenbar von ihr erwartete, dass sie sich ihrer Bitte um Vergebung anschloss, trotzte Gunnora Hildes Blick.

Wenn du die Runen berührst, dann bist du eine tote Frau, dachte sie, Thors Hammer wird dich treffen.

Doch Hilde berührte die Runen nicht, und darum starb sie nicht, sondern keifte weiter, bis Gunnora floh. Die Einsamkeit des Waldes setzte ihr nicht minder zu als vorher, aber nichts war ihr in diesem Moment so unerträglich wie der Anblick der Menschen.

Als sie nach Stunden wieder zurückkehrte, hatte sich Hilde beruhigt. Ob Seinfreda das erreicht oder Samo ein gutes Wort für sie eingelegt hatte, war nicht gewiss, und es war ihr auch gleich.

Seinfreda jedenfalls sah ungewöhnlich ernst drein, packte sie an der Hand und führte sie vom Haus weg.

»So geht es nicht weiter!«, erklärte sie entschlossen.

»Du hast recht, wir müssen fort von hier.«

»Fort?«, rief Seinfreda empört. »Und wohin? Sollen zwei junge Frauen und zwei kleine Mädchen allein im Wald leben? Ohne frische Kleidung, ohne Nahrung, ohne … Zukunft?«

»Die Verwandten unseres Vaters …«

»Wir kennen sie nicht, und deswegen werden wir sie nie finden. Wir müssen bleiben, um zu überleben. Und du musst dich zusammenreißen.«

Gunnora sah ihre Schwester verwundert an und verachtete sie nicht länger. Woher nahm dieses zarte Geschöpf seine Zähigkeit, woher die Entschlossenheit, zumal doch sie, die Älteste, für die Schwestern sorgen musste!

Scham überwältigte sie, und diesen kurzen Augenblick der Stille nutzte Seinfreda, um zu erklären: »Ich werde Samo heiraten.«

Gunnora zuckte zusammen. Ihr Schamgefühl erstarb sofort. »Du wirst was?«, rief sie entsetzt.

Seinfreda schlug den Blick nieder. »Er ist ein guter Mann«, sagte sie leise, »oder zumindest kein schlechter. Und das ist mehr, als ich mir in unserer Lage erhoffen kann: Er sucht seit langem eine Frau, aber hier im Wald findet er natürlich keine.«

»Das hat er dir gesagt?«

»Er redet nicht über solche Dinge.«

»Er redet so gut wie gar nicht, vor allem nicht, wenn es darum geht, seine bösartige Mutter zum Schweigen zu bringen!«, schrie Gunnora.

»Und doch hat er gegen ihren Willen durchgesetzt, dass wir bleiben. Ganz so nutzlos und schwach kann er also nicht sein.«

Ein Schmerz durchfuhr Gunnoras Brust und raubte ihr den Atem. So musste sich Gunhild gefühlt haben, als das Schwert des Christen sie traf – so hilflos, ohnmächtig, so voller Angst und ... Wut.

Nicht nur, dass wir alles verloren haben, ging es ihr betroffen durch den Kopf. Überdies entzweien wir uns, sonst würde sie niemals einen fremden Mann vor mir rechtfertigen.

Gunnora zwang die jüngere Schwester, sie anzusehen. »Du musst das nicht tun!«, rief sie eindringlich. »Mir fällt etwas ein, ich werde für uns sorgen. Du willst ihn doch gar nicht heiraten, du glaubst nur, dass du's musst.«

Seinfreda erwiderte ihren Blick, und Gunnora las gleichen

Schmerz darin. Warum nur konnten sie ihn nicht teilen, warum musste ihn jede für sich tragen!

»Nein«, sagte sie heiser, »nein, es gibt keine andere Möglichkeit.«

Gunnoras Mund wurde trocken. Sie wusste: Wenn überhaupt, dann müsste sie dieses Opfer bringen. Aber sie wusste auch, dass Samo sie nicht nehmen würde. Sie hatte in den letzten Wochen nicht geschuftet, nicht gelächelt, sie war in Isas Kälte gefangen und hatte bei den Bäumen Trost gesucht, nicht bei ihren Schwestern.

Sie hielt Seinfreda fest, als die zum Haus zurückkehren wollte, umarmte sie, schmiegte sich an sie. Wie schmal und blass sie war, wie weich und warm der Körper, unmöglich, dass er bald Samo gehören würde! Sie schluchzte auf. So viele Widerworte lagen ihr auf der Zunge, so viele Flüche, so innigliches Flehen, aber sie ahnte, dass kein Wort stark genug war, um gegen Seinfredas Entschlossenheit anzukommen, – und dass keines ihr Scheitern vertuschen konnte, den Schwestern Mutter und Vater zu sein und ihnen alles Leid zu ersparen.

Seinfreda löste sich von ihr und ging ins Haus. Gunnora blieb allein zurück.

ᚨ

Alruna liebte Richard, seit sie denken konnte und noch länger, denn der Mensch fühlt, ehe er denkt, und als ein Bruder dieser Liebe hatte sich stets der Schmerz erwiesen. Bislang war er zwar beharrlich, aber erträglich gewesen, einem leichten Kopfbrummen gleichend, nachdem man zu viel getrunken hatte. Nun wuchs er maßlos an, hockte nicht mehr nur in der Brust, sondern überall. Was hätte sie gegeben, sich für kurze Zeit zu betäuben und nicht sehen zu müssen, wie Richard mit seinen Konkubinen scherzte! Es waren viel mehr, und sie waren viel schamloser als die, die er vor Emmas Tod empfangen hatte. Sie machten ihrer Mutter, die für die Hofhaltung zuständig war, das Leben schwer, weil sie ständig neue Wünsche äußerten, und quälten Alruna allein mit ihrem Anblick.

Nein, dieser Schmerz glich keinem Schädelbrummen mehr, er legte sich wie ein Panzer, der sie erdrückte, um ihren Körper, war wie ein Messer, das in ihrem Innersten stocherte, wie eine Spinne, die ein Netz um sie wob und sie langsam vergiftete. Er war so groß, der Schmerz, und das, was von ihr blieb, so klein – viel zu klein, viel zu schwach auch, um der Mutter zu helfen und um weiterzuleben wie zuvor.

Das Einzige, was es mit dem Schmerz aufzunehmen vermochte, war ihre Wut. Der Schmerz kannte keine Sprache, die Wut hatte viele Fragen: Warum lächelte Richard seine Konkubinen neckisch an, warum nicht sie? Warum sahen die Konkubinen durch sie hindurch, als gäbe es sie nicht? Wie konnten sie allesamt es wagen, ihr gegenüber blind zu sein?

Sie stellte sich vor, den Weibern Wunden zuzufügen, um die eigenen zu ertragen, an ihren Haaren zu reißen, ihnen die Haut zu zerkratzen, ihnen die Zähne auszuschlagen. Allerdings – und wären sie noch so entstellt, sie hätten ihr die Erinnerungen an lustvolle Nächte mit Richard voraus, und würde er sie verstoßen, weil sie zu hässlich waren, erneut bei ihm zu liegen, würden ja doch nur andere an ihren Platz treten. Es gab immer andere. Und sie würde nie eine dieser anderen sein.

Dass sie sich zumindest zwang, zu essen und zu trinken, war allein der Mutter geschuldet. Ihr wollte sie keine Sorgen bereiten, und noch weniger wollte sie erneut ihr Mitleid dulden oder gute Ratschläge hören. Fürs Erste hatte sie Erfolg: Seit dem Ausritt sprach Mathilda mit ihr nicht mehr über Richard. Doch als sie schon hoffte, die Mutter hätte schlichtweg vergessen, dass sie den Grafen liebte, trat sie eines Tages, da ihre Tochter vorm Spinnrad saß, jedoch keinen Faden aus dem Flachs zog, sondern nur blicklos vor sich hinstarrte, zu ihr und legte ihr die Hand auf die Schulter.

»Alruna ...«

Etwas lag in ihrer Stimme, das Alruna wachsam stimmte, etwas in ihrem Blick, das bekundete: Ich sehe mir dein Elend nicht länger an.

Obwohl sie noch kein Wort gesagt hatte, hätte Alruna am liebsten die Hand weggestoßen und die Mutter angefahren: Ich ertrage es! Ich ertrage es, weil ich Richard liebe! Und lieber leide ich, als ihn nicht zu lieben!

Doch ehe sie etwas sagen konnte, erkannte sie, dass ihre Mutter nicht allein zu ihr gekommen war. Ein Mann begleitete sie – jünger als Richard, aber nicht ganz so schön, stattlich, aber nicht so stark, der Jugend entwachsen, aber noch nicht vom Leben gezeichnet.

Alruna ahnte, warum er gekommen war, noch ehe die Mutter ein Wort sagte.

»Das ist Arfast ... ein Verwandter von Osborn von Cent-Ville.«

Letzterer war ein Berater von Richard und noch mehr als das: ein langjähriger Freund. Als Richard fast noch ein Kind und Geisel des fränkischen Königs gewesen war, hatte Osborn ihm zur Flucht verholfen. Jemanden, der mit ihm verwandt war, vergrätzte man besser nicht, das wusste Alruna, obwohl sie gern etwas Böses zu Arfast gesagt hätte. Nur mühsam wahrte sie die Fassung und wollte nicht recht hören, was eine vernünftige Stimme ihr zuraunte: Er kann doch nichts dafür, dass deine Mutter ihn für ihre Zwecke nutzt. Und es ist nicht seine Schuld, nicht Richard zu sein.

Dennoch ... Wie konnte er es wagen zu lächeln, wie wagen, näher zu kommen und zu säuseln: »Ich habe gehört, dass es in Rouen niemanden gibt, der schöner spinnt, webt und näht als du.«

Alruna blickte ihn an und verzog ein wenig den Mund. Arfast hielt es für ein Lächeln, denn er strahlte sie an. Die Mutter schien erleichtert.

»Warum bist du hier? Brauchst du ein neues Wams? Einen Umhang oder Stiefel?«, fragte Alruna kühl.

»Ich würde gern deine Wandteppiche bewundern.«

Wieder loderte dieser Schmerz auf, als würde Stahl auf Fleisch treffen. Richard hatte sich noch nie dafür interessiert, was sie am liebsten tat.

»Seit wann interessiert sich ein Mann für Weibersachen?«, fuhr sie ihn an.

Sein Lächeln blieb freundlich. »Deine Mutter meint, dass deine Wandteppiche viele Geschichten erzählen. Geschichten können auch Männer erzählen ... und hören.«

Ihr fiel kein Widerwort ein. »Nun gut, ich zeige dir meine Teppiche. Aber meine Mutter hat alle schon gesehen. Sie lässt uns gewiss allein, nicht wahr?«

Damit hatte Mathilda nicht gerechnet. Sie schien sichtlich unschlüssig, was sie nun tun sollte. Alruna überkam Schadenfreude, doch das Vergnügen währte nicht lange, nur, bis Mathilda den Raum verlassen hatte. Danach war sie mit Arfast allein – und mit ihrem Schmerz.

Anstatt sich zu erheben, blieb sie beim Spinnrad hocken. Zunächst wartete er geduldig, schließlich fragte er verwirrt: »Was hast du?«

Sie blickte hoch. Nichts habe ich!, hätte sie am liebsten geschrien. Keinen Beweis seiner Zuneigung, die über die eines Bruders zur Schwester hinausgeht! Kein Wort, das ich in Gedanken drehen und wenden kann, bis ein Liebesgeständnis draus würde, so wie ein Schmied das glühende Eisen schlägt, bis es eine scharfe und silbrig glänzende Waffe ist! Nichts ist da zwischen mir und Richard, das ewig währte wie Stahl – nur morsches Holz, das zersplittert, sobald man es zu kräftig anpackt!

Aber all das konnte sie Arfast nicht sagen. Er war zu fremd. Zu freundlich.

»Du musst nicht länger Neugier heucheln«, zischte sie, »meine Mutter kann dich nicht mehr hören, und ich weiß genau, dass Männer wie du ihre Zeit doch am liebsten bei Pferden und Waffen verbringen. Und du bist hier in Rouen, um dem Grafen zu dienen, nicht um bei einem Weib zu hocken!«

Falls ihre rüden Worte ihn kränkten, zeigte er es nicht, und obwohl sie ihn eben erst kennengelernt hatte, war sie sich plötzlich sicher: Er hatte ein sonniges Gemüt, das jeden Raum erhellte, auch wenn draußen Stürme peitschten und drinnen dick der Rauch stand. Und er war ein Mann, an dem man, selbst wenn er bis obenhin im Dreck stünde, keine schwarzen Seelengründe wittern könnte. Das Blau seiner Augen glich klarem Wasser – nicht dem tiefen, weiten des Meeres, sondern dem seichten eines fröhlich plätschernden Bächleins.

»Es stimmt«, sagte er, »ich habe als Knappe bei Bernhard dem Dänen gelebt und bin nun nach Rouen gekommen, um endgültig ein Krieger zu werden.«

Bernhard war wie Osborn von Cent-Ville ein wichtiger Berater Richards gewesen.

»Und warum suchst du dann meine Gesellschaft und nicht die Richards? Warum willst du Wandteppiche bestaunen, die von Heldentaten anderer erzählen, anstatt selbst welche zu vollbringen?«

»Oh, du kannst mir glauben, ich wäre gern nach Beauvais geritten.«

»Nach Beauvais?«

»Richard ist erst kürzlich aufgebrochen.«

»Das wusste ich nicht ...«

Weil niemand es ihr gesagt hatte, vor allem Richard nicht. Weil er niemals seine Pläne mit der kleinen Schwester besprach ... sie nur dann und wann neckte, wenn er gerade Zeit und Lust hatte.

»Ja«, erklärte Arfast. »Bruno, der Erzbischof von Köln, hat Richard zu einem Treffen in Beauvais eingeladen, doch nur wenige Getreue durften ihn begleiten. Ich gehöre noch nicht dazu. Und auch wenn ich es gern tue – man kann nicht den ganzen Tag reiten und kämpfen, will man nicht nur ein Reiter und Krieger sein, sondern auch ein Mann mit Herz und Verstand bleiben. Kann ich denn nun die Teppiche sehen?«

Seine Ehrlichkeit war entwaffnend, und Alrunas Sehnsucht, sich von aller Welt zurückzuziehen, nicht sonderlich ausdauernd. Mit sich allein würde sie ja doch nur noch mehr im Schmerz versinken – vor diesem freundlichen Mann war sie hingegen gezwungen, sich zu verstellen, und weil er zu schlicht war, um die Verstellung zu bemerken, könnte sie kurz selbst daran glauben, dass sie nichts weiter als ein junges Mädchen war, das stolz seine Handarbeiten zeigte.

Sie erhob sich. »Also gut, komm mit.«

Später fühlte Alruna sich nur müde, nicht gequält wie sonst. Sie zog sich in die Schlafkammer zurück, die sie mit den anderen Mädchen teilte, Schwestern und Töchtern von Kriegern, Notaren oder den Inhabern der Hofämter, die zu fein zum Dienen waren und seit Kindesbeinen in der Pfalz des Grafen lebten. In den letzten Nächten hatte sie oft wach gelegen, hatte die Mädchen im trüben Licht betrachtet und sich gefragt, welche von ihnen dumm und dreist genug war, alsbald um Richard zu buhlen und eine weitere von dessen Konkubinen zu werden. Heute wurden ihr die Lider bald schwer, und die Schwärze, die sie umfing, war ihr mehr als willkommen. In diesem dunklen Reich gab es nichts, was ihr zusetzte.

Als der Schlaf leichter wurde und ihre Unruhe wuchs, begann sie sich zu wälzen, und aus der Schwärze erstiegen Bilder – keine, die von ihrem steten Kummer kündeten, sondern von Bedrohung. Erst waren sie vage und gesichtslos; sie wusste nur, da war Gefahr, aber nicht, wem sie drohte und wer sie brachte. Doch plötzlich hörte sie Arfast im Traum erneut berichten, was er ihr bereits am selben Tag erzählt hatte: dass Bruno, der Bischof von Köln, Richard nach Beauvais eingeladen hatte.

Warum machte der Name ihr jäh solche Angst? Warum sah sie Richard reiten so wie damals an ihrer Seite im Wald, nur dass dieser Wald blutrote Blätter hatte, ihre Ränder scharf wie Messer waren und klirrten, als der Wind hindurchfuhr? Manche lösten sich von den Ästen, fielen auf Richard und zerschnitten sein schönes Gesicht, bis nur mehr eine blutige Fratze blieb.

Grundgütiger!

Alruna konnte nichts tun. Sie saß auf keinem Pferd, dem sie die Sporen geben konnte, ihre Füße waren wie gelähmt, und der Mund war zu einem stummen Schrei geöffnet. Immer mehr Blätter fielen von den Bäumen, bis der Wald kahl war, und durch schwarze Stämme hindurch sah sie Bruno von Köln – zumindest glaubte sie, dass er es war, trug er doch das rote Gewand des Klerus und ein großes Kreuz auf der Brust. Mann Gottes oder nicht, er lachte, wie nur der Teufel lachte. Schrill und durchdringend.

Mit aller Macht versuchte sie, dem Lachen etwas entgegenzusetzen, und endlich konnte sie schreien. Sie schrie, schrie und schrie, bis sie wach war, fuhr hoch, bekam einen Tritt. Sie sah nicht, wer ihn ausgeteilt hatte, fand keine Zeit, ihn der anderen heimzuzahlen. Noch in ihrem Unterkleid lief sie hinaus auf den Gang, nicht unter scharfen Blättern, sondern an Fackeln vorbei, nicht von Richards blutiger Fratze verfolgt, sondern von den gleichmütigen Blicken der Wachtposten. Sie beruhigte sich dennoch nicht, wusste besser als im Traum: Gefahr! Es drohte Gefahr!

Das Grau des Morgens war noch müde, der Hof schlief. Nur von einem konnte sie sicher sein, dass er schon wach war – ihrem Vater Arvid. Vor der Ehe mit ihrer Mutter war er Novize gewesen und hatte seitdem nicht die Gewohnheit aufgegeben, frühmorgens in der Kapelle zu beten – für sie, ihre Mutter und die zwei jüngeren Geschwister, die nach ihr auf die Welt gekommen waren, das eine bereits tot, das andere so schwach, dass es wenig später starb. Längst hatten die Eltern den Schmerz überwunden – das Gedenken an die beiden aber wollten sie bis zum letzten Atemzug am Leben erhalten.

»Vater!«

Er zuckte zusammen, fuhr herum und musterte sie. Sie rechnete mit Tadel ob ihres jähen Erscheinens und ihres Aufzugs, doch in seiner Miene stand nur Sorge, weil sie sichtlich fror.

Er wusste nicht, dass sie nicht vor Kälte zitterte, sondern vor Angst.

»Vater! Was macht Richard in Beauvais? Warum hat Bischof Bruno ihn eingeladen?«

Sein Blick war verständnislos, aber aus ihrer Stimme sprach solche Not, dass er wohl ahnte, wie wenig Zeit sie ihm für die Antwort lassen würde.

»Bruno ist der Bruder von Gerberga«, murmelte er.

»Der Mutter des fränkischen Königs!«

Alruna erschauderte. Gerberga, so hieß es, hasse Richard, so wie sie alle Normannen hasste. Ihr Mann war ein schwacher König gewesen, ihr Sohn, der jetzt auf dem Thron saß, war es auch. Er könnte etwas stärker werden, fiele ihm Richards Land anheim.

»Aber warum ist er der Einladung gefolgt?«, rief sie verzweifelt.

»Du weißt doch: Richard befindet sich in einem steten Konflikt mit Thibaud von Chartres. Immer wieder fällt dieser in unser Land ein, und Bruno hat angeboten zu vermitteln.«

Thibaud le Tricheur hasste Richard auch, und noch mehr dessen Gattin Lieutgarde. Mehr als einmal hatte sie Richard vor Zeugen als Sohn einer Konkubine beschimpft, weil dessen Vater Wilhelm nicht mit seiner Mutter Sprota verheiratet gewesen war.

»Ich verstehe nicht ... Was hat denn Bruno mit le Tricheur zu schaffen?«

»Bei dem Konflikt geht es um die Grenzregion von Avre. Beide erheben Ansprüche darauf – und nicht nur sie. Jüngst hat auch Brunos Neffe, der fränkische König Lothar, sie für sich gefordert. Vielleicht erreicht Bruno, dass man sie dreiteilt und folglich jeder Gewinn daraus zieht.«

Es war nichts Ungewöhnliches, dass Gottesmänner Frieden stifteten und zugleich den Vorteil ihrer Verwandten im Blick hatten, doch Brunos teuflisches Lachen, das sie in ihrem Traum gehört hatte, tönte immer noch in Alruna nach.

»Lieber Himmel, Alruna, deine Zähne klappern! Kleide dich an, oder besser: Geh zurück ins Bett und schlaf noch ein wenig.«

Sie dachte nicht daran, in ihre Schlafkammer zurückzukehren, aber wusste: Ankleiden musste sie sich, wenn sie den Plan umsetzen wollte, der jäh in ihr reifte, und Hilfe brauchte sie dafür auch – Hilfe, die ihr der Vater nicht würde geben können noch wollen.

Wortlos stürmte sie hinaus in den Hof.

Auch dort standen – noch zu schlaftrunken und gähnend, um sie anzüglich zu mustern – Wachen. Alruna stürmte auf einen der Männer zu.

»Arfast – du weißt bestimmt, wo Arfast ist! Hol ihn her, sag ihm, dass ich ihn sprechen muss!«

Der Mann rührte sich erst gar nicht und dann nur langsam, aber schließlich trabte er doch davon. Alruna hatte keine Zeit, sich zu vergewissern, dass er ihrer Bitte folgte, sondern lief hinein, um sich anzukleiden.

Der freundliche, arglose Arfast musste ihr einfach helfen! Und sie mussten schnell genug reiten, um Richard rechtzeitig einzuholen!

Falls es ihnen nicht gelang, dessen war sie gewiss, würde Richard sterben.

Fécamp
996

Agnes wusste, dass sie etwas tun musste, hatte aber keine Ahnung, was. Ihrer ersten Regung, einfach in den Raum zu treten und die beiden Mönche zur Rede zu stellen, gab sie nicht nach. Sie würde doch nichts anderes erreichen, als dass diese gewarnt wären. Von ihrem Ziel – den künftigen Grafen seines Landes zu berauben – würde ein zehnjähriges Mädchen sie kaum abhalten.

Nein, sie musste einen besseren Plan fassen. Doch wie sie es auch wendete, ihre Gedanken liefen im Kreis, schienen übereinanderzustolpern, kreisten weniger um die Frage, wie sie eingreifen sollte, als vielmehr darüber, warum sie überhaupt in diese Lage geraten war.

Gütiger Himmel, was stand bloß in den Schriften, nach denen die Mönche stöberten? Was verrieten sie über die Vergangenheit der Gräfin, das so viel Gefahr verhieß? Welches Geheimnis, das ihre Welt zerstören könnte, hütete diese?

Seit Agnes denken konnte, hatte sie immer ein wenig Angst vor der Gräfin gehabt. Nicht, dass diese jemals bösartig zu ihr gewesen wäre, noch nicht einmal besonders streng und kalt, und dennoch: Stets hatte man ihr eingebläut, dass die Gräfin allen Frauen zum Vorbild gereichte, und mittlerweile konnte

Agnes unmöglich einen Menschen aus Fleisch und Blut mit Fehlern und Schwächen in ihr sehen.

Sie zu respektieren war leicht, sie zu mögen fühlte sich hingegen verboten an. Agnes konnte sich nicht erinnern, dass die Gräfin ihr jemals liebevoll über den Kopf gestrichen hatte wie ihre Großmutter, und sie hätte schwören können, dass diese Hand, hätte sie es doch getan, kalt gewesen wäre. Nicht kalt wie die eines Toten natürlich oder die eines schwer kranken Menschen … eher so wie die Hände von Engeln. Auch diese waren rätselhafte Wesen, die von großer Macht kündeten, im Menschen Scheu zeugten und unbestechlich waren: Sie ließen sich nicht mit einer warmen Mahlzeit ködern, mit einem Humpen frisch gebrauten Mets, einem weichen Bett oder dem warmen Feuer im Kamin. Und auch die Gräfin war nicht verführbar. Sie suche, so sagte man, nicht Bequemlichkeit, sondern die Vollendung ihrer vielen Tugenden – zurückhaltend sei sie, in allen weiblichen Künsten geschult, diplomatisch, mit einem außerordentlichen Erinnerungsvermögen ausgestattet, fleißig, weise und diszipliniert. Sie zeigte keine Gefühle, sorgte für ihre Familie und verheiratete die weiblichen Mitglieder klug.

»Und? Hast du sie gefunden?«

Agnes war so in Gedanken versunken gewesen, dass sie es nicht bemerkt hatte, doch erkannte nun, dass Bruder Remi mitten in seiner Bewegung erstarrt war.

»Sind es diese … Schriften?«, drängte Bruder Ouen, als der andere sich nicht rührte.

Immer noch keine Antwort.

Agnes blickte auf das Feuer, das im Kamin prasselte. Ich könnte auf Bruder Remi zustürzen, dachte sie, ihm das Pergament entwenden, es einfach in die Flammen werfen …

Allerdings: Noch hatte er nicht bestätigt, dass es sich tatsächlich um die gesuchten Schriften handelte. Und überdies ließ sich Pergament, das schließlich aus Leder gemacht war, kaum verbrennen, und wenn, dann nur langsam und üblen Rauch verbreitend. Um die Schriften zu vernichten, müsste man sie abschaben, aber das war eine ebenso langwierige Arbeit, wie das Pergament zu beschreiben, und so viel Zeit hatte sie nicht. Es galt, einen anderen Weg zu finden, die Mönche von ihrem Tun abzuhalten. Warum fiel ihr nur keiner ein? Hatte sie sich nicht eben noch geärgert, als Bruder Remi behauptet hatte, die Frauen wären von Gott mit mehr Gefühlen als Verstand beschenkt worden? Warum gebärdete sie sich dann selbst wie ein kleines Mädchen, das von seiner Angst um die Zukunft bezwungen wurde, anstatt nüchtern zu überlegen, was zu tun war!

Wenn sie länger untätig stand, bewies sie genau die Eigenschaften, die die Mönche den Weibern zuschrieben: Einfältig wäre sie, arglos ... ungefährlich, nicht fähig zum listigen Ränkespiel, nicht stark genug, ihren düsteren Plänen etwas entgegenzusetzen.

Sie musste etwas tun! Sie musste ...

Plötzlich verzog sich Agnes' Mund zu einem Lächeln. Und wenn sie weder sich noch den Gottesmännern zu beweisen versuchte, dass sie nicht dumm war? Wenn sie vielmehr darauf setzte, dass man sie genau dafür hielt?

Sie musste sie ja gar nicht zur Rede stellen, um sie von ihrer Suche nach den geheimen Schriften abzuhalten, sie musste lediglich ...

Sie lächelte nicht länger, setzte eine unschuldige Miene auf und räusperte sich laut. Nicht die geringste Überraschung stand ihr im Gesicht geschrieben, als die beiden Mönche entsetzt herumfuhren. Als sie auf sie zutrat, tat sie so, als wäre es das Selbstverständlichste auf der Welt, sie hier anzutreffen, und als wäre sie eben erst über die Schwelle getreten.

»Mein Gott, Mädchen, was tust du hier?«, rief Bruder Remi erschrocken, Bruder Ouen lief puterrot an.

Dass sie den beiden so leicht zusetzen konnte, erfüllte sie mit Schadenfreude, doch auch diese zeigte sie nicht. »Schnell!«, rief sie. »Oh, ich bitte euch, kommt schnell! Es bleibt keine Zeit mehr!«

III.

962

Am Tag vor der Hochzeit floh Gunnora aus dem Haus. Schon in den letzten Tagen war sie nur selten dort gewesen, denn die Vorstellung, dass ihre zarte Schwester alsbald dem tumben Samo gehörte, machte sie verrückt, und noch unerträglicher als dies war ihr der Besuch eines Priesters gewesen, der aus dem nächstgelegenen Dorf gekommen war, um Seinfreda zu taufen.

Dies war eine Bedingung von Hilde gewesen, die bis zuletzt versucht hatte, die Heirat zu verhindern. Am Ende hatte sie eingesehen, dass eine tüchtige Arbeitskraft wie Seinfreda auch ihr von Nutzen war und sie nicht ewig leben würde, um den Sohn vor der Einsamkeit des Waldes zu bewahren, aber sie wollte sichergehen, dass die künftige Schwiegertochter keine Macht hätte, sie mit heidnischen Flüchen zu belegen.

Der Priester, der den Wald zu hassen schien und ihn als gottlosen Ort verfluchte, wo nur seelenlose Tiere und verdammenswerte Diebe und Räuber lebten, blieb zu Gunnoras Erleichterung nicht lange. Zur Eheschließung selbst brauchte man ihn nicht, wie Samo erklärte. Es genügte, vor dem Ältesten der Sippe – und das war Hilde – den Willen zu bekunden, den anderen zum Gatten zu nehmen. Dafür allerdings wollten sie bis zum morgigen Sonntag warten, auf dass er noch ein wenig Wild für ein Festmahl jagen konnte.

Gunnora war sich sicher, keinen Bissen davon herunterzubringen. Während Seinfreda daranging, das Haus zu kehren, lief sie immer tiefer in den Wald und erreichte bald jenen Baum, in den sie – weit genug von Hildes misstrauischem Blick entfernt – neue Runen geritzt hatte.

An diesem Tag konnte sie keine Runen ritzen, sondern nur daran denken, wie in Dänemark Hochzeit gefeiert wurde. Mehrmals hatte sie solche Feste erlebt. Der Boden wurde mit frischem Stroh bestreut, die Tische bogen sich unter hölzernen Platten mit geräuchertem Fisch und Rindfleisch, Jongleure unterhielten die Feiernden, und Musiker bliesen auf der Knochenflöte. Hier hingegen würde keine Musik erklingen, hier war nur das Lied des Waldes zu hören – und Samo und seine Mutter waren selbst dafür taub.

In Dänemark mussten Männer und Frauen von gleichem Rang, Stand und Vermögen sein. Die Frau brachte den Mundschatz in die Ehe mit, den sie auch dann behielt, wenn diese getrennt wurde. Seinfreda hingegen würde nicht Herrin des Hauses sein, sondern kaum mehr als eine Sklavin. In Dänemark braute man eigens Bier für die Hochzeit, hier trank man nichts dergleichen.

Gunnora hatte den bitteren Geschmack von Bier nie gemocht, aber jetzt hätte sie gern so lange getrunken, bis der Kopf zu schwer zum Denken und der Schmerz in ihrer Brust betäubt wäre. Sie schloss die Augen, öffnete sie wieder, nahm zum ersten Mal wahr, dass sich die Blätter rot und gelb zu färben begannen.

Nun gut, der Zeitpunkt war nicht schlecht gewählt. Auch in der Heimat befand man den Oktober als guten Monat zum Heiraten, nachdem die Ernte eingebracht, das Heu in den

Scheunen gelagert, das Vieh geschlachtet und der Fisch getrocknet worden war.

Aber das allein vermochte sie nicht zu versöhnen, war es doch nicht zuletzt der nahende Winter, der Seinfreda in ihrem Entschluss bekräftigt hatte. Wenn wir nicht hierbleiben können, hatte sie erst am Tag zuvor noch zu Gunnora gesagt, werden wir irgendwo erfrieren.

Gunnora hatte keine Angst vor Kälte. Sie war doch aus Eis, erstaunlich, dass sie noch Qual spürte.

Sie lief weiter, kam an ein Bächlein, wo Seinfreda sich am Morgen notdürftig gereinigt hatte. Nichts hatte diese Katzenwäsche mit dem Bad gemein, das eine Braut in Dänemark nahm, ehe sie mit Blumenkränzen geschmückt wurde. Auch auf Letztere hatte sie zu verzichten, denn im Wald wuchsen keine Blumen. Im Wald war auch kein Leinenschleier zu finden, der sie vor den Kräften des bösen Blickes schützen sollte. Nur ihr Haar, das ihr bislang offen über den Rücken fiel, konnte sie flechten und hochstecken, wie es Brauch war.

In den Nächten würde sie es lösen, in den Nächten mit Samo … Er würde sie nehmen, aber ihr am Morgen nach der Hochzeit nichts schenken können, kein Kleid aus Leinen, keine Truhe mit Holzschnitzereien oder kostbarem Schmuck. Wevia hatte erst letztens gefragt, ob Seinfreda eine Kette bekommen würde, aber Hilde hatte schroff erklärt, es sei großzügig genug, dass fürderhin Seinfredas Schwestern mit ihnen unter einem Dach leben konnten. Wevia war zutiefst verstört gewesen, und in ihrer Miene hatte sich Gunnoras Hilflosigkeit gespiegelt.

Auf Schmuck konnte Seinfreda gewiss verzichten, aber doch nicht auf Freiheit! Der Freiheit, sich jederzeit von ihrem Mann zu trennen, wenn er sie nicht ernähren konnte oder nicht gut zu ihr war, der Freiheit, wie sie den Frauen in Dänemark zustand!

Hier war das, wie Hilde bekundet hatte, nicht möglich. Hier fiel man dem Gatten mit Haut und Haar anheim, hier gehörte man selbst im Falle dessen Todes weiterhin zu seiner Sippe.

Aufseufzend lehnte sich Gunnora gegen ihren Runenbaum. Das Licht im Wald war immer trüb, doch nun stiegen überdies graue Nebelschwaden vom Boden hoch, vielleicht nur Vorboten von Regen, vielleicht aber Zeichen, dass der Tag sich neigte und die letzte Nacht kam, in der Seinfreda Samo noch nicht gehörte. Was immer danach geschah – am übernächsten Tag würde ihre Schwester eine andere sein.

Und wer bin ich?, fragte sich Gunnora.

Die Tochter von Ermordeten ... eine Heimatlose in der Fremde ... eine große Schwester, der es nicht gelingt, den Geschwistern das Notwendige zu geben – Seinfreda den richtigen Mann, Wevia kostbaren Schmuck und Duvelina Trost, wenn sie nach der Mutter weinte.

Ich tauge zu nichts.

Sie blinzelte ihre Tränen fort und hob die Hand, um die Runen zu erspüren. Der Wald schwieg. Die Tiere versteckten sich vor ihr und ihrem Hader – oder vor den Geistern, Wiedergängern und Dämonen, die jetzt im Herbst am meisten Macht entfalteten.

Gunnora hatte keine Angst vor ihnen, hoffte vielmehr, dass ihre Eltern, wie man es manchen Toten nachsagte, die Gestalt von Adler, Wolf oder Stier annähmen.

Ich könnte mit euch fliegen, mit euch Beute jagen, mit euch das Schicksal mit Hörnern aufspießen ...

Nun vernahm sie doch ein Rascheln und fuhr herum. In der letzten Zeit trieb es manchmal Menschen in den Wald, vor allem Bauern, die mit kleinen Messern die letzten Blätter schnitten, um sie als Winterfutter für ihr Vieh zu lagern. Gunnora war es immer gelungen, ihnen auszuweichen, und auch jetzt erblickte sie keine Menschen, sondern nur ein Eichhörnchen. Es lief von Baum zu Baum, blieb dazwischen stehen und musterte sie mit einem Blick, der sie verschlagen deuchte. Sie musste an eine der vielen Geschichten ihres Vaters denken, von Ratatöskr, dem Eichhörnchen, das im Weltenbaum Yggdrasil zwischen Baumkrone und Wurzeln hin und her kletterte und üble Nachrede vom Adler bis zum Drachen verbreitete.

Es war keine schöne Geschichte – und dennoch, sie kannte sie, kannte sie alle, die Geschichten des Nordens, die Bräuche, die Sitten, die ihrem Volk Kraft und Lebensmut verliehen, kannte sie zwar nicht so gut wie Walram und Gunhild, aber gewiss besser als die meisten ihres Volkes.

Wer bin ich, wer will ich sein?

Nicht nur die Angehörige einer Sippe von Opfern, dachte sie, kein hilfloses Weib, das danach trachtet, einen Mann zu finden und unter dessen Kittel zu kriechen, um fortan zu leugnen, woher sie kam. Nein, sie wollte eine starke Frau sein, eine Tochter des Nordens, vertraut mit den Göttern, eine Meisterin der Runen.

Zum ersten Mal seit Langem fühlte sie nicht Schmerz und nicht Eis, sondern die Erde unter den Füßen. Sie fühlte deren Herzschlag, und er wurde eins mit ihrem.

Das Eichhörnchen blickte sie immer noch an, und plötzlich wuchs die Überzeugung: Es war kein Zufall, dass es um ihre Füße huschte, sondern ein Zeichen.

Blitzschnell bückte sie sich, nahm einen Stein, schleuderte ihn auf das flinke Tier – und traf es sofort. Die Ahnung, dass es von Göttern geschickt worden war, wurde zur Gewissheit. Frigg, die Göttin der Fruchtbarkeit, verlangte, dass sie ihr um Seinfredas willen ein Opfer darbrachte, um deren künftiges Eheglück zu sichern.

Eigentlich war vor Hochzeiten als Opfer ein schwarzes Rind gefordert, aber hier gab es nun mal keine Rinder, und eigentlich genügte ein solches Opfer auch nicht. Man musste, um Segen für das Paar zu erwirken, einen Hammer unter dem Brautbett verstecken, doch auch den hatte sie nicht. So musste sie die alten Bräuche hier eben neu erfinden.

Gunnora hackte dem Eichhörnchen den Kopf ab, tauchte ihre Finger in das Blut, schrieb damit eine Rune auf einen Baum – die siebte Rune namens Gebo, was so viel wie Geschenk bedeutete. Sie stand für Friede und Treue, für Vereinigung und Partnerschaft, und wurde sie zum Segen, konnte sie den Bund von Mann und Frau stärken.

Laut begann sie zu sprechen: »Euer Bund, Samo und Seinfreda, möge fruchtbar sein, Friede über die ganze Sippschaft bringen und Wärme schenken.« Eigentlich glaubte sie nicht an ihre Worte, aber sie glaubte an die Macht der Runen, und diese war größer als ihre. »Ihr sollt in Wohlstand leben«, fuhr sie fort, »keine Sorgen haben und euer Glück finden.«

Ihre Stimme klang rau und tief.

Die, die sie störte, einmal mehr schrill und hoch.

Damit beschäftigt, die Blutrunen zu malen, hatte sie nicht bemerkt, dass Hilde ihr gefolgt war. So erleichtert die Alte eigentlich sein sollte, dass sie aus dem Haus geflohen war, war es ihr wohl nicht geheuer, dass sie es ausgerechnet am Tag vor der Hochzeit verließ.

»Was tust du hier?«

Der Nebel war so hoch gestiegen, dass die Runen kaum mehr zu sehen waren, und obwohl sie zunächst anderes im Sinn hatte, versteckte Gunnora rasch das tote Eichhörnchen hinter ihrem Rücken. Das Blut tropfte warm von der Hand, aber Hilde bemerkte es nicht. Und statt Vorwurf und Misstrauen stand ihr plötzlich Angst im Gesicht geschrieben – wie

Gunnora vermutete, nicht vor ihr, sondern vor dem nebligen Wald.

Gunnora kannte diese Angst nicht länger. Die Einsamkeit, die ihr so oft zugesetzt hatte, war nun, nachdem sie ihr Opfer gebracht hatte, ihre treue Gefährtin, ihre Lehrmeisterin, ihre Vertraute.

»Was tust du hier?«, wiederholte Hilde.

Gunnora lächelte ein wenig so, wie es Seinfreda zu eigen war.

»Nichts ... ich komme mit dir.«

In ihrer Furcht wirkte Hilde dümmlich. Sie hatte keine Ahnung, wer Gunnora war, aber bald ... bald würde sie es wissen.

Am Morgen nach der Hochzeit saßen sie bei der Grütze beisammen. Die Körner waren wie immer hart, aber an diesem Tag vermeinte Gunnora, Steine zu kauen.

Seinfreda war rotwangig – ob vor Scham oder Aufregung vermochte Gunnora nicht zu sagen. Sie wirkte nicht unglücklich, aber das musste nichts heißen, schließlich hatte sie auch nach dem Tod der Eltern gelächelt. Samo lächelte auch, wenngleich nur flüchtig, wich dem Blick seiner Mutter ebenso aus wie ihrem, aber schien irgendwie zufrieden, sofern ein so einfacher Mann wie er zu Gefühlen überhaupt fähig war.

Gunnora hatte die Nacht im Freien verbracht, um die beiden nicht hören zu müssen, Wevia und Duvelina hingegen hatten bis zum Morgen tief geschlafen. Nun saßen sie verschüchtert da. Hilde wirkte angespannt, als rüste sie sich zum Kampf. Sie schien nicht recht einschätzen zu können, was genau vom Eheweib des Sohnes zu erwarten stand, gab es doch nichts, was man ihr offen vorwerfen konnte. Seinfreda fürchtete sie schließlich – nur Gunnora nicht.

Ich weiß, wie man Götter gnädig stimmt, ich kenne die Sprache des Waldes und verfüge über die Macht der Runen, ich fürchte nichts, dachte sie.

Sie sah Hilde offen ins Gesicht, während sie ihren Brei kaute, und starrte später noch herausfordernder auf den Schlüssel an Hildes Gürtel, der eigentlich jetzt Seinfreda gehören sollte. Schließlich oblag der Ehefrau die Aufsicht über die Truhen mit den Kostbarkeiten und über die Speisekammer. Hilde dachte wohl nicht daran, ihn abzugeben, wirkte erst ein wenig unsicher, dann noch trotziger, erwiderte Gunnoras Blick und umfasste ihren Gürtel.

»Glaub nicht, dass das Leben für dich einfacher wird«, flüsterte sie kaum hörbar.

Obwohl Gunnora sie nicht mochte, war sie froh, keine unnützen Worte machen zu müssen, um die Fronten zu klären.

»Ich werde meinen Beitrag leisten«, zischte sie zurück, »aber ich bin nicht deine Magd. Behandle mich nicht als solche.«

Samo scharrte unruhig mit den Füßen, sein Lächeln schwand. Hilde schien den Sohn gar nicht zu bemerken.

»Trag dein Näschen nicht zu hoch«, sagte sie. »Arbeit hat noch niemandem geschadet. Wir müssen sie tun, weil Adam und Eva gesündigt haben. Auf diese Weise tun wir Buße für diese Schuld.«

Gunnora verschränkte die Hände vor der Brust: »Bei uns haben die Menschen ein gerades Rückgrat. Sie müssen nicht vor einem schwächlichen Gott zu Staube kriechen.«

Empörung ließ Hildes Gesicht glühen. Sie wandte sich zum ersten Mal an diesem Morgen an Samo: »Lass dir solch heidnische Rede nicht gefallen! Sag auch etwas! Deine Frau muss dir künftig gehorchen, und deine Schwägerinnen müssen es umso mehr.«

Samo sagte nichts, Seinfreda jedoch wandte sich flehentlich an sie: »Bitte … Nora.«

Für gewöhnlich nannte sie sie nicht so, vor allem nicht vor anderen Menschen. Nora und Freda waren ihre geheimen Namen gewesen, als sie in der Kindheit gemeinsam gespielt und die Welt erforscht hatten.

Gunnora schob die Schüssel beiseite und erhob sich ebenso langsam wie würdevoll. Erst starrte sie Hilde durchdringend an, dann Seinfreda: »Hör auf, dich zu winden! Lass dich nicht gängeln! Nur weil du seine Frau bist, bist du nicht machtlos, im Gegenteil. Sei ihm, was unsere Mutter unserem Vater war – eine weise Beraterin und die Herrin des Hauses. Unsere Mutter hat Geheimnisse gehütet, dafür gesorgt, dass die toten Ahnen in Erinnerung der Lebenden blieben, und manchmal die Zukunft vorausgesagt.«

»Ich dulde keine Heidin unter meinem Dach!«, rief Hilde.

Samo duckte sich noch tiefer. »Sie sollte sich taufen lassen …«, murmelte er in Seinfredas Richtung, »… dann ist alles gut.«

Als der Priester da gewesen war, hatte er das nicht vorgeschlagen. Offenbar setzte er darauf, dass die Zeit alles regeln würde, die Mutter gütiger stimmen und Gunnora friedfertiger. Doch Gunnora hatte gelernt, dass der Zeit nicht zu trauen war. Sie heilte keine Wunden, und sie würde nichts an der Einsicht ändern, dass sie nicht länger nur Opfer sein wollte, sondern eine starke Frau.

Sie reckte ihr Kinn. »Ich werde mich nicht taufen lassen. Nie. Ein Christ hat meine Eltern auf dem Gewissen. Ich hasse ihn wie seinen Gott.«

Hilde kreischte auf, und Wevia schlug sich vor Schreck die Hände vors Gesicht. Duvelina begann zu weinen.

Ihr Anblick rührte Gunnora und machte sie betroffen.

Warum nur hatte sie die Schwester zum Weinen gebracht, warum sie nicht an sich gezogen, das lockige Haare gestreichelt, die weiche Haut im Nacken geküsst, die Süße gerochen und sich daran gelabt? Warum hatte sie diesen Streit vom Zaun gebrochen?

Aber dann ging ihr auf, dass sie noch mehr als ihren Schwestern ihrem Erbe verpflichtet war.

»Als du im Wald warst, hast du gewiss üble Zauberei getrieben!«, keifte Hilde.

»Ich habe der Göttin Frigg ein Eichhörnchen geopfert«, gab Gunnora kühl zurück, »um diese Ehe zu segnen.«

»Gunnora!«, rief Seinfreda entsetzt.

Hildes Augen wurden kalt und hart. »Das darfst du nicht dulden«, herrschte sie Samo an, »sie hat nur eine Wahl: Entweder unterwirft sie sich unseren Sitten, oder sie verlässt unser Haus.«

Samo tat nichts, er beugte seinen Kopf so tief, dass er beinahe die Tischplatte berührte, scharrte er weiter mit den Füßen.

Als wäre er ein Huhn!, dachte Gunnora verächtlich.

Sie wollte nicht abwarten, was er zu den Worten der Mutter sagte, wollte vor allem Seinfredas flehentlichen Blick nicht spüren. Stolz wandte sie sich zur Tür.

»Niemand vertreibt mich. Wo ich nicht willkommen bin, dort bleibe ich nicht.«

Mit diesen Worten verließ Gunnora das Haus. Ginge es nach ihr, würde sie es nie wieder betreten.

Sie war erst wenige Schritte gegangen, als die Schwestern ihr nachgeeilt kamen. Duvelina klammerte sich an sie.

»Wo ist Mama, ich will zu Mama!« Seit Wochen hatte sie diese Frage nicht mehr gestellt.

Wevia hingegen wirkte starr und stumm, als wäre sie tot, und Seinfredas Gesicht war nicht mehr rot, sondern bleich wie eh und je.

»Wie sollen sie's ertragen, auch dich zu verlieren?«, rief sie und deutete auf die jüngeren Schwestern. Tränen liefen über deren Wangen, so viele, so heiße. »Schluck deinen Stolz und komm wieder herein!«

Gunnoras Wille wankte. Wie sehr sie die Mädchen an sich ziehen, liebkosen, trösten wollte! Wie es ihr das Herz brach, es nicht zu tun!

»Es ist nicht mein Stolz, der mich so handeln lässt, sondern meine Pflicht – die Pflicht unseren Eltern gegenüber«, erklärte sie dennoch entschlossen.

»Du denkst, du handelst in ihrem Sinne, wenn du uns im Stich lässt?«

»Sie sind in dieses Land gekommen, weil sie ein besseres Leben erhofften, nicht, um zu verleugnen, was sie denken und glauben. Ich für meinen Teil werde sie nicht verraten.«

Sie löste Duvelinas Hände von ihren Beinen, und zu ihrem Erstaunen verstummte die kleine Schwester, entweder vor Schreck oder weil sie fühlte, dass von Gunnora keine mütterliche Wärme mehr zu erwarten stand. Seinfreda hob sie hoch. Mit Duvelina auf dem Arm wirkte sie noch zarter, noch zerbrechlicher.

»Es tut mir leid«, sagte Gunnora schlicht.

Seinfreda schluckte, rang nach Worten, aber sah wohl ein, dass sie ihre Schwester nicht dazu bewegen konnte, umzudenken.

»Wie willst du im Wald überleben?«, fragte sie schlicht.

»Mach dir keine Sorgen, ich bringe mich schon durch. Und ich bleibe auch in eurer Nähe, du kannst mich jederzeit sehen, ich werde mich um euch kümmern ... auf meine Weise.«

Ja, dachte sie, ich werde Segensrunen schnitzen, werde Opfer bringen, werde die Götter gnädig stimmen. Ich werde den Christ verfluchen, der unsere Eltern getötet hat, und Rache schwören.

Wortlos ging sie davon. Sie brachte es nicht übers Herz, sich zu verabschieden, und Seinfreda ihrerseits sagte nichts mehr. Mit Duvelina auf dem Arm und Wevia an der Hand sah sie ihr nach. Mehrmals drehte sich Gunnora nach ihnen um, doch die Bäume standen so dicht, dass Blätter, Äste und hochgewachsene Farne bald den Blick auf die Schwestern verdeckten.

ᚱ

Alruna gönnte weder Arfast noch den Pferden und am allerwenigsten sich selbst eine Rast. Richard hatte mit seinen Männern einen Tag vor ihnen Rouen verlassen, und die einzige Chance, ihn aufzuhalten, war, den ganzen Tag durchzureiten.

So willig Arfast ihrem Ansinnen zunächst gefolgt war – nach etlichen Stunden auf dem Pferderücken legte er Protest ein. »Wir sollten in einer Herberge oder in einem Kloster einkehren und uns stärken, ich kenne einige nicht weit von hier.«

Alruna würdigte ihn nicht einmal eines Blickes. Seit einer ganzen Zeit ritt sie ihm voraus und drehte sich auch jetzt nicht nach ihm um. »Ich kann nichts essen, wenn ich ihn in Gefahr weiß«, sagte sie.

Unbemerkt war er aufgeschlossen und hatte die Worte gehört, obwohl sie nicht für ihn bestimmt waren, nur ihre eigene Entschlossenheit schüren sollten. »Du weißt nicht, ob er in Gefahr ist ... du glaubst es nur aufgrund deines Traumes zu ahnen.«

»Die Priester sagen, dass Träume Botschaften von Gott sind. Wenn du mir nicht glaubst, warum bist du dann mitgekommen? Und wenn du Zweifel hast, warum kehrst du dann nicht um?«

»Ich soll dich allein lassen? Selbst zu zweit ist's auf den Wegen gefährlich. Räuber lauern überall.«

»Wir sind nicht in so großer Gefahr wie Richard.«

»Aber ihm ist nicht geholfen, wenn unsere Pferde vor Erschöpfung zusammenbrechen.«

Alruna gab nach. Bei der nächsten Herberge legten sie eine Rast ein, um die Pferde zu tränken, zu füttern und auch selbst ein wenig zu essen, aber danach ging es unverzüglich weiter. Sie ritten unter schweren Wolken, die sich erst gegen Abend hin etwas lichteten. Das blutige Rot der untergehenden Sonne schien den Herbstwald zu spiegeln. Nie hatte Alruna so lange auf dem Pferd gesessen – nie war sie so weit von Rouen fort gewesen. Ihre Eltern machten sich sicher Sorgen, bei ihrer Wiederkehr würden sie nicht nur ihr, sondern auch Arfast bittere Vorwürfe machen. Doch alles, alles wollte sie in Kauf nehmen, wenn sie nur Richard in Sicherheit wusste.

Lachhaft schien es, an ihrer unerwiderten Liebe je gelitten zu haben. Und wenn er sie nie wieder ansah – gern wollte sie damit leben, solange er wohlbehalten war!

Obwohl sie nie zu den weiblichen Wesen gehört hatte, die Kraft aus dem Gebet zogen, befand Alruna sich nun in ständiger Zwiesprache mit Gott. Sie handelte mit ihm, indem sie ihm viele nächtliche Stunden versprach, die sie fastend und wachend in seiner Kapelle knien wollte – vorausgesetzt, sie kamen nur rechtzeitig an. Insgeheim fragte sie sich zwar, was Gott daran gefallen sollte, dass ein junges Mädchen hungrig war, schlaflos und schmerzende Knie hatte, aber irgendeinen Nutzen musste der Allmächtige daraus ziehen, sonst hätten sie Richards Truppe bei einbrechender Dämmerung nicht endlich eingeholt.

Genau betrachtet war ihnen nicht Gott zu Hilfe gekommen, sondern der hohe Wasserstand der Flüsse. Um einen von diesen zu überqueren, fehlte eine Brücke, weswegen es eine gangbare Furt zu benutzen galt, und wer nicht wusste, wo sich diese befand, drohte zu ertrinken. Die Männer von Richards Leibwache waren sich offenbar nicht sicher, denn sie gingen unruhig am Flussufer auf und ab und starrten in die graugrünen Fluten, während Richards Leibknechte ein Zelt aufschlugen, es mit Polstern und Fellen auslegten und mit Basterna abschirmten – jenen Fahrzeugen, niedrig und wasserdicht, die Waffen und Vorräte transportierten. Die Entscheidung, wo genau man den Fluss überqueren sollte, war wohl auf den kommenden Tag vertagt worden.

Es war so finster, dass Alruna kaum noch etwas sehen konnte. Müdigkeit überkam sie, sodass sie vermeinte, gleich vom Pferd zu fallen. Auch Richard schien nichts zu erkennen. Als seine Männer ob des unerwarteten Hufgetrappels ihre Waffen zogen, hielt er sie nicht auf. Erst als Alruna seinen Namen rief, gab er den Befehl innezuhalten, und lief auf sie zu.

»In Gottes Namen, was machst du hier?«

Erschöpfung und Aufregung schnürten ihr die Kehle zu. Sie brachte kaum ein Wort hervor, und die wenigen, die sie stammelte, schienen verworren. »Bruno ... plant Übles ... seine Einladung ... Hinterhalt ... wirst sterben, ehe du Beauvais erreichst.«

Das übliche neckische Lächeln schwand nicht von Richards Lippen, doch seine Stirn runzelte sich. »Was redest du da?«

Er streckte die Hand aus, um ihr vom Pferd zu helfen. Alruna rang nach Atem, aber konnte nichts mehr sagen.

»Du musst den ganzen Tag durchgeritten sein!«, stellte Richard erstaunt fest. »Und Arfast ... was macht er hier? Ist er etwa dein einziger Begleiter? Das ist doch ...«

»Du darfst nicht nach Beauvais! Kehr um, sonst bist du des Todes!«

Sie hörte das Murmeln der Männer und das Rauschen des Flusses. Richard sagte gar nichts mehr. Was sie in seiner Miene las, setzte ihr zu – nicht nur Sorge und Befremden nämlich, sondern sein andauerndes Lächeln.

Sie ergriff seine Hände. »Bitte, glaub mir! Der Traum, der mich quälte, war eine Botschaft Gottes! Unmöglich, dass ich mich irre!«

Er schüttelte den Kopf. »Wie kannst du dir so sicher sein?«

Sie fühlte, wie ihre Knie bebten, Schwindel in ihr hochstieg und Müdigkeit sie lähmte. Nicht länger ihrer Sinne mächtig, sprudelte die Wahrheit aus ihr heraus.

»Ich bin mir sicher, weil ich dich liebe. Ich liebe dich viel mehr als einen Bruder, ich habe dich immer geliebt, mit ganzer Seele, ganzem Herzen und ganzer Kraft. Gott weiß davon, darum hat er mir den Traum geschickt. Bleib an meiner Seite, kehre mit mir nach Rouen zurück, dann wird dir nichts zustoßen.«

Nun hörte sie nicht mehr den Fluss rauschen, sondern ihr eigenes Blut. Wie heiß es war, kaum waren ihre Worte verklungen. Und wie rasch es erkaltete, als sie sah, dass Richard nicht mehr lächelte.

Am nächsten Morgen fanden die Männer doch noch eine Furt, durch die sie den Fluss überqueren konnten. Das Wasser war kalt, aber nicht reißend, schmutzig und grau, auch nicht sonderlich tief; die Pferde fanden bald einen sicheren Tritt, und wenig später erreichten sie das andere Ufer. Von dort ging es westwärts weiter.

Richard hatte sich von Alruna nicht bewegen lassen umzukehren, er hatte – sobald er nach erster Verwirrung die Fassung wiederfand – vielmehr gelacht. Ob der Spott ihrem Traum oder dem Liebesbekenntnis galt, wusste Alruna nicht. In jedem Fall fand er es nicht wert, über das eine oder das andere auch nur ein Wort zu verschwenden. Am liebsten hätte er sie wohl sofort nach Rouen zurückgeschickt, aber sie allein Arfasts Obhut anzuvertrauen, schien ihm zu unsicher, und so erklärte er, es ihrem Vater schuldig zu sein, sie erst mit nach Beauvais zu nehmen und sie danach nach Hause zu geleiten.

Alruna brannte das Gesicht, wenn sie daran dachte. Ihr Vater stand ihm näher als sie. Nicht länger war sie ihm eine Schwester, sondern jetzt nur noch ein dummes, lästiges Kind.

Seit dem Aufstehen starrte sie hartnäckig auf den Boden. Es wäre ihr unerträglich gewesen, ihn allein fortreiten zu lassen, doch ihm zu folgen und die aufdringlichen Blicke seiner Männer zu spüren war keine geringere Qual. Richard war der Einzige, der sie nicht verstohlen ansah und über sie spottete, sondern sich beharrlich von ihr fernhielt, und zum ersten Mal ahnte sie, dass ihn zu lieben nicht bedeutete, ihn auch zu kennen.

Sein Lächeln ließ ihn weich und jungenhaft erscheinen, doch wenn sie sich jetzt recht besann, hatte es selten seine Augen erreicht, und auch jetzt wirkten diese hart und kalt. Er war kein Junge, ganz gleich, wie oft er sie geneckt hatte, er war ein Mann, der nie ein Junge hatte sein dürfen: Erst zehn Jahre alt war er gewesen, als er den Vater verloren und fortan um sein Reich hatte kämpfen müssen, das ihm so viele Feinde rauben wollten. Und ein Mensch, der gewohnt war, sich an erster Stelle um sich selbst zu sorgen, war offenbar nicht fähig, allzu viele Gedanken an andere zu verschwenden.

Hatte der Gedanke daran bislang immer nur ihr Mitleid

erregt, war es nun erstmals Zorn – das einzige Gefühl, das taugte, ihre Scham in Schach zu halten.

Er kann nicht lieben, dachte sie plötzlich, und deswegen versteht er nicht, was ich für ihn fühle. Er lässt es nicht an sich heran, er lacht es einfach weg, so wie er es mit allem tut, was ihm zusetzt – und wenn das Lachen einmal nicht laut genug ist, das Knirschen des Weltgefüges mit all seinem Leid und Elend zu übertönen, dann reitet er davon oder flüchtet sich zu den Konkubinen oder schützt sich mit Härte.

Nicht nur sie hatte keinen Platz in seinem Herzen, keiner hatte einen. Würde er eine andere lieben, wären ihm zumindest Mitleid und Verständnis nicht fremd, und er hätte beides bewiesen, indem er nicht einfach gelacht hätte.

Sie starrte auf ihre Hände, fühlte sich nicht länger nur beschämt, sondern verletzt, wurde für Richard so blind wie er für sie und merkte kaum, als der Zug sich verlangsamte. Die Pferde liefen ohnehin nicht schnell, da einige die Basterna zu ziehen hatten, nun hielten sie inne, und auch die Räder rollten nicht weiter. Arfast beugte sich vor, umfasste ihre Zügel und brachte ihr Pferd zum Stehen.

Verwirrt blickte sie hoch. »Was ist passiert?«

Sie war nicht sicher, ob Arfast ihr Geständnis Richard gegenüber gehört hatte. Falls ja, ließ er sich nichts anmerken. Er wirkte angespannt, hatte keine Augen für sie, nur für die zwei Krieger, die in der Ferne sichtbar wurden. Zunächst waren sie nur an ihren Helmen zu erkennen, später an den Schwertern, die sie am Gürtel trugen. Sie sahen nicht wie Normannen aus, sondern wie ... Franken.

Alruna zuckte zusammen. Eben noch hatte sie mit Richard gehadert, jetzt hätte sie sich am liebsten vor ihn geworfen, um ihn vor den Kriegern zu schützen.

Allerdings, es waren genug andere Männer da, genau das zu

tun, und diese hoben drohend Lanzen und Schwerter. Die beiden Krieger näherten sich zögernd und sich der Übermacht gewiss bewusst – was wiederum bedeutete, dass sie entweder Toren waren, die den Heldentod suchten, oder in friedlicher Absicht kamen.

Arfast zog ihr Pferd ganz nahe an seines. »Du solltest in Rouen sein, an deinem Webstuhl, in Sicherheit …«

Sie schüttelte entschlossen den Kopf. »Ich weiß, dass ihr mich alle für verrückt haltet, aber …«

»Ich habe nie gesagt, dass ich deinem Traum nicht traue.«

Von ihm Recht zu bekommen ließ sie die Schmach, von Richard verlacht worden zu sein, nur noch bitterer schmecken. Wütend wollte sie etwas entgegnen, doch da presste er ihr die Hand vor den Mund, um sie zum Schweigen zu bringen, waren die beiden Krieger doch nahe genug gekommen, um erst der Vorhut mitzuteilen, wer sie waren und was sie herführte, und später, als man sie zu ihm vorließ, Richard selbst.

Alruna vernahm einzelne Namen – Thibaud le Tricheur, Bruno, Gerberga, König Lothar –, jedoch, da die Männer zu weit entfernt standen, nicht, was über all diese Widersacher Richards zu verkünden war. Richard hingegen verstand sie allzu gut. Er lachte nicht, er war leichenblass.

Hastig wendete er sein Pferd, sagte nun selbst etwas zu seinen Getreuen. Wieder verstand es Alruna nicht, doch da nun fast alle kehrtmachten, war sie sicher, dass er dies befohlen hatte.

»Was … was ist denn?«

Niemand antwortete ihr, ein jeder gab dem Pferd die Sporen, auch Arfast dem seinen, ohne die Zügel von ihrem loszulassen. Ein Teil der Männer – die Leibknechte darunter – blieben zurück, desgleichen die Basterna, hätten sie Richards Flucht doch nur unnötig aufgehalten. Und eine Flucht war es, das konnte Alruna nicht nur am Tempo, sondern an den angespannten Gesichtern erkennen.

Sie erreichten den Fluss, überquerten ihn wieder an gleicher Stelle wie am Morgen, legten erst danach eine kurze Rast ein.

»Was ... was ist denn?«, fragte Alruna wieder.

Niemand war bereit, mit ihr zu reden – Arfast jedoch stieß nicht nur auf Schweigen. Als er zu ihr zurückkam, nachdem er Erkundigungen eingezogen hatte, war er blass wie Richard.

»Du hattest von Anfang an recht.«

Die beiden Krieger hatten vor einem Attentat gewarnt – von niemand anderem geplant als von Bischof Bruno und Thibaud le Tricheur. Eigentlich dienten die zwei Thibaud, doch da er ihnen versprochene Länder schuldig geblieben war, schlugen sie sich auf Richards Seite, gewiss, dass er ihnen den Verrat lohnen würde. Nur einen halben Tagesritt entfernt hatte ihren Worten zufolge das Verderben gelauert.

Als Arfast endete, stand nicht nur Betroffenheit, sondern auch Ehrfurcht in seinem Gesicht geschrieben.

Alruna empfand erst Genugtuung, dann Erleichterung ... zuletzt wieder Mitleid und Liebe. Nicht länger schlug sie die Augen nieder; ihr Blick suchte Richard, und sie nahm ihn alsbald in der Ferne wahr, immer noch blass, aber auch zornig und verwirrt. Es war der Ausdruck von einem, der immer wieder vom Tod bedroht wurde und es immer noch nicht fassen konnte, dass ihm die Schicksalsmächte ausgerechnet diese Rolle zugedacht hatten.

Da war kein Hadern mehr in Alruna. Nun hätte sie gern gehört, wie er lachte, aber er tat es nicht mehr.

Auch am Abend ertönte immer noch kein Lachen aus Richards Kehle, stattdessen ein Fluchen. Ihre Truppe war auf die von Raoul von Ivry gestoßen, und gemeinsam beratschlagten sie, was zu tun war.

Raoul, ansonsten immer spöttisch, starrte nachdenklich in die Flammen des Lagerfeuers. Richard hingegen ging unruhig davor auf und ab.

»Ich hätte übel Lust, meinerseits einen Attentäter zu Bruno zu schicken!«, rief er erbost. »Gott verdamme seine schwarze Seele!«

»Das wäre keine gute Idee«, gab Raoul zu bedenken. »Er ist ein Geistlicher, und ganz gleich, wie niederträchtig er dich in eine Falle locken wollte – wenn du sein Blut vergießt, wirst du den Ruf niemals los, das Kindeskind mörderischer Heiden zu sein.«

»Dieser Ruf haftet doch ohnehin an mir! Seit ich denken kann, umlauern sie mich wie Geier, um mir mein Reich zu rauben.«

»Dagegen kannst du nichts tun – selbst wenn du Bruno töten lässt.«

Richard nickte nachdenklich. »Das Einzige, was ich tun kann, ist, keine Furcht zu zeigen.«

»Und du kannst Bruno bloßstellen, indem du ihn in Beauvais vergeblich auf dich warten lässt, sodass er bis zum letzten Augenblick glaubt, sein Ränkespiel ginge auf.«

Nun blitzte doch ein wenig Spott in Raouls Augen auf – in denen von Richard hingegen weiterhin nicht. Alruna nahm wieder Härte und Kälte an ihm wahr und noch etwas anderes: Trotz. Es war auch für sie ein vertrautes Gefühl, ein gutes Rüstzeug zum Überleben – wurde man nun von Mördern oder unglücklicher Liebe heimgesucht –, und dennoch hätte sie es vorgezogen, er würde seinen Schmerz offen zeigen, anstatt so beherrscht zu wirken, fremd und ausdruckslos, als er einen Boten nach Beauvais schickte, um Bischof Bruno wissen zu lassen, dass seine Ankunft sich verzögere, er aber in jedem Falle komme. Danach erwies er Thibauds Männern, die sich auf seine Seite geschlagen hatten, seinen Dank, indem er ihnen Geschenke machte: Der eine bekam eine Lanze mit vergoldeter Spitze, der andere einen Edelstein.

Dämmerung senkte sich über das Land, als sie gebeugten Hauptes von dannen schlichen und es nichts mehr für den Grafen zu tun gab. Erst in diesem Augenblick besann er sich Alrunas und trat zu ihr.

»Ich hätte deinen Warnungen trauen sollen«, sagte er hastig, »es tut mir leid.« Nun lachte er wieder, aber es klang freudlos.

»Das Wichtigste ist, dass du lebst«, murmelte sie matt und wandte sich ab.

»Warte!«

Sie drehte sich um und las verspätet Verletzlichkeit in seinen Zügen.

»Es gibt nur wenige Menschen, denen ich vertrauen kann«, murmelte er. »Du ... du und deine Familie ... ihr gehört dazu.«

Da war sie wieder, jene gefürchtete Auszeichnung, wonach sie ihm so etwas wie eine Schwester war, doch plötzlich konnte sie nichts Falsches darin finden, nur die Sehnsucht eines Mannes, der in einer Welt voller Feinde einen Kreis Vertrauter braucht. Bei ihnen wollte er Ruhe finden – nicht von Liebesbekenntnissen aufgewühlt werden.

Sie leckte sich die Lippen.

»Was ich dir sagte ... dass ich dich lieben würde ... das war natürlich gelogen ... ich beteuerte es nur, damit du mir glaubst. Du ... du bist wie ein Bruder für mich.«

Nun war sie es, die lachte, und er tat ihr den Gefallen, nicht auf das Echo dieses Lauts zu achten, das nicht von Spott kündete, nur von einer dreisten Lüge.

»Aber natürlich!«

Er zog die Schultern hoch, als müsste er sich schützen, und ging davon.

Alruna fühlte sich wie benommen. Richard ließ Bischof Bruno vergebens warten, um seinen Stolz zu wahren, und wenn sie nach Rouen zurückgekehrt waren, würde sie ihn für einige Wochen meiden, um gleichem Stolz Genüge zu tun. Aber dieser Stolz glich dem Kettenhemd der Krieger. Es schützt vor Wunden, aber es wärmt nicht in der Nacht. Und nach diesen Tagen war auch ihre Liebe nicht länger geschmeidig. Sie ließ sie nicht erblühen wie eine Frühlingsblume, sondern legte ihr eine ebenso schwere wie harte Rüstung an.

<

Agnarr saß in jenem Hochstuhl, auf dem früher sein Vater gethront hatte. Er hatte auch dessen Ringe angelegt und seinen Helm, trug sein Schwert und trank aus seinem Humpen. Nur Guomundrs Pferd hatte sich störrisch geweigert, einen neuen Herrn anzuerkennen, und ihn abgeworfen, kaum dass er es bestiegen hatte. Agnarr hatte es kein zweites Mal versucht und ihm die Kehle durchgeschnitten.

Anders als das Tier kannten die Männer im Gefolge seines Vaters keine Treue, die über den Tod hinaus währte. Sie unterwarfen sich ihm, weil er sich gegenüber Guomundr als der Stärkere erwiesen hatte. Und nun galt es, diese Stärke Tag für Tag aufs Neue zu beweisen, sonst würden sie ohne zu zögern zum nächsten Anführer überlaufen. Das fiel ihm allerdings schwerer als gedacht.

Ich bin verflucht, dachte er, verhext.

Er musste sich zusammenreißen, um sich nicht trübsinnigen Gedanken zu überlassen, sondern stattdessen aufmerksam dem Bericht eines Boten zuzuhören. Eben hatte dieser das Langhaus betreten und vom Attentat Kundschaft getan, dem Graf Richard beinahe zum Opfer gefallen wäre. Zum Greifen nahe war das Ziel gewesen; er hätte sich nicht einmal selbst die Hände schmutzig machen müssen. Doch irgendwie hatte es Richard geschafft, seinen Kopf aus der Schlinge zu ziehen, und Agnarr war im Trachten, die Herrschaft in der Normandie an sich zu reißen, keinen Schritt weitergekommen.

»Verflucht!«, schimpfte er, um gleich darauf die Lippen aufeinanderzupressen.

Er wollte doch nicht laut werden, wollte seine Gefühle nicht zeigen! Er wollte, dass die Menschen erschauderten, sobald er auch nur den Blick auf sie richtete, und nicht erst, wenn er das Schwert zog.

»Wie viele Getreue haben wir?«, fragte er etwas gemäßigter in die Runde der Männer, die wie er den Ausführungen des Boten gelauscht hatten.

»In Rouen ein paar Dutzend, an der Küste kaum mehr. Am stärksten finden wir im Cotentin Rückhalt. Aber selbst wenn wir die Kinder unserer Getreuen mitzählen, sind es immer noch zu wenig Mannen, um Richard zu stürzen.«

Wieder lag Agnarr ein Fluch auf den Lippen, doch er verkniff ihn sich. Wie viele Menschen hatte er in den letzten Jahren abgeschlachtet und das Gerücht gestreut, es sei Richard gewesen, um Hass und Rachegelüste zu säen! Und wie nutzlos war all das vergossene Blut! Es schrie nicht zum Himmel, es war auf Erden vertrocknet.

Das der schwarzen Dänin ist auch nicht geflossen, kam ihm jäh in den Sinn. Tagelang, ja wochenlang hatte er Männer ausgeschickt, um den Wald zu durchforsten, doch sie waren nicht fündig geworden.

Vielleicht war es ja die schwarze Dänin gewesen, die ihn verhext hatte. Oder der Geist Guomundrs.

»Was sollen wir tun?«, fragte einer der Männer.

»Warten«, presste Agnarr zwischen den Lippen hervor.

Er sah den Widerspruch in ihren Mienen, doch auszusprechen wagte ihn keiner. Das tat jemand anderes.

»Das ist es also, was du Kriegern befiehlst?«, ertönte ein Kreischen. »Zu warten? Schneid ihnen doch gleich die Eier ab, und mach sie zu Weibern!«

Wer so sprach, war selbst ein Weib. Das nämlich, das ihn auf diese Welt geworfen hatte. Er hatte seine Mutter nicht kommen sehen, sie musste sich wohl schon vor geraumer Zeit ins Langhaus geschlichen haben. Ihr gegenüber vermochte er nicht, die Beherrschung zu wahren.

»Du hast hier nichts zu suchen, Mutter!«

Aegla trotzte kühn seinem Blick.

»Sollte es sich nicht langsam lohnen, dass du deinen Vater getötet hast?«, fragte sie heiser.

Die Worte trafen ihn, bekundeten sie doch, dass ihm seine Mutter die grausame Tat längst verziehen hätte, wenn er denn endlich die Macht in Händen hielte. Doch so zog sie die Rolle der Mahnerin vor, die alle daran erinnerte, was er war. Nicht der neue Graf der Normandie, sondern ein Vatermörder.

»Wenn du nicht dein Maul hältst, töte ich auch dich.«

Sie sah ihm fest in die Augen. Sie hatte keine Angst – so wenig wie die schwarze Dänin.

»Mein Leib ist vertrocknet, mein Haar schlohweiß, mein Buckel gekrümmt, ich bin fast blind. Du musst mir mit etwas anderem drohen als dem Tod.«

Er fühlte sich einmal mehr von ihr bloßgestellt und überdies auf einen Irrtum hingewiesen, den er erst kürzlich eingesehen hatte – zu denken nämlich, man hätte Macht, wenn man den Tod brachte. Bis jetzt hatte er das angenommen, nicht zuletzt der vielen Menschen wegen, die ihn angefleht hatten, das Schwert nicht gegen sie zu erheben. Aber jene Menschen waren Gewürm. Es zu zertreten, hätte jeder geschafft, der eine Waffe besaß. Es verhieß keinen Sieg, keinen Triumph, keine Genugtuung. Der Wille eines starken Menschen war viel schwerer zu brechen, als es war, einen Schädel entzweizuschlagen, und das hatte er nie gelernt.

Auch bei Berit hatte er damals den Fehler gemacht, auf seinen so viel stärkeren Körper zu setzen, der sich den ihren schon untertan machen würde, anstatt vorherzusehen, dass sie den ihren lieber selbst hatte meucheln wollen, anstatt sich ihm zu überlassen. Stärker als der Tod war sie solcherart nicht gewesen, aber den Wunsch zu leben, der jedem Wesen innewohnt, ganz gleich wie und unter welchen Qualen, hatte sie zu leugnen gewusst. Auch seiner Mutter schien es wichtiger, ihn zu verspotten, als zu leben.

»Mich bringst du nicht zum Schweigen.«

»Verschwinde, ehe du meine Faust spürst«, knurrte er. »So alt kann ein Mensch gar nicht werden, dass Schläge ihm keine Schmerzen bereiten.«

»Gewiss, aber noch mehr als Schläge schmerzt mich, einen Versager als Sohn zu haben.«

Herausfordernd starrte sie ihn an. Er hingegen tat, als würde er sie nicht länger bemerken. Jetzt werde ich dich gewiss nicht töten, dachte er. Erst wenn du vor mir im Staub gekrochen bist, mir die Füße geküsst und mir gehuldigt hast, werde ich es tun.

Bei der schwarzen Dänin, sollte sie ihm jemals in die Hände fallen, würde er es genauso halten.

Fécamp
996

Bruder Remi mochte in einem Kloster fern der Hauptstadt leben, doch wie die Kleriker bei Hof, die um Einfluss und Pfründe wetteiferten, hatte er die wichtigste Lektion gelernt: Die Männer, die sich nicht auf Waffen verlassen konnten, zogen ihre Macht aus der Kunst der Verstellung, des heimlichen Ränkespiels und des Durchschauens.

Sein Entsetzen, von Agnes ertappt worden zu sein, ließ er sich nicht lange anmerken. Bald schon verzogen sich seine Lippen zu einem Lächeln, und er trat auf sie zu: »Oh, welch hübsches kleines Mädchen. Wir haben uns noch nicht kennengelernt, oder?«

Sein Lächeln war falsch, die Worte nicht minder. Er war kein Mann, für den es einen Unterschied machte, ob die Menschen – Erwachsene gleich Kindern – schön oder hässlich waren. Und er hatte sie schon einmal gesehen, sogar ihren Namen gehört, aber ihn schlichtweg vergessen, weil sie bedeutungslos war. Zumindest bis jetzt. Jetzt rang er nach Worten, die erklären sollten, warum sie ihn gemeinsam mit Bruder Ouen im Gemach der Gräfin angetroffen hatte.

Agnes kam ihm zuvor. »Wer ich bin, tut nichts zur Sache«, sagte sie schnell. »Meine Mutter schickt nach Euch … es steht schlecht um den Grafen ... sie meint, Ihr wolltet gewiss dabei sein, wenn er stirbt. Ihr solltet Euch eilen, er liegt bereits in den letzten Zügen.«

Kurz packte sie das schlechte Gewissen. Gewiss, mit dem Tod war jederzeit zu rechnen, aber in diesem Augenblick nicht mehr als eine Stunde zuvor. Was, wenn die Dämonen, die ungeduldig auf die Seele warteten, das dreiste Spiel, das sie mit ihnen trieb, ahndeten? Was, wenn die Gier, die sie anfachte, sich mit dem Tod des Grafen allein nicht stillen ließ, sondern die Dämonen um jüngere, wankelmütigere Seelen streiten wollten wie die ihre?

Doch als sie sah, dass ihre Lüge fruchtete, dass Remi mit gehetztem Blick an ihr vorbeischritt, ja, überdies Bruder Ouen winkte, ihm zu folgen, konnte sie sich eines Gefühls der Genugtuung nicht erwehren.

Bruder Ouen jedoch, als dickleibiger Mensch von Natur aus träge, zögerte, den schweren Körper zu bewegen, und weigerte sich auch, die Rolle Pergament zurückzulegen, die er eben studiert hatte.

»Kommst du?«, fragte Bruder Remi ungeduldig. »Das ... andere muss auf später warten.«

Er zwinkerte ihm zu, ein Zeichen, dass er sich nicht zuletzt zu beeilen hatte, um Agnes' Misstrauen nicht zu wecken, und schließlich gab Bruder Ouen nach.

Agnes gab sich weiterhin arglos und freundlich und tat so, als würde sie den beiden den Gang entlang folgen. Nach wenigen Schritten blieb sie jedoch abrupt stehen. Sie verließ sich darauf, dass sich keiner der beiden nach ihr umdrehte – und täuschte sich nicht.

Agnes grinste. Manchmal war es ärgerlich, dass man ein Mädchen wie sie nicht ernst nahm – in Stunden wie diesen hingegen nützlich, darauf zu setzen. Einen langen Aufschub hatte sie jedoch wohl nicht bewirkt: Sobald die beiden feststellten, dass der Tod des Herzogs noch auf sich warten ließ, würden sie zurückkehren, und sie keine andere Möglichkeit hätte, sie erneut von hier wegzulotsen.

Hastig eilte sie zurück ins Schlafgemach der Gräfin, und dass sie nun allein hier war, machte die Sache noch aufregender. Das Herz schlug ihr bis zum Hals, und das Blut rauschte in ihren Ohren, als sie sich nun ihrerseits über die Pergamentrollen beugte.

Die Mönche hatten genau gewusst, wonach sie suchten. Sie hingegen hatte keine Ahnung, welcher Natur die geheimnisvollen Schriften waren, die die Macht hatten, die gräfliche Familie ins Verderben zu stürzen und den Lauf der Welt zu ändern. Sie konnte nur darauf hoffen, sie rechtzeitig zu finden und vor den heimtückischen Mönchen zu verstecken. Furcht und Sorge trieben sie – und auch, das konnte sie bei allem Schrecken, den das Geheimnis der Gräfin verhieß, nicht leugnen, Neugier.

Vorsichtig glättete sie ein Stück Pergament und entzifferte die ersten Worte.

IV.

964

Gunnora hörte die beiden Frauen schon von Weitem, denn sie waren nicht mehr die Jüngsten. Jeder ihrer Schritte wurde von einem Ächzen begleitet. Überdies fühlten sie sich im Wald unwohl und versuchten, ihre Angst zu vertreiben, indem sie eifrig miteinander schwatzten. Erst als sie Gunnoras ansichtig wurden, verstummten sie ehrfürchtig.

Sie nickte in die Richtung der einen, Asta mit Namen, dann in die der anderen, die Frida hieß.

Mit gesenktem Blick legten sie die letzten Schritte zurück, die sie noch von ihr trennten. Gunnora ihrerseits rührte sich nicht. Sie empfing sie sitzend unter dem Blätterdach, nicht weit entfernt von jener einfachen Hütte, die sie selbst erbaut hatte – zumindest fast, Samo hatte ihr ein wenig geholfen. Er hatte es getan, weil Seinfreda ihn inständig darum gebeten hatte, und sie hatte es ebenfalls nur um Seinfredas willen zugelassen.

Asta sank vor Gunnora auf den Waldboden, verharrte ein wenig und hob sodann das Bündel, das sie in den Wald geschleppt hatte.

»Ich habe dir Zwiebeln und Lauch mitgebracht«, säuselte sie voller Demut.

Gunnora blickte ausdruckslos. »Hab Dank, das kann man zum Zaubern gut verwenden.«

Insgeheim war sie etwas enttäuscht: Die Bauersfrauen brachten ihr manchmal Kaninchen oder Hühner, mit deren Blut, das man in Kesseln auffing, sich die Zukunft vorhersagen ließ und deren Fleisch sie hinterher braten konnte, um sich endlich mal den Magen vollzuschlagen. Zwiebeln und Lauch ergaben ein ungleich kärglicheres Mahl.

Allerdings, was sie tat, geschah nicht aus Eigennutz. Sie wollte den Göttern huldigen und ihren Willen erkennen, wollte den Eltern nahe sein und Dänemarks Sitten lebendig halten.

Schweigend nahm sie das Gut entgegen und reichte ihrerseits Asta den Talisman, den sie ihr in den letzten Tagen angefertigt hatte: ein Stück Holz an einem Lederband, auf das die Rune Othala geschnitzt war. Sie stand für die Natur, aber auch für Besitz und Wohlstand, und dafür, verwurzelt zu sein, ob in einer Familie oder auf dem eigenen Grund und Boden.

Die Ernte, die Astas Mann in diesem Sommer eingebracht hatte, war eigentlich reichlich gewesen – der Grund, warum er ihr überhaupt erlaubt hatte herzukommen. Doch Asta hatte verkündet, dass man nie reich genug sein und nie entschieden und frühzeitig genug Vorsorge treffen könne. Mit Ehrfurcht, aber auch Gier im Blick strich sie über den Talisman, ehe sie wieder den Kopf hob.

»Ich bin allerdings nicht nur deswegen gekommen«, erklärte sie.

»Was willst du noch?«

Gunnora beugte sich vor. Sie saß auf einem Polster aus Hühnerfedern, trug eine schwarze Lammfellmütze und einen Zundergürtel – alles Geschenke der Frauen, die zu ihr in den

Wald kamen. In Dänemark trug die Völva, eine Seherin, zwar noch prächtigere Kleidung aus Seide und Katzenfell, aber auch solcherart hob sie sich von der Tracht der Bäuerinnen ab. Sie hatte nie eine Völva persönlich gesehen, die weiseste Frau, der sie je begegnet war, war ihre Mutter gewesen, und Gunhild hatte sich wie die Frau eines Pferdezüchters gekleidet, einfach und robust. Hier jedoch galt es, mit vielen kleinen Details Eindruck auf die Menschen zu machen, und das war ihr, wenn auch nicht mit Seide, so damit gelungen, dass sie Runen auf die Lammfellmütze gestickt hatte. Noch mehr Eindruck als ihre Kopfbedeckung machte es, wenn sie ihre Augen verrollte, bis nur noch das Weiße zu sehen war, sie folglich blind für die Welt wurde und sich ganz der Zwiesprache mit den Göttern anheimgab.

Zumindest vermuteten ihre Gäste, dass sie in jenes Zwischenreich vorstieß, wo Verstand und Gefühl aussetzten, der Mensch seine Geschichte vergaß und zur leeren Schale wurde. In Wahrheit handelte Gunnora nicht ohne Berechnung. Sie hatte weder Kräuter noch Met, um in den Zustand der Besinnungslosigkeit zu verfallen. Den spielte sie nur und hoffte darauf, dass es die Götter ihr nicht übel nehmen würden, setzten sie doch selbst nicht selten auf List und Ränke. Um das Leben im Wald durchzustehen, bedurfte es schließlich des Mutes, des Erfindungsreichtums und manchmal der Skrupellosigkeit, und Gleiches war auch den Frauen zu eigen, die zu ihr kamen, obwohl sie wussten, dass ihre Priester Zauberei verachteten und ihr Gott nichts von Runen hielt.

»Mein Sohn ist krank«, erklärte Asta eben, »gewiss kannst du ihm helfen.«

Gunnora wühlte in ihrem Ledersäckchen. Mehrere Holzstücke befanden sich darin, in die sie Runen geritzt hatte. Eigentlich wäre es besser gewesen, Steine mit den geheimnisvollen Zeichen zu beschreiben, doch sie besaß kein geeignetes Werkzeug dazu. Immerhin hatte sie aus Beeren und Wurzeln verschiedene Farben hergestellt, um die Runen damit nachzuzeichnen und ihre Wirkung zu verstärken.

Mit Absicht ließ sie Asta etwas warten, um sie in Spannung zu versetzen, ehe sie schließlich ein Holzstück hervorzog, in das die Rune Algiz eingeritzt war.

»Das ist eine Heilrune«, erklärte sie, »du musst dieses Holz deinem Sohn unter das Kopfkissen legen, sobald er schläft.«

Asta wagte kaum, es zu berühren. Mehrmals zuckte ihre Hand zurück, als würde sie sich verbrennen. Doch schließlich ließ sie das Holzstück in ihrem eigenen Beutel verschwinden.

»Hab Dank!«, rief sie ein ums andere Mal.

Gunnora konnte sich ein befriedigtes Lächeln nicht verkneifen. Es gefiel ihr, dass sie helfen konnte. Und noch mehr gefiel ihr, dass sich der Glaube an die alten Bräuche hier viel stärker als anfangs erwartet hielt.

Sie hatte die Normandie als ein christliches Land betrachtet, dessen Bewohner ihresgleichen zu töten gedachten, doch sie hatte die Zahl der Menschen unterschätzt, deren Vorfahren aus dem Norden stammten und die trotz aller Anpassung die einstigen Sitten nicht vergaßen.

Nun wandte sich Frida an sie und bekundete einmal mehr, wie eifersüchtig sie auf ihre Schwägerin war, die fröhlicher und schöner war als sie.

»Kennst du einen Schadenszauber?«, fragte sie flüsternd. »Ich möchte so gern, dass sie hässlich ist. Sie soll ihre Zähne verlieren und ihr Haar, und ihr Gesicht soll von Falten zerfurcht werden!«

Gunnora zögerte. In den letzten zwei Jahren, die sie hier im Wald verbracht hatte, hatte sie oft auch die zerstörerische Kraft der Runen genutzt, aber ausschließlich, wenn es galt,

Höfe gegen Feuer zu schützen, Händler gegen Räuber und Jäger gegen wilde Tiere. Unschuldige wollte sie nicht zu Schaden kommen lassen – auch wenn dies bedeutete, auf die Gaben, mit denen Fridas Beutel gewiss gefüllt war, verzichten zu müssen.

»Sag ihr ins Gesicht, was dir missfällt«, verkündete sie, »anstatt ihr das Messer heimlich in den Rücken zu rammen. Solch ein Verhalten ziemt sich keiner anständigen Frau.«

Ihre Stimme klang tief und grollend, und zu ihrer Überraschung begehrte Frida nicht auf, sondern zog kleinlaut den Kopf ein, ohne die Bitte erneut zu äußern. Nach einer Weile reichte sie Gunnora eine Axt, mit der man Holz hackte.

»Kannst du mir denn eine Rune ins Werkzeug ritzen, damit die Arbeit leichter von der Hand geht?«

Gunnora nickte, nahm die Axt und ritzte hastig die Tyr-Rune in den Knauf. Von dieser Rune wusste sie nur, dass sie Kriegern zum Sieg verhalf, wenn ihre Waffen damit gekennzeichnet waren, aber sie hoffte, dass auch Gegenstände des täglichen Gebrauchs davon Nutzen trugen.

Schweigen senkte sich über sie. Zu hören waren nur das Schaben des Messers auf dem Holz und der Wind, der durchs Blätterwerk fuhr. Mehrmals hoben Asta und Frida ängstlich den Blick, schienen erleichtert, als das Werk vollbracht war, und packten hastig ihre Gaben aus – neben erwähnten Zwiebeln und Lauch ein paar Eier, Käse, Haferbrot und Birnen. Gunnora hatte sich zwar insgeheim nach einem Huhn oder gar geräuchertem Aal gesehnt, doch so oft, wie sie hungern musste, war auch das ein Festmahl, und ihr lief das Wasser im Munde zusammen. Mühsam zwang sie sich zur Beherrschung.

»Was kann ich sonst für euch tun?«, fragte sie.

Die Frauen trugen ihr noch einige andere Bitten vor. Frida

erzählte von ihrer Schwester, die bald heiraten würde, und bat um einen ähnlichen Talisman, den Asta erhalten hatte. Diese wiederum wollte wissen, wann der geeignete Tag sei, Schweine zu schlachten. Gunnora kochte Kräutersud, starrte lange hinein und verkündete schließlich: »In vier Tagen.«

»Und wann ist die Zeit für die Weinlese gekommen?«

»Nicht vor dem nächsten Neumond.«

Die Frauen erhoben sich und wandten sich zum Gehen, doch nach ein paar Schritten blieb Asta noch einmal stehen.

»Und wenn mein Sohn trotz der Rune nicht gesund wird?«, fragte sie ängstlich.

Gunnora blickte sie ernst an. »Ich bin eine Völva, kein Laeknir, wie man die Heiler nennt. Dessen musst du dir im Klaren sein. Du bist zu mir gekommen, weil du mir vertraust und ebenso den Göttern. Zweifle nicht, dann wird sich alles zum Guten wenden.«

Asta nickte betroffen, indessen sich in Gunnoras eigenem Herzen Skepsis regte. Sie glaubte zwar an die Macht der Runen, und wenn sie nicht all die Jahre gewirkt hätten, kämen diese Frauen nicht immer wieder aufs Neue zu ihr, aber manchmal tat es weh, an ihnen eine schlichte Hoffnung zu wittern, die sie selbst nicht teilte – die Hoffnung, mit etwas Zauberei das Leben zu bezwingen und alles zu bekommen, was man begehrte.

Vielleicht waren die Wünsche der Frauen schlicht genug, um sie zu erfüllen, sie hatte aber nicht die leiseste Ahnung, mit welcher Rune sie aus ihrem Dasein mehr als ein nacktes Überleben machen konnte, wie die Sehnsucht stillen, sich nicht immer stark und weise geben zu müssen, sondern schwach und verzagt sein zu dürfen, wie der Furcht begegnen, die sie in der Einsamkeit des Waldes manchmal befiel – vor den unsichtbaren Augen, die sie zu beglotzen schienen, und noch mehr vor der Stimme in ihr, die da lauernd flüsterte: Was immer du tust, es hat ja doch keinen Nutzen, wenn du am Ende des Tages allein bist.

Die Frauen schieden alsbald grußlos von ihr, und Gunnora blieb nichts anderes zu tun, als sich zu erheben, die steifen Beine zu strecken und sich nach einem kärglichen Mahl einmal mehr daranzugeben, Runen zu schnitzen, an diesem Tag auch drei ineinander verwobene Dreiecke, das Symbol des Göttervaters Odin, das ihr im Schlaf Weisheit schenken sollte, und vielleicht – falls Odin nicht allzu bösartig war und sich an ihrem Leid laben wollte – auch die Einsicht, wie sie das stete Hadern mit ihrem Geschick verstummen lassen könnte.

Wieder war nichts zu hören als das Schaben ihres Messers auf dem Holz und die Melodie des Waldes, an manchen Tagen sanft und schön, an anderen so düster und grollend, als würde sie verflucht werden. Kaum hörbar segelten die Blätter zu Boden, und doch zuckte sie beim kleinsten Rascheln zusammen, war dieses Geräusch doch Vorbote des nahenden Winters, der noch mehr Kälte brachte, noch mehr Hunger und noch mehr Einsamkeit.

Um nicht daran denken zu müssen, öffnete Gunnora den Mund und begann zu sprechen. Anfangs war es merkwürdig gewesen, nur die eigene Stimme zu hören und keine, die ihr antwortete, doch mit der Zeit war es ihr vertraut geworden, sich, wenn auch nicht mit Menschen, so doch mit den unsichtbaren Wesen des Waldes zu unterhalten, den Zwergen und Feen, Elfen und Erdgeistern. Manchmal sprach sie auch mit den toten Eltern oder den Großeltern, die sie zwar kaum gekannt hatte, aber die manch Geschichte aus alten Zeiten weitergegeben hatten, so jene von einem Vorfahren, der, auf dass sein Schiff schneller segle, einen Sklaven getötet und daruntergelegt hatte, ehe man es ins Wasser rollte. Als Kind war ihr diese

Geschichte grausam erschienen, jetzt fragte sie sich oft, welches Opfer sie bringen würde, um nicht mehr allein zu sein.

»Ich lebe zwei Jahre allein im Wald«, murmelte sie in die Stille, um trotzig hinzuzufügen, »doch zumindest muss ich nicht mehr so darben wie in der ersten Zeit.«

Anfangs war sie von den Menschen, die im Wald Holz, Beeren oder Pilze sammelten, misstrauisch beobachtet worden, und auch sie selbst hatte Angst vor ihnen gehabt, erwartete sie doch, dass sie sich als ähnlich feindselig und bösartig verhielten wie Hilde oder gar bestialisch wie der Christ. Doch mit der Zeit hatte sie ihrem Tuscheln entnommen, dass manche Geschichte über sie im Umlauf war. Die einen, die sich dem christlichen Gott ganz und gar unterworfen hatten, nannten sie eine Hexe, die anderen hingegen, die noch der dänischen Sprache mächtig waren, ein Sprachrohr der Götter, eine verwunschene Fee oder eine weise Seherin.

Zunächst war es eine Mutprobe für besonders draufgängerische Kinder gewesen, ihr so nahe wie möglich zu kommen. Die Eltern schimpften später mit ihnen, aber da sie die Kinder anlächelte, anstatt sie zu verfluchen, kamen sie schließlich selbst, fragten, ob sie den besten Tag der Ernte benennen könne und was das Schicksal für sie bereithielt, wie sich die Götter gnädig stimmen ließen und ob sie bereit war, ihnen Opfer darzubringen, indem sie Tiere tötete, an Holzgestelle hängte, das Blut in Schüsseln auffing und daraus las. Immer mehr kamen, brachten die ersten Zähne ihrer Kinder, auf dass sie einen Segen darüber sprach, oder ließen sich Runen schnitzen, um Schaden abzuwehren, gesund zu werden und eine gute Ernte einzufahren.

Anfangs war sich Gunnora oft wie eine Betrügerin vorgekommen, wenn sie die Menschen hoheitsvoll und unnahbar empfing und mit Selbstverständlichkeit Riten durchführte, derer sie selbst nur selten Zeuge geworden war, die folglich zusammengestückeltes Werk aus vager Erinnerung, eigenmächtigem Handeln und blühender Fantasie waren. Doch mit der Zeit fand sie Gefallen an ihrer Rolle – und an der Gesellschaft, die sie dank ihrer bekam. Auch wenn sie sich meist verschlossen gab, fragte sie die Frauen doch aus, erfuhr von ihren Familien, den Schicksalsschlägen und ihren Hoffnungen.

»Ein gutes, glückliches Leben führe ich nicht«, sagte sie, »aber doch ein erträgliches.«

Fortan schweigend schnitzte sie die Rune fertig und wandte sich ihrer Behausung zu, um sich dort die Überbleibsel ihres Mahls einzuverleiben, doch ehe sie es erreichte, ertönte erneut ein Rascheln. Ihre Sinne waren so geschult, dass sie mühelos die Laute der Tiere von den Schritten und Stimmen der Menschen unterscheiden konnte, desgleichen erkannte sie schnell, ob der, der sich ihr näherte, ihr gefährlich werden könnte oder nicht.

Sie lauschte nur kurz, dann entspannte sie sich. Von allen Abwechslungen war ihr diese am liebsten.

Gunnora stürzte auf Seinfreda zu und ergriff ihre Hände – rau vom vielen Arbeiten, aber dennoch zart. Ihre Haut schien durchscheinend zu sein, unter den Augen schimmerten blaue Ringe, und sie war derart abgemagert, dass man noch mehr als früher fürchten musste, ein einziger scharfer Luftzug würde sie umwehen.

So sehr sich Gunnora in respekteinflößender Zurückhaltung geübt hatte – sobald sie Seinfreda sah, konnte sie weder schweigen noch ihre Gefühle im Zaum halten. Sorge war stets das Erste, was in ihr aufloderte, Wut das, was sogleich folgte.

»Hilde lässt dich schuften, aber liegt selbst auf der faulen Haut, nicht wahr? Und Samo sieht zu und greift nicht ein, weil er Angst hat, sie zu vergrämen. Seit Langem lebt er in einem Wald voller gerader, hochgewachsener Bäume und ist selbst doch das krummste Wesen, das ich je gesehen habe! Und wo sind Wevia und Duvelina, warum hast du sie nicht mitgebracht? Weint Duvelina immer noch im Schlaf und ist Wevia ...«

Seinfreda hob abwehrend die Hand, und da erst gelang es Gunnora, den Mund zu halten.

»Ich beklage mich nicht über mein Leben«, murmelte die jüngere Schwester, »also tu du es auch nicht.«

Gunnora wollte aufbegehren, beherrschte sich jedoch. Sie wusste ja, sie konnte nichts tun – die Lage der Schwestern ebenso wenig ändern wie die eigene. Das Einzige, was sie tun konnte, war, das Beste daraus zu machen, und wenn Seinfreda ebenso dazu entschlossen war, sollte sie sie darin bestärken und nicht Zwietracht säen und Hader erwecken.

Als Gunnora Seinfreda genauer betrachtete, erkannte sie überdies, dass es nicht Hilde war, die ihr am meisten zusetzte, nicht Samos Rückgratlosigkeit oder die Klagen der beiden Kleinen, sondern ein ganz anderer Schmerz.

»Ach, Seinfreda ...«, seufzte sie.

So viele Frauen waren zu ihr in den Wald gekommen, auf dass sie fruchtbar sein mögen, und fast alle waren binnen eines Jahres schwanger geworden. Nur der eigenen Schwester hatte sie nicht helfen können, und die Verzweiflung darüber war seit ihrem letzten Besuch gewachsen.

»Ich weiß nicht mehr, was ich machen soll«, brach es aus Seinfreda hervor. »Seit zwei Jahren bin ich nun verheiratet, Hilde starrt mir ständig auf den Bauch, und dennoch: Es will kein Kind darin reifen.«

Nur mühsam verkniff sich Gunnora eine böse Bemerkung, wonach Hildes Blick gewiss nicht hilfreich sei, neues Leben zu empfangen und wachsen zu lassen. Aber sie wusste, das war kein Trost.

»Du bist doch zu keinem ihrer Priester gegangen, oder?«

Seinfreda schüttelte kleinlaut den Kopf, fügte jedoch zweifelnd hinzu: »Aber manchmal stand ich kurz davor, es zu tun. Ich meine, die Christen kennen viele heilige Frauen. Wenn man zu ihnen betet, so heißt es, dann …«

Dieses Mal konnte sich Gunnora nicht zurückhalten. »Du hast den Glauben unserer Eltern oft genug verraten, denkst du nicht?«

»Und deswegen bist du der Meinung, ich werde bestraft?«

Gunnora senkte den Blick. Ja, manchmal dachte sie es – nicht, dass Seinfreda bestraft wurde, aber dass es nicht recht war, in einem Land Kinder zu zeugen und zu gebären, wo das Blut der Eltern vergossen worden war.

Allerdings war so vieles nicht recht, und es geschah trotzdem. Seinfreda hatte Samo geheiratet und seine Sprache übernommen. Mittlerweile musste sie manchmal mühsam nach einem Wort ringen, wenn sie dänisch sprach, und die jüngeren Schwestern nutzten ganz selbstverständlich die fränkische Sprache, sagten Hafen statt *Höfn* oder segeln statt *sigla*, sprachen das H nicht mehr laut, das C als K und verwendeten viele Wörter, die Gunnora noch nie gehört hatte.

»Hab keine Angst«, sagte Gunnora. »Es ist keine Strafe, und selbst wenn es so wäre, muss sie dich nicht für alle Zeit treffen. Die Götter sind wankelmütig. Auch wenn es sie erzürnt hat, dass du dich hast taufen lassen, haben sie es morgen vielleicht schon wieder vergessen. Wir können sie gnädig stimmen, wenn wir ihnen ein Blót darbringen, ein Opfer. Am besten, du machst es selbst. Ihr habt doch Hühner und Ziegen – wenn du eine nimmst und sie Jörd schenkst, der Erdmutter, dann ...«

Seinfreda schüttelte den Kopf. »Ich will das nicht.«

Gunnora unterdrückte ein Seufzen. »Dann lass mich dir wenigstens eine Rune schnitzen, die du später unter Samos und deine Bettstatt legst. Am besten die Rune Berkana, die für den Mutterschoß und das Gebären steht, oder die Rune Kenaz, die besonders fruchtbar macht. Du musst nur darauf achten, dass sie nicht verkehrt herum liegt, dann erzielt sie nämlich die gegenteilige Wirkung. Ansonsten aber wird sie dir helfen.«

Erneut hob Seinfreda abwehrend die Hand. »Ich will das nicht«, wiederholte sie. Ihre Stimme klang kleinlaut, doch ihr Blick hielt dem von Gunnora stand. »Die Runen mögen in unserer Heimat ihre Macht entfaltet haben, aber hier ...«

»So viele Frauen kommen zu mir in den Wald, und ihnen allen kann ich helfen!«

»Weil sie daran glauben. Mir jedoch fällt es schwer, nach allem, was geschehen ist ...«

»Gerade deswegen gilt es, unserer Eltern und ihrer Bräuche zu gedenken.«

»Aber unsere Eltern sind tot!«

Gunnora schüttelte empört den Kopf. »Wie kannst du nur!«, fuhr sie auf.

»Ich sage doch nur die Wahrheit«, sagte Seinfreda. »Ja, sie sind tot, das kannst du nicht leugnen. Glaub mir, ich weine jeden Tag um sie. Aber sie erleben nun mal nicht, wie Duvelina wächst, wie viel klüger Wevia von Tag zu Tag wird, wie meine Erinnerungen an Dänemark verblassen. Sie wissen nicht, dass du im Wald lebst, fern deiner Schwestern. Du musst ihnen nichts beweisen, Gunnora, wir alle müssen das nicht.

Wir müssen nur überleben, darüber würden sie sich am meisten freuen.«

»Aber wir müssen als Däninnen überleben. Wir sind ein stolzes, starkes Volk, Nachkommen von Antenor, der aus Troja stammte, und dessen Sohn Danus der Stammvater einer Familie wurde, die sich mit den Goten und Tausenden anderen Stämmen vermischten, die allesamt von ihrem Glauben an Thor und Odin geeint waren. Vater hat uns das von klein auf eingebläut. Hätte er gewusst, dass du das eines Tages einfach vergessen wirst, wäre er vor Gram gestorben!«

»Ich habe das nicht vergessen. Aber bedenke: Unser Vater hat Dänemark mit uns verlassen, und das aus gutem Grund. Dänemark ist voller unwirtlicher Wälder, nur winzige Landstücke in Küstennähe eignen sich für den Pflug. Hier ist das anders.«

»Was weißt du schon davon?«, schnaubte Gunnora.

»Gewiss, Samo ist ein Waldhüter, kein Bauer, doch in jedem Fall bietet er uns ein gutes Leben. Und du könntest das auch haben, wenn du es dir nicht so schwer machen würdest. Er wäre jederzeit bereit, dir seine Tür zu öffnen, und mit Hilde lässt es sich leben, so man sie denn zu nehmen weiß. Alle Menschen haben Eigenarten, doch wenn man sie duldet, kann man mit ihnen auskommen.«

»Dass sie Franken sind, ist mehr als eine Eigenart. Sie gehören zu einem Volk von Mördern.«

»Wir leben hier einsam im Wald, hier tötet man Tiere, keine Menschen. Und kein Volk bringt nur Mörder hervor. Wärest du wirklich davon überzeugt, würdest du auch den Frauen nicht helfen, die zu dir kommen. Nicht alle stammen aus dem Norden, etliche sind mit Franken verwandt oder vermählt.«

Gunnora schnaubte unwillig. »Gewiss. Und dennoch lastet der Gedanke auf mir, dass der Tod unserer Eltern nicht gerächt wurde. Manchmal stelle ich mir vor, wie ich diesem

Christen erneut begegne. Ach, wie gern würde ich ihn töten, ihn aufhängen, seine Haut aufschneiden, auf dass das Blut aus ihm fließt. Erst wenn es bis zum letzten Tropfen vergossen und diese Erde damit getränkt wurde, dann …«

Je länger sie sprach, desto dunkler klang ihre Stimme, und desto härter wurden ihre Züge.

»Gunnora!«, rief Seinfreda entsetzt. »Ich dachte stets, die Einsamkeit mache dich so kalt, doch anscheinend sind es Grausamkeit und Rachsucht. Setz nicht darauf! Am Ende ist es dein Blut, das fließt!«

»Unsere Götter sind allesamt grausam und rachsüchtig«, bestand Gunnora auf ihren Worten. »Sie erlauben sich keine Schwäche, scheuen keine Schlacht, kämpfen gegeneinander und gegen die Riesen. Sie wissen, dass der Weltenbaum, auf dem sie stehen, verfault und dass die Welt im Chaos untergehen wird, aber sie lassen sich doch nicht abhalten, sich bis zum letzten Atemzug zu behaupten.«

»Nicht alle Götter sind Krieger. Die Vanen stehen für Erde, Reichtum und Fruchtbarkeit.«

»Siehst du!«, rief Gunnora triumphierend. »Du hast ja doch nicht vergessen, wer wir sind und woher wir kommen.«

»Ich werde es auch nie vergessen, aber das ändert nichts daran, dass ich mir ein Leben in Frieden wünsche ohne Kampf und Blutvergießen. Was ist daran falsch?«

»Nichts«, gestand Gunnora widerwillig ein. »Ich bin auch dankbar, dass der Christ einst nur mich gesehen hat, nicht euch. Doch falls er mir je vor Augen kommt …«

Seinfreda blickte zweifelnd. Sie sagte es zwar nicht laut, aber dachte wohl, dass das im Wald nicht zu erwarten stand, und Gunnora gab ihr insgeheim recht, obwohl sie nicht offen zugeben wollte, dass dieser Gedanke sie mehr erleichterte als bestürzte.

Schweigend standen sie eine Weile voreinander, ehe Seinfreda sich vorbeugte und sie umarmte. Obwohl sie so zart war, war der Druck ihrer Hände fest.

»Und du willst dir wirklich nicht von mir helfen lassen?«, fragte Gunnora.

»Dich zu sehen und mit dir zu reden, ist mir Hilfe genug«, murmelte Seinfreda. »Pass auf dich auf!«

»Ich lebe nicht allein hier. Die Wesen des Waldes sind bei mir und bewachen mich.«

Ihre Stimme klang fröhlicher, als ihr zumute war, und Seinfreda lächelte strahlender, als es in ihrem Inneren aussah.

Alsbald verschwand sie wieder im Dickicht, und Gunnora sah ihr lange nach. Sie lauschte auf jeden ihrer Schritte, bis sie verklungen waren. Anstatt endlich zu essen, setzte sie sich und ritzte eine weitere Rune in eine Stück Holz. Auch wenn Seinfreda es nicht wollte – vielleicht konnte sie die Götter auf diese Weise doch bewegen, ihr ein Kind zu schenken.

Sie wusste, es war Seinfredas größter Wunsch, obwohl sie ihn selbst mitnichten nachempfinden konnte. Gern würde sie selbst für alle Zeiten auf Nachkommen verzichten, wenn ihr nur einmal noch eine Mutter zur Seite stünde, die sie viel länger umarmte als eben Seinfreda, sie wärmte, sie liebkoste, sie tröstete und ihr zu wissen gab: Lass mich nur machen, dann wird alles gut.

X

Alruna konnte nicht schlafen, unruhig wälzte sie sich hin und her. Sie lag unter einer warmen Decke aus Schaffell und fühlte sich dennoch schutzlos. Tagsüber hielt sie trotzig an täglicher

Routine fest, um sich quälender Gefühle und Gedanken zu erwehren, doch wenn die Dunkelheit kam, huschten sie wie Dämonen aus ihren Verstecken, um über sie herzuziehen und sie zu verspotten.

Die Zeit vergeht, und du wirst alt, ohne dein Glück zu finden, war das herzlose Lied der einen.

Richards Herrschaft ist immer noch nicht gesichert, auf jedes Komplott seiner Feinde folgt ein zweites, und irgendwann werden sie ihn zu Fall bringen, das der anderen.

Am meisten setzte ihr die dritte Stimme zu, die ihrer nicht spottete, sondern lediglich eine Frage raunte: Wenn er denn stürbe, wärest du dann endgültig verflucht dazu, unglücklich zu sein, oder nicht vielmehr von aller Qual befreit?

Alruna wollte die Antwort darauf nicht kennen, wollte nicht einmal die Frage hören!

Sie drehte sich auf den Bauch und barg ihr Gesicht in einem Kissen. Es war mit Daunen gefüllt und so weich, dass es jedes Seufzen und jede Träne schluckte. Schlaf schenkte es zwar nicht, aber schließlich, sagte sich Alruna, ist es besser, wach zu liegen, als zu träumen. Oft hatte sie in den letzten Wochen geträumt – nicht selten von der Zukunft, und diese war niemals schön.

Wenige Monate, nachdem Bischof Bruno vergeblich versucht hatte, Richard ins Verderben zu locken, rüstete man sich zu einem neuen Attentat. Wieder steckte Thibaud von Chartres dahinter, doch dieses Mal suchte er nicht die Hilfe eines Geistlichen, sondern die des fränkischen Königs. Lothar unterbreitete Richard das Angebot, an seiner Seite gegen Thibaud zu kämpfen, und um Details des Kriegszugs zu besprechen, schlug er ein Treffen vor – auf einer Insel, die sich inmitten des Flusses Epte erhob. Hier hatten sich Herrscher schon öfter die Hand gereicht. Die Insel war klein, unbewaldet und völlig schutzlos.

Alruna musste dem Grafen nicht tagelang nachreiten, um ihn zu warnen. Längst hatte sich das Misstrauen als einer seiner trefflichsten Berater erwiesen. Anstatt mit Booten zur Insel aufzubrechen, versteckte er sich mit seinen Truppen im Wald und schickte einige Männer zum Auskundschaften los. Bald kehrten diese mit einer verstörenden, aber nicht unerwarteten Botschaft zurück: Entgegen dem Versprechen hatten sich Lothars königliche Truppen mit denen von Thibaud le Tricheur vereint, um gemeinsame Sache gegen Richard zu machen.

Richard trieb den gleichen Spott mit Lothar, wie er ihn damals mit Bruno getrieben hatte – er ließ ihn stundenlang auf der Insel warten, bis seine Schmach offensichtlich war. Anders als Bruno wollte Lothar die Demütigung jedoch nicht auf sich sitzen, sondern vielmehr die Waffen spielen lassen und setzte prompt mit seinem Heer über den Fluss.

Doch Richard hatte nicht nur gelernt, misstrauisch zu sein, er war auch listig geworden. Dass seine Männer einer Übermacht gegenüberstanden, schüchterte ihn nicht ein. Er rüstete einfache Bauern mit Waffen aus, schickte sie den Truppen entgegen, und da jene dachten, sie hätten ein leichtes Spiel, wurden sie nachlässig und achteten nicht auf den Hinterhalt von Richards besten Männern.

Viel Blut floss an diesem Tag – das von Richard nicht.

Er kehrte mit dem stolzen Lächeln zurück nach Rouen, das Alruna zugleich liebte und fürchtete, und mit dem harten Blick, den sie kaum ertrug. Er trank, feierte und zog sich mit drei seiner Konkubinen zurück. Eine von ihnen gebar neun Monate später ein Töchterlein, Papie geheißen, das wie die anderen Bastarde bei Hof aufgezogen wurde, ohne dass Richard es jemals eingehend musterte.

Man nennt ihn Richard den Furchtlosen, dachte Alruna, und preist ihn für seinen Mut. Doch keiner sieht, was dieser

Mut ihn kostet. Nicht nur furchtlos ist er geworden, sondern auch blind, denn seine eigenen Gefühle zu bezwingen bedeutet, auch die der anderen nicht zu sehen.

Längst war er für sie nicht mehr der strahlende Held ihrer Kindheit, für den das Leben ein Spiel war, aber all seiner Schwächen zum Trotz blieb ihre Liebe zu ihm stark, ohne sie selbst stark zu machen. Sie blieb verwundbar, trotzig ... schlaflos.

Unruhig wälzte sie sich auf den Rücken, lauschte auf die Atemzüge anderer Mädchen, fühlte endlich, wie die Lider schwerer und schwerer wurden. Just als der Schlaf sie übermannte, blendete grelles Licht ihre Augen. Sie fuhr hoch, sah eine Fackel, aber nicht den, der sie hielt.

Die anderen Mädchen schrien auf, ihr selbst wurde der Mund trocken. Sie fühlte Gefahr, noch ehe jemand davon kündete.

Wenn ich geschlafen hätte und geträumt, wüsste ich, was bevorsteht ..., dachte sie.

So aber war sie der Zukunft ausgeliefert wie die anderen Mädchen.

»Was ist los, was ist passiert, warum werden wir mitten in der Nacht geweckt?«

Die Fackel kam näher, und dahinter wurde ihre Mutter sichtbar.

»Schnell, steht auf!«, rief sie. »Wir müssen uns in Sicherheit bringen!«

Es war stockdunkel, das Morgengrauen noch von den Flügeln der Nacht bedeckt, die Sterne von Wolken verborgen, der Hof jedoch, wo sich zu dieser Zeit gewöhnlich nur Wachtposten herumtrieben oder Betrunkene, die vergebens die Latrinen suchten, war überfüllt von Menschen. Die einen waren schon bekleidet, die anderen nur von Fellen bedeckt, kopflos schienen sie alle. Es waren keine Männer des Krieges, die panisch im Kreis liefen, denn diese hatten größtenteils die Stadt verlassen, sondern Notare, Knechte, Mönche. Alle riefen sie durcheinander, doch im Meer der Stimmen gab es keine einzige, die auf Alrunas Fragen antwortete.

Auch ihre Mutter sagte nichts. Ihre Lippen rieben aufeinander, ihr Gesicht war blass, das ihres Vaters, zu dem Mathilda sie gebracht hatte, fast grau. Er umarmte Alruna, als hätte er sie seit Wochen nicht gesehen.

»Vater ...«, setzte sie an.

»Kleide dich an, wir müssen vielleicht aus Rouen fliehen.«

Sie spürte weder die Kälte noch, wie ihr die Mutter einen Umhang um die Schultern legte. Der Hof war mittlerweile zu klein für all die Menschen geworden, die ins Freie stürmten und deren Panik nicht einmal die kalte Nachtluft zu bezwingen vermochte. Sie schienen davon überzeugt, dass sie hier nicht sicher waren – so wenig wie in den Häusern.

»Richard ... wo ist Richard?«, rief Alruna.

»Er muss um sein Land kämpfen ...«

Die Stimme des Vaters klang belegt. Erst nachdem er tief durchgeatmet hatte, konnte er fortfahren.

Wie alt er geworden ist, dachte Alruna bei jedem seiner Worte, er erträgt die Sorge um den Grafen nicht so stoisch wie in seiner Jugend. Und wenn es auch mir so geht – wenn ich irgendwann zu alt geworden bin, um meine Liebe zu ertragen?

Sie schüttelte den Gedanken ab und versuchte, sich auf das Gesagte zu konzentrieren.

Nach den gescheiterten Attentatsversuchen hatte Thibaud von Chartres eingesehen, dass er Richard kein drittes Mal aus der Normandie würde locken können. Er rüstete sich zum offenen Kampf, traf sich mit den benachbarten Grafen in

Melun, warb unter ihnen um Verbündete und hatte schließlich ein paar Tage zuvor die Grenze überschritten. Es war ohne Zweifel ein waghalsiges Unternehmen, denn die normannische Truppe wurde zu Recht als stark und stattlich gerühmt, doch vorerst schien der Plan aufzugehen. Évreux, eine große Stadt südlich von Rouen, war Thibaud le Tricheur bereits in die Hände gefallen. Guillebert Maschrel, der Kommandant der Garnison, hatte kampflos aufgegeben, nicht nur, wie der Vater ihr erklärte, weil er zu wenige Männer um sich scharte, sondern weil ihn Thibaud mit Gold bestochen hatte.

Richard war verraten worden ...

Um wie viel kälter würde das seine Augen machen, um wie viel härter seinen Spott, um wie viel blinder seine Seele!

»Und jetzt?«, fragte sie atemlos.

»Thibaud von Chartres sieht sich schon als neuen Grafen der Normandie. Er kampiert mit seinen Truppen im Wald von Rouvray.«

Dieser Wald befand sich ganz in der Nähe der Hauptstadt.

»Und jetzt?«, fragte sie wieder.

Mathilda mischte sich nun ein. »Eigentlich haben wir beschlossen, aus Rouen zu fliehen. Wenn Richard die anstehende Schlacht verliert, werden die Feinde als Erstes die Stadt einnehmen. Nun aber ...«

Sie brach ab.

»Wenn wir gehen, geraten wir den feindlichen Soldaten womöglich erst recht in die Hände«, schloss Alruna an ihrer statt den Satz.

Deswegen erwiesen sich alle, die im Hof herumliefen, als so kopflos. Jeder fürchtete um sein Leben, wusste aber nicht, wie er es retten konnte. Dachte denn niemand an Richard – Richard, den sie jetzt plötzlich in der Ferne zu erspähen glaubte? Sie war sich sicher gewesen, dass er schon ausgerückt war, doch tatsächlich: Eben trat er dort hinten aus dem Stall, trug Helm und Rüstung und ging daran, sein Pferd zu besteigen. Arfast war an seiner Seite, desgleichen Raoul.

Alruna warf ihren Umhang ab – und ihren Stolz nicht minder. In den letzten beiden Jahren hatte sie sich beharrlich von ihm ferngehalten und nie gezeigt, wie sehr es sie kränkte, dass er ihre Liebe nicht ernst nahm, doch nun trat sie den Stolz bereitwillig in den Staub.

Sie rannte auf ihn zu, erreichte ihn, noch ehe er sein Kampfross bestieg, umarmte ihn, ja, klammerte sich an ihn.

»Kehr zurück zu mir, kehr zurück zu mir!«

Er sah sie an wie eine Fremde, doch gerade weil er sich nicht innewurde, wen er da vor sich stehen hatte, stand weder Gönnerhaftigkeit noch Herablassung in seinem Blick. Sie witterte die Furcht in ihm, die er vor anderen gekonnt verbergen konnte, und fühlte sich ihm nahe wie nie. Wenn er sich nur ein wenig vorbeugen würde, dann könnte sie ihn küssen!

Arfast war's, der sie zurückriss. »Wir haben keine Zeit zu verlieren. Sieh zu, dass du dich in Sicherheit bringst.«

Wie sie ihn hasste in diesem Moment! Und wie sie Richard liebte, obwohl der ausdruckslos sagte: »Er hat recht.«

Er wandte sich ab, ohne dass sie seine Lippen geschmeckt und das Bekenntnis, dass sie ihn liebte, wiederholt hatte. Aber Alruna war sich sicher: Tief in seinem Herzen wusste er es, hatte es immer gewusst, und in diesem Augenblick war es ihm nicht lästig, sondern gab ihm Mut und Stärke, den Feinden erhobenen Hauptes entgegenzureiten.

Nachdem die Männer fort waren, eilten die Eltern an ihre Seite.

»Wir bleiben hier«, entschied ihr Vater, »es ist zu spät zu fliehen. Am besten, wir ziehen uns in die Kapelle zurück und beten. Gott der Allmächtige steh uns bei!«

Die Kirchentore wurden verschlossen, die Fenster mit Balken zugenagelt, und die Menschen drängten sich um den Altar, als böte die Nähe zum Gekreuzigten besonderen Schutz.

Welch ein Irrglaube, dachte Alruna. Wenn das Tor nachgibt, werden wir alle niedergemetzelt, geschändet, versklavt ...

Die Menschen beteten für Richard, nicht für sich selbst, doch sie war sich sicher, dass ihnen die eigene Zukunft mehr Kopfzerbrechen bereitete als die ihres Grafen.

Welch ein Irrglaube, dachte Alruna wieder. Als könnte man Gott etwas vormachen, ihn mit Selbstlosigkeit gnädig stimmen und gegen besseres Wissen darauf hoffen, dass er auf die Heuchelei hereinfiel, das Schicksal des Landes stünde vor dem eigenen.

Alruna war als Einzige ehrlich, wenngleich nicht überzeugt, ob Gott das besser gefiel und ob es überhaupt einen Unterschied machte. Was immer geschehen würde – es lag ja doch in Richards Händen, nicht in denen des Allmächtigen.

Trotz dieser Einsicht, die die Priester wohl als Gotteslästerung anprangern würden, hörte sie nicht zu beten auf. Gib ihn mir zurück, ob als Grafen der Normandie oder als Niemand, es ist mir gleich. Gib ihn mir nur wieder.

Die Gebete schienen ungehört im Gewölbe zu entschweben, der Rauch stand immer dichter, die Leiber schwitzten immer mehr, und als der Morgen nahte, dachte Alruna, dass auch sie beim Beten log. Es war falsch zu sagen, gib ihn mir nur wieder, weil es schlichtweg kein Wieder gab. Er hatte ihr ja nie gehört.

Niemand begrüßte den neuen Tag. Die wenigen Sonnenstrahlen, die durch die Spalten drangen, wurden vom Grau verschluckt. Stunden verrannen, viele schliefen ein, schnarchten mit offenen Mündern und schreckten wenig später panisch wieder hoch. Es machte keinen Unterschied, als sich erneut

Nacht über das Land senkte. Das Licht blieb gleich trübe, und es gab immer noch keine Nachricht.

Das Gemurmel, flehentlich und verzweifelt zunächst, wurde immer rauer. Man beschwor nicht länger nur Gott, sondern auch schreckliche Bilder.

»Wenn Richard die Feinde nicht aufhalten kann und sie ungehindert Rouen erreichen, ist das unser Ende«, jammerte einer.

»Selbst wenn die Allianz seiner Widersacher Richard besiegt, müssen die Truppen erst die Stadtmauer überwinden«, gab Mathilda zu bedenken, die tapfere Mutter, die sich in diesen Stunden als zäher und entschlossener erwies als der Vater. Dieser schwieg – die anderen nicht.

»Mauern können fallen«, behauptete ein alter Mann, »ich war einst dabei, als Hugo der Große Bayeux belagert hat. Riesige Katapulte schleuderten Felsbrocken gegen das Gemäuer. Auf sechzehn Rädern fuhren sie und konnten so mühelos von Ort zu Ort gezogen werden.«

»Aber Hugo hat Bayeux damals nicht eingenommen«, erwiderte die Mutter, »ehe die Stadt fiel, hat ihm der fränkische König befohlen, nach Paris zurückzukehren.«

»Jetzt wird das niemand tun. Richards Gegner mögen zerstritten sein, doch die Allianz, die sie geschmiedet haben, um ihn zu stürzen, wird lange genug halten, bis sie endlich das Land besetzt und unter sich verteilt haben. Dann wird es neue Kriege geben – nicht gegen Richard, sondern untereinander, aber uns nützt das nichts. Denn wir sind dann schon tot.«

Noch mehr schreckliche Bilder wurden beschworen – von einem Hagel aus Wurfspießen, Pfeilen, Steinkugeln und Pechfackeln, von kochendem Öl, das auf die Angreifer geschüttet wurde, von Schreienden und Verbrannten, die sich vom

Schmerz nicht bezwingen ließen, sondern die Mauern stürmten.

Mathilda suchte Alrunas Blick. »Hab keine Angst«, murmelte sie.

Alruna hatte keine Angst. Zumindest nicht um sich. »Er muss leben …«

Mathilda ging nicht darauf ein. »Kannst du dich an die Geschichten erinnern, die ich dir als Kind erzählt habe?«, fragte sie.

Alruna nickte. Früher hatte ihr die Mutter oft über Rouens Vergangenheit berichtet. Zwei Belagerungen hatte die Stadt durchgemacht, vielleicht auch mehr, doch nur an die beiden konnten sich die Menschen, die heute lebten, noch erinnern.

Einmal hatte Rollo, der erste Graf der Normandie, Rouen eingenommen, indem er fünfzehn Schiffe in einer Flusswindung versteckte, heimlich ein Loch in den Boden graben ließ, der die Mauern umgab, und es mit Ästen und Gebüsch verbarg. Er lockte die Einwohner aus der Stadt, und ehe diese ihre Waffen ziehen konnten, fielen sie in den Graben und waren Rollos Mannen schutzlos ausgeliefert.

Das andere Mal – es war erst wenige Jahre her – hatte Kaiser Otto nach der Stadt getrachtet. Als seine Truppen ankamen, lud Richard ihn jedoch freiwillig ein, in Saint-Ouen zu beten, und als er ihn durch die Straßen führte, wurden überall Spieße mit Rind- und Schaffleisch gebraten, ein Zeichen, wie wohlhabend die Städter waren und wie lange es dauern würde, ihren Widerstand zu brechen. Als Otto in sein Lager zurückkehrte, war er nicht vom Gebet gestärkt, sondern vom Geruch nach krossem Fleisch mürbe gemacht, und er beschloss, die Stadt nicht zu belagern.

Ja, oft hatte ihr die Mutter davon erzählt. Sie hatte sie nie glauben lassen, die Welt sei ein friedlicher Ort und die Heimatstadt ein Paradies. Doch von toten Männern zu hören, wenn man gemütlich beim Kamin saß, war aufregend, nicht beängstigend. Nie schürten die Geschichten Angst, nur Liebe zu Richard, und die Überzeugung, dass er unbezwingbar sei.

Aber nun war sie kein Kind mehr, sie lag nicht im weichen Bett, und sie wusste: Richard war nicht ohne Furcht, er zeigte sie nur nicht.

»Ich ertrage es kaum, nicht zu wissen, was draußen geschieht«, murmelte sie.

Mathilda strich ihr über den Kopf. »Soweit ich weiß, versucht Richard, seine Gegner einmal mehr zu überlisten. Er gibt vor, aus Rouen geflohen zu sein, und wenn die Feinde ganz nahe sind und sich am Ziel wähnen, wird er sie hinterrücks überfallen.«

Alruna hörte ihr kaum zu. »Er soll leben«, sagte sie ein ums andere Mal.

Mathilda nickte. »Das soll Raoul auch. Und Arfast. Und all die tapferen Männer dort draußen, die für die Zukunft der Normandie kämpfen, sollen es.«

Ihre Stimme klang erstickt, und obwohl sie von ihren Ängsten um Richard so gefangen war, entging Alruna nicht, dass ihre Mutter weinte. Das hatte sie noch nie getan, zumindest nicht vor ihr.

»Ach, Mutter …«, seufzte sie.

Sie selbst hatte keine Tränen, und auch als die zweite Nacht vorüberging, machte sie kein Auge zu. Zu sehr fürchtete sie sich vor dunklen Träumen.

Über Stunden stimmte sie nun ins allgemeine Gebet ein, sprach Psalm um Psalm und dann, zwischen zwei Versen, plötzlich: »Ich brauche deine Liebe nicht, Richard, ich verzichte gern darauf. Ich brauche keinen Mann, keine Kinder, keinen Reichtum. Und wenn du mir nie wieder ein Lächeln schenkst, mich nie wieder ansiehst, es soll mir genug sein, dass du lebst.«

Der neue Morgen nahte, und sie hörten ein Knarren. Licht fiel in den Kirchenraum. Alruna erhob sich. Offenbar hatte sie in den letzten Stunden doch geschlafen, so tief, dass sie nicht geträumt hatte, und jetzt war sie zu verwirrt, um zu begreifen, was geschehen war und warum man freiwillig die Portale der Kirche öffnete.

Ein Mann schritt hindurch, nein, wankte vielmehr, blutüberströmt, verletzt, aber nicht tot, stark genug, um die Hand zur Geste des Triumphs zu erheben.

Der Mann war Arfast.

Mathilda schrie freudig auf, Alruna blieb stumm. Warum war er hier, warum nicht Richard? Doch wenn Richard tot wäre, würde Arfast nicht begeistert brüllen, und das tat er aus voller Kehle. Zuerst wild wie ein Tier, dann die Botschaft verkündend, dass die Schlacht gewonnen sei.

»Wir waren siegreich! Wir waren siegreich!«

Angespanntes Schweigen hatte ihn erwartet, nun brandete Triumphgeheul auf. Selbst der stumme Vater fand seine Sprache wieder, und die Mutter weinte noch mehr Tränen, dieses Mal nicht Angst, sondern vor Freude. Das Geschrei ging schließlich in schadenfrohes Gelächter über, als Arfast von Thibauds schwerer Niederlage berichtete, von seiner überstürzten Flucht, von der Schmach, die all seine Verbündeten erlitten hatten. Nur Alruna brachte kein Wort hervor.

Er lebt ... er lebt ... er lebt ...

Das heiße Glücksgefühl blieb aus, noch waren ihre Sinne wie betäubt. Erst als sie in die Sonne hinaustrat, vermeinte sie, wieder zu sich zu kommen, und lächelte. Noch nie in ihrem Leben war es so lange Nacht gewesen.

Rouen war trunken vor Freude. Wenige Tage zuvor erst waren die Menschen sinnlos im Kreis gerannt, weil sie nicht sicher waren, ob sie fliehen oder bleiben sollten, jetzt strömten sie aus den Häusern, um den Sieg zu feiern. Man aß, man trank, man sang, man tanzte, man fiel seinem Nachbarn um den Hals, ob man ihn mochte oder mit ihm verfeindet war.

Kann uns Richard schützen?, war jüngstens noch die bange Frage gewesen, die in den Gesichtern aller gestanden hatte.

Was haben wir für einen wackeren Grafen!, war jetzt die Botschaft, die alle einte.

Ein wenig anmaßend kam es Alruna vor, dass ein Held gefeiert wurde, an dem man eben noch gezweifelt hatte, aber auch sie ließ sich von der allgemeinen Begeisterung anstecken, jubelte bei Richards Einzug und genoss es, dass der Klang aller Glocken durch Mark und Bein ging. Sie flocht sich bunte Bänder ins Haar, fühlte sich kurz, wie sich alle fühlten, selbst die von Alter und Krankheit gebeutelten Greise: jung und kraftvoll und stark. Sie teilte den kecken Tonfall, der bei jeder Stimme mitschwang, wenn vom schmählichen Ende der Feinde berichtet wurde, von Thibauds Flucht nach Blois, nachdem Chartres gefallen war, und vom Großmut Richards, der alle Gefallenen, ob eigene Mannen oder Feinde, nach christlicher Sitte bestatten ließ. Évreux war zwar immer noch in Feindeshand – es wurde von einem Mann Thibauds gehalten, der sich hinter den hohen Mauern versteckte wie eine Ratte –, aber daran wollte in diesem Augenblick niemand denken. Und falls doch jemand den Namen nannte, so war man überzeugt, dass irgendwann auch diese Stadt an den zurückfallen würde, dem sie gehörte: an Graf Richard.

Nimmermüde war Rouen in diesen Tagen, und das stete Wachen und Feiern machte hungrig. Eine Festtafel nach der anderen wurde gedeckt, die Mutter hatte alle Hände voll zu tun, und Alruna musste ihr helfen, bis sie irgendwann nicht mehr Freude, Erleichterung oder Triumph empfand, sondern nur noch Erschöpfung.

Sie ging zu ihrem Webstuhl, um etwas Ruhe zu suchen, denn auch wenn er stillstand, verhieß sein Anblick doch ein gemächlicheres Leben, das auf all die Aufregung folgen würde. Während sie die Wolle befühlte und im Kopf einen Wandteppich entwarf, der von Richards Sieg kündete, hörte sie ein Räuspern.

Alruna wusste sofort, dass er es war, und fuhr mit pochendem Herzen herum.

»Richard …«

Er war ihr gefolgt. In die Freude über sein Erscheinen mischte sich Entsetzen. In sämtlichen Gesichtern standen Begeisterung und Genugtuung – nur in seinem nicht. Er sah müde aus, alt und fahl.

Als sie auf ihn zustürzte, fiel ihr wieder ein, dass sie ihn beinahe geküsst hatte, bevor er den Feinden entgegengeritten war. Jetzt würde sie es nachholen, jetzt konnte niemand sie stören, jetzt schien er zu kraftlos, um sich zu wehren, falls er es nicht wollte. Doch mitten in der Bewegung hielt sie inne. Sein Blick schien nicht hart, vielmehr weich. Man versank darin, konnte sich nirgends festhalten, war prompt bis zum Grund der Seele vorgedrungen. Es war ein dunkler Weg, den man bis dorthin zurücklegte – dunkler als bei Menschen wie Arfast. Er führte in ein Dickicht, das jedes Licht beschnitt, in einen Sumpf, in dem man lautlos ertrank.

»Es tut mir leid«, sagte er.

Sie war nicht sicher, was ihm dieses Bekenntnis abrang – ob die Begegnung mit den Feinden und dem Tod oder das Wissen, dass sein Sieg eine Gnade, kein Recht gewesen war. In jedem Fall deutete sie es sofort. Er bat um Verzeihung, weil er ihr damals nicht geglaubt hatte, sie würde ihn lieben. Und er bemitleidete sie dafür, dass sie es tat.

»Richard ...«, sagte sie wieder.

Die Worte brachen förmlich aus ihm hervor. »Ich kann dir nichts geben, ich gehöre meinem Land. Niemandem kann ich etwas geben, auch all den anderen nicht.«

Sie schluckte. Das also war es, was ihm Gefahr und Kriegsglück abtrotzten: die Einsicht, dass er nicht nur sie nicht liebte, sondern auch keine andere Frau. Glück konnte er ihr nicht versprechen, sie nur von jeglicher Eifersucht erlösen.

Seine Worte waren nicht tröstlich wie ein Kuss, nicht warm wie eine Umarmung, nicht lustvoll wie eine Nacht in seinem Bett – doch nach all den Jahren, da sie sich von ihm nicht nur verschmäht, sondern verkannt gefühlt hatte, versprachen sie Labsal.

»Und dennoch ...«, sagte sie, mehr nicht.

Sie musste nichts sagen. Er konnte ja selbst in ihrem Gesicht lesen, dass sie ihn niemals aufgeben würde.

Und dennoch liebe ich dich – ganz gleich, ob ich viel oder wenig von dir bekomme.

Kurz war es viel. Seine Hände streichelten über ihr Haar, seine Lippen küssten ihre Stirn, verharrten dort, und sie fühlte seinen warmen Atem.

Doch dann löste er sich von ihr und wurde wieder der Alte, der Mann, der sie für eine Schwester hielt und sein Amt nicht als Bürde empfand.

»Auch deinem Gebet ist es zu verdanken, dass ich noch lebe und dass wir siegreich waren«, sagte er. »Welchen Gefallen kann ich dir tun?«

Ihre Stirn glühte. Geküsst ... er hatte sie geküsst ... Es war nicht nur brüderlich gewesen, sondern hungrig ... verzweifelt ... der Kuss eines einsamen Menschen.

»Sag, was wünschst du dir?«

Sie dachte nicht lange nach.

»Mich macht man nicht mit einem Geschmeide glücklich, nicht mit einem Blumenkranz oder einem schönen Kleid. Was ich mir wünsche, ist ein gemeinsamer Ausritt in den Wald.«

ᚹ

Gunnora beschleunigte ihren Schritt. Das Licht, das durch die Wipfel drang, wurde immer fahler, die Schatten der Bäume immer schwärzer, doch ihre Hütte war nicht zu sehen. Selten hatte sie sich so weit fortgewagt wie an diesem Tag, und längst bereute sie es, obwohl der Anlass eigentlich ein erfreulicher war – eine der Bäuerinnen, die sie regelmäßig aufsuchten, hatte ein Kind geboren und sie zu sich gerufen, um ein Disablót darzubringen, ein Opfer für Disir, einen Schutzgeist, der die neugeborenen Kinder bewachte.

Der Anblick des Kleinen hatte Gunnora gerührt. Es war noch voller Blut gewesen, doch dieses Blut stand nicht für Tod und Verderben, sondern für neues Leben, nicht für Gewalt und Grausamkeit, sondern für Unschuld und Hoffnung. Als sie das Kind hielt und an seinem Köpfchen roch, musste sie voller Wehmut und Sehnsucht an ihre jüngeren Schwestern denken. Es fiel ihr schwer, es wieder herzugeben. Sie opferte später ein Huhn, fragte sich dann jedoch, ob es dem Kind nicht mehr geholfen hätte, hätte sie es noch länger gestreichelt, liebkost und geküsst.

Nach ihrem Aufbruch hatte sie sich noch einsamer als sonst gefühlt, doch mittlerweile begann sie, mehr als die Einsamkeit die Menschen zu fürchten. Die Bäuerinnen hatten sie allesamt gewarnt. Erst kürzlich hatte nicht weit entfernt eine wilde Schlacht getobt; noch immer waren allerorts Krieger unterwegs, und auch wenn diese für gewöhnlich nichts in den Wald trieb, hatte sich vielleicht einer von ihnen im Dickicht verirrt.

Sie musste endlich ihre Hütte finden!

Das Moos schien nicht saftig grün, sondern schwarz und leblos wie Kohle, die Berührung der Farne wie die von Händen – keine freundlich zupackenden, die sie streichelten oder ihr den richtigen Weg weisen wollten, sondern die verwunschener Geschöpfe, die sie in das verbotene Reich der Elfen und Zwerge lockten. Gunnora hatte zwar immer versucht, diese geneigt zu stimmen, indem sie geschnitzte Runen vor Quellen legte, kleine Hügel mit Opferblut tränkte und ein paar Bissen des Fleisches, das sie geschenkt bekam, im Wald auslegte, um es mit ihnen zu teilen. Doch war es schon schwer genug, die Götter zufriedenzustellen, war den Elfen und Zwergen erst recht nicht zu trauen. Nicht nur launenhaft waren sie, sondern heimtückisch und schadenfroh. Aus purer Langeweile trieben sie Scherze mit den Menschen, indem sie sich gastfreundlich gaben und sie vergessen ließen, dass in ihrem Reich die Zeit viel schneller verging als in der Menschenwelt. Kam man dorthin zurück, war manch jugendlicher und vor Kraft strotzender Mann ein gebeugter Greis und starb noch beim ersten Atemzug.

Als Kind hatte Gunnora die Vorstellung fasziniert, binnen einer Nacht erwachsen zu werden, jetzt dachte sie, dass sie sämtlicher Kräfte der Jugend bedurfte, um im Wald zu überleben. Im Zweifel würde sie allerdings lieber von Elfen umgeben sterben, als von den Klauen eines Bären zerfetzt oder den scharfen Zähnen eines Wolfs zerfleischt zu werden. Auch die trieben sich hier herum, und anders als die Zwerge und Elfen hatte sie die Tiere schon mehrmals in der Ferne gesehen. Bislang hatte sie sie immer mit Feuer vertreiben können, doch ausgerechnet an diesem Tag hatte sie ihren Feuerstein nicht mitgenommen.

Gunnora fluchte und lehnte sich an einen der Bäume. Wenn sie über die Rinde fuhr, konnte sie oft Kraft schöpfen, doch als sie es nun tat, fühlte sie sich nicht erstarkt, sondern musste daran denken, dass die Bäume Yggdrasil glichen, dem Weltenbaum, an dessen Wurzeln der Drache Nihögg nagte und sich ekelhafte Schlangenbrut wand, und der, obwohl er von den Nornen begossen wurde, langsam, aber sicher faulte. In der Krone wiederum hockten Adler und Habicht und hielten Ausschau. Könnten die, gesetzt, sie würden auch diesen Wald belauern, in der Ferne ihre Hütte sehen? Und erblickten sie das Wesen, das da im Gebüsch raschelte?

Gunnora atmete immer schwerer. Noch hatte dieses Wesen sie nicht entdeckt, aber als ihre Härchen sich sträubten, war sie sich sicher: Da war jemand ... und es war kein Tier ... bestenfalls ein Dämon in der Gestalt eines solchen ...

Sie löste sich widerwillig von dem Baum, versprach dessen Schatten ja doch zu wenig Schutz und Wärme, und ging so leise wie möglich weiter. Im Zwielicht gab es nichts, was nicht bedrohlich schien, doch die größte Gefahr verhieß weiterhin das Rascheln. Kaum konnte sie sich überwinden, Fuß vor Fuß zu setzen, solange sie nicht herausgefunden hatte, wer es verursachte, doch sie wusste, dass sie bei Nacht niemals heimfinden würde.

Es ist gewiss kein Mensch, versuchte sie sich einzureden, und auch kein Dämon. Vielleicht war es ein Fylgjur, ein Schutzgeist, der die Familien von Helden durch Gefahren geleitete und ermutigte.

Einige Schritte weiter kam zu dem Rascheln ein neues Geräusch, und jäh war sie sich sicher: Kein übersinnliches Wesen schlich durch den Wald. Was da schnaubte, war ein Pferd, und auf dem Pferd saß ein Reiter, und die Männer, die sich Pferde leisten konnten, besaßen für gewöhnlich Waffen.

Gunnora begnügte sich nicht damit, sich im Schatten eines Baumes zu verstecken, sondern legte sich inmitten der Farne flach auf den Boden. Sie wagte kaum zu atmen, spürte, wie die Erde vibrierte, sah dann die Hufe, die sich in den Waldboden gruben. Sie blickte höher ... und ihre schlimmsten Ängste wurden übertroffen.

Bis zu dem Augenblick, da die schwarze Dänin ihm regelrecht vor die Füße stolperte, wähnte sich Agnarr von Pech verfolgt.

Hatte er sich in den letzten Jahren stets im Kreis gedreht, anstatt voranzukommen, galt es kürzlich gar, einen Schritt zurückzumachen. Der Angriff der fränkischen Allianz hatte ihm keine andere Wahl gelassen, als sich widerwillig mit Richard zu verbünden, und mochte er unter dessen Anhängern auch verhasst sein wie kein zweiter: Wenn es galt, die Heimat zu beschützen, musste man den bittersten Sud schlucken.

Obwohl er dem Vater den Kopf abgeschlagen hatte, wusste Agnarr dessen Ratschläge zu schätzen, und einer lautete, dass man gut daran tat, den einen Feind zu umarmen, wenn ein noch gefährlicherer drohte, und – wand man sich innerlich auch wie die Jungfrau unter dem Leib eines lüsternen Wüterichs – an der Umarmung festzuhalten, bis die Gefahr ausgestanden war.

Ohne Zweifel, er wollte Richard aus dem Land verjagen, doch das erforderte, dass dieses Land ein freies war, nicht ein von fränkischen Nachbarn besetztes und wie ein Laib Brot in viele Teile zerrissenes gar, um das sich Bettler balgten. Ja, vor

Richard galt es, Thibaud und Lothar und Arnulf und wie sie alle hießen, zu verjagen, und zu diesem Zweck sammelte er alle waffentauglichen Männer, die bereit waren, sich um ihn zu scharen, schloss sich dem normannischen Heer an und kämpfte selbst in einer der vordersten Reihen.

Richard wiederum hatte offenbar von seinem Vater die gleichen Ratschläge bekommen wie er, so auch, dass man, wenn man um Kopf und Krone kämpfte, kein kleinliches Misstrauen gegen einen möglichen Verräter hegen durfte. In seinem Blick war Argwohn gegen Agnarr zu lesen, der sich für gewöhnlich dem Hof in Rouen fernhielt, viel Land besaß, dort Männer um sich versammelte und seine Ziele nicht verriet, doch alsbald schweifte der Blick ab. Es gab nun mal Momente im Leben, da man nehmen musste, was man bekommen konnte – ein wollüstiger Mann eine zahnlose Frau, ein Hungernder einen faulen Fisch und ein Herrscher einen Mann mit Waffe, auch wenn er nicht sicher sein konnte, wen dieser bereits mit besagter Waffe getötet hatte. Bei der großen Schlacht um Rouen waren es jede Menge Franken gewesen, doch deren Blut und der Rausch, in den es ihn kurzfristig versetzte, hatten Agnarr nicht mit dem erzwungenen Kniefall vor Richard versöhnt. Auch seine Männer waren vom Morden nicht befriedigt, sondern mürrisch, dass sie Seite an Seite mit denen kämpfen mussten, die sie doch zutiefst verachteten, gar hassten. An allen Ecken und Enden wähnte er Rebellion auflodern – nach der Schlacht hatte er ein paar eigene Männer erschlagen müssen, um die anderen zu warnen. Seitdem traute sich niemand mehr, offenen Aufruhr zu zeigen, von seiner zänkischen Mutter Aegla abgesehen, der immer etwas einfiel, was der Sohn falsch machte, und die ihn dafür gern vor all seinen Männern zur Rede stellte. Doch die Luft war verpestet, ihrer aller Laune getrübt und der Wald der einzig mögliche

Ort, vor den griesgrämigen Gesichtern zu fliehen und durchzuatmen.

Neue Kraft schenkte ihm der Wald nicht. Je länger er durchs Dickicht ritt, desto müder wurde er. Er hatte nicht einmal Lust zu jagen. Als ihm allerdings die Beute regelrecht vor die Füße lief, war er schlagartig hellwach.

Im Nichts war die schwarze Dänin einst verschwunden – aus dem Nichts tauchte sie nun wieder auf. Wochenlang hatte er damals nach ihr suchen lassen, doch ausgerechnet jetzt, da er ziellos durch den Wald strich, wurde er fündig.

Heiß wallte der Triumph in ihm auf, als er sie da vor sich auf dem Boden liegen sah. Trotz allen Scheiterns der letzten Jahre – dies war der Beweis, dass das Schicksal es gut mit ihm meinte. Endlich konnte er sich einer unliebsamen Zeugin entledigen. Endlich in diese blaue Augen Furcht und Entsetzen säen, die sie ihm vor zwei Jahren schuldig geblieben war. Und endlich würde er – anders als damals bei Berit – beim Töten der Erste sein.

Isa, die Rune, die über sämtliche Gefühle eine dünne Eisschicht zog, erwies sich einmal mehr als rettend. Bis sie in sein Gesicht geblickt hatte, hatte Gunnora vermeint, vor Furcht zu sterben. Doch sobald sie ihn betrachtete, waren da plötzlich keine Angst mehr, kein Hass, keine Rachsucht, kein Entsetzen. Da war nur ein schlichter Gedanke: Er hat mich erkannt, er will mich töten. Und der Tod, dessen war sie sich auch gewiss, würde nicht schnell kommen. Vielmehr würde er gleiches quälende Spiel mit ihr treiben wie die Katze mit der Maus.

Er war ein kräftiger Mann mit Waffe und Schwert, sie eine Frau mit nichts als der Kleidung auf ihrem Leib, und das

Einzige, was sie ihm voraushatte, war ihre Nüchternheit. In seinem Gesicht standen Gier, Befriedigung, Jagdglück geschrieben, in ihrem ... stand nichts.

Wieder huschte nur ein knapper Gedanke durch ihren ansonsten leeren Geist: Sein Pferd ist schneller als ich, aber nicht so wendig.

Die Bäume, die sie eben noch vom sicheren Zuhause ferngehalten hatten, wurden nun zur letzten Rettung. Sie sprang auf, zwängte sich durch zwei, die besonders dicht standen, hindurch und begann zu rennen. Nadeln, Blätter und Ästchen klatschten ihr ins Gesicht. Büschelweise blieben ihre Haare hängen, doch der Schmerz erreichte sie nicht. Schritt vor Schritt zu setzen und sich durchs Dickicht zu kämpfen war alles, was zählte.

Sie hörte Wiehern und Hufgetrappel, mal näher, mal weiter entfernt, wusste, er verfolgte sie, stand ständig kurz davor, sie zu erreichen, aber noch gelang es ihm nicht.

Noch nicht, noch nicht, noch nicht ... hämmerte es durch ihren Kopf.

Der Grat zwischen Leben und Tod war ein schmaler, sie drohte mehrmals darauf auszurutschen, aber sie erhob sich immer wieder und hielt das Gleichgewicht. Wurzeln schnitten sich in ihre Fußsohlen, vielleicht bluteten sie längst, aber das war nicht wichtig. Das Blut würde ja doch im Moos versickern.

Das Hufgetrappel riss ab, das Wiehern auch. Stand das Pferd still, weil sein Reiter ihm das befohlen hatte, oder hatte sie ihn abgeschüttelt?

Sie rannte weiter, bis sie nicht mehr konnte, und mit dem Licht schwanden ihre Lebenskräfte. Längst sah sie nur mehr Schemen, und ihre Brust schmerzte, als hätte sein Schwert sie bereits getroffen. Sie sank nieder, richtete sich mühsam und keuchend wieder auf.

Nicht weit von ihr stand eine Hütte, und ob des tröstlichen Anblicks schaffte sie doch noch ein paar Schritte. Dann erst erkannte sie, dass es nicht ihre war, vielmehr eine, die sie nie wieder hatte betreten wollen.

Der Wald war bei Tag ein farbenprächtiges Reich: Seine herbstlichen Blätter leuchteten golden, die Spinnennetze zwischen den Zweigen glitzerten vom Tau silbern, die saftige Erde war rötlich. Doch bei aufziehender Dunkelheit schwanden die Farben, und aus dem kräftigen, süßlichen Geruch wurde ein modriger.

Längst stand auch kein Spott mehr in den Gesichtern der Männer, die den Grafen und Alruna bei ihrem Ausritt begleiteten, sondern Sorge, wenngleich niemand sie benennen wollte.

Sie selbst konnte sich irgendwann nicht mehr beherrschen. »Wo bleibt er denn?«, rief sie ungeduldig. »Es ist doch nicht möglich, dass jede Spur von ihm fehlt!«

Sie hatte es so genossen, als sie in den frühen Morgenstunden aufgebrochen waren und Rouen hinter sich gelassen hatten. Zwar hatten sie kaum ein Wort miteinander gesprochen, doch wie sie da Seite an Seite ritten, hatte sie sich gern mit Richards Nähe begnügt und damit, dann und wann einen Blick auf ihn zu werfen und zu spüren, wie er allen dunklen Gedanken davongaloppierte.

Ewig hätte sie so weiterreiten können, ewig dem Rascheln und Knacken lauschen, ewig die würzige Luft einatmen!

Richard jedoch war bedauerlicherweise allzu bald langweilig geworden. Er wollte nicht nur reiten, sondern jagen, und die Männer, die mit ihnen gekommen waren, Raoul und Arfast darunter, offenbar auch. Kaum hatte er den Befehl gegeben, waren sie mit den Pferden ins Unterholz geprescht, jedoch anders als Richard immerhin in ihrer Nähe geblieben. Und sie hatten sich mit Kleinvieh begnügt – Mardern, Ottern und Bibern. Richard hingegen hatte sich in den Kopf gesetzt, einen Rothirsch oder ein Wildschwein zu erlegen. Aus der Ferne hatte man ihn plötzlich rufen hören, dass er ein solches Tier sehe – das letzte Lebenszeichen von ihm. Auf das Trappeln der Hufe und das Knacken der Bäume war kein weiterer Laut gefolgt, der verriet, wohin er geritten war.

Seit Stunden warteten sie nun schon auf der Lichtung, von der sie aufgebrochen waren, doch er kehrte nicht wieder. Raoul und Arfast war die Unruhe deutlich anzusehen. Längst wären sie aufgebrochen, ihn zu suchen, hätten sie sich nicht für ihren Schutz verantwortlich gewähnt.

Um mich braucht ihr euch keine Sorgen zu machen, sondern um ihn!, hätte Alruna ihnen am liebsten zugerufen. Sie tat es nicht, weil sie insgeheim froh war, sie an ihrer Seite zu wissen, vor allem aber, weil alle Sorge um Richard ihren Grimm nicht vertreiben konnte.

Warum hatte er sie im Stich gelassen? Warum war es ihm nicht genug gewesen, mit ihr durch den Wald zu reiten? Warum musste er Tiere jagen, um das andere große Töten zu vergessen?

Sie wusste nicht, was schlimmer war: dass er so gedankenlos war, sie einfach zu vergessen, oder dass er womöglich gern zurückkehren wollte, sich jedoch verirrt hatte.

So oder so ertrug sie den Anblick der toten Tiere, die Arfast und Raoul an ihrem Gürtel trugen, nicht. Am liebsten hätte sie sie gepackt und so weit wie möglich von sich fortgeschleudert, selbst wenn es bedeutete, dass sie ihr Blut würde berühren müssen.

»Wo bleibt er nur?«, rief sie wieder klagend. »Ich verstehe das einfach nicht!«

»Mach dir keine Sorgen«, tröstete Raoul sie, »Richard liebt nun mal die Einsamkeit der Wälder. Schon oft ist er von uns fortgeritten, damit er allein sein und in Ruhe manch schöne Jägertochter verführen konnte.«

Er zwinkerte ihr vertraulich zu, und sie erwiderte finster seinen Blick. Als wäre es leichter für sie, ihn in den Armen einer anderen Frau zu wissen als allein im Wald!

»Im Wald trifft man womöglich nicht nur schöne Jägertöchter, sondern auch Feinde«, murrte sie. »Thibauds Krieger könnten vor der Schlacht dorthin geflohen sein. Warum hat er denn nicht wenigstens die Hunde mitgenommen?«

»Thibauds Krieger sind entweder gefallen oder in die Heimat zurückgekehrt«, versuchte nunmehr Arfast, sie zu beschwichtigen. »Jetzt wird es bald Nacht, und dann sind allenfalls Geister unterwegs.«

Er lachte das leise Zittern in seiner Stimme weg.

»Und die Geister sind Richard wohlgesinnt«, fügte Raoul rasch hinzu. »Einmal führten sie ihn zu einem wundersamen Obstbaum. Er nahm drei Äpfel davon mit, ließ sie anpflanzen, und über Nacht wurde der Wald um Rouen daraus.«

Alruna hörte diese Geschichte nicht zum ersten Mal. Auch eine andere war im Umlauf. Richard hatte sich einst im Wald verirrt wie an diesem Tag und auf einer Lichtung Frauen unter weißen Schleiern einen Reigen tanzen sehen. Im Mondschein hatte es den Anschein gehabt, sie würden über den Boden gehen, ohne das Gras niederzudrücken, und sie dufteten nach Rosen. Als Zeichen besonderer Gnade erschien es den Menschen, dass er sah, was andere nicht sehen konnten.

Alruna dachte hingegen plötzlich bitter, dass er Engel gewiss nicht von Dämonen unterscheiden konnte, war er doch blind für die Herzen der Menschen. Nie hätte er sie allein gelassen, könnte er ein Mindestmaß der Sorge nachfühlen, die sie jetzt umtrieb!

Ich bin doch nicht anmaßend, dachte sie verstört. Ich wünsche mir kein Jahr an deiner Seite – nur einen Tag. Doch eine Stunde scheint dir schon zu viel zu sein.

Schweigend warteten sie, bis die Schwärze endgültig das letzte rot glühende Sonnenlicht verschluckt hatte und ihr vor Kälte die Zähne klapperten. Raoul führte sein Pferd dicht an ihres heran. »Wir können hier nicht ewig warten ... vor allem du nicht«, sagte er leise. »Ich schlage vor, dass du mit Arfast zurück nach Rouen kehrst und ich allein nach Richard Ausschau halte. Sei gewiss, schon morgen früh kehren wir beide wohlbehalten zum Hof zurück.«

»Aber ich kann doch nicht ...«

»So ist es«, fiel er ihr ins Wort, »du kannst nichts tun – zumindest nicht für ihn. Du kannst nur dafür sorgen, dass du selbst ins Warme kommst und etwas zu essen kriegst. So erbärmlich wie du aussiehst, kannst du es dringend gebrauchen. Richard würde mich töten, wenn du erkranktest und ich tatenlos dabei zusähe.«

Das Schlimme war, dass sie sich dessen nicht einmal sicher sein konnte.

Auch Arfast ritt nun dicht an sie heran, nahm seinen Mantel von den Schultern und hänge ihn ihr über. Die Kälte verging, der Hader nicht.

»Raoul hat recht, komm mit mir.«

Ihr lag es auf der Zunge zu widersprechen, doch als er sich vorbeugte, die Zügel ihres Pferdes nahm und sie mit sich führte, wehrte sie sich nicht. Erst nach einer Weile drehte sie sich um, sah jedoch nichts mehr von Raoul, nur die Bäume. Wie eine stramme Armee schienen sie dazustehen, Richard mit Absicht vor ihr zu verstecken und ihr ebenso feindselig wie höhnisch nachzublicken.

Du kriegst ihn nicht, das Jagdglück ist ihm wichtiger als deine Gesellschaft, das Lied des Waldes klingt in seinen Ohren süßer als deine Stimme …

»Er hat schon größere Gefahren überstanden als eine Nacht im Wald«, versuchte Arfast sie zu trösten. »Morgen früh kehrt er zurück nach Rouen und wird erleichtert sein, dass du nicht noch länger gefroren hast.«

Alruna nickte und rang sich ein zuversichtliches Lächeln ab. Insgeheim aber war sie froh, dass die Pferde nun immer schneller liefen und die Bäume alsbald etwas lichter standen. Nie wieder würde sie sich von ihrer Farbenpracht und ihrem harzigen Duft täuschen lassen. Nie wieder eine kleine Gefälligkeit Richards mit ehrlichem Interesse und aufrichtiger Zuneigung verwechseln. Von heute an hasste sie den Wald.

Fécamp
996

Agnes war nicht sonderlich gut im Lesen, und zum ersten Mal bereute sie es, nicht mehr Geduld aufgebracht zu haben, es zu lernen. Es dauerte lange, bis sie die Pergamentrolle in ihren Händen entziffert hatte und sie sich schließlich der nächsten zuwenden konnte. Doch anstatt die Mühe zu lohnen und das Geheimnis zu entschlüsseln, brachte das, was Seite um Seite füllte, keine dunklen Flecken aus dem Leben der Gräfin ans Licht, sondern Ereignisse, die aller Welt bekannt waren.

Nichts weiter hielt sie in den Händen als eine Chronik, ähnlich jener, die der Kanzler Dudo über den Grafen verfasste – sie würde seine Taten und die seiner Vorfahren lebendig halten, auf dass seine Nachkommen ihn dafür ehrten. Gleiche Aufgabe kam offenbar auch diesen Schriften zu: zu verhindern, dass die Werke der Gräfin dem Vergessen anheimfielen. Sie klangen weder geheimnisvoll noch gefährlich. Übersah sie etwas? Galt es zwischen den Zeilen etwas zu erahnen, dessen bedrohliche Wirkung sich ihr verschloss?

Agnes las die Sätze noch einmal, aber wurde nicht schlau aus ihnen. Von den Geburten ihrer Kinder war die Rede, von ihren Schenkungen an Klöster und nicht zuletzt davon, dass die Gräfin den Grundstein für den Wiederaufbau der Kirche von Coutances gestiftet hatte.

Agnes hatte irgendwann einmal davon gehört: Coutances war eine Stadt im Westen, mehrere Tagesreisen von Rouen entfernt. Dort eine Kirche zu bauen, hatte ihr Großvater ihr einmal erklärt, war nicht nur Beweis von Frömmigkeit, sondern Ausdruck von Machtgebaren, sicherte man sich auf diese Weise doch Einfluss in dem Gebiet.

Seufzend griff Agnes nach einer neuen Rolle Pergament, las sie wieder mit Mühen – und blieb enttäuscht. Auch das konnten unmöglich die Schriften sein, nach denen Bruder Remi und Bruder Ouen so ungeduldig gesucht hatten. Erneut war nicht von Geheimnissen, die die Normandie bedrohten, sondern von den Großtaten der Gräfin die Rede – unter anderem, dass sie die Freilassung von mehreren Sklaven erwirkt hatte, und das war nichts, wovon Agnes nicht ebenfalls schon einmal gehört hatte.

Allseits bekannt war die Geschichte eines gewissen Moriuht, die Warner von Rouen, ein Geschichtenerzähler, so wunderbar ausschmücken konnte: Dessen Frau war von Nordmännern entführt und als Sklavin verkauft worden, und Moriuht lag daraufhin Tag und Nacht wach, weil ihn die Sehnsucht nach dem Weibe nicht schlafen ließ.

Die Vorstellung, nicht zu schlafen, hatte Agnes tief bewegt. Wenn sie müde war, gab es nichts, was sie wach halten konnte, und sie fragte sich, wie groß eine Leidenschaft sein musste, dass sie der Erschöpfung trotzte, und ob sie dergleichen je erleben würde.

Noch faszinierender war der Fortgang der Geschichte: Von Sehnsucht und Trauer gefangen, lag Moriuht nicht nur wach, er aß auch kaum noch etwas und legte überdies die Kleidung ab. Nur sein Geschlecht bedeckte er mit dünner Tierhaut. Doch wenn er sich bückte, so hieß es, war er derart nackt, dass eine Katze in sein Gesäß kriechen und sich dort für eine Weile verstecken konnte.

Agnes hatte sich oft gefragt, ob diese Katze schnurren würde oder Moriuht mit ihren Krallen verletzen. Die Katzen, die am Hofe Mäuse jagten, hatten schließlich sehr scharfe Krallen, Agnes hatte sie beim Versuch, sie zu streicheln, schon zu spüren bekommen.

Nun, noch schlimmer als alles, was Katzen ihm zufügen konnten, war Moriuhts Schmerz um seine Frau. Er wandte sich, nackt wie er war, an die Gräfin, und die stellte sich seiner Blöße zwar gegenüber blind, unterstützte ihn aber bei der Suche nach ihr. Schließlich fand er seine geliebte Glicerium, und das just in dem Moment, da sie die Tochter nährte, die sie ihm in der Gefangenschaft geboren hatte. An ihrem Gesicht hätte er sie nicht erkannt, an den Brüsten schon.

Dieser Teil der Geschichte hatte Agnes regelrecht Schauder über den Rücken gejagt. Eigentlich war es anzüglich, von Brüsten zu reden, vor allem Mönche taten es so gut wie nie. Aber in jenem Fall sorgten die einzigartigen Brüste für die gottgewollte Wiedervereinigung von Mann und Frau, weswegen dieses Detail der Geschichte nicht einfach unter den Tisch gekehrt werden konnte.

Agnes vertiefte sich weiter in die Pergamentrollen. Von Brüsten war hier nicht die Rede, jedoch von verschiedenen Sühneleistungen. Für jede Sünde, das hatte man ihr von klein auf beigebracht, galt es, Buße zu tun, indem man fastete oder wachte oder Messen feierte. Und wer viel Geld besaß wie die Gräfin, konnte dieses verschenken, um sich von der Schuld freizukaufen. Hier nun wurden große Summen genannt, und das hatte wohl nichts anderes zu bedeuten, als dass die Gräfin große Sünden abzugelten hatte.

Agnes war verwirrt. Wie war das möglich? Die Gräfin galt

doch als tugendhafte Frau, nicht als Sünderin, die von der Schwere ihrer Schuld erdrückt wurde und sich mit allem, was sie hatte, dagegenstemmen musste!

Das Gefühl der Enttäuschung wich der Ahnung, dem Geheimnis doch wieder näherzukommen. Als sie die nächste Rolle studierte, schlug ihr das Herz bis zum Hals. Was hier zu lesen stand, war ganz und gar rätselhaft, doch ehe Agnes daraus schlau wurde, hörte sie Schritte.

Verdammt!

Sie biss sich auf die Lippen, um den Fluch nicht laut herauszuschreien, schlimm genug, dass sie das böse Wort überhaupt gedacht hatte. Das änderte allerdings nichts an ihrer verzweifelten Lage. Sie hatte zu lange gebraucht, um das Schriftstück zu entdecken, würde es nun nicht verstecken können, ja, würde nicht einmal in der Lage sein, den beiden Mönchen zu erklären, was sie in den Gemächern der Gräfin machte.

Und es waren doch Bruder Remis und Bruder Ouens Schritte, die von den Wänden widerhallten?

Genau betrachtet hörte es sich so an, als ginge da draußen nur einer, doch tröstlich war dieser Gedanke nicht. Wer immer es war, blieb vor der Tür stehen, wartete, schien nun selbst zu lauschen.

Agnes hielt den Atem an, um kein Geräusch zu machen, aber ahnte, dass es nicht viel nützen würde. Hektisch blickte sie sich um. Sie könnte alle Pergamentrollen zusammenraffen und sich mit ihnen verstecken, vielleicht neben der Schlafstatt, unter dem Tisch oder gar in der Truhe, wo die Schriften verstaut gewesen waren. Doch während sie sich noch darum bemühte, so viele Rollen wie möglich an ihrer Brust zu bergen, hörte sie wieder die Schritte.

Sie fuhr herum, keuchte vor Schreck.

»Was machst du im Gemach meiner Mutter?«

V.

964

Gunnora verharrte wie angewurzelt. Die Götter des Waldes, die manchmal bösartigen Elfen oder einfach nur der Zufall hatten sie zu Samos Haus geführt, einem Ort, an dem sie nie hatte Zuflucht finden wollen. Einem Ort vor allem, an dem ihre Schwestern lebten, die sie nicht in Gefahr bringen durfte. Dennoch – alles in ihr schrie, dass sie leben wollte, und Gunnora wog den Preis, den es dafür womöglich zu zahlen galt, nicht ab.

Sie stürzte auf das Haus zu, wollte schon die Tür aufreißen, entschied sich dann aber doch anders und hastete zum Grubenhaus, dem kleinen Gebäude neben dem Wohnhaus, das als Vorratskammer diente. Es war nicht hoch genug, um aufrecht darin zu stehen, sodass sie sich gekrümmt inmitten von Töpfen, gefüllt mit Erbsen, Bohnen und Linsen, und unter ein Stück Pökelfleisch, das an einem Haken von der Decke hing, hockte. Durch die schmalen Ritzen zwischen den Holzbohlen starrte sie auf den Wald. Die Blätter wogten, von einem Pferd war nichts zu sehen.

Hektisch atmete Gunnora ein und aus, und prompt stieg ihr der würzige Geruch des Fleisches in die Nase. Sie erinnerte sich an die einstige Flucht vor dem Mörder ihrer Eltern und daran, dass sie damals sicher gewesen war, niemals wieder etwas essen zu können. Nun ging es ihr ähnlich. Sie tastete nach dem Fleisch, nahm es vom Haken und ließ es auf den Boden fallen. Nicht länger glänzte es rötlich, sondern war jetzt braun von der Erde – salzig roch es immer noch. Danach griff sie nach dem Haken und zog daran. Sogleich bebte das ganze Grubenhaus, und sie hielt vor Schreck den Atem an.

Kaum war das Knarzen verstummt, zog sie wieder an dem Haken, und dieses Mal löste er sich, ohne dass die Hütte über ihr zusammenzubrechen drohte. Als sie ihn betrachtete, war sie dennoch enttäuscht. Er war kleiner als erhofft und gewiss kein geeignetes Werkzeug, mit dem man jemanden töten konnte. Und töten wollte sie, wenn auch nicht ganz so brennend wie leben. Um sowohl das eine als auch das andere zu erreichen, hielt Gunnora trotz der Panik still, als die Blätter wieder wogten und ein Pferd durch den grünen Vorhang brach. Als der Reiter es verhielt, drehte es sich tänzelnd im Kreis.

Der Christ sah sich um. Wo würde er zuerst nach ihr suchen? Und wie viel Blut vergießen, bis er sie fand?

Gunnora schwor sich: Wenn eine der Schwestern ins Freie träte, würde sie sich opfern und sich vor sein Schwert werfen, aber solange sich im Haus nichts regte, wartete sie. Vielleicht war Seinfreda gar nicht da, sondern aufgebrochen, um sie zu besuchen, und vielleicht hatte sie die Schwestern mitgenommen. Hilde wiederum würde der Christ nichts tun, und falls doch, war es ihr gleich.

Jetzt sprang er vom Pferd, stand ganz steif vor dem Haus und betrachtete es eine Weile, ehe er sich in den Schatten der Bäume zurückzog. Das Pferd folgte ihm kurze Zeit später, nachdem er einen durchdringenden Pfiff ausgestoßen hatte. Auch wenn sie ihn nicht mehr sah – Gunnora wusste, dass sie nicht in Sicherheit war, er vielmehr heimlich zu beobachten gedachte, wer hier lebte. Lediglich eine kurze Atempause ward ihr geschenkt. Ihr Schweiß erkaltete, sie fühlte sich erschöpft und begann nun auch zu beben von der Kälte. Sie schrieb mit ihren Fingern die Rune Isa in die Erde, ihre stärkste Verbündete und verlässlichste Freundin und doch nicht mächtig genug, ihr die Angst zu nehmen. Neue Schauder jagte ihr diese über den Rücken, als hinter ihr plötzlich die kleine Tür aufgerissen wurde und eine Stimme ertönte.

»Was tust du hier?«

Samo hatte sich so stark verändert, als hätte sie ihn nicht nur zwei Jahre nicht gesehen, sondern an die zwanzig. Die Haut, ehemals schon gegerbt, war nun gefurcht wie die Rinde eines knorrigen Baumes, die Haare schütter und weiß, der Blick nicht tumb wie einst, sondern gehetzt. Sorge stand darin, und kaum dass er sie sah, kam Unwillen dazu. Seine Schultern sanken, als er in die Kammer trat.

Gunnora konnte keine Rücksicht auf Samos Gefühle nehmen. Rasch legte sie den Zeigefinger an ihren Mund, zum Zeichen, dass er schweigen sollte. Als er dennoch den Mund öffnete, um etwas zu sagen, flüsterte sie panisch: »So sei doch still!«

Eine Weile starrte er sie nur verwirrt an, schien dann jedoch ihre Angst zu wittern und duckte sich unwillkürlich noch tiefer.

»Der Reiter ...«, setzte sie flüsternd an.

»Wie's scheint, ist er eben wieder fortgeritten.«

Also hatte er ihn auch gesehen.

»Nein, er ist nicht fort! Er versteckt sich hinter den Bäumen, und von dort beobachtet er das Haus. Wenn er mich findet ... sterbe ich.«

Der wohlvertraute tumbe Ausdruck erschien in Samos Miene – gepaart mit einem neuen Anflug von Ärger, dessen Ursache sie nicht verstand.

»Warum hast du dich ausgerechnet hier versteckt?«, herrschte er sie erstaunlich mitleidslos an.

»Glaub mir, ich hätte mich gern an einem anderen Ort verkrochen. Aber ich brauche Schutz ... zumindest für eine Nacht.»

Sie hatte keine Ahnung, wie es am kommenden Tag weitergehen sollte, konnte nur hoffen, dass der Christ, nachdem er stundenlang vergebens nach ihr Ausschau gehalten hatte, von Unrast und Ungeduld gepackt werden würde und fortritt.

Wie es aussah, wollte Samo ihr jedoch nicht einmal diese eine Nacht gönnen.

»Du hast unverhohlen gezeigt, wie verhasst ich und meinesgleichen dir sind – und nun soll ausgerechnet ich dir helfen?«

Sie nahm seine Wut wahr, lodernder als jedes Gefühl, das sie je an ihm wahrgenommen hatte.

»Samo, ich bin die Schwester deiner Frau!«

»Vor allem bist du eine Heidin. Gib es zu: Du hast einen Fluch über Seinfreda gesprochen, damit sie kein Kind von mir empfängt.«

Jetzt endlich begriff sie, woher seine Wut rührte und was ihn so sehr hatte altern lassen. Nie hatte sie darüber nachgedacht, dass die Kinderlosigkeit nicht nur für Seinfreda ein steter Quell von Hader war. Sie witterte seinen Schmerz ... die Zweifel an seiner Manneskraft ... den Überdruss ob des gewiss quälenden Stichelns der Mutter, dass er die falsche Frau geheiratet hatte.

»Das ist nicht wahr! Ich habe alles getan, um den Fluch abzuwenden!«

»Lügnerin!«

Er packte sie, offenbar, um sie hinauszuwerfen. Seine Fingernägel waren schwarz, die Haut rau und dunkel und seine Hände kräftig. Das war sie allerdings auch – das Leben im Wald hatte sie gestählt. Sie klammerte sich an ihn.

»Bitte nicht! Hast du nicht gehört, was ich dir sagte? Da draußen wartet ein Mann auf mich, der mich töten will. Seinfreda würde dir nie verzeihen, wenn du mich ihm auslieferst.«

Der Klang des Namens seiner Frau ließ ihn innehalten. Er betrachtete sie nachdenklich und zuckte kaum merklich zusammen, als der Boden leicht unter den Hufen eines Pferdes vibrierte.

Wie sie es sich gedacht hatte – die Geduld des Christen hatte sich rasch erschöpft, doch leider nicht mit der erwünschten Wirkung.

»Bitte«, flehte sie erneut.

Samo rang mit sich, seufzte schließlich gottergeben und ließ sie los. »Meinetwegen, versteck dich, ich versuche, ihn abzuwimmeln. Doch wenn es mir gelingt, schuldest du mir einen Gefallen!«

Gunnora nickte rasch. Es war ein Leichtes, ihm dieses Versprechen zu geben. Sie ahnte nicht, wie bald er diesen Gefallen einklagen würde.

Gunnora sank auf den Boden, legte den Kopf auf die Knie und presste die Hände auf die Ohren. Sie wollte nicht zuhören müssen, wie Samo mit dem Christen sprach, wollte nicht bangen müssen, ob der seinen Lügen glaubte, wollte nicht Zeugin werden, wie er ihn womöglich tötete, um sich gewaltsam Zugang zum Haus zu verschaffen.

Eine Weile lauschte sie bloß dem Rauschen des eigenen Blutes, und das Lied, das es sang, war kein fröhliches.

Keinen Schritt weitergekommen bist du die letzten Jahre, im Kreis vielmehr gelaufen, um jetzt wieder am Anfang zu stehen. Du hast kein Heim, keinen Besitz, keine Sippe, die dich schützt. Auf das Wohlwollen eines fränkischen Waldhüters bist du angewiesen, der einst nur einfältig war, jetzt obendrein hasserfüllt.

Sie löste die Hände von den Ohren. Vielleicht war es doch erträglicher, einem Gemetzel zu lauschen, als der quälenden Stimme in ihrem Inneren.

Aber es gab gar kein Gemetzel und kein Blutvergießen, nur ruhiges Gemurmel war zu hören. Als es verstummte, folgte das Wiehern des Pferdes und wieder Hufgetrappel, doch beides wurde leiser. Wie hatte Samo den Christen nur so schnell abgewimmelt?

Gunnora konnte es kaum fassen, als Samo tatsächlich wenig später seinen Kopf ins Grubenhaus steckte. »Komm raus, die Luft ist rein!«

Gunnora verkrampfte sich. »Nie und nimmer! Dieser Mann gibt nicht so schnell auf, gewiss kehrt er gleich zurück.«

»Das wird er nicht wagen!«

Die Worte klangen so lächerlich in ihren Ohren. Wie sollte Samo einem Mann drohen, der Pferd und Waffen besaß – und genügend Skrupellosigkeit, um Unschuldigen den Kopf abzuschlagen.

»Aber ...«

»Ich habe ihm gesagt, dass sich in meiner Hütte ein Gast aufhält und dass dieser sehr mächtig ist. Nie würde sich der Fremde mit ihm anlegen.«

Sie weitete ungläubig die Augen. »Wen verschlägt es denn hierher in den Wald?«

»Sieh selbst!«

Gunnora hätte sich am liebsten wieder so klein wie möglich

gemacht, doch die Neugier war zu groß, desgleichen die plötzliche Gewissheit, dass Samo – und war er auch noch so verbittert – sie nicht belügen würde.

Erst lugte sie nur aus dem Grubenhaus, dann verließ sie es und erblickte, was auch der Christ gesehen haben musste und was ihn dazu bewogen hatte, fortzureiten: ein weiteres Pferd, das an einem der Bäume angeleint war, einen prächtigen Sattel aus glänzendem Leder und silberne Steigbügel trug und ausdruckslos vor sich hin glotzte.

Der Kennerblick ihres Vaters hätte voller Ehrfurcht auf diesem Tier geruht, und auch wenn Gunnora bei Weitem nicht so viel von Pferden verstand wie einst er, wusste sie sofort, dass, wem immer es gehörte, er reich sein musste, sehr reich.

»Wer ... wer ist euer Gast?«

Gunnoras Stimme zitterte, als erneute Panik sie erfasste. Was, wenn der mordlüsterne Christ einen Gefährten hatte?

Samos Schultern hingegen hingen mit einem Mal noch tiefer. Jetzt erst erinnerte sie sich daran, dass Sorge seine Miene verdunkelt hatte, als er die Vorratskammer betreten und sie erblickt hatte.

Mit heiserer Stimme antwortete er: »Deinem Verfolger habe ich seinen Namen nicht genannt. Doch du kannst es ruhig wissen: Graf Richard von der Normandie hat hier Unterschlupf gesucht, nachdem er sich im Wald verirrte.«

Wieder rauschte laut das eigene Blut, obwohl sie dieses Mal nicht die Hände vor die Ohren geschlagen hatte. Und da war plötzlich auch die Stimme ihres Vaters, der ihr einst von der Geschichte der neuen Heimat erzählt hatte: Die Normandie war früher ein schmaler Landstrich im Norden des Frankenreichs. Wiederholt wurde er von unseren Landsmännern und Wikingern aus Norwegen heimgesucht, und da der fränkische König sie nicht mit Waffengewalt zurückschlagen konnte, hat er entschieden, mit ihnen Frieden zu machen. Er gab einem ihrer Anführer das Land als Lehen, jedoch zur Bedingung, dass er sich taufen ließ und ein christliches Leben führen möge. Rollo hieß dieser, und er wurde der erste Graf der Normandie. Sein Sohn Wilhelm, genannt Langschwert, war der zweite. Und jetzt regiert Graf Richard.

Gunnora blickte sich um, doch weiterhin sah sie nur ein prächtiges Pferd, nicht mehrere.

»Was macht er ganz allein im Wald?«, fragte sie.

Sie wusste nicht viel von den Gepflogenheiten hiesiger Grafen und hätte dennoch schwören können, dass Männer seines Ranges nie ohne Leibwache unterwegs waren.

»Er ist mit seinen Männern auf der Jagd gewesen, folgte jedoch einem Tier und fand danach nicht mehr zu seiner Truppe zurück. Ich habe ihm angeboten, ihm dem Weg nach Rouen zu weisen, doch er will nicht gehen. Ich ... ich werde ihn einfach nicht los.«

Gunnora starrte Samo an und war sich plötzlich sicher, dass er nicht einfach nur tumb, sondern verrückt war. Ja, das einsame Leben oder die Trauer wegen des ausbleibenden Kindersegens musste ihn den Verstand gekostet haben. Warum sollte der Graf der Normandie freiwillig länger in diesem armseligen Heim verbleiben als unbedingt notwendig?

Samo öffnete den Mund, presste zuerst nur ein Seufzen, dann einen Namen heraus. »Seinfreda ...«

»Was ist mit ihr? Ist sie krank?«

Sie konnte nicht begreifen, was Graf Richard mit dem Los ihrer Schwester zu tun hatte, oder wollte es zumindest nicht begreifen.

»Nein, gewiss nicht ... sie ist gesund, sehr gesund ... sie hat rote Wangen, glänzende Haare ... sie hat dem Grafen einen Eintopf gekocht und ihm serviert. Danach wollte sie sich zurückziehen, doch er hat sie an die Hand genommen. ›Bitte, bleib, setz dich zu mir‹, hat er geraunt. Keinen Bissen hat er bis jetzt gegessen. Er hockt nur da ... und starrt sie an.«

Gunnora schloss die Augen und vermeinte plötzlich selbst diesen Blick zu spüren, anzüglich ... lüstern ... giftig ... Ihre Schwester war doch so zart! Eine schwere Prüfung war es bereits, sie in Samos Händen zu dulden, doch schlichtweg unerträglich, sie einem Wüterich ausgeliefert zu wissen! Und ein solcher musste Graf Richard sein, sonst würde er doch niemals einen begehrlichen Blick auf die Ehefrau eines Waldhüters werfen!

»Er weiß doch, dass sie mit dir verheiratet ist, oder nicht?«, rief sie empört.

Samo zuckte die Schultern. »Für Herren wie ihn macht das keinen Unterschied ...«

Gunnora stampfte auf. »Herren wie ihn! Er sollte seinem Volk ein Vorbild sein und vergreift sich stattdessen an braven Ehefrauen!«

»Noch hat er nichts getan, aber nun wird es bald Nacht, und er will immer noch nicht gehen. Er will ...«

Er brach ab.

Er will Seinfreda.

Bis eben hatte Gunnora gefroren, nun wurde ihr heiß vor Hass. Vielleicht war es Graf Richard gewesen, der dem Christen einst den Auftrag erteilt hatte, die Ankömmlinge aus dem Norden niederzumetzeln. So konnte ... so musste es sein!

Während ihr Zorn wuchs, schien der von Samo zu schwinden. Blanke Hilflosigkeit stand ihm ins Gesicht geschrieben.

»Deine Mutter ...«, setzte Gunnora an.

»Sie ist nicht hier. Erst gestern brach sie auf, um Mehl zu holen. Doch sie könnte ohnehin nichts gegen den Grafen ausrichten. Seinfreda nahm mich vorhin zur Seite und sagte, dass es am besten sei nachzugeben. Gewiss, er hat nicht offen gefordert, dass sie die Nacht mit ihm verbringt, aber jede Geste zeigt, dass er genau darauf aus ist.«

Gunnora wusste, dass er die Wahrheit sprach. Seinfreda war zart, weich … biegsam. Und sie war schon einmal bereit gewesen, sich für ihre Familie zu opfern. Erneut stampfte sie auf. Warum war Seinfreda nur so schnell bereit, sich willig den Mächtigeren zu fügen? Warum ließ sie immer alles mit sich geschehen?

»Es muss doch einen Ausweg geben!«, rief sie.

Ihr selbst fiel jedoch keiner ein. Richard fortzuschicken würde ihn womöglich so sehr erzürnen, dass er Seinfreda gewaltsam nahm. Und ihn hinterrücks zu erschlagen, wie es ihr kurz in den Sinn gekommen war, würde die Rache seiner Männer auf sie ziehen.

Während sie vergebens nach einer Lösung suchte, schwand der Ausdruck von Sorge und Ohnmacht aus Samos Miene.

»Bis eben dachte ich, wir hätten keine andere Wahl. Aber jetzt bist ja du da«, sagte er.

Verspätet begriff sie, was er da sagte.

Bis eben … keine andere Wahl … aber jetzt …

Die Kehle wurde ihr eng. »Was meinst du?«

»Ich habe doch eben diesen Fremden vertrieben, und dafür schuldest du mir einen Gefallen.«

Er erwiderte ihren Blick erstaunlich wach und erstaunlich berechnend.

»Was soll ich denn tun?«, fragte sie tonlos.

»Das weißt du genau.«

Gunnora folgte Samo zum Haus, betrat es aber nicht. Durch einen Türspalt lugte sie hinein, um den Grafen zu betrachten.

Er saß am Tisch, rechts und links von ihm hatten ihre beiden jüngsten Schwestern Platz genommen.

Gunnora zuckte zurück, denn einen vermeintlich friedlichen Anblick wie diesen hatte sie nicht erwartet. Überdies hatte sie Graf Richard für größer gehalten – mindestens so groß wie den Christen, wobei der vielleicht nur auf dem Pferd so mächtig wirkte. In jedem Fall hätte sie schwören können, dass sein Gesicht hässlich wäre, seine Züge grausam, sein Blick kalt. Stattdessen hatte er ein freundliches, jungenhaftes Lächeln aufgesetzt, das Wevia und Duvelina freimütig erwiderten, nicht wissend, in welche Zwangslage der Gast Seinfreda gestürzt hatte … und nun auch sie, Gunnora.

Er ist ein Mensch, der Freude am Necken, am Erobern, an hübschen Frauen hat – nicht an Gewalt, ging ihr auf. Doch genau das erboste sie noch mehr. Wie konnte er das Werben um Seinfreda als Spiel betrachten, wie blind dafür sein, dass es für alle anderen bitterernst war, wie sich mit dem treuherzigen Lächeln über alle Sitten hinwegsetzen – einem Lächeln, das aller Welt sagen sollte: Ich hab's nicht so gemeint! Er war doch der Graf, jedes seiner Worte hatte Gewicht, und mochte es noch so leichtfertig ausgesprochen sein.

Gunnora rang mühsam um Fassung, atmete tief ein und lugte wieder hinein, um den Grafen genauer zu mustern.

Seine Kleidung war vornehm, wenngleich nicht unbedingt prachtvoller als die eines reichen Kaufmanns: Um die Schultern trug er ein Hermelinfell mit einem roten Saum, darunter blitzte etwas silbern – ein Kettenhemd oder ein Brustschutz. Auf der Bank lag ein blauer pelzbesetzter Umhang mit einer Fibel, ihm war wohl in der Nähe des Herdfeuers zu warm geworden. Die Schuhe waren aus schwerem Rindsleder gemacht, deren feine Ziernähte mit einzelnen Steinen und Glasperlen geschmückt wurden.

Wevia starrte fasziniert darauf, und Gunnora haderte, dass ihr Herz so leicht zu gewinnen war. Hatte Seinfreda nicht oft genug behauptet, Wevia sei klug? Warum ließ sie sich den scharfen Verstand von ihrer Sehnsucht nach Schönheit benebeln? Und auch Duvelina hatte der Graf im Nu erobert, indem er Geschichten erzählte, die sie so liebte. Gunnora hatte die Kleine schon lange nicht mehr gesehen, weil Duvelina immer weinte, wenn sie von ihr wegging. Nun lauschte sie rotwangig dem Grafen und kicherte dann und wann.

Gunnora ballte die Hand zur Faust.

Schon morgen, wenn er fortgeritten ist, dachte sie, werden sie ihn vergessen ... und ich auch. Nie wieder werde ich an diesen Abend zurückdenken, nie wieder sein lächelndes Gesicht in meinem Inneren sehen ...

So entschlossen sie dem Schwur auch zu folgen gedachte – den bangen Gedanken, dass zwischen dem Abend und dem Morgen, da alles vergessen war, eine lange Nacht stand, konnte sie nicht vertreiben.

Eben löste Wevia ihren Blick von den Schuhen, betrachtete die Fibel, die den Pelz zusammenhielt und an deren Spitze gleichfalls ein bunter Stein prangte. Ehrfürchtig strich sie darüber.

Dem Grafen entging das nicht. Immer noch lächelnd löste er die Fibel und reichte sie ihr.

»Willst du sie haben?«, fragte er. Seine Stimme klang nicht dunkel und grollend, sondern weich und angenehm.

Wevia strahlte über das ganze Gesicht, als sie die teuerste Gabe, die sie je erhalten hatte, entgegennahm.

Gunnora grub ihre Nägel in den Daumenballen, wie sie es oft tat, wenn sie ohnmächtig vor Wut war.

Wusste sie denn nicht, dass seine Geschenke es Seinfreda noch schwerer machen würden, ihn abzuweisen? Und wusste er nicht, dass seine Großzügigkeit eine Form war, seine Macht zu zeigen? Ein Befehl wird, auch raunend ausgesprochen, noch nicht zur Bitte.

Gunnora wandte den Blick von ihm ab. Wie sie ihn hasste, wie sie ihn verachtete, wie es sie ärgerte, dass er in diesem Langhaus saß und sich an der Ärmlichkeit nicht störte, obwohl er gewiss Mauern aus Stein gewohnt war und eine prunkvolle Einrichtung!

Als sie den Blick wieder hob, sah sie Seinfreda. Im Licht des Herdfeuers schimmerten ihre Wangen rosig, ihr Haar schien honigblond und der Körper unter dem dunklen Kleid nicht zart, sondern rundlich. Gunnora konnte gut verstehen, warum sie Richard gefiel – was nicht bedeutete, dass sie ihm verzieh. Noch unerträglicher als sein Lächeln war das von Seinfreda. Natürlich lächelte sie, sie hatte ja immer gelächelt, auch damals, als sie Samo durch den Wald gefolgt waren, und an dem Tag, da sie ihn geheiratet hatte.

Gunnora entging jedoch nicht, dass ihre Hände zitterten, als sie dem Grafen noch mehr Essen servierte – Suppe aus der Schüssel und ein Brett mit Wild. Den Eintopf, so hatte Samo ihr vorhin berichtet, hatte Richard noch verschmäht, so gebannt wie er Seinfreda betrachtet hatte, doch nun griff er beherzt zu und aß mit gutem Appetit. Das Fleisch schnitt er mit einem Messer klein, das er aus seinem Gürtel zog, die Suppe verzehrte er mit einem Löffel aus Holz, den er gleichfalls mit sich trug. Erst jetzt sah Gunnora, dass er sein Schwert – beinahe so groß wie Duvelina – bereits abgelegt hatte. Wahrscheinlich hatte auch dieses im Gürtel gesteckt.

Wie merkwürdig, ging es Gunnora durch den Kopf, dass er sowohl das Werkzeug zu töten als auch das Werkzeug zu essen an seinem Leibe trägt, ohne dass er den Appetit verliert – auf Wild … und auf Frauen.

Samo war nun gleichfalls zum Tisch getreten, doch Richard achtete nicht auf ihn, sah nicht, was nun Gunnora sah – dass es für Samo ein Leichtes gewesen wäre, das Schwert zu nehmen, es aus der Klinge zu ziehen und Richard zu erschlagen. Vom Essen und Seinfredas Anblick abgelenkt, würde er vielleicht nicht einmal bemerken, wenn sie in die Hütte hastete und es selbst tat. Das Schwert war gewiss schwer, aber unmöglich, dass es mehr Gewicht hatte als ihr Hass. Und wie befreiend es wäre, diesen Hass wüten zu lassen! Wie befriedigend, Gewalt zu bringen, anstatt zu erleiden!

Doch Gunnora unterdrückte ihre Gefühle. Sie sagte sich erneut, dass, wenn hier und heute das Blut des Grafen vergossen würde, sie alle darin ertrinken würden.

Seufzend senkte sie den Blick und trat vom Haus zurück. Fern vom Lichtschein des Herdfeuers war es nun stockdunkel. Der Wald glich einer schwarzen Wand. Kaum erkannte sie Samos Gesicht, als der wieder ins Freie trat, um erst das Pferd des Grafen zu füttern, dann zu ihr zu treten.

»Bist du dazu bereit?«, fragte er.

Angst klang aus seiner Stimme. Obwohl sie verstand, warum er nicht um Seinfredas Ehre kämpfte – zumindest nicht offen, nur mit den Mitteln des Betrugs –, fuhr sie ihn ungehalten an.

»Du bist nicht nur einfältig, sondern auch feige. Ich für meinen Teil bin nicht feige!«

Es war zu dunkel, um in seinem Gesicht zu lesen.

»Also bist du bereit!«

Sie nickte nur und wandte sich ab. Samo ging wieder hinein, und wenig später ertönten Schritte, leiser und leichter als seine. Seinfreda umarmte sie von hinten, ja, schmiegte sich förmlich an sie. Gunnora konnte ihre Brüste fühlen, klein und spitz, und löste sich abrupt von ihr. Sie drehte sich um, sah, dass Seinfredas Haar nicht länger honigblond schimmerte, sondern schwarz schien ... schwarz wie ihres. Die Nacht war ihre wichtigste Verbündete, wenn es galt, den Grafen zu überlisten.

»Du musst das nicht tun«, murmelte Seinfreda.

»Wie merkwürdig«, sagte Gunnora nur.

»Was ist merkwürdig?«

»Ich habe zu dir dasselbe gesagt, als du Samo geheiratet hast. Dass du es nicht tun musst.« Sie zuckte die Schultern. »Du hast nicht auf mich gehört.«

»So wenig, wie du jetzt auf mich hören wirst, nicht wahr?«

»Es gibt keine andere Lösung. Er wird nicht gehen, ehe er bekommen hat, was er will. Und du ... du machst dir so große Vorwürfe, weil du kein Kind empfangen kannst. Du willst deiner Ehe mit Samo nicht auch noch ... *das* aufbürden.«

Sie war sich nicht sicher, aber sie glaubte im fahlen Licht des Mondes Tränen in Seinfredas Augen zu sehen, sie schimmerten silbrig. Warum weinte sie jetzt, warum nicht damals um ihre Eltern?

»Wag es nicht, mich zu bedauern!«, fuhr sie ihre Schwester schroff an.

Seinfreda schluckte die Tränen, und Gunnora gab ihr mit kalter Stimme Anweisungen.

Im Langhaus sei es zwar wärmer, erklärte Seinfreda dem Grafen, doch im Schuppen neben der Vorratskammer, wo sich Werkzeuge befanden – grobe Äxte, eine Steinschleuder und ein Netz –, würde er gewiss mehr Ruhe finden.

Gunnora hörte ihn durch die Türe spotten: »Ich fürchte aber, dass ich dort einsam sein werde.«

Und sie hörte, wie Seinfreda neckisch antwortete: »Dann werde ich Euch wohl besuchen müssen.«

Gunnora konnte ihn nicht sehen, war sich jedoch sicher, dass er sich erregt über die Lippen leckte.

Sie zog sich in den Schatten der Bäume zurück, bis Richard das Haus verlassen hatte und die kleinen Schwestern schliefen. Dann schlich sie sich noch einmal ins Langhaus, um sich aufzuwärmen. Mit einem eisigen Körper konnte sie unmöglich vor Richard treten.

Samo starrte auf den Boden, so wie er es für gewöhnlich tat, wenn Hilde zugegen war und es zu Streit kam, Seinfreda blickte sie flehentlich an, sagte aber kein Wort, sondern reichte ihr nur einen Kamm, damit sie sich Blattwerk, Ästchen und Spinnweben aus dem zerzausten Haar kämmen konnte.

Seit zwei Jahren hatte sie sich nur mit den Fingern das Haar gekämmt, erst jetzt bemerkte sie, dass es hüftlang gewachsen und so verfilzt war, dass sie kaum mit den Zinken hindurchkam. Mit jedem Strich wurde sie ruhiger, entschlossener – und wehmütiger. Unweigerlich musste sie an den Kamm denken, den ihr Vater einst der Mutter geschnitzt hatte – aus dem Geweih eines Ziegenhorns –, so wie er vieles andere geschnitzt hatte: Nadeln, Spielsteine und kleine Figuren für die Mädchen. Was war aus all den schönen Dingen geworden an dem Tag, da er starb? Spielten jetzt andere Kinder damit?

Nicht nur Geweih von Wild eigne sich zum Schnitzen, hatte er ihr erklärt, auch harte Laubholzarten, die gut abgelagert sein mussten, damit sie nicht mehr zu Trockenrissen neigten. Sie war sich nicht sicher, ob sie selbst heute brechen würde oder viel zu hart dazu geworden war.

Einmal, daran konnte sie sich auch erinnern, hatte sie geklagt, dass er nur Ziegenhorn zum Schnitzen hatte, nicht das edle Geweih eines Rothirsches.

»Es stimmt, wir sind zu arm, um uns Letzteres zu leisten«, hatte Walram erklärt. »Aber bedenke: Der Rothirsch ist ein scheues Tier, das flieht, wenn es Schritte im Unterholz hört. Der Ziegenbock hingegen ist bekannt für sein meckerndes Gelächter und dafür, dass er dir das Horn in den Leib rammt, gibst du nicht Obacht. Ein Wesen mag von niedrigerem Wert sein als das andere, die Kuh billiger als das Pferd, das Lamm billiger als das Schwein und das Huhn billiger als das Schaf, doch wer es dafür verachtet, verkennt: Auch räudige Hunde können beißen, auch zahnlose Greise Behaglichkeit empfinden, auch waffenlose Männer Stolz besitzen.«

Damals hatte sie nicht verstanden, was der Vater meinte. Nun erst ging ihr auf, was seine Worte verhießen: Es stand niemandem, auch einem Grafen nicht, zu, andere in den Staub zu treten, und wenn er es dennoch tat, entehrte er nicht diese, sondern sich selbst.

Gunnora ließ den Kamm sinken und malte Runen in den lehmigen Boden.

Isa, die Rune für Eiseskälte.

Naudhiz, die Rune für den Willen, die Not zu lindern.

Othala, die Rune der Frauen, die ihnen die Macht über das Leben verlieh.

Sie überlegte kurz, eine Rune zu malen, die Richard die Manneskraft raubte, unterließ es aber.

Seinfreda starrte sie immer noch wortlos an, Gunnora erwiderte herausfordernd den Blick ihrer Schwester. »Verstehst du jetzt, warum ich den Bräuchen unserer Heimat treu bleibe? In unserer Heimat dürfen sich Frauen von ihrem Mann trennen, wann immer sie es wollen, und darauf, eine Jungfrau mit Gewalt zu nehmen oder die Frau eines anderen, stehen schwere Strafen.«

Seinfreda presste die Zähne aufeinander. »Auch in diesem Land gibt es Gesetze.«

»Warum hält er sich dann nicht daran?«

»Weil er der Graf ist und darüber steht.« Seinfreda zögerte. »Ich glaube, er meint es nicht böse.«

Gunnora nickte. Das glaubte sie auch. Von allem erschien ihr das als der größte Frevel.

Der Nachthimmel glich einem schwarzen Meer, in dem der Mond mit all seinen Sternen ertrunken war. Gunnora konnte nach der langen Zeit, die sie nun schon allein im Wald lebte, jedoch ihren Sinnen trauen. Sie erreichte den Schuppen, ohne zu stolpern, und als sie ihn betrat, fühlte sie, dass er nicht auf dem Boden lag oder hockte, sondern sie stehend erwartete. Obwohl er sie noch nicht berührte, vermeinte sie, seinen Körper zu spüren. Die Wärme, die von ihm ausging, drohte sie kurz einzuschläfern, ehe ihre Eiseskälte sie wieder zurück in die Wirklichkeit schmetterte.

»Seinfreda?«

Sie hatte beschlossen, es in aufrechter Haltung hinter sich zu bringen, jedoch nicht bedacht, was sie zu ihm sagen sollte, ja, dass überhaupt noch Worte nötig waren.

»Ich bin hier, so wie Ihr es wolltet.«

Sie unterdrückte den bissigen Unterton, der ihr zu eigen war, doch was sie nicht konnte, war, fließendes Fränkisch zu reden, wie Seinfreda es beherrschte, weswegen sie das Dänische benutzte.

Zu ihrem Erstaunen verstand er sie, und noch größer war ihr Erstaunen, als er ihr in derselben Sprache antwortete.

»Darüber freue ich mich.«

»Ihr sprecht Dänisch?«

Trotz der Dunkelheit glaubte sie zu sehen, wie er nickte. »Als ich ein Kind war, wurde ich nach Bayeux geschickt, um die *danisca lingua* zu erlernen, die dort gesprochen wird. Meinem Vater Wilhelm war das sehr wichtig. Er selbst hatte sich der fränkischen Kultur ganz und gar angepasst, aber in unserem Land leben so viele Menschen des Nordens, die ihm auf diesem Weg nur halbherzig gefolgt waren, und er wollte, dass ich sie verstehe.«

Und?, hätte sie am liebsten gesagt. Verstehst du sie tatsächlich? Hältst du eine Frau, die im Wald sitzt und Runen schnitzt, für eine Hexe oder für eine Weise? Würdest du sie genauso begehren wie die goldlockige, zarte Gattin eines fränkischen Waldhüters?

Er trat zu ihr. An ihrer Stimme hatte er sie nicht erkannt, doch vielleicht würde ihm jetzt, da er über ihre Haare strich, auffallen, dass diese so viel kräftiger als die Seinfredas waren. Alles an ihr war ja kräftiger, auch robuster.

Doch er klagte sie nicht empört des Schwindels an, sondern atmete rau, streichelte ihr über das Gesicht und merkte nicht, dass er nicht feine Haut befühlte, sondern von Wind und Witterung gegerbte.

Wieder atmete er heftig – oder nein, nicht er, sondern sie. So sehr hatte sie gefürchtet, dass die Täuschung in diesem Augenblick aufflog, dass sie kurz nicht Herrin über ihren Körper war, und dieser verriet sie, folgte einer Sehnsucht, von der sie nicht wusste, dass sie in ihr schlummerte, dem Verlangen nach Gesellschaft, nach Berührung … nach Zärtlichkeit.

Nie war sie in den letzten Jahren liebkost worden. Die kleinen Schwestern hatten sich an sie geklammert, aber nicht gestreichelt, zumindest nicht wie Richard, der seiner selbst so sicher und kundig darin war, Frauen zu streicheln. Gewiss hatte er es schon bei vielen getan. Gewiss waren diese dahingeschmolzen.

Sie wollte das nicht, sie war doch hart wie Eis! Aber das Eis verwandelte sich in Tränen – Tränen der Scham, weil sie den eigenen Stolz mit Füßen trat, Tränen der Erleichterung, weil es nicht weh-, sondern guttat, ihn zu spüren, Tränen der Hoffnung, dass sie nicht ewig eine Einsame und von der Welt Verstoßene blieb. Die Tränen waren nicht kalt, sondern heiß.

Jetzt spürte auch er sie, denn seine Hand zuckte zurück. »Warum weinst du?«

Aus seiner Stimme sprach Bestürzung, offenbar war er es gewohnt, dass Frauen lächelten.

Sie wischte die Tränen vom Gesicht. »Ich weiß es nicht«, sagte sie schnell, »aber als ich Dänisch sprach, musste ich an meine Eltern denken. Sie sind seit Langem tot.«

Kurz folgte Schweigen – betroffeneres, als sie ihm zugetraut hätte, ehe er heiser bekundete: »Meine Eltern sind auch gestorben. Meine Mutter Sprota gottlob erst vor Kurzem, friedlich, im hohen Alter und in Gesellschaft ihrer beiden Söhne. Es war ein Tod, wie er sein soll. Mein Vater hingegen fiel einem Attentat zum Opfer; er wurde von Verrätern kaltherzig erstochen.«

Seine Stimme bebte, Gunnora auch. Walrams Bild stieg vor ihr auf, wie er kopflos im Sand zusammenbrach, auch das der Mutter, blutüberströmt wie er. Nie hatte sie sich so einsam gefühlt wie in diesen Stunden, selbst an den kältesten Wintertagen im Wald nicht. War es möglich, dass der Graf, vermeintlich freundlich, lächelnd, neckisch, in Wahrheit aber selbstherrlich, fordernd und stolz, diese Verlorenheit kannte?

Sie wollte nichts davon hören, wollte vor allem nicht noch mehr über ihn erfahren, was aus ihm einen Menschen machte.

Als er den Atem einsog und fortfahren wollte, stürzte sie auf ihn zu und küsste ihn.

Seine Lippen waren nicht hart, sein Atem schmeckte nicht faulig, seine Zunge war nicht rau. Er roch nach Wald, und das war ein Duft, den sie kannte und mochte.

Und hätte er nicht in Samos Hütte Zuflucht gefunden, sondern in meiner, dachte sie plötzlich, hätte er nicht Seinfreda umworben, sondern mich – vielleicht würde ich ihn nicht hassen, sondern hätte ihn vielmehr willkommen geheißen, weil ich hungrig bin nach einem Körper wie seinem, groß, kräftig und beschützend.

Ihr eigener Körper verriet sie erneut. Er schmiegte sich an seinen, erzitterte noch mehr, nicht vor Kälte, sondern von befremdender Erregung. Irgendetwas in ihr witterte in dem Grafen einen Verbündeten. Bei ihm konnte sie vergessen, was sie an Leid zu ertragen gehabt hatte und dass sie zu viele Nächte in ihrem Leben allein hatte schlafen müssen. Bei ihm war gnädige Dunkelheit zu finden, kein grelles Licht, das ihr Geschick beleuchtete und seine vielen Wunden und Narben offenbarte. Sie hasste ihn nicht weniger als zuvor, aber jener Hass war keine spitze Waffe, die sie selbst oder die ihn verletzte, sondern ein loderndes Feuer, das sich in ihrem Körper ausbreitete. Seine Hände folgten dessen Hitze, streiften ihr das Kleid ab, erforschten sie.

Er keuchte, als sie auf den Umhang sanken, den er zuvor auf dem Boden ausgebreitet hatte. Längst waren die Flammen auf ihn übergegangen, sodass er nicht merkte, wie viel härter und sehniger ihr Körper als der Seinfredas war, wie viel größer und weicher ihre Brüste, wie viel runder ihre Hüften. Sein Verstand setzte aus, ihrer nicht ganz.

Ich könnte ihn töten, dachte sie.

Ich könnte ihn lieben, dachte sie.

Und als Letztes dachte sie: Tod und Liebe sind vielleicht dasselbe.

Ein Teil in ihr verstummte, ein anderer, fremder, erwachte. Einer, der nicht aus weiter Ferne zusah, wie sie sich mit ihm wälzte, sondern der sich in seinen Armen regelrecht verkroch, der die Schenkel freiwillig öffnete und ihn willkommen hieß und der den größten Hunger endlich gestillt wähnte – den nach Nähe. Und größere Nähe als die, die sie bei ihm fand, gab es nicht, nicht noch hitzigere, noch pochendere, noch glückseligere.

Als es vorbei war, fühlte sie sich ermattet. Irgendwo vor dem Schuppen lauerten Entsetzen über sich selbst, Rachsucht, Verachtung und Scham, doch es war zu dunkel, auf dass diese Gefühle sie fanden. Gunnora löste sich nicht aus des Grafen Armen, sondern schlief in ihnen ein.

Agnarr ritt, bis es stockdunkel war, und selbst dann wollte er seine Suche nicht aufgeben. Aber sein Pferd fürchtete die Finsternis und ließ sich weder mit schmeichelnden Worten noch wüsten Schlägen zum Weiterreiten bewegen.

Agnarr fluchte. Mehr noch als alle unsichtbaren Geister, die erstarkten, sobald die Sonne unterging, fürchtete er die spöttische Stimme des Vaters, die ihn nun schon seit Stunden verfolgte.

Mich hast du getötet, aber ein unbewaffnetes Weib bringst du nicht zur Strecke. Männern jagst du Furcht ein, aber Frauen halten dich fortwährend zum Narren. Berit, indem sie starb. Die schwarze Dänin, indem sie lebt.

Er versuchte, der Stimme zu widersprechen: Was hätte ich machen sollen, der Grundherr war offenbar da, unmöglich, dass ich gewaltsam in die Hütte hätte eindringen können, und mittlerweile ist die Dänin längst wieder in den Wald geflohen, wo sich alle Spuren verlieren!

Doch er wusste: All das waren nur Ausflüchte. Den Helden, von denen ihm seine Mutter als Kind erzählt hatte, stießen keine Missgeschicke zu. Sie überwanden jedes Hindernis, meisterten jede Herausforderung, und am Ende waren sie siegreich – über ihre Feinde, über ihre Frauen, aber vor allem über die eigenen Schwächen.

Nun, seine Mutter erzählte schon lange keine Geschichten mehr, sondern spottete über ihn und würde es erst recht tun, sähe sie ihn in dieser Lage. In Gedanken erschlug er sie. Nicht zum ersten Mal malte er sich das aus, und nicht zum ersten Mal ließ ihn die Vorstellung grinsen. Aber das Blut, das nur im Geist fließt, wärmt nicht, und dass niemand anderer hier war, den er töten konnte, stimmte ihn am Ende nur noch ohnmächtiger, noch verzagter.

Er hasste die Einsamkeit des Waldes. Er fürchtete sie.

Als er die Konturen der Bäume nur noch vage ausmachte, ließ er sich unter dem Blätterdach einer Eiche nieder, nickte ein, fuhr wieder hoch. Er konnte nie lange schlafen, zumal im Traum aus der spöttischen Stimme des Vaters eine anklagende wurde.

Du hast mich vergebens getötet … Und du verbringst diese Nacht vergebens im Wald …

Ja, einmal mehr kam er nicht voran, sondern lief im Kreis: Er fühlte sich an diesem Tag genauso wie damals, als die Dänin ihm zum ersten Mal entwischt war, verlassen und gedemütigt.

Agnarr presste die Lider zusammen, schlief nun doch tief und fest ein, und in dieser Nacht war sie es, nicht sein Vater, die ihn in den Träumen heimsuchte. Sie schmiegte sich an ihn, doch ihr Körper war hart, und obwohl er beherzt zupackte, konnte er sie nicht brechen, genauso wenig wie Berit.

Wie wurde man so? Was genau beherrschten die beiden, was er nie gelernt hatte?

Er war doch auch hart, er ertrug Nächte wie diese, er war doch fähig, Menschen zu töten, selbst Kinder … Warum saß ihm dennoch diese Angst im Nacken? Die Angst, verlacht zu werden, die Angst, ein Stümper zu sein?

Er erwachte mit Kopfschmerzen, säuerlichem Geschmack im Mund und einem steifen Rücken. Der Hader, der ihn bis in die Träume begleitet hatte, hielt ihn umklammert wie der Morgenfrost. Er konnte ihn nicht abschütteln, indem er aufsprang, und selbst dann nicht, als er hektisch im Kreis schritt, bis seine Glieder wieder biegsam wurden. Erst als er sich umblickte und erkannte, wo er die ganze Nacht geschlafen hatte, löste sich ein Triumphschrei aus seiner Kehle. Augenblicklich wurde ihm warm.

Eine Hütte stand da, aus Ästen errichtet, die nur notdürftig aneinandergebunden und deren Ritzen mit Moos und Flechtwerk gestopft worden waren. Wer immer sie erbaut hatte, konnte es nicht besser. Vielleicht eine Frau …

Er wusste, dass es ratsamer gewesen wäre, sich anzuschleichen, konnte sich aber nicht bezähmen. Er zog sein Schwert, schritt auf die Hütte zu, riss den Bretterverschlag auf.

Nichts.

Die Hütte war leer. Ein durchdringender Geruch hing darin – nach Pflanzen des Waldes, die er nie wahrgenommen, höchstens zertreten hatte, und nach alten Speisen, vor allem nach ranzig gewordenem Käse.

Wie kam sie, die sie mutterseelenallein im Wald lebte, zu Käse?

Keinen Augenblick zweifelte er daran, dass die schwarze Dänin und keine andere hier wohnte. Auch wenn sie nicht da war – ihre Unbeugsamkeit und ihr Trotz hockten wie Nebelschwadern inmitten der wackligen Wände, hüllten ihn ein, erstickten ihn.

Anstatt das Schwert in die Scheide zu stecken, hieb er auf alles ein, was ihm zwischen die Finger kam. Erst als das Holz, aus dem die Wände errichtet waren, schon bedrohlich knarrte, und er gewiss war, dass sie – ob der Wucht seiner Schläge und überdies von einem Windstoß erfasst – bald nachgeben würden, hielt er inne. Jetzt erst nahm er die Holzstücke und Steine wahr, die überall herumlagen und die mit Zeichen verziert waren ... mit Runen. Sie beherrschte also die geheimnisvolle Schrift des Nordens, kannte den Zauber, der den einzelnen Buchstaben innewohnte, suchte vielleicht nur seit Jahren seine Gedanken heim, weil sie ihn verhext hatte.

Er begann, auch darauf wie von Sinnen einzuschlagen. Das Holz war bald in viele Splitter zerhauen, doch sie waren ihm nicht klein genug. Er lief aus der Hütte, warf die Splitter in sämtliche Himmelsrichtungen und schreckte damit sein Pferd auf. Er hatte es zwar festgebunden, doch es stieg wiehernd mit den Vorderbeinen in die Höhe.

»Still«, herrschte er das Tier an.

Agnarr löste den Knoten, stieg in den Sattel und ritt los. Gewiss war der Grundherr, der am Tag zuvor im Haus des Waldhüters eingekehrt war, schon aufgebrochen, und er konnte die Bewohner nach ihr befragen. Selbst wenn sie sich vor ihnen versteckt hatte – unmöglich, dass den Menschen, die im Wald lebten, eine Frau verborgen geblieben war, die die Runenzauberei beherrschte.

Gunnora erwachte, blickte in ein fremdes Gesicht und erschrak. Nachdem sie sich den Schlaf aus den Augen gerieben hatte, waren ihr die Züge zwar nicht mehr ganz so fremd, schienen aber trotzdem nicht die des Mannes zu sein, den sie am Abend zuvor von der Fensterluke aus beobachtet hatte. Nicht Spott und Überheblichkeit standen in seiner Miene zu lesen – nur blanke Überraschung.

»Sind deine Haare etwa über Nacht schwarz geworden?«

Erst jetzt gewahrte sie, dass sie in seinen Armen eingeschlafen und wieder erwacht war. Trotz seines Erstaunens hatte er sich nicht von ihr gelöst – sie tat es umso hastiger.

»Nein, meine Haare waren auch gestern schon schwarz.«

Sie erhob sich, indessen er noch zögerte, es ihr gleichzutun. Stattdessen streckte er sich genüsslich, gewöhnte sich an den Gedanken, dass er nicht bei Seinfreda gelegen hatte, sondern bei einer anderen, und schien nicht weiter davon befremdet oder verstört.

»Ich bin ihre Schwester«, sagte Gunnora knapp und hoffte, dass er, wenn auch verspätet, einsah, dass er zu weit gegangen war, als er um eine verheiratete Frau warb.

Doch aus seinem Mund kam nichts, was ein schlechtes Gewissen vermuten ließ. »Nun, auch du bist schön … auf andere Weise, aber dennoch.«

Sie hätte ihn treten wollen, wie er dalag. Und sich selbst noch mehr, weil ihr Körper nicht verkrampft und kalt war, sondern warm und entspannt.

»Das ist das Einzige, was für dich zählt, nicht wahr?«, fuhr sie ihn an. »Dass die Frauen schön sind, jung und dir zu Diensten! Ob sie freiwillig kommen, spielt hingegen keine Rolle.«

»Du bist doch freiwillig gekommen.«

Sie wusste, es war klüger, sich zu beherrschen, aber sie konnte es nicht. »Das habe ich nur getan, um die Ehre meiner Schwester zu schützen«, schrie sie.

Seine Betroffenheit schien ehrlich – versöhnen konnte sie

sie dennoch nicht, wuchs sie doch auf Dummheit und Gedankenlosigkeit.

»Ich habe nicht das Gefühl, dir Gewalt angetan zu haben«, murmelte er.

Sie funkelte ihn an. »Ich habe keine blauen Flecken, keine Kratzer, keine Schmerzen, gewiss. Aber die Schwester der Gewalt heißt Demütigung.«

Er erhob sich wendig und schüttelte den Anflug von Skrupeln ebenso ab wie die Müdigkeit. Ein wenig trotzig wirkte er nun.

»Du bist jung, du lebst im Wald. Andere Frauen ... nein, alle Frauen würden sich in deiner Lage vor meine Füße werfen und mich anflehen, sie mit nach Rouen zu nehmen.«

Der Raum schien für sie beide zu eng zu werden. Sie wusste, dass sie es nicht mehr lange ertrug, vor ihm zu stehen, sondern alsbald fliehen würde. Was nur konnte sie ihm zuvor sagen, was ihn zutiefst in seiner stolzen Männlichkeit treffen, was ihm nicht nur zusetzen, sondern ihn quälen würde, was länger nachhallte als die Lust der Nacht?

Ihr fiel nichts ein.

»Was soll ich in Rouen?«, fragte sie und versuchte, größtmögliche Verachtung in ihre Stimme zu legen. Nicht nur ihm galt sie, sondern seiner ganzen Welt.

Wieder wirkte er überrascht – und noch ein anderes Gefühl gesellte sich hinzu: Faszination. Ehe sie ergründete, ob diese ihrem Stolz und ihrer Unbestechlichkeit galt oder sie seine Miene lediglich falsch deutete, lief sie nach draußen.

Er folgte ihr nicht.

Der Wald war an diesem Morgen kein Freund. Das Gezwitscher der Vögel klang wie Gelächter, das Rauschen der Bäume wie stetiger Spott, das Knacken der Nadeln unter ihren Füßen wie Schelte.

Du hast dich einem Mann hingegeben, den du hasst.

Unendlich viele Runen müsste sie schnitzen, ehe sie die Erinnerung an seine Berührung ausgemerzt hatte, unendlich viel Blut von Tieren vergießen, um zu vergessen, dass sie ihm ihre Jungfräulichkeit geopfert hatte.

Gunnora ging ziellos umher. Von Samos Haus aus wäre es ein Leichtes gewesen, ihre Hütte zu finden, aber unmöglich konnte sie an einen Ort zurückkehren, von dem sie gestern noch als Priesterin, als Zauberin, als Meisterin der Runen aufgebrochen war und den sie heute mit der Gegenwart eines Weibes beschmutzen würde, dessen Gedanken nicht um Götter kreisten, sondern um einen Mann.

Ob er Samos Heim schon betreten hatte, ob er Seinfreda zur Rede stellen würde und ob er nun weiterhin blieb und auf die versprochene Nacht mit ihr wartete?

Noch mehr schämte sie sich nun – nicht nur dafür, dass sie bei ihm gelegen hatte, sondern dass sie vorschnell geflohen war. Hastig lief sie zurück in die Richtung, in der Samos Haus lag. Richard ins Gesicht zu sehen war unerträglich – ihn in den nächsten Stunden zu beobachten hingegen unerlässlich. Erst wenn er davongeritten war, würde sie wieder befreiter atmen könnte.

Noch ehe Gunnora die Hütte erreichte, vernahm sie ein Lachen – keine Täuschung des Waldes, wie sie zunächst vermutete, sondern den hellen, klaren Laut aus einer Kinderkehle. Es war Wevia, die lachte und sie so mit allem versöhnte. Ja, auch für die kleinen Schwestern war sie in der Nacht zu Richard gegangen, und wenn sie erst den kleinen, warmen, süß riechenden Körper umarmen könnte, so hatten dessen Berührungen gewiss keine Macht mehr über sie.

Ungeduldig lief sie weiter und erspähte durch die Äste der Bäume hindurch eine Lichtung. Sie erkannte Wevia, doch sie war nicht allein. Sie führte Duvelina, die ihr offenbar beim Holzsammeln half, an der Hand, und vor ihr hockte ein Mann, der sie anlächelte und erklärte, wie wunderschön die Fibel sei, die sie trug. Es war Richards Fibel, und Wevias erneutes Lachen klang stolz. Duvelina wirkte zwar etwas ängstlicher und misstrauischer, aber auch für sie war der Fremde kein Feind.

»Also«, fragte der Christ, »ich suche eine Frau mit langen schwarzen Haaren. Wisst ihr, wo sie lebt?«

Gunnora versteckte sich hinter den Bäumen und dämpfte ihren Aufschrei mit der Hand. Sie durfte sich nicht verraten, sie durfte nicht verzweifeln.

Fühle nicht, denke!

Was ihr während der Nacht in Richards Armen nicht gelungen war, fiel ihr jetzt leichter.

Der Christ war in der Nähe, er war immer noch auf der Suche nach ihr, aber er wusste nicht, dass Wevia und Duvelina ihre Schwestern waren. Er würde die beiden nicht töten, zumindest hoffte sie das, und widerstand darum dem Drang, sich zu zeigen und ihm ins Gesicht zu schreien: »Verschon sie, nimm mich.«

Gewiss, nur weil er nicht wusste, wer die Mädchen waren, waren diese trotzdem in Gefahr und sie selbst auch. Was würden sie auf seine Frage antworten? Und was sollte sie tun? Hier stehen bleiben und warten oder davonrennen und Hilfe holen? Aber wer sollte diese Hilfe gewähren? Etwa Samo?

Der Wille, Seinfreda zu schützen, einte sie, er war jedoch keine Waffe, um einem Schwert wie dem des Christen zu trotzen. Graf Richard hatte ein Schwert, aber er würde keinen Mann töten, nur weil sie ihn darum bat. Vielleicht war der Christ sogar einer seiner Männer. Nein, unmöglich, dass sie ihm die Wahrheit anvertrauen konnte! Nicht ganz so unmöglich schien es jedoch, auf seinen Schutz zu bauen.

Wevia und Duvelina schwiegen noch, der Christ bedrängte sie hingegen weiter, beschrieb sie noch genauer.

»Sie ist sehr groß gewachsen, stark, hat blaue Augen ...«

»Ja, ich kenne diese Frau«, murmelte Wevia plötzlich.

Gunnora stockte das Herz. Sag nichts, sag nichts, sag nichts.

Wevia sagte etwas – jedoch das Richtige. »Sie wohnt im Wald.«

»Das weiß ich, ich bin heute in ihrer Hütte gewesen.«

Alles in Gunnora verkrampfte sich. Gerade noch hatte sie vermeint, die Hütte selbst zu entweihen, wenn sie sie mit noch feuchtem Schoß betrat. Nun wusste sie, dass sie nie wieder an diesem Ort schlafen konnte, den der Mörder ihrer Eltern betreten hatte.

»Dann wird sie bei den Bäuerinnen sein, die an der Grenze des Waldes leben«, sagte Wevia. »Geht in diese Richtung, dann werdet Ihr sie gewiss bald finden!«

Kluges, kluges Mädchen. In die Richtung, die Wevia dem Christen wies, war sie noch nie gegangen. Wevia lächelte arglos, schien erfreut, einem Fremden einen Gefallen getan zu haben, und der ließ sich davon bestechen, nickte gleichfalls freundlich und stieg auf sein Pferd.

Gunnora verharrte im Schutz der Bäume. Eine Atempause war gewonnen, mehr nicht. Wenn der Christ sie auf keinem der Höfe fand, würde er wiederkehren. Und dann würde Wevia nicht mehr so gekonnt lügen und er sich nicht mehr damit begnügen, sie mit einem Lächeln zu befragen.

Wenn Seinfreda ihm in die Hände fiel ... wenn Hilde die Gelegenheit witterte, es der gottlosen Heidin heimzuzahlen ...

Gunnora unterdrückte ihr Verlangen, zu den Mädchen zu laufen, Wevia zu danken und Duvelina zu umarmen. Doch sie hatte keine Zeit zu verlieren. Sie rannte durch den Wald und achtete nicht auf dessen Spottlied. Was war ihr Stolz, gemessen am Leben der Schwestern!

»Graf Richard!«

Als sie Samos Hütte erreichte, war Richard noch da, aber nicht mehr allein. Er sprach mit einem fremden Mann, Krieger wie er, was sein großes Schwert und sein prächtiges Schlachtross bewiesen, und ihm an Statur und Aussehen sehr ähnlich. Vielleicht war er ein Verwandter, in jedem Fall ein Vertrauter, und er schien gekommen zu sein, um Richard zu holen. Eben nickte der ihm zu und bestieg sein Pferd.

»Graf Richard!«

Gunnora stellte sich vor das Pferd.

»Du siehst ja aus, als wäre der Teufel hinter dir her, Mädchen«, spottete Richard gutmütig.

Gunnora war nicht sicher, wer der Teufel war. Wenn sie sich recht erinnerte, war er ein böser Gott der Christen, gemein und hinterhältig wie die Riesen der nordischen Sagen. In jedem Fall war sie kein Mädchen, sondern eine Frau. Aber vielleicht hatte es sein Gutes, wenn er sie für kindlich hielt, für naiv und wankelmütig.

Sie leckte sich über die Lippen und sank zu Boden.

»Graf Richard, ich bitte dich inständig um Vergebung ... Ich weiß nicht, was mich vorhin geritten hat, ganz gewiss wollte ich dich nicht kränken oder den Glauben erwecken, die Nacht mit dir hätte mir nichts bedeutet. Das tat sie, sogar sehr viel, nur wollte es mein Stolz nicht eingestehen. Stolz allein, so denke ich freilich, ist es nicht wert, die Stimme des Herzens zu leugnen. Wie gern würde ich noch einmal in deinen Armen liegen! Wie gern mit dir nach Rouen kommen!«

Zu viel, dachte sie, während sie sprach, jedes Wort ist eines zu viel, zu lächerlich, zu übertrieben, zu dreist, um ernst genommen zu werden.

Tatsächlich war ein leises Lachen die erste Antwort. Sie hob den Kopf, wollte ihre Taktik schon ändern, erkannte dann jedoch, dass der andere Mann lachte, nicht Richard. Der war ernst geblieben ... und fasziniert.

»Wie schaffst du es nur, Frauen so schnell zu erobern?«, rief Richards Begleiter. »Und wie ist es dir gelungen, inmitten dieser Einöde überhaupt eine solch schöne Frau zu finden?«

Gunnora pochte das Herz bis zum Hals. Richard schien geschmeichelt – nicht nur von ihren Worten, sondern auch von denen des Mannes. Man genoss das Jagdglück wohl umso mehr, wenn man sich vor anderen der Beute rühmen konnte.

Gunnora trat noch näher auf Richards Pferd zu. »Nimm mich mit nach Rouen, bitte! Hier im Wald verdunkeln die Bäume den Himmel. In ihrem Schatten würde meine Schönheit alsbald verwelken.«

»Was jammerschade wäre«, neckte der andere.

Richard schwieg lange, und Gunnora war es, als warte sie auf ihr Todesurteil. Doch sie wurde erlöst.

»In der Tat«, sagte Richard nur.

Er reichte ihr die Hand, gab ihr keine Zeit, ihre Habseligkeiten einzupacken, wohl, weil er ahnte, dass sie nicht viel besaß, was man hätte einpacken können, keine Zeit auch, sich von den Schwestern zu verabschieden, sich Seinfreda zu erklären – weil er offenbar zu gedankenlos war, um zu sehen, dass vor der Zukunft mit ihm eine Vergangenheit mit anderen stand und dass sie erst mühsam begreifen musste, was da mit ihr geschah, wie schnell aus einer Einsiedlerin die Konkubine des Grafen geworden war.

Schon nahm sie seine Hand, er zog sie hoch, und dann saß sie auf dem Pferd und spürte seinen Leib.

Sie waren fortgeritten, ehe sie einen Blick zurückwerfen konnte. Ob Seinfreda von der Luke aus beobachtet hatte, was draußen vor sich ging?

»Du zitterst ja«, murmelte Richard. Seine Stimme klang satt, aber auch freundlich.

Ihre Beherrschung bekam Sprünge. »Meine kleinen Schwestern ... sie leben hier ... ich muss doch für sie sorgen.«

»Wenn's weiter nichts ist ... Du kannst sie nach Rouen nachholen. Dort ist Platz genug. Ich schicke später meine Männer, auf dass sie sich darum kümmern.«

Gunnora schloss erleichtert die Augen.

Wenn's weiter nichts ist ...

Für ihn schien alles mühelos zu sein, vor allem Frauen zu erobern, sonst wäre er ihrem Sinneswandel mit mehr Zweifeln begegnet. Sie war dankbar dafür, weil sie auf diese Weise ihr Leben retten konnte und das der Schwestern, doch hätte noch ein Rest von Achtung für ihn in ihr geschlummert, wäre dieser nun endgültig geschwunden.

Alruna ging unruhig im Hof auf und ab. Zwei Tage war es her, dass sie Richard im Wald verloren hatten, zwei Tage, da ihre Sorgen wuchsen, sie nicht schlief und nicht aß. Am Ende wich die Angst der Erschöpfung.

Ich kann nicht mehr, ich will nicht mehr, warum muss ich immer aufs Neue um ihn bangen, während er selbst sich noch nie um mich geängstigt hat? Warum muss ich wieder einmal mit Gott verhandeln, gib ihn mir, dann verzichte ich gern auf seine Liebe, er muss mich nicht mögen, er muss nur leben?

Sie zweifelte nicht, dass Gott sich auf den Handel einlassen würde – umso mehr daran, warum man vor dem Allmächtigen zu buckeln hatte, obwohl dieser so unendlich grausam war. Wäre er ansonsten bereit, ihr Unglück als Gabe anzunehmen? Tränen waren doch nicht aus Gold und gebrochene Herzen keine kostbaren, mit Steinen verzierte Gefäße, um sie aufzufangen!

Als Arfast zu ihr kam, konnte sie nicht verbergen, wie zerschunden sich ihre Seele anfühlte.

»Wie viele Männer suchen ihn nun schon?«, rief sie verzweifelt.

»Zwei Dutzend.«

»Unmöglich, dass sie ihn nicht finden! Und wenn doch ein Feind ...«

»Graf Richard ist stark, er kann sich wehren«, tröstete er sie. »Um ihn mache ich mir nicht so viele Sorgen wie um dich.«

Sie starrte ihn an, witterte an ihm die gleiche Müdigkeit, die ihre Lider beschwerte, aber auch aufrichtige Anteilnahme. Seine Gedanken schienen die letzten Stunden über so hartnäckig um sie gekreist zu sein wie die ihren um Richard.

»Mir geht es gut«, erklärte sie trotzig.

Seine Augen, wie immer klar wie eine Bergquelle, studierten sie. Sie verrieten seine Gefühle, erkannten aber auch die ihren. Er mochte arglos und freundlich sein, dumm war er nicht.

»Dir geht es nicht gut, zumindest nicht, solange du ihn liebst«, sagte er leise.

Manchmal hätte sie schwören können, dass ganz Rouen um ihre Gefühle wusste, doch es war etwas anderes, einen unausgesprochenen Verdacht in vermeintlich mitleidigen Mienen zu lesen, als diese schonungslosen Worte zu hören. Und noch bitterer klangen die in ihren Ohren, die er nun noch leise, aber entschlossen hinzufügte: »Er wird deine Gefühle nicht erwidern.«

Sie hielt seinem Blick stand. »Ich weiß«, erklärte sie. »Er kann keine Frau je lieben.«

Triumphierend klang sie nun, nicht länger trotzig, als wäre es leichter, auf etwas zu verzichten, wenn niemand sonst es haben konnte.

Doch Arfast schien zu ahnen, dass dies nur Trost für ihren verletzten Stolz war, nicht für ihr versehrtes Herz. Er seufzte. »Richard sieht dich nicht, du siehst mich nicht. Ich wiederum sehe euch beide und kann euch nicht helfen.«

Seine raue Stimme ließ Kummer und Betroffenheit erahnen, die sie nie an ihm vermutet hätte, so wenig, wie sie erwartet hatte, dass sich Dunkelheit auch über ein schlichtes Herz wie seines senken konnte. Bestürzt ging ihr auf, dass sie sich damals, als er blutüberströmt von der Schlacht wiedergekehrt war, nicht ängstlich gefragt hatte, wie schwer verletzt er gewesen war, nur, ob Richard lebte. Und ebenso wenig Gedanken hatte sie daran verschwendet, ob seine Verwundung geheilt war, wie tief die Narben wucherten und ob sie manchmal noch schmerzten. Kurz fühlte sie sich schuldig an ihm – es ihm zeigen aber konnte sie nicht.

»Sag nicht, dass du mich liebst«, sagte sie streng. »Tätest du es, hättest du kein Recht, mir meine Liebe zu Richard auszureden, denn sinnlos wäre deine wie meine.«

»Doch gesetzt, dass ich dich nicht liebte, dass ich also das Recht hätte, dich eine Närrin zu schimpfen, würdest du dann auf mich hören?«

Sie musterte ihn und fragte sich, ob er eben ein ähnliches Opfer brachte wie sie in jener langen Nacht – ob er nämlich bereit war, auf sein eigenes Glück zu verzichten, solange sie ihres fand. Insgeheim ahnte sie, dass Gott ihre Gabe ausschlagen würde, wenn sie mit seiner nicht ehrfürchtiger umging, und doch: Sie konnte es nicht. Es war so verlockend, auf seinem Herzen zu trampeln und ihres darob für gestohlene Momente nicht bluten zu fühlen.

»Ich werde niemals auf dich hören«, sagte sie kalt. »Dafür bist du nicht wichtig genug.«

Er zuckte zusammen, fing sich aber rasch wieder. »Männer wie ich haben von klein auf gelernt, jeglichen Schmerz zu leugnen. Aber wir haben auch gelernt, uns zu wehren, wenn unser Stolz getreten wird.«

In seinen hellen Augen las sie Verletzung und Hoffnung zugleich. Beides ging tiefer als sämtliches Gefühl, das sie je an ihm wahrgenommen hatte, und kurz ahnte sie, dass er sich ihr nicht minder ausgeliefert fühlte wie sie sich Richard und dass er um ihre Gunst genauso bangte wie sie um die seine. Über Richard hatte sie keine Macht – über ihn jedoch schon, und sie kostete sie aus, gleichwohl sie sie nur nutzte, um zu zerstören.

»Warum denkst du bloß, dass ich mir die Mühe machen würde, auf deinen Stolz zu treten?«, lachte sie. »So viel Anstrengung bist du nicht wert. Es ist viel leichter, schlichtweg darauf zu spucken!«

Sein Gesicht verzerrte sich, als hätte sie ihn weder getreten noch angespuckt, sondern mit glühend spitzer Nadel gestochen. Der Ausdruck währte nicht lange genug, dass sie sich an seinem Schmerz laben konnte, und die Genugtuung, dass ihn ein anderer fühlte, nicht sie selbst, schien viel zu teuer erkauft. Doch es war zu spät. Schon presste er die Lippen zusammen, wandte sich wortlos ab und ging.

Reue und Trotz kämpften in ihr.

Warum nur bin ich so kalt zu ihm?

Warum aber soll es ihm besser gehen als mir?

Sie wollte ihm folgen, tat es dann aber nicht, sie wollte ihre harten Worte mildern, indem sie ihm freundlichere nachrief, tat es noch weniger. Dass sie sich schließlich doch aus ihrer Starre löste, lag nicht an Arfast, sondern daran, dass der Ruf eines Wachmanns verkündete, Richard sei zurückgekehrt mit Raoul von Ivry an seiner Seite ... und noch jemand anderem.

Alruna sah sie sofort. Manche Krieger im Hof überragten sie zwar, jedoch nicht alle. Für eine Frau war sie außergewöhnlich groß ... und außergewöhnlich verschmutzt. Ihre Haare, die weit über die Hüften hingen, waren nicht glänzend und gelockt, sondern verfilzte Zotteln, die Hände rau und rot, die Lumpen, die ihren Körper bedeckten, kaum besser als die der Bettler, die vor Rouens Kirchen lungerten. Doch wer in ihre Augen blickte, tiefblau und kalt, vergaß den Schmutz, das ungepflegte Haar, das schäbige, zerrissene Gewand. Die Augen waren die einer Königin, hoheitsvoll, stolz und überlegen.

Alruna wollte eben auf Richard zustürzen, als sie den Blick der Fremden wahrnahm – so misstrauisch dieser, als müsste Alruna sich rechtfertigen, was sie hier täte, nicht die andere. Mitten in der Bewegung hielt sie inne. Noch mehr als der Blick hielt die Einsicht, dass die Fremde vor Richard auf dem Pferd geritten war, Alruna davon ab, ihn zu umarmen. Und jetzt reichte er ihr gar die Hand, um sie hineinzugeleiten!

Er lächelte satt, die Fremde nicht. Sie wirkte ernst und streng, hatte nichts Liebreizendes, nichts Freundliches, nichts Neckisches, wie es die zahlreichen Konkubinen an den Tag legten, die ständig kicherten und erröteten und tuschelten.

Dennoch wusste Alruna sofort, dass auch dieses Weib bei ihm gelegen hatte. Und sie wusste, dass deren Antlitz sich in ihr Gedächtnis eingraben würde, ihre Träume heimsuchen, ihren Hader nähren.

Es gelüstet ihn nicht nur nach den dummen, schlichten, oberflächlichen Frauen, ging es ihr durch den Kopf, sondern auch nach solchen, die stark und zäh sind wie knorrige alte Bäume. Er pflückt nicht nur die süßen Rosen, sondern ist bereit, sich durchs dornige Gestrüpp zu kämpfen, wenn es sich lohnt.

»Wer ist das?«

Ihre Stimme war kaum lauter als ein Hauch. Ein Wunder, dass jemand sie hörte, und beschämend, dass das ausgerechnet die Fremde war. Sie schien ihren Hass und ihren Neid zu wittern, denn ihr Blick wurde noch misstrauischer und abschätzender.

»Gunnora. Mein Name ist Gunnora.«

Sie sprach mit starkem dänischen Akzent, und der Klang ihrer Stimme war so scharf, als wären ihre Worte eine Waffe. Alruna war sich nicht sicher, ob sie ihr eine ähnlich tödliche entgegensetzen konnte. Eine vernünftige Stimme in ihr mahnte sie jedenfalls: Leg dich nicht mit ihr an!

»Wer ist sie, und was will sie hier?«, richtete sie sich unwirsch an Raoul.

Wie immer amüsierte sich Raoul über die amourösen Abenteuer seines Bruders, die ihm sein keifendes Weib Ermentrude niemals gestatten würde.

»Ich bin mir nicht sicher«, sagte er mit kaum unterdrücktem Prusten, »die Schwägerin eines Waldhüters, vielleicht auch eine Bäuerin.«

Alruna sog scharf den Atem ein. »Seit wann hat er's nötig, sich im Dreck zu wälzen, wenn er auf feinstem Pelz liegen kann?«

Gleiche Wut lag in ihren Worten wie zuvor, als sie Arfast vor den Kopf gestoßen hatte. Damals wie jetzt traf es den Falschen. Raoul lachte nur noch mehr, Richard hörte gar nicht zu, Gunnora hingegen war kein Wort entgangen, doch sie wirkte weder gekränkt noch verletzt. Nachdenklich sah sie Alruna an.

»Wenn du mich für dreckig hältst, so gib mir etwas zu waschen. Und wenn dir meine Kleider zu armselig erscheinen, teile die deinen mit mir. Ich habe nun mal nichts weiter als das, was ich am Leib trage.«

Sie sprach, als würde sie einer Magd befehlen, und in ihrem Blick stand etwas so Forderndes, dass Alruna sich plötzlich gewiss war: Wenn sie ihm noch länger standhalten müsste, würde sie hier vor aller Welt ihr Oberkleid ablegen und es der Fremden aus dem Wald reichen.

Sie senkte ihre Augen, floh rasch ins Innere und fühlte sich von dem strengen Blick selbst dann noch verfolgt, als sie längst an ihrem Webstuhl saß.

Fécamp
996

»Bei allen Heiligen, kannst du mir nun endlich sagen, was du hier machst?«

Agnes ließ laut ihren Atem entweichen. Gottlob war es nur Emma, die sie ertappt hatte. Trotz ihres strengen Blicks war diese keine, vor der sie sich fürchten musste, sondern die jüngste Tochter von Graf und Gräfin, etwa so alt wie Agnes und seit Kindesbeinen ihre beste Freundin, nahezu eine Schwester. Zumindest war sich Agnes, die lediglich einen älteren Bruder namens Osbern hatte, sicher, dass man sich nur einer Schwester so nahe und vertraut fühlen konnte, so häufig und so hitzig mit ihr stritt, und manchmal aber auch zutiefst befremdet von ihr war.

Letzteres war sie auch an diesem Tag. Emma war der Schmerz um den Vater nicht anzusehen. Wie immer wirkte sie kühl, dreist, selbstbewusst – und neugierig.

»Also, was führt dich ins Zimmer meiner Mutter? Und was tust du mit all diesen Schriftrollen?«

Agnes stand kurz davor, von den Mönchen zu berichten und welch finstere Pläne diese hegten, doch ehe sie ein Wort hervorbrachte, rutschte eine der Rollen aus ihren Händen und fiel zu Boden. Prompt bückte sich Emma danach und vertiefte sich darin.

»Was … was ist denn das?«

Agnes folgte ihrem Blick und erkannte, dass es jene Schriftrolle war, die sie am meisten verwirrt hatte: Sie war nicht mit gewöhnlichen Buchstaben beschrieben, sondern mit fremden Zeichen, wie sie sie noch nie gesehen hatte. Unwillkürlich erschauderte sie.

»Also«, fragte Emma ungeduldig, »was ist das?«

»Ich … ich habe keine Ahnung«, stammelte Agnes.

»Aber was machst du dann hier? Warum hast du all die Schriften meiner Mutter an dich gerafft? Weiß sie, dass du hier bist?«

Mit jedem Wort klang Emma strenger, und Agnes errötete.

»Ich … du … die Mönche …«

Sie atmete tief durch. Bruder Remi und Bruder Ouen konnten jederzeit zurückkommen, und Gnade Gott, was passieren würde, fänden sie die Schriften mit den merkwürdigen Zeichen. Auch wenn sie kein einziges Wort lesen konnte, hielt sie für gewiss, dem Geheimnis der Gräfin einen Schritt nähergekommen zu sein.

Hastig legte Agnes die Rollen zurück in die Truhe und riss Emma das Schriftstück aus der Hand.

»Komm! Schnell weg von hier!«

»Sag, hast du den Verstand verloren! Gib das wieder her!«

Agnes dachte nicht daran, sondern lief hinaus. Obwohl sie Emma nicht abschütteln konnte – vor den Mönchen war sie vorerst in Sicherheit … und dieses sonderbare Schriftstück auch.

Bald hatte Emma sie eingeholt. »Nun rede endlich mit mir!«, befahl sie.

Agnes war so außer Atem, dass sie wieder nur stammeln konnte. »Ein Geheimnis … so gefährlich … die Zukunft der Normandie …«

»Du bist tatsächlich verrückt geworden!«

»Nein, aber ...«

Eben noch so erpicht, das Schriftstück zu bekommen, musste Agnes schlucken, als sie die Zeichen erneut studierte. Auch wenn sich das Pergament glatt und kalt anfühlte, vermeinte sie kurz, sich daran zu verbrennen.

»Weißt du, was da steht?«, fragte sie. »Die Zeichen schauen aus wie Buchstaben und doch wieder nicht.«

Emma runzelte misstrauisch die Stirn. »Sagst du mir nun endlich, was du im Gemach meiner Mutter getrieben hast?«

Agnes leckte sich über die Lippen. »Gleich ... aber vorerst ... müssen wir das hier verstecken.«

»Verstecken vor wem?«

»Nun, vor Bruder Remi und Bruder Ouen.«

Emma blickte sie vorwurfsvoll an, aber als sie näher trat, sich über das Pergament beugte und es aufmerksamer als zuvor studierte, wurde das sonst so kühle, beherrschte Mädchen plötzlich weiß im Gesicht.

Agnes unterdrückte ein Stöhnen. Worauf hatte sie sich nur eingelassen, als sie beschlossen hatte, das Geheimnis der Gräfin zu lüften?

»Die Mönche behaupten, die Zukunft der Normandie stünde auf dem Spiel. Sie wollen, dass sie wieder fränkisches Gebiet wird, und ...« Sie brach ab. Emmas Blick war immer noch starr auf die Zeichen gerichtet. »Was ... was steht da geschrieben? Kannst du diese Zeichen lesen?«

Zu ihrem Erstaunen schüttelte Emma den Kopf, was Agnes noch verzagter stimmte. Emma gab ansonsten nie zu, wenn sie etwas nicht konnte, desgleichen nicht, dass sie sich fürchtete. Doch nun erschauderte sie und versuchte nicht im Geringsten, das vor ihr zu verbergen.

»Es geht nicht darum, was diese Wörter, diese Zeichen bedeuten, sondern was sie ... bewirken.«

»Was meinst du?«

»In ihnen wohnt eine ganz besondere Macht. Sie können zum Segen werden oder ...« Emma leckte sich über die Lippen.

»Oder?«, bedrängte Agnes die Gefährtin.

»... oder zum Fluch«, sagte Emma leise.

Agnes hatte sich noch nicht vom Schrecken erholt, den diese Worte bewirkten, als sie in der Ferne Bruder Remi und Bruder Ouen zurückkehren sah.

VI.

964

Schritte, Stimmen, Klirren, Prasseln. So viele Geräusche, so viele Menschen. So wenig Wald, so wenig Stille.

Gunnora dachte, ihr Kopf müsste zerplatzen ob all der vielen Reize, die ihren entwöhnten Sinnen zusetzten. Eben noch war es ihr nahezu unerträglich gewesen, vor Richard auf dem Pferd zu sitzen und jede Bewegung seines Körpers zu fühlen, doch nun, da er sich in seine Gemächer zurückgezogen hatte, fühlte sie sich verlassen. Sie kannte diese Welt nicht, und sie wollte sie nicht kennenlernen.

»Komm mit!«

Sie hob den Blick. Es war nicht die Frau mit den traurigen Augen und der spitzen Zunge, sondern eine ältere, die sie jetzt ansprach. Sie sah der anderen ähnlich, aber das hatte nichts zu bedeuten – hier sahen alle Frauen gleich aus, mit ihren geflochtenen Haaren, die im Nacken zu einem Knoten gewunden und mit einem Schleier bedeckt waren, und den weich fallenden, sauberen Kleidern.

Auch sie solle nun ein solches Kleid bekommen, verkündete die andere. Ihr Blick war abschätzend und etwas nachdenklich, aber nicht bösartig.

Gunnora atmete tief durch und kämpfte gegen das Gefühl

von Benommenheit an, als sie der Frau folgte. Sie betraten ein großes Haus, riesiger als sämtliche, die sie je gesehen hatte. Die Wände waren so dick, dass kein Wind hindurchpfiff. Umso lauter hallten ihre Schritte. Gunnora schwindelte es.

»Ist dir auch wohl?«, fragte die fremde Frau, streckte ihr die Hand entgegen und wollte sie stützen.

Trotz ihrer Freundlichkeit blickte Gunnora sie finster an. »Berühr mich nicht!«, zischte sie.

Augenblicklich wich die andere zurück und sagte nichts mehr. Als sie wenig später einen Raum voller Frauen und Kinder betraten, schickte sie sie alle hinaus. Sie war, so fest wie ihre Stimme klang, zu befehlen gewohnt, und die anderen wohl zu gehorchen, denn sie fügten sich ihr ohne Widerworte. Nun waren sie allein. Die Frau stellte schweigend einen Eimer mit Wasser vor sie hin.

Gunnora war erleichtert, dass sie sich überdies abwandte, während sie sich auskleidete und mit einem Tuch abrieb. Ihre Haut begann prompt zu brennen – wegen der Kälte, aber auch vor Scham. Auf den Schenkeln klebten noch Spuren ihres jungfräulichen Blutes und Graf Richards Samen. Ekel überkam sie, zugleich jedoch – da sie so stark zitterte – Sehnsucht nach der Wärme, die sie trotz allem bei ihm gefunden hatte.

Wenig später reichte die fremde Frau ihr Kleidung und erklärte, wie man sie trug – mehrere Untertuniken nämlich übereinander, darüber ein Kleid und einen prächtigen Gürtel mit golden schimmernder Schnalle, außerdem eine Palla, einen Umhang, der an der Brust mit einer Fibel geschlossen und in Fußhöhe durch Edelsteine beschwert wurde, damit er glatt bis über die Knöchel fiel.

Wevia würde den Schmuck lieben.

»Er ... er hat mir versprochen, meine Schwestern an den

Hof zu holen«, stammelte Gunnora. »Wird er sich daran halten?«

Erstmals blickte die fremde Frau sie wieder an und reichte ihr einen Kamm. Gunnora fuhr sich rasch durch die Haare, flocht sie zu einem strammen Zopf und band ihn am Ende mit einem Band, das ihr die Frau reichte, fest.

»Graf Richard mag manchen leichtsinnig erscheinen, sprunghaft und oberflächlich. Aber ich habe noch nie erlebt, dass er ein Versprechen brach.«

Gunnora entspannte sich ein wenig.

»Im Übrigen kannst du ihn gleich selbst fragen«, fuhr die andere fort, »ich soll dich zu ihm bringen, sobald du angekleidet bist.«

Sofort verkrampfte Gunnora sich wieder, auch wenn sie versuchte, eine ausdruckslose Miene zu bewahren und dem Blick der anderen zu trotzen, als diese sie prüfend betrachtete.

»Wie heißt du?«

»Mathilda. Ich helfe dem Mansionarius bei der Hofhaltung.«

Gunnora hatte keine Ahnung, was ein Mansionarius war, und wollte sich auch nicht die Blöße geben, danach zu fragen, aber sie entschied, sich dieses Wort zu merken.

»Komm mit!«

Sie gingen einen Gang entlang und stiegen die Stufen an dessen Ende nach oben. Nie hatte Gunnora so viele auf einmal gesehen. Nie auch Räume, die so prächtig schienen wie die Kleider, die sie trug: Teppiche und Felle bedeckten die Steinwände, an mancher Stelle waren diese auch bemalt. Nicht nur Fackeln beleuchteten sie, sondern Lampen, die nicht nach dem ranzigen Fischtran rochen, wie sie es aus Dänemark kannte, sondern köstlich und würzig.

Aus den Räumen lugten Frauen und weitere Kinder, vielleicht Richards Konkubinen und seine Bastarde. Waren sie alle freiwillig hier? Nun, sie wirkten neugierig und spöttisch – nicht verzweifelt oder verängstigt. Wevia und Duvelina werden hier nicht weiter auffallen, dachte Gunnora.

Noch mehr Stufen legten sie zurück, und schließlich waren sie ganz oben im Turmzimmer angekommen. Der Boden war mit Holzdielen belegt, die Wände mit Fellen von Hirschen, Luchsen und Auerochsen geschmückt und der Kamin, in dem ein Feuer brannte, aus Stein gebaut.

Richard saß auf einem Stuhl. Gunnora sah erstaunt, dass er nicht nur eine Rückenlehne hatte, man konnte auch seine Arme aufstützen. Nachdenklich hörte er einem älteren Mann zu.

»Wir müssen Évreux so schnell wie möglich wieder in unsere Hand bekommen«, erklärte dieser.

Richard nickte. »Gewiss«, sagte er. »Es darf nicht sein, dass die Stadt weiterhin von Thibauds Männern gehalten wird. Es wäre für all meine Feinde ein Zeichen, dass unser Sieg nicht vollendet wurde.«

»Eine Belagerung würde allerdings Monate dauern, und falls sie scheitert, wäre deine Schmach noch größer.«

»Dann gilt es, auf List zu setzen und auf Bestechung.«

Der andere nickte. »Und du musst entscheiden, was mit den Gefangenen passiert, die nach der Schlacht in unsere Hände fallen.«

Richard überlegte kurz, ehe er entschlossen verkündete: »Die meisten haben reiche Familien – sollen diese sie doch freikaufen. Auf diese Weise haben wir mehr gewonnen, als wenn wir sie zu Sklaven machen.«

Gunnora verstand nicht, wovon die Rede war, aber versuchte erneut, sich jedes Wort einzuprägen. Um im Wald zu überleben, hatte sie lernen müssen, seine Geräusche zu deuten, hier, das begriff sie rasch, galt es, die Menschen zu studieren und herauszufinden, was sie antrieb, sorgte, erfreute.

Richards Gesicht wirkte ernst und konzentriert, doch als er sie erblickte, lächelte er. Auf sein Zeichen hin verließ der Mann den Raum, und Mathilda folgte wenig später. Gunnora erwiderte Richards Lächeln nicht.

»Warum schaust du gar so böse?«, fragte er verdutzt. »Vor einigen Stunden hast du mich regelrecht angefleht, dich nicht im Wald zurückzulassen!«

»Was ist mit meinen Schwestern? Du hast versprochen, sie herzubringen!«

Er erhob sich wendig aus dem Stuhl. »Ich halte meine Versprechen. Du auch?«

»Was soll ich denn versprochen haben?«

Er trat zu ihr, hob seine Hand und strich ihr über den Zopf. Vorsichtig löste er das Band, und schon lösten sich einzelne Strähnen.

Gunnora atmete schwer. Sie wollte nicht von ihm berührt werden. Sie wollte aber auch nicht unter vielen Menschen sein. Sich mit ihm allein in einem Raum aufzuhalten war eine Prüfung, aber zumindest fühlte sie sich nicht länger benommen, sondern hellwach. Das Blut raste heiß durch ihre Adern, der Widerstreit zwischen Ekel und Sehnsucht beherrschte jedes ihrer Glieder.

»Genau genommen hast du mir nichts versprochen, du hast jedoch darum gebettelt, mit mir zu kommen«, sagte er leise. »Und dafür bekomme ich nun nicht einmal ein Lächeln?«

Gunnora versteifte sich, als sie daran dachte, wie sehr sie sich vor ihm gedemütigt hatte. Auch wenn sie ahnte, dass es klüger wäre, ihm weiterhin Willfährigkeit vorzuspielen, wusste sie plötzlich, dass sie sich nicht noch einmal so klein machen konnte. Würde sie sich erneut vor ihm beugen, würde sie brechen.

»Verdien es dir!« Ein leises Zischen begleitete ihre Worte.

»Du trägst dank mir ein schönes Kleid. Ist dieses Geschenk nicht großzügig genug?«

Sie würde dieses Kleid wohl nicht mehr lange tragen. Eben öffnete er die Fibel, zog ihr die Palla von der Schulter, nestelte an dem Gürtel und berührte die nackte Haut ihres Halses.

Heftig atmend schloss sie die Augen, versuchte seine Berührungen nicht wahrzunehmen, sondern dachte mit aller Kraft an die Rune Isa. Doch nicht die erschien vor ihrem inneren Auge, sondern eine andere. Eine Geheimrune, die man Wolfsangel nannte, die ähnlich aussah wie Eihwaz und gleiche Wirkung hatte. Eihwaz nahm den verfluchten dreizehnten Platz in der Reihenfolge der Runen ein und bedeutete Eibe. Diese war ein giftiger Baum, was wiederum bedeutete, dass Eihwaz und noch mehr ihre dunkle Schwester, die Wolfsangel, Todesrunen waren, setzte man denn auf ihre zerstörerische Kraft.

Gunnora öffnete die Augen wieder. Weißt du nicht, dass ich dich töten könnte?, fragte ihr Blick.

Doch Richard las nicht darin, sondern starrte nur auf die pochende Ader in ihrer Halsbeuge, auf ihre weiße Haut, auf ihre bebenden Brüste. Ungeduldig zerrte er an den Unterkleidern.

»Komm!«, murmelte er heiser und führte sie zur Bettstatt im hinteren Teil des Raumes.

Die Runen verloren an Macht. Sie konnte ihn nicht töten. Und sie konnte nicht so tun, als fühlte sie nichts. Sie fühlte so viel. Hass, weil er ein Christ war wie der Mörder ihrer Eltern, Widerwille, weil sie sich ihm wie eine Hure darbot, Lust, weil er es vermochte, ihren Körper zum Klingen zu bringen wie die

Saiten einer Harfe, Begierde, weil es so verführerisch war, in seinen Armen zu vergessen, wer sie war und woher sie kam. Es war schmerzhaft und erlösend zugleich, erneut bei ihm zu liegen, beängstigend und erfüllend, es raubte ihr die Kräfte und gab ihr neue, und als es vorüber war, war sie sich kurz nicht sicher, ob sie alles nur geträumt hatte.

Sie war immer noch hellwach, er jedoch müde. Er legte seinen Arm um sie und wollte mit ihr einschlafen wie im Wald. Unwirsch schüttelte sie ihn ab und erhob sich.

»Bleib doch noch!«

»Es leben so viele Frauen hier am Hof«, erwiderte sie schroff. »Ruf doch eine von ihnen, wenn du weich liegen willst.«

»Du bist störrischer als jeder Maulesel.«

Sie lächelte kalt. »Das gefällt dir doch. In deinem Stall stehen genügend prächtige Pferde – der einzige Esel, so scheint's, bin ich.«

Sie war nicht sicher, ob sie nicht zu weit gegangen war, aber sie wusste, sie konnte nur ertragen, hier zu leben, wenn sie sich nicht ganz verleugnen musste.

Zu ihrer Erleichterung lachte er. »Ich glaube, ich mag es, mit dir zu streiten.«

Es gab keinen Neid unter den Konkubinen des Grafen, ob zwischen denen, die noch das Bett mit ihm teilten, oder den vielen, die es längst wieder verlassen hatten, aber hinterher keinen der vielen Edelmänner am Hof für sich gewinnen konnten und nicht wussten, wohin. Sie alle teilten ein großes Haus der gräflichen Burg mit den noch kleinen Bastarden, waren höflich zueinander und manchmal sogar freundlich.

Den Beweis dafür fand Gunnora schon am nächsten Tag.

Krieger des Grafen hatten die kleinen Schwestern gebracht, ihnen jedoch offenbar nicht erklärt, wohin die Reise ging. Wevia war noch starr vor Schreck, Duvelina weinte herzzerreißend, doch ehe Gunnora zu ihnen eilen und sie trösten konnte, hatte sich eine der Frauen, Haunild mit Namen, ihrer angenommen. Sie nahm Duvelina auf den Schoß und steckte ihr einen Löffel Dinkelbrei, feiner als der übliche Haferbrei und überreich mit Honig gesüßt, in den Mund. Ob der seltenen Gaumenfreude hörte Duvelina gleich zu weinen auf. Wevia indes sah nicht mehr erschrocken drein, sondern starrte gebannt auf die Kleidung der Frau. Die folgte ihrem Blick und lachte stolz.

»Die Seide stammt aus einem Land ganz weit im Osten und der Pelz von einem schwer zu jagenden Bären im Norden.«

»Darf ich ihn anfühlen?«

Wevia hob die Hand, als die Frau nickte, doch ehe sie den Pelz berührte, war Gunnora zur Stelle und riss sie zurück.

»Es tut mir leid«, sagte sie schnell.

Ihre Stimme klang zu scharf und feindselig für eine Entschuldigung, doch Haunild schien sich nicht daran zu stören.

»Ach, lass sie doch!«, rief Haunild. »Wir leben hier alle einträchtig zusammen, und deine Schwestern sind uns ebenso willkommen wie du. Da willst du doch gewiss keinen Unfrieden stiften.«

Gunnora schüttelte schnell den Kopf, zog die beiden Mädchen aber rasch mit sich in eine Ecke.

»Warum sind wir hier?«, fragte Wevia.

»Der Mann im Wald, der wissen wollte, wo ich lebe – ist er noch einmal gekommen?«, fragte Gunnora zurück.

Wevia nickte. »Er hat mit Seinfreda gesprochen und auch mit Samo, aber niemand hat ihm verraten, wer du bist. Er ist sehr wütend geworden, aber dann sind die Krieger gekommen, und er ist fortgeritten.«

Gunnora unterdrückte ein Seufzen. Hoffentlich lässt es der Christ dabei bewenden, hoffentlich ist Seinfreda in Sicherheit, dachte sie.

Am liebsten hätte sie Richard angefleht, erneut Krieger zu schicken, um sie zu bewachen, aber sie wollte seine Gunst nicht überstrapazieren und entschied, sich damit zu begnügen, die beiden Jüngsten an ihrer Seite und somit in Sicherheit zu wissen.

Die ersten Tage in Rouen brachte sie wie im Traum hinter sich. Richard rief sie nicht noch einmal zu sich – er war, wie sie später erfuhr, in eine der Provinzen aufgebrochen, um einen Streit zwischen Edelleuten zu schlichten –, und so blieb ihr nichts anderes übrig, als ihre Zeit mit all den Frauen zu verbringen, nicht nur den Konkubinen des Grafen, sondern den vielen Dienstmädchen und den Töchtern hoher Beamter und Krieger, die hier in der normannischen Hauptstadt lebten und erzogen wurden. Es war eine laute Welt, in der es ständig summte und surrte wie in einem Bienenstock, und obwohl Gunnora die Sprache gut verstand, begriff sie nicht, warum man so ausdauernd über nichtige Dinge sprechen konnte, über Stoffe und Schmuck, über Kleider und Pferde, über Männer und Priester, und vor allem über Richard.

Im Wald hatten wenige Worte genügt, im Grunde hatte es nicht einmal dieser bedurft, sondern nur der Runen. Hier jedoch war Sprache kein kostbares Gut, sondern wurde verschwendet, ja, weit unter Wert verschleudert.

Gunnora presste meist die Lippen zusammen. Sie wollte dieser nutzlosen Fülle an Worten nicht weitere hinzufügen und schwieg verstockt, wenn man sie fragte, wer sie war und wo sie Richard getroffen hatte. Erst mit der Zeit ließ sie sich etwas gnädiger stimmen, und sie erkannte, dass die Frauen nicht zuletzt deshalb so viel sprachen, weil sie sonst nichts zu tun hatten. Die Mägde und Sklavinnen kochten und hielten die Räume sauber – die anderen Frauen fanden nur beim Handarbeiten Zerstreuung, beim Klatsch und indem sie ihre Schönheit pflegten.

Letzteres wiederum taten sie mit Wonne. Fast jeden Tag reinigten sie sich in der Therme. Sie schwitzten dort ähnlich stark wie in der Sauna, die Gunnora von Dänemark kannte. In kleinen, mit Steinplatten ausgelegten Hütten zündete man Torffeuer an und begoss es mit Wasser. Die Therme war natürlich viel größer, doch der Wasserdampf stand genauso dick. Gunnora fand es heimelig, im trüben Licht darin zu sitzen und die Wärme zu genießen. Ihre Muskeln entkrampften sich und erstmals auch ihre Zunge.

»Und man badet hier jeden Tag?«, fragte sie verblüfft.

Eine der Frauen lachte. »Aber ja doch. Den Nordmännern wird nachgesagt, sie seien rohe, sittenlose Kerle, aber selbst die Fränkinnen müssen eingestehen, dass sie sauberer sind als ihresgleichen.«

»Die Wikinger, die sich in England niedergelassen haben«, pflichtete eine andere bei, »sind noch reinlicher als unsere Männer. Man sagt ihnen nach, dass sie sich täglich nicht nur waschen, sondern obendrein die Unterwäsche wechseln, um den Engländerinnen zu gefallen.«

Gunnora nahm sich vor, bei Gelegenheit zu fragen, wo sich dieses England befand. Jetzt deuchte sie anderes wichtiger, nämlich mehr über den Grafen herauszufinden und über die Menschen, die ihm nahestanden. Sie begann, immer gezieltere Fragen zu stellen, und das stete Tuscheln war nicht länger eine Qual, sondern hilfreich, um Antworten zu finden.

Arvid hieß also der Berater, den sie beim Grafen gesehen

hatte, und Mathilda, die für den Mansionarius arbeitete, war dessen Frau. Beide dienten Richard seit Ewigkeiten, und ihre Tochter Alruna war die Frau, die Gunnora bei ihrer Ankunft so feindselig gemustert hatte. Sie war keine Konkubine, sondern wurde von Richard wie eine Verwandte behandelt, und man erwartete, dass sie bald einen seiner engsten Krieger heiraten würde, vielleicht Arfast. Allerdings hatte man sie seit Längerem nicht mehr gemeinsam gesehen. Genau genommen ließ sich Alruna kaum mehr blicken.

»Alruna ist eine merkwürdige Frau«, erklärte Haunild eines Tages.

»Warum?«, fragte Gunnora.

»Man sieht sie nie auf dem Markt. Der Markt in Rouen ist sehr groß, musst du wissen. Waren aus aller Welt werden feilgeboten – feine Wollstoffe aus Friesland, Weißwein aus dem Rheingebiet, fränkisches Glas, Brokate aus Byzanz. Aber für all das interessiert sich Alruna nicht.«

Gunnora tat das auch nicht, aber sie nickte bekräftigend. So schwärmerisch wie Haunild sprach, war dieser Markt wohl der schönste Platz auf Erden.

»Und Graf Richard?«, fragte sie.

»Was meinst du?«

»Wofür interessiert er sich?«

»Er ist der Graf, er regiert das Land und hat damit genug zu tun. Er muss Wälder und Forste sichern und dafür sorgen, dass die Steuern bezahlt werden. Er lässt Münzen prägen, sieht zu, dass die Gesetze eingehalten werden und schützt die Grenzen gegen Feinde.«

»Aber was liegt ihm besonders am Herzen? Was macht er gern?«

»Er reitet und jagt sehr viel – und er liebt es, in den Wäldern zu sein. Aber davon weißt du mehr als wir.«

Vielsagend zwinkerte sie ihr zu, Gunnora ließ sich jedoch nicht dazu herab, mehr über sich zu verraten. Sie wusste: Längst waren Gerüchte über sie im Umlauf, wonach sie nicht Försterin oder Bäuerin war, sondern eine verwunschene Prinzessin, die in den Wald verbannt worden war. Sie bestätigte sie zwar nicht, widersprach ihnen aber genauso wenig. Auch wenn sie endlich bereit war zu reden, suchte sie zwischen sich und den anderen Frauen doch einen Bannkreis zu ziehen, und der tat seine Wirkung. Man sprach, aber lachte nicht mit ihr, man teilte das Essen, aber beim Schlafen rückte man von ihr ab. Nur Duvelina und Wevia, zutiefst verwirrt von ihrem neuen Leben, suchten ihre Nähe.

Wenn es dunkel war, schreckte Duvelina oft schreiend aus dem Schlaf hoch, und um sie zu beruhigen, musste Gunnora ihr wie früher Geschichten erzählen. Sie tat es gern, waren sie doch nicht zuletzt ein Beweis, dass sie noch die Alte war – durch und durch eine Tochter des Nordens nämlich.

Sie erzählte von den Zwergen, die dafür verantwortlich waren, die Waffen der Götter herzustellen und die Kette von Fenrir, dem bösen Wolf, der die Götter zu verschlingen drohte. Genau genommen war es keine Kette, sondern ein Zauberband, nicht aus Eisen gehauen, sondern gewebt, und zwar aus dem Miauen einer Katze, dem Haar einer Frau, den Wurzeln eines Berges, den Muskeln eines Bären, dem Atem eines Fisches, dem Speichel eines Vogels.

»Aus Dank dafür, dass ihr Band Fenrir gefesselt hält, will Odin dem Zwerg Alvis eine Göttin zur Frau geben, und seine Wahl fällt auf Thurid, die Tochter von Thor«, rief Duvelina aufgeregt.

Gunnora genoss die Berührung von Duvelinas warmen Händen in ihrer Halsbeuge. Ganz fest hielt sie sie umklammert, während die Kleine lauschte.

»Ja«, murmelte sie in die Dunkelheit. »Doch die Zwerge dürfen das Untere der Erde nicht verlassen, zumindest nicht bei Tag, denn wenn nur ein Sonnenstrahl auf sie fällt, erstarren sie zu Stein. Das wusste Thor, und da er nicht wollte, dass seine Tochter einen Zwerg heiratet, machte er sich das zunutze. Er ging zu Alvis, ließ sich von diesem zeigen, was er alles kann – nicht nur Waffen herstellen nämlich, sondern auch Verse reimen –, und schindete immer mehr Zeit. Alvis bemerkte darüber nicht, wie schnell die Zeit verrann, und als er schließlich nach draußen trat, fiel die Sonne auf ihn.«

»Und er wurde zu Stein!«, schloss Duvelina.

Gunnoras Kehle wurde eng. Thor war ein gewalttätiger, grausamer Gott, aber doch ein guter Vater. Auch ihr Vater hätte seine Töchter gewiss mit aller Macht beschützt; er hätte verhindert, dass Seinfreda Samo heiratete oder sie sich Richard hingeben musste. Aber der Vater war tot ... von Christen abgeschlachtet wie Vieh ... Christen, in deren Mitte sie lebte und die sie nicht hassen konnte, so freundlich, wie sie zu ihr waren.

Sie wünschte sich beinahe, dieser Alruna wieder zu begegnen, an ihr Feindseligkeit zu wittern und sie ihr heimzuzahlen, doch nur deren Mutter war dann und wann da, und diese bewies von allen am meisten Herzenswärme und nicht geringen Menschenverstand. Offenbar hatte sie bemerkt, dass Wevia Schmuck liebte, denn eines Tages trat sie zu ihr und lud sie ein, mit ihr zu kommen.

»Ich kann dir zeigen, wo dieser Schmuck in Rouen hergestellt wird.«

Gunnora ging schnell dazwischen. »Sie bleibt an meiner Seite«, erklärte sie scharf.

»Nun, dann komm doch auch du mit«, wandte sich Mathilda an sie. »Du hast gewiss Lust, das Haus einmal zu verlassen, du scheinst mir keine zu sein, die sich inmitten von vier

Wänden wohlfühlt. Begleite mich bei meinen Erledigungen, ich glaube nicht, dass du es bereuen wirst.«

Wie sollte sie ihren Bannkreis wahren, wenn es jemanden gab, der ihr die Sehnsucht nach den Wäldern ansah und ebenso, wie schwer sie Untätigkeit ertrug?

Sie verachtete sich selbst, weil sie sich so leicht bestechen ließ, aber am Ende willigte sie ein.

Gunnora hielt das Gesicht in die Sonne, deren Strahlen belebend und befreiend zugleich waren. Der Lärm im Hof setzte ihr weniger zu als am Tag ihrer Ankunft, und sie entschied, sich nicht von ihm in die Flucht schlagen zu lassen, sondern alles genau zu mustern, was ihr damals entgangen war. Sie wusste bereits, dass die Burg des Grafen aus vielen Gebäuden bestand, großen aus Stein wie dem Turm, dem Haupthaus mit dem Palas oder der Kapelle, aber es gab auch eingeschossige Fachwerkhäuser, aus hölzernen Balkenkonstruktionen errichtet, die mit Lehm gefüllt und mit Reisig, Stroh oder Schilf abgedichtet worden waren. Darin lebten die Krieger, die Dienerschaft und die Notare.

»Nun komm!«

Mathilda schritt auf das große Tor zu, und Gunnora folgte ihr, Wevia und Duvelina rechts und links an der Hand. Sie konnte sich kaum erinnern, wie sie es vor nunmehr zwei Wochen durchritten hatte. Damals wie heute beachteten sie die Wachtposten nicht. Duvelina und Wevia klammerten sich an sie, umso mehr, als sie die Straße erreichten und dort von Massen an Menschen mitgerissen wurden. Zuerst setzte es Stöße von allen Seiten, doch die meisten erkannten Mathilda und wichen ehrfürchtig zurück.

Die Straße führte an der Burgmauer entlang, die aus Baumstämmen und Steinen errichtet war. Mathilda erklärte, dass sie noch aus Römerzeiten stammte. An den Mauern klebten wie Waben am Bienenstamm weitere Fachwerkhäuser, allesamt von Handwerkern bewohnt, die im hinteren Teil schliefen, im vorderen Teil eine Werkstatt hatten und durch ein Fenster ihre Waren anpriesen und verkauften. Grob- und Waffenschmiede waren darunter, Bronzegießer, Kammschnitzer und Bernsteinschleifer, Perlenmacher, Schuster und Töpfer, Schiffszimmerleute, Segelmacher und Spinner. Sie boten Wachs und Honig feil, Wein, Öl, Tuche und Pelze, Schmuck und Waffen, Wetzsteine und Segeltuch. Jene, die kein eigenes Haus besaßen, hatten kleine Stände auf dem Marktplatz vor der Kirche Notre-Dame aufgebaut, um dort ihre Waren zu verkaufen.

»Rouen ist nicht nur die Hauptstadt, sondern ein wichtiger Handelsplatz«, erklärte Mathilda. »Nicht weit von hier ist der Hafen, wo jeden Tag Schiffe anlegen. Sie kommen von anderen normannischen Städten, aber auch vom Frankenreich, aus England oder Irland.«

Gunnora lauschte aufmerksam, stellte aber keine Fragen. So dankbar sie war, dass Mathilda sie eingeladen hatte, mitzukommen, so groß war doch das Misstrauen darüber, dass sie ihr so freimütig ihre Welt erklärte. Als Alrunas Mutter merkte, dass sie Gunnora mit der Flut an Worten nicht gesprächiger stimmen konnte, wandte sie sich den Mädchen zu. Duvelina klammerte sich immer noch an ihre große Schwester, doch Wevia legte ihre Schüchternheit ab, als Mathilda sie zu sich winkte.

»Siehst du, das wollte ich dir zeigen!«

Mathilda ergriff Wevias Hand und führte sie unter ein Schindeldach. Heiße Luft schlug ihnen entgegen: Sie stammte von einem Feuer, vor dem ein dunkler Mann stand, der mit einem Hammer auf ein glühendes Ding schlug.

»Dieser Schmied verarbeitet Eisenerz. Es wurde geschmolzen und von seinen Schlacketeilen befreit, indem man es in einem Schachtofen schichtweise mit Holzkohle stapelte. Und nun kann man Scharniere, Schlösser, Kessel und Werkzeuge daraus herstellen.«

Wevia schien begeistert, Gunnora war es nicht. Mathilda entging ihr argwöhnischer Blick nicht. »Sie interessiert sich für alles, was glänzt, nicht wahr?«, meinte sie freundlich. »Und so dachte ich mir, sie sollte ruhig mehr darüber erfahren. Es ist gut, wenn der Mensch etwas findet, woran er sein Herz hängen kann. Meine Tochter liebt das Weben, weswegen ich sie früh zu Tuchmachern gebracht habe.«

Sie wandte sich wieder an Wevia: »Ich weiß, Schmuck gefällt dir besser, und darüber erfährst du gleich mehr. Aber was den Frauen der Schmuck ist, ist den Männern ihr Schwert. Dieser Schmied hier ist bekannt für seine kunstvollen Schwertgriffe und scharfen Klingen. Sieh nur, wie er sie anfertigt: Er dreht Bänder aus verschiedenen Eisenarten zusammen und schweißt darum eine Schnittkante aus hartem Stahl.«

Wevia lauschte mit offenem Mund, ehe ihr plötzlich ein Aufschrei entfuhr. Hatte sie sich bislang an Mathildas Seite gehalten, wagte sie sich nun in die Ecke der Schmiede, wo auf einem Tisch bronzene Fibeln und Gürtelschnallen lagen.

»Ja, auch das kann er, unser Meister Godhard.« Mathilda zwinkerte dem Schmied zu, der kaum merklich ihr Lächeln erwiderte, sich ansonsten aber weiter auf seine Arbeit konzentrierte. »Wenn man aus Bronze bestimmte Formen gießen will, nimmt man ein Modell aus Wachs«, fuhr Mathilda erklärend fort. »Man umschließt es mit Ton, der mit etwas Sand vermischt wurde. Der Ton wird gebrannt, und weil das Wachs dabei schmilzt, entsteht ein Hohlraum, in den man nun das flüssige Metall gießt. Und sobald die Form erkaltet ist, zerschlägt man den Tonmantel und erhält das fertige Schmuckstück. Schmuck wird natürlich nicht nur aus Bronze gemacht, sondern auch aus Gold und Silber. Zu diesem Zweck werden Muster in Gold- und Silberbleche gestanzt. Ein Relief entsteht, und darauf werden kleinste Granulationskugeln und gezwirnte oder gekerbte Filigrandrähte geschweißt. Meister Godhard ist sicher bereit, dir das einmal zu zeigen, aber heute ist er zu beschäftigt.«

Wevia nickte Godhard zu, und als sie wenig später die Schmiede wieder verließen, nahm sie ganz vertraulich Mathildas Hand. Der Anblick versetzte Gunnora einen schmerzlichen Stich, denn auch wenn Mathilda ihr nicht im Geringsten ähnlich sah, musste sie unwillkürlich an ihre Mutter denken, ebenso lebensklug und geduldig, aber stets darauf bedacht, den Töchtern viel abzuverlangen, wenn es darum ging, aufmerksam zu sein und zu lernen.

»Ich hätte so gern eine Perlenkette!«, rief Wevia eben seufzend.

Mathilda beugte sich zu ihr hinunter. »Warum gefällt dir Schmuck so gut?«

Gunnora war von dieser Frage überrascht. Selbst war sie nie auf die Idee gekommen, sie Wevia zu stellen, hatte die Besessenheit des Mädchens von allem, was funkelte und glänzte, einfach hingenommen.

»Unsere Eltern wurden ermordet«, flüsterte Wevia.

Gunnora erstarrte. Sie wollte nicht, dass ihre Geschichte enthüllt wurde, und verstand überdies nicht, warum Wevia ausgerechnet diese Antwort gab.

»Sei still!«, fauchte sie.

Doch Wevia hörte nicht auf sie. »Meine Mutter hatte eine so schöne Kette«, fuhr sie leise fort. »Sie trug sie, als sie starb.«

Wieder wollte Gunnora sie anfahren, aber brachte kein Wort hervor.

Mathilda streichelte liebevoll über ihre Wange. »Und du denkst, wenn du eine Kette trägst wie sie, dann bist du ihr ganz nahe, und ihr Tod erscheint dir nicht mehr ganz so schlimm.«

Gunnora packte Wevia am Arm. »Genug jetzt!«, rief sie.

Sie zerrte ihre jüngere Schwester mit sich in das Gewühl. Die vielen Stimmen und Laute waren jäh keine Prüfung mehr, sondern willkommen, übertönten sie doch den Lärm aus ihrer Erinnerung – das Hufgetrappel, das Klirren, das angstvolle Geschrei, den dumpfen Schlag, als der Kopf ihres Vater fiel.

Mathilda hatte sie bald eingeholt, doch sie hielt Abstand und hakte nicht nach. Dass Mathilda Gunnora Zeit und Raum ließ, die sie brauchte, säte Vertrauen, Fragen hätte sie mit eisigem Schweigen gestraft.

»Wir kamen aus Dänemark«, stieß Gunnora plötzlich heiser hervor. »Wir erhofften uns hier eine Zukunft. Mein Vater war Pferdezüchter, er meinte, dass das Land hier fruchtbarer wäre, die Winter nicht so kalt, das Wetter nicht so stürmisch.«

»Er hatte recht. Die Normandie ist ein schönes Land.«

»Ein schönes Land!«, rief Gunnora empört. »Uns erwartete der Tod! Ein Normanne, ein Christ ... er lauerte uns am Hafen auf und erschlug alle Ankömmlinge.«

Mathilda nickte nachdenklich. »Graf Richard tut alles, um die Bevölkerung dieses Landes zu einen, doch das ist nicht immer leicht. Hier leben Franken, Stämme aus Norwegen und Dänemark. Selbst Iren haben sich niedergelassen. Manche sind christlich, manche heidnisch, manche wollen hierbleiben, andere sehnen sich nach dem Norden. Immer wieder gibt es Anführer, denen es nach mehr Macht gelüstet, als Richard ihnen zugesteht. Und insbesondere in Zeiten, da ihm seine Nachbarn zusetzen, wittern diese Rebellen Aufwind. Er selbst wünscht sich nichts so sehr wie Frieden.«

»Und ist doch zu schwach oder unwillig, um Mörder zu strafen! Es wird kein Frieden herrschen, solange Menschen abgeschlachtet werden. Ich ... ich hasse dieses Land!«

Wütend stampfte Gunnora auf. Mathilda widersprach nicht gleich, ließ sie erst einige Schritte weitergehen, ehe sie ihr folgte und meinte: »Es tut mir leid, was deiner Familie widerfahren ist, aber gewiss gibt es auch in Dänemark unehrenhafte Männer, Betrüger, Diebe und Mörder, und in der Normandie wiederum solche, die ein gerechtes und gutes Leben führen wollen. Wir sind nicht alle deine Feinde.«

»Das habe ich nicht gesagt.«

»Aber deine Miene verrät deine Verachtung.«

Gunnora hielt bestürzt inne. Sie zögerte, ehe sie gestand: »Nun, dich verachte ich nicht.«

Mathilda lächelte sanft. »Das ist gut. Dann kannst du mir bei der Haushaltsführung helfen.«

Prompt war Gunnoras Widerstand erneut geschürt. »Warum sollte ich?«, fragte sie ungehalten.

»Ich werde das Gefühl nicht los, dass du dich langweilst«, erwiderte Mathilda. »Den anderen Frauen mag es genügen, sich zu kämmen und zu baden, aber du brauchst etwas, woran du dein Herz hängen kannst.«

Wenn du wüsstest, woran mein Herz hängt, dachte Gunnora. Ganz gewiss nicht daran, Met zu brauen und Fleisch zu braten, damit sich Richard satt essen kann! In einem hatte Mathilda allerdings recht. Die Langeweile setzte ihr zu.

»Gibt es nicht genügend Menschen, die dir helfen?«, fragte sie dennoch barsch.

»Das schon. Aber es sind nur wenige darunter, die wach und klug wie du erscheinen.«

Gunnora musterte Mathilda nachdenklich. Wieder erinnerte diese sie an ihre Mutter, und plötzlich schien es verführerisch, sich ihrer Führung zu unterstellen. Offen eingestehen wollte sie die Freude über die Erkenntnis aber nicht.

»Meinetwegen«, sagte sie deshalb nur knapp.

Mathilda sollte ruhig das Gefühl haben, dass sie, Gunnora, ihr einen Gefallen tat und nicht umgekehrt.

»Wie konntest du nur, Mutter! Warum vertraust du ausgerechnet diesem Weib?«

Seit sie erfahren hatte, dass Gunnora Mathilda künftig bei der Haushaltsführung helfen würde, obendrein auf deren Wunsch hin, raste Alruna vor Zorn. Bislang hatte sie in Gegenwart ihrer Eltern die schwarzhaarige, wilde Dänin nie erwähnt, doch dass die Mutter blind für ihre geheimen Qualen war oder schlichtweg zu rücksichtslos, um sie ernst zu nehmen, deuchte sie wie ein Verrat. Sie wähnte sich im Stich gelassen, missachtet, hintergangen.

»Was ficht es dich an?«, fragte die Mutter ruhig.

Alruna rang nach Worten, um die andere schlecht zu machen. Zu groß war allerdings die Schmach, dass Richard – kaum war er heute nach Rouen zurückgekehrt – mit glänzenden Augen nach Gunnora hatte rufen lassen.

»Sie ist eine Wilde ... eine Heidin! Ich habe sie noch nie in der Kirche beten sehen!«

»Wir alle stammen von Heiden ab, dein Vater, ich ...«

Alruna schluckte. Das wusste sie natürlich, und bislang hatten die Geschichten der wilden Nordmänner, die ihr die Eltern als Kind erzählt hatten, sie stets fasziniert. Wieder und wieder hatte sie ihnen in den Ohren gelegen, noch mehr zu erzählen, und wohlige Schauder waren ihr über den Rücken gelaufen, wann immer die Namen ihrer Großväter fielen. Der Vater von Mathilda hatte Rögnvaldr geheißen, der von Arvid

Thure. Beide hatten nur widerwillig von ihren Vätern gesprochen, und vielleicht war es gerade deshalb so aufregend, weil irgendwie verboten, von ihnen zu hören. Waren sie auch wortkarg, wenn es um die eigenen Vorfahren ging, gaben sich beide Eltern gesprächiger, wenn sie über deren Bräuche und Sitten berichteten, so auch davon, dass sie ihre Schiffe aus dem Holz der Esche bauten und darum nicht nur Nordmänner und Wikinger, sondern Askomanen genannt wurden. Als Kind hatte Alruna fälschlicherweise geglaubt, dass sie nicht aus Fleisch und Blut waren, sondern aus Holz, und jetzt fragte sie sich unwillkürlich, ob nicht auch die schwarzhaarige Dänin in Wahrheit von einer harten Rinde, nicht von weicher Haut geschützt wurde. Zerkratzte sich Richard seine Hände, wenn er nach ihr griff? Übertönte ihre dunkle Stimme sein helles Lachen?

Alruna ging nicht auf die Worte ihrer Mutter ein. »Von Heiden kommt nur Übles«, zischte sie. »Die Priester sagen, dass allein die Taufe ihr Wesen zum Guten zu wenden vermag. Ansonsten bleiben sie grausam und wild, voller Beutegier, Mordlust und Zerstörungswut. Und die Dänin ist doch nicht getauft, oder?«

Mathilda zuckte die Schultern. »Das weiß ich nicht. In jedem Fall habe ich keine der Eigenschaften, die du nanntest, an Gunnora wahrgenommen.«

Wie selbstverständlich ihre Mutter den Namen aussprach! Als würde er ihre Lippen, ihre Zunge, ihre Kehle nicht vergiften!

Nun, sie selbst sprach ihn nicht aus und fühlte sich von dem Gift dennoch zerstört. Wie sehr sie sich wünschte, die Dänin würde verschwinden. Sollte Richard ihretwegen mit den anderen Frauen scherzen, unerträglich war es, ihn mit einer zusammen zu wissen, die er gewiss nicht zum Lachen bringen konnte!

»Ich will, dass sie geht«, knurrte sie.

»Ich fürchte, du bist nicht befugt, das zu entscheiden.«

Alruna musste wieder an die Priester denken. Diese waren nicht nur so leichtgläubig, in der Taufe eine Neugeburt zu sehen, sondern im Gebet ein Mittel, die Nordmänner zu bezwingen. Ein Mönch hatte Alruna mit bebender Stimme einmal berichtet, dass Nordmänner in ein Gotteshaus eingedrungen waren, um die silberne Monstranz zu stehlen, der Priester jedoch das gewandelte Brot hochhielt und sie damit in die Flucht schlug. Sie hatte diese Geschichte damals nicht geglaubt und heute noch weniger. Sie selbst war schließlich getauft, und ihr Herz quoll trotzdem vor Hass und Zerstörungswut über. Heftig atmete sie ein.

»Vater gefällt es nicht, dass Richard so viele Konkubinen hat«, murmelte sie trotzig.

»Gewiss«, erwiderte Mathilda. »Aber dein Vater ist ein kluger Mann, der lieber eine Frau aus dem Wald an Richards Seite weiß als eine von hohem Geblüt, deren Vater und Brüder erzürnt sein könnten.«

»Aber gerade weil man nichts von ihrer Herkunft weiß, könnte sie gefährlich sein.«

»Ich für meinen Teil weiß genug. Sie und ihre Schwestern sind Waisen, die es sehr schwer gehabt haben … Gunnora braucht eine Aufgabe, und du im Übrigen auch. Wann hast du deinen letzten Wandteppich angefertigt?«

Alruna wusste es nicht genau. In jedem Fall war es viel zu lange her, dass sie ihre Zeit sinnvoll genutzt hatte, anstatt Richard und Gunnora zu belauern. Zugeben konnte sie das allerdings nicht, sondern stellte genau die Frage, mit der die Mutter ihr schon vorhin zugesetzt hatte.

»Was ficht es dich an?«

Und ehe Mathilda noch etwas sagen konnte, floh Alruna

vor der Mutter, die sie ja doch nicht verstand oder, was noch schlimmer war, die sie sehr gut verstand, aber ihre finsteren Gedanken nicht billigte.

Als sie ihre Beherrschung wiedergefunden hatte, entschied Alruna, nicht mehr ganz so offen gegen Gunnora zu wettern und sie nicht mehr ganz so auffällig mit misstrauischen Blicken zu verfolgen. Aber das änderte nichts an der Gewissheit, dass sie gefährlich war, dass sie den Hof schnellstmöglich verlassen musste und dass das eines Tages auch die gutmütige Mutter erkennen musste.

I

Gunnora lernte rasch. Erst begleitete sie Mathilda nur, wenn diese ihren Pflichten nachkam, später übernahm sie nach und nach eigene. Sie überwachte die Einkäufe, die Wäscherei, die Kerzenherstellung. Sie lernte die vielen Münzen zu unterscheiden, erfuhr, dass die kostbarsten vom Schmied aus Silber gemacht wurden, auf der Vorderseite den Grafen zeigten und auf der Rückseite ein Ungeheuer, jedoch auch, dass die Mehrheit der Menschen auf dem Markt nicht mit Münzen zahlte, sondern Waren tauschte: Walrosszähne gegen Stoffe, Waffen, Glas und Keramik gegen Wein, Leder und Elfenbein und Wachs gegen Honig. Sie selbst trug nun immer eine Klappwaage mit sich, bestehend aus einem faltbaren Balkenarm und zwei Waagschalen aus Bronze, die klein genug war, um sie in einem Lederbeutel zu verstauen. Mit dieser Waage wurde ein weiteres Zahlungsmittel gewogen – jenes Bruchsilber, zu dem die Nordmänner einst ihr Raubgut, Münzen, Broschen, Armringe, Schalen oder Kruzifixe zerhackt hatten und das in späteren, friedlicheren Zeiten nicht immer vom Schmied zu einem Barren eingeschmolzen worden, sondern in diesem Zustand noch im Umlauf war.

Gunnora lernte nicht nur jeden Tag Neues, sondern gewöhnte sich an die Gesellschaft der vielen Menschen, an das Stimmengewirr und an die verschiedenen Sprachen. Sie versuchte, sich das eine oder andere Wort zu merken, stets mit der mahnenden Stimme ihres Vaters im Ohr, der Pferde nicht nur gezüchtet, sondern auch verkauft und den Kindern oft erklärt hatte, dass ein guter Händler fähig sein müsse, in vier, fünf Sprachen über Ware und Preis zu verhandeln.

Erst bedeutete es eine Überwindung, mit Fremden zu sprechen, später wurde sie neugierig auf die vielen Völker, die man in Rouen antraf: Griechen, Friesen, Bretonen, Dänen, Engländer, Schotten und Iren. Manche konnte man nicht von Franken unterscheiden, andere wirkten fremdländisch und wild, und nicht ohne Genugtuung erfuhr sie, dass viele von ihnen nicht getauft waren wie sie und auch in einer christlichen Stadt wie Rouen der alte Glaube lebendig blieb.

Sie wagte nicht, Runen zu schnitzen, aber nachts, wenn sie wach lag, schrieb sie sie oft in ihre Handinnenfläche, um solcherart Schutz für sich und ihre Schwestern zu erbitten – die Rune Ingwaz, die für Wärme, Heimat und Familienbande stand, oder die Rune Algiz, die vor Feinden schützte und glückliches Gelingen bewirkte.

Die Runen entfalteten ihre Macht, denn Wevia und Duvelina schienen sich bald heimisch zu fühlen, und sie selbst konnte sich binnen kürzester Zeit blind in Rouen orientieren, im eigentlichen Stadtkern innerhalb der alten Römermauern, aber auch in dem Vorort vor dem zusätzlichen Mauergürtel, an dem in diesen Jahren ebenso eifrig gebaut wurde wie an der Kirche Saint Ouen. So zahlreich war mittlerweile die Bevölkerung der

Stadt, erfuhr Gunnora, dass das in der Normandie geerntete Getreide nicht ausreichte, sie zu sättigen, sondern weiteres aus fernen Ländern, vor allem England, gekauft werden musste.

Anfangs machte sie sich vor, dass sie sich all diese Details merkte, weil das Wissen darob das Überleben einfacher machte, doch mit der Zeit gestand sie sich ein, dass ihr Geist nach all den Jahren im Wald regelrecht ausgehungert war und nach Nahrung gierte. Auch wenn sie sich das Gegenteil eingeredet hatte – ihr wacher Verstand hatte gedarbt, als sie nur dann und wann mit Bauersfrauen sprechen, Runen ritzen oder sich selbst Geschichten erzählen konnte. Etwas in ihr war dabei eingeschlafen, und als es jetzt erwachte, fühlte sie ähnliches Kribbeln, wie es neues Blut in abgeknickten Gliedern bewirkte.

Nicht länger ging Gunnora wie betäubt ihrer Wege, sondern wähnte sich lebendiger, stärker, selbstbewusster. Wahren Eifer hatte sie früher nur bewiesen, wenn es galt, den Christen zu verfluchen und zu hassen; jetzt zeigte sie ihn, wenn sie feilschte. Früher hatte sie innerlich gebebt, wenn sie Tiere opferte, jetzt, wenn sie Mathildas Lob einheimste. Respekt hatte sie nur als Meisterin der Runen zu verdienen geglaubt, jetzt war es ihr kundiges Auftreten, das ihn ihr verdientermaßen einbrachte. Und während sie früher von Tag zu Tag gelebt hatte, ertappte sie sich nun dabei, wie sie sich immer öfter eine Zukunft in Rouen ausmalte, als würde es ewig so weitergehen.

Ein wenig schämte sie sich dafür, aber sie konnte sich der Tatsache gegenüber nicht blind stellen, dass auch Wevia und Duvelina davon ausgingen, weiterhin am Hof zu leben. Wevia freute sich jeden Tag aufs Neue über die Annehmlichkeiten, so über eigene Kinderschuhe aus weichstem Leder, wie sie sie noch nie besessen hatte. Duvelina wiederum war hellauf begeistert, als ihr Arvid, Mathildas Mann, eines Tages ein Geschenk machte – einen aus Holz geschnitzten Hund, der gerade zum Sprung ansetzte.

Gunnora betrachtete ihn verwirrt. »Er sieht so aus wie die Tiere, die mein Vater mir geschnitzt hat«, sagte sie zu Mathilda.

»Warum klingst du so überrascht? Viele Künste der Nordmänner sind hier lebendig. Wir sprechen fränkisch, aber wir denken immer noch normannisch.«

»Ihr seid doch Christen!«

»Mit der Taufe vergisst man nicht, wer man ist und woher man kommt. Mir scheint, du siehst alles schwarz oder weiß, doch in Wahrheit ist die Welt grau, und es gilt, durch diesen Nebel zu finden.«

»Unser Vater wollte in die Normandie, weil die Sonne dort häufiger scheint«, schnaubte Gunnora.

»Gewiss, aber bedenke: Selbst die Sonne hat so viele Farben. Milchig weiß steht sie am Morgen am Himmel, kräftig gelb zu Mittag, und beim Untergang am Abend nimmt sie ein glühendes Rot an. Wie sie verändert sich die Welt je nachdem, aus welcher Richtung und mit welcher Stärke ihre Strahlen fallen. Und Menschen verändern sich eben auch.«

Gunnora wusste das und wollte es sich doch nicht eingestehen. Auch wenn sie sich aufs Bleiben einrichtete, im Innersten blieb sie überzeugt, eines Tages wieder im Wald zu leben und ihre eigene Herrin zu sein.

Richard war häufig abwesend, um seinen vielen Aufgaben als Herrscher nachzugehen. So galt es, Nachbarn zu besuchen, Lehnsmänner auf sich einzuschwören oder die Stützpunkte außerhalb Rouens zu sichern. Wann immer er jedoch nach

Rouen zurückkehrte, rief er Gunnora noch am selben Abend zu sich. Die Gier nach ihr sei unersättlich, meinten die anderen Frauen, weniger neidisch als mit gutmütigem Spott. Offenbar erlebten sie nicht zum ersten Mal, dass der Graf von einer bestimmten Frau besessen war, schienen aber überzeugt, dass seine Leidenschaft alsbald wieder nachlassen würde.

Gunnora war sich nicht sicher, ob sie sich das wünschen sollte. Jedes Mal machte sie sich widerwillig auf den Weg zum Turm und redete sich ein, ihn zu hassen, aber sobald sie vor ihm stand, fielen die Pflichten des Alltags ebenso von ihr ab wie ihr altes Ich. So leicht, so verführerisch war es, zu vergessen, wer sie war, und nur den Regungen des verräterischen Körpers zu folgen. Manchmal fühlte sie sich wie verhext und fragte sich, ob jemand mit ihr Zauber getrieben hatte, vielleicht mit der Rune des Feuers, Fehu, die für den Wechsel und die Vergänglichkeit stand, aber auch für das Feuer der Liebe, und die, wenn man sie verkehrt zeichnete, den Menschen seiner Wollust auslieferte.

Immer, wenn sie von ihm ging, nahm sie sich fest vor: Beim nächsten Mal werde ich mich nicht an ihn klammern, als würde ich ertrinken, werde ich nicht keuchen vor Erregung, die er in mir entfacht, werde ich nicht an seinen Haaren reißen, weil es mir gefällt, wie sich sein Gesicht dann halb lustvoll, halb schmerzlich verzerrt. Ich werde unbeteiligt unter ihm liegen, ihm keine Macht über mich geben, zu Eis erstarren.

Aber die Rune Fehu war stärker als die Rune Isa. In seiner Gegenwart pochte etwas in ihr, was sie sich nicht erklären konnte, und wenn sie es zu betäuben versuchte, schrie es noch lauter: Ich bin jung, das Leben ist nicht vorbei, ich bin kein alter Baum und tief verwurzelt in dunkler Erde, sondern ein saftig grünes Blatt. Es dreht sich im Wind, wird hochgerissen in luftige Weiten und von der Sonne beschienen. Ich bin nicht nur eine Waise, sondern eine Frau. Ich muss nicht alles an mich raffen, um zu überleben, ich kann mich hemmungsvoll verschenken, um glücklich zu sein.

Zumindest galt es, den Zwiespalt der Gefühle nur mit sich selbst und niemand anderem auszumachen. Die Schwestern waren zu klein, ihn an ihr zu wittern, Mathilda zu rücksichtsvoll, um ihn anzusprechen, und Richard zu gierig nach ihrem Körper, um mit ihr darüber zu reden.

Nur an einem Abend war es anders. Als Gunnora den Raum betrat, saß er mit gerunzelter Stirn über Urkunden gebeugt und nahm sie gar nicht wahr. Eine Magd war zugegen, die ihm sein Essen gebracht hatte, sie wollte eben den Raum verlassen. Gunnora hielt sie auf.

»Siehst du denn nicht, dass das Feuer ausgegangen ist? Entzünde sofort ein neues.«

Richard schwieg, bis die Magd mit einem Feuerstein das Holz angezündet hatte und die Flammen prasselten, doch nachdem sie gegangen war, betrachtete er sie eingehend.

»Du hast mir gesagt, dass du jahrelang im Wald gelebt hast. Doch dort hast du sicher nicht gelernt, Befehle zu erteilen.«

Gunnora erwiderte seinen Blick zutiefst verwirrt. Es war ihr nicht entgangen, dass die meisten Menschen Respekt vor ihr zeigten, manche gar Furcht, aber sie hatte bislang angenommen, dass es an der allseits geachteten Mathilda lag, die sie unter ihre Fittiche genommen hatte, nicht an ihrer Wesensart.

Richard fuhr fort: »Du sprichst mit solch schroffer, dunkler Stimme, dass alle sogleich bereit sind, dir zu gehorchen. Wessen Eltern Kind bist du, dass du so vornehm bist, so stolz, so aufrecht?«

Sie senkte den Blick. »Das habe ich nicht von meinen Eltern gelernt. Sie waren einfache, hart arbeitende Menschen, keine Jarls.«

»Wer hat es dich dann gelehrt?«

»Vielleicht die Einsamkeit und der Wald. Die wenigen Worte, die man dort macht, haben Gewicht.«

Er war aufgestanden und zu ihr getreten, doch anders als sonst riss er sie nicht ebenso ungeduldig wie lüstern an sich.

»Ich wünschte manchmal, auch meine Berater würden nur wenige Worte machen und diese hätten Gewicht«, sagte er nachdenklich. »Doch sie sprechen immer so viel, warnen allzeit vor Gefahren, und diese Gefahren sind, seit ich denken kann, unzählig. Mein Nachbar, Thibaud le Tricheur, will immer noch nicht aufgeben, er ist weiterhin darauf aus, mein Land zu überfallen. Wie viele Tote sollen noch die Wiesen bedecken? Wie viel Blut noch im Boden versickern? Wie viele Witwen und Waisen die Gefallenen betrauern?«

Ein Bild stieg vor ihr auf, vom Strand, den leblosen Eltern, den Blutlachen um ihre gefällten Körper. Ein ähnliches Bild musste auch er vor Augen haben, so widerwillig, ja traurig er das Gesicht verzog.

Gunnora wich zurück.

»Die fränkischen Nachbarn werden dich nie ganz als einen der Ihren akzeptieren«, sagte sie leise. »Besser du wirbst nicht um ihren Respekt, sondern forderst ihn mit aller Härte ein.«

»Warum gehört er mir nicht schon längst? Ich habe ihre Heere besiegt und verjagt, und dennoch verspotten sie mich als Sohn von Piraten.«

»Sie sehen in dir den Heiden, doch du willst unbedingt als Christ gelten. Vielleicht liegt darin deine größte Schwäche.«

Er sah sie nachdenklich an. »Als ich jung war, konnte meine Herrschaft nur gesichert werden, weil König Harald von Dänemark – damals noch ein Prinz – mir zu Hilfe eilte und seine Männer Seite an Seite mit meinen Kriegern gegen die Truppen König Ludwigs kämpften.«

Als er den Namen ihrer Heimat aussprach, stiegen wieder Bilder vor ihr auf – von Sümpfen, Wäldern, Schnee und dem vereisten Meer, dem einfachen Langhaus, den hungernden Schwestern, den blau verfärbten Fingern und Zehen. Doch welche Macht hatten Kälte und Hunger schon entfalten können, solange sie bei ihrer Mutter am Herdfeuer gesessen und von ihr alles über die Runen gelernt hatte. Sie hatte sie gelehrt, mit Entschlossenheit der Not zu trotzen und, koste es, was es wolle, für sich und die Ihren zu sorgen.

»Woran denkst du?«

Sie konnte es ihm nicht sagen. »Warum bittest du König Harald nicht erneut um Hilfe, um die Grenzen zu schützen?«, fragte sie, statt ihm eine Antwort zu geben, und fügte in Gedanken hinzu: Dann kommen Menschen in Scharen aus Dänemark, siedeln sich hier an, träumen von einer Zukunft – und es werden viel zu viele sein, als dass ein Christ allein sie töten könnte.

»Hm«, machte er. »Zunächst müsste ich meine Nachbarn entzweien. Wenn Gottfried von Anjou beschäftigt wäre, sein Reich zu schützen, könnte er Thibaud nicht helfen, so wie er es offenbar im Sinn hat. Und ohne Verbündete wird Thibaud nicht wagen, mich erneut anzugreifen.«

Sie konnte mit den Namen nichts anfangen, aber nickte. »Ein guter Plan, aber höre auch auf meinen Rat. Mach sie nicht vergeblich glauben, du seist ein Christ. Bestärke sie in der Ahnung, dass es heidnisches Blut ist, das in deinen Adern fließt. Sie müssen dich nicht respektieren, es genügt, wenn sie dich fürchten.«

Er nickte wieder. »Du bist sehr klug. Haben dich die Einsamkeit und die Wälder auch das politische Ränkespiel gelehrt? Was hast du dort eigentlich gemacht, und wie bist du dorthin gekommen? Du stammst doch aus Dänemark. Wann hast du deine Heimat verlassen, wann normannischen Boden betreten, und wo sind deine Eltern?«

So viele Fragen, und jede schmerzte. Gunnoras Züge, eben noch voller Eifer, versteinerten. »Du hast mich gewiss nicht holen lassen, um mit mir über die Vergangenheit zu sprechen.«

»Und dennoch frage ich dich: Wer bist du? Was hat dich zu dieser weisen, zähen Frau gemacht?«

Die Frage war nicht ganz so schmerzhaft, umso bitterer jedoch die Einsicht, dass ihr keine rechte Antwort einfiel. Hatte Gunhilds und Walrams Liebe sie stark gemacht oder der Schmerz über ihren Tod, die Kälte des Waldes oder die Wärme ihrer Schwestern, das stete Ringen gegen die Schwermut oder die Hoffnung, irgendwann doch Glück zu finden?

Um einstigem Kummer seine Spitzen zu nehmen, nichts sagen zu müssen und weitere Fragen zu verhindern, beugte sie sich vor und küsste ihn.

ᛋ

Agnarr hatte auf seinem Hochstuhl Platz genommen. Gespannte Stille herrschte im Raum, selbst seine Mutter höhnte nicht über ihn. Das Einzige, was sich vernehmen ließ, war ihr rasselnder Atem. Sie begann, alt zu werden, wenn auch nicht weniger bösartig, aber sie wusste, was er wusste, ja, was sie alle wussten: Das Warten hatte ein Ende, der entscheidende Moment war gekommen, um alles zu wenden, den Missmut auszuziehen wie ein zerfleddertes Kleid, die Trägheit abzustreifen wie löchrig gewordenes Schuhwerk. Es war ein Fehler gewesen, sein Kriegsglück davon abhängig zu machen, ob er nun die schwarze Dänin fand oder nicht. Seinetwegen konnte sie gern auch weiterhin in den Wäldern verschollen bleiben und dort verrotten wie ihre Runensteine – er würde Richard vertreiben und selbst Graf der Normandie werden, und dann, spätestens dann würde er sie schon noch kriegen.

In der Stille erklang eine Stimme. Ein Bote war soeben aus Dänemark zurückgekehrt und erstattete Bericht. »König Harald von Dänemark ist nicht gewillt, Richards Bitte zu folgen und einzugreifen, er wähnt sich zu alt dafür. Aber er wird eine Flotte mit vierzig Schiffen schicken. Sie werden aufbrechen, sobald der Frühling kommt.«

Kurz hielt die Mutter den rasselnden Atem an. Die Klauen des Winters hatten eben erst das Land gepackt und hielten es fest im Griff, aber irgendwann würden der Schnee schmelzen und die Eiszapfen zu tropfen beginnen.

Vierzig Schiffe, dachte Agnarr, das bedeutet einige hundert Männer. Wenn ich nur die Hälfte davon überzeugen kann, dass Richard ein schlechter Anführer der Normannen ist, ich hingegen ein besserer, ist viel getan.

»Wo werden sie ankern?«, fragte er.

»Vor Jeufosse.«

»Wir müssen dort sein, sobald sie ankommen.«

Er fügte nichts hinzu, aber allen war klar, was er meinte: Wir müssen diese vielen schwer bewaffneten Krieger dazu bringen, dass sie sich unserer Rebellion anschließen, müssen ihnen Land versprechen, Frauen, Sklaven, Tiere. Damit kann man jeden Mann locken und noch mehr mit der Aussicht, einem Sieger zu dienen.

Und ein solcher würde er sein, ein solcher musste er sein. Er hob den Arm und stieß einen triumphierenden Schrei aus, den die Männer erwiderten. Ihr Grölen übertönte den rasselnden Atem der Mutter.

Als wieder Stille herrschte und er weitersprach, war seine Stimme heiser: »Bedenkt jedoch: Es genügt nicht nur, im Frühling in Jeufosse zu sein und die Dänen dort zu erwarten. Noch mehr als je zuvor gilt es, den Hof von Rouen zu unterwandern und Verbündete zu finden. Auch dort sind nicht alle glücklich mit Graf Richards Art, sein Land zu führen. Seine Feinde sind unsere Freunde. Wer auch immer ihm dazu riet – die Entscheidung, ausgerechnet bei König Harald Hilfe zu suchen, wird ihm zum Verhängnis werden.«

Richard wird seine Macht verlieren, dachte er, ich werde sie erringen. Ich werde der neue Graf der Normandie sein, und die Nachricht darüber wird bis nach Hel dringen zu all den erbärmlichen Toten, die schäbig gelebt und noch schäbiger gestorben sind und die Odin von seiner Tafel in Walhall, ebenso riesig wie prächtig, verbannt hat. In Walhall ist es kalt, aber in Hel noch viel kälter. Berit wird sich dafür verfluchen, dass sie sich lieber tötete, als mich zum Mann zu haben. Und all die Schatten, die flennend und ziellos durch das finstere, eisige Reich streunen, werden lauter über sie lachen, als über ihr eigenes Schicksal zu klagen. Nur die schwarze Dänin wird nicht lachen, wenn sie dereinst zu ihnen stößt. Fürchtet euch, wird sie mit noch schreckgeweiteten Augen verkünden, mit stumpfem Haar und blutverklebter Brust, fürchtet euch vor Agnarr!

Fécamp
996

Sie hatten sich vor den Mönchen in einer Vorratskammer versteckt, inmitten von Fässern mit Rüben und gesalzenem Fisch. Hauptsache, sie waren in Sicherheit. Und tatsächlich hatten Bruder Remi und Bruder Ouen ratlos einige Runden im Hof gedreht und waren nun wieder zurück ins Haupthaus gekehrt. So groß die Erleichterung darüber auch war – Agnes begann in der kühlen Kammer zu frieren, und Emma rümpfte die Nase ob des durchdringenden Geruchs.

»Lass uns wieder gehen! Wie grässlich es hier stinkt.«

Agnes versteifte sich. »Aber wenn die beiden in den Hof zurückkehren … wenn sie diese Schriften finden … wenn sie …«

»Ach, hör doch auf! Was wollen sie gegen meine Mutter und meinen Bruder schon ausrichten!«

»Hast du mir denn nicht zugehört? Die Zukunft der Normandie steht auf dem Spiel!«

Emma hob abwehrend die Hand. »Das glaube ich erst, wenn ich weiß, was diese Zeichen bedeuten.«

»Aber wie wollen wir das herausfinden?«

Die beiden Mädchen vertieften sich erneut in die Schriften. Mittlerweile wirkten die Zeichen nicht mehr so fremd und furchteinflößend, aber sie waren ihnen immer noch ein Rätsel.

»Du meintest vorhin, das sei Zauberei«, murmelte Agnes.

Emma nickte. Ihr Gesicht hatte mittlerweile wieder ein wenig Farbe bekommen. »Ich würde nur zu gern wissen, wer mit einem Zauber belegt werden soll!«, rief sie.

»Woher weißt du überhaupt, dass ...«

»Man nennt sie Runen«, erklärte Emma hastig. »Ich habe einmal gehört, dass es sechzehn verschiedene Runen gibt, manche behaupten, dass sogar vierundzwanzig davon im Gebrauch seien.«

»Und kennst du wenigstens eine?«

Emma gab sich gern besserwisserisch, doch jetzt musste sie wohl oder übel den Kopf schütteln. Agnes' Aufregung hingegen wuchs. Wie verlockend die Vorstellung war, eine Schrift zu beherrschen, die nur wenigen Eingeweihten vertraut war! Und gar, damit Zauber zu treiben!

Nicht, dass sie irgendjemandem Schaden zufügen wollte. Aber mit Zauberei ließ sich bestimmt verhindern, dass sie immer nur Dinkelbrei essen musste anstatt weichem Brot. Vielleicht konnte ein Zauber überdies bewirken, dass sie mehr Kleider bekam, dass der Rauch nicht immer ganz so quälend dicht stand, dass der Graf noch länger lebte.

Allerdings: Die Mutter hatte ihr erklärt, dass der Graf alt sei, ein erfülltes Leben hinter sich habe und nun heim zu Gott gehe, und das sei nichts, wovor man sich fürchten oder das man gar abwenden müsse.

In jedem Fall käme ihr ein Zauber eben recht, um Bruder Remi und Bruder Ouen für ihre Hinterlist zu strafen. Vielleicht hatte Emma recht, und sie konnten sich wieder ins Freie wagen.

Während Agnes noch überlegte, ob sie das Versteck verlassen sollten, stieß Emma sie plötzlich aufgeregt in die Seite.

»Sieh nur! Diese Zeichen tauchen in dieser Reihenfolge immer wieder auf.«

Agnes folgte ihrem Blick. Emma hatte recht.

»Was hat das zu bedeuten?«

»Nun, dass es ein Name ist, du Dummerchen!«

Agnes kniff ihre Augen zusammen. »Ich bin nicht dumm, nicht dümmer als du zumindest. Du kennst die Runen schließlich auch nicht.«

»Aber ich kenne jemanden, der sie vielleicht kennt«, rief Emma triumphierend.

Agnes war sofort bereit, der Freundin die Beleidigung zu verzeihen. Wer am Hof konnte bloß Runen lesen? Wer sie in das Geheimnis der Gräfin einweihen?

Immer noch war es undenkbar für sie, dass die Gräfin irgendeine Form der Magie betrieb, doch dass sie ein Geheimnis hütete und dieses gefährlich war, galt in jedem Fall als Beweis dafür, dass sie nicht so tugendhaft war, wie sie alle anderen vermuten ließ.

Emma barg die Schriftrolle an ihrer Brust. »Komm mit, ich weiß, wo wir sie antreffen werden.«

»Aber die Mönche ...«

»Die Mönche werden es nicht wagen, die Tochter des todkranken Grafen zur Rede zu stellen. Lass mich nur machen.«

Agnes musste wohl oder übel eingestehen, dass es verführerisch war, der anderen die Führung zu überlassen und nicht selbst die schwierigen Entscheidungen zu treffen. Doch während sie Emma ins Freie folgte, sehnte sie sich insgeheim, ein wenig mehr Selbstbewusstsein und weniger Furcht zu haben, mehr Macht über die anderen Menschen als die Neigung, sich befehlenden Worten zu fügen, mehr Skrupellosigkeit auch als Scheu vor Verbotenem.

Nun, zumindest hatte sie nicht gezögert, die verbotenen

Schriften an sich zu nehmen, auch wenn Emma diese mittlerweile trug – und an einen Ort brachte, den Agnes nicht erwartet hatte.

»Du willst in die Kapelle?«, rief sie, und erneut packte sie die Furcht vor Bruder Remi und Bruder Ouen.

Emma sagte nichts, nickte nur vielsagend und beschleunigte den Schritt.

VII.

965

Die Monate vergingen, Schnee fiel und wurde im Hof schmutzig grau, heftige Winde kämpften gegen graue Wolkentürme, die sich am blassen Himmel brauten, und erfüllten jeden Winkel mit ihrem eisigen Hauch. Gunnora zeigte es nicht, aber sie war unendlich dankbar, nicht im Wald leben zu müssen und zu frieren, sondern sich mit den anderen Frauen um den Kamin scharen zu können. Mit ihnen sprach sie wenig, mit Richard umso mehr.

Immer häufiger rief er sie zu sich, um das Mahl gemeinsam mit ihr einzunehmen. Seinen Fragen nach ihrer Herkunft wich sie beharrlich aus, aber sie sprach mit ihm über Politik und erklärte stets unumwunden ihre Sicht der Dinge.

Er hörte interessiert zu, desgleichen er sich als sehr aufmerksam erwies, wenn es galt, ihre Vorlieben zu erkennen. So hatte er sich gemerkt, dass sie am liebsten Rinderlenden aß und Brombeerwein trank, und ließ beides oft servieren. Sie tat, als würde sie solche Gefälligkeiten nicht bemerken, und lehnte Geschenke schlichtweg ab – einmal eine Fibel mit einem Smaragd, einmal einen Gürtel, der mit einem Jaspis geschmückt war. Er nahm es hin, nur eine Kette aus Saphir drängte er ihr auf.

»Sie passt zu deinen Augen.«

»Ich will sie nicht!«

»Aber vielleicht deine jüngere Schwester Wevia.«

Gunnora zuckte zusammen. Er kannte den Namen ihrer Schwestern und wusste – was noch mehr zählte – von ihren Eigenarten. Wie sollte sie einen Mann hassen oder zumindest verachten, der ihren Schwestern eine Freude machen wollte?

In den darauffolgenden Tagen verhielt sie sich auch ihm gegenüber wortkarg. Richard tat, als würde es ihm nicht weiter auffallen, lud sie eines Abends jedoch ein, mit ihm ein Brettspiel zu spielen.

Gunnora hatte einst oft zugesehen, wie ihr Vater mit Nachbarn würfelte, und sie kannte ein Brettspiel namens Hnefatafl, bei dem es galt, den König gegen seine vielen Angreifer zu schützen, doch dieses Spiel bestand aus noch viel mehr Spielfiguren, und das Brett war aus Elfenbein geschnitzt und in kleine Quadrate aufgeteilt, ja gar mit Löchern ausgestattet, in die man die Bernsteinfiguren stecken konnte.

»Wie heißt es?«

»Schach. Wenn du willst, kann ich dir zeigen, wie man es spielt.«

Dass sie es nicht rundweg ablehnte, betrachtete er als Zustimmung. Prompt begann er, die Spielzüge zu erklären, und wie er erwartet hatte, war Gunnora zu neugierig, nicht zuzuhören und sich alsbald selbst im Spiel zu erproben. Fast jeden Abend spielten sie nun miteinander, und bald war ihr Ehrgeiz erwacht, ihn zu schlagen.

Die Freude über den ersten Sieg stimmte sie wieder etwas gesprächiger. »Bei diesem Spiel sind alle Stände vertreten«, murmelte sie, »Bauern, Krieger, Könige, nur nicht die Sklaven. Dabei gibt es hier in Rouen einen so großen Sklavenmarkt.«

Die ersten Male, als sie dort vorbeigekommen war, war sie erschrocken zusammengezuckt. Mittlerweile wusste sie sich besser zu beherrschen, hatte sich aber immer noch nicht an den Anblick der Elenden gewöhnt, die dort mit geschorenem Haar und erschreckend mager, gefesselt und manchmal sogar angekettet ihres Schicksals harrten. Viele stammten von irischen Sklavenmärkten, andere so weit aus dem Süden, dass ihre Haut von der Sonne ganz verbrannt war. Die Kräftigen entsprachen dem Wert eines Pferdes, Frauen und Kinder konnte man viel billiger erwerben.

Mathilda hatte ihr später erklärt, dass die Kirchenmänner gegen den Handel wetterten und manchmal Sklaven kauften, um sie später freizulassen – vorausgesetzt, es waren keine Heiden, sondern Christen. Doch keiner forderte offen vom Grafen, dem Handel mit Menschen ein Ende zu setzen.

Das tat auch sie nicht, Gunnora fragte sich nur, wie ein Mensch sich wohlfühlen konnte, war er unter gleißender Sonne geboren und musste nun im Schnee frieren.

»Die schwarzen Sklaven stammen aus Algier«, erklärte Richard. »Einige Dänen haben das Land überfallen und sie von dort mitgebracht.«

Gunnora sah zu den Fenstern. Sie waren mit Leder geschlossen, das die eisigen Winde fernhielt, dennoch war es abseits des Feuers auch in diesem Raum kalt.

»Sie müssen hier frieren, aber noch schlimmer ist, dass sie ihren Familien entrissen wurden, dass sie zusehen mussten, wie ihre Kinder, Brüder, Eltern starben …« Sie erschauderte.

Richard lehnte sich zurück. »Ich weiß, viele sagen, es sei ein Unrecht, Menschen zu versklaven, aber du kennst sicher die Geschichte von Heimdal, dem Gott, der drei Familien besuchte und dort jeweils ein Kind zeugte – den Jarl, der zum Herrschen bestimmt war, den Karl, der ein Bauer wurde, und schließlich den Sklaven. Im Norden werden die Menschen nicht als gleichrangig betrachtet, und hier ist es ebenso.«

Gunnora blickte verwirrt hoch. Nie war zwischen ihnen je zur Sprache gekommen, dass sie keine Christin war. Und nie hatte er zugegeben, dass er die Geschichten aus dem Norden kannte und mit ihnen aufgewachsen war wie sie.

»Als ich einst als Kind in Bayeux lebte, um die dänische Sprache zu lernen, hat mir ein Norweger stets von den Göttern erzählt«, sagte Richard, als könnte er ihre Gedanken lesen. »Am meisten fasziniert hat mich Odin, der ein Auge hergab, um Weisheit zu erlangen.«

Unwillkürlich musste Gunnora an den Tag ihrer Ankunft denken, als die Mutter ihr erklärt hatte, alles habe seinen Preis, auch das Wissen um die Runen. Sie wollte nicht zugeben, wie sehr es sie erschütterte, dass auch Richard diese schlichte Rechnung kannte, und kam aufs eigentliche Thema zurück.

»Ich habe gehört, dass in den ersten Jahren der Normandie viele Felder brachlagen, weil die Nordmänner so viele junge Männer entführten und versklavten«, sagte sie leise. »Ein Land, das so sehr unter der Sklaverei gelitten hat, sollte sich nicht am Handel mit Menschen bereichern.«

Richard nickte nachdenklich. »Das ist wahr, aber nicht alle Ziele sind gleichzeitig zu erreichen. Wenn wir Frieden hätten, könnte ich die Sklaverei verbieten lassen. So allerdings muss ich mir die Kaufleute geneigt stimmen. Sie bringen das Geld ein, das ich brauche, um Krieg zu führen.«

»Die Truppen aus Dänemark, um die du König Harald gebeten hast, sollen im Frühjahr kommen, nicht wahr?«

»So ist es, und ich weiß nicht, was ich ohne sie machen soll. Thibaud hetzt weiterhin gegen mich, und längst hat sich nicht nur Gottfried von Anjou zu seinem Verbündeten erklärt, sondern auch andere haben es: Arnulf von Flandern, König Lothar und Graf Rotrou von Le Perche. Sie bereiten einmal mehr die Invasion vor.«

»Aber die dänischen Truppen werden dir doch rechtzeitig beistehen?«

»Auf ihre Treue kann ich zählen – nicht jedoch auf die einiger Provinzen. Vor allem jene in der Nähe der Grenze, die am meisten einen Angriff fürchten, drohen mit Rebellion, vermag ich sie nicht zu schützen.«

Sie schwiegen lange. Gunnora musterte Richard verstohlen, erkannte plötzlich, wie müde er war und auch, wie viel ihm die wenigen Stunden mit ihr bedeuteten. Sie schenkten Zerstreuung, Erholung, neue Kraft. Mehrmals setzte sie zu reden an, wollte die Zusammenhänge noch besser ergründen, ihn beraten, gar trösten, doch schließlich brachte sie nur eine schlichte Frage über ihre Lippen.

»Warum liegt dir so viel an mir?«

Er sah sie erstaunt an, doch die Antwort kam unerwartet schnell. »Aus deiner Stimme hört man niemals Panik«, sagte er leise. »Alle hier am Hof sind um die Zukunft des Landes besorgt – du nicht. Die Normandie ist nicht deine Heimat, und deshalb hat ihre Zukunft keine Bedeutung für dich. An deiner Seite kann ich am besten vergessen, wer ich bin, und zugleich am offensten darüber reden.« Kurz hatte Richard ganz ernst gesprochen, doch am Ende lachte er auf. »Ich fürchte nur, bald muss ich auf deine Gesellschaft verzichten – und du auf meine. Sobald der Schnee schmilzt, werde ich Rouen verlassen, um die Grenzregionen zu sichern.«

Er zwinkerte ihr auf gewohnt spöttische Art zu, als gelte es, sein Bekenntnis Lügen zu strafen. Sie blieb dennoch bewegt. War ihr die Normandie tatsächlich gleichgültig? Würde sie erleichtert sein, wenn er fort war, oder sich nach ihm sehnen?

Ihr verräterischer Körper tat das gewiss, und als er sie zu sich zog, beschloss sie, seine Zärtlichkeiten auszukosten, solange sie ihr zuteilwurden.

Der Frühling kam, Richard ging, der Hof erwachte zum Leben, aber Gunnora zog sich immer mehr zurück. Die Frage nach ihrer Zukunft wurde drängender, auch, was sie insgeheim anstrebte und wie sie es am besten erreichte. Ihre kleinen Schwestern fühlten sich wohl, von Seinfreda hatte sie die Nachricht bekommen, dass es ihr gut gehe, und sie hatte ihr ihrerseits durch einen Boten ausrichten lassen, dass die Kleinen sich bei Hofe wohlfühlten und sie selbst ein passableres Leben führe als seinerzeit im Wald.

Dennoch wuchs ihre Rastlosigkeit. Nicht länger schenkten ihr die Aufgaben, die ihr Mathilda zugeteilt und die sie bis jetzt gewissenhaft erledigt hatte, die gewünschte Zerstreuung. Nun, da das Land grünte, sehnte sie sich manchmal nach dem erdigen Waldgeruch, dem Rascheln des Laubes, der rauen Rinde der Bäume. Und Gunnora tat, was sie lange nicht mehr getan hatte – sie ritzte Runen. Erst wahllos, dann eine bestimmte, die Rune Sowilo, die für Sieg und Erfolg stand.

Erst als sie sie betrachtete, erkannte sie, wie sehr sie sich wünschte, dass sie Richard zum Segen werden und er die feindliche Allianz besiegen möge. Verärgert darüber, dass ihr sein Wohl so wichtig war, warf sie das Stück Holz ins Feuer und sah zu, wie es verbrannte. Als nur mehr Asche übrig war und sie den Blick hob, stand eine junge Frau vor ihr und starrte sie an. Gunnora versuchte sich zu erinnern, woher sie sie kannte. Die zwei kräftigen Zöpfe waren rotblond, das Gesicht mit Sommersprossen übersät und die Hände krebsrot – ein Zeichen, dass sie viel arbeitete, was wiederum bedeutete, dass sie Magd war, keine Konkubine.

»Was starrst du mich so an?«, fragte sie schroff.

»Du bist eine Meisterin der Runen.«

Gunnora erstarrte. Die junge Frau hatte Dänisch zu ihr

gesprochen ... voller Ehrfurcht. Nun wandte sie sich reglos ab und ging.

Neugier und Befremden stritten in Gunnora, schließlich ging sie der Rotblonden nach und fand sie in der Weberei wieder, in der der Webstuhl mit seinen durch Gewichte beschwerten Kettfäden stand. Mithilfe eines Schiffchens ließ die junge Frau den Schussfaden hindurchgleiten und schlug ihn mit einem Webblatt fest. Sie blickte nicht hoch, als Gunnora näher trat, doch sie hob herausfordernd das Schiffchen. Eine Rune war hineingeritzt.

»Das ist Jera, die Rune, die nicht nur für eine reiche Ernte sorgt, sondern der Hände Arbeit segnet«, stellte Gunnora fest.

Die junge Frau schwieg, doch in ihrem Gesicht stand gleiche Ehrfurcht geschrieben wie zuvor.

»Wie heißt du?«, fragte Gunnora. »Und wer bist du?«

»Gyrid«, sagte sie leise. »Das Kind dänischer Eltern, die erschlagen wurden, kaum dass sie normannischen Boden betraten.«

Gunnora suchte Gleichmut zu wahren, aber innerlich erbebte sie.

»Du hast nicht gefragt, was ich vom Leben will«, fuhr Gyrid hastig fort. »Doch ich sage es dir gleichwohl: Rache für meine toten Eltern. Und dann nach Dänemark heimkehren. Das willst du doch auch, nicht wahr?«

»Meine Eltern sind tatsächlich tot wie deine, aber ...«

»Ich weiß, Wevia hat es mir erzählt.«

Gunnora setzte die Vorstellung, dass die junge Frau ohne ihr Wissen Zeit mit ihren Schwestern verbracht hatte, mehr zu als erwartet. Auch wenn sie ihr Befremden nicht zeigen wollte, Gyrid schien es zu erahnen.

»Du kannst mir vertrauen«, sagte sie schnell, »wir sind doch so etwas wie Schwestern. Unsere Eltern starben, weil die Normannen ihr Land nicht teilen wollten, und ich denke nicht, dass sich daran in Zukunft etwas ändern wird. Jetzt, in Kriegszeiten, sind die Dänen als Krieger willkommen, aber danach sollen sie gefälligst wieder gehen und das fruchtbare Land den Christen überlassen.«

»Weißt du, wer diese Christen sind, die hierzulande Dänen ermorden? Und wer sie anführt?«

»Ich kenne keinen Namen, aber du kannst dir sicher sein, dass Graf Richard selbst sie beauftragt hat, unsere Eltern zu töten.« Blanker Hass war der Ehrfurcht in ihren Zügen gewichen.

Gunnora schwindelte. Diesen Hass hatte sie anfangs auch gefühlt, ihn dann jedoch geschluckt und sich eingeredet, dass Richard mit dem Tod ihrer Eltern nichts zu tun hätte. Erst jetzt erkannte sie den Irrtum. Wie widersinnig zu glauben, dass sie ihn mochte, nur weil ihr Körper ihn begehrte! Wie närrisch auch zu hoffen, dass sie hier eine Zukunft haben und Glück finden würde!

»Wir brauchen deine Hilfe«, sagte Gyrid mit fester Stimme.

»Wir?«, fragte Gunnora.

»In diesem Land gibt es so viele, die Eltern, Brüder und Kinder verloren haben, die Rache suchen, die unsere Bräuche und Sitten am Leben erhalten wollen und den christlichen Glauben ausmerzen. Um das zu erreichen, genügt es nicht, sich im Wald zu verkriechen und Runen zu schnitzen.«

»Was soll ich stattdessen tun?«

Gyrid hielt ihrem forschen Blick stand. So viel Stolz, so viel Kälte, so viel Zorn waren darin zu lesen.

»Graf Richard …«, flüsterte Gyrid nach langem Schweigen, »… Graf Richard muss sterben.«

Gunnora hatte Gyrid stehen lassen, ohne zu erkennen zu geben, was sie von deren Ansinnen hielt. Gyrid selbst ließ ihr etwas Zeit, dann kam sie eines Tages erneut zu ihr. Kurz zuvor waren Boten in Rouen eingetroffen und hatten die Nachricht überbracht, dass die dänischen Truppen, die zu Richards Unterstützung gesandt worden waren und die mittlerweile vor Jeufosse, einem kleinen Ort direkt an der Seine, ankerten, seine Feinde abgeschreckt hätten. Anstatt die geplante Invasion weiter voranzutreiben, hätten sie sich aufs Verhandeln verlegt.

»Der Graf wähnt sich stark wie nie«, erklärte Gyrid frohlockend, »und ist doch geschwächt wie nie. So viele Dänen halten sich in der Normandie auf, und sie alle gehorchen im Zweifelsfall nicht ihm, sondern unserem Anführer.« Sie sprach wie im Fieber, die Augen glänzten freudig erregt.

Gunnora fühlte trotz des Frühlings keine Wärme, sondern Frost. »Wer ist euer Anführer?«, fragte sie.

»Ein Däne wie du und ich ... Vor zwanzig Jahren ist er im Gefolge von König Harald, der damals noch ein Prinz war, ins Land gekommen. Richard hat dessen Hilfe einst ebenso gebraucht, um an der Macht zu bleiben, wie heute. Seinen Männern hat er viel versprochen, am Ende jedoch wenig gegeben. Die, die nicht zurück nach Dänemark gekehrt waren, erhofften sich hier eine Zukunft, doch Richard gab ihnen kaum Land, nur das Gefühl, widerwillig geduldet zu sein. Unter einem Grafen, der nicht vor Christus buckelt, sondern an die Götter glaubt, wird sich das ändern.«

Gunnora nickte. Zu jenen Dänen, die einst Prinz Harald begleitet hatten, zählten die Verwandten ihres Vaters, deren Namen sie vergessen hatte und deren Gesichter sie nicht kannte ... nicht so gut wie die von Mathilda, Arvid ... von Richard.

Sie schüttelte den Gedanken ab.

»Du willst ihn doch auch stürzen! Du willst ihn doch auch tot sehen!«, rief Gyrid eifrig.

Gunnora war dankbar, dass jemand den Raum betrat und sie keine Antwort geben musste. Alruna, Mathildas Tochter, setzte sich eben an den Webstuhl. Nur selten hatte Gunnora sie jüngstens gesehen und war stets von ihr missachtet worden, so auch heute. Doch ganz gleich, wie feindselig sie sich verhielt – sie bot die Gelegenheit, vor Gyrid zu fliehen, und Gunnora nutzte sie. Stundenlang streifte sie durch die Burg, versuchte ihre Gedanken zu sortieren, blieb aber unsicher, ob sie den Hass, den sie in Gyrids Augen hatte aufblitzen sehen, teilte oder nicht. In den nächsten Tagen wusste sie auch nicht, ob sie hoffen sollte, sie wiederzusehen, oder sich vielmehr davor fürchten.

So oder so, Gyrid blieb ihr fern, ein anderer hingegen kehrte in ihr Leben zurück, abgekämpft und müde und dennoch voller Gier, sie zu sehen, zu umarmen, zu halten: Richard. Sie wünschte sich, er würde etwas sagen oder tun, was den Aufruhr ihrer Gefühle besänftigte und sie von ihrem Zwiespalt erlöste, doch anders als so oft, bedurfte er nur ihres Körpers, nicht ihres Verstands. Er zog sie an sich, sobald sie sein Gemach betreten hatte, liebte sie voller Hast und Verlangen, aber erzählte ihr nichts von dem, was er in den letzten Wochen erlebt hatte. Das erfuhr Gunnora am nächsten Tag von anderen.

Wie aus dem Nichts tauchte dann auch Gyrid vor ihr auf, als sie in den Hof trat. »Der Graf ist also wieder zurück«, sagte sie vielsagend.

»Was willst du von mir?«, gab Gunnora unwirsch zurück.

Gyrid antwortete nicht, sondern gab lediglich ein Zeichen, ihr zu folgen. Sie gingen in den Stall und trafen einen der Pferdeknechte, der auch zu den dänischen Aufständischen gehörte, wie Gyrid sie nannte.

Forsch schritt Gyrid auf ihn zu. »Stimmen die Gerüchte, die man aus den Provinzen hört?«

Der junge Mann nickte. »Graf Richard kann die Dänen kaum mäßigen. Sie kamen her, um zu kämpfen, doch nun, da der Krieg ausbleibt, werden sie unruhig. Einige Truppen haben Raubzüge in die Nachbarländer unternommen und die Menschen dort in Angst und Schrecken versetzt.« Er lachte auf.

Raubzüge, dachte Gunnora. Ruinen, brennende Häuser, Blut, Tote, Sklaven. »Ich ... ich will damit nichts zu tun haben«, sagte sie laut.

»Graf Richard hat diesen Ausbruch an Gewalt nicht verhindert, im Gegenteil«, rief Gyrid. »Er ließ die Dänen wüten, um seinen Feinden zu zeigen, wie stark er ist.«

Der junge Mann nickte, als Gunnora ihn fragend ansah. »Die Überfälle haben seinen Widersachern schwer geschadet. Manch einer würde lieber Frieden mit der Normandie schließen, anstatt seine Truppen in den Krieg zu führen.«

»Erneut ist der Graf über Leichen gegangen, um seine Ziele zu erreichen!«, rief Gyrid ungehalten. »Wie lange sollen wir das noch hinnehmen? Und werden wir, so erstarkt wie er nun ist, künftig überhaupt noch eine Chance haben, ihn zu entmachten? Wir müssen so bald wie möglich handeln!«

Gunnora wandte sich dem Knecht zu. »Ich weiß immer noch nicht, was ihr von mir erwartet.«

Abschätzend blickte er sie an. »Es heißt, dass Graf Richard dich sofort zu sich rufen ließ, als er gestern heimkehrte.«

Gunnora fühlte tief in ihrem Leib ein ebenso lustvolles wie verräterisches Pochen. »Was geht's dich an?«, schnaubte sie.

»Ich werfe dir doch nicht vor, dass du so oft beim Grafen liegst«, erwiderte der junge Mann. »Im Gegenteil, es könnte uns von großem Nutzen sein. Keine Dänin kommt ihm so nah wie du. Und keiner Dänin vertraut er so wie dir.«

Angst packte sie. Sie wollte nicht hören, was von ihr gefordert wurde, und eine Entscheidung treffen müssen. Sie wollte nicht den würzigen Geruch von Pferden einatmen und an Tod und Verderben denken. Sie wollte nicht, dass Richards Geruch an ihr haftete und ihr Schoß noch feucht von seinem Samen war, während sie mit seinen Feinden sprach.

»Wie heißt du?«, fragte sie den Mann, um Zeit zu schinden.

»Mein Name ist nicht von Bedeutung«, gab er zurück, zog aus seinem ledernen Wams ein Messer und reichte es ihr. »Das ist das Einzige, was zählt.«

ᛊ

Alruna verbarg sich im Schatten des Stalltors und wartete, bis Gunnora, Gyrid und der Mann den Stall verlassen hatten.

»Was machst du hier?«

Sie zuckte zusammen, als die Stimme sie traf, doch als sie hochblickte, erkannte sie zu ihrer Erleichterung nur Arfast. Seit Ewigkeiten war sie ihm nicht mehr begegnet, er hatte sie nicht minder gemieden als sie ihn.

Mich freuen, dachte sie im Stillen triumphierend, stolz auf meine Geduld und meine Beobachtungsgabe sein. Doch sie sprach es nicht aus.

»Du hast es also auch schon gehört«, meinte Arfast.

»Was?«

»Dass die Allianz bröckelt. Immer häufiger suchen die dänischen Truppen das Frankenreich heim. Die Großen des Landes werfen König Lothar vor, dass er allein schuld daran sei. Der wiederum beklagt sich bitter, dass er sich nur von Thibaud dazu habe hinreißen lassen, Richard zu bedrohen. Sie streiten miteinander, statt gemeinsam gegen unseren Grafen zu kämpfen.«

Als er geendigt hatte, wurde er rasch wieder ernst. Verspätet war ihm wohl eingefallen, dass auch Richards vorübergehendes Kriegsglück die Kluft nicht überbrücken konnte, die ihre bösen Worte einst geschlagen hatten.

Knapp nickte er ihr zu und ging.

Alruna jedoch lächelte auch dann noch, als nichts mehr von ihm zu sehen war. Sollte sich Arfast wegen vergangener Kränkung grämen – für sie war es ein guter Tag. Richards Feinde würden sich gegenseitig zerfleischen, und sie hatte endlich ein Mittel gefunden, Gunnora aus seinem Herzen zu vertreiben.

Richard ging auf und ab, als Alruna das Turmzimmer betrat. Sein Gesicht war nach den Anstrengungen der letzten Wochen blass und eingefallen, seine Schritte jedoch federnd, beschwingt, jung. Überrascht weiteten sich seine Augen, als er sie sah und nicht Gunnora, auf die er offenbar gewartet hatte.

Alruna empfand plötzlich einen schalen Beigeschmack. Gunnora war eine Rivalin, der sie alles Üble der Welt wünschte, Richard der Geliebte, dem sie Schmerz ersparen wollte. Doch ihn davor zu bewahren, dass Gunnora ihm ein Messer in die Brust rammte, bedeutete, ihn selbst nicht minder zu verletzen, und kurz bereute sie es, sich diese Rolle angemaßt und es nicht einem anderen überlassen zu haben, die Botschaft zu überbringen – ihrer Mutter oder ihrem Vater.

Noch wurde ihr eine Atempause zugestanden. Auch wenn Richard eine andere erwartet hatte, schien er durchaus erfreut, sie zu sehen.

»Hast du schon gehört, was passiert ist?«, rief er, lief auf sie zu und ergriff ihre Hände. »Thibaud le Tricheur lenkt ein und will Frieden mit mir schließen. Und das, obwohl er mir Évreux wird zurückgeben müssen. Schon ist ein Mönch eingetroffen, um das Angebot des Bischofs von Chartres zu überbringen, die Verhandlungen zu leiten.«

Alruna wusste, dass der Preis dafür hoch war – nämlich die gewalttätigen Dänen in seinem Reich zu dulden, doch wenn Richard nicht darüber sprach, wollte sie ihn ganz sicher nicht daran erinnern, ihm vielmehr gönnen, sich kurz von der Last befreit zu wissen.

»Und König Lothar?«, fragte sie.

»Er bietet einen Waffenstillstand an, zunächst für vierzig Tage. In dieser Zeit werden wir uns in Saint-Clair-sur-Epte treffen. Ich werde ihm die Treue zusichern und ein Festbankett geben, und ihm wird nichts übrig bleiben, als gute Miene zu machen. Gegenüber Thibaud le Tricheur werde ich ebenso großzügig sein. Sollen doch seine Garnisonen Évreux mit ihren Waffen verlassen! Hauptsache, sie kehren nicht zurück.«

Wie schnell er bereit war, zu vergeben und zu vergessen! Wie unberechenbar die Gefahr war, dass er sich womöglich auch Gunnora gegenüber so großherzig verhielt! Allein die Vorstellung fachte ihren Zorn an und ihre Entschlossenheit, nicht länger zu warten.

»Sie will dich töten«, sagte sie leise.

Richard lächelte verständnislos. »Was meinst du?«

Alruna atmete tief durch. »Die Dänen, die König Harald geschickt hat – einige von ihnen haben sich mit hiesigen Aufständischen verbündet. Sie unterwandern auch den Hof von Rouen. Sie ... sie ist eine von ihnen.«

»Von wem, zum Teufel, sprichst du?« Jetzt lächelte er nicht mehr, jetzt schrie er.

»Es gibt ein Komplott gegen dich, und sie steht an der Spitze. Du musst entschlossen vorgehen – gegen sie, gegen die Heiden. Auch wenn die Dänen dir geholfen haben, deine Feinde in die Knie zu zwingen – du darfst nicht zögern. Zeigst du nur die geringste Schwäche, fallen deine Widersacher über dich her wie Raben über ein Stück Brot.«

Sie starrte ihn an, erwartete, dass er gebeugt und niedergeschlagen aussehen würde, sobald er die Wahrheit erfuhr, doch in seinem Gesicht stand der Ausdruck jenes verzagten Kindes geschrieben, das er einst gewesen war, als sein Vater starb, König Ludwig ihn als Geisel nahm und er abgeschnitten von allem, was ihm vertraut war, in Laon leben musste, verrückt vor Langeweile, Angst und Sehnsucht nach seiner Mutter Sprota – eine weise, bedächtig handelnde Frau. Vor allem war Sprota stark gewesen, stark wie Gunnora, doch während sie ihm stets eine Stütze gewesen war, nutzte Gunnora diese Stärke, um ihn zu belügen, zu betrügen, zu hintergehen, seinen Mord zu planen …

Er wandte sich ab, seine Schultern zitterten.

»Richard …«

Was ihr eigentlich auf den Lippen lag, brachte sie nicht hervor: Warum hast du sie so begehrt? Warum nach ihrer Gegenwart gelechzt? Was hat sie dir gegeben, was ich dir nicht hätte überreich zu Füßen legen können?

Ihr Triumphgefühl glich nur einem erbärmlichen Pflänzchen, alsbald ersoff es im Sumpf lang gehegter Bitterkeit. Sie stellte die Fragen, die ihr auf der Zunge brannten, nicht laut, sie kannte seine Antworten auch so: Weil sie nicht kichernd um mich gebuhlt hat wie die anderen Konkubinen. Weil sie sich mir nicht geschenkt hat wie du. Weil ihr Stolz ungebrochen ist und jeder Krieger von der scharfen Klinge eines Schwertes mehr fasziniert ist als von einem duftenden, bunten

Blümchen, vor allem, wenn er oft genug erlebt hat, dass Leben und Tod an Ersterem hängen, nicht an Letzterem.

Er sagte immer noch nichts.

Sie schluckte. »Was wirst du nun tun?«

»Arfast …«

Erst stammelte er nur den Namen, dann einzelne Worte. »Suchen … festnehmen … einsperren … nicht töten … will mit ihr reden.«

Er wandte sich ihr immer noch nicht zu, doch sie trat zu ihm und umarmte ihn. Sein Beben ging auf ihren Körper über, und sie fühlte sich kalt und einsam wie er, aber zumindest stieß er sie nicht zurück.

ᛈ

»Keinen Laut, reißt euch zusammen!«

Gunnora blickte die Schwestern streng an. Obwohl Duvelina sichtlich zum Weinen zumute war, blieb sie stumm. Sie war schwerer geworden in den letzten Wochen, und Gunnora wusste nicht, wie lange sie diese Last noch schleppen konnte. Vor allem wusste sie nicht, wie lange sie noch unentdeckt bleiben würde. Sie schlich so leise wie möglich, doch in der Stille der Nacht hörte man jeden Schritt.

»Komm, nun komm schon!«

Wevias Augen waren so weit aufgerissen wie an dem Tag, als die Eltern starben.

Wie gern hätte sie ihnen das erspart! Wie gern sie in Frieden schlafen lassen! Doch nach dem, was geschehen war, war das unmöglich.

Endlich hatte Gunnora den Stall erreicht, hörte Tiere schnauben, aber keinen menschlichen Laut. Sie unterdrückte ein Seufzen. Wenn sie den jungen Mann, zu dem Gyrid sie geführt hatte und dem das Messer gehörte, nicht fand, saß sie hier in der Falle. Undenkbar, dass sie Rouen allein verlassen konnte.

Anstatt der Panik nachzugeben, schritt sie entschlossen von Pferd zu Pferd, und erreichte schließlich den Bretterverschlag, in dem die Stallknechte schliefen. Das hieß, einer schlief nicht, sondern erkannte sie und sprang auf.

»Hast du es getan?«

Sie schüttelte den Kopf. Als Duvelina aufschluchzte, schlug sie ihr hastig die Hand vor den Mund.

»Still!«, herrschte sie sie an. Sich an den Mann wendend flüsterte sie: »Richard hat von dem Komplott erfahren. Ich war gerade auf dem Weg zu ihm, als ich hörte, wie er einen seiner Krieger ausschickte, mich festzunehmen. Also habe ich meine Schwestern geweckt und bin geflohen. Mittlerweile wird gewiss überall nach mir gesucht. Du … du musst mich von hier fortbringen.«

Sie sah ihm die Enttäuschung an, jedoch auch Entsetzen. Wenn man von ihrem Vorhaben erfahren hatte, so wohl auch, welche Rolle er dabei spielte.

»Aber …«

»Bring mich zu deinem Anführer! Du weißt gewiss, wo man ihn trifft. Dann kann ich gemeinsam mit ihm überlegen, wie ich euch in Zukunft helfen kann. Gyrid begleitet uns am besten, sie ist hier so wenig sicher wie wir.«

Während Gunnora sprach, betrachtete sie argwöhnisch die anderen schlafenden Männer, doch keiner war erwacht – offenbar waren sie das Kommen und Gehen zu sehr gewohnt, als davon noch gestört zu werden. Viel schwerer würde es sein, an den Wachtposten im Hof vorbeizukommen.

Der junge Mann schien ihre Gedanken lesen zu können. »Wir müssen zur Metbrauerei«, erklärte er, »von dort aus werden regelmäßig Fässer direkt auf Schiffe verladen, um sie zu den großen Märkten der Normandie zu transportieren. Wenn wir sie unentdeckt erreichen und ein Boot finden, könnte es uns gelingen, Rouen auf der Seine zu verlassen.«

Gunnora nickte und überließ ihm die Führung. Wevia klammerte sich an ihre Hand, Duvelina trug sie weiterhin, anstatt den Mann um Hilfe zu bitten. Wenigstens das war sie den Schwestern schuldig, wenn sie auch alles andere falsch gemacht hatte. Ich hätte sie nie hierher bringen dürfen, dachte sie, ich hätte mich damals im Wald dem Christen stellen sollen und mich von ihm töten lassen. Und als ich das Messer bekam, hätte ich sofort zu Richard gehen und um meiner Schwestern willen die dänischen Aufständischen verraten sollen.

Jenes Messer wog schwer an ihrem Gürtel; sie nahm es ab und reichte es dem jungen Mann.

»Ich brauche es nicht mehr«, erklärte sie.

»Wer weiß«, murmelte der junge Mann. Er nahm es nicht zurück.

»Also gut.«

Sie gab nicht zu, dass sie nie vorgehabt hatte, es zu benutzen. Stundenlang hatte sie darauf gestarrt, die Klinge befühlt, sich an das Gewicht gewöhnt, aber zugleich geahnt: Sie konnte Richard nicht den Tod bringen, nicht auf diese Weise. Unheil bringende Runen zu schnitzen war etwas anderes, aber selbst davor scheute sie sich, und mittlerweile war sie sich nicht sicher, ob das etwas war, das sie stolz machte oder vielmehr beschämte. Sie taugte nicht zum Töten, sie taugte nicht zur Rache, sie taugte nicht, die Schwestern zu schützen, sie taugte zu gar nichts. Wie enttäuscht ihre Eltern wohl von ihr wären!

Immerhin: Es gelang ihnen, den Hof zu überqueren, ohne gesehen zu werden. Sie kamen an den Latrinen vorbei, an den Vorratskammern, an der Backstube.

»Was ist mit Gyrid?«, fragte sie.

»Wir können sie nicht warnen, ansonsten müssten wir zurück zu den Wohnhäusern, doch dort sucht man gewiss als Erstes nach dir.«

Gunnora wusste, er hatte recht. Im Zweifel stellte sie das Leben ihrer Schwestern bereitwillig vor das Gyrids, und doch fühlte sie sich noch schäbiger. Sie hoffte, dass Gyrid sich auch ohne ihre Warnung rechtzeitig in Sicherheit bringen konnte …

Es war der letzte Gedanke, der ihr durch den Kopf ging, bevor sie sich einzig darauf konzentrierte, Schritt vor Schritt zu setzen.

Die Brauerei war menschenleer, wenngleich die Fässer in der Dunkelheit wie gedrungene Gestalten wirkten – verzauberten Zwergen gleich, auf die Sonnenlicht gefallen war. Und tatsächlich führte ein kleines Tor direkt zum Fluss, wo einige Boote schaukelten. Sie würden ein Stück weit damit rudern, ehe sie – weit genug von der Stadt entfernt – am Ufer anlegen und zu Fuß weitergehen konnten.

Duvelina schluchzte wieder auf, doch dieses Mal hieß Gunnora sie nicht zu schweigen. »Hab keine Angst, es wird doch alles gut.«

Auch wenn sie alles falsch gemacht hatte, in der Zukunft würde sie die richtigen Entscheidungen treffen, würde alle Kräfte zusammennehmen und den Anführer der Dänen bitten, sie zurück in die Heimat zu bringen. Irgendwie würden sie es dorthin schaffen, irgendwie dort neu anfangen. Und irgendwie würde sie dafür sorgen, dass ihre Eltern sich nicht für ihre Tochter schämen müssten.

Der Wald um Rouen war Freund und Feind zugleich. Ein Freund, weil er so viele Verstecke vor möglichen Verfolgern bot, ein Feind, weil er oft zum Labyrinth wurde, in dem sie sich verirrten. So viele Tage waren sie unterwegs, so viele Nächte froren sie. Irgendwann hörte sie auf, sie zu zählen. Die kleinen Schwestern jammerten, wollten erst zurück nach Rouen und flehten später, sie möge sie wenigstens zu Seinfreda bringen. Kurz erwog Gunnora das tatsächlich, aber wurde von der Angst abgehalten, dass Richards Männer sie dort suchen könnten.

Sie wusste nicht, wie sie die Mädchen trösten und ihnen Zuversicht geben sollte – das Einzige, was sie konnte, war, sie ausreichend zu ernähren. Gottlob wuchsen jetzt im Frühsommer Beeren, Pilze und Früchte, und der Mann, mit dem sie unterwegs war und der ihr mittlerweile doch noch seinen Namen verraten hatte, Ulfr, konnte mit einer Steinschleuder jagen.

Sie überlebten, fanden aus dem Wald heraus und kamen an Dörfern vorbei. Gunnora kannte keinen Menschen, Ulfr hingegen viele. Er sprach mit ihnen, allerdings immer so, dass sie kein Wort verstand und sich hinterher damit begnügen musste, dass er einen neuen Ort nannte, wohin sie gehen sollten.

Irgendwann erreichten sie das Meer mit dem Strand und den Salzwiesen. Kniehohe, messerscharfe Grashalme wuchsen dort und nur vereinzelt Bäume, die den Blick auf eine Siedlung freigaben.

Gunnora atmete die salzige Luft ein. Wie in Dänemark waren die Langhäuser durch Wege verbunden, dazwischen standen Grubenhäuser und Ställe. Sie wusste, sie war immer noch in der Fremde, immer noch auf dem Grund, auf dem ihre Eltern ermordet worden waren, aber mit jedem Schritt, den sie machte, wuchs die Überzeugung: Ich komme heim. Ich komme zu meinesgleichen. Ich komme an einen Ort, an dem ich mich nicht länger verstellen muss wie in Rouen

Erst jetzt fühlte sie die Schmerzen – im Rücken, an den Fußsohlen, den von Dornen zerkratzten Händen. Erst jetzt wurde sie müde und hungrig.

»Tragen die Menschen, die dort wohnen, Ketten?«, fragte Wevia.

»Bestimmt!«

Bald stellte sich heraus, dass das gelogen war. Die Männer, denen sie begegneten, trugen Rüstungen, Schilde und Helme mit Nasenschutz, aber keinen Schmuck. Anstelle eines gemütlichen Zuhauses erwartete sie eine Garnison.

Immerhin wurden sie von den vielen Männern, die sie bewachten, nicht aufgehalten. Sie stellten Ulfr zwar viele Fragen, schienen mit dessen Antworten aber zufrieden. Gunnora verstand erneut kein Wort und war erleichtert, als er schließlich verkündete: »Komm mit, ich bringe dich zu Agnarr. Ich habe ihm von dir erzählt, und jetzt will er allein mit dir sprechen.«

Agnarr war offenbar der Name des Anführers. Als Gunnora eines der Langhäuser betrat, zu dem Ulfr sie gebracht hatte, erblickte sie zunächst nur seinen Rücken. Es stank ranzig nach Fischtran, der Boden war voller Speisereste und Unrat. Ihre Mutter hatte immer dafür gesorgt, dass ihr Haus sauber blieb, doch hier, wo offenbar fast nur Männer lebten, machte sich niemand diese Mühe.

Der Mann, der Agnarr hieß und der sich jetzt langsam zu ihr umdrehte, war sehr groß, und anders als die anderen Männer trug er, wie Wevia es erhofft hatte, eine Kette. Doch es war keine aus funkelnden Steinen, sondern eine aus schlichtem Leder gemachte, an dem ein Anhänger befestigt war.

Ein Kreuz …

Gunnora riss die Augen auf, blickte ihm ins Gesicht, erschrak, blickte zurück auf die Kette. Es war leichter, diesen Anblick zu ertragen, als seine Züge zu studieren und ihn wiederzuerkennen – oder nein, nicht leichter, vielmehr noch unerträglicher. Denn spät, viel zu spät erkannte sie ihren Irrtum.

Er trug kein Kreuz, er trug Mjöllnir. Thors Hammer. Thors Kraftgürtel verdoppelte seine göttlichen Kräfte, seine eisernen Handschuhe zermalmten Felsen, doch die wichtigste Waffe gegen seine Feinde, vor allem gegen die verhassten Riesen, war sein Hammer. Ein Hammer, der aus der Ferne besehen wie ein Kreuz aussah.

Jetzt sah sie Agnarr nicht aus der Ferne, jetzt kam er ihr ganz nah. Sie wich zurück, aber sie wusste, dass es keine Fluchtmöglichkeit gab und sie ihm durch eigenes Verschulden schutzlos ausgeliefert war.

Er war kein Christ, er war ein Sohn des Nordens. Doch er blieb der Mörder ihrer Eltern und ihr schlimmster Feind.

ᛉ

Gunnora war wie vom Erdboden verschluckt. Überall war nach ihr gesucht worden, auch außerhalb Rouens, aber keiner fand ein Lebenszeichen von ihr oder ihren kleinen Schwestern.

Alruna war es einerlei, ob man sie an den Hof zurückbrachte oder nicht, ob sie zur Rechenschaft gezogen wurde oder ungestraft blieb. Sie hasste die Frau nur, solange sie in Richards Nähe war – fern von ihm war sie ihr gleichgültig.

»Dass sie geflohen ist, ist ein Beweis ihrer Schuld«, stellte sie lediglich fest.

Niemand widersprach ihr. Allerdings freute sich auch niemand darüber. Die anderen Konkubinen gingen rasch zur Tagesordnung über, ihre Mutter hingegen war erschüttert und ihr Vater besorgt. Nicht um Gunnora, sondern um Richard.

Dieser verkroch sich in sein Turmzimmer, trank viel, sprach wenig und rief keine seiner Frauen zu sich.

»Er verhält sich wie einst, als Emma starb«, klagte Arvid. »Gerade jetzt gilt es, so dringende Entscheidungen zu treffen. Die Dänen sind kaum mehr unter Kontrolle zu halten, er darf keine Schwäche zeigen!«

Alrunas Triumphgefühl wich grimmiger Entschlossenheit. Auch damals, nach Emmas Tod, hatte sie es geschafft, Richard aus der Lethargie zu reißen, warum sollte ihr das nicht auch jetzt gelingen?

Am Abend betrat sie das Turmzimmer, ließ sich nicht von ihm abwimmeln, sondern ging entschlossen auf ihn zu. Er hockte vor dem Kamin und ließ die Schultern hängen, auch dann noch, als sie ihn umarmte.

Lange blieb es still. »Ich konnte mit ihr ... reden«, presste er schließlich hervor.

»Das kannst du mit mir auch.«

»Ich konnte mit ihr Schach spielen.«

»Das kannst du mit mir auch.«

»Ich konnte bei ihr Vergessen finden.«

Sie schluckte. »Das kannst du bei mir auch«, wiederholte sie heiser.

Er blickte hoch, starrte sie aus den glasigen Augen eines Betrunkenen an, öffnete den Mund, wohl um ihren Namen auszusprechen, aber schloss ihn wieder, ehe eine Silbe über seine Lippen kam. Ihr Name zählte nicht. Sie schien eine Fremde für ihn zu sein.

»Ich dachte, ich könnte ihr vertrauen«, flüsterte er hilflos.

»Du kannst niemandem vertrauen ... oder zumindest nur sehr wenigen. Nur Raoul, deinem Bruder. Meinen Eltern. Mir. Arfast.«

Den letzten Namen sprach sie nur widerwillig aus. Sie wollte nicht an ihn denken, er hatte hier und heute keinen Platz.

Richard wandte sich von ihr ab und starrte wieder in die Flammen. Schatten tanzten auf seinem Gesicht, seine Züge schienen zu zerrinnen, als wären sie aus Wachs. Alruna wich zurück, dann rang sie mit sich, ob sie ihn erneut berühren sollte. Wenn er tatsächlich aus Wachs wäre, könnte ich ihn ganz neu formen, dachte sie. Hinterher würde ich ihn nicht wiedererkennen und er mich auch nicht. Zwei fremde Menschen wären wir, die nichts voneinander wüssten, die sich zum ersten Mal begegneten, die sich ganz behutsam lieben lernten.

Dies war ihre Stunde.

»Komm!«

Sie zog an seinem Arm, und widerwillig erhob er sich. Schon beim ersten Schritt schwankte er, obwohl sie ihn mit aller Macht stützte.

»Komm!«, sagte sie erneut, als er sich jäh versteifte.

»Damals, nach der großen Schlacht ... als Rouen in die Hände der Feinde zu fallen drohte ...«, stammelte er, »... damals habe ich dir versprochen, dass ich keine Frau je lieben werde. Ich habe das Versprechen gebrochen. Ich hasse ... sie.«

Also hatte er doch nicht vergessen, wer Alruna war, sondern nur, dass es zwischen Liebe und Hass einen Unterschied gab. Aber vielleicht hatte er, obwohl er so betrunken war, recht, und beides war das Gleiche. Kein anderes Gefühl ging schließlich so tief.

»Vergiss sie!«, raunte Alruna, stellte sich auf ihre Zehenspitzen und küsste ihn.

Er schmeckte nach Wein, süß und säuerlich zugleich, herb und köstlich. Wie erhofft stieß er sie nicht zurück, doch als sie sich von ihm löste, suchte er auch ihre Nähe nicht, sondern begann zu stammeln.

»Als ... mein Vater starb, war ich kaum mehr als ein Kind ... aber ich durfte keines sein, sondern musste erwachsen werden ... und das so schnell wie möglich. Wenn ich ... mit Frauen zusammen war, dann wurde ich wieder jung ... wieder ein Kind ... ein Kind, das spielte ... das scherzte.« Er atmete tief durch. »Nur an deiner Seite bin ich kein Kind. Und an ihrer war ich es auch nicht.«

Alruna runzelte die Stirn. Konnte es sein, dass sie etwas mit Gunnora gemein hatte? Sie wollte nicht darüber nachdenken. Ganz gleich, ob er alt oder jung war, ein Greis oder ein Kind, fröhlich oder tieftraurig, er war doch Richard, ihr Richard, der Mann, den sie immer gewollt hatte.

Sie zog erneut an seinem Arm, und dieses Mal folgte er ihr bis zu seiner Schlafstatt. Er sank darauf nieder, als wäre sein Körper nicht weich wie Wachs, sondern schwer wie ein Stein. Wie sollte sie diesen Stein zum Schmelzen bringen? Etwa mit neuen Küssen? Als viel zu machtlos erschienen ihr diese.

Sie kleidete sich aus, langsam, bedächtig, mit etwas Scham und noch mehr Neugier, wie er darauf reagierte. Er betrachtete sie, rührte sich aber nicht. Da begann sie, auch ihn auszukleiden, was schwieriger und mühseliger war und sie am Ende schwitzen ließ. Anders als befürchtet war er nicht kalt wie Stein, aber auch nicht weich wie Wachs. Er wehrte sich nicht, kam ihr jedoch auch nicht entgegen.

»Bitte ...«, murmelte sie.

Sie wusste nicht, worum sie flehte. Seine Miene blieb so ausdruckslos, dass sie sich ohnehin sicher war, sie täte es vergebens. Alle Entschlossenheit wankte. Tränen stiegen ihr in die

Augen, begleitet von der Einsicht, dass er sie nie lieben würde, weil er sie nicht hassen konnte.

Hastig erhob sie sich, stürmte nackt, wie sie war, zur Tür, achtete nicht auf ihre Blöße und hätte es weiterhin nicht getan, wenn Richard sich nicht aus seiner Starre gelöst hätte und ihr nachgeeilt wäre – gleichfalls ungeschützt.

»So kannst du doch nicht von mir gehen!«

Sie wollte ihre Blöße bedecken, doch da ergriff er sie bei der Hand und zog sie zurück zum Lager, berührte sie endlich, streichelte ihre Brüste, ihren Bauch, das geheime Dreieck zwischen den Beinen. Seine Berührungen waren nicht sanft, sondern ungelenk, hastig, grob.

Ob er auch mit … *ihr* so umgegangen war?

Nun, das Weib aus dem Wald war gewiss hart genug, es zu ertragen, sie selbst hingegen fühlte sich unendlich verletzlich. Was, wenn nicht er, sondern sie aus Wachs war, wenn sie schmelzen würde, wenn hinterher nur ihr jungfräuliches Blut bliebe, das er gedankenlos vergoss?

Doch nein, das Blut versickerte ebenso wie sein Samen in den Fellen, auf denen sie lagen, und die Felle waren weich, viel weicher als seine Liebkosungen.

Als sie später ermattet Seite an Seite auf dem Rücken lagen und zur Decke schauten, tat ihr alles weh. Ihre Lippen waren rau von seinen Küssen, ihre Haut von seinen zupackenden Händen gerötet, ihr Innerstes von seinen Stößen zerrissen. Aber ihr Herz war nicht verwundet, sondern frohlockte.

Wieder dachte sie: Dies ist meine Stunde.

5

Sie hatte Angst, das fühlte Agnarr, das roch er. Die Angst schmeckte metallisch wie Blut, modrig wie feuchtes Holz, salzig wie kalter Schweiß, verdorben wie giftige Sümpfe. Ja, sie zog ein Gesicht, als ob sie sich in einen solchen Sumpf verirrt hätte und darin nun untergehen würde, langsam, quälend langsam und ohne eine Möglichkeit, sich zu befreien.

Jeden Augenblick wollte Agnarr davon auskosten, ihre Qual in die Länge ziehen und noch mehr als diese Qual genießen, dass ihr Stolz ihre Angst nicht besiegte und es ihr nicht einmal gelang, sie hinter einer ausdruckslosen Maske zu verstecken.

»Du …«, entfuhr es ihr. Sie atmete tief durch. Ihre Stimme gewann an Festigkeit, ihr scharfer Verstand trotzte der namenlosen Angst: »Du hast die Menschen glauben lassen, dass Graf Richard die Neuansiedler töten lässt oder zumindest ihren Tod billigt!«, rief sie. »Und du hast das getan, um Unruhe zu stiften, um unter allen anderen Zuwanderern Feindseligkeit gegenüber dem christlichen Grafen zu schüren.«

Er sagte nichts, trat lediglich noch einen Schritt an sie heran. Dann, nach einer Weile, begann er doch zu reden.

»Mein Vater kam damals im Gefolge von Prinz Harald in die Normandie«, begann er heiser. »Man versprach ihm Land, falls er denn bliebe – so viel Ackerfläche nämlich, wie er an einem Tag mit einer brennenden Fackel abschreiten konnte. Es war genug Land, um nicht zu verhungern. Aber viel zu wenig, um reich zu werden, obwohl man ihm das eigentlich versprochen hatte.«

»Auch meine Eltern glaubten an ein besseres Leben, aber dann sind sie dir in die Hände gefallen!«

Sie atmete immer heftiger, und er wähnte ihren Herzschlag zu spüren, so schmerzlich, so holprig, so voller Angst. Er hob die Hand, strich ihr über das Haar, verfilzt und voller Schmutz. Sie ließ ihn steif gewähren, drehte sich lediglich zu den kleinen Schwestern um.

»Geht! Geht hinaus!«, rief sie.

Die Mädchen wagten nicht, sich ihr zu widersetzen, und Agnarr tat nichts, um sie aufzuhalten. Es stachelte sein Vergnügen nicht an, dass ihm Kinder zusahen, viel lieber war er mit ihr allein.

Doch als sie sich ihm wieder zuwandte, stand ihr keine Panik mehr im Gesicht geschrieben, zumindest schmeckte er nichts mehr davon. Sein Mund schien mit klarem Wasser gefüllt, erfrischend, aber eiskalt.

»Wie schaffst du das nur?«, entfuhr es ihm halb fasziniert, halb ärgerlich.

Seine Frage verwirrte sie nicht. »Du weißt nicht, wie ich heiße«, stieß sie mit einem leisen Zischen aus. »Du weißt nicht, wer ich bin. Du weißt nicht, was ich kann. Wenn du mich tötest, tötest du nicht mich.«

Er verbarg, wie aufgewühlt er war. Berit hatte ihm nichts als ihre leblose Hülle hinterlassen, und nur eine solche zu sein, versprach ihm nun auch diese schwarze Dänin. Allerdings, sie schien nicht stark genug, sich selbst zu töten, um ihm zuvorzukommen. Nicht mutig genug, nicht todesverachtend genug, nicht ... dumm genug.

Und ich weiß doch, wer du bist, dachte er. Ein Mensch, der sich ans Leben klammert, und ist das Leben noch so besudelt.

»Wer sagt, dass ich dich töten werde?«, fragte er laut und ließ ihre Haare los. »Zumindest nicht, bevor du um Gnade winselst.«

Fécamp
996

In der Kapelle, die die beiden Mädchen wenig später betraten, befand sich eine Reliquie: eine Ampulle des heiligen Blutes Christi, das einst in einem Feigenbaum angespült worden war und für dessen Aufbewahrung der Vater des Grafen ein Gotteshaus hatte errichten lassen.

Agnes hatte sich oft überlegt, wie das Blut in der Ampulle aussehen würde, ob es noch von frischem Rot war, weil es schließlich aus den Adern des Erlösers stammte, oder längst schwarz verkrustet wie auf ihren Kniewunden, wenn sie wieder einmal zu wild gespielt hatte. In jedem Fall hatte es ihr bis jetzt mehr Angst als Respekt eingeflößt, das Blut Christi in unmittelbarer Nähe zu wissen.

Heute waren es allerdings die Schriften mit den merkwürdigen Zeichen, die sie erschaudern ließen. Eben zog Emma sie hervor und zeigte sie einer älteren Frau, die sie, wie erwartet, in der Kapelle angetroffen hatten. Wevia war Tag und Nacht hier zu finden. Seit Jahren litt sie an entsetzlichen Kreuzschmerzen, und so kniete sie stundenlang im Gebet versunken und flehte um Linderung. Agnes wusste natürlich, dass Gott manchmal gnädig war und Menschen vom schlimmsten Übel erlösen konnte, und wenn nicht Er selbst eingriff, so zumindest die Mutter Gottes oder die Heiligen. Doch manchmal konnte sie sich des Verdachts nicht erwehren, dass Wevias Kreuzschmerzen sofort nachlassen würden, wenn sie nur etwas weniger kniete.

Trotz der steten Schmerzen war Wevia ein freundlicher Mensch. Sie lächelte immer, wenn sie die Mädchen sah, auch heute, und zwinkerte ihnen vertraulich zu. Und trotz ihres hohen Alters, das viele Menschen dazu bringt, die Eitelkeit abzulegen, war sie reich geschmückt. Agnes kannte niemanden, der so viele Ketten, Ringe und Armreifen trug wie Wevia. Als sie sich erhob, ertönte ob des vielen Schmucks ein Klirren, als wäre sie bewaffnet.

Einmal hatte sie Agnes eine Kette geschenkt, doch diese wagte sie nicht zu tragen, aus Angst, etwas so Kostbares zu verlieren. Solche Furcht schien Wevia nicht zu kennen, etwas anderes hingegen vermochte durchaus Entsetzen bei ihr auszulösen. Als Emma grußlos die Schriften hob, sie ihr vor die Nase hielt und Wevia erkannte, was da stand, schwand ihr Lächeln, und sie erbleichte. Sie hatte eine Weile dafür gebraucht, denn das Licht war trüb, und ihre Augen waren nicht mehr die besten, doch danach schlug sie sich umso heftiger die Hand vor den Mund.

»Woher habt ihr das, Mädchen?«, fragte sie, als sie die Hand wieder von den Lippen löste.

Mehrmals bekreuzigte sie sich. Obwohl Wevia ein Kind von Heiden und erst spät getauft worden war, galt sie als sehr fromm. Nicht nur, dass sie so oft in der Kapelle betete – überdies erzählte sie den Kindern gern Geschichten, um ihnen christliche Tugenden einzubläuen. Agnes konnte sich gut an das Los einer gewissen Maria erinnern, das Wevia ihr eindringlich vor Augen gehalten hatte: Jene beschwerte sich so oft, dass ihr Mann häufig großzügige Spenden an ein Kloster ver-

teilte, bis ihre Zunge, mit der sie gegen Gott und den Ehemann wetterte, immer länger wurde, sich schließlich teilte und an den Ohren festwuchs. In ihrer Verzweiflung reiste sie nach Fécamp, flehte in der Kirche um Erlösung und wurde, einsichtig, wie sie sich zeigte, von Gott erhört. Künftig trieb sie den Mann zu noch viel großzügigeren Geschenken an die Kirche an. Wevias Geschichten sollten den Kindern Angst machen, aber in Wahrheit konnte sich Agnes beim Zuhören das Kichern kaum verkneifen.

An diesem Tag war ihr allerdings nicht nach Lachen zumute.

»Kannst du diese … Runen lesen?«, fragte sie aufgeregt.

»Meine Mutter konnte es und Gunnora auch«, flüsterte Wevia. Ob das auch für sie galt, sagte sie nicht.

Emma deutete auf jene Zeichen, die sich mehrmals wiederholten. »Das hier ist doch ein Name, oder?«

Wevia starrte lange darauf.

»Was steht da?«, fragte Agnes, als sie das Schweigen nicht länger ertrug. »Sind es Flüche? Wird dieser Mensch verflucht?«

Wevia schüttelte den Kopf und wurde immer bleicher. »O mein Gott! Niemand darf wissen, was hier geschrieben steht! Wir müssen diese Schriften verstecken, wo sie keiner zu Gesicht bekommt, und ihr dürft nie wieder davon sprechen, versteht ihr mich?«

Hilfe suchend starrte sie die Mädchen an. Wevia wirkte so verzweifelt, dass Agnes am liebsten genickt und ihr beteuert hätte, dass sie und Emma ihr helfen würden, das Geheimnis zu vertuschen, ganz gleich, wie groß ihre Neugier war. Doch sie wusste natürlich, dass sie der Frau diesen Gefallen nicht tun konnten. Verstecken, verschweigen, vertuschen – all das schien zu nicht genug, um der beiden Mönche Herr zu werden.

Emma war es schließlich, die diese Tatsache mitleidslos aussprach. »Ich fürchte, das wird nichts nützen. Bruder Remi und Bruder Ouen wissen um diese Schriften. Was ... was steht denn nun hier geschrieben, was niemand erfahren darf?«

VIII.

965

Er erwies sich als geduldig, stürzte sich nicht auf sie, sondern ließ sie in eine Hütte bringen, klein, niedrig, dunkel und mit einem Schloss an der Tür, die hinter ihr versperrt wurde. Gunnora war allein. Sie lugte durch Ritzen nach draußen, erkannte erst wenig, dann ein paar Männer, die mit schweren Waffen auf und ab gingen, jedoch nirgendwo ihre Schwestern.

Sie sorgte sich um sie und war zugleich erleichtert, sie nicht weinen zu hören. Das hätte sie nicht ertragen, das hätte sie endgültig zusammenbrechen lassen, erstaunlich schon, dass ihr Herz noch schlug nach allem, was sie erfahren hatte.

Ein Nordmann hatte ihre Eltern auf dem Gewissen. Ein Mann, der ihren Glauben an die Götter teilte und ihre Bräuche am Leben erhielt, der Richard hasste und vertreiben wollte. Gunnora schloss die Augen. Die Wahrheit war ein Schwert, das in Stücke hieb, was immer ihm zu nahe kam: den Trotz, mit dem sie an den alten Traditionen festgehalten hatte, die Verachtung, die sie für Richard empfunden hatte, die Sehnsucht nach der verlorenen Heimat.

Was blieb noch von ihr übrig, nachdem dieses Schwert gewütet hatte?

Es war genug, um die Augen wieder zu öffnen, unruhig auf und ab zu gehen, die Hände zu reiben, sich verzweifelt einen Ausweg zu überlegen. Genug auch, um leben und die Schwestern retten zu wollen.

Doch Wollen und Können waren zweierlei. Unmöglich schien es, aus dieser Hütte zu fliehen, unmöglich, all den Kriegern zu entkommen, schon gar nicht jetzt, am helllichten Tag, aber auch nicht bei Nacht.

Gunnora blieb stehen, hockte sich dann auf den Boden, schrieb wieder und wieder die Rune Eihwaz, die Todesrune, in die Erde und daneben Agnarrs Namen. Ob sie wirkte, wenn sie nicht aus dem Holz der Eibe geschnitzt wurde? Vor allem aber: Ob sie wirkte, nun, da sie an allem zweifelte?

Sie stand wieder auf, beachtete die Rune nicht weiter. Eine andere tat es umso mehr – eine junge Frau, die unter den Kriegern lebte und am Abend zu ihr kam, um ihr eine Schüssel Brei und Ziegenmilch zu bringen. Sie sah Gunnora nicht an, sondern hielt den Blick auf den Boden gerichtet, doch als das Dämmerlicht auf die Runen fiel, erschrak sie, ließ die Schüsseln fallen und lief nach draußen.

Gunnora starrte auf den Brei, der auf den Boden geflossen war, gefährlich nahe bei den tödlichen Runen. Ob sie ihn wohl vergiften würden?

Sie beugte sich hinunter, kratzte den Brei vom Boden und verschlang ihn mitsamt den Erdkrümelchen. Sie musste bei Kräften bleiben, und sie wusste ja auch: Nichts vergiftet so sehr wie Hass, und dass sie diesen Hass seit Jahren auf den Falschen gerichtet hatte, änderte nichts an seiner Heftigkeit. Irgendwie musste sie sich ihn zunutze machen, um am Leben zu bleiben.

Sie hatte noch nicht fertig gegessen, als wieder Dämmerlicht auf die Rune fiel. Wer immer die Hütte betreten hatte, blieb vor ihr stehen. Gunnora hielt ihren Blick starr auf den Boden gerichtet, war sicher, dass Agnarr sie musterte, und wollte ihm nicht zeigen, wie sich ihr Körper verspannte. Doch als nichts geschah, hob sie den Kopf. Eine alte Frau stand vor ihr, einen glimmenden Span in der Hand. Im Luftzug tanzte ihr weißes, offenes Haar. Sie trug keine Kopfbedeckung wie sonst die alten Frauen, und auch ihr Blick war jung, desgleichen lodernd und bösartig.

»Du kennst die Runen?«

Gunnora trotzte ihrem Blick. »Wer bist du?«

Die Alte schloss die Tür hinter sich. »Aegla. Agnarrs Mutter. Ich wollte sehen, welche Frau meinen Sohn verhext hat.«

Die Worte erschienen Gunnora widersinnig. Nie hatte sie sich so ohnmächtig gefühlt. Nie ihren Runenzauber als so wirkungslos angesehen. Doch Aegla schien voller Ehrfurcht. Sie trat näher, aber wich der Rune am Boden aus. Offenbar kannte sie ihre Bedeutung.

»Du willst ihn töten?«, fragte sie eher neugierig als vorwurfsvoll.

»Er hat meine Eltern getötet«, gab Gunnora zurück.

Aegla nickte. »Ich verstehe.«

Schweigend vergingen die nächsten Augenblicke. »Mehr sagst du dazu nicht?«, fragte Gunnora schließlich verwirrt.

»Wenn er sich töten lässt, hat er's verdient.«

Der Span glomm immer noch, doch er beleuchtete nicht länger Aeglas Gesicht. Ihre Augen glichen schwarzen Löchern.

»Als ich klein war«, erzählte sie, »hat ein Stier meinen Vater aufgespießt. Er brauchte drei Tage, um zu sterben. Meine Mutter schickte zwei Sklaven fort, um den Stier einzufangen. Später hat sie ihn eigenhändig geschlachtet und das Fleisch gebraten. Die ganze Sippe hat davon gegessen, und wir sind alle satt geworden. Wenn er schon tot ist, hat meine Mutter gesagt, soll es wenigstens nicht vergebens gewesen sein.« Sie hielt eine Weile inne, dann fuhr sie zu reden fort. »Menschen sterben, daran lässt sich nichts ändern. Aber ein guter Tod soll Ruhm einbringen oder zumindest irgendwelchen Nutzen haben. Agnarr hat meinen Mann getötet, seinen eigenen Vater, und damit sich das lohnt, muss er Herrscher der Normandie werden. Falls er dagegen so dumm ist, sich von dir töten zu lassen, dann soll's für dich nicht vergebens gewesen sein. Geh also bedächtig vor und lass dich hinterher nicht von seinen Männern abschlachten.«

Gunnora konnte nicht fassen, was die Alte faselte.

»Du denkst, ich bin stärker als er?«, entfuhr es ihr fassungslos.

Aegla kicherte. »Nein, aber wenn du's wärest oder zumindest mehr List bewiesest, würde ich ihm keine Träne nachweisen. Von wem hast du die Runen zu zeichnen gelernt?«

Gunnora zeigte nicht, wie betroffen die Alte sie machte. Ihre erste Regung war zu schweigen, um sie solcherart loszuwerden. Solange sie allerdings hier war, blieb sie von Agnarrs Gegenwart verschont und hatte zugleich die Möglichkeit, mehr über ihn zu erfahren.

»Von meiner Mutter«, antwortete sie. »Sie war eine weise Frau.«

»Hm«, machte Aegla und verzog abschätzig ihren Mund. »Frauen sind immer weiser als die Männer. Und schwächer. Sie können nicht einfach zurückschlagen, sie müssen mit anderen Mitteln kämpfen als mit Fäusten und Schwertern. Sie können nicht auf Kraft setzen, nur auf Geschmeidigkeit und Biegsamkeit.« Sie seufzte. »Das kann durchaus von Vorteil sein, weißt du. Die Männer erlegen das Wild, aber wir weiden es aus und lesen in seinen Gedärmen die Zukunft. Die Männer hinterlassen mit ihren schweren Schritten Spuren im Dreck, während wir uns auf die Zehenspitzen stellen, um Äpfel vom Baum zu pflücken. Diese Arbeit wäre ihnen viel zu minder, doch sie versäumen zu lernen, was wir von Kindesbeinen an wissen: Selbst verdorbenes Obst schmeckt süß. Selbst wenn wir hilflos unter ihnen liegen und kein Glied mehr regen können, bleiben unsere Gedanken beweglich. Irgendwie können wir uns selbst unsere größte Schwäche zunutze machen.«

»Was ... was soll ich tun?«, fragte Gunnor atemlos.

Aegla gab keine Antwort, sondern schien in Gedanken versunken. »Männer können schneller rennen, schneller reiten, schneller töten, doch manchmal führt nicht dieses schnaufende, verschwitzte, rastlose Tun zum Ziel, sondern das Warten.«

»Aber worauf soll ich warten, wenn nicht auf meine Unterwerfung?«

»Komm der Unterwerfung zuvor, indem du ihn verführst oder verhext. Letztlich ist beides dasselbe.«

Gunnora zuckte die Schultern. »Und damit soll ich ihn besiegen?«, fragte sie leise.

Zunächst war sie sich sicher, dass die Alte ihr eine Antwort schuldig bleiben würde, doch plötzlich grinste diese heimtückisch und rückte mit ihrem Gesicht ganz dicht an ihres heran.

»Einst hat er eine Frau begehrt und nicht bekommen. Berit. Wenn er dich kriegt, wird er den Triumph ganz und gar auskosten wollen, und das bedeutet, er will dich weinen sehen. Solange du nicht weinst, bleibst du am Leben, und das ist doch ein Sieg.«

Gunnora fühlte den warmen Atem der Alten. Eines der weißen, feinen Haare kitzelte ihre Wange. Es war unangenehmer als ein Faustschlag.

»Hast du je geweint?«, fragte sie.

Aeglas grinste noch immer. »Niemals. Warum, glaubst du, bin ich so alt geworden?«

Wieder folgte Schweigen. Durch die Ritzen floss nur mehr Finsternis. Nicht mehr lange, dann würde der Span verglimmen.

»Du rätst mir also, nicht zu weinen. Was sonst soll ich tun, um mein Leben zu retten?«

Aegla leckte sich über die schmalen Lippen, die in der Dunkelheit bläulich wirkten. »Man sagte mir, du hättest Graf Richard beigelegen. Er hat doch viele Frauen, schöne Frauen. Wenn du ihn gewonnen hast, gelingt dir das bei jedem anderen Mann auch.«

Gunnoras Blut rauschte in ihren Ohren.

Verhexen und verführen. Für Aegla mochte es fast dasselbe sein, für sie nicht. Verhexen konnte man jemanden mit Runen, verführen mit dem Körper. Der Macht der Runen traute sie nicht mehr, nicht jetzt, da sie wusste, dass der Mörder ihrer Eltern kein Christ war. Aber ihr Körper war immer noch jung, zäh, stark.

Sie hatte es ertragen, bei Richard zu liegen, es sogar genossen. Weit quälender würde es sein, Agnarrs Berührungen auszuhalten, sie würde es jedoch überleben, und ums Überleben ging es, um nichts anderes.

Gunnora hockte sich auf den Boden, verwischte die Todesrune, malte stattdessen Fehu, die Rune des Feuers. Als sie fertig war, erlosch der Span. Sie hörte Aegla rasselnd atmen, aber sah sie nicht mehr.

»Danke«, sagte sie leise.

»Du musst mir nicht danken. Ich habe die Gesetze dieser Welt nicht gemacht. Wer zu nichts taugt, wird zertreten, und niemand gedenkt seiner mit Ehrfurcht.«

Die alte Frau drehte sich um und ging just in dem Augenblick, da Agnarr die Hütte betrat.

Agnarr musste an seinen Vater denken und an eine Geschichte aus seiner Jugend, die ihm dieser einst erzählt hatte. Unerfahren war Guomundr damals noch gewesen, im Kampf zwar schon geübt, aber viel zu leichtgläubig und hitzig. Er wollte ein Kloster überfallen, doch anstatt den Plan gründlich vorzubereiten, rannten er und seine Männer einfach drauflos – und direkt in die Arme eines feindlichen Heeres. Noch entkamen sie der Übermacht, indem sie auf eine Insel inmitten zweier Flussarme flohen, doch an den Ufern warteten die Feinde. Die Nacht schützte sie, aber wenn der Himmel sich rötete, würden diese übersetzen und sie massakrieren.

Guomundr bereute den Leichtsinn, wusste jedoch, dass Reue allein sie nicht retten würde. Nur die Götter konnten noch helfen, und da die Götter selbstsüchtig waren, galt es, sie mit einem Geschenk gnädig zu stimmen. Die teuerste Gabe, mit der sie sich bestechen ließen, war ein Krieger für Walhall. Also wählten sie den Stärksten aus ihrem Kreis aus, schlugen ihm erst den Kopf ab, dann die restlichen Glieder und hängten sie alle an den blattlosen Bäumen auf. Ob jener Krieger sich freiwillig gemeldet hatte, wussten sie hinterher nicht mehr. Alle Männer, so hieß es, sehnten sich nach Walhall und der Gesellschaft Odins, der dort am Tischende saß und seine Wölfe fütterte, aber nicht minder sehnten sich alle Männer nach dem nächsten Atemzug und nach dem nächsten Morgen. Als dieser Morgen dämmerte, war das Blut längst aus allen Gliedern getrieft und im Boden versickert, und die Leichenteile schienen gelb wie Wachs.

Das Opfer lohnte sich. Bald landeten nicht die Feinde auf der Insel, sondern Schiffe mit Landsleuten, die sie mitnahmen, und Guomundr hatte eine wichtige Lektion gelernt, die er fortan auch dem Sohn beibrachte.

Weil wir ihn haben bluten lassen, mussten wir nicht selbst bluten.

Jetzt sollte die schwarze Dänin bluten – noch mehr als Berit. Sollte Angst haben – noch mehr als Berit. Sollte kreischen, in Panik ausbrechen, tiefste Verzweiflung fühlen, auch Ohnmacht, bis sie um Gnade winselte – noch mehr als Berit. Dann würde er niemals wieder an Berit denken oder an die schwarze Dänin. Vor allem würde er selbst niemals dergleichen empfinden. Ja, die Dänin sollte die Beherrschung verlieren, sodass er nichts weiter tun musste, als sich zu bücken, sie aufzuheben und nicht wieder herzugeben.

Mit erhobenem Kopf und durchgestrecktem Rücken starrte sie ihn an, achtsam, angespannt und berechnend, ob da eine Möglichkeit war, ihn zu überwältigen oder davonzulaufen. Dass sie sich nicht rührte, war wohl der Einsicht geschuldet, dass es keine gab. Noch ausdrucksloser wurde ihre Miene, doch heute ärgerte er sich nicht darüber, sondern frohlockte innerlich. Er hatte genügend Zeit, um Sprünge in das Eis zu schlagen.

»Komm her!«, forderte er.

Zu seinem Erstaunen widersetzte sie sich nicht. Sie machte einen Schritt, einen zweiten, ihre Bewegungen waren steif, zumindest die Schritte. Als sie die Hand hob und sich durchs hüftlange Haar fuhr, tat sie es hingegen langsam ... geschmeidig ... verführerisch.

Sein Körper reagierte sofort: Blut schoss in sein Gesicht, und sein Geschlecht versteifte sich. Jäh war es ihm egal, ob sie die Beherrschung verlor und er sie wiederfand, alles drängte ihn zu ihr und beschwor ihn, dass es besser war, zu besitzen als zu zerstören.

Er packte sie, zog sie an sich, hörte sich keuchen. Sie hingegen blieb stumm. Wie konnte sie es wagen, seinem Körper zu befehlen!

Er wurde rot vor Zorn, nicht vor Lust, doch sie verstand es

falsch. Anstatt unter seinen Berührungen zu erschaudern, blieben ihre Glieder geschmeidig. Kaum merklich ließ sie die Hüften kreisen.

»Du begehrst mich, du willst mich, nicht wahr? Nun, du kannst mich gern haben. Ich habe gehört, dass es keinen mächtigeren Mann in der Normandie gibt als dich – abgesehen vom Grafen natürlich. Doch ihn wirst du ja bald stürzen.«

Nicht nur seine Männlichkeit verriet ihn, auch sein Stolz. Nicht minder fest gepackt hielt ihn dieser wie er ihren Körper.

»Ich habe viele Nächte beim Grafen gelegen, aber ich erinnere mich nicht gern daran«, fuhr sie zu schmeicheln fort. »Wer könnte besser unliebsame Erinnerungen vertreiben als ein starker Mann wie du?«

Noch ein paar Worte wie diese, und er würde endgültig brennen. Doch diese Kunst wollte er nicht erlernen, vielmehr, wie man zu Eis wurde. Als sie die Hand hob und sein Gesicht streichelte, schrie er auf.

»Fass mich nicht an!«

Verwirrung breitete sich in ihrem Gesicht aus, und da erkannte er, wie widersinnig es war, sich von ihr bedroht zu wähnen. Sie sollte vor Angst schlottern, *sie* sollte aufschreien!

Er schlug ihr ins Gesicht, dass Blut aus ihrer Nase lief, sie schrie nicht.

Er riss an ihren Haaren, zwang sie auf die Knie, drückte ihr Gesicht in die Erde, sie schrie nicht.

Er zerrte an ihrer Kleidung, knetete ihre nackte Haut, drückte, quetschte sie, sie schrie nicht.

Er warf sich auf sie, riss ihr Kleid bis zu den Schenkeln hoch, zwängte diese auseinander und ließ sich auf sie fallen, sie schrie nicht.

Ganz steif blieb sie unter ihm liegen, ohne Entsetzen, ohne

Angst, und sah aus, als wäre sie tot. Er jedoch lebte. Immer heißer floss ihm das Blut durch die Adern, immer härter wurde sein Geschlecht, immer lauter seine Gier nach ihr.

So schrei doch endlich!, dachte er.

Er selbst stöhnte, als er in sie eindrang. Sie kam ihm nicht entgegen, war zwar nicht kalt wie erwartet, aber trocken wie altes, brüchiges Leder. Er spürte Lust und noch mehr Schmerz, den gleichen wie sie, doch Schmerzen zu haben war nicht das, was er mit ihr teilen und was er von ihr erlernen wollte.

Er heulte auf, schlug ihr erneut ins Gesicht, einmal, mehrmals, ihr Kopf fiel hin und her. Im gleichen Takt stieß er in sie, bis sein Geschlecht brannte. Ja, ihr Innerstes war nicht aus Eis, sondern aus Feuer, aber dieses erreichte ihre Augen nicht. Starr waren sie auf ihn gerichtet ... ausdruckslos.

Auf gewisse Weise war sie immer noch die Stärkere. Sie gab nichts von sich, er hingegen entlud sich in ihr.

Erschöpft fühlte er sich hinterher – und leer. Am liebsten wäre er über ihr zusammengebrochen, um stundenlang zu schlafen. Einerlei, dass sie ihn im Schlaf gewiss zu töten versuchen würde. Dann wären seine Augen eben leer wie ihre ...

Kurz war der Gedanke verführerisch, dann umso beschämender.

Er zog sich aus ihr zurück, schlug ein weiteres Mal zu, ihre Haut hatte sich längst rot gefärbt, noch mehr Blut rann aus ihrer Nase.

»Ich habe deine Eltern getötet!«, schrie er. »Jetzt werde ich dich töten! Ja, ich werde es tun! Nicht du selbst!«

Eigentlich hatte er damit warten wollen, bis sie um ihr Leben bettelte, doch da sie ihm dieses so leichtfertig und gleichgültig vor die Füße warf, konnte er die Gier, darauf zu treten, nicht unterdrücken. Er legte seine Hände um ihren Hals und drückte zu. Sie wehrte sich nicht, röchelte nicht, starrte ihn nur an. Er drückte so lange zu, bis er sich sicher war, dass sie nicht mehr atmete, dann erst ließ er sie hastig los. Immerhin waren jetzt ihre Augen geschlossen.

Er sprang auf, warf seinen Umhang über, entdeckte erst jetzt, dass sie Runen auf den Boden geschrieben hatte. Angst packte ihn, doch er schüttelte sie ab, sagte sich, dass ihr Zauber keine Macht mehr hatte, nun, da sie tot war.

Er scharrte mit den Füßen in der Erde, bis von den Runen nichts mehr zu sehen war, fühlte sich danach aber nicht besser und schon gar nicht sicher. Er ordnete seine Kleider, lief hinaus, schwang sich aufs Pferd, ritt in die Nacht. Langsam beruhigte sich sein Atem, sein Herzschlag, das halb schmerzhafte, halb lustvolle Pochen in seiner Männlichkeit.

Am Ende hatte er nicht von ihr bekommen, was er wollte. Er hatte sie nicht wirklich besiegt. Er hatte ihren Stolz nicht gebrochen und ihren Namen nicht erfahren. Aber in jedem Fall war sie, die lästige Zeugin seiner Taten, endlich tot, und mit ihrem schlaffen Leib würde die Macht verfaulen, die sie über ihn besessen hatte.

Als er zudrückte, verschwamm sein Gesicht vor ihren Augen. Gänzlich schwarz wie erwartet wurde es nicht. Erinnerungen stiegen in ihr hoch, keine entsetzlichen, vielmehr tröstliche, und Gunnora erkannte, dass der Tod kein finsterer Geselle war, nur weil er das Leben schluckte wie die Nacht den Tag. Ein grelles Licht warf er vielmehr auf die Vergangenheit des Sterbenden und all seine Taten, doch für den, der sich nicht tobend und verzweifelt gegen ihn auflehnte, war dieses Licht nicht versengend wie die Mittagssonne, sondern warm und heimelig wie das des Herdfeuers.

Und der Tod war auch kein schweigsamer Geselle, nur weil

auf ihn die ewige Stille folgte. Auf die vielen klagenden Fragen des Sterbenden: Was habe ich versäumt zu tun? Was habe ich falsch gemacht? Was hinterlasse ich unvollendet?, antwortete er mit einem freundlichen Lied. Lass dich fallen, sang er, hadere nicht, müh dich nicht länger ab. Sterben ist nicht tun, sondern geschehen lassen.

Und der Tod war auch kein kalter Geselle, nur weil er Herz und Blut erstarren ließ. Wenn du mich umarmst, flüsterte er, breite ich meine Flügel aus, wärme dich und fliege mit dir bis zum äußersten Ende des Morgenrots.

Gunnora war bereit zu sterben wie nie. Und deshalb war sie auch bereit zu leben wie nie.

Komm, Tod, sagte sie, und der Tod streichelte sie, ließ die Augen blicklos werden, die Glieder erschlaffen, die Haut erkalten, doch er war nicht gekommen, um sie zu holen, sondern mit Agnarr ein Spiel zu treiben.

Als dieser sie losließ, schnappte sie nicht gierig nach Luft, sondern blieb starr liegen, und er ließ sich von ihr und dem Tod täuschen, erhob sich ächzend, trat ein letztes Mal nach ihr und ließ sie liegen. Er sah sich kein einziges Mal mehr um. Er verwischte die Runen, band seine langen Hosen zu, strich die Tunika, die er darüber trug, glatt, legte seinen Umhang an und verließ die Hütte.

Gunnora atmete erst leise, dann immer gieriger. Ihre Glieder kribbelten, als sie sich erhob, ihr Kopf dröhnte, das Blut, das aus der Nase rann, stockte. Nie hatte sie sich so elend gefühlt, aber sie lebte. Nie war ihr so kalt gewesen, aber noch rann wärmendes Blut durch ihre Adern. Sie hatte Agnarr tatsächlich überlistet, war allein in der Hütte, und diese war unversperrt.

Es gab keine Stelle ihres Körpers, die nicht wehtat, doch das war gut. Solcherart musste sie nicht auf den pochenden Schmerz zwischen den Beinen achten – daran gemahnend, dass sie nicht nur verletzt war, sondern beschmutzt, entehrt. Es ist nicht so wichtig, dachte sie. Auch ehrlose Menschen leben.

Vorsichtig lugte sie nach draußen, wo sie Männer um ein Lagerfeuer sitzen sah, jedoch weit und breit keinen Agnarr. Die Männer achteten nicht darauf, wer durch die Dunkelheit schlich. Neben der Hütte befanden sich weitere Häuser, und um die Häuser war ein Palisadenzaun errichtet, niedrig genug, um darüberzuklettern. Würden es auch die beiden kleinen Schwestern schaffen? Und wo waren diese überhaupt?

Ihre Augen gewöhnten sich an die Schwärze der Nacht. Inmitten der Männer nahm sie eine kleinere, zierlichere Gestalt wahr, jenes Mädchen, das ihr Essen gebracht hatte, nun auch die Männer versorgte und hinterher zurück zu einem Langhaus huschte. Gunnora schlich ihr nach. Gras und Erde und Steine gruben sich in ihre Fußsohlen, aber sie spürte es kaum, spürte nichts Kaltes, nichts Hartes, nichts Spitzes, nichts Weiches.

Bei jedem Schritt überlegte sie, wen sie um Hilfe bitten könnte, die Götter, die toten Eltern, die Wesen des Waldes – Feen, Zwerge und Elfen. Doch als sie sich entschied, niemandem als sich selbst zu vertrauen, hatte sie das Langhaus bereits erreicht. Die Tür stand offen, das Mädchen holte offenbar Nachschub, und als sie das Haus wieder verließ, schlich Gunnora hinein. Sie wagte nicht, den Namen der Schwestern zu rufen, sondern tastete sich voran. Sie stieß gegen Bänke, Tische und eine Truhe. Noch mehr blaue Flecken würde sie bekommen, aber das scherte sie nicht.

Die Mädchen lagen zusammengekrümmt auf der Schlafstatt, und als sie sich niederbeugte, um sie zu wecken, richtete sich eine Gestalt auf. Wie befürchtet war Aegla hier – und wach.

»Du lebst also noch?«, fragte sie.

Es war zu finster, um in ihrer Miene zu lesen und zu erkennen, ob sie enttäuscht, befriedigt oder belustigt war.

Gunnora nickte. Sie weckte die Mädchen, die sich gleich an sie klammerten. Aegla rührte sich nicht. Sie wusste, mit flehentlichen Bitten konnte sie die Alte nicht milde stimmen, doch ehe ihr etwas einfiel, was sie zu ihr sagen könnte, erklärte Aegla höhnisch: »Ich halte dich bestimmt nicht auf.«

Als Gunnora mit den Schwestern das Langhaus verließ, von der Siedlung fortschlich und in Richtung Wald hastete, schwarz und undurchdringlich dieser, hallten Aeglas Worte in ihr nach.

Falls er dagegen so dumm ist, sich von dir töten zu lassen, dann soll's für dich nicht vergebens gewesen sein.

Sie durfte sich jetzt keine Schwäche erlauben! Die Flucht musste glücken!

Gunnora erreichte den Waldrand und hielt kurz inne. Sie fühlte sich nicht sicherer, fühlte sich immer noch besudelt, fühlte sich vor allem aber tief beschämt. Ich sollte mich auch schuldig fühlen, dachte sie, ich hätte nie aus Rouen fliehen dürfen.

Sie verdrängte den Gedanken und suchte neue Kraft aus den anderen Worten zu ziehen, die Aegla zu ihr gesprochen hatte. Der Schmerz, die Schande, die Ohnmacht – all das durfte nicht vergebens gewesen sein.

Ich bin eine Frau, die geschändet wurde, aber nicht nur. Ich bin eine Frau, deren Eltern ermordet wurden und bislang ungerächt blieben, aber nicht nur. Vor allem bin ich eine Frau des Waldes. Ich sterbe nicht – nicht inmitten von Bäumen.

Die rabenschwarze Nacht verschluckte sie, spuckte sie wieder aus, erbleichte. Es ging voran. Einmal vernahm sie hinter den Bäumen das Rauschen des Meeres. Sie ging so lange, bis sie es nicht mehr hörte. Das Meer lag im Norden, Rouen im Süden, im Norden, das stand jetzt endgültig fest, gab es keine Zukunft mehr für sie. Ob es eine in Rouen gab, daran wollte und konnte sie nicht denken, noch nicht.

»Wie lange denn noch?«, klagte Wevia. Kälte und Hunger setzten ihr sichtlich zu.

»Ihr müsst tapfer sein, tapfer wie Alfhilde.«

»Wer ist denn das?«

»Die Anführerin einer Wikingertruppe«, antwortete Gunnora. »Eine Prinzessin. Sie war stark und mutig wie ein Mann, sie liebte Björn, das Kind einer Fee, und Björn war unverwundbar bis auf eine Stelle in der Brust.«

»Wo genau ist die Stelle?«

Gunnora deutete auf Wevias Brust. »Da ist sie! Schlag die Hände davor und schütze sie.«

Das Mädchen tat, wie ihm geheißen, und vergaß auf diese Weise die schmerzenden Füße. »Erzähl mehr von Alfhilde!«, bat es.

Gunnora wusste nicht mehr. Der Vater hatte einst am Herdfeuer Geschichten dieser Kriegerin ausgeschmückt, doch in der Kälte lahmte ihr Geist. »Sie kam ins Frankenland, um es zu erobern, besetzte mit ihren Kriegern das Land, vertrieb die Christen ...«

Sie stockte. Ob Aegla ihrem Sohn jemals diese Geschichte erzählt hatte? Ob er mittlerweile entdeckt hatte, dass sie noch lebte, und sie verfolgte?

Sie zog die Mädchen unbarmherzig weiter und gönnte ihnen keine Rast. Nur einmal blieben sie vor einem sumpfigen Tümpel stehen.

»Ihr müsst trinken.«

Duvelina ekelte sich vor dem schlickigen Wasser, Wevia nicht minder.

»Du musst dir vorstellen, dass du Audumla bist«, sagte Gunnora. »Audumla war eine Kuh und eines der wenigen Lebewesen, die zu Beginn der Welt zum Leben erwachten. Sie leckte das ewige Eis so lange, bis Buri hervorkam, der erste Mensch. Die Götter wiederum sind unter der Achsel von Ymir erstanden, einem Riesen, der aus Feuer und Eis hervorgegangen ist, und den sie töteten, um daraus die Welt zu erschaffen.«

Was, dachte Gunnora, ist wohl mit Audumla passiert, nachdem die Welt der Menschen und Götter erstanden ist ... Ob sie weiterhin am Eis leckt, ob sie auch mich ableckt, damit ich wieder etwas fühlen kann? Ekel, Entsetzen, Schmerz ... Nein, dachte sie, nein, ich darf nichts fühlen. Und wenn ich der Kuh den Hals aufschlitzen müsste, es zu verhindern ...

Sie streckte die Zunge heraus, leckte vom Wasser wie ein Tier und freute sich, als Wevia und Duvelina lachten. Sie hatten es also noch nicht verlernt.

Bald ging es weiter. Der Wald wurde lichter, die Sonnenstrahlen wurden wärmer, und mit der Kälte verlor die Einsamkeit an Macht. In weiter Ferne erblickte Gunnora Menschen, noch winzig, kaum größer als Käfer, aber als sie ihnen im Laufschritt folgten, wuchsen sie und wurden zu zwei Händlern, die einen zweirädrigen Wagen zogen. Säcke lagen darauf, offenbar randvoll mit Salz aus dem Meer, und zwei Fässer mit Wein.

»Wohin geht ihr?«, fragte sie atemlos, als sie sie erreichte.

Die Männer musterten sie. »Zum nächsten Dorf.«

»Nehmt ihr uns mit?«

Die Blicke blieben argwöhnisch. Kein Wunder, so schmutzig und blutbesudelt, wie sie war. Gunnora zog das Messer, mit dem sie Richard hätte töten sollen. Sie hatte vergessen, dass es noch an ihrem Gürtel hing, sie folglich eine Waffe besessen hätte, mit der sie sich gegen Agnarr hätte verteidigen können.

»Das schenke ich euch, wenn wir euch begleiten dürfen und von euch zu essen bekommen.«

Das Misstrauen schwand nicht, dennoch nickten die Männer. Sie bekamen getrocknetes Pferdefleisch, das zäh und fade schmeckte, aber den Magen füllte, und einen Schlauch mit herbem Wein. Davon gestärkt erreichten sie bald ein Dorf. Die beiden Männer tauschten ihre Waren und zogen mit neuen in die nächste Siedlung weiter, und Gunnora folgte ihnen mit den Schwestern auch dorthin. Sie wusste nicht, wie die beiden Männer hießen. Sie wusste auch nicht, wie wertvoll das Messer gewesen war. In jedem Fall waren die beiden bereit, sie weiter mitzunehmen. Nachdem sie sich gewaschen hatte, waren sie überdies nicht länger misstrauisch, sondern sichtlich froh, auf ihrer Reise nicht allein sein zu müssen.

Nach ein paar Tagen verrieten sie, dass sie Orn und Njall hießen. Als sie jung gewesen waren, hatten sie noch Handel mit Speckstein und Eisen, Glas und Schmuck betrieben. Sie waren weit über die Grenzen hinausgekommen – nach Birka, Haithabu, Kaupang.

Gunnora kannte diese Orte, ihr Vater war oft dort gewesen und hatte mit Pferden gehandelt, mit jenen Tieren, die sein ganzer Stolz gewesen waren …

Sie fragte nicht, ob sie jemals nach Rouen kommen würden und wann das wäre. Solange sie das Ziel von Orn und Njall nicht kannte, blieb das Land, durch das sie Tage, ja viele Wochen wanderten, ein Niemandsland und vor allem sie selbst ein Niemand. Eine Frau ohne Gefühle, eine Frau ohne Angst, eine Frau ohne Vergangenheit.

Einmal ging ihr doch ein verräterischer Gedanke durch den Kopf: Wenn wir zufällig an Samos Hütte vorbeikämen, könnte ich mit den Mädchen bei Seinfreda bleiben. Was kümmern mich schon seine Einfalt und Hildes Bosheit, wenn ich nur bei ihr sein könnte. Und auch ihr Lächeln würde mich nicht stören, obwohl es verlogen ist, denn Lügen kann ich gebrauchen. Die Lüge, dass alles nicht so schlimm ist. Die Lüge, dass alles wieder gut wird.

Nie hatte die älteste Schwester sie so sehr vermisst, und die Sehnsucht nach ihr schmerzte mehr als alle Wunden, die Agnarr geschlagen hatte, doch anstatt ihr nachzugeben, bat sie Njall um ein Stück Stoff und nähte daraus ein neues Kleid. Das alte, mit dem sie ihr Blut und Agnarrs Samen abgewaschen hatte, ließ sie am Wegesrand liegen. Der Wind zerrte daran, als sie sich umdrehte, und schwarze Vögel stießen darauf herab, weil sie es für ein Beutetier hielten.

Ihr werdet hungrig bleiben, dachte Gunnora schadenfroh, keinen Bissen bekommt ihr von mir ab ... ich brauche keine Lügen, um euch zu vertreiben. Meine Entschlossenheit allein reicht.

Auch wenn sie es gewollt hätte, hätte sie nicht bei Seinfreda Unterschlupf finden können, denn in der Zeit, in der sie mit Orn und Njall unterwegs waren, mieden sie aus Angst vor Räubern den Wald. Nur einmal nahmen sie eine Straße, die an dichten Bäumen vorbeiführte, und Njall nutzte die Gelegenheit, Tiere zu jagen, sodass sie sich eine Weile nicht mit Trockenfleisch begnügen mussten.

Er nutzte dazu ein Wurfholz – einen gebogenen Ast, der so lange bearbeitet worden war, dass er an den Rändern scharf und an den Enden spitz war –, und das so geschickt, dass das Holz, wenn es blitzschnell durch die Luft wirbelte, nicht nur das Kleintier zu Fall brachte, sondern die Richtung wechselte, zu Njall zurücksegelte und von diesem wieder aufgefangen wurde.

Gunnora bewunderte seine Geschicklichkeit und dachte zugleich erleichtert: Nicht immer bedeutet es Scheitern, wenn etwas sich im Kreis dreht und zu seinem Ausgangspunkt zurückkehrt. Und das Blut, das an dem Wurfholz klebt, ist ein Zeichen, dass wir heute satt werden, nicht, dass meine Wunden immer noch nässen.

Ich werde nicht mehr bluten, ich werde nicht verhungern, ich werde nicht aufgeben. Ich werde mich nicht bei Seinfreda verkriechen, sondern nach Rouen zurückkehren, werde erneut versuchen, dort heimisch zu werden, werde Richard das verzeihen, was er mir antat, und meinerseits auf die Vergebung meiner Untaten hoffen.

Das kross gebratene Fleisch schmeckte ihr und den Schwestern, doch am nächsten Tag zog sich ihr Magen zusammen, und sie vermeinte auf lange Zeit keinen Bissen mehr zu sich nehmen zu können.

Als die Bäume, in deren Schatten Njall die Tiere erjagt hatte, sich lichteten, fiel ihr Blick auf die Mauern von Rouen.

↑

Es blieb nichts von der Nacht, rein gar nichts.

Alruna hätte sich mit wenig begnügt. In der Liebe war sie keine Königin, sondern eine Bettlerin, die sich dankbar für die Brosamen zeigte, die vom Tisch fielen. Nie hatte sie übermäßig viel gefordert, kein ›Ich liebe dich‹, kein ›Du bist die Einzige‹, kein Drängen, dass sich die Nacht wiederholte. Einst hatte genügt, als er sagte, er würde keine andere Frau lieben.

Jetzt hätte ihr gereicht, wenn die Erinnerungen sie lustvoll hätten erschaudern lassen, wenn Richard ihr bei den wenigen Gelegenheiten, da sie sich trafen, verschwörerisch zugelächelt hätte, wenn nicht ständig andere Konkubinen die Nacht bei ihm verbringen würden.

Doch das taten sie, zahlreicher denn je. Jeden Abend wollte er eine andere Frau sehen, niemals wieder sie, und bald war sie sich selbst nicht mehr sicher, was in jener Nacht wirklich geschehen und was nur ein Traum gewesen war. Alruna konnte sich nicht mehr daran erinnern, was sie gefühlt hatte, nicht, wie er nackt ausgesehen hatte, nicht, ob und wie lange sie in seinen Armen geschlafen hatte.

Nein, es blieb nichts von der Nacht, rein gar nichts, obwohl doch etwas bleiben musste! Zumindest redete sie sich das tagelang ein und klammerte sich an die dürftige Hoffnung, dass ihre Liebe nicht auf verdorrtem Boden verkümmerte, sondern Frucht treiben würde.

Der Vollmond kam und ging, ihre Blutung blieb aus. Ein Kind, vielleicht erwartete sie ein Kind ...

Jeder Tag zählte nun, der ohne Blutung verging, jede Stunde. Alruna wagte kaum, sich zu bewegen, zu atmen, hatte stets schreckliche Angst, es zwischen den Beinen warm und feucht zu spüren.

Um sich abzulenken, webte sie stundenlang, und wenn sie den Stoff hinterher befühlte, malte sie sich aus, wie sie ihr Kind kleiden, wie es aussehen, wie sie es nennen würde. Die Entscheidung fiel rasch: Ein Knabe würde Richard heißen, es gab keinen anderen Namen für einen Sohn. Und eine Tochter Emma, um seine verstorbene Frau zu ehren.

Eine Woche verging, da Verstörtheit heißer Freude wich, Genügsamkeit Gier. Sie würde sich nicht länger damit abfinden, seine Schwester zu sein. Wenn er sie schon nicht als

Geliebte betrachtete, so war sie von nun an doch Mutter seines Kindes.

Nach dieser einen Woche erwachte Alruna des Nachts mit Krämpfen. Sie wusste, was diese zu bedeuten hatten, blieb dennoch liegen, reglos wie ein Stein, denn Steine bluten nicht. Erst gegen Morgen huschte sie zum Abort. Graues Licht stahl sich unter der Decke der Nacht hervor. Es genügte, um das Blut zu sehen, und hätte sie es nicht gesehen, so ja doch gefühlt, wie es ihr über die Beine rann und mit seiner Wärme der Kälte trotzte, die sich in ihr breitmachte.

Sie setzte sich auf die Latrine, erleichterte sich, fühlte noch mehr Blut aus sich fließen und dachte verbittert: Warum muss ein so schöner Traum ausgerechnet an einem so stinkenden Ort wie diesem zerplatzen?

Alruna war mit ihrer Hoffnung allein gewesen, nun, vom Schmerz gepackt, ertrug sie die Einsamkeit nicht länger. Sie sehnte sich danach, mit jemandem zu reden.

Allerdings hatte sie ihren Eltern die Nacht verschwiegen, und das sollte auch so bleiben. Sie hatte keine Freundin, keine Gefährtin, der sie das Herz ausschütten konnte, denn andere Frauen betrachtete sie als Rivalinnen um Richards Gunst oder weit unter ihrem Stand. Arfast war in der letzten Zeit wieder freundlicher zu ihr und warf ihr dann und wann ein schüchternes Lächeln zu, aber sie wusste: Ihr Schmerz ging dieses Mal so tief, dass sie ihn nicht ausmerzen konnte, indem sie gleichen einem anderen zufügte und diesen leiden sah.

Es blieb also nur einer.

Der Stolz schrie, sie möge ihm fernbleiben und warten, bis er von sich aus Nähe suchte, das Herz stellte sich taub.

Die Zeit verging, doch eines Tages hielt sie es nicht länger aus, schritt zum Turmzimmer hoch, klopfte, öffnete die Tür. Er war da, und er war allein, so wie damals vor jener denkwürdigen Nacht. Sein Gesicht war grau und kummervoll.

Er leidet immer noch … wegen *ihr*, ging es ihr durch den Kopf.

Als er aufblickte und sie erkannte, zuckte er zusammen. Nicht länger stand Schmerz in seiner Miene, nur das schlechte Gewissen, und das überreich.

»Alruna …«

Der Stolz schrie wieder: Lass ihn nicht wissen, was du fühlst. Ihr Herz schrie lauter.

»Ich liebe dich, ich habe dich immer geliebt, du wolltest es mir früher nicht glauben, und als du mir endlich glaubtest, wolltest du nichts davon hören. Aber es ist so, und es wird so bleiben. Ich ertrage es nicht, dass du mir aus dem Weg gehst, dass du nicht mit mir sprichst. Lieber bin ich dir eine kleine Schwester als gar nichts …«

Er wirkte bestürzt und, was noch schlimmer war, beschämt.

»Es tut mir so leid«, flüsterte er.

Sie wusste sofort – er meinte es ernst. Das stärkste Gefühl, das sie in ihm wecken konnte, war Reue.

»Es tut mir so leid«, wiederholte er und leckte sich über die Lippen, »dass ich mich dazu habe hinreißen lassen … dass ich dich benutzt habe … dass ich nicht daran dachte … an deine Ehre … deine Eltern … ich habe vergessen, dir Respekt entgegenzubringen, Respekt, den du verdienst …«

Er geriet ins Stammeln, fand immer weniger Worte, um das zu benennen, was in seinen Augen nur verachtenswerte Schwäche war, in ihren Augen hingegen das Schönste, das sie je erlebt hatte.

Ja, jetzt da sie vor ihm stand, konnte sie sich wieder an

die Nacht erinnern, und in der Erinnerung waren seine Berührungen zärtlich, sein Geschmack süß, seine Nähe lustvoll.

Er hingegen hatte keine Erinnerungen, und falls doch, wollte er sich ihnen nicht hingeben. Wieder schrie ihr Stolz, und dieses Mal überhörte sie ihn nicht.

Ihre Stimme klang trotzig und zischend, als sie bekannte: »Ich bereue es nicht.«

Doch sie hatte ihren Stolz zu lange unterdrückt; er war zu leise, um sein schlechtes Gewissen zu übertönen.

»Es hätte nie geschehen dürfen!«, rief er und duckte sich, als wollte er sich vor ihr verneigen.

Du bist doch ein Graf!, schrie sie innerlich. Du beugst dich vor niemandem, warum bist du plötzlich so kleinlaut, warum so skrupelhaft, warum nicht ein Mann wie die meisten deiner Krieger – eiskalt, eigennützig, dreist bekennend: Ich habe mir genommen, was ich wollte, na und?

Aber er hatte es ja gar nicht gewollt. Sein Wille war vom Wein betäubt gewesen.

»Ich wusste nicht, dass du so viel für mich fühlst«, murmelte er.

»Doch«, beharrte sie. »Du wusstest es wohl, aber es machte keinen Unterschied für dich.«

Ihre Stimme brach, als sie sich zum Gehen wandte. Sie kam nicht weit, denn in der Tür stand Raoul. Wie lange er sie schon belauschte, gab sein rätselhaftes Grinsen nicht zu erkennen.

Alruna fühlte sich ertappt und bloßgestellt, doch dann begriff sie, dass er sie gar nicht beachtete, dass sein Blick vielmehr starr auf Richard gerichtet war.

»Sie … sie ist wieder da«, sagte er leise.

Richard wusste sofort, wer gemeint war, und Alruna auch. In der Woche, da sie dachte, schwanger zu sein, hatte sie stets mit Übelkeit gerechnet, jetzt wurde sie davon übermannt.

Um sich nicht übergeben zu müssen, schrie sie: »Wie kann sie es nur wagen?«

Raoul zuckte die Schultern, Richard hingegen hob den gesenkten Kopf. Er wirkte nicht mehr kleinlaut oder schuldbewusst, er war wieder der Graf, der der Unterwerfung anderer harrte, anstatt sich selbst zu beugen. Kalt war sein Gesicht, kalt und verschlossen.

Die Übelkeit schwand, als sie begriff, dass es in seinem Mund gewiss noch galliger schmeckte als in ihrem.

Es war gut so. Er konnte ihr nicht vergeben. Er durfte es nicht.

ᛒ

Gunnora hatte die Tage nicht gezählt, die seit ihrer Flucht aus Rouen vergangen waren. Damals hatten die Bäume noch nicht geblüht, jetzt standen sie in sattem Grün, und die Halme färbten sich golden. Zwei Monde waren es gewesen, doch auch wenn sie vermeinte, ein halbes Leben läge dazwischen – es war nicht lange genug, um vergessen zu werden. Erst trat sie durch das große Tor in die Stadt, dann durch ein kleineres Tor in die gräfliche Pfalz, und sofort richteten sich sämtliche Blicke auf sie. Selbst die, die sie nicht erkannten, starrten verwundert auf die Frau, die so verschmutzt war und doch so hoheitsvoll wirkte.

Gunnora hatte gehofft, dass sie als Erstes mit Mathilda sprechen konnte, doch als diese auf den Hof geeilt kam, versetzte es ihr einen schmerzlichen Stich. Mathildas Miene gefror. Sie machte aus ihrer Enttäuschung keinen Hehl. Wie eiskalt und streng diese freundliche Frau sein kann, dachte Gunnora.

Viel zu spät gestand sie sich ein, wie gern sie Mathilda gehabt hatte und dass diese wie eine Mutter für sie gewesen war, verständnisvoll, hilfreich, aber auch fordernd.

Nun maß die ältere Frau sie eine Weile wie eine Fremde, ehe sie sie kühl fragte: »Du wagst es, zurückzukommen?«

Gunnora schluckte. So betroffen sie auch war – niemals würde sie um Gnade bitten, niemals um Verständnis winseln. »Ich muss ihn sprechen«, sagte sie schlicht.

Mathilda musterte sie lange und reagierte zunächst nicht. Erst als die Männer näher kamen, hob sie die Hand. »Ich kümmere mich darum.«

Raunen brandete auf, aber niemand schritt ein.

»Gib mir die Mädchen«, sagte Mathilda schließlich und gab Duvelina und Wevia ein Zeichen, ihr zu folgen.

Ob sie helfen würde, Gunnoras Wunsch zu erfüllen, sagte sie nicht. Die Mädchen folgten ihr bereitwillig, und obwohl Mathilda sich kein einziges Mal nach ihr umdrehte, ging auch Gunnora ihr nach. Immer mehr Blicke zog sie nun auf sich – sogar die Konkubinen kamen aus dem Haus geeilt, die Mägde und Sklavinnen.

Hier geht sie, die Verräterin, sie wollte ihn töten.

Keiner sprach diese Worte aus, aber Gunnora hörte sie nur allzu laut. Selbst dann noch, als sie aus dem Blickfeld der anderen entschwunden waren, schienen sie sie zu verfolgen und hallten von den steinernen Wänden der Therme, in die Mathilda sie führte, wider. Sie half Wevia und Duvelina, sich zu waschen, und gab ihnen frische Kleidung. Gunnora missachtete sie, doch sie hinderte sie nicht daran, sich auch etwas von dem warmen Wasser zu nehmen, und später reichte sie ihr ein schlichtes, aber sauberes Kleid.

»Ich … ich hätte ihn niemals getötet«, stammelte Gunnora.

Mathilda schwieg beharrlich, gab ihr dennoch einen Kamm. Ihr Haar war noch länger gewachsen, schon weit über die

Hüften, bald würden die Spitzen ihre Kniekehlen erreichen. Es war kaum zu bändigen, aber Gunnora fuhr durch Strähne um Strähne und achtete nicht auf das schmerzhafte Ziepen.

Als sie fertig war, brach Mathilda endlich das Schweigen. »Du hast es geschafft, sein Herz zu gewinnen«, zischte sie, »wie konntest du dich nur auf die Seite seiner Feinde stellen?«

Gunnora zögerte. »Ich habe mich geirrt«, gestand sie schließlich offen ein, »ich wusste nicht, dass seine Feinde auch meine sind.«

Mathilda hob nun doch den Blick. »Es ehrt dich, dass du dein Unrecht einsiehst.« Sie hielt einen Moment inne. »Aber das musst du ihm sagen, nicht mir. Und ich glaube nicht, dass er dir verzeihen wird.«

Gunnora traf Richard nicht allein an. Sie war sich nicht sicher, ob das die Sache leichter machte oder schwerer. Raoul von Ivry war bei ihm, sein Bruder, der ob ihres Erscheinens nicht betroffen wirkte wie der Graf, sondern dazu verleitet, Späße zu machen.

»Du hast Glück, Bruder, wie es aussieht, ist sie heute nicht bewaffnet.«

Er legte seinen Kopf in den Nacken und lachte. Offenbar fand er die Vorstellung nicht weiter schlimm, von einem Menschen, mit dem man viele Nächte verbracht hat, getötet zu werden. Vielleicht hatte er schon öfter mit dem Gedanken gespielt, seine gestrenge Gattin Ermentrude zu ermorden.

Richard lachte nicht, und er sah auch nicht aus, als hätte er es jüngstens getan. Blaue Ringe unter seinen Augen kündeten von großen Sorgen.

Woher sie wohl rühren?, fragte sich Gunnora. Was ist in der Zwischenzeit geschehen? Wie viele Feinde machen ihm das Leben schwer?

Erst jetzt ging ihr auf, wie sehr sie es vermisst hatte, mit ihm über Politik zu reden und von seinen verborgensten Ängsten zu hören. Nie wieder würde er sie ihr anvertrauen. Nun war auch sie eine Feindin.

»Ich wollte dich nicht töten«, sagte sie leise.

Er war auf seinem Stuhl sitzen geblieben, als sie eingetreten war, jetzt sprang er auf. Doch so schnell die Bewegung ausfiel, so starr blieben seine Züge.

»Schweig!«

Wie sollte sie schweigen, wenn sie doch alles verloren hatte, nur nicht die Macht der Worte!

»Wirklich nicht!«, rief sie verzweifelt. »Ich wollte in meine Heimat zurückkehren, ich wollte dich nicht vernichten!«

Raoul hatte zu lachen aufgehört und offensichtlich kein Bedürfnis, länger in die Abgründe ihres Herzens zu schauen oder in die seines Bruders. Er ging wortlos.

»Agnarr ist einer meiner schlimmsten Feinde«, murmelte Richard, nachdem Raouls Schritte verhallt waren.

»Ich weiß«, sagte sie schnell, »seit Jahren tut er alles, um die Heiden im Land gegen dich aufzuhetzen. Er hat meine Eltern getötet, um ...«

»Still!«, unterbrach er sie wieder. »Ich will nichts hören.«

Allzu deutlich hörte sie aus seiner Stimme Kränkung, Verletzung, Schmerz. Mathildas Worte kamen ihr in den Sinn, wonach sie sein Herz gewonnen hatte. Ja, sie war ihm nahegekommen, näher als je ein Mensch, und jetzt bereute er es – und ihr tat es unendlich weh, dass er das tat.

Wenn er mich nur einmal noch zärtlich berühren würde, könnte ich Agnarr vergessen, dachte sie. Wenn er durch mein

Haar führe, müsste ich niemals wieder daran denken, wie Agnarr daran gerissen hat.

Aber er berührte sie nicht, er strich ihr nicht durchs Haar, er würde es wohl niemals wieder tun.

»Es gibt genügend Menschen, die meinen, dass du den Tod verdient hättest«, sagte er stattdessen kalt.

Gunnora straffte den Rücken.

»Keine Angst!« Höhnisch klang nun seine Stimme, metallisch. »Ich werde dich nicht töten. Geh einfach, geh in den Wald. Du bist frei. Du kannst bei deiner Schwester leben, der Frau des Waldhüters.«

Gunnoras Körper versteifte sich noch mehr. »Ich ... ich will das nicht. Ich will hierbleiben.«

Nicht länger war er Herr seiner Züge. Überrascht riss er die Augen auf, voller Unverständnis ... und Zorn. »Du wagst es? Nach allem, was du getan hast? Du hast Begehren geheuchelt, obwohl du mich gehasst hast!«

»Ich hasse dich nicht. Nicht mehr.«

»Was hat deine Meinung geändert?«

Sie öffnete den Mund, wollte ihm alles erzählen, von Agnarr, ihrer Begegnung mit ihm und dass sie verwundet bliebe auf ewig, wenn niemand sie festhielte und sie tröstete. Doch sie ahnte, er würde ihr nicht zuhören wollen. Also atmete sie tief durch und beschränkte sich auf einen schlichten Satz – einen Satz, den sie bislang kaum zu denken gewagt hatte, obwohl sie in ihrem Innersten wusste, dass es wahr war.

»Ich ... ich bekomme ein Kind.«

Kurz leuchteten seine Augen auf, kurz zuckten seine Mundwinkel verräterisch, doch er unterdrückte jeden Anflug von Glücksgefühl sofort. Er wandte sich ab, überlegte lange und hielt ihr immer noch den Rücken zugewandt, als er schließlich heiser antwortete.

»Ich habe immer für meine Bastarde gesorgt, und das werde ich auch dieses Mal tun. Meinetwegen kannst du bleiben, aber ich will dich nie wiedersehen. Geh mir künftig aus dem Weg!«

M

Sie hatten die Siedlung verlassen müssen. Zu groß war die Furcht, dass die schwarze Dänin nach Rouen zurückkehren und dort ihren Aufenthaltsort verraten könnte. Agnarr hatte sich nie heimisch gefühlt, doch als auf seinen Befehl hin die Langhäuser in Flammen aufgingen, tat ihm das Herz weh. Die Flammen schienen ein Lied zu singen, klangvoll und verlockend.

Komm näher, umarme uns, dann schenken wir dir Vergessen.

Kurz war er geneigt, ihnen zu glauben. Wenn nichts mehr von ihm bliebe als Asche, müsste er nicht länger die Schmach fühlen, dass die Dänin noch stärker als Berit war, nicht diese blinde Wut, die auf nichts als Zerstörung aus war, nicht die Angst, ewig ein Gescheiterter zu bleiben.

Doch er widerstand der Versuchung, blieb den Flammen fern und trieb seine Gefolgsleute die Küste entlang, am graugrünen Meer vorbei, dessen Wellen gleichfalls sangen.

Besteige ein Schiff, kehre in die dänische Heimat zurück, beginne dort, wo niemand weiß, dass du der Mörder deines Vaters bist, neu. Wie willst du Richard vom Thron stoßen, wenn du nicht einmal eine Frau überwältigen konntest, obwohl du bewaffnet warst und sie dir schutzlos ausgeliefert?

Die Möwen sangen nicht, sie schrien. Es klang wie ein höhnisches Lachen, und er öffnete den Mund, um etwas dagegenzuhalten.

»Die meisten Dänen haben sich entlang der Dives oder der Seine angesiedelt. Wir müssen sie aufsuchen, ihnen klar machen, dass Richard nicht daran denkt, ihnen Land zu geben, dass er sie vielmehr nur benutzt, um das Frankenreich heimzusuchen und seine Gegner zu schwächen, und dass er sich nicht darum schert, wie viele bei diesen Raubzügen den Tod finden. Warum aber gehen sie überhaupt ins Frankenreich, warum fallen sie nicht über hiesige Klöster her, Jumièges oder Saint-Wandrille, nicht minder reich als die der Nachbarländer? Außerdem müssen wir uns der Menschen im Cotentin annehmen. Nirgendwo gibt es so viele Heiden wie dort, bislang fehlt ihnen nur der Führer, um gegen Richard zu rebellieren. Ich selbst werde zu ihnen stoßen und um ihr Vertrauen werben. Später werden wir die Bretagne heimsuchen. Der dortige Graf Hoël wird die Überfälle Richard anlasten und zurückschlagen, was bedeutet, dass dieser Rouen verlassen wird. Ein guter Zeitpunkt, die Stadt zu überfallen, gesetzt, wir haben bis dahin genug Gefolgsleute angeworben.«

Die Möwen waren verstummt, das Meer sang nicht mehr, seine Männer glaubten, dass sein Plan gut war – und das Wichtigste: Er selbst glaubte es auch. Mit List und Gewalt würde er sein Schicksal wenden.

Eine Einzige schien sich dessen nicht so sicher zu sein. Als sie an einer schroffen Steilküste rasteten, an der die Gischt weiß hochspritzte, kam seine Mutter zu ihm geschlichen. Noch greisenhafter erschien sie ihm, nun, da er ihr nicht im trüben Licht des Langhauses begegnete, sondern unter milchigem Himmel, noch boshafter ihr Grinsen, noch durchdringender ihr Blick.

Bislang hatte er sie nicht zurechtgewiesen, weil sie die schwarze Dänin nicht aufgehalten hatte – zu schmählich war es ihm erschienen, überhaupt davon zu sprechen. Doch nun knurrte er: »Wenn du mich noch einmal verrätst, stoße ich dich die Klippen hinab.«

»Was soll's? Die Männer und Frauen unseres Volks werden nicht dafür gerühmt, dass sie im Bett sterben. Gern falle ich unter deiner Hand, wenn es beweist, dass du kein Feigling bist. Doch ich gebe dir einen Rat: Sieh zu, dass ich auch wirklich tot bin.« Aegla lachte spöttischer und lauter als die Möwen.

Sie hat mich nie gemocht, ging es Agnarr durch den Kopf, und was noch schlimmer ist – sie hat mich nie gefürchtet.

Er war ein großer, schwerer Mann und schien doch kein Gewicht zu haben, wenn es darum ging, ein unauslöschliches Siegel im Herzen zäher, unbeugsamer Frauen zu hinterlassen.

Oft schon hatte er gedacht, dass Berits Geist manchmal zurückkehrte, um ihn heimzusuchen, doch jetzt ging ihm auf, dass sie sich, wenn sie im fernen Hel an ihr Leben dachte, der glücklichen Stunden besinnen würde, nicht jener, da sie sich seinetwegen auf ein Schwert warf. Und auch seine Mutter würde es zu mühsam sein, ihn über den Tod hinaus zu quälen.

»Du legst es doch regelrecht darauf an, dass ich dich töte«, murmelte er, »dich schmerzen dein krummer Buckel und deine morschen Knochen. Deine Augen sind wässrig wie die eines Blinden, deine Hände so gichtig, dass sie kaum mehr etwas halten können, dein Atem so rasselnd, als würdest du jeden Augenblick ersticken. Von mir erhoffst du dir kein Glück, nur das Ende des Leidens. Doch die größte Strafe ist nicht schnelles Sterben, sondern ruhmloses Leben.«

Während er sprach, begann er zu lächeln. Ihr Grinsen hingegen war geschwunden. Etwas Wachsames, Lauerndes stand in ihrem Blick. Es verriet ihm, dass er den Nagel auf den Kopf getroffen hatte.

»Gut so«, sagte sie schließlich leise, »mir scheint, du hast endlich gelernt, dass man seine Feinde nicht bezwingt, indem man ihnen den Kopf abschlägt. Es genügt, ihren Namen zu vergessen – und dafür zu sorgen, dass das auch alle anderen tun.«

Sie klang unerwartet respektvoll, doch sein Lächeln schwand. Er kannte den Namen der schwarzen Dänin nicht ... Er hatte sie geschlagen, er hatte sie geschändet, er hätte sie beinahe umgebracht. Aber er wusste immer noch nicht, wie sie hieß.

Nun, fürs Erste würde er ihren Namen auch weiterhin nicht erfahren, aber wenn alles vorbei war, würde er erneut nach ihr suchen, würde ihr diesen Namen rauben, würde sie in den Staub treten. Seine Mutter hingegen würde er keines Blickes mehr würdigen.

Fécamp
996

Trotz ihres schmerzenden Rückens war Wevia erstaunlich flink zu Fuß. Unruhig ging sie in der Kapelle auf und ab. Sie schien zu vergessen, dass dies ein geweihter Ort war und man sich hier lauter Geräusche und heftiger Gefühlsausbrüche zu enthalten hatte.

»Bruder Remi! Bruder Ouen!« Eine Weile wiederholte sie mehrmals ihre Namen, dann fügte sie hinzu: »Die beiden wissen … davon?«

Nahezu anklagend hielt sie die Schriftrolle hoch.

Agnes war erschrocken über Wevias heftige Reaktion gewesen, doch dass die andere, viel Ältere und Lebenserfahrenere ihren Ängsten ebenso ausgeliefert war wie sie den ihren, machte sie mutig.

»Die Mönche wollen, dass das Land wieder ans fränkische Reich fällt und dass Graf Richards Sohn nicht an die Macht kommt«, sagte sie. »Aber ich verstehe nicht, wie diese Schriften …«

»Nein!« Wevia schüttelte heftig den Kopf. »Das ist nicht möglich!« Ihr Blick flackerte wie im Wahn.

»Was ist nicht möglich?«, fragte Emma. »Dass das Geheimnis dieser Runen so machtvoll ist? Nun, was immer hier steht –

ich kann mir tatsächlich nicht vorstellen, dass es die Zukunft unseres Landes ernsthaft bedroht ... Mein Vater hat all seine Feinde überlebt. Und nun, da der letzte Karolinger gestorben ist und er sich früh genug Hugo Capets Freundschaft gesichert hat, ist das Frankenreich sein engster Verbündeter. Sogar mit Flandern hat er Frieden geschlossen.«

Sie schien die Fassung wiedergefunden zu haben und sprach altklug wie so oft, doch Agnes entging nicht, dass ihr Gesicht immer noch bleich war.

Wevia schüttelte erneut den Kopf. »Das meinte ich nicht«, sagte sie schnell. »Es ist möglich, dass die Mönche um diese Schriften wissen, jedoch sind sie der Runen nicht kundig. Sie könnten gar nichts damit anfangen, selbst wenn sie sie in die Hände bekämen. Niemand könnte das. Hier am Hofe beherrsche nur ich das Deuten der Runen ... und Gunnora. Die dritte Frau, die diese Kunst verstand, ist seit langen Jahren tot.«

Sie seufzte schwer.

»Bruder Remi meinte, ein sterbender Mitbruder habe ihm das Geheimnis anvertraut«, sagte Agnes.

»Ein Mönch war auch dieser!«, rief Wevia. »Und folglich ebenfalls nicht in der Lage, die Runen zu deuten. Gottlob! Wenn die Mönche wirklich wissen würden, was hier steht, dann würden es bald sämtliche Bischöfe erfahren. Lieber Himmel, kaum auszudenken, wie sie es aufnehmen würden! Und außerdem: Wenn sich erst unter den Heiden, die hierzulande leben, das Gerücht verbreitet, dass ...«

Sie biss sich auf die Lippen, ehe sie sich verriet, ging wieder eine Weile kopflos auf und ab, um das aufgewühlte Gemüt zu beschwichtigen, ohne auf Emmas Frage, was nun zu tun sei, zu hören.

Agnes selbst stellte keine Fragen, sondern war in Gedanken versunken. Etwas war an der Sache merkwürdig. So zielstre-

big, wie die Mönche das Gemach der Gräfin durchsucht hatten, sah es nicht so aus, als würden sie nach Schriften fahnden, die sie gar nicht lesen konnten.

»Vielleicht ... vielleicht haben sie gar nicht danach gesucht!«, platzte sie schließlich mit einer jähen Erkenntnis heraus. »Vielleicht wussten sie gar nicht, dass auch diese ... Runen existieren, sondern hatten ein ganz anderes Dokument im Sinn.«

Wevia starrte sie an, und plötzlich stand ihr Erleichterung im Gesicht geschrieben. »Gott stehe uns bei, wenn es so wäre!«, rief sie und bekreuzigte sich.

Agnes indes ging verspätet auf, was die Worte der Älteren tatsächlich bedeuteten. Ganz offensichtlich verrieten die Runen etwas, was niemand über die Gräfin wissen durfte. Die Schriften, die die Mönche in Wahrheit gesucht hatten, taten das aber wohl auch. Folglich gab es nicht nur ein Geheimnis, das die Zukunft des Landes bedrohte, sondern derer zwei.

Und noch etwas anderes erkannte sie: Während sie die Runenschrift vor den beiden Gottesmännern in Sicherheit gebracht hatten, lagen alle anderen Pergamentrollen noch im Gemach der Gräfin. Vielleicht hatten Bruder Remi und Bruder Ouen die Suche nach den Mädchen längst aufgegeben und stöberten erneut in der Truhe, und dieses Mal würde niemand sie davon abhalten, sie zu finden und ihre dunklen Pläne wahr zu machen.

»Gütiger Gott, wir müssen ...«, setzte sie an.

Weiter kam sie nicht. Niemand hatte gehört, dass sich Schritte genähert hatten, doch als sie herumfuhr, erkannte sie, dass sie nicht länger allein in der Kapelle waren. Emma zuckte zusammen, Wevia versteckte die Runenschrift zu spät unter ihrem Kleid. Agnes suchte nach einer Ausrede, die erklärte, warum sie sich hier versammelt hatten, doch ihr fiel keine ein.

IX.

965

Die Wochen vergingen, Gunnoras Leib rundete sich, aus den zarten Berührungen, Flügelschlägen von Vögelchen gleichend, die in ihrem Bauch gefangen schienen, wurden feste Tritte. Sie freute sich, dass ihr Kind kraftvoll und lebendig schien – sie selbst war es nicht. Nie hatte sie sich so träge gefühlt, nie so leer, obwohl doch ein Kind in ihr wuchs. Gewiss, sie wollte, dass es ihm gut ging, aber vermeinte zugleich, dass es ihr nicht gehörte und sie das Recht verwirkt hätte, von seinem Wohlbefinden zu zehren.

Früher hatte sie Wald und Einsamkeit vermisst, jetzt waren es Geschäftigkeit, eine Aufgabe – und vor allem zu reden. Duvelina und Wevia ließen sie kaum aus den Augen, aber ihnen konnte sie nicht anvertrauen, dass sie sich immer noch besudelt fühlte von Agnarr und dass sie die Einsicht grämte, sich in all den Jahren geirrt zu haben. Sie sehnte sich danach, Schach zu spielen, politische Ränkespiele zu deuten, ja sogar bei Richard zu liegen. Nie hatte sie sich ihm ganz und gar gegeben – war auch ihr Körper willig gewesen, ihre Seele war es nicht. Aber in einer Welt, in der sie zu oft gefroren hatte, genügte selbst das, um sich geborgen zu fühlen. Jetzt war ihr der eigene Körper fremd, und die Blicke, die sie trafen, taten weh. Einige waren neugierig, die meisten verächtlich und am unerträglichsten der von Alruna, Mathildas Tochter.

Diese war nie freundlich zu ihr gewesen, doch ihre Augen hatten geglänzt. Nun wirkte sie verbittert, abgestumpft, wie versteinert. Wenn es mir gelänge, die unendlich weite Kluft zu überwinden und zu Alruna durchzudringen, würde sie erkennen, dass wir uns ähnlich sind, dachte Gunnora manchmal. Doch die Trägheit besiegte jedes Trachten, am Geschick anderer Anteil zu nehmen. Sie schnitzte keine Runen, die ihrem Kind zum Segen gereichen würden, sie erzählte den Schwestern keine Geschichten über die Götter mehr, sie schlief viel und aß wenig.

Zu wenig, wie Mathilda eines Tages befand.

Lange Zeit hatte sie sie gemieden, doch nun gab sie sich einen Ruck, betrat die winzige Kammer, in der Gunnora mit den Schwestern wohnte, und scheuchte Wevia und Duvelina hinaus.

»Iss!«, befahl sie und stellte eine Platte mit Pökelfleisch vor Gunnora, außerdem einen Humpen mit Skyr, einer Art Dickmilch, und zwei Äpfel.

Gunnora starrte auf das Essen, die Kehle war ihr wie zugeschnürt. »Warum sorgst du dich um mich? Ich dachte, du würdest mich hassen.«

Mathilda schwieg eine Weile. »Hass ist ein zu starkes Gefühl«, erklärte sie schließlich. »Er zerfrisst die eigene Seele, anstatt dem Feind zu schaden. Du hast mich enttäuscht, das ist alles.«

Die Worte waren kein Trost. Ob sie sie nun hasste oder nicht – Gunnora vermisste Mathildas anerkennendes Lächeln allzu schmerzlich.

»Damals im Wald«, sagte sie leise, »habe ich nur bei Richard gelegen, weil er meine Schwester begehrte. Sie war verheiratet und wollte ihrem Mann diese Schande nicht antun. Richard hat gar nicht bemerkt, in welche Bedrängnis er sie damit brachte … und erst recht mich.«

Mathilda nickte nachdenklich. »Ich will Richard gewiss nicht entschuldigen, aber manchmal kann er so blind sein. Er muss es wohl sein, um das Leben zu ertragen. Er würde wahnsinnig werden, wenn er alles sähe … gerade jetzt.«

Gunnora beugte sich vor und nahm von dem Essen. Das Fleisch war würzig und weich, und ihr Hunger größer als gedacht. Sie verschlang es gierig, und es fühlte sich gut an, satt zu sein. Noch besser fühlte es sich an zu reden.

»Wie … wie steht es um die Normandie? Wie groß ist die Bedrohung durch die Heiden aus Dänemark?«

Mathilda zögerte kurz, aber setzte sich dann doch zu ihr. »Groß, sehr groß«, erwiderte sie betrübt. »Dieses Land war immer zerrissen zwischen denen, die sich die fränkische Kultur aneigneten, und jenen, die den alten Bräuchen nachhängen, und Richards Herrschaft wurde stets von dieser Kluft bedroht. Den einen ist er zu wenig christlich, den anderen zu viel. Ganz am Anfang seiner Regentschaft, er war noch kaum erwachsen, suchten Turmod und Sigtryggr das Land heim. Sie führten Truppen an, hetzten das Volk auf, sich nicht taufen zu lassen, und fanden vor allem im Cotentin, jener Provinz im äußersten Westen des Landes, großen Rückhalt. Die beiden sind längst tot, aber noch immer leben dort viele ihrer einstigen Anhänger und treffen sich regelmäßig zum Thing. Von den Dänen, die eigentlich zu Richards Schutz kamen, fühlen sie sich bestärkt, und erst recht …« Sie stockte.

»Und erst recht von Agnarr«, schloss Gunnora den Satz.

Sie nahm noch mehr von dem Essen, schluckte es und schluckte auch den Namen.

»Mein Mann ist nicht sicher, wie stark Agnarr wirklich ist,

aber wenn seine Truppen Richard angreifen ... nun, vielleicht können sie ihm seine Macht nicht rauben, ihm jedoch empfindlich schaden. Und seine Feinde in den Nachbarländern warten wie Hyänen, ob es auch nur die geringste Schwäche an ihm zu wittern gibt.«

»Das wollte ich nicht«, murmelte Gunnora. »Ich wollte Rache für den Tod meiner Eltern, aber ich wollte ihn nicht vernichten.«

Mathilda seufzte. »Seit Monaten ziehen viele Dänen – ob nun aus Langeweile, erzwungenem Nichtstun oder schlichtweg aus Gier nach Reichtum und Abenteuer – ins Frankenreich. Sie haben das Gebiet um die Seine so stark verwüstet, dass es heißt, kein Laut sei mehr zu hören gewesen, als sie wieder abzogen, nicht einmal das Bellen eines Hundes.«

Gunnora unterdrückte ein Schaudern. »Aber es sind doch nicht alle Dänen Krieger und Eroberer. Meine Eltern waren friedliche Menschen, die sich hier eine Zukunft erhofften. Unter denen, die gekommen sind, gibt es gewiss viele ihres Geistes.«

»Nun, das weiß ich nicht. Aber ich denke, dass auch ihr König, Harald Blauzahn, nicht wollen würde, dass seine Landsmänner so weit gehen. Wusstest du eigentlich, dass er sich hat taufen lassen?«

Gunnora schüttelte den Kopf.

»Doch, doch«, fuhr Mathilda fort. »Ein gewisser Poppo hat ihn überzeugt, ein Missionar. Es heißt, er habe sich mit Harald auf eine Wette eingelassen, die er am Ende gewann. Er behauptete, glühendes Eisen berühren zu können, ohne seine Hand zu verletzen, weil Gott ihn vor jeglicher Brandwunde bewahren würde. Und tatsächlich hat er es getan, ohne den geringsten Schmerz zu fühlen. Seine Haut war danach weich und rosig wie die eines Kindes.«

Gunnora runzelte die Stirn. »Glaubst du, dass das wirklich möglich ist? Oder war es nur ein Schwindel?«

»Ich glaube, dass die Taufe großen praktischen Nutzen für Harald hat, weil er als Christ keine Tributzahlungen an den Kaiser mehr leisten muss. Wie es in seinem Herzen aussieht, weiß ich nicht, aber so oder so hat er die Zeichen der Zeit erkannt.« Sie musterte Gunnora eingehend. »Das solltest du auch«, sagte sie schließlich sanft.

Gunnora hatte eben den Humpen Dickmilch zu den Lippen geführt, nun ließ sie ihn wieder sinken, ohne einen Schluck genommen zu haben. »Was hat das alles denn mit mir zu tun?«, fragte sie erstaunt.

Mathilda rückte näher, steckte plötzlich voller Eifer. »Bedenke: Richard muss alle Dänen unter seiner Autorität vereinen. Er muss ihnen beweisen, dass er Heiden nicht grundsätzlich anfeindet, sie vielmehr in seinem Land willkommen heißt.« Sie hielt inne und sah Gunnora lauernd an. »Und das würde ihm umso besser gelingen, könnte er auf eine dänische Frau an seiner Seite verweisen.«

Gunnora brauchte eine Weile, bis sie begriff, was die andere von ihr wollte, schüttelte dann aber umso entschiedener den Kopf.

»Welch närrische Idee, ich könnte diese Frau sein! Er will mich nicht mehr sehen. Und er wird mir nie verzeihen.«

»Nicht, wenn du nichts dafür tust.«

»Aber was soll ich denn tun? Zu viele Fehler lastet er mir an, zu viele falsche Entscheidungen. Und er hat recht. Blicke ich zurück auf die letzten Jahre, so wünschte ich, ich könnte sie mit meinem jetzigen Wissen neu erleben.«

»Das kannst du nicht, und das musst du nicht.« Sie seufzte. »Auch aus dem Mund eines begnadeten Sängers können Misstöne fließen. Sie stören sein Lied nicht, vorausgesetzt, der letzte Ton ist kraftvoll und stark.«

Gunnora atmete tief ein. »So leicht ist es nicht, das Üble aus der Welt zu schaffen.«

»Glaub mir!« Unwillkürlich nahm Mathilda ihre Hand und streichelte sie. »Ich lebe seit Jahren hier bei Hofe in Frieden, doch in jungen Jahren habe ich die Abgründe menschlicher Seelen geschaut. Ich habe Menschen gewaltsam sterben sehen, zu junge und zu unschuldige, ich habe selbst keine jener Sünden ausgelassen, von denen die Priester sagen, sie führten zu ewiger Verdammnis, ob Mord oder Verrat oder Zweifel an Gott.«

Gunnora fiel es schwer, der sanften Frau dergleichen zuzutrauen. »Mir scheint, du selbst verdammst dich nicht dafür«, murmelte sie.

Mathilda schüttelte den Kopf. »Ich tat es, weil ich es tun musste. Aber es ist nicht das Einzige, was an meinem Namen haften blieb.«

»Hm«, machte Gunnora, »doch werden die letzten Töne eines Lieds auch noch so schön und kräftig gesungen – eine Brücke über die Abgründe können sie dennoch nicht bauen, zumindest keine, die dem Gewicht des Menschen standhält.«

»Das nicht«, gab Mathilda zu. »Aber ich kann dir eine andere Brücke zeigen, komm mit.«

Mathilda erhob sich und verließ den Raum, ohne sich noch einmal nach Gunnora umzudrehen. Nach einigem Zögern folgte diese ihr. Das Kind trat gegen ihren Bauch, und sie verspürte ein schmerzhaftes Ziehen im Rücken. Drei, vier Monate noch, und es wäre groß und kräftig genug, den Kampf anzutreten. Und das Leben war ein Kampf, immer und immer wieder.

Gunnoras Füße waren schwer und schmerzten bei jedem

Schritt, aber alsbald hatte sie den Hof erreicht, in dessen Mitte Mathilda bereits stand.

»Sieh doch nur!«

Mathilda deutete nach oben. Gunnora hatte zuvor nicht gehört, wie heftig es geregnet hatte, erkannte es erst jetzt an den tiefen Pfützen, die im Hof standen und den nunmehr wieder blauen Himmel spiegelten, und sah überdies einen prächtigen Regenbogen.

»Die Nordmänner glauben, dass der Regenbogen die Menschen- und die Götterwelt verbindet«, sagte Mathilda.

Gunnora sog die frische, würzige Luft ein.

»Und?«

»Die Christen glauben etwas Ähnliches. Dass der Regenbogen ein Zeichen des Bundes ist, den Gott mit den Menschen geschlossen hat.«

Ganz dicht stand sie nun neben ihr, und als die Ersten ihre Köpfe hoben, um Gunnora einmal mehr misstrauisch oder feindselig zu mustern, legte Mathilda ihr die Hand um die Schultern. Die Köpfe senkten sich.

»Was willst du mir damit sagen?«, fragte Gunnora. »Der Regenbogen vermag nicht darüber hinwegzutäuschen, dass sich am Himmel ungleich öfter dunkle Wolken türmen, dass es blitzt und donnert und stürmt.« Obwohl sie die Berührung genoss und noch mehr die Ahnung, dass Mathilda ihr vergeben hatte, klang sie schroff.

»Das wissen Christen wie Heiden«, erwiderte diese. »Und sie erfreuen sich dennoch der strahlenden Farben. So verschieden sind die Menschen nicht, ganz gleich, woher sie stammen und was sie glauben. Und so schwer sollte es für dich nicht sein, die Seiten zu wechseln.«

Ehe Gunnora widersprechen konnte, glitt Mathildas Hand tiefer und streichelte behutsam über den gerundeten Bauch.

»Bist du sicher, dass das Kind von Richard ist?«

Gunnora zögerte kurz, aber nickte dann entschlossen. »Ich war schwanger, als ich Rouen verließ, nur wusste ich das damals noch nicht.«

»Das ist gut, denn das Kind macht die Sache leichter.«

»Was meinst du?«

Mathilda gab sich weiter rätselhaft. »Du hast alles für deine Schwestern getan«, sagte sie nur. »Sicher bist du auch bereit, alles für dein Kind zu tun.«

In dieser Nacht träumte Gunnora von ihren Eltern. Oft waren sie ihr in den letzten Jahren erschienen, doch niemals so eindrücklich: Manchmal waren es Erinnerungen an die Kindheit gewesen, die sie trösteten, manchmal die Bilder ihrer grausamen Ermordung, die sie heimsuchten. Heute sah sie Walram und Gunhild vor dem Regenbogen stehen, den Mathilda ihr gezeigt hatte. Einer Treppe gleich ragte er vor ihnen auf, steil, aber begehbar, zumindest für die Eltern: Kaum dass Gunnora sie erkannt hatte und wilde Freude darüber fühlte, mit ihnen vereint zu sein, lösten sie sich schon von ihrer Seite und begannen direkt in den Himmel zu steigen.

»Vater! Mutter!«, schrie Gunnora.

Sie hörten sie nicht. Und was bei ihnen so mühelos aussah, gelang ihr nicht nachzumachen. Sie war zu behäbig, den Regenbogen zu erklimmen, die Füße zu steif, sie in die luftigen Höhen zu tragen, ihre Augen auch nicht scharf genug, in weite Ferne zu blicken und den höchsten Punkt auszumachen. Von grauen Wolken war dieser vielmehr verborgen, und als die Eltern sich ihnen näherten, begannen sie, sich Nebelschwaden gleich aufzulösen.

»Vater! Mutter!«, schrie Gunnora wieder. Die Eltern entschwanden, doch andere Menschen waren an ihrer Seite, die Schwestern, Samo, Mathilda ... Richard.

Er trug ein Schwert, so groß wie das von Agnarr, und als er es zog, schrie sie entsetzt auf. Anstatt es wider die Schwestern oder gar sie selbst zu richten, stellte er sich jedoch schützend vor sie und begann auf den Regenbogen einzuschlagen. In kleine Stücke zerfiel er, kaum größer als Funken. Sie regneten auf sie herab, und da erst erkannte Gunnora, was hinter dem Regenbogen stand, kein weites, fruchtbares Land, vom Regen genährt und erblühend, sondern ein Schlachtfeld, übersät von Geiern ... oder nein, nicht von Geiern, vielmehr von gebückten schwarzen Menschen, die sich über Leichen beugten und ihnen die Augen auspickten. Nicht länger glichen sie Vögeln, sondern Ratten, Schlangen, Würmern. Und nicht länger taten sie sich an den Leichen gütlich, sondern an den Brocken, die vom Regenbogen geblieben waren und die nicht länger bunt, sondern grau schienen.

Wo sind die Farben?, dachte Gunnora. Wo sind die Eltern? Wo ist die Brücke, die Himmel und Erde verbindet?

Nichts davon war da, nur Richard sah sie, die Schwestern, Mathilda.

»Warum hast du den Regenbogen getötet?«, fuhr sie ihn an.

Er trat auf sie zu, ohne Schwert nunmehr, ohne Blutspritzer, mit strahlendem Blick, liebevollem Lächeln, starken Armen, die sie umfassten, trösteten, schützten.

»Ich habe doch nicht den Regenbogen getötet, nur all die Geier und Ratten, Schlangen und Würmer.«

Tatsächlich, nichts war mehr zu sehen ... von dem grässlichen Getier so wenig wie von den Leichnamen. Das Land, das sich vor ihr erstreckte, war nackt, der Himmel darüber von kaltem Blau.

»Wo ist der Regenbogen?«, fragte sie.

Richard streichelte ihr Gesicht, ihren Nacken, ihre Schultern, ihren Leib.

»Er ist verschwunden«, sagte er, »aber hab keine Angst, du wirst einen neuen gebären.«

Gunnora glaubte, seine liebevollen Berührungen noch zu fühlen, als sie erwachte. Sie seufzte wohlig, kuschelte sich in ihr Kissen, genoss Richards Streicheln und die sanften Tritte des Kindes. Aber als sie die Augen öffnete, sah sie, dass sie allein war, Richard fern ... und gewiss immer noch voller Hass auf sie.

Sie weinte heiße Tränen, nicht sicher, was sie mehr vermisste, den Anblick des Regenbogens ... oder seine Umarmung.

ᛗ

Der spätsommerliche Tag starb, sein letztes abendrotes Seufzen klang wie der raue, traurige Ton der Knochenflöte, das Licht, das durch dunkle Wolkentürme brach, war weich und süß wie Honig. Der Chor der Vögel, die in grenzenloser Höhe vom noch bleichen Mond zu kosten schienen, stimmten ins Abschiedslied mit ein, das der Wind der untergehenden Sonne sang, das Rascheln der Blätter klang, als wären sie nicht verderblich und würden im Herbst rosten und fallen, sondern als hätte sie ein Goldschmied aus hauchdünn gepresstem Silber geformt.

Agnarrs Männer waren taub für jene zauberhafte Melodie und störten sie durch Schritte und Geschrei. Alles an ihnen war laut und schwer, nichts verhieß die tröstliche Gewissheit, wonach die Welt schön und das Licht, das sie mit letzter Kraft erleuchtete, warm war.

Schönheit ist schließlich vergänglich, dachte Agnarr, und wenn das Lied, mit dem man sie besingt, süßlich klingt, so letztlich nur, weil es von der Verwesung kündet, die am Ende von jedem Leben steht.

Berit war längst verrottet. Die schwarze Dänin würde dereinst, nachdem er sie geschlachtet hatte, gleichfalls zu Staub verfallen. Nur Macht und Ruhm wurden nicht von Würmern zerfressen. Auf Steintafeln wurde von ihnen geschrieben, und Stein hielt der Zeit stand.

Einer seiner Männer trat zu ihm. »Graf Richard wird morgen eintreffen. Seine Männer rufen die Dänen auf, sich an einer bestimmten Stelle des Flusses zu versammeln. Seine Priester wollen zu ihnen sprechen, danach er selbst.«

Agnarr unterdrückte ein spöttisches Lachen. Nicht länger hörte er das letzte Lied des schläfrigen Tages, sondern das Rauschen seines hitzigen Blutes.

»Seit Tagen, seit Wochen bläuen wir den Menschen hier ein, dass Richard ihresgleichen heimtückisch ermorden lässt und seine Versprechen an die Dänen so falsch wie die Verlockungen eines Weibes sind, dessen Atem faulig, dessen Brüste erschlafft und dessen Schoß vertrocknet ist!«, rief er triumphierend. »Wenn er zu den Menschen spricht, werden seine Worte auf taube Ohren stoßen, und werden sie doch gehört, so werden sie wie das Meckern einer Ziege oder das Miauen eines launigen Katers klingen, nicht aber die Massen mitreißen, ihm zu folgen, ihm zu dienen und von ihren Eroberungszügen abzulassen.«

Die Sonne stritt sich nicht länger mit dem Mond. Einer sterbenden Königin gleich glitt sie vom Himmel, würdevoll, aber kraftlos.

»Und du? Was wirst du morgen Abend tun?«

»Nichts«, erwiderte er genüsslich in Erwartung des kommenden Triumphs. »In der Ferne stehen, zuhören und lachen, wenn er geendet hat. Und sobald er unverrichteter Dinge wieder abgezogen ist, werde ich die Dänen unter meiner Führung vereinen.«

Als Gunnora nach Jeufosse ritt, betrachtete sie die Normandie nicht als Feindesland, wo sie ihre Eltern verloren und vor Agnarr geflohen war, sondern versuchte jenes Paradies zu sehen, das sich einst der Vater ausgemalt hatte, wenn sie hungernd und bibbernd um das Herdfeuer saßen. Die Sonne schien, die Natur war reich an Farben, das Kleine in ihrem Leib strampelte, und es war ein Leichtes, Walrams Worte heraufzubeschwören und an sie zu glauben. Das dunkle Rot der Wälder streichelte die Seele ebenso wie das Glitzern des Wassers von Seen oder Flüssen und die verblühenden Blumen am Rande der abgeernteten Felder.

Das ist dein Zuhause, dein Reich, sagte sie zu dem Kind unter ihrem Herzen, vorausgesetzt es gelingt mir, Richard zurückzugewinnen ...

Sie war sich nicht sicher, ob sie es konnte, und die Männer, mit denen sie ritt, noch weniger. Es war für Mathilda schwer gewesen, sie umzustimmen, und selbst wenn sie ihrem Ansinnen letztlich nachgegeben hatte – die Zweifel waren geblieben.

Richard sei nicht von Natur aus nachtragend und misstrauisch, habe aber zu oft Verrat erlebt, um sich einen versöhnlichen Blick auf die Welt zu bewahren, hatte Arvid zu bedenken gegeben. Raoul von Ivry hingegen, Richards Bruder, war ein zu leichtfertiger Mann, als dass er sich von dunklen Gefühlen gefangen nehmen ließ – ob nun den eigenen, denen seines Bruders oder Gunnoras –, aber in ihm brannte Unrast. Er wollte so schnell wie möglich zu Richard stoßen, und mit einer schwangeren Frau unterwegs zu sein verzögerte das Fortkommen in seinen Augen unnötig. Es stimmte ihn mürrisch.

»Du kommst nur mit, wenn du nicht im Wagen reist, sondern auf dem Pferd. Kannst du überhaupt reiten?«, hatte er beim Aufbruch gefragt.

»Mein Vater war Pferdehändler. Ich bin auf dem Pferderücken aufgewachsen.«

Raouls Laune hatte sich gebessert, sobald sie bewiesen hatte, dass ihre Worte keine dreiste Übertreibung waren. Immer noch trieb er zu mehr Eile, aber in seinem Blick stand auch Anerkennung.

Arvids Vorbehalte hingegen blieben: »Wenn wir nur wüssten, was uns dort erwartet.«

Dort – das war ein Ort an der Seine, und diese wiederum ein Fluss, den die meisten Dänen entlanggesegelt waren, als sie ins Land gekommen waren. Immer störrischer, selbstbewusster und gewalttätiger zeigten sie sich, und Richard wusste: Dass sie in diesen Tagen zum Thing zusammentrafen und er dort zu ihnen sprechen würde, war die vielleicht letzte Gelegenheit, ihr Vertrauen zu gewinnen und sie zum Gehorsam aufzurufen.

»Es ist ein Wendepunkt seiner Regentschaft«, hatte Mathilda gesagt.

Und für Gunnora würde es ein Wendepunkt ihres Lebens sein.

Während sie ritt, musste sie an Aeglas Worte denken, wonach sich jedes Opfer, jeder Schmerz, jedes Scheitern zu lohnen hatte. Damals hatte sie daraus Kraft gezogen, um Agnarr zu überlisten, jetzt schien ihr dieser Ratschlag nicht länger gültig.

Nein, dachte sie, es lohnt sich nicht immer. Manchmal muss man feststellen, dass etwas vergebens geschehen ist. Manchmal erweisen sich breite Straßen als Irrweg, und nur ein Narr schreitet darauf hinfort, anstatt eilig umzukehren. Manchmal bleiben Bluttaten ungerächt, manchmal muss man sich selbst verraten, manchmal gehen Starke zugrunde und siegen Schwache, und manchmal muss der Starke Schwäche zeigen.

Die Sonne sank, als sie ankamen. Nicht länger kräftig grün stand der Wald, sondern in einem fahlen Braun. Dunst zog vom Fluss hoch, schlug graue Schneisen in das Gebüsch. Obgleich der Tag sich neigte, herrschte so große Unruhe, als wären die Lebensgeister eben erst erwacht. Erst waren nur einzelne laute Stimmen zu hören, später stimmten alle in das Geschrei ein. Ein Großteil der Männer, die sich hier versammelt hatten, waren einfache, unbewaffnete Bauern mit knielangen Hemden und groben Filzschuhen, einige trugen aber auch glänzende Rüstungen und Waffen.

Vielleicht ist Agnarr darunter, dachte Gunnora erschaudernd, gewiss lässt er sich die Gelegenheit nicht entgehen, gegen Richard zu hetzen … Der war mit einem stattlichen Heer gekommen, das bessere Waffen mit sich führte, aber zahlenmäßig waren die Heiden überlegen, nicht zuletzt, weil Frauen und Kinder darunter waren.

»Was ist passiert?«, fragte sie Arvid.

Die Schreie wurden lauter und das Gedränge so dicht, dass sie ihre Pferde nicht zu Richards Zelt treiben konnten, sondern vorzeitig absteigen mussten.

Arvid zuckte müde mit den Schultern. Er war es sichtlich leid, einmal mehr um Richards Herrschaft zu bangen. »Ich habe keine Ahnung …«

In Raoul indessen wuchs die Ungeduld. Mit Faustschlägen bahnte er sich einen Weg zu Richard und winkte Gunnora, ihm zu folgen. Als sie den Grafen vor seinem Zelt erblickten, hielt er inne.

»Besser, er sieht dich nicht gleich.«

Gunnora duckte sich unwillkürlich, obwohl sie sich das hätte sparen können: Richard war ohnehin abgelenkt. Etliche Bischöfe bildeten einen Kreis um ihn und trugen lautstark ihre Beschwerden vor. Beim Versuch, das widerspenstige Volk zu bekehren, so ging aus ihren Wortfetzen hervor, hatte dieses sie mit Tierknochen beworfen.

Gunnora sah Ärger in den Gesichtern der Gottesmänner und noch mehr Unbehagen und Angst – Gefühle, die sie in Richards Miene vergebens suchte. Er schien gelassen, als er sie zu beschwichtigen suchte, doch als seine beruhigenden Worte nur immer wieder neue Tiraden bedingten, erwachte in ihm gleiche Ungeduld wie in Raoul. Mit eisiger Stimme schickte er sie schließlich fort, achtete nicht auf ihren Protest und sprang auf ein kleines Podest, von dem eben noch die Priester gepredigt hatten. Es bot einen guten Überblick über die Menge.

Kaum dass die Menschen ihn erblickten, legte sich der Tumult ein wenig. Das Stimmengewirr ebbte ab, sodass er es hell und klar übertönen konnte.

»Ich bin der Sohn eines Nordmanns und einer Bretonin«, begann er, »ich bin der Enkelsohn eines Heiden und einer Christin. Meine Vorfahren stammen aus Norwegen, Dänemark und dem Frankenreich. Sie sind bis zu den Hebriden und nach Irland gereist und sämtliche Flüsse hierzulande entlanggesegelt. Ihr mögt mich für einen Feind halten, weil ich hier lebe, mich den Sitten angepasst habe und getauft bin, und selbst wenn ihr mich nicht als Feind betrachtet, so doch nicht als Mann, auf den ihr hören wollt. Aber ich kann euch versichern: Ihr findet keinen besseren Führer in diesem Land als mich. Dieses Land kann jedem zur Heimat werden, der bereit ist, Ruinen aufzubauen, anstatt Paläste zu zerstören, der die Leichname der Gefallenen zur Seite schafft, um den Boden zu pflügen, anstatt neues Blut zu vergießen, der durch tüchtige Arbeit reich werden will anstatt durch Raub und Mord, der nicht nur Altes bewahren, sondern Neues erlernen will.«

In Gunnoras Augen war Richard immer ein stattlicher Mann gewesen, der Eindruck machte, aber sie hätte nicht erwartet, dass er auch zum überzeugenden Redner taugte. Nun jedoch legte er sämtliche Inbrunst in seine Worte, derer er fähig war.

»Ihr habt mir vorgeworfen, dass ich die Götter verrate, weil ich ihren Namen nicht ehre, aber die Götter haben weit größeren Gefallen an mir, als ihr glaubt. Denn die Götter des Nordens sind mutig und listig, und das bin ich auch. Sie kämpfen entschlossen gegen die Feinde, aber sie lügen, verraten und betrügen, wenn es zu ihrem Wohl ist, und bleiben vor allem sich selbst treu, nicht Gewohnheiten, die ins Verderben führen. Sie tun nicht das, was richtig und gut ist, sondern das, was ihnen nützlich erscheint, und auch ihr solltet erfragen: Was bringt den größten Nutzen? Welcher Weg führt in die Zukunft?«

Richard hielt einen Moment inne, und Gunnora sah in die Gesichter seiner Zuhörer und las Verwirrung darin. Offenbar waren sie aufgehetzt worden, Richard zu hassen, und dass ihnen nun gefiel, wie mitreißend er sprach, stimmte sie verlegen. Bevor sie jedoch weiter darüber nachdenken konnte, fuhr Richard fort zu sprechen.

»Ich kann euch eine Antwort darauf geben. Stellt euch auf meine Seite, dann werdet ihr hier sicher sein, ein ordentliches Leben haben und Land beackern, das noch eure Kindeskinder abernten werden. Glaubt nicht denen, die euch einzureden suchen, dass Tapferkeit mit größtmöglicher Grausamkeit zu beweisen ist. Mutig ist, wer am Fluss eine gangbare Furt sucht, anstatt sich an tiefster Stelle in die Fluten zu stürzen und darin zu ersaufen. Mutig ist auch, wer bei Sturm die Segel einzieht, anstatt sie in den Wind zu hängen, bis der Mast bricht. Mutig ist schließlich, wer an der Übermacht der Feinde vorbeischleicht und Verstärkung holt, anstatt mit einem Schwert gegen zehn zu kämpfen und erschlagen zu werden.«

Als er endete, waren die Blicke der Menschen auf ihn gerichtet, dann musterten sie sich gegenseitig und suchten Widerspruch oder Zustimmung im Gesicht des Nächsten, um selbst entsprechend zu entscheiden.

Plötzlich rief einer wütend: »Du willst unser Freund sein, aber du hast noch nicht bewiesen, dass du dazu taugst! Deine Männer haben reihenweise Dänen abgeschlachtet, kaum dass wir normannischen Boden betreten haben.«

Richard schüttelte den Kopf. »Das ist eine Verleumdung, dergleichen habe ich niemals angeordnet.«

»Warum sollen wir dir glauben? Du hast eben gesagt, dass die Götter manchmal lügen. Vielleicht tust du es auch.«

»Ihr könnt mir vertrauen!«, rief der Graf eindringlich.

»Warum? Was zählt dein Schwur, wenn deine Hand dabei die Bibel berührt?«

Vergebens rang Richard nach Worten.

»Du magst mit glühender Zunge zu uns reden, aber wo sind die Taten, die den Worten folgen? Wo ist das Land, das du uns versprichst? Wir sehen sehr wohl, dass der Boden hier fruchtbar ist, aber wir sehen auch deine vielen Krieger, die sich diesen bereits untertan gemacht haben. Was bleibt für uns?«

Immer mehr Stimmen erhoben sich, immer mehr Fragen wurden laut.

»Warum sollen wir dir folgen?«

»Warum sollen wir dir die Treue schwören?«

»Warum sollen wir gehorsam sein?«

Gunnora trat näher. Richard hatte sie immer noch nicht bemerkt, so inständig suchte er die rechten Antworten, doch alle anderen sahen sie – sahen eine Frau mit langem schwarzem Haar in der Kleidung einer Seherin, die sich einst im Wald damit Respekt verschafft hatte, sahen eine Frau mit der Haltung einer Königin und mit einem fruchtbaren Leib.

Ob all das genügte, die Menschen für sich zu gewinnen, wusste Gunnora nicht, aber kurz gewann sie ihre Aufmerksamkeit, kurz herrschte Stille, und in diese Stille hinein sprach sie.

»Glaubt mir! Folgt mir! Gehorcht mir!«

»Warum?«

»Weil ich eine von euch bin.«

Das Schweigen hielt an, Blicke bohrten sich in sie, auch Richard starrte sie mit weit aufgerissenen Augen an. Er wirkte überrascht, verwirrt, dann wurde er sichtlich ungehalten. Noch brachte er kein Wort hervor, doch er nickte seinen Kriegern zu, auf dass sie sie fortbrachten. Gunnora hob ihre Hand, um ihnen Einhalt zu gebieten, und ob es nun diese machtvolle Geste war oder Arvids Eingreifen – die Männer wichen zurück. Gemurmel ertönte, doch ehe es so laut wurde, dass es ihre Worte übertönt hätte, begann sie mit jener tiefen, rauchigen Stimme zu sprechen, die die Menschen einst im Wald hatte glauben lassen, sie stünde den Göttern besonders nahe.

»Ich bin eine Tochter des Nordens, ich bin das Kind von Dänen. Wir lebten, wie man lebt, wenn man seiner Sippe Ehre bereiten will, und doch lebten wir mehr schlecht als recht. Mein Vater teilte wie viele seinesgleichen die Hoffnung, dass wir in der Normandie ein besseres Leben haben. Mag sein, dass einige von euch hier etwas anderes gesucht haben als nur das tägliche Brot, Abenteuer vielmehr und Reichtum. In jedem Fall sind wir alle doch geeint von der Erwartung, dass wir in diesem Land etwas bekommen, das wir in der Heimat nicht haben können, und weil wir ein mutiges Volk und zugleich ein einsichtiges sind, haben wir unsere Heimat verlassen. Ja, ich bin eine von euch, ich bin eine Tochter des Nordens, aber nicht länger bin ich nur Tochter, sondern auch Mutter.« Gunnora strich über ihren gerundeten Leib. »Ich trage ein Kind, wie ihr seht. Und es genügt mir nicht, dieses Kind zu gebären, ich will es auch in Frieden aufwachsen sehen. Wie ich ist es ein Kind des Nordens – aber nicht nur. Es ist auch das Kind von Graf Richard.«

Aus den Augenwinkeln sah sie, wie er die Hand hob, sie erneut fortjagen lassen wollte, wenngleich seine Miene nicht länger zornig wirkte, vielmehr betroffen. Doch als die Männer auf sie losstürzten, besann er sich anders und schüttelte den Kopf. Hastig wandte er sich ab, auf dass sie nicht länger in seinem Gesicht lesen konnte, aber er blieb, um ihr zuzuhören, und sie fuhr entschlossen zu sprechen fort.

»Mein Kind wird dänisch sein, aber auch normannisch, es stammt von Menschen ab, die Thor und Odin verehren, aber auch von solchen, die zu Christus beten. Es wird getauft werden, so wie ich mich taufen lassen werde, aber ich werde es nicht vergessen lassen, woher es kommt. Es wird nach manchen Sitten seiner Väter leben, aber auch nach denen der Franken. Schaut auf den Boden, auf dem ihr steht! Die Erde ist weich, Bäume können sich darin verwurzeln und Samen gesät werden, aber auch Blut kann darin versickern und Tote können begraben werden. Wir haben die Wahl: Die Erde kann nutzlos vertrocknen, oder wir bauen Häuser darauf und Straßen, auf denen die Wagen mit unseren Waren fahren. Wir entscheiden, welche Spuren wir hinterlassen, denn unser Schicksal ist nicht in Stein geschrieben, sondern auf Erde. Und wenn ihr wollt, dass sich diese Erde als saftig und fruchtbar erweist, müsst ihr Graf Richard folgen.«

Ihre Worte hatten die Macht, die Menge zu bannen – ihr Schweigen nicht. Kaum verstummte sie, erhoben sich Stimmen voller Argwohn und Ablehnung.

»Was immer du sagst, klingt schön, aber es hat nicht genügend Gewicht. Nenne uns einen guten Grund, warum wir ihm trauen sollen!«

»Nun, weil ich ihm traue!«, hielt sie entgegen. »Obwohl ich aus dem Norden komme, hat er mich immer ehrenvoll behandelt. Hätte er mit mir ein Kind gezeugt, wenn er nicht auch euch als seine Kinder betrachtete?«

»Aber wie willst du beweisen, dass du eine von uns bist? Vielleicht ist alles gelogen! Es gibt auch Franken, die die dänische Sprache sprechen, und das allein macht sie nicht zu unseren Freunden.«

»Gewiss, doch es gibt andere Mittel als bloße Worte, um meine Herkunft zu bezeugen.« Sie wies erneut auf die weiche Erde, auf der die Menschen standen, beugte sich schließlich hinab und schrieb mit einem Zweiglein ihren Namen hinein. »Runen haben Macht, das wisst ihr alle, und dass ich meinen Namen in die Erde dieses Landes schreibe, bedeutet, dass ich sie endgültig zu meiner Heimat mache. Gunnora heiße ich. Ich schreibe die Rune Gebo, was Geschenk bedeutet. Die Rune Uruz, die den fallenden Regen symbolisiert. Die Rune Naudhiz, das heißt Not. Die Rune Othala, die Besitz und Wohlstand versinnbildlicht. Die Rune Raidho, was Reise bedeutet. Die Rune Ansuz, die für einen der Asen steht.«

Sie unterdrückte ein Ächzen, als sie sich wieder erhob. Ihr Leib war schwer, doch nicht so schwer, dass er sie beugte.

»Eben hast du doch gesagt, dass du dich taufen lassen möchtest. Wie kannst du das tun, wenn du die Runensprache beherrschst?«

»Wie ich schon sagte, die Runen sind machtvoll. Dieses Land weiß nun, wie ich heiße. Und ihr wisst es auch. Dennoch«, Gunnora trat vor und verwischte mit ihren Füßen die Runen, »dennoch gibt es etwas, das viel machtvoller ist, als die Runen es sind – das neue Leben nämlich, das ich in mir trage. Unser Schicksal verändert sich nicht durch Zauberei, sondern durch unseren Willen und durch Taten. Ich will Graf Richard eine gute Frau sein, die ihn stets daran gemahnt, woher wir kommen, aber die auch bereit ist, an seiner Seite neue Wege zu beschreiten. Ich verspreche ihm die Treue genauso wie seinem Gott, und nur wenn die Macht seines Gottes nicht ausreicht, aber nur dann, werde ich erneut Runen ritzen. In jedem Fall wird er euch allen ein starker, gerechter, guter Herrscher sein.«

»So, so«, die Stimme, die jetzt plötzlich erklang, war leiser als die anderen, klang aber giftig. »Ist es ein starker, gerechter und guter Herrscher, der Neuankömmlinge grausam niedermetzeln lässt, wie's so oft an der Küste geschehen ist? Der sein Land nicht teilen will, sondern habgierig darauf hockt und mit dem Schwert bedroht, wer einen Fuß darauf setzt? Der von einer feigen Übermacht nicht nur Männer töten lässt, sondern Frauen, Kinder, Alte?«

Das Schweigen, das nun wieder folgte, war lähmender als das zuvor, und noch lähmender waren die Erinnerungen, die in Gunnora aufstiegen. Nicht wie selbstverständlich wollten ihr die Worte über die Lippen perlen, sie versteckten sich vielmehr hinter Bildern ... von Walram, Gunhild, blutüberströmt. Und auch von Agnarr, wie er auf ihr gelegen, wie er sie bezwungen hatte, wie er ihr Gewalt angetan hatte. Doch gebrochen hatte er sie nicht. Und wie ihr Innerstes waren auch die

Worte, die sie den Menschen schließlich entgegensetzen konnte, heil.

»Ich weiß, wovon du sprichst, denn ich war selbst dabei«, begann sie leise, um immer lauter und schärfer fortzufahren. »Ich wurde Zeugin des Verbrechens, das du benannt hast. Ich sah Menschen unter Schwertern fallen, die kein Unrecht begangen hatten, die nur von einem besseren Leben träumten. Menschen wie meine Eltern.« Sie atmete tief durch. »Wenn ich hier und heute neben Richard stehe, ist dies kein Zeichen, dass ich sie vergessen hätte oder verleugnen würde, es ist vielmehr ein Zeichen, dass ich noch immer an Rache glaube und daran, dass er sie für mich verüben wird. Denn es war nicht Richard, der die Ankömmlinge morden ließ, es war Agnarr, ein Däne, wie meine Eltern Dänen waren, der, um Macht in diesem Land zu erringen, das Blut seiner Landsleute vergossen und dann einem anderen die Schuld dafür gegeben hat. Ich bin die Zeugin seiner Taten, und er wollte mich deswegen töten, doch ich bin lebendiger als zuvor.«

Fremd waren die Gesichter, in die sie sah. Plötzlich aber vermeinte sie, einen der Zuhörer zu erkennen – Agnarr stand unter jenen, die ihre Rede belauschten, und er musste ohnmächtig ertragen, wie sie Worte gleich einer tödlichen Waffe benutzte. Sein Blut würde heute nicht fließen, aber seine ehrgeizigen Pläne waren zunichtegemacht, das wusste sie jäh.

»Agnarr!«, schrie sie, und nie hatte ihre Stimme so grollend tief geklungen, mehr einem Tier als einem Menschen gleichend, doch keinem waidwunden, sondern einem, das sein Revier verteidigt, seine Krallen ausfährt und seine scharfen Zähne fletscht. »Agnarr, wisse! Richard ist gerechter als du. Richard ist weiser als du. Richard ist stärker als du. Vor allem aber ist er der einzig wahre Graf der Normandie, und er wird es bleiben.«

Sie senkte den Blick, und nicht länger war sie sicher, ob Agnarr wirklich unter den Zuhörern stand, so oder so würde sie sich keines der vielen Gesichter merken können. Die lauten Jubelrufe, die nun aufbrandeten, würden verhallen, ohne dass sie sich künftig an den Klang einzelner Stimmen erinnerte. Sie wollte Richards Gesicht sehen, sie wollte seine Stimme hören.

Lange hielt er ihnen den Rücken zugewandt – den Menschen ebenso wie ihr. Schließlich drehte er sich um, lächelte erst die Menge an, dann sie. Noch las sie Verstörtheit in seinem Blick, noch Wut und Ohnmacht, aber da war auch etwas anderes. Etwas, das bewies, dass sich ihr Verrat an den Runen lohnte. Oder mehr noch: dass es gar kein Verrat war.

Später wartete sie in seinem Zelt.

Richard hatte sie dorthingeschickt, ohne sie noch einmal anzusehen oder das Wort an sie zu richten. Zu den Dänen sprach er nun, und das so lange, bis sich kein Widerspruch mehr regte und sich die Menge friedfertig und versöhnt zerstreute.

Die Nacht brach an, Gunnora wurde immer müder, doch er kam nicht, ging vielmehr draußen auf und ab. Sie hörte seine Schritte und alsbald seine wütende Stimme.

»Wie konntet ihr sie nur hierher bringen?«

Offenbar sprach er mit Arvid und Raoul. Eine Weile machte er ihnen bitterste Vorwürfe, die die beiden ohne Widerrede über sich ergehen ließen.

»Selbst ich muss zugeben, dass es gewirkt hat. Und dass sie schließlich Agnarr angeklagt hat ...«, sagte Arvid dann. »Die Menschen haben ihr geglaubt, und das bedeutet, dass wir ihn endlich loswerden! Viele Anhänger werden sich von ihm abwenden, und die wenigen, die weiterhin zu ihm stehen, werden wir mit ihm verjagen.«

Richard stieß ein Keuchen aus, das Gunnora nicht deuten konnte. War es ein Zeichen von Ungeduld, weil er jetzt keinen Sinn für diese Worte hatte, von Befriedigung, weil er einen alten Feind besiegen konnte, oder immer noch von Zorn, weil Arvid und Raoul hinter seinem Rücken gehandelt hatten?

Der Zorn schien verraucht, als er endlich das Zelt betrat. Er musterte sie, und sein Blick blieb an ihrem gerundeten Leib hängen, doch die verräterischen Gefühle huschten nur kurz über seine Miene, ehe sie vollkommen ausdruckslos wurde.

Sie hatte sich gewünscht, er würde wütend sein, denn Wut machte so vieles leichter. Ihr Feuer war zwar heiß, aber lebendiger als das schleichende Gift, das die Gleichgültigkeit versprühte. So aber musste sie erkennen, dass ihr die eigentliche Prüfung noch bevorstand. Die Herzen eines ganzen Volkes zu gewinnen bedeutete nicht, dass ihr auch sein Herz wieder gehörte.

So sagte sie nichts, sondern wartete, dass er zu ihr spräche. Es dauerte lange, quälend lange, bis er sein Schweigen brach.

»Willst du dich wirklich taufen lassen?«, fragte er.

»Ja«, erwiderte sie.

»Für wen tust du das? Tatsächlich für mich?«

Er wirkte nicht mehr ganz so nüchtern, vielmehr ungehalten.

»Nein«, erwiderte sie. »Ich tue es für unser Kind. Es hat hier keine Zukunft, wenn es als Heide gilt. Schon gar nicht, wenn es ein Sohn wird und somit der nächste Graf der Normandie.«

Die Züge entglitten ihm endgültig. »Wie kommst du auf die Idee, dass ich den Bastard einer Verräterin zu meinem Erben mache?«

Speicheltröpfchen trafen sie, sein Gesicht lief rot an.

Gut so, seine Beherrschung bekam Sprünge, und dahinter war der Knabe zu wittern, der er einst gewesen war, unsicher, verängstigt, heimatlos. Niemand durfte ihn sehen – nur sie. Niemand ihn trösten – nur sie. Und das gelang nicht mit Zärtlichkeit und Lob, nicht mit honigsüßen Lügen, nicht mit kokettem Lächeln. Vor diesem Knaben galt es, Stärke zu beweisen und ihm die Gewissheit zu geben: Auch wenn du fielest, ich bliebe an deiner Seite.

»Ich bin die einzige Frau, die du je respektiert hast«, erklärte sie entschlossen. »Wäre es nicht so, hättest du mich töten lassen.«

Wieder folgte Schweigen.

»Du hast mich auch nicht getötet«, murmelte er heiser.

Das Rot in seinen Wangen kündete nicht mehr von Zorn, sondern von Anstrengung. Der Tag war zu lang gewesen, als dass er den Widerstreit seiner Gefühle ertragen konnte. Sie trat zu ihm, legte ihm die Hände auf die heißen Wangen.

»Ich wollte dir nichts Schlechtes. Ich wollte nur in meine Heimat zurückkehren.«

Er stieß ihre Hände fort. »Wer sagt mir, dass du es nicht immer noch willst?«

»Das tue ich nicht.« Energisch schüttelte sie den Kopf. »Die Heimat von einst gibt es nicht mehr. Dänemark war der Ort, an dem ich mit meinen Eltern lebte, aber meine Eltern sind tot. Künftig bin ich dort zu Hause, wo mein Kind lebt. Wo meine Schwestern leben. Und ... wo du lebst.«

»Schöne Worte ...«, stieß er aus. »Dass du damit Menschen in den Bann schlagen kannst, hast du soeben bewiesen.« Er schnaubte.

»Du bist misstrauischer als sie«, stellte sie fest. »Du kannst mir nicht vertrauen.«

»Woher weiß ich, dass du nicht doch noch auf Agnarrs Seite stehst?«

»Ich habe ihn vor aller Welt seiner Untaten angeklagt!«

»Meinetwegen, ich glaube dir, dass du ihn hasst. Aber wie soll ich sicher sein, dass dich die Liebe zu mir zu diesen Worten bewogen hat, nicht die Rachsucht? Du hast gesagt, ich sei stärker als er. Was, wenn es nur kühle Berechnung ist, dich dem Stärkeren zu unterwerfen?«

Sie seufzte. »Was immer ich dir sage, man kann es gut oder schlecht auslegen. Es ist wie bei den Runen, auf deren nützliche Wirkung man setzen kann und deren schädliche zu fürchten ist. Mehr als beschwören, dass sich meine Sicht der Dinge geändert hat, kann ich nicht. Mehr als dich um Vergebung bitten und darauf hoffen, dass wir eine Zukunft haben, bleibt mir nicht. Die Menschen da draußen haben gespürt, dass meine Worte ehrlich gemeint waren. Sie haben mir geglaubt, was gleichsam hieß, dass sie auch deiner Rede glaubten. Nun ist es an dir, mir gleiches Vertrauen zu erweisen.«

Sie starrten sich an. Sie sah seine tiefe Kränkung und er ihr aufrichtiges Bedauern. Schließlich wich beides der Sehnsucht. Seiner Sehnsucht nach einem Menschen, der auf seiner Seite stand, der ihn stärkte, der ihn verstand. Ihrer Sehnsucht nach Sicherheit, Geborgenheit und Wärme. Er hatte die Einsamkeit in seinem Burgzimmer geschmeckt, wohin nur Menschen kamen, die ihm dienten, ihn vor neuen Gefahren warnten oder ihm schmeichelten. Sie in den Wäldern, wo man von ihr Wunder erwartete.

Vielleicht hatte sie manches bewirken können, vielleicht nicht. Wundersam erschien ihr in jedem Fall, dass er auf sie zugehen konnte und sie auf ihn, dass ihre Hände sich fanden, ihre Münder, ihre Leiber, und dass es leicht war, zu vergeben – sie ihm und er ihr.

»Ich werde dich nicht heiraten, noch nicht«, sagte er, als ihre Lippen sich voneinander lösten.

»So sei es. Aber ich will keine deiner Konkubinen in meiner Nähe haben.«

»Warum nicht?«, fragte er leichtfertig. »In Dänemark haben viele Männer mehrere Frauen.«

»Wir leben in der Normandie. Hier wettern die Priester dagegen, und wir werden uns ihrem Wort fügen.«

»Und meine Bastarde?«

»Ich werde für sie sorgen lassen, sie sollen dennoch von klein auf lernen, ihrem Bruder zu dienen. Aber nur ihn wirst du als deinen rechtmäßigen Erben anerkennen.«

Sie umarmten sich wieder.

»Vielleicht hat Alruna recht, und du hast mich verhext«, murmelte er, während er über ihr langes, volles Haar strich. »Ich war mir sicher, ich könnte keine Frau je lieben. Und jetzt erscheint mir das Leben mit dir so viel leichter und schöner als ohne dich. Das ist doch Liebe, nicht wahr?«

Sie wusste nicht genau, was Liebe war, sie wusste nicht, ob das, was sie mit Richard einte, für alle Zeit genügte. Sie wusste nicht, ob ihr Körper, als er unter seinem Streicheln lustvoll zu pochen begann, ihr endlich gehorchte oder sie einmal mehr verriet. Aber sie wusste, dass es ihr genauso ging wie ihm: Sie lebte lieber mit ihm als ohne ihn, und diese Erkenntnis schien ihr ein nährender Boden, um die Zukunft darauf zu bauen.

ᛚ

Agnarr wusste nun, wie sie hieß, aber das gab ihm keine Macht über sie – nur ihr noch mehr über ihn. Er sprach ihren Namen oft aus, wollte ihn mit seinem Kiefer zermalmen, mit seinen Lippen zerquetschen, mit seinen Zähnen zerreißen. Er wollte ihn vernichten so wie sie selbst. Doch der Name erwies sich als zäh: Er blieb heil und ließ sich nicht schlucken. Und es war nicht der einzige widerliche Brocken, dem ihm das Leben vor die Füße spie, auf dass er ihn hinunterwürgte.

Kaum schmackhafter war die Enttäuschung, dass seine Pläne vereitelt waren, die Wut, dass so viele seiner Landsleute lieber Richard und Gunnoras Worten glaubten als seinen, die Angst, auf ewig versagt zu haben.

Ruhm ist wertvoller als Gold, beständiger als Stein, mächtiger als das Meer, hatten ihm Guomundr und Aegla stets eingeschärft. Doch was er erreicht hatte, glich Glasperlen, die zertreten wurden, Sand, der vom Wind verweht wurde, und einem Tümpel, in dessen morastigem Boden er stecken geblieben war.

Nachdem Richard einen Großteil der Dänen für sich gewonnen hatte, machte er Jagd auf ihn und die wenigen verbliebenen Getreuen, die sich nicht daran störten, dass er ein Mörder war, und die darauf setzten, dass er nicht ewig ein Verfolgter blieb. Doch vorerst war er genau das. Agnarr blieb nichts anderes übrig, als immer weiter vor Richards Heer zu fliehen – erst in den Westen, dann Richtung Süden. Er begnügte sich nicht, die Grenze der Normandie zu überschreiten, sondern trieb seine Männer weiter an. Um sie bei Laune zu halten, überfielen sie in der Bretagne manches Kloster. Die meisten waren nicht reich, doch es lebten immer gerade genug Mönche dort, um ihre Mordlust zu befriedigen. Seinen Männern genügte das, sie folgten ohne Murren – in ihm selbst jedoch erwachten manchmal Zweifel, ob er nicht die gänzlich falsche Richtung nahm. Er stammte doch aus dem Norden – würde die Sonne des Südens ihn nicht verbrennen?

Seine Mutter ertrug die Reise noch schwerer, wurde immer fahler, müder und dürrer, vor allem aber mitleidslos gegen sich selbst.

An einem Morgen weigerte sie sich, das Pferd erneut zu besteigen. »Lass mich hier … ich gehe lieber zugrunde, als meinem Sohn bei der Flucht zuzusehen.«

Agnarr blickte sich um. Sie waren in einer unwirtlichen Gegend voller Moore und dichter Wälder. »Was willst du hier, außer zu sterben?«, fuhr er sie an, obwohl er sich geschworen hatte, nie wieder mit ihr zu reden und sie keines Blickes mehr zu würdigen. »Und wenn du hier stirbst«, fuhr er fort, »wirst du als Tote ewig herumirren und nie den Weg ins Totenreich finden.«

»Dein Vater hat ihn auch nicht gefunden. Manchmal fühle ich seine Nähe … er genügt mir als Gesellschaft.«

Agnarr erschauderte. Als Kind hatten ihn diese Geschichten zutiefst verängstigt, und selbst jetzt noch war die Vorstellung, dass die Toten in den Erdhügeln wohnten und die Gemeinschaft der Lebenden heimsuchten, unheimlich. Vielleicht hatte es sein Gutes, wenn seine Mutter hierblieb. Unmöglich würde ihr Geist aus den Wäldern finden, und wenn der Vater an ihrer Seite stand, war das umso besser.

Er widersprach nicht länger, sondern nickte ihr lediglich zu. Es war kein würdiges Lebewohl, nicht einmal ein Zeichen, dass er um die Endgültigkeit ihres Abschieds wusste. Rasch gab er dem Pferd die Sporen und ritt aus ihrer Sichtweite, aber selbst dann noch vermeinte er ihren brennenden Blick zu spüren, und plötzlich hätte er schwören können, dass Aegla nicht sterben, sondern ein Waldgeist werden würde, der mit Elfen tanzte und Zwerge ins Sonnenlicht lockte, damit sie zu Stein erstarrten.

Nie wieder, schwor er sich, werde ich an diesen Ort zurückkehren.

Irgendwann jedoch würde er wieder normannischen Boden betreten. Auch wenn es ihm nie gelingen sollte, Richard vom Thron zu stürzen – die schwarze Dänin würde er töten, auf dass er nicht länger an ihrem Namen ersticken musste.

Gunnora.

◊

Die Taufe, so hatte Alruna es gelernt, schuf den Menschen neu. Er legte sein bisheriges Leben ab wie ein Kleid, trat gänzlich nackt vor Gott und wurde durch Christi Siegel wie eine noch glatte Münze geprägt, die fortan nie wieder an Wert verlöre.

Sie fragte sich, ob auch sie neu werden würde, wenn sie nicht bereits als Kind getauft worden wäre, ob sie vergessen würde zu lieben und zu hassen, verbittert zu sein und rachsüchtig, verzweifelt und einsam. Sie hätte es sich gewünscht, ahnte jedoch, dass es nicht so leicht war, sich selbst loszuwerden, und traute noch weniger der Tatsache, dass Gunnora eine Neue würde.

Sie hatte Richard verhext. Sie hatte ihn ermorden wollen. Sie liebte ihn nicht so wie sie.

Was machte es für einen Unterschied, dass der Bischof von Rouen bereit war, sie zu taufen? Dass sie sich im christlichen Glauben unterweisen ließ? Dass sie sieben Tage lang die weiße Kleidung eines Katechumenen trug und an Messen teilnahm? Dass Richard in ihrem Namen acht Kirchen teure Geschenke machte – Monstranzen, Goldgefäße, Kruzifixe, desgleichen Metall und Edelsteine, die künftig Altäre und Schreine, Bucheinbände und Gewänder zieren würden?

Auch Notre-Dame, die Hauptkirche von Rouen, wurde verschönert, und hier fand die Zeremonie schließlich statt: Gunnora legte die Oberkleidung ab, sodass der Priester sie von Kopf bis Fuß mit geweihtem Wasser besprengen konnte. Danach fragte er, ob sie an Vater, Sohn und den Heiligen Geist glaube, und nachdem sie bejahte, wurden ihre Stirn, Ohren, Nase und Brust mit dem heiligen Öl gesalbt, und man warf ihr ein Gewand aus weißem Leinen über. Danach trat sie zum Altar und empfing zum ersten Mal das Abendmahl. Sie trug nun neben ihrem heidnischen Namen auch einen christlichen: Albereda.

Niemand sprach sie so an, aber alle schienen überzeugt, dass sie nun wahrhaft Christin war und bedingungslos zu Richard stand. Er selbst, Mathilda, ihre kleinen Schwestern, auch Seinfreda, die nur für das Fest nach Rouen gekommen war, die vielen Menschen und den Lärm scheute, aber an Fröhlichkeit Gunnora übertraf.

»Nun bist du endlich angekommen«, hörte Alruna sie nach der Taufe sagen.

Gunnora erwiderte ihre Umarmung, sagte jedoch nichts. Andere tuschelten aufgeregter: Sowohl die vornehmen Töchter als auch die einfachen Mägde erregten sich ob Seinfredas schwarzer Fingernägel und noch mehr ob ihrer schlichten Gewänder. Wie ein Bauernweib sehe sie aus, lästerten sie, und warum Gunnora sich nicht die Mühe gemacht habe, sie neu einzukleiden und mit Schmuck zu beschenken.

Nun, dachte Alruna, es hätte sich wohl kaum gelohnt, da Seinfreda noch am selben Tag zu ihrem Mann in den Wald zurückkehrte. Dass Gunnora darob litt, erfüllte sie mit Schadenfreude. Dass Seinfreda dennoch strahlte, mit Neid. Sie hat doch schon so viel, ging es ihr durch den Kopf, Richards Kind, Richards Liebe, die Achtung meiner Mutter, den Respekt der Dienerschaft ... warum auch Schwestern, die sie von Herzen lieben und die zu ihr aufsehen? Warum wird ihr eine Fülle an Zuneigung entgegengebracht, während ich darbe? Am allermeisten verbitterte sie, dass selbst ihr Vater Arvid den Tag der Taufe als Fest erlebte.

Am Abend beim Mahl trat Alruna zu ihm. »Du mochtest sie doch auch nicht«, spie sie aus.

Arvid blickte seine Tochter verwundert an. »Aber du weißt, was geschehen ist! Sie hat zum Frieden im Land maßgeblich beigetragen. Wer, wenn nicht sie hat die Heiden von Jeufosse überzeugt, sich taufen zu lassen – zumindest die meisten? Und die anderen sind auf die iberische Halbinsel geflohen. Auch dort werden gottesfürchtige Menschen unter ihnen leiden, das hingegen ist nicht mehr unsere Sache.«

Alruna konnte die Heiden verstehen. So gern wäre auch sie geflohen. So gern hätte auch sie sich ihres bisherigen Lebens entledigt, hätte es gern im Staub zertrampelt.

Aber sie musste bleiben. Sie musste zusehen, wie Gunnora in den nächsten Tagen und Wochen wieder die Haushaltsführung übernahm, wie ihr alle Respekt bekundeten, wie sie Nacht für Nacht zu Richard ins Turmzimmer hochstieg, wie ihre kleinen Schwestern Schmuck bekamen, wie ihr Leib sich immer mehr rundete. Auch wenn sie nicht mit Richard verheiratet war – jeder betrachtete sie als die Gräfin.

Gunnora wusste nicht, wo die einstigen Konkubinen nun lebten – auf jeden Fall nicht länger am Hof von Rouen, was bedeutete, dass sie deren ehemaliges Wohnhaus für sich und die Schwestern allein hatte und die Mägde nunmehr ihnen dienten. Manche ihrer Blicke fielen zunächst ängstlich aus, denn eine Frau, die so viel Macht über den Grafen hatte, war ihnen fremd und schien darob gefährlich. Doch Gunnora war freundlich, sodass aus der Furcht mit der Zeit Achtung wurde.

Nur zwei zeigten diese auch weiterhin nicht. Da war Alruna, deren Blicke giftigen Pfeilen glichen, und da war Gyrid, die bislang erfolgreich verheimlicht hatte, dass sie zu den dänischen Aufständischen gehörte und sich Richards Tod gewünscht hatte.

Gunnora hatte nicht im Sinn, um Alruna zu buhlen oder Gyrid zu verraten, doch keine der beiden dankte ihr das: Alrunas Blicke blieben hasserfüllt und die von Gyrid auch. Anders als Alruna hielt Letztere sich jedoch nicht von ihr fern. Sie kam eines Tages zu ihr, sah sich prüfend um, ob sie tatsächlich allein waren, und fuhr sie danach vorwurfsvoll an.

»Wie konntest du unsere Sache verraten? Du bist doch eine Meisterin der Runen!«

Gunnora hielt ihrem Blick ungerührt stand. »Die Runen zu beherrschen verlangt, weise zu sein. Doch weise ist es auch, nach vorn zu schauen, nicht zurück.«

»Und den schwächlichen Christengott anzubeten?« Gyrid kreischte, doch als sie fortfuhr, senkte sie ihre Stimme. »Der Christengott ist nicht stark wie Thor mit seinem Hammer, nicht klug wie Odin, der Gott der Dichter und der Zauberer. Er bannt nicht die Mächte des Chaos wie Tyr, er sorgt nicht für ein gemütliches Heim wie Frigg, er lebt nicht in einem prächtigen Palast wie Baldur, wo es keinen Schmutz gibt. Er ist nicht schön wie Freyja, nicht fruchtbar und unersättlich in ihrer Wollust wie sie, er hat kein goldenes Haar wie Sif, und er kennt keine List wie Loki. Nichts kann er, nichts ist er!«

Gunnora hatte schweigend gelauscht. Tief in ihr drinnen rührte sich ein Schmerz, von dem sie nicht sicher war, ob er ihr selbst, Gyrid oder den toten Eltern galt. So oder so zeigte sie ihn nicht, sondern blieb entschlossen.

»Dass wir der Götter so viele haben, gereicht uns nicht immer zum Vorteil. Sie sind eifersüchtig aufeinander und streitbar, sie führen stets Kriege und verlangen von uns Menschen, Partei zu ergreifen. Wie soll auf diese Weise Frieden herrschen auf der Welt?«

»Ich dachte, du wolltest nicht Frieden, sondern Rache«, zischte Gyrid.

»Will Agnarr Rache?«, fragte Gunnora.

Gyrid schwieg – erst verstockt, dann grinsend. Offenbar hatte sie erkannt, dass es eine Möglichkeit gab, Gunnora zuzusetzen und ihr Angst zu machen.

Gunnora unterdrückte ein Schaudern. Sie ahnte, dass Gyrid mehr über Agnarrs Verbleib und dessen Pläne wusste, als sie ihr sagen wollte, und auch, dass sie es mit Gewalt aus ihr herausbekommen könnte. Aber sie hatte in ihrem Leben genug Gewalt gesehen.

»Geh!«, befahl sie knapp. »Und wage es nicht noch einmal, mich zur Rede zu stellen!«

Gyrid rührte sich nicht. »Er lebt noch«, flüsterte sie, »er wartet immer noch auf eine Möglichkeit, Richard zu vertreiben … und dich auch.«

Erneut wahrte Gunnora die Fassung. »Warum stehst du auf seiner Seite?«, fragte sie. »Ich habe aller Welt bekundet, dass er selbst meine Eltern getötet hat, nicht etwa Richards Männer. Du solltest ihn hassen, nicht mich.«

»Das ist eine Lüge! Und er wird dich dafür strafen, dass du sie in die Welt gesetzt hast!«

Was könnte er mir antun, was er mir nicht schon angetan hat?, fragte sich Gunnora.

»Geh!«, sagte sie wieder.

Endlich löste sich Gyrid aus ihrer Starre, ging zur Tür, drehte sich dort aber noch einmal um. »Agnarr mag fürs Erste verloren haben, aber er wird wieder erstarken. Du solltest dich vor ihm schützen, und das gelingt dir nicht, indem du betest, sondern indem du Runen schnitzt.«

Sie blieb nicht lang genug, um zu erleben, wie Gunnora von Zweifeln zerrissen wurde. Voller Sorge strich sie sich über den Leib. Er war so schwer nun und das Kind so ungeduldig. Sie konnte spüren, wie es auf die Welt drängte, als wäre diese ein verheißungsvoller, schöner, glücklicher Ort.

Gewiss, sie könnte heimlich auf die Macht der Runen setzen, weil sie daran nicht recht glaubte. Sie könnte es aber auch ihrem Kind gleichtun und der Macht des Lebens trauen, das Tod und Verderben zwar nicht leugnete, ihm jedoch stets Neubeginn entgegensetzte.

Fécamp
996

Wevia, Agnes und Emma machten betretene Gesichter.

»Was tut ihr hier?«, traf sie eine strenge Stimme. »Und woher habt ihr diese Schriftrolle?«

Wevia wusste, dass es keinen Sinn ergab, sie länger zu verbergen, und überreichte sie bereitwillig der Frau, die eben die Kapelle betreten hatte.

»Agnes«, sagte sie schnell, »Agnes hat sie bei der Gräfin gefunden.«

Agnes entging nicht, dass sie erleichtert klang, konnte sie doch die Verantwortung auf diese Weise abgeben. Auch Emma schien froh, dass ihr Name unerwähnt blieb. Es gab nur wenige Menschen, die der jüngsten Tochter des Grafen Respekt einflößen konnten – und Agnes' Mutter war eine von diesen.

Gewiss, keine wusste so gut wie Agnes, dass sie auch herzlich, liebevoll und zärtlich sein konnte, doch ihr weiches Gesicht zeigte sie nur vor wenigen, die anderen erlebten sie als strenge, nahezu unerbittliche Frau, umso mehr, nachdem ihr Mann, Agnes' Vater, wenige Jahre zuvor gestorben war.

Auch jetzt sah sie Agnes ungnädig an.

»Was hattest du im Gemach der Gräfin zu suchen?«

»Ich bin doch nur den Mönchen gefolgt!«

Hastig erklärte sie, was geschehen war. Die Strenge im Gesicht der Mutter wich Betroffenheit. Und Wevia, zunächst noch bestrebt, sich unbeteiligt zu geben, begann bei jedem Wort zustimmend zu nicken.

»Ich hatte ja keine Ahnung«, fügte sie hinzu, als Agnes geendet hatte. »Ich meine ... ich wusste zwar, dass ...«

Welches Gestammel! Doch selbst die unfertigen Sätze genügten, um Agnes darin zu bestärken, was ihr zuvor schon aufgegangen war: Die Gräfin hütete nicht nur ein Geheimnis, sondern zwei.

»Still!«, unterbrach ihre Mutter Wevia scharf.

Sie atmete tief durch, offenbar, um ihre Gedanken zu ordnen. Dann wandte sie sich an Emma und erklärte streng: »Du solltest bei deiner Familie sein. Jeden Augenblick kann es geschehen, dass Gott deinen Vater zu sich ruft. Nicht all deine Geschwister haben das Glück, in dieser Stunde bei ihm sein zu können – es wäre sträflich, schlügest du diese Gnade aus.« Sie wartete Emmas Antwort nicht ab, sondern richtete sich erneut an Wevia. »Ich sorge dafür, dass alles seinen richtigen Weg nimmt. Bleib du in der Kapelle und widme dich dem Gebet, damit hilfst du uns am meisten.« Zuletzt maßen ihre wachsamen Augen Agnes. »Und du ... du kommst mit mir!«

Rasch nahm sie die Schriften mit den Runen an sich. Wevia stand eine Weile wie erstarrt da, wandte sich dann aber umso erleichterter wieder dem Gekreuzigten zu und überließ es der anderen, weitere Entscheidungen zu treffen. Emma schien zunächst etwas widerborstiger, doch die Erwähnung des Vaters hatte auch ihren Willen und Trotz gebrochen, und alsbald verließ sie mit gesenktem Kopf die Kapelle und hastete Richtung Haupthaus.

Wenig später stand Agnes mit ihrer Mutter allein im Hof. »Mutter ...«, setzte Agnes stammelnd an, »... Mutter, was sollen wir jetzt tun ... die Mönche ... sie dürfen doch nicht ...«

Argwöhnisch blickte sich die Mutter um, ehe sie ihre Tochter wortlos packte und in eine der Schreibkammern der Notare zog. »Hier sind wir fürs Erste in Sicherheit vor ihnen.«

Agnes entging nicht, dass ihre Stimme zitterte.

Fürs Erste ...

Aber später?

»Du hast Wevia nicht gefragt, was diese Runen bedeuten«, begann Agnes aufgeregt, indessen Schauder über ihren Rücken liefen. »Und das heißt, dass du ahnst, was dort steht. Gehörst du etwa zu den wenigen, die die Runen zu lesen vermögen?«

Die Miene der Mutter blieb verschlossen. Sie antwortete nicht auf die Frage, sagte nur: »Ich weiß um die Vergangenheit der Gräfin.«

Trotz ihrer Neugier wagte Agnes nicht nachzufragen, doch der Blick ihrer Mutter schweifte in die Ferne, und was immer sie dort sah, machte sie gesprächig.

»Dein Großvater konnte Runen lesen«, sagte sie leise. »Er wurde von einer Heidin großgezogen.«

Der Großvater war lange tot, und doch besann sich Agnes vieler seiner Geschichten. Sie hatte ihm eigentlich immer gern gelauscht, obwohl manches, was er berichtete, beängstigend gewesen war, vor allem, wenn von den Heiden die Rede war. Allein das Wort auszusprechen verhieß Gefahr. Wenn man als Heide starb, ging man des Heils verlustig und musste in der ewigen Hölle leiden.

»Wie kann es denn eigentlich sein«, hatte Agnes ihren Großvater einst gefragt, »dass sich nicht alle Heiden taufen lassen?«

»Nun«, war seine Antwort gewesen, »die Nordmänner glau-

ben nicht an die Hölle und noch weniger, dass irgendetwas für alle Ewigkeiten Bestand hat.«

Die Mutter beugte sich zu ihr. »Dein Großvater hat seine Herkunft nie verleugnet. Nicht nur, dass eine Heidin ihn erzogen hat – auch sein Vater war ein Heide. Lange Zeit wusste er das nicht, später wollte er es nicht wissen, doch schließlich musste er sich der Wahrheit stellen. Der Name seines heidnischen Vaters war Thure, der seiner fränkischen Mutter Gisla. Doch diese war zu schwach gewesen, ihn großzuziehen, und hatte ihn darum ihrer Gefährtin Runa überlassen. Deren Großmutter hieß meines Wissens Asrun. Und deine Großmutter wiederum, Mathilda, stammt auch von einem Heiden und einer Christin ab. Rögnvaldr hieß ihr Vater. Hawisa ihre Mutter.«

So viele Menschen. So viele Namen. Am besten gefiel ihr Asrun. Ob auch diese Runen hatte lesen können? Und warum erzählte ihre Mutter das alles?

»Was hat das mit dem Geheimnis der Gräfin zu tun? Was hat sie getan?«

Wieder gab die Mutter ihr keine Antwort auf ihre Fragen. »In unser aller Adern fließen zwei Arten von Blut«, sagte sie leise. »Irgendwann müssen wir uns entscheiden, auf welcher Seite wir stehen.«

»Aber die Gräfin hat das doch getan. Sie ist eine tugendhafte Frau, heißt es, sie steht fest im Glauben an Christus, und ...«

»Du bist zu jung, all das zu begreifen ...«

»Ich bin schon zehn!«

»Agnes, versteh doch! Ich kann dir nicht mehr verraten. Ich habe ihr doch versprochen, Stillschweigen zu wahren ...«

»Wem? Der Gräfin? Und über was sollst du schweigen?«

Ihre Mutter war wieder in Erinnerungen versunken – keine schönen, wie die nunmehr kummervolle Miene verriet.

»Was immer sie getan hat und ihr Leben lang vor aller Welt zu verheimlichen suchte …«, sagte sie leise, »… mir steht es ganz gewiss nicht zu, über sie zu urteilen.«

X.

965–966

Alruna ging auf und ab. Es war November, in sämtlichen Kaminen brannten Feuer, doch in den Winkeln blieb es kalt und in Alrunas Herzen auch.

Seit einigen Stunden lag Gunnora in den Wehen. Hin und wieder war ein tiefes Stöhnen zu vernehmen, aber sie schrie kein einziges Mal. Mathilda zählte zu den Frauen, die ihr während der Geburt beistanden, und als sie einmal kurz nach draußen kam, um frisches Wasser zu holen, lief Alruna zu ihr.

Es war qualvoll, hier zu stehen und zu warten, doch sich zu verkriechen hätte nicht geholfen. Der Schmerz war immer gleich groß – ihm aufrechten Rückens ins Gesicht zu schauen und ihm zu trotzen, schüchterte ihn vielleicht ein wenig ein.

»Geht alles gut?«, fragte sie.

Sie versuchte, besorgt zu klingen, zumindest teilnahmsvoll, und obwohl sie sicher war, dass die Mutter sie durchschaute, ging diese auf ihr Spiel ein und brandmarkte ihre Heuchelei nicht als solche.

»Sie ist stark und zäh«, sagte sie, »ich habe seinerzeit viel mehr gelitten oder es zumindest deutlicher gezeigt.«

Kurz verdunkelten Erinnerungen Mathildas Gesicht – wohl an die Totgeburten, die sie in den Jahren nach Alrunas

Geburt erlitten hatte, und an die vergebliche Hoffnung, ein zweites gesundes Kind zu bekommen.

»Möchtest du nicht hereinkommen?«

Alruna schüttelte hastig den Kopf. »Ich glaube, ich ertrage es nicht ... den Anblick von Blut, meine ich.«

Mathilda nickte vielsagend und verschwand wieder in der Kammer. Alruna ging auf und ab. Und wenn Gunnora starb und das Kind mit ihr? Würde es etwas ändern? Würde die Trauer Richard zu ihr treiben so wie einst, als seine Frau Emma starb?

Aber nein, sie hatte ihn ja nicht zu ihr getrieben, nicht zu der Frau, die ihn liebte, nur zu dem Mädchen, das er für seine kleine Schwester hielt. Auch wenn Gunnora stürbe, würde er weiterhin die Nacht mit ihr bereuen und immer noch erleichtert sein, dass sie nicht empfangen hatte.

Die Nacht brach ab, es wurde kälter, das Stöhnen lauter. Alruna war sich mittlerweile dennoch sicher: Frauen wie Gunnora starben nicht bei der Geburt, genauso wenig wie sie gestorben wäre. Sie waren beide auf ihre Weise stark, auch wenn ihre Stärke sie nicht schützte, weder vor der Kälte noch vor der Dunkelheit, die noch besitzergreifender als diese war.

Wieder kam Mathilda.

»Du bist ja immer noch hier.«

»Solange das Kind nicht geboren ist ...«

»Gewiss dauert es nun nicht mehr lange. Die Hebamme braucht ein paar Kräuter, um ein Dampfbad zu bereiten. In der Wärme öffnet sich der Schoß, musst du wissen. Schon vor Stunden hat sie Gunnora überdies das Heilkraut Ackermennig um die Oberschenkel gebunden, das macht die Wehen erträglicher. Und sie hat einen Tee aus Haselwurz, Sadebaum und Raute bereitet, damit die Krämpfe stark genug sind, das Kind aus dem Leib zu pressen.«

Alruna hörte kaum zu. Sie lugte ins Zimmer, sah die vielen

Frauen neben der Hebamme und hörte, wie einige beteten, um den Beistand der heiligen Dorothea und der heiligen Margarethe zu erflehen.

Auch Alruna murmelte ein Gebet. Helft ihr nicht. Sie ist doch Heidin, zumindest im Herzen, sie hat eure Hilfe nicht verdient. Aber sie wusste ja – Gunnora war nicht auf die heilige Dorothea und die heilige Margarethe angewiesen.

Wenig später hörte Alruna die Hebamme rufen: »Jetzt darfst du pressen, jetzt!«

Sie schloss die Augen. Als sie sie wenige Augenblicke wieder öffnete, vernahm sie Laute, die dem Miauen eines Kätzchens glichen.

Mathilda kehrte im Laufschritt mit den Kräutern zurück. »Ist es da? Ist das Kind da?«, fragte sie.

Alruna nickte, die Züge entglitten ihr.

Ihre Mutter legte ihr sanft die Hand auf die Schulter. Ich weiß, was in dir vorgeht, sagte die Berührung. Und ihr Blick sagte: Es tut mir leid für dich.

»Ich werde ihre Schwestern holen, und natürlich Richard«, tat Mathilda kund.

Dies wäre der beste Zeitpunkt gewesen, um zu gehen, vielleicht in den Hof hinaus, damit sich die Dunkelheit ihrer Seele mit der Schwärze der Nacht verband und sich sämtliche Grenzen auflösten. Doch Alruna blieb.

»Ich will das Kind sehen«, erklärte sie und riss sich von Mathilda los.

Ja, Schmerz, ich habe keine Angst vor dir! Hefte dich nur an meine Fersen, ich schüttle dich nicht ab, ich drehe mich um und starre dir ins Gesicht, ich lache dich aus und spucke dich an. Gunnora hat nicht geschrien, ich schreie auch nicht.

Gunnora war schweißüberströmt, als Alruna zu ihr trat.

»Was ist es?«, fragte sie.

»Ein Sohn!«, rief die Hebamme voller Stolz, als hätte sie das Kind, das, noch blutverschmiert, in ihren Armen lag, selbst geboren. »Ein kräftiger, gesunder Sohn!«

Alruna zerriss es das Herz, doch sie rang sich ein Lächeln ab.

»Richard wird sich freuen«, murmelte sie.

Die Hebamme wusch das Kind, versorgte den Nabel mit einem Pulver aus Kreuzkümmel und wickelte es sodann in ein mit Olivenöl getränktes Baumwolltuch.

Gunnora wischte sich den Schweiß ab und richtete sich auf. »Ich ... ich will ihn sehen.«

Ihre Stimme war nicht rau und dunkel wie sonst, sondern hoch und weich. Es klingt, als würde sie singen, dachte Alruna. Woher kann sie auf einmal singen? Warum ist ihr heiß und nicht kalt wie mir?

Als die Hebamme Gunnora das Kind in die Arme legte, trat Alruna ganz nah an ihre Bettstatt. Der Kleine war zerknautscht, als wäre die Haut viel zu groß für ein so kleines Köpfchen. Seine blauen Augen waren weit aufgerissen, neugierig auf diese Welt und voller Ungeduld, sie zu erforschen. Sein Quäken klang kräftig und fordernd.

»Du musst sehr glücklich sein«, murmelte Alruna.

Gunnora sah sie an, und in ihrem Blick lag gleiches Wissen wie in dem Mathildas. Doch auch ihre Worte flochten mit am Netz der Lügen.

»Ich freue mich, dass du da bist.«

Alrunas Mundwinkel bebten. Ich bringe die Dunkelheit, niemand freut sich über meine Gegenwart, du bist doch stark, warum kannst nicht wenigstens du die Wahrheit benennen?

Sie selbst war nicht mehr stark, sie konnte ihrem Schmerz nicht länger trotzen, ihn nicht verlachen, ihm nicht ins Gesicht spucken. Sie konnte nur vor ihm davonlaufen.

Das Letzte, was sie hörte, ehe sie sich abwandte, waren Gunnoras Worte: »Er soll Richard heißen. Wie sein Vater.«

Richard …

Er würde alleiniger Erbe der Normandie sein. Dies war eines der wenigen nordischen Gesetze, die auch hierzulande galten und die an die Herkunft des Grafen gemahnten. Im Frankenreich stand allen Söhnen der gleiche Teil des väterlichen Besitzes zu, im Norden nur dem Ältesten.

Alruna stürmte nach draußen. Die Finsternis hieß sie willkommen, aber die schneidende Kälte vertrieb sie wieder. Kaum dass Schneeflocken auf ihr Gesicht fielen, flüchtete sie sich unter ein Dach und merkte zu spät, dass sie bei den Latrinen Unterschlupf gefunden hatte – ausgerechnet an jenem Ort, an dem sie sich einst damit hatte abfinden müssen, kein Kind von Richard zu bekommen.

Damals wie heute war der Gestank unerträglich. Sie schlug die Hände vor den Mund, sie verbiss sich ein Schreien, aber das Weinen konnte sie nicht zurückhalten.

Niemand sah die Tränen, die Alruna auch Stunden später noch vergoss. Sie trotzte dem Schmerz nicht länger, sie höhnte nicht über ihn, sie lächelte ihn an, sanft, bescheiden.

Sie lächelte auch, als Richard seinen Sohn als Erben anerkannte, sie lächelte, als Wevia und Duvelina ihn bestaunten – die eine wollte ihm Schmuck schenken, die andere ihm eine Geschichte erzählen –, sie lächelte, als er getauft wurde.

Gunnora lächelte nicht.

Vielleicht ist sie traurig, weil ihr Sohn kein Heide mehr ist, dachte Alruna.

Doch das war offenbar ein Irrtum. Mathilda meinte später, ihr Kummer rühre daher, dass Seinfreda nicht gekommen war wie bei der Taufe, dass Gunnora ihr zwar kostbare Geschenke schicke, auf dass das Leben in Wald und Einsamkeit mehr Annehmlichkeiten böte, dass sie Seinfredas Mann Samo jedoch nicht bewegen könne, in die Stadt zu kommen, und Seinfreda nicht dazu, es wieder ohne ihn zu tun.

Nach der Taufe trat Alruna zu Gunnora. »Darf ich ihn halten?«, fragte sie.

Gunnora nickte.

Das Kind war so leicht. Wie war es möglich, dass Glück kaum mehr als eine Feder wog, Unglück hingegen so schwer wie ein Wetzstein? Es erdrückte sie, nur über ihr Lächeln hatte es keine Macht. Das von Gunnora geriet etwas angespannt. Wahrscheinlich wucherten tief in ihr Zweifel an Alrunas Freundlichkeit, aber sie konnte sie nicht benennen und somit nichts dagegen tun, dass Alruna den Säugling von nun an umsorgte, wenn Gunnora mit der Haushaltsführung beschäftigt war und sich dem Sohn nicht selbst widmen konnte.

Sie verbrachte viele Stunden mit Gunnoras Sohn, lernte, dass man Säuglinge in Tücher einhüllte, die mit Bändern umwickelt wurden – nicht zu fest, aber auch nicht zu locker, sodass sie angenehm liegen und gut wachsen konnten, und sie erfuhr, dass man ein neugeborenes Kind mehrmals am Tag baden sollte, am besten vor dem Stillen, und es hinterher einölen, um es vor Abszessen zu bewahren.

Der Blick des kleinen Richard war nicht immer neugierig in die Welt gerichtet. Meist schien er müde und verträumt, und nachdem er getrunken und ein wohliges Schmatzen hervorgebracht hatte, schlief es am liebsten an der Brust der Amme ein – einmal sogar auf Alrunas Arm.

Das Kind war das Einzige, das nicht heuchelte, das nicht um ihren Schmerz wusste, und darum gelang es ihr, ihn in seiner

Gegenwart kurz zu vergessen. Hinterher packte er sie umso heftiger.

»Dir liegt der Umgang mit Kindern«, stellte Mathilda fest, »du solltest eigene bekommen.«

Alruna schwieg.

»Arfast ... Arfast wäre ein rechter Mann für dich. In seinem Blick liegt so viel Sehnsucht, wenn er dich sieht.«

Alruna schwieg immer noch. Sie dachte an den einstigen Schwur, als Richard gegen das Heer der Feinde gekämpft hatte. Auf alles war sie bereit gewesen zu verzichten, auf Glück und Liebe, einen Ehemann und eigenen Nachwuchs, wenn er nur heil zurückkäme.

Nun, er war zurückgekommen, er erfreute sich an Gunnora und an seinem Kind, und er ahnte nicht, wem er das alles zu verdanken hatte.

Die Nächte wurden kürzer, aber die Winde waren noch kalt, und der Himmel blieb grau. Der Winter war Alrunas Zeit. Sie selbst war an einem Tag geboren worden, an dem die Welt unter Eis und Schnee erstarrt war, und vielleicht gelang es ihr gerade deshalb, trotz Stille und Kälte die Lähmung abzuschütteln. Die Dunkelheit wich nicht aus ihrem Herzen, längst war sie jedoch daran gewöhnt, so wie ein langsam erblindender Mensch irgendwann nicht mehr das fehlende Augenlicht vermisste, sondern auf alle anderen Sinne setzte und sich in der Welt zurechtfand.

An den kältesten Tagen des Jahres wurde das Kind in noch dickere Tücher gepackt, und nicht selten war sie es, die das tat. Eines Tages zog sie den Kleinen aus, um ihn zu waschen. Zumindest wollte sie das tun, bis das Kind nackt vor ihr lag. Dann erst gewahrte sie, dass sie allein war: Gunnora spielte mit Richard Schach, die Amme holte Wasser und Kräuter.

Im trüben Licht der Kerzen schien die Haut des Kleinen gelblich wie Wachs. Ob er schmelzen würde, wenn sie ihn nahe genug ans Feuer hielt? Oder hart wie Stein werden, wenn er lange genug in der Kälte lag? So oder so, er würde aufhören zu atmen, zu quäken, zu schmatzen, neugierig in die Welt zu starren, voller Vertrauen in den Händen, die es hielten, einzuschlafen.

Das Kind begann zu weinen und zu zittern. Anstatt es in eine Decke zu hüllen, trat Alruna zur Fensterluke. Wie immer im Winter war Schweinsleder darüber gespannt, doch Alruna riss es fort. Kalte Luft strömte hinein, belebte sie und verängstigte das Kind. Es brüllte voller Empörung, bis es krebsrot im Gesicht war. Alruna war verwirrt. Die Priester behaupteten doch, der Geist eines Kindes sei völlig leer und es sei darum nicht zu Gefühlen fähig. Die Augen des Knaben richteten sich auf Alruna, aber mehr vermochte er nicht zu tun ...

Du bist zu klein, um mich zu hassen, dachte sie triumphierend. Nicht so, wie ich dich hasse, wie ich Gunnora hasse, wie ich Richard hasse.

Der Hass war nicht heiß genug, um der Kälte zu trotzen. Alruna ließ das Kind vor dem offenen Fenster liegen und lief in einen anderen Raum, um sich am Feuer zu wärmen.

Wie lange dauerte es, bis ein Kind starb? Wie lange, bis die weiche weiße Haut eiskalt war, bis die Tränen versiegten, die Schreie verstummten? Wie lange, bis es erkannte, die Welt ist ein grausamer Ort, vor allem für die Schwachen, die sich nicht wehren können?

Alruna hatte sich erst gewärmt, aber den Anblick der Flammen nicht ertragen, und war in den Hof geflüchtet. Einmal mehr hatte es geschneit, und ihre Schritte hinterließen Spuren auf der dünnen weißen Decke. Bis diese zugeschneit und nicht mehr zu sehen sein würden, war das Kind gewiss tot.

Die Amme kam auf sie zu, das Bündel mit den Kräutern unter dem Arm und am ganzen Leib bibbernd.

Alruna stellte sich ihr in den Weg. »Du musst dich nicht beeilen. Gunnora hat das Kind zu sich und dem Grafen geholt, du kannst es später baden.«

»Aber es muss gestillt werden!«

»Auch das hat Zeit, ruh dich ein wenig aus.«

Die Frau zögerte, schien jedoch froh über ein Stündchen am warmen Kamin.

Alruna ging auf und ab. Sie hatte gedacht, dass der Grat zwischen Leben und Tod ein schmaler wäre, errichtet von einem strikten Entweder-oder, weil man nicht nur ein wenig lebte oder ein wenig tot war. Doch stattdessen wähnte sie sich nun in einem Labyrinth voller Abzweigungen, die sie vom eigentlichen Ziel wegzuführen suchten: Tu es nicht, kehre um, lass es nicht zu!

Entschlossen schritt sie daran vorbei und stolperte doch über weitere Fragen: Hat er dich denn in manchen Stunden nicht auch gerührt, der Kleine? Und hast du in Gunnora nicht manchmal auch die liebende Mutter gesehen, nicht nur die verhasste Nebenbuhlerin?

Alruna blieb stehen. Es war Richards und Gunnoras Kind, es kämpfte sicher lange und nicht minder verbissen wie sie mit sich selbst. Ihre Kräfte schwanden, ihr Trotz schwand nicht. Noch wollte er sich nicht beugen, weder dem Entsetzen über sich selbst noch dem Mitleid mit dem Kind. Doch als die Schneeflocken auf Alrunas Gesicht schmolzen und ungeweinten Tränen gleich ihre Wangen hinunterliefen, schrie es plötzlich in ihr: Was habe ich nur getan?

In der Ferne sah sie Arfast, wie er in seine geröteten Fäuste blies, um sie ein wenig zu wärmen. In den letzten Wochen hatte er nie gewagt, ihr nahezukommen, hatte ihr nur dann und wann scheue Blicke zugeworfen. Heute nahm er sie nicht wahr, vielleicht, weil sie unsichtbar war. Oder nein, sie war nicht unsichtbar, sie war dunkel … schwarz … war eins mit der Nacht.

Er sieht mich genauso wenig wie Richard, dachte sie. Doch bei ihm ist es meine Schuld. Ich bräuchte nur zu ihm ins Licht der Fackeln zu treten, mich zu überwinden, dem Hass abzuschwören, müsste aufgeben, nachgeben …

Bin ich denn wahnsinnig, es nicht zu tun?

Sie löste sich aus der Starre, begann zu laufen, aber nicht auf Arfast zu. Er würde sie sehen, aber er durfte es nicht, nicht, solange sie nicht die Frau war, die er liebte, sondern die Mörderin eines Kindes.

Sie rannte zurück ins Wohnhaus, zur Kammer des Kindes, sie lauschte auf sein Schreien, aber hörte nur ihre Schritte, ihren Atem, ihr dröhnendes Herz. Nein, bitte nicht …

Das Licht von Fackeln fiel auf sie. Alruna war nicht mehr dunkel, nicht mehr kalt, nicht mehr grausam. Sie erreichte den Raum, sie suchte das Kind, doch es lag nicht mehr am Fenster, sondern in Armen, weichen und wärmenden. Richards Armen. Sein Blick war besorgt auf das Kind gerichtet, dann sah er Alruna durchdringend an. Die Zeit der Heuchelei, des falschen Lächelns und der Lügen war vorbei.

Er erkannte die Wahrheit. Er wusste, dass sie es getan hatte. Und ihr fiel nichts ein, um sich zu rechtfertigen.

Unmöglich war es, Richard um Vergebung zu bitten, unmöglich, Gunnora in die Augen zu sehen, unmöglich, den fassungslosen, verstörten Vater zu ertragen.

Nur ihrer Mutter konnte Alruna nicht entgehen. Einige Stunden waren vergangen, seit Richard seinen kleinen Sohn gefunden hatte, Stunden, die keine Gewissheit brachten, ob es dem Kleinen bald wieder gut ginge oder ob er vom Fieber, das ihn nach der Kälte befallen hatte, dahingerafft würde.

Alruna hatte Gebete gesprochen wie alle anderen, die Nacht war der Dämmerung gewichen, Mathildas Gesicht war grau, sie sah müde aus und ... enttäuscht.

Alruna stürzte auf sie zu, klammerte sich an sie fest und gewahrte entsetzt, dass Mathilda sich unsanft von ihr losmachte.

»Du verstehst mich doch, Mutter, wenigstens du!«

Aber da war kein Verständnis, nur noch mehr Enttäuschung. Mathilda schüttelte den Kopf. »Er ist Richards Sohn!«, schrie sie. »Er wird dereinst Graf der Normandie. Wie konntest du ein unschuldiges Kind ...« Ihre Stimme brach, nie hatte Alruna die Mutter so erschüttert gesehen.

»Ich wollte es nicht, ich war nicht bei mir ...«

»Die letzten Wochen über hast du aller Welt nur etwas vorgespielt. Ich kenne dich nicht mehr wieder. Wer bist du? Wo ist das Mädchen, das vor Kraft und Lebensfreude strotzte?«

»Wirklich, Mutter ... ich wollte es nicht. Als ich zur Besinnung kam ...«

»Es könnte zu spät sein. Viel zu spät. Der Kleine fiebert immer noch ...«

Alruna ertrug den vorwurfsvollen Blick nicht länger und wandte sich ab. Doch Mathildas strengen Worten konnte sie nicht entgehen.

»Als ich mit dir schwanger ging, hatte ich große Angst um deine Zukunft«, begann sie zu sprechen. »Es waren kriegerische Zeiten voller Gewalt, Intrigen und Verrat. Weder dein Vater noch ich wussten genau, wo wir standen – ob nun auf der Seite der Heiden oder der Christen. Ich hätte mein Leben gegeben für das Versprechen, dass du in Frieden aufwachsen würdest. Doch ich musste mein Leben nicht geben, denn Richard hat uns diesen Frieden geschenkt, nicht unbedingt einen dauerhaften, aber dank Gunnoras Einwirken auf die Heiden von Jeufosse einen verlässlichen. Und nun bringt ausgerechnet meine Tochter Unfrieden. Das fasse ich nicht.«

Alruna fasste es selbst nicht. »Versteh doch ... ich liebe Richard, nur deshalb ...«

»Nein!« Mathildas Schrei drang durch Mark und Bein. »Du liebst ihn nicht, du liebst ihn schon lange nicht mehr, du hast dich nur ans Leid gewöhnt, das diese Liebe bringt. Deine Tat wurde nicht aus der Hoffnung geboren, er könnte dir doch noch sein Herz öffnen, sondern aus Verbitterung darüber, dass er und Gunnora nicht zerstört sind wie du. Wenn du ihn liebtest, würdest du seinem Kind niemals ein Leid zufügen.«

Da erst begriff Alruna, dass sie sich auch vor der Mutter nicht würde rechtfertigen können. Und in ihr niemanden finden, der sie nicht verdammte. Mathilda würde sie nicht von der Schuld freisprechen, nur Gott konnte das und sie selbst, aber Gott war so fern, und wie sollte sie Gnade in sich finden, wenn sie doch so gnadenlos gewesen war, einem Kind nach dem Leben zu trachten?

»Und jetzt?«, fragte sie leise.

»Geh!«

Alruna zuckte zusammen. »Du schickst mich fort? Du verjagst mich aus meinem Zuhause?«

»Nicht ich ... aber Richard. Er hat es so entschieden.«

»Vater wird dem unmöglich zustimmen!«

»Dein Vater lässt ihn gewähren.«

»Aber du kannst das doch nicht zulassen! Wo soll ich leben? Und wovon? Soll ich auf den Straßen um Brot betteln?«

Mathilda seufzte. »Du sollst dir Zeit nehmen, über dich und das, was du getan hast, nachzudenken. Geh zu den Nonnen von Saint-Armand. Sie werden dich mit dem Nötigsten versorgen. Dort kannst du Buße tun.«

Mit dem Nötigsten …

Alruna schloss die Augen, sah voller Entsetzen ihr künftiges Leben vor sich.

Wasser, Brot, eine Büßerpritsche, Gebete, durchwachte Nächte, eine eiskalte Kapelle, schmerzende Knie.

Ich muss nicht nachdenken, ich weiß, dass ich einen Fehler gemacht habe!, hätte sie am liebsten geschrien, aber sie blieb stumm.

Mathilda wandte sich ab und ging, ohne Abschied von ihrer einzigen Tochter zu nehmen.

Die Hebamme hatte dem Kleinen einen Sud aus Majoran, Kampfer, Schafgarbe und Huflattich gebraut, um das Fieber zu senken. Noch glühte zwar sein Köpfchen, aber immerhin war er friedlich eingeschlafen. Gunnora genügte das nicht. Auch wenn die Haut wieder gesund aussah und der Puls sich beruhigt hatte – das Fieber könnte wiederkehren. Anstatt tatenlos bei ihrem Kind zu sitzen und seinen Schlaf zu bewachen, schnitzte sie die Rune Algiz, die die Macht zu heilen hatte.

Vielleicht würde das dem christlichen Gott nicht gefallen, dem sie nun diente, aber wenn dieser Gott weise war, zumindest so weise wie Odin, der für seine Weisheit ein Auge geopfert hatte, würde es ihm nicht in den Sinn kommen, eine besorgte Mutter zu tadeln. Sie legte die Rune unter das Bettchen des Kleinen, blieb über Stunden bei ihm sitzen, befühlte immer wieder das Gesicht. Es wurde kühler, nicht heißer.

Nach zwei Nächten konnte sie sich endlich wieder von ihrem Kind trennen und es der Aufsicht seiner Amme überlassen. Zu schlafen vermochte sie jedoch nicht, obwohl sie todmüde war.

Auch Richard wachte. Der Morgen war noch bleich, aber er ging hektisch in seinem Turmzimmer auf und ab. Als er sie sah, stürzte er auf sie zu.

»Ist er ...«, setzte er an.

»Beruhige dich! Es geht ihm wieder gut, das Fieber scheint gebannt.«

Erst machte sich Erleichterung in seinen Zügen breit, dann blanke Wut. »Das macht es nicht besser.« Seine Stimme war kaum lauter als ein Zischen.

Gunnora trat zu ihm und hielt ihn fest, als er erneut auf und ab gehen wollte. »Gewiss«, murmelte sie. »Und dennoch ... du hast immer gesagt, sie sei wie eine kleine Schwester. Es gibt nichts, was ich Wevia, Duvelina und Seinfreda nicht verzeihen würde.«

»Auch nicht, wenn sie dein Kind zu töten versuchen?«, rief Richard empört und riss sich von ihr los.

Gunnora wusste, so weit würden ihre Schwestern niemals gehen. Warum auch? Aber das war nicht der rechte Einwand, um seine Wut zu schmälern. Trotz ihrer Müdigkeit und trotz ihrer Sorge wollte sie das jedoch.

»Sie hasst mich und unser Kind doch nur, weil sie dich liebt«, murmelte sie.

Richards Kiefer mahlten. »Warum, zum Teufel, verteidigst ausgerechnet du sie?«

Gunnora zögerte. Sie war sich nicht sicher. Als sie ihr fieberndes Kind in den Armen gehalten hatte und vor Angst fast verrückt geworden wäre, hätte sie ihr Leben gegeben, um das des kleinen Richard zu retten, und am liebsten jeden getötet, der es bedrohte. Wäre Alruna ihr in diesem Augenblick vor Augen getreten, hätte ihr die Macht sämtlicher Runen nicht gereicht, sie zu verfluchen und ihr Schaden zuzufügen. Doch als sich der Zustand des Säuglings gebessert hatte und er beruhigt an der Brust der Amme eingeschlafen war, hatte sich zu ihrer Erleichterung ein Gefühl von Liebe gesellt, das noch tiefer, stärker und besitzergreifender war als das im Augenblick der Geburt. Nach dem leidvollen Geschrei war die Stille eine solche Labsal, dass kein Platz mehr für Angst und Hass blieb, nur unendliche Dankbarkeit, die sie milde stimmte. Und es gab noch einen anderen Grund, Alruna zu vergeben.

»Du willst ein gerechter Herrscher sein, ein guter und weiser«, sage sie leise. »Doch dafür musst du in die Herzen der Menschen sehen. Du musst ahnen, was sie antreibt, und das gilt nicht nur für Staatsmänner und Mönche, sondern auch für die Frauen. Für Alruna warst du blind – und nicht zuletzt dafür hat sie sich gerächt.«

Seine Miene war immer noch wutverzerrt, doch er klang kleinlauter, als er bekannte: »Ich war nicht blind, ich weiß doch, was sie für mich fühlt … und dass ich einen Fehler gemacht habe.« Er schluckte. »Damals, als du … fort warst, habe ich eine Nacht bei ihr gelegen. Ich weiß, ich hätte mich nie dazu hinreißen lassen dürfen, was gäbe ich, könnte ich es ungeschehen machen! Doch ganz gleich, was ich ihr angetan habe, es gibt ihr kein Recht …«

Gunnora hob die Hand, um ihn zum Schweigen zu bringen. Seine Enthüllung kam nicht überraschend, aber erzürnte sie gleichwohl. Die Tatsache, dass er bei einer anderen gelegen hatte, konnte sie verzeihen und vergessen. Doch als sie sich

Alrunas vergeblichen Kampf um seine Zuneigung vor Augen hielt, fühlte sie sich an die eigene Ohnmacht erinnert.

»Es stimmt«, nun war es ihre Stimme, die zischte, »sie hatte kein Recht, unserem Kind zu schaden. Du hingegen hast kein Recht, Frauen zu benutzen, als wären sie ohne Willen und Würde.«

Richard starrte Gunnora verblüfft an. »Aber das habe ich doch nie getan! Alruna ist freiwillig zu mir gekommen. Und ich bin kein roher Mann. Ich hab nie ein Weib geschlagen, nie einem Gewalt angetan.«

Sie trotzte seinem Blick. Dass er vermeinte, ehrlich zu sein – zu sich selbst ebenso wie zu ihr –, stimmte sie nicht gnädiger.

»Doch«, sagte sie finster, »doch, das hast du getan. Alruna mag dich verführt haben, aber mir hast du sehr wohl Gewalt angetan, damals, in der ersten Nacht.«

Er lachte nervös auf und leckte sich über die Lippen. »Was für ein Unsinn! Du hast dich nicht gewehrt, du bist freiwillig zu mir gekommen, und du hast dich in meinen Armen wohlgefühlt!«

Sie erwiderte sein Lachen ebenso trocken wie kalt. »Du hast geglaubt, ich wäre Seinfreda! Als ich bereits unter dir lag, hast du den Unterschied immer noch nicht bemerkt. Und als du am Morgen neben einer Fremden erwachtest, hat es dich nicht weiter gekümmert. Sag Richard, hast du auch nur einen Augenblick darüber nachgedacht, warum meine Schwester und ich die Rollen tauschten?«

Verständnislos starrte er sie an. Der wohlbekannte knabenhafte Ausdruck stand in seinen Zügen, der sie manchmal gerührt hatte, sie nun aber nur noch mehr reizte.

»Seinfreda war und ist eine verheiratete Frau!«, schrie sie, als ihm nichts zu sagen einfiel.

Richard lachte kein zweites Mal, sondern runzelte die Stirn. »Sie hat doch ...«, setzte er hilflos an.

»Sie hat dein Lächeln erwidert«, gab Gunnora eisig zurück, »aber dachtest du wirklich, es ist von Herzen gekommen? Die Menschen gehorchen dir nicht, weil du meist freundlich bist, verständnisvoll und gutlaunig, weil dein Lachen hell ist und deine Statur stattlich. Sie gehorchen dir, weil du die Macht hast! Von allen Frauen war Alruna wohl die einzige, die *dich* liebte, nicht den Grafen der Normandie. Wärest du ein Bauer, kein Weib hätte sich je um deine Gunst bemüht. Samo hätte dir die Tür gewiesen, Seinfreda dir die Schüssel Eintopf ins Gesicht geschleudert, anstatt sich lächelnd zu dir an den Tisch zu hocken, und hättest du mich zu berühren versucht, ich hätte geschrien und um mich geschlagen, wie jede Frau es täte, der ein Mann nichts anderes bieten kann als Entehrung.«

Widerstreitende Gefühle zerrissen seine Züge, Trotz und schlechtes Gewissen, Unbehagen und Empörung.

»Du hast mich gehasst dafür, nicht wahr?«, fragte er lauernd. »Beinahe genug, um mich zu töten. Hasst du mich immer noch? Ist es weiterhin nur meine Macht, die dich lockt?«

Die Wut erkaltete. »Ach, Richard«, murmelte sie. »Ich dachte, du wüsstest, dass du mir vertrauen kannst. Ich dachte, du hättest mir vergeben – genauso wie ich dir. Warum kannst du nicht auch Alruna vergeben? Warum nicht sehen, dass noch größer als ihr Hass oder ihre Liebe die Verzweiflung war?«

Er wandte sich ab. »Verlang das nicht von mir!«

»Ich verlange es nicht, ich bitte dich darum. Ich weiß, ich bin nicht befugt, dir zu befehlen.«

»Weil ich der Graf der Normandie bin und du nichts weiter als ein Weib?«, fuhr er auf. »O nein, es stimmt nicht, dass ich alle Macht habe und du keine! Warum habe ich dich wieder und wieder zu mir geholt? Gewiss nicht nur, weil es mich nach deinem Körper gelüstete, sondern weil du die Erste warst, vor der ich mich nicht zu verstellen brauchte.«

Er begann wieder auf und ab zu gehen, stampfte bei jedem Schritt heftig auf, als gelte es, den Worten dadurch Gewicht zu verleihen.

»Meine Macht hat einen Preis. Mich ihrer würdig zu erweisen bedeutet, stark zu sein – immerzu. Angst und Unbehagen sind dem verboten, den man den Furchtlosen nennt. Was ich fühle und denke, darf ich niemandem zeigen. Du magst ja recht haben, dass ich blind für Alrunas Nöte war, blind für die deiner Schwester, blind für deine. Aber vergiss nicht, ich muss auch für mich selbst blind sein, seit ich denken kann.« Er machte eine kurze Pause. »Mein Vater«, fuhr er leise fort, »mein Vater war kein Meister der Verstellung. Er war unglücklich, weil er Graf der Normandie war, obwohl er viel lieber als Mönch dem Allmächtigen gedient hätte, und hat diesen Hader stets offen gezeigt. Und siehe, was aus ihm geworden ist: Er ist von seinen Feinden in den Hinterhalt gelockt und kaltblütig ermordet worden! Man hat zuvor über ihn gespottet und danach erst recht.« Richard schluckte schwer. »Meine Mutter Sprota war ganz anders als er. Obwohl sie nur seine Konkubine war, war sie viel stärker und viel beherrschter. Sie hat auch dann noch gelächelt, wenn sie vor Gram gebeugt war, wenn sie verlacht oder, noch schlimmer, missachtet wurde, sogar wenn wir getrennt wurden – und das war ohne Zweifel ihre schlimmste Prüfung. Von meinem Vater habe ich gelernt, dass man stirbt, wenn man Schwäche zeigt. Von meiner Mutter weiß ich, wie man lächelt und dass man überlebt, solange man nur im Geheimen leidet.«

Als Richard endete, klang er so heiser, als hätte er geschrien, obwohl er immer leiser gesprochen hatte. Er wirkte fahl und müde, und die Gefühle, die er doch eigentlich zu verbergen gelernt hatte, standen ihm offen ins Gesicht geschrieben – vor allem die Sehnsucht, dass sie ihn verstand, nachdem er ihr mehr anvertraut hatte als je einem anderen Menschen.

Gunnora trat auf ihn zu, umarmte ihn, strich über sein Haar und sein Gesicht, küsste seine Wangen und seine Lippen, vergab ihm erst jetzt ganz und gar für seine Blindheit in der ersten Nacht und am nächsten Morgen.

Als sie sich von ihm löste, schüttelte er kaum merklich den Kopf. »Mathilda und Arvid haben beschlossen, Alruna ins Kloster zu schicken, und ich werde sie gewiss nicht davon abbringen. Selbst ihre eigenen Eltern sind erschüttert, was aus ihr geworden ist. Glaub mir, wenn es um mein Leben ginge – ich würde ihr leichtfertig verzeihen. Aber ich will sie nicht in die Nähe meines Kindes lassen. Der kleine Richard wird dereinst Graf der Normandie sein. Vielleicht kann ich ihm nicht nur meine Macht, sondern auch Frieden vererben. Vielleicht muss er sich nie verstellen und um den Ruf kämpfen, furchtlos zu sein.«

Gunnora war nicht überrascht über Richards Sturheit. »Ich werde nicht versuchen, dich umzustimmen. Aber ich werde mir nicht verbieten lassen, sie zu besuchen.«

»Warte einige Wochen, bis es Frühling wird. Sie hat unseren Sohn frieren lassen, sie soll nun selbst die Kälte kosten.«

Sie blickten sich an und fochten schweigend einen Kampf aus. Am Ende beugte sie sich ihm nicht minder als er ihr.

»So sei es«, murmelte sie. »Und jetzt solltest du schlafen.«

»Bleib bei mir.«

Draußen färbte sich der Winterhimmel morgenrot, als sie auf die Bettstatt sanken, Richards Arme sie umfassten und sie erschöpft die Augen schlossen.

Einen Monat später betrat Gunnora das Kloster. Sie stellte fest, dass es kalt, jedoch sauber war. Kaum zu glauben, dass der christliche Gott an einem solchen Ort wohnte. Die Götter, die sie kannte, mochten es laut und bunt und warm. In Walhall wurden Elchfleisch und Met aufgetischt, damit sich die Krieger mit Odin satt essen und betrinken konnten. Hier begnügte man sich mit Brot, und manchmal gab es wohl nicht einmal das. Die Nonnen, allesamt schwarz gekleidet als Zeichen ihrer Enthaltsamkeit, glichen dürren Schatten.

Ob sie jemals Elchfleisch auch nur gekostet hatten?

Nun, Elche gab es hierzulande nicht, und der Gott der Christen wohnte genau genommen nicht in den Klöstern, sondern im Himmel. Gunnora hatte den Bischof von Rouen nicht danach befragt, als er sie vor der Taufe im christlichen Glauben unterwiesen hatte, aber sie war sich dennoch sicher, dass es auch in einem Reich hinter dem weiten Blau kalt und sauber war, vor allem aber einsam.

Weit und breit war nichts von Alruna zu sehen. Die Schwester Pförtnerin, auf die sie forsch zugetreten war, hatte sie verschreckt angesehen und sie wortlos ins Refektorium gebeten. Dort wartete Gunnora nun, fröstelte und rieb sich ihre Hände. Wie sie Richard versprochen hatte, hatte sie den Besuch aufgeschoben, bis die Eiszapfen geschmolzen und die Schneedecke brüchig geworden war, aber im Gemäuer hockte der Frost – und nicht nur dieser. In den Ecken sah Gunnora Schimmel und Spinnweben, ein Beweis, dass das Kloster doch kein so sauberer Ort wie gedacht war.

Baldur, der schönste aller Götter, fiel ihr ein, der in Breitglanz lebte, einem sauberen Palast. Ob selbst dort Spinnweben in verborgenen Ecken wucherten? Und ob dort Elchfleisch aufgetischt wurde wie in Walhall?

Gunnora seufzte und wandte sich einer drängenderen Frage

zu. Was soll ich Alruna nur sagen? Auf meine Vergebung wartet sie nicht, und wer wüsste besser als ich, dass mancher Kummer so tief geht, dass keine Worte des Trostes ihn erreichen.

Im Refektorium war zu wenig Raum, als dass sie länger vor dem Eingeständnis davonlaufen konnte, dass sie nicht Alrunas wegen hergekommen war, sondern um Richard etwas zu beweisen – vor allem aber sich selbst. Keine Untat, das wollte sie aller Welt bekunden, war so schlimm, dass man sie nicht verzeihen konnte. Von keiner Untat blieb ein Mensch so sehr besudelt, dass er nicht wieder sauber werden konnte. Sie selbst hatte längst den Schmutz abgewaschen, den Agnarr an ihr bei seiner Schändung hinterlassen hatte. Nur in den verborgensten Winkeln der Seele, in die niemand sehen konnte, hockte noch etwas Schlimmes: ein Geheimnis, eine Lüge, von der niemand wissen durfte ...

»Was macht Ihr hier?«

Sie blickte auf, sah in das Gesicht eines Mannes und war verwirrt. Das Kloster durfte doch nur von Frauen betreten werden und von Priestern, doch der da vor ihr stand, trug nicht deren Kleidung. Verspätet fiel ihr ein, dass ein Laie die Klausur betreten durfte, der Provisor, der die Almosen im Kloster abgab – unter anderem jene, die vom gräflichen Hof stammten. Der Mann kam ihr vage bekannt vor.

»Ich warte auf Alruna, wisst Ihr, wo sie ist?«

»Ich bin mir nicht sicher, aber fragt im Armenspital nach ihr, dort werden die kranken Bettler versorgt.«

»Alruna ist meines Wissens nicht des Heilens kundig.«

»Ja, aber in der Fastenzeit werden den Armen hier die Füße gewaschen. Es ist eine Demutsübung für die Nonnen.«

Wenig später betrat Gunnora das Hospital, wo sich schwitzende, stinkende, verschorfte, eiternde Leiber zusammendrängten. Dass man ihnen die Füße wusch, verhornt und schmutzig diese, ließen sie gleichgültig über sich ergehen, denn sie wussten, dass sie hinterher zu essen bekamen.

Welch ein verlogener Ort!, ging es Gunnora durch den Sinn.

Die Nonnen kannten vermeintlich keinen Ekel, obwohl ihre Gesichter vor Abscheu verzerrt waren, und die Bettler taten so, als wäre Reinlichkeit wichtiger als das tägliche Brot, nur um eben dieses zu bekommen.

Alsbald erstarben ihre Gedanken. Sie sah Alruna, schmaler, blasser als zuvor – und untätig. Vielleicht hatte sie an diesem Tag schon genügend Füße gewaschen, um ihre Demut zu beweisen, jetzt tat sie es zumindest nicht, sondern starrte blicklos vor sich hin. Keiner wagte, ihr zu nahe zu kommen, weder die Armen noch die Nonnen. Nur Gunnora trat beherzt auf sie zu, und der Blick der leeren Augen wurde augenblicklich feindselig.

Alruna sprang auf. Das dunkle Kleid war übergroß und schlackerte an ihrem Körper. Ob die Kälte ihr so zugesetzt hatte, wie Richard es erhofft hatte, vermochte Gunnora nicht zu sagen – jedoch, dass sie gehungert hatte, ob nun freiwillig oder erzwungen.

»Was willst du hier?«, zischte Alruna. »Bist du gekommen, um dich an meinem Leid zu ergötzen?«

Gunnora schüttelte den Kopf. »Nein, ich bin gekommen, weil ich mich um dich sorge«, sagte sie leise.

Alruna runzelte die Stirne. »Du bist nicht barmherzig, du kannst es nicht sein. Du bist doch eine Heidin im Grunde deiner Seele.«

Gunnora atmete tief durch. Schweiß brach ihr aus allen Poren, der Gestank setzte ihr zu. Unmöglich erschien es ihr, an diesem verlogenen Ort die Wahrheit zu vertuschen.

»Gewiss«, gab sie zu. »In meinem Herzen werde ich niemals Christin sein. Aber ich werde fortan alles tun, auf dass die Welt glaubt, ich wäre es – für meine Schwestern, für meinen Sohn, für Richard und für mich. Und vor allem für meine Eltern, denn diese wollten, dass wir hier in Frieden leben, genug zu essen haben und unser Glück finden.«

Alrunas Blick war nicht mehr ganz so feindselig, gleichwohl immer noch misstrauisch. »Warum sagst du das ausgerechnet mir?«

»Weil ich dir wünsche, dass auch du daran glauben kannst: dass das Leben nämlich immer weitergeht, ganz gleich, was hinter uns liegt. Dass wir nach vorn blicken müssen, nicht zurück. Dass wir nicht immer bekommen, was wir wollen, und uns dennoch nicht aufgeben dürfen. Und dass wir uns manchmal selbst verraten müssen.«

»Richard hat mich fortgejagt. Wie soll mein Leben da noch weitergehen?«

Alruna klang trotzig, hasserfüllt, und Gunnora ahnte, dass sie gar nicht so viele schmutzige Füße würde waschen können, wie es zum Erlernen von Demut nötig wäre. Mathildas Tochter mochte klug genug sein, sich zu verstellen, aber sie war viel zu stolz dazu, eine der geknickten, schüchternen Nonnen zu werden. Auch als Schatten ihrer selbst konnte sie noch über andere Finsternis bringen.

»Wir kennen Richard beide«, sagte Gunnora leise. »Gewiss, er zürnt dir, aber er ist nicht ausdauernd und nicht hart genug, als dass er nachtragend sein könnte.«

»Du hast ihn nicht verdient, so respektlos wie du von ihm sprichst!«

»Ich sehe, wer er ist, und ich erkenne ihn. Wer hätte ihn mehr verdient als eine, die das vermag?«

Alruna schwieg lange. Sie wollte gewiss widersprechen,

aber musste Gunnora wohl oder übel recht geben. »Liebst du ihn?«, fragte sie schließlich lauernd.

Gunnora zuckte die Schultern. »Liebe hat viele Gesichter – deine Liebe hat ihr grausamstes und verzweifeltstes Antlitz gezeigt.«

»Das beantwortet meine Frage nicht.«

»Weil es auf manche Fragen keine Antworten gibt, nur neue Fragen. Liebt der Baum den Boden, in dem er Wurzeln schlägt? Ich weiß es nicht. In jedem Fall wird er von diesem genährt und wächst. Richard ist ein guter Nährboden für mich. Und er beschneidet mich nicht. Gewiss, vielleicht bin ich dazu gezwungen, in eine Richtung zu wachsen, sodass manche Äste verbogen werden. Aber bislang ist keiner abgebrochen.«

»Das klingt nicht nach Liebe, sondern nach Vernunft.«

Genugtuung blitzte in Alrunas Augen auf. Erstmals sprach sie so laut, dass die anderen aufblickten – die Nonnen ebenso wie die Bettler. Doch das Wort Liebe köderte ihre Aufmerksamkeit nicht lange. Es machte weder satt noch sauber noch demütig.

Gunnora zog Alruna mit sich in einen Winkel, wo sie vor den anderen verborgen waren. »Ich bin keine Heuchlerin«, murmelte sie. »Es stimmt, was du sagst. Ich fühle mich wohl in seiner Gegenwart, und ich vermisse ihn, wenn er fort ist, aber ich verzehre mich nicht schmerzlich nach ihm. Was immer Richard und mich verbindet – es tut nicht weh. Ein wenig beneide ich dich um das, was du fühlst.«

»Um meinen Schmerz?«, fragte Alruna erstaunt.

»Ich werde nie wissen, wie sich diese Form der Liebe anfühlt. Ich werde nie zu sterben glauben, weil ich den Mann, nach dem ich mich sehne, nicht bekomme. Wie man sich ohne Eltern fühlt, das weiß ich, verstoßen und einsam und hilflos nämlich, aber was in dir vorgeht, kann ich nicht nachfühlen. Ich werde nie diesen Schmerz hüten gleich einem kostbaren Schatz.«

»Du machst dich über mich lustig!«, fauchte Alruna.

»Nein, ich meine es ernst. Ein Stein aus Rubin ist rot wie Blut – und Blut fließt nicht nur, wenn man gebärt, sondern auch wenn man tötet. Ist er deshalb weniger schön? Und weniger kostbar?«

Alruna musterte sie eine Weile. Ihr Blick war nicht mehr feindselig, aber dennoch hart und kalt. Sie mochte es ertragen, dass Gunnora Richard erkannte, sich jedoch nicht ins eigene Herz schauen lassen.

»Du hast mir immer noch nicht gesagt, was du hier willst«, sagte sie kühl.

Gunnora atmete tief ein. »Ich glaube nicht, dass das Kloster der rechte Ort für dich ist. Du hast mir vorgeworfen, keine Christin zu sein, doch ich denke: Auch du bist viel zu stark und zu lebendig, um den Rest deiner Tage Gott zu dienen.«

»Aber wohin sonst soll ich gehen? Ich kann nicht an den Hof zurückkehren.« Erstmals klang Verzweiflung durch ihre Stimme.

»Noch nicht. Glaub mir, wenn etwas Zeit vergangen ist, wird Richard sich versöhnlich zeigen. Bis dahin brauchst du einen Ort der Ruhe und der Einsamkeit, auf dass du wieder zu dir kommst. Und ich kenne einen solchen. Gewiss, das Leben dort ist noch einfacher, gar ärmlicher als hier. Du wirst die Kälte spüren, du wirst manchmal Hunger leiden, du wirst raue Kleidung tragen, die niemals richtig sauber ist. Aber zumindest musst du niemandem vorspielen, dass dein Herz rein, deine Liebe zu Gott groß und deine Sorge um die Armen aufrichtig ist. Du kannst dort sein, wer du bist, und bleiben, solange du willst.«

Alruna wandte sich ab, offenbar, um nicht zeigen zu müssen, wie ihr Kinn erbebte. »Du bist also tatsächlich gekommen, um mir zu helfen – nicht um dich an meinem Elend zu laben«, flüsterte sie erstickt.

»Du bist so etwas wie Richards Schwester. Ich wäre jedem dankbar, der meinen Schwestern beisteht, ganz gleich, was sie angerichtet haben, und ich bin sicher, dass Richard mir dereinst dafür dankbar sein wird. Er wird dich wieder als Schwester betrachten.«

Alruna schwieg lange. Gunnora sah, wie das Beben auf ihre Schultern überging, und kurz wurde der Drang übermächtig, sie zu halten, zu trösten. Doch sie hielt sich fern. Als sich Alruna ihr endlich wieder zuwandte, war ihr Gesicht ausdruckslos.

»Du liebst deine Schwestern sehr, nicht wahr?«

Gunnora nickte.

»Und das bedeutet wiederum, dass du lieben kannst. Eines Tages auch Richard, vielleicht liebst du ihn sogar schon jetzt.«

»Mag sein, aber meine Liebe wird nie so stark sein wie deine. Und nie so rein, wie sie es war, als Enttäuschung und Hass sie noch nicht beschmutzten.«

Alruna starrte zu Boden, als wäre ihr die Liebe entglitten und als läge der kostbare Schatz nun dort. Eben noch hatte sie ihn gierig für sich beansprucht, doch dass Gunnora ihr gewährte, ihren Teil an sich zu raffen, schien sie großzügig genug zu machen, darauf zu verzichten.

»Wenn du lernen kannst, ihn zu lieben, dann kann ich vielleicht lernen, ihn nicht zu lieben. Und was die Reinheit der Liebe anbelangt ... die Tischgläser bei Hofe, die der Glasermeister aus alten Fenstern anfertigt, weil er nicht weiß, wie man ganz neues macht, sind niemals durchsichtig, sondern von schmutzigem Gelb. Kann man darum kein klares, frisches Wasser daraus trinken? Gar köstlichen, süßen, kräftigen Wein? Natürlich kann man! Und natürlich soll man!«

Gunnora sah Alruna aufmerksam an. »Wenn du uns als Schale siehst und die Liebe als etwas, das die trockenen Lippen eines Dürstenden benetzt, sie also bedeutet, dass man dem anderen gibt, was er braucht, liebe ich Richard tatsächlich.«

»Ich aber«, sagte Alruna, »sollte eine leere Schale werden, und wo vermag ich das besser als an einem leeren Ort, leer an Menschen, leer an Reichtum. Wohin also soll ich gehen?«

Arfast begleitete Alruna, und auch wenn sie es nicht offen zeigte, war sie unendlich dankbar: dafür, dass sie nicht in der Gesellschaft von Fremden Rouen verlassen, durch das Land und immer tiefer in den Wald hineinreiten musste. Und noch viel mehr dafür, dass in seiner Miene kein Vorwurf zu lesen war – weder, weil sie dem kleinen Richard nach dem Leben getrachtet hatte, noch, weil sie ihn seit Jahren beharrlich zurückwies. Nur Mitleid und Güte las sie in seinen Zügen – die Gefühle von einem, der die Tiefe scheut und folglich vor dem dunklen Morast der Seele bewahrt blieb.

Sie wollte auch selbst nicht darin wühlen, war schweigsam und genoss es, dass er sie nicht zum Reden drängte.

Der Wald war aus dem Winterschlaf erwacht, doch stand er noch nicht in voller Pracht. Das Grün war noch müde, der Boden noch kalt, die Tiere noch verängstigt. Vögel stoben auf, Füchse kreuzten den Weg, aber versteckten sich alsbald im Gebüsch, Eichhörnchen huschten über die Äste.

Als sie das letzte Mal im Wald gewesen war, hatte sie kein Auge für all das gehabt, nur für Richard.

»Warum?«, fragte sie und merkte zu spät, dass sie es laut getan hatte.

»Warum was?«, gab Arfast zurück.

Sie zuckte die Schultern. Die Säulen der Welt sind auf dieser Frage gebaut, dachte sie. Warum leben wir, warum sterben wir, wie werden wir glücklich und noch wichtiger – wie leben wir weiter, wenn wir nicht glücklich sind? Und weil es nicht eine Antwort darauf gibt, sondern derer viele, steht die Säule nicht auf festem Grund. Die Welt schwankt, und die Menschen stolperen hin und her.

»Warum verachtest du mich nicht?«, fragte sie schließlich.

Er dachte eine Weile nach. »Du bist nicht böse«, erklärte er schlicht.

Nein, dachte sie, du, Arfast, bist nicht böse, und deswegen kannst du das Böse in mir nicht sehen, nicht die Kälte, nicht die Dunkelheit.

»Ich will nicht, dass du den letzten Teil des Weges mit mir gehst«, erklärte sie.

»Aber ich kann doch nicht …«

»Doch! Lass mich allein weiterreiten, sobald wir kurz vor dem Ziel sind. Ich bin Gunnora dankbar, dass sie mir vorschlug, bei ihrer Schwester zu leben. Aber sie hat mir nichts vorgemacht: Es ist ein einfaches Leben, das mich erwartet, ein überaus ärmliches und einsames. Vielleicht bin ich stark genug, es zu ertragen, und irgendwann auch stolz darauf, doch glücklich werde ich im Wald nicht werden. Wenn du an mich denkst, so sollst du dich an eine edel gekleidete Frau erinnern, deren Hände nicht für harte Arbeit gemacht sind, nur zum Weben. Eine Frau schließlich auch, die die Sehnsucht nach Glück erstrahlen und die die Verbitterung nicht verhärmt und hässlich aussehen lässt.«

Er ließ nicht erkennen, ob er ihre Bitte verstehen konnte oder gar guthieß, aber er nickte.

»Für mich bist du schön, ganz gleich, was du trägst und tust und fühlst.«

Alruna sog tief den Atem ein. So also riecht Einsamkeit, dachte sie, nach feuchter Rinde und würziger Erde und sprießenden Blättern, ein wenig modrig und ein wenig süß. Plötzlich war sie sich trotz aller Skepsis sicher: In der Gesellschaft von Geschöpfen, die gelernt hatten, auch im Schatten zu gedeihen, würde sie neue Kraft finden.

Fécamp
996

Agnes' Verwirrung wuchs. Es waren der Enthüllungen zu viele, um sie fassen zu können. Die gefährlichen Runen, die beiden Geheimnisse, die die Gräfin hütete, die entsetzte Wevia …

Und jetzt behauptete die Mutter auch noch, große Schuld auf sich geladen zu haben! Schwer vorstellbar, dass die tugendhafte Gräfin gesündigt hatte – unmöglich schier, dass sich die Mutter eine Schwäche erlaubt hatte, so beherrscht wie sie sich immer zeigte. Und doch, dem Bekenntnis folgten weitere Worte, zu bruchstückhaft, um sie zu verstehen.

»Ich habe mich hinreißen lassen … Gott sei Dank ist es nicht zum Äußersten gekommen … ich kann es mir bis heute nicht verzeihen … Vor allem nicht, dass ich selbst dann noch …«

Sie brach ab.

Agnes sog scharf die Luft ein. So gern hätte sie nachgefragt, was diese Worte bedeuten, aber sie zu wiederholen erschien ihr wie ein Sakrileg. Sie konnte nur hoffen, dass die Mutter ihr die Wahrheit freiwillig anvertraute. Wieder ging ihr Blick in weite Ferne und hing Erinnerungen nach, dann starrte sie so versonnen auf die Schriften, als hätte sie die Gegenwart der Tochter vergessen.

»Was willst du nun tun?«, fragte Agnes ungeduldig. »Die

Schriften vernichten? Und was ist mit den Mönchen? So schnell werden sie von ihrem Trachten, der Gräfin zu schaden, nicht ablassen.«

»Das fürchte ich auch.«

Die Mutter seufzte, und ihr Blick kehrte wieder in die Gegenwart zurück. Sie rollte das Schriftstück zusammen und barg es an der Brust.

»Hier wird es niemand zu suchen wagen, schon gar kein Mann Gottes«, sagte sie, und ihre Lippen verzogen sich zur Andeutung eines Grinsens. »Die Gräfin soll später selbst entscheiden, was sie damit zu tun gedenkt. Und was die Mönche anbelangt, so werde ich mit Dudo, dem Kaplan und Kanzler, sprechen. So nahe wie er der Gräfin steht, weiß er zumindest um die ... eine Sache und kann sie aus der Welt schaffen.«

»Und wenn die beiden Schaden anrichten, noch ehe wir Gelegenheit haben, mit Dudo zu sprechen?«

»Nun, in der Tat sollten wir nicht länger warten und im Gemach der Gräfin nach dem Rechten sehen.«

Agnes folgte ihrer Mutter rasch ins Freie. So tief in ihr der Hader auch wucherte, dass sie weder dem einen noch dem anderen Geheimnis auf die Spur gekommen war, so groß war dennoch ihr Stolz, dass die Mutter sie nicht wie ein kleines Mädchen, sondern wie eine Verbündete betrachtete, mit deren Hilfe sie das Wohl des Landes und des künftigen Grafen sichern wollte. Kaum eine Stunde von Agnes' bislang kurzem Leben schien so viel Gewicht zu haben wie diese. Und vielleicht, wenn sie erst mal das andere Schriftstück fanden und es in Sicherheit brachten, könnte sie es überfliegen und erahnen, was dieses über das Vorleben der Gräfin verriet.

So weit allerdings kam es nicht. Sie hatten das Haupthaus noch nicht erreicht, als sie eine aufgeregte Stimme vernahmen.

»Da! Da ist das Mädchen!«

Agnes war erleichtert, sich hinter der Mutter verstecken zu können, als Bruder Remi auf sie zuhastete, gefolgt vom etwas schwerfälligeren und laut keuchenden Bruder Ouen. Noch roter war dessen Gesicht, noch spitzer die Züge von Remi. Gleich groß war bei beiden die Empörung.

»Eine Diebin!«, rief Bruder Remi anklagend. »Sie ist eine dreiste Diebin! Im Gemach der Gräfin war sie, wir haben es beide bezeugt, sie war dort, um zu stehlen ...«

Agnes blieb die Luft weg ob solch verleumderischen Vorwurfs. Dass bereits einige Wachen neugierig den Kopf hoben, minderten weder ihre Beklommenheit noch ihre Wut. Doch ehe sie sich wehren konnte, hob die um vieles beherrschtere Mutter ihre Hand, ein deutliches Zeichen, dass sie für sie zu reden gedachte.

»So, so«, wandte sie sich an die Mönche. »Und wie wollt Ihr das bezeugen?«

Obwohl die beiden begierig darauf waren, sie anzuklagen, nachdem sie sie endlich gefunden hatten – dass Agnes nicht irgendein Kind, sondern das einer am Hofe einflussreichen Frau war, brachte sie doch etwas ins Zaudern. Zumindest Bruder Ouen konnte den Worten nichts anderes entgegensetzen als noch lauteres Schnaufen. Bruder Remi fand die Fassung eher wieder.

»Ihr wollt doch Männer Gottes nicht der Lüge bezichtigen!«, schnaubte er.

»Gewiss nicht«, erwiderte die Mutter. »Wenn Ihr meine Tochter im Gemach der Gräfin gesehen habt, dann ist es so. Ich frage mich nur, warum Ihr sie dort gesehen habt, und ich bin mir sicher, dass dies die Gräfin nicht minder überraschen wird. Und Ihr plant doch gewiss, auch ihr gegenüber die Vorwürfe zu wiederholen, nicht wahr?«

Nervös leckte Bruder Remi sich mit der Zungenspitze über die Lippen. Sie wirkten bläulich.

»Wir könnten Schweigen über die Sache breiten, wenn das Mädchen bereit ist, das, was es gestohlen hat, zurückzugeben.«

Die Mutter lächelte freundlich. »Aber das hat Agnes doch längst. Ihr Gewissen hat ihr keine Ruhe gelassen, sie hat sich mir anvertraut, und ich habe das Diebesgut an einen sicheren Ort geschafft. Natürlich werde ich sie dafür züchtigen, doch das ist meine Aufgabe, nicht Eure. Ihr müsst Euch nicht weiter dieser leidigen Angelegenheit annehmen.«

Immer finsterer war Bruder Remis Gesicht geworden, immer verlegener das von Bruder Ouen. Letzterer zupfte an der Kutte des anderen, ein sichtbares Zeichen, dass er sich bereits geschlagen gegeben hatte.

Bruder Remi war noch nicht bereit dazu, rang vielmehr nach Worten, doch ehe er eines hervorbrachte, vernahmen sie in der Ferne ein Raunen, ein Getuschel, schließlich einzelne Rufe. All jene Laute kamen aus dem Haupthaus.

Agnes begriff nicht, was die Unruhe zu bedeuten hatte, die Mönche jedoch bekreuzigten sich plötzlich, und die Mutter erstarrte.

Kurz, ganz kurz entglitten ihr die beherrschten Züge. So hatte Agnes sie noch nie gesehen, selbst nicht, als sie die Runen erkannt hatte, so aufgelöst, tieftraurig, gepeinigt … und jung. Ja, sie wirkte wie ein junges Mädchen, das noch nicht darin geübt war, Verantwortung zu übernehmen, schwere Entscheidungen zu treffen, ihrem Mann eine gute Gattin zu sein und ihre Kinder großzuziehen.

»Mutter …«

Sie war eine ganz andere, fremd und unerreichbar.

»Der Graf ist tot«, sagte sie tonlos, ehe eine Dienstmagd auf sie zugelaufen kam und diese Worte bestätigte.

Die Magd weinte, die beiden Mönche bekreuzigten sich ein zweites Mal, und die Mutter wurde wieder Herrin ihrer selbst. Sie war nicht mehr jung, sondern schien plötzlich alt ... uralt.

»Gott sei seiner Seele gnädig.«

Bruder Remi und Bruder Ouen beeilten sich, ins Innere des Haupthauses zu hasten, Agnes indes blieb erschaudernd stehen. Auch wenn sie wieder die Fassung gewonnen hatte – ihr entging nicht, dass in den Augen der Mutter Tränen glitzerten.

XI.

966

Alruna war sich nicht sicher, ob sie Seinfreda mochte oder nicht. Sie konnte sich nur vage an die Frau erinnern, die einst Gunnoras Taufe bezeugt, danach aber Rouen sofort wieder verlassen hatte. Sie wusste noch, dass ihre Haare nicht schwarz wie die Gunnoras waren, ihre Stimme nicht dunkel und ihre Haltung nicht steif, doch dass sie so zart war, hatte sie vergessen. Ein junges Mädchen schien noch zu sein, wer ihr da am Tag der Ankunft entgegentrat, sie freundlich anlächelte und schließlich in die ärmliche Hütte zog. Sie wirkte aufgeregt, nicht feindselig, ungeduldig, nicht zögerlich.

»Erzähl mir! Erzähl mir alles von meinen Schwestern! Wie geht es ihnen, wie groß sind Duvelina und Wevia mittlerweile? Können sie sich überhaupt noch an mich erinnern? Und mein kleiner Neffe, Richard, erzähl mir auch alles von ihm! Ich hätte ihn so gern selbst gesehen, aber ich will meinen Mann nicht allein lassen, und Samo nach Rouen zu bringen ist noch aussichtsloser als einen störrischen Esel über einen Sumpf.«

Alruna machte sich unwirsch los. Seinfredas Finger hatten Schmutzabdrücke auf ihrem Leinenkleid hinterlassen. Natürlich, hier war alles einfach. Gunnora hatte sie gewarnt, und sie hatte ja auch damit gerechnet, es Arfast gegenüber schließlich offen ausgesprochen, aber als sie sich nun umsah, dachte sie doch verzagt: Wie soll ich es hier ertragen? Was bloß den ganzen Tag lang tun?

Seinfreda schien ihrerseits eine genaue Vorstellung davon zu haben, was sie tun sollte. »Erzähl mir!«, forderte sie wieder. »Graf Richard ist doch gut zu meiner Schwester, oder?« Sie seufzte. »Wenn es nicht so wäre, würde sie mir die Wahrheit niemals anvertrauen. Ich kann mich nicht beklagen, der Graf versorgt uns bestens, aber oft frage ich mich, welchen Preis sie dafür zu bezahlen hat.«

Aus ihrem Ausdruck sprach große Sorge. Aus dem von Alruna auch. Bestens versorgt? Gütiger Himmel! In welchem Zustand war die Hütte zuvor gewesen? Nun gut, die Pelze, die die Schlafstatt bedeckten, waren gewiss weich und warm, aber sie änderten nichts daran, dass es durch die undichten Wände zog, das Dach den Regen mehr schlecht als recht abhielt und das Essen verbrannt war. Zumindest roch es so, und der Rauch stand derart dick, dass sie zunächst nicht erkannte, dass da noch jemand in der Hütte war, eine alte Frau, die sie argwöhnisch musterte.

»Das ist Hilde, meine Schwiegermutter. Samo wirst du heute Abend kennenlernen, noch ist er im Wald unterwegs«, erklärte Seinfreda, um sie sogleich weiter auszufragen. Nach den Kleidern der Schwestern, nach den Geschichten, die Duvelina erzählt bekam, nach der Sprache, die sie redeten, nach dem Schmuck, an dem sich Wevia gewiss erfreuen konnte.

»Nun lass sie doch in Ruhe«, knurrte Hilde.

Ihr Blick wurde regelrecht feindselig, und Alruna mochte sie sofort. Dieser Frau musste sie nichts vormachen, diese Frau musste sie nicht anlächeln, vor allem musste sie ihr nicht erzählen, wie glücklich Gunnora war, wie glücklich die jüngeren Schwestern. Es würde ihr Spaß machen, ihrem Blick zu trotzen, jedem zänkischen Wort mit schneidender Stimme zu begegnen und sämtliche Beleidigungen mit gleicher Münze heimzuzahlen.

»Es riecht verbrannt«, stellte sie fest – die ersten Worte, die sie überhaupt in dieser Hütte sprach.

Hilde wandte sich dem Topf zu, der an einer Kette über dem Feuer hing. Sie wartete eine Weile, dann rührte sie halbherzig darin herum.

»Wenn du Hunger hast, isst du alles. Und wenn du keinen Hunger hast, haben wir alles eben für uns«, erklärte sie rüde.

Seinfreda lächelte Alruna entschuldigend an.

»Hilde«, richtete sie sich mahnend an die Schwiegermutter, »sei doch nicht so feindselig. Gunnora hat uns eine Botschaft überbringen lassen, und darin hieß es, dass wir Alruna als unseren Gast aufnehmen, für sie sorgen und gut zu ihr sein mögen.«

»Und hast du dich nicht gefragt, warum Gunnora am großen Hof von Rouen nicht all das selbst für sie tut? Warum hat sie sie hierher in den Wald geschickt?«

»Wenn sie gewollt hätte, dass wir es wissen, hätte sie es uns gesagt«, sagte Seinfreda schnell.

Alruna trat vor. »Nun, aber ich kann es euch sagen.« Sie musterte Hilde, der Rauch kratzte in ihrer Kehle. Was immer da in dem Topf köchelte, es roch nicht nur verbrannt, sondern abscheulich. »Ich habe versucht, Gunnoras Sohn zu töten«, sagte sie in das Schweigen.

Seinfredas Lächeln schwand, Hilde aber lachte auf.

Alruna ertrug den Gestank keinen Augenblick länger. Sie floh nach draußen.

In den nächsten Tagen stellte Seinfreda keine Fragen mehr zum Wohlbefinden der Schwestern. Eigentlich sagte sie gar nichts mehr zu Alruna, lächelte nicht, mied ihren Blick und zog ihren Kopf ein.

Alruna war es nur recht so, zumindest in der ersten Zeit. Später, als sie sich an das ärmliche Leben in der Hütte gewöhnt hatte, die Lust verlor, mit Hilde zu streiten, und immer öfter die Wälder durchstreifte, begann die Langeweile ihr zuzusetzen. Ihre Liebe hatte sie nutzlos vergeudet, mit ihren Kräften hingegen etwas vernünftiger gehaushaltet: Wenn der Schmerz sie nicht völlig gelähmt hatte, hatte sie gewebt, der Mutter geholfen oder mit den anderen Frauen getratscht. Hier gab es nichts zu bereden, hier auch nichts, um die Hände geschäftig zu halten.

Sie merkte sich jeden Baum in der unmittelbaren Umgebung des Hauses, bis sie sich blind hätte orientieren können, doch dann fiel ihr nichts mehr zu tun ein. Weiter als bis zu einem kleinen Bach wagte sie sich nicht von der Hütte fort, und selbst wenn: Die Bäume würden ja doch nicht mit ihr reden, die Vögel ihr nicht zuzwitschern, wie sie ihrem Leben einen Sinn geben sollte, die raschelnden Blätter sie nicht dazu antreiben, mitzuarbeiten.

Wie hatte Gunnora jahrelang hier überleben können, ohne wahnsinnig zu werden?

Sie möge hier ihren Frieden finden und zu sich kommen, hatte diese ihr erklärt, aber schon nach einer Woche war sich Alruna fremder als je zuvor. Insgeheim begann sie sich nach einem Lächeln und nach Worten zu sehnen, und als sie eines Tages sah, wie Seinfreda zum Bach ging, um Wäsche zu waschen, folgte sie ihr lautlos.

»Kann ich dir helfen?«, fragte sie.

Seinfreda zuckte zusammen. Erst jetzt sah Alruna, in welch

starkem Kontrast die dunkelroten Hände zum bleichen Körper der jungen Frau standen. Seinfredas Blick streifte sie nur kurz, ehe sie sich wieder auf die Wäsche konzentrierte, dennoch stand alles darin, was sie nach Alrunas Bekenntnis zunächst zurückgehalten hatte: Empörung, Verachtung, Verständnislosigkeit.

Alruna hockte sich zu ihr, nahm ein stark verschmutztes Kleidungsstück und tauchte es in das klare Wasser. Es wurde sogleich trüb. »Ich wünschte, ich hätte eine Schwester wie dich ...«, begann sie leise zu sprechen, »... der ich alles anvertrauen könnte ... die mich nicht verurteilen würde ... die mich lieben würde, wie du Gunnora liebst.«

Sie rieb das nasse Leinen, so gut es ging, um der Flecken Herr zu werden.

Und wenn sich meine Seele gleichfalls waschen ließe? Und auswringen, bis kein Herzblut mehr da wäre? Blieben Flecken zurück?

Seinfreda erhob sich und blickte Alruna lange und prüfend an. »Warum?«, fragte sie schlicht, mehr nicht.

Warum sie den Neffen zu töten versucht hatte? Oder warum sie hier hockte und wusch, obwohl die Flecken nicht aus dem Leinen gingen und sie sich das Herzblut nicht von der Seele waschen konnte?

Bis zu den Ellbogen hielt Alruna ihre Arme ins eisige Wasser. Die Hände wurden so rot wie die Seinfredas und taten weh, und das war gut so, denn mit dem Schmerz kamen die Worte.

»Richard war von jeher mein Held, ich habe ihn immer geliebt, schon als kleines Mädchen. Ich wusste natürlich, er liebt mich nicht, aber es war mir genug, dass auch keine andere Frau sein Herz berührte.«

Sie schluckte, wusste sie doch, dass sie mit jedem Wort die Wahrheit nur vor sich herschob. Die Liebe zu Richard war nicht der Grund gewesen, warum sie seinen kleinen Sohn hatte töten wollen.

»Ich lag ihm eine Nacht bei«, bekannte sie nach langem Zögern endlich, »ich dachte, ich trüge ein Kind von ihm, doch dann ... blutete ich.« Sie stockte, die Kehle wurde ihr eng. Gleich würde sie weinen, und die Tränen würden in den Bach tropfen. Sie hatte keine Ahnung, ob sich das trübe Wasser davon klärte oder ob die Tränen schwarz waren und es noch schmutziger machten. »Ich setzte meine ganze Hoffnung darauf ... doch ich blutete. Ich wünschte mir ein Kind von ihm wie nichts auf der Welt, mehr noch als seine Liebe ... doch ich blutete. Ich dachte, diese eine Nacht sei fortan mein Schatz, ein unerschöpflicher, niemals endender, mich ewig reich machender ... doch ich blutete.«

Die Tränen liefen ihr übers Gesicht, tropften ins Wasser. Der Bach wurde nicht schwarz, aber auch nicht klarer, ihre Seele nicht rein, aber leichter.

Seinfreda setzte sich aufs Moos, lehnte sich an einen Baumstamm und schwieg lange. Sie wirkte nicht mehr vorwurfsvoll, nur nachdenklich, und als Alruna schon dachte, dass sie sie verstünde und ihr vergeben könnte, fragte sie plötzlich: »Siehst du hier Kinder?«

Alruna zog die Hände aus dem Wasser, sie brannten wie Feuer im kühlen Wind.

»Was meinst du?«

»Siehst du hier Kinder?«, wiederholte Seinfreda. Ihre Stimme war scharf, viel schärfer als es bei einer sanften Frau zu vermuten stand. »Ich bin seit vielen Jahren mit Samo verheiratet, aber ich empfange nicht. Wie oft, denkst du, habe ich mich an Hoffnungen geklammert, die sich nicht erfüllten? Wie oft habe ich weinend auf dem Abort gesessen? Wie oft habe ich meinen Leib verflucht und Gott um Gnade angefleht? Wie oft habe ich gedacht, der Schmerz brächte mich um, nicht, weil ich etwas verloren habe, das ich einmal hatte, sondern weil ich etwas niemals haben werde? Mit einer unglücklichen Vergangenheit lässt sich fertig werden, aber wenn uns das Morgen geraubt wird, reicht keine Träne, um den Verlust zu betrauern.« Sie räusperte sich, ihre Stimme klang nicht länger scharf, sondern war nur mehr ein Echo jahrelangen Leidens. »Meine Hoffnung wurde hundertfach enttäuscht, deine nur ein einziges Mal. Und deswegen hättest du dich beinahe dazu hinreißen lassen, ein Kind zu töten?«

Nicht nur Alrunas Hände waren nun glühend rot, sondern auch ihr Gesicht. Sie hatte sich auch vor ihren Eltern geschämt, vor Richard, selbst vor Gunnora, aber nie hatte sie sich so schäbig gefühlt wie in diesem Augenblick.

»Der Wunsch nach einem Kind«, fügte Seinfreda leise hinzu, »sollte aus der Sehnsucht nach Zukunft entstehen, nicht aus Selbstsucht, denn diese Zukunft gehört uns nicht. Auf nichts haben wir weniger Recht als auf ein Kind.«

Seinfreda erhob sich und ging, nein, sie wankte davon.

»Seinfreda!«

Alruna zog die Wäsche aus dem Wasser und eilte ihr nach. »Seinfreda!«

Die andere blieb stehen, und ihre Stimme war plötzlich so dunkel und rau wie die Gunnoras. »Du kreist um dein eigenes Leid, doch irgendwann wird es dich in die kalte Tiefe hinabziehen wie die gefährlichen Strudel eines Flusses es tun. Du musst den Fluss endlich überqueren, verstehst du? Such dir die seichteste Stelle, setze alle Kraft daran, werde ruhig nass bis zum Hals, aber recke den Kopf in die Höhe, dann wirst du genug Luft bekommen, um das andere Ufer zu erreichen. Es ist nicht unbedingt schöner dort, in der Sonne wirst du jedoch schnell wieder trocken.«

Kurz glaubte Alruna, diese Sonne zu spüren, wie sie durchs Blätterdach fiel und ihre Haut sprenkelte.

»Es tut mir leid«, sagte sie kleinlaut.

»Was?«, fuhr Seinfreda sie unversöhnlich an. »Dass der kleine Richard noch lebt? Dass Richard Gunnora liebt? Dass du hier bei mir hausen musst?«

»Nein«, murmelte Alruna, »es tut mir leid, dass du unfruchtbar bist.«

Die abweisende Miene wurde plötzlich ganz weich. Tränen liefen Seinfreda über die Wangen, gewiss nicht die ersten und nicht die letzten.

Wenn sie ins Wasser fielen, so war sich Alruna plötzlich sicher, hätten sie die Macht, es zu klären. Aber die Tränen tropften nicht in den Bach, sondern auf Alrunas Hände, als sie Seinfreda umarmte, sie an sich zog, den bebenden Körper streichelte.

»Es ist nicht gerecht«, stammelte Seinfreda, »es ist einfach nicht gerecht. Ich habe nie an mich gedacht, immer nur an meine Schwestern. Ich habe Samo doch nur ihretwegen geheiratet und Hilde nur ertragen, weil es um ihres Wohls willen keinen anderen Weg gab. Doch nun muss ich von meinen Schwestern getrennt leben und habe kein Kind, um mich damit zu trösten.«

Alruna dachte an den Schwur, den sie einst geleistet hatte: Sie hatte auf Richard verzichtet, auf seine Liebe und auf Kinder, wenn er nur lebte. Ein ähnliches Opfer hatte auch Seinfreda gebracht, und sie beide warteten vergebens, dass irgendjemand ihre Größe anerkannte und das Opfer lohnte – schlicht, weil es niemanden gab, der sie belohnen würde, nur sie, die die Macht hatten, dem Selbstmitleid abzuschwören.

Die Tränen versiegten.

»Was kann ich tun?«, fragte Alruna.

»Du kannst die Wäsche waschen.«

Seinfreda wandte sich ab, ihre Schultern bebten nicht mehr, der Augenblick tiefster Vertraulichkeit war vorüber, auch der Moment, da Alruna ahnte: Irgendwann werde ich mich nicht mehr fremd in der eigenen Haut fühlen, irgendwann wieder kann ich leben, ohne zugleich denken zu müssen, es ist ja doch alles vergebens.

Die Kreise, die Alruna im Wald zog, wurden immer weiter, und die Angst, sich zu verirren, schwand ebenso wie die Furcht vor Wölfen und Bären. Das Licht war trübe, dennoch sah sie gut. All ihre Sinne waren hellwach, und sie lernte, alle Arten von Knacken und Rascheln und Rauschen zu unterscheiden. Ob nun der Wind durchs Geäst fuhr, Vögel an ihrem Kopf vorbeischossen, Tiere durchs Unterholz schlichen – bald zuckte sie nicht mehr bei einem der unzähligen Laute des Waldes zusammen, bald begriff sie auch, dass er viel mehr Farben bot als erwartet, nämlich alle Schattierungen von Braun, Grün und Rot.

Einmal kam sie bis zu Gunnoras einstiger Hütte – zumindest war sie sich sicher, dass es diese war. Seinfreda hatte ihr erzählt, dass die Schwester jahrelang einsam im Wald gelebt und nur dann und wann Gesellschaft bekommen habe – von ihr oder Frauen, die sie als Meisterin der Runen verehrten. Von diesen Runen sah sie nichts, und die Hütte war völlig zerfallen. Alruna fand lediglich einige Federn, vielleicht ein Zeichen, dass hier einmal ein Tier geopfert worden war, vielleicht war hier aber auch nur ein Vogel verendet. Seltsam stumm war es an diesem Ort, als wollte keiner in der Nähe hausen, nun, da Gunnora nicht mehr hier leben durfte. Alruna stellte sie sich vor, wie sie mit offenem, wirrem Haar und einfacher Kleidung vor dieser Hütte gehockt und heidnische Rituale vollführt hatte, und musste unwillkürlich schaudern.

Mittlerweile hatte sie Seinfreda lieb gewonnen, und sie hatten sich viel erzählt – nur über das, was sie dem kleinen Richard beinahe angetan hatte und über ihre Unfruchtbarkeit sprachen sie nicht wieder –, doch wenn sie an Gunnora dachte, witterte Alruna in den Tiefen ihrer Seele noch Verbitterung. Der einstige Hass war nicht vergangen, nur weil Gunnora sie in den Wald hatte bringen lassen und als Einzige Verständnis zeigte. Und als sie nun vor ihrer Hütte stand, erkannte sie, dass nicht nur ihre vergebliche Liebe zu Richard der Nährboden war, auf dem dieser Hass gedieh, sondern ihr tiefes Misstrauen allem Heidnischen gegenüber. Ihre Eltern stammten zwar von Heiden ab, wilden, räuberischen Nordmännern, die zeit ihres Lebens die Taufe verweigert hatten, aber sie hatten alles daran gesetzt, die Vergangenheit abzustreifen und sie dazu erzogen, Christin zu sein. Gunnoras Taufe hatte weder den tiefen, inneren Grusel vertrieben noch das Gefühl, sie beide stünden auf zwei Seiten, zur ewigen Feindschaft verdammt, keiner selbst erwählten, sondern einer von ihrem Blut bestimmten.

Einmal mehr dachte sie an Seinfredas Worte – dass sie den Fluss überqueren und sich am anderen Ufer von der Sonne trocknen lassen solle, anstatt im eigenen Leid zu baden, doch der Hass auf Gunnora glich gleichfalls einem solchen Fluss, und er war nicht aus Wasser, sondern aus heißem Feuer, das eine tiefe Schneise zwischen ihr und Gunnora brannte.

»Hast du mir wirklich vergeben? Hast du mich nicht vielmehr verhext? Und mich nur in den Wald geschickt, um mich loszuwerden, weil dir das Kloster nicht fern genug war?«

Die eigenen Worte ließen sie zusammenzucken, und kaum gesagt, hätte sie sie am liebsten zurückgenommen, aber sie standen da, unsichtbaren Gestalten gleich wie die der Waldgeister, die sie belauerten, verfolgten, verängstigten. Sie floh vor ihnen, vor der eigenen Unversöhnlichkeit und auch vor der Angst, ihr von Einsamkeit zermürbter Geist würde sich ebenso verbissen an den Hass klammern, wie er sich jahrelang an die Liebe geklammert hatte. So gab es doch keine Zukunft, und eine solche konnte sie manchmal erahnen wie die Sonne hinter dem Blätterdach! So würde sie doch nicht aus dem Wald hinausfinden, und dennoch wollte sie das, wenn auch nicht heute, dann irgendwann!

Nun, fürs Erste wäre Alruna schon froh gewesen, zu Seinfreda zurückzufinden. Das Dickicht glich einem Labyrinth. Anstatt es zu verlassen, drehte sie sich im Kreis und kam nach Stunden wieder bei der Hütte an.

Und wenn Gunnoras Geist sie hier gefangen hielt?

Unsinn, schalt sie sich, ging wieder beherzt los, und dieses Mal fand sie geradewegs zu Samos Hütte. Sie sah sie zwar noch nicht, aber hörte das Bächlein plätschern und laute Stimmen. Zutiefst erleichtert beschleunigte sie den Schritt.

Erst als Alruna näher kam, erkannte sie, dass eine Stimme die eines Fremden war und die andere zutiefst erschrocken klang. Ihre Erleichterung wich Unbehagen.

Der Süden hatte Agnarr keinen Ruhm gebracht, aber Reichtum. Noch mehr Klöster hatten sie überfallen und alles geraubt, was ihnen unter die Finger kam: Monstranzen, Kandelaber und ein paar Ziegen, die sie später schlachteten, um das Fleisch zu essen. Aus den meisten Gotteshäusern waren die Mönche vor ihrem Eintreffen geflohen, doch in einem stießen sie auf zwei alte, gebeugte und halb blinde. Sie zu töten verlangte weder Tapferkeit noch Kraft, Agnarr tat es dennoch. Die Männer, die ihm noch folgten, brauchten ein Zeichen, dass sie auf den richtigen Anführer gesetzt hatten, und die mit Edelsteinen geschmückten Gegenstände aus Silber und Gold, die sie in Händen hielten, und das vergossene Blut, das im sandigen Boden versickerte, waren ihnen fürs Erste Beweis genug. Vielleicht waren sie überdies so tumb und verwechselten Raffgier und Grausamkeit mit Ruhm.

Sie schliefen nachts satt und wohlig, Agnarr hingegen wurde von Träumen gepeinigt. Er setzte sein Tagewerk in ihnen fort, schlug Köpfe ab, versenkte sein Schwert in Brust und Bauch. Doch die Leichen, mit denen er die Welt pflasterte, blieben nicht blicklos liegen. Leben kehrte in sie zurück, sie erhoben sich, rannten ihm zwar blutend, aber höchst wendig hinterher und lachten ihn aus. Manchmal glichen sie der schwarzen Dänin und noch häufiger Berit.

Sie war ein schönes Weib gewesen, jetzt war ihr Gesicht eine Fratze, und ihre rotgoldenen Locken glichen Schlangen.

»Man siegt nicht, indem man tötet«, lästerte sie, »man siegt, indem man lebt. Als ich durch meine eigene Hand fiel, blieb der wichtigste Teil von mir heil, dein Herz aber starb, und so viel Blut kannst du nicht vergießen, auf dass es wieder schlägt. Ich habe nicht mich umgebracht, sondern dich ...«

Blut quoll aus ihrem Mund, während sie sprach, die Wörter gingen in Gurgeln über, die Schlangen fielen von ihrem Kopf ab und flüchteten vor dem grässlichen Wesen. Nur Agnarr konnte nicht fliehen. Wie erstarrt musste er die Schmährede über sich ergehen lassen, die Ohnmacht, ihr nicht beizukommen, die Angst, weiterhin in ihrem Blut zu waten, anstatt endlich wieder auf fruchtbarem Boden zu wandeln.

Des Nachts konnte er Berit nicht entgehen, tagsüber trieb er seine Männer umso mehr an. Und nach einigen Monaten entschied er: »Wir kehren um!«

Wer murrte, den schlug er. Wer noch einmal den Mund aufmachte, dem hieb er den Kopf ab. Respekt erntete er dafür nicht, aber genügend Angst, um die Truppe beisammenzuhalten, und bei Tageslicht zu töten war eine größere Wohltat als nachts in den Träumen.

Auf dem Rückweg stieß er auf keine Spur seiner Mutter, aber während er nach ihr Ausschau hielt und ihn die Vorstellung, sie irgendwo noch lebend anzutreffen und erneut ihre kreischende Stimme hören zu müssen, mehr und mehr unbehaglich stimmte, kam ihm plötzlich ein Gedanke, und das so klar, so deutlich, dass er sich heftiger beschimpfte, als Aegla es jemals hätte tun können.

Welcher Dummkopf ich war! Wie blind!

Es gab ja doch einen Weg, die schwarze Dänin, Gunnora, zu bestrafen, es ihr heimzuzahlen, dass sie ihn zum Narren gemacht hatte, als ihr die Flucht gelang, und noch mehr, als sie ihm an Richards Seite die Dänen abspenstig gemacht hatte. Um sie zu treffen, tat es gar nicht not, sie erneut in die Hände zu bekommen, sie zu schlagen, sie zu schänden. Auch anders gelänge es ihm, Furcht zu säen, Verzweiflung, Schmerz, all das also, was sie ihm schuldig geblieben war.

Die Mädchen, die sie damals bei sich gehabt hatte und mit denen sie geflohen war, die Mädchen, die ihn nicht weiter interessiert hatten, waren ... ihre Schwestern. Und zwei hatte er schon einmal gesehen, so fiel ihm jetzt wieder ein, mit einer sogar gesprochen – damals im Wald. Hinterher hatte er sich geärgert, dass sie ihm die falsche Richtung gewiesen hatte, jedoch nie überlegt, woher sie kam und in welcher Verbindung sie zur schwarzen Dänin stand. Später hatte er sie und ihre kleine Schwester erneut gesehen, aber nur flüchtig gemustert – bei diesem Waldhüter und seiner blonden, schwächlichen Frau.

Was für ein Narr er gewesen war, all den Weibern nicht mehr Beachtung zu schenken! Warum hatte er bloß so viel gehasst und so wenig nachgedacht!

Jetzt dachte er nach und kam zum Schluss: Nicht nur die Kleinen, auch die Blonde musste eine Schwester oder zumindest eine Verwandte Gunnoras sein, denn wenn so wenige Menschen in einer so unwirtlichen Gegend lebten, gehörten sie wohl alle zur gleichen Sippe, und anders als die Jüngeren lebte sie gewiss noch bei ihrem Mann im Wald, nicht in Rouen.

Die Wärme und die vielen Überfälle auf Klöster hatten ihn träge gestimmt – nun konnte es ihm nicht mehr schnell genug gehen, und er gönnte weder den Pferden noch den Männern eine Pause. Diese dachten, dass er in Richtung Cotentin ritte, dort, wo noch Aufständische zu vermuten waren, doch nachdem sie die Grenze zur Normandie überschritten hatten und an einer Wegzweigung innehielten, deutete er gen Osten.

»Du willst in die Nähe von Rouen? Aber das ist zu gefährlich!«

»Wovor sollte ich Angst haben? Wir sind bewaffnete Normannen, nichts weiter. Wer sieht uns an, dass wir Graf Richard nicht dienen, sondern ihm feindlich gesinnt sind?«

»Aber was sollen wir in der Hauptstadt? Wir sind zu wenige, um erneut zum Schlag anzusetzen. Erst gilt es, im Cotentin Rückhalt zu finden!«

Agnarr überlegte. »Gewiss, und deswegen reitet ihr vor. Ich komme bald nach und stoße wieder zu euch ... ich habe noch etwas zu erledigen.«

Er wartete die Zustimmung nicht ab, sondern trieb sein

Pferd in den Wald. Dass er nicht tagelang vergebens durchs Dickicht streifte, sondern früher als erwartet auf die Hütte stieß, war ihm ein Zeichen, dass er endlich Genugtuung bekommen würde und dass er, wenn es vorbei war, nie wieder von Berit träumen würde.

Die Frau, die er als Erstes in der Hütte traf, war weder jung noch blond noch schwächlich, sondern ein altes, vertrocknetes Weib, dessen kreischende Stimme ihn an Aegla erinnerte. Als sie hochblickte und seiner ansichtig wurde, reagierte sie nicht etwa erschrocken, sondern empört.

»Was habt Ihr hier verloren?«

Er öffnete den Mund, um ihr ein knappes »Schweig!« zuzurufen, doch der Widerwille dagegen, seine Zunge anzustrengen war zu groß.

Widerliche Vettel!, dachte er, folgte dem Hass auf seine Mutter und der Freude, dass dieser nicht vom Unbehagen beschmutzt war, das er in Aeglas Gegenwart immer gefühlt hatte. Er hob das Schwert und schlug die Alte kaltblütig entzwei. Als sie zu Boden sackte, waren ihre Augen weit aufgerissen. Immer noch stand keine Furcht darin, nur Empörung; der Tod war zu schnell gekommen, als dass er sie Demut und Angst gelehrt hätte. Schnaubend stieg Agnarr über das schroffe Weib hinweg, sah sich um, wartete, bezähmte seine Ungeduld. Dass er die Alte erschlagen hatte, hatte sein Mütchen gekühlt. Von nun an würde er sich nicht mehr von Gefühlen hinreißen lassen, die Rache vielmehr kalt genießen.

Verhindern, dass ihm das Blut heiß durch die Adern floss, konnte er trotzdem nicht, als wenig später eine junge Frau erschien. Erst sah sie den Leichnam der Alten und schrie, dann sah sie ihn und verstummte vor Schreck. Ihr Körper bebte, die

Wangen wurden fahl, die Augen waren weit aufgerissen. Falls sie wirklich mit der schwarzen Dänin verwandt war, hatte diese ihr nicht beigebracht, sich zu beherrschen.

»Was … was willst du?«, stammelte sie. »Mein Mann ist nicht da, der Grundherr hat ihn zu sich gerufen, aber bald … bald kommt er zurück.«

Einen weniger, den ich zu töten habe, dachte Agnarr zufrieden.

Ob er die junge Blonde töten wollte, wusste er nicht genau. Er hatte es zwar eigentlich fest im Sinn gehabt, doch wenn sie tot war, konnte sie Gunnora nicht berichten, was er ihr angetan hatte. Nein, besser sie starb nicht, besser er begnügte sich mit dem Schänden, Quälen, Verletzen. Danach könnte er sie nach Rouen bringen, vor dem Hof absetzen, sich ausmalen, wie Gunnora auf ihren Anblick reagierte.

Wie erstarrt stand er da, doch jetzt wandte sich die Frau zur Tür, versuchte zu fliehen. Er setzte ihr mit einem Sprung nach, bekam sie an den Haaren zu packen und riss sie daran zurück, so hart, dass er ein Büschel in der Hand hielt.

»Sag mir deinen Namen! Sag mir, aus welcher Sippe du abstammst!«, bellte er.

So groß wie ihre Schmerzen war ihre Überraschung. Auf die erste Frage antwortete sie schnell – sie hieß Seinfreda, aber das war ihm egal –, auf die zweite Frage folgte nur Gestammel.

»Dänen … ermordet … du …«

Er hatte die Hand erneut gehoben, um sie zu schlagen, als ihm aufging, was ihre Worte bedeuteten. Sie klagte ihn an, der Mörder ihrer Eltern zu sein.

Agnarr grinste breit. »Du bist tatsächlich Gunnoras Schwester!«

Sie presste die Lippen fest aufeinander. Er stieß sie fort, packte sie wieder, dieses Mal am Genick, überlegte kurz, den

Kopf gegen die Bank zu stoßen. Wenn ihre Haut fein wie das Haar war, würde sie platzen, und ihre Knochen würden brechen.

»Sag es mir, oder du bist tot!«, schrie er sie an.

Sie sagte nichts. Eine andere tat es an ihrer statt. Sie war nicht ganz so schmal, wirkte jedoch viel hoheitsvoller, stolzer und erinnerte ihn ein wenig an Gunnora. Er hatte nicht gehört, wie sie die Türschwelle übertreten hatte.

»Ja, sie ist ihre Schwester.«

Vor Verblüffung ließ er Seinfreda los. Diese wagte nicht erneut zu flüchten, sondern kauerte sich in einen Winkel. Auch wenn er ihr die Knochen nicht gebrochen hatte, nichts war da, das sie aufrecht hielt. Die andere hingegen straffte den Rücken.

»Und wer bist du?«, fuhr Agnarr sie an. Er hätte schwören können, dass auch sie eine der dänischen Schwestern war, doch ihre Worte verhießen etwas anderes.

»Ich bin eine, die Gunnora hasst … wie's scheint genauso wie du.«

Als ihr Blick auf Hildes Leichnam fiel, zuckte sie kaum merklich zusammen, doch ihre Miene verriet weder Furcht noch Ekel oder Grauen.

»Alruna …«, stöhnte Seinfreda.

Jetzt wusste er also, wie die Zweite hieß. Mit dem Namen konnte er nichts anfangen, und er war auch nicht sicher, ob ihm ihr Hass nützte. Kurz überlegte er, sie zu schlachten wie die Alte, doch ehe er sich dazu entschied, kam sie einen Schritt näher.

»Lass sie in Ruhe. Du willst doch Gunnora … nicht sie.«

Sie deutete auf Seinfreda, die wohl doch nicht so zimperlich war wie vermutet. Sie hatte sich wieder erhoben, suchte Alrunas Blick, schüttelte heftig den Kopf. Die allerdings tat, als würde sie es nicht bemerken.

»Ich … ich könnte sie holen«, sagte sie.

Zu verführerisch war das Angebot, ihm zu trauen. »Nur sie oder auch Graf Richards Krieger?«, brüllte Agnarr.

Alruna lächelte. »Wenn sie weiß, dass ihre Schwester in deinen Händen ist, würde sie alles tun, um deren Leben zu retten. Sie würde ohne zu zögern ihr eigenes geben.«

Er hielt sein Schwert fest umklammert, spürte das Blut der alten Vettel auf seiner Hand erkalten und verkrusten.

Jene Alruna trat noch näher zu ihm. »Du willst sie am Boden sehen und ich auch. Warum sollten wir nicht unsere Kräfte bündeln? Warum nicht einen Pakt schließen, der uns beiden dient? Du bleibst hier, und ich kehre bald mit ihr zurück.«

Agnarr war unschlüssig. Von Aegla und Berit hatte er nicht nur gelernt, Frauen zu verachten, sondern vor allem, ihnen zu misstrauen.

»Ich dachte, du hättest deinem Hass abgeschworen«, stöhnte Seinfreda verzweifelt. »Wie kannst du das nur tun?«

Alruna blickte sie kühl an. »Es war ein Fehler, mich an dem Kind zu vergreifen … aber nicht, auch nach ihrem Leben zu trachten.«

Agnarr musterte die beiden Weiber nachdenklich und hätte plötzlich schwören können: Es war ein Leichtes, Liebe zu heucheln, aber nicht Hass. Und es war ein Leichtes, ihm Angst vorzuspielen, aber nicht Zorn. Er glaubte Alruna. Und er glaubte Seinfreda.

»Ich gebe dir drei Tage«, fuhr er Alruna an, ehe er langsam auf Seinfreda zutrat und sie wieder an den Haaren packte. »Wenn diese vorüber sind und du nicht mit Gunnora zurückgekehrt bist, ist sie tot. Und falls dich das nicht weiter berührt, weil dir an ihrem Leben nichts liegt, so schwöre ich dir bei allen Göttern: Ich werde dich quälen und töten, wenn du mich zu hintergehen wagst, vor meinem Zorn und meiner Rachsucht wird selbst Graf Richard dich nicht schützen können. Kehre zurück, oder du bleibst den Rest deiner Tage eine Gejagte.«

Alruna lief durch den Wald.

Drei Tage, hämmerte es in ihrem Kopf, drei Tage, um mich durchs Dickicht zu kämpfen, den Weg nach Rouen hinter mich zu bringen und wieder zurück in den Wald zu kehren. Drei Tage sind doch viel zu kurz, was, wenn ich mich verirre, wenn ich nicht aus dem Wald finde oder später nicht mehr zurück zu Samos Hütte.

Sie konnte sich nicht erinnern, wie lange Arfast und sie damals zu Pferde unterwegs waren, wünschte sich nur, dass sie sich eine längere Frist ausbedungen hätte. Allerdings – Agnarr hatte nicht den Eindruck erweckt, als ließe er mit sich verhandeln. Das hier war ihre einzige Chance.

Sie lief und lief, hielt irgendwann an einem Bach inne, trank vom Wasser. Die Brust schmerzte vom Laufen, die Fußsohlen brannten, dennoch, sie musste sich beeilen, sie musste weiterlaufen. Als sie sich erhob, erstarrte sie. Sie hörte das Schnauben eines Pferdes – war sie etwa nur im Kreis gelaufen und unfreiwillig zurück zur Hütte gekehrt? Oder gehörte das Pferd gar nicht dem Mann, der Hilde getötet hatte, sondern dem Grundherrn, dem Samo diente?

Sie drehte sich langsam um.

»Arfast!«

Er sprang vom Rücken seines Tieres, musterte sie, schien entsetzt, als er ihre schmutzige, zerrissene Kleidung wahrnahm, verschwitzt vom schnellen Lauf. Ehe er sie fragen konnte, was sie hier trieb, fuhr sie ihn an. »Was machst du hier? Wann bist du in den Wald zurückgekehrt?«

Trotz der schroffen Worte war sie erleichtert, ihn zu sehen, kurz sogar so sehr, dass sie ihm beinahe anvertraut hätte, was passiert war. Arfast war stark und bewaffnet, folglich gewiss in der Lage, den fremden Krieger zu überwältigen und zu töten. Allerdings würde dann der Plan nicht aufgehen, den sie in jenen wenigen Augenblicken ausgeheckt hatte, als sie den Fremden erblickt und erkannt hatte, was ihn antrieb.

»Ich bin immer wieder hierher zurückgekehrt, um mich zu vergewissern, ob es dir gut geht«, gestand er zögernd ein.

Also hatte er sie heimlich beobachtet, obwohl sie doch nicht gewollt hatte, dass er sie in dieser Lage sah – ärmlich, verschmutzt, zukunftslos. Sie war gerührt und erbost zugleich.

»Ach, Arfast …«

»Aber was machst du hier so fern der Hütte, und warum bist du so in Eile? Du siehst aus, als wäre dir der Tod auf den Fersen!«

Alruna musste an Hildes grausam zugerichteten Leichnam denken und erschauderte. Die Erinnerung an diesen grässlichen Anblick setzte ihr zu, aber sie hatte sich zuvor in der Hütte nicht vom Grauen bezwingen lassen und tat es auch jetzt nicht.

»Ich muss nach Rouen zu Gunnora«, stieß sie atemlos aus.

Sie überlegte fieberhaft, welche Lüge sie hinzufügen sollte, um dieses Anliegen zu begründen, doch Arfast schüttelte den Kopf.

»Aber Gunnora ist nicht in Rouen. Erst kürzlich ist sie mit Richard in den Norden aufgebrochen.«

Alruna sank das Herz. Wie weit war sie schon fort? Länger als drei Tagesreisen?

»Aber warum denn?«

Arfast erklärte es ihr rasch, und ihre Hoffnungslosigkeit

wuchs. Richard würde seine Frau in dieser Lage nie gehen lassen, schon gar nicht mit ihr.

»Sagst du mir nun endlich, was passiert ist?«, fragte Arfast. »Warum läufst du durch den Wald?«

Alruna atmete tief durch. »Du musst mir vertrauen. Und du musst mir einen Gefallen tun …«

ᚠ

Gunnora konnte nicht schlafen. Dass sie auf hartem Boden lag und nur mit ein paar Fellen bedeckt war, machte ihr nichts aus, desgleichen nicht, dass durch das Zelt der kalte Wind pfiff. Auch die Sorgen, die Richard im Nachbarzelt wach hielten, teilte sie nicht. Gewiss, der Aufstand der Heiden im Cotentin war beunruhigend, und alle Kräfte mussten darauf ausgerichtet werden, ihn so bald wie möglich und ohne unnötiges Blutvergießen niederzuschlagen. Doch sie war zuversichtlich, dass Richard – zumal mit ihr an seiner Seite – die Herzen der Menschen ebenso gewinnen konnte wie damals die der Heiden von Jeufosse. Dennoch war so viel Unrast in ihr … so viel Unbehagen.

Daran, dass sie den kleinen Richard in Rouen zurückgelassen hatte, konnte es nicht liegen, denn er war dort gut versorgt. Und dass sie sich zum ersten Mal seit Langem von Duvelina und Wevia hatte verabschieden müssen, schmerzte, rüttelte aber nicht an der Gewissheit, dass sie in Mathildas Obhut glücklich und in Sicherheit waren.

Nein, ihre Unruhe rührte von etwas anderem. Ihre Gedanken eilten wieder und wieder zu Seinfreda. Seit Monaten hatte sie sie nicht gesehen, und doch war das enge Band zwischen ihnen nicht gerissen. Manchmal hätte sie schwören können, was die andere gerade fühlte und dachte, obwohl sie ihr so fern war. Es tat ihr leid, dass sie immer noch kinderlos war, aber obwohl Gunnora ahnte, dass diese Wunde niemals zu bluten aufhören würde, war sie sich doch sicher, dass sich Seinfreda ebenso entschlossen und klaglos diesem Geschick fügte, wie sie an der Entscheidung festhielt, Samos Frau zu sein. Zumindest hatte sie Gunnoras Ansinnen, nach Rouen zu kommen und an ihrem Hof zu leben, mehrfach abgelehnt. Ihr Platz, so ließ sie die Schwester wissen, sei an Samos Seite im Wald. Gunnora wusste nicht, ob Seinfreda dumm oder stur war. Widersinnig schien es ihr, dass sie für einen Mann, den sie schließlich nur zum Wohl ihrer Schwestern geheiratet hatte, auf die Gesellschaft derselben verzichten wollte, doch sie wollte nicht an ihrer Entscheidung rütteln und wusste auch, dass sie es ohnehin nicht könnte. Trotz ihrer zarten Erscheinung und dem ständigen sanften Lächeln war Seinfreda stark.

Als Gunnora jetzt versuchte, das Gesicht der Schwester heraufzubeschwören, erschien ihr diese nicht stark, sondern ängstlich.

Sie wälzte sich einmal mehr hin und her, nickte doch noch ein, verlor sich in wirren Träumen, und als sie erwachte, blieb Seinfredas Gesicht in ihren Vorstellungen ein blinder Fleck. War zu viel Zeit seit ihrem letzten Zusammensein vergangen, sodass sie sich nicht mehr an sie erinnern konnte? Doch auch wenn ihre Züge hinter einem Nebel verborgen waren, ihre Stimme konnte sie förmlich hören ... die Stimme, die nun sagte: Gefahr ... ich bin in Gefahr ... wir alle sind es ...

Gunnora richtete sich auf, spitzte die Ohren. Seinfredas Stimme in ihrem Inneren verklang, aber sie hörte etwas anderes. Kein heftiger Atem verriet den Mann in ihrem Zelt, kein lauter Schritt, kein Ächzen, als er sich zu ihr beugte, und doch vermeinte sie, einen fremden Herzschlag zu hören, holpriger noch als ihrer.

Ehe sie herumfahren konnte, legte sich eine Hand auf ihren Mund.

»Still! Keinen Mucks! Niemand darf wissen, dass ich hier bin!«

Fécamp
996

Mehrere Tage waren vergangen, seit der Graf begraben worden war. Schon kaum eine Stunde nach seinem Tod waren erste Legenden im Umlauf gewesen, die allesamt Gottes Wohlwollen für den Grafen belegen sollten, und täglich kamen weitere Geschichten hinzu. Wenn Agnes sie hörte, bedauerte sie es doch, nicht an der Seite des Sterbenden auf den Tod gewartet und nur aus zweiter Hand von all den Wundern erfahren zu haben, die sich in dieser Stunde offenbar zugetragen hatten.

Immerhin: Sie hatte den Leichnam zu sehen bekommen, und auch um diesen Leichnam rankten sich rasch Gerüchte. Robert, ein Sohn des Grafen und zugleich Erzbischof von Rouen, war zu spät gekommen, als dass er dem sterbenden Vater hätte Lebewohl sagen können. Er traf erst ein, als dieser schon begraben war. Um doch noch gebührend Abschied nehmen zu können, ließ er den Toten wieder exhumieren, und das in Gegenwart einiger weniger Auserwählter, die hinterher bezeugten, dass dem Leichnam köstliche Gerüche entströmt waren. Die Versammelten wähnten sich nicht in einer Gruft, sondern in einem Rosengarten, priesen Gott und sprachen Gebete, ehe sie den Grafen endgültig zur Ruhe betteten – in einer Kapelle, die dem heiligen Thomas gewidmet war und die sich über einer Grotte befand, aus der stetig eine Quelle floss. Ein passender Ort sei das, hieß es, denn solcherart könne das Wasser den Grafen von allen Sünden reinwaschen, die er zu Lebzeiten noch nicht abgebüßt habe.

Agnes war sich sicher, dass es nicht viele waren, sonst hätte sein Leichnam nicht nach Rosen geduftet, aber das sagte sie nicht laut. Gemeinsam mit Emma spielte sie mit den Kindern des Erzbischofs. Wie viele seiner Zunft war auch Robert von Rouen verheiratet, mit einer gewissen Herleva, von der es hieß, sie sei eine wunderschöne Frau. Agnes fand sie nicht schön und die Kinder lästig. Viel lieber hätte sie die Zeit genutzt, um mehr über die Geheimnisse der Gräfin zu erfahren, doch diese hatte sich in ihrer Trauer gänzlich zurückgezogen.

Ihre Mutter gab sich in diesen Tagen so gleichmütig, als hätten die Runenschriften nicht eben erst großes Entsetzen in ihr ausgelöst. Auch Wevia ließ sich nicht die geringste Erschütterung anmerken, sie betete jedoch häufiger in der Kapelle als zuvor – an der Seite vieler Mönche, darunter Bruder Remi und Bruder Ouen.

Agnes wusste nicht, was die Mutter mit der Gräfin besprochen hatte und ob diese den Kanzler Dudo um Hilfe gebeten hatte, um der beiden Herr zu werden. In jedem Fall war sie gewarnt und konnte unliebsame Dokumente verschwinden lassen, und wenn Agnes die beiden Mönche heimlich beobachtete, wirkten sie kleinlaut und hilflos und zeigten keinerlei Trachten, erneut das Gemach der Gräfin aufzusuchen.

Manchmal überkam Agnes das Gefühl, alles nur geträumt zu haben – dann wieder brannte sie, endlich mehr zu erfahren. Und noch etwas schlummerte in ihr und erwachte dann und wann zum Leben, was sie nicht benennen konnte: nicht einfach nur Neugier, sondern der Wunsch nach Macht. Ja, wenn sie in den letzten Tagen etwas gelernt hatte, dann dies: Wissen war Macht, und mit ihm konnte man Menschen weit energischer zusetzen als mit dem schärfsten Schwert. Letzteres wäre zu schwer für sie gewesen, das Gewicht des Wissens aber, so war sie sich trotz aller Furcht und allen Unbehagens gewiss, würde sie schon zu stemmen wissen. Leider dachte nur niemand daran, es auf ihre schmalen Schultern zu wuchten.

An einem regnerischen Tag, als alle damit beschäftigt waren, sich für die Rückkehr nach Rouen zu rüsten, nutzte sie die Gelegenheit und schlich heimlich ins Zimmer der Gräfin. Diese, so hatte sie eben erst erfahren, hatte es nach Wochen wieder verlassen, um den Gottesdienst zu besuchen.

Nicht, dass sie damit rechnete, dass die Runenschriften, die die Mutter ihr gewiss mittlerweile wieder ausgehändigt hatte, ausgerechnet hier versteckt waren; und kaum weniger wahrscheinlich war, auf jenes Schriftstück zu stoßen, auf das die Mönche aus waren und das das andere Geheimnis verriet. Aber allein der Anblick von Pergament und Tinte auf dem Schreibpult löste ein Kitzeln in ihrer Magengegend aus.

Ob die Gräfin mit gleicher Feder einst auch die Runen geschrieben hatte?

Sie selbst hatte solch eine Feder nicht oft gehalten – fürs Schreibenlernen benutzte sie Wachstafel und Griffel –, nahm sie nun aber zögerlich in die Hand. Wenn sie Buchstaben schrieb, gerieten diese meist krummer und kleiner als die von Emma, aber sie war sich sicher, dass sich Emma keine der Runen gemerkt hatte, nicht so gut wie sie zumindest. Ob sie zustande bringen würde, eine zu schreiben?

Ganz vorsichtig setzte sie die Feder an, doch sie hatte die erste Rune kaum vollendet, als sie zusammenzuckte. Hinter ihr war ein Räuspern erklungen, und als sie herumfuhr, erblickte sie die Gräfin, streng, hoheitsvoll, schön. Man sah ihr die Trauer nicht an, umso mehr jedoch das Alter. Nicht nur, dass Falten ihr Gesicht furchten, überdies waren viele Strähnen ihres schwarzen Haares ergraut, was selbst unter dem Schleier, den sie trug, deutlich zu erkennen war. In ihren Zügen stand Tadel, doch als sie näher trat und sah, was Agnes geschrieben hatte, erbleichte sie.

»Kind, was machst du da?«

So schrill hatte Agnes die Gräfin noch niemals sprechen hören. Also verlieh nicht nur Wissen Macht …

»Ich bin zehn, ich bin kein Kind mehr«, erklärte sie trotziger, als sie jemals gegenüber der Gräfin zu sprechen gewagt hatte.

Deren Ausdruck wurde etwas nachsichtiger. »Du hast noch nie Hunger gelitten, nie Tote gesehen, die nicht friedlich im Bett starben, nie an einem kalten Tag unter freiem Sternenhimmel geschlafen. Glaub mir, du bist ein Kind – und du kannst dafür dankbar sein.«

Agnes musste ihr recht geben und wollte sich dennoch nicht einschüchtern lassen. »Ein Kind hätte Euch kürzlich nicht vor den heimtückischen Plänen zweier durchtriebener Mönche bewahrt«, erklärte sie. »Ich allein habe sie aufgehalten, als sie unbefugt Euer Gemach betraten.«

Die Gräfin lächelte milde. »So wie du es heute betrittst«, sprach sie mit leisem Spott, um hastig hinzuzufügen: »Aber du hast recht. Deine Mutter hat mir von deinem mutigen Eingreifen berichtet und dass du diese … Schriften vor den Mönchen gerettet hast. Ich hatte bislang keine Gelegenheit, mich dafür zu bedanken. Ich tue es jetzt.«

Noch wenige Wochen zuvor hätten diese Worte Agnes mit glühendem Stolz erfüllt, heute aber waren sie ihr zu wenig.

»Ein Kind wüsste auch nicht von deinen Geheimnissen«, fuhr Agnes unerbittlich fort.

Das Lächeln schwand wieder von den Lippen der Gräfin.

»Wovon sprichst du? Und warum hast du diese ... Rune geschrieben?«

Agnes atmete tief durch. So oft hatte sie gehört, dass man die Gräfin eine sehr kluge Frau nannte, aber in diesem Augenblick war sie sich plötzlich sicher, dass sie sie an der Nase herumführen könnte.

»Meine Mutter hat mir alles erzählt«, sagte sie leise. »Was Ihr damals getan habt ... und auch warum.«

Kurz fürchtete sie, die Lüge wäre zu dreist, und die Antwort, die sie darauf erhalten würde, kein Bekenntnis, sondern ein scharfer Tadel. Kurz war sie auch sicher, dass der Gräfin unmöglich entgehen würde, wie glühend rot sich ihr Gesicht färbte und dass dies Ausdruck tiefster Verlegenheit war.

Doch statt sie auszulachen oder zu schelten, wurde sie rot vor Zorn. »Deine Mutter hat dir alles verraten?«, schrie sie.

Kein Laut hatte Agnes jemals so zugesetzt. Zu weit ... ich bin viel zu weit gegangen, fuhr es ihr durch den Kopf.

Anstatt einzuknicken, sah sie die Gräfin jedoch herausfordernd an und nickte. Eine Weile stand die Gräfin ganz steif, dann ergriff sie Agnes' Arm. Es tat so weh, dass sie am liebsten ihre Lüge bekannt und bekräftigt hätte, dass auf die Verschwiegenheit ihrer Mutter weiterhin Verlass war, doch sie beherrschte sich mühsam, wollte sich weder ihrem Mitleid für die Gräfin noch ihren Skrupeln hingeben.

»Du darfst es nie jemandem sagen, hörst du!«, rief die Gräfin. Sie ließ sie wieder los, begann auf und ab zu gehen, schien sich mit jedem Schritt etwas zu beruhigen. »Und die Runen? Kann deine Mutter die Runen lesen? Hat sie dir beigebracht, wie man sie schreibt?«

Während sie ihre Beherrschung wiederfand, wich Agnes' Genugtuung, der Gräfin zuzusetzen, Beklommenheit. Sie wuchs, als die Gräfin zu ihrer Überraschung plötzlich eine

Schriftrolle unter ihrem Umhang hervorzog und sie ihr vorhielt. Die Runen, die darauf gezeichnet waren, schienen auf dem Pergament zu tanzen.

»Weißt du, wie die einzelnen Runen heißen? Und weißt du, welchen Zusammenhang diese ergeben?«

Agnes lief rot an. »Das nicht«, gab sie zu, um hastig hinzuzusetzen, »aber von allem anderen weiß ich.«

Die Gräfin umkrampfte die Schriftrolle. »Du wirst darüber schweigen! Du musst es tun! Und das hier … das hier werde ich ein für alle Mal vernichten.«

Agnes biss sich auf die Lippen, ehe sie vorschnell einwilligte. Nein, sie würde nicht auf ihren größten Trumpf verzichten – dass die Gräfin nämlich nicht ahnte, wie wenig ihr die Mutter tatsächlich anvertraut hatte. Sie würde sich auch nicht von der Scham über ihre Lüge überwältigen lassen und sich folglich wie das Kind verhalten, das die Gräfin in ihr sah. Sie würde, ehe die Gräfin die Runenschrift endgültig zerstörte, die letzte Gelegenheit nutzen, ihre Geheimnisse ans Licht zu zerren.

»Es fiele mir leichter zu schweigen, wenn ich Eure Version der Geschichte kennen würde«, murmelte sie.

Sie zitterte innerlich. Aber als sie in der Miene der Gräfin Angst witterte, war sie sicher, dass sie endlich die Wahrheit erfahren würde. Oder zumindest einen Teil davon.

XII.

966

Alruna hatte niemals so sehr gefroren wie in der Nacht, als sie auf Arfast wartete. Sie wusste zwar, dass noch zwei weitere Nächte Zeit blieben, um Gunnora zu Agnarr zu bringen, war sich hingegen gewiss, eine weitere allein im Wald nicht zu überstehen. Wie war Gunnora das nur all die Jahre gelungen?

Sie musste zäher sein, lebenstauglicher, das zeigte sich auch jetzt, als sie in den frühen Morgenstunden an Arfasts Seite angeritten kam, müde, besorgt, aber nicht geschwächt. Sie sprang vom Pferd und stürzte auf Alruna zu.

»Sag mir alles!«

Alruna blickte sich um, doch außer Gunnora und Arfast war niemand zu sehen. »Richard …«, setzte sie zögernd an.

»Er weiß nicht, dass ich hier bin«, erklärte Gunnora rasch. »Ich habe ihm lediglich eine Botschaft hinterlassen, dass ich Arfast gefolgt bin. Die meisten schliefen noch und haben nicht auf mich geachtet.«

Arfast war ihr zügig, wenngleich etwas steifer gefolgt. »Ich verstehe immer noch nicht, warum ich sie allein hierher bringen sollte«, mischte er sich ein.

Alruna atmete tief durch. »Wenn Agnarr bewaffnete Männer sieht, tötet er Seinfreda sofort.«

In Arfasts Gesicht machte sich Unverständnis breit, Gunnora jedoch begriff sofort. »Agnarr hat Seinfreda in seiner Gewalt?«, schrie sie entsetzt.

Alruna, die Arfast dieses Detail verschwiegen hatte, nickte nun. »Ich habe ihm versprochen, dich zu ihm zu bringen, und im Gegenzug wird er Seinfreda freigeben. Gottlob hat er mir geglaubt, dass ich auf seiner Seite stehe, weil er meinen Hass auf dich gewittert hat.«

Gunnora musterte sie lange. »Dieser Hass ist nicht geheuchelt. Dennoch sagst du mir die Wahrheit und warnst mich. Warum hilfst du mir?«

»Ich helfe nicht dir ... sondern mir selbst.« Alruna zögerte kurz, denn es war nicht leicht, vor Arfast zuzugeben, wie berechnend sie ans Werk gegangen war. »Wenn alles vorbei ist, will ich, dass Richard darum weiß. Dass ich nämlich die Möglichkeit gehabt hätte, dich sterben zu sehen, ich diese aber nicht genutzt habe. Dies sollte ausreichen, mir erneut zu vertrauen und mir die Rückkehr an den Hof zu gestatten.«

Zu ihrer Erleichterung schien Arfast sie nicht zu verurteilen, und auch Gunnora nickte. »Deine Ehrlichkeit ehrt dich.«

Sie wandte sich ab und ging zurück zu ihrem Pferd.

Arfast stürzte ihr nach. »Was hast du jetzt vor? Du kannst dich doch unmöglich diesem Mann ausliefern!«

»Ich würde alles tun, um meine Schwester zu retten, nur darum habe ich Richard verheimlicht, dass ich dir folgen wollte. Gewiss, er würde vieles tun, um Seinfreda zu retten, aber ihr Leben ist ihm nicht so wichtig und kostbar wie meines.«

»Du kannst nicht ernsthaft ...«

»Keine Angst, ich habe nicht vor, mich von Agnarr töten zu lassen. Doch es ist meine Aufgabe, nur meine, mit ihm fertig zu werden ... und mich zu rächen.«

»Du bist eine Frau!«

»Wenn Seinfreda in Sicherheit ist, kannst du einschreiten, aber keinen Augenblick zuvor. Versprich mir das!«

Gunnora maß Arfast streng, und obwohl er nur widerstrebend nachgab, nickte er schließlich doch.

Gunnora warf Alruna einen Blick zu. Es bedurfte keiner Worte. Die Frauen verfolgten ihre Ziele – und auch wenn es nicht die gleichen waren, machte sie das zu Verbündeten.

Als sie nach der durchwachten Nacht losritten, war der Boden noch weiß vom Morgenfrost, und der Mond wurde zunehmend bleich. Noch zeigte sich die Sonne zu träge, ihn zu vertreiben; erst als sie bei der Hütte ankamen, sprenkelte ihr Licht den Boden. Den Raureif konnten die zaghaften Strahlen vertreiben, die Kälte in Gunnoras Gliedern nicht.

Der süßliche Geruch des Todes hing in der Luft, denn Agnarr hatte Hildes Leichnam nach draußen geworfen und ihn dort liegen lassen. Das Blut war schwarz und klebrig wie Pech, die Tote hatte bereits die Tiere des Waldes angelockt.

Gunnora sah, wie Alrunas Lippen zitterten, und selbst Arfast zuckte angeekelt zusammen, doch sie selbst nahm den schauerlichen Anblick kaum wahr. Nichts nahm sie wahr, alle Sinne waren darauf ausgerichtet, ein Lebenszeichen von Seinfreda zu erhalten.

Hoffentlich geht es ihr gut, hoffentlich hat er ihr keine Schmerzen zugefügt, hoffentlich lebt sie noch ...

Bereits ein ordentliches Stück vor der Hütte waren sie vom Pferd gestiegen und zu Fuß weitergegangen, um Agnarr nicht vorzeitig zu verraten, dass sie tatsächlich gekommen war, und nun, da sie in Blickweite war, hob Gunnora die Hand.

»Keinen Schritt weiter!«, raunte sie Arfast zu. »Du wartest

hier!« Sie sah immer noch Zweifel in seinem Blick, aber er gehorchte, und sie deutete auf das Messer an seinem Gürtel. »Das brauche ich ...«

Alruna, die den Ritt über geschwiegen hatte, sah sie halb ehrfurchtsvoll, halb bestürzt an. »Damit willst du ihn töten?«, fragte sie.

»Ich bin nicht stark und im Kampf erprobt wie er, doch wenn ich ihn glauben machen kann, ich wäre schutzlos und ihm ausgeliefert, gelingt es mir vielleicht, ihn zu überlisten. Denk nicht, mir fehlen der Mut und die Entschlossenheit dazu.«

Alruna sah nicht aus, als würde sie daran zweifeln, aber Gunnora fühlte tief in sich ein Beben – ein Beweis, dass sie besagter Entschlossenheit allein nicht traute. Sie umklammerte das Messer, kniete sich nieder und nahm ein Stück Holz. Seit vielen Monaten schnitzte sie zum ersten Mal wieder eine Rune.

»Was tust du denn da?«, fragte Alruna verwirrt.

Gunnora arbeitete unbeirrt weiter. »Das ist die Rune Hagalaz. Sie steht für das Gleichgewicht der Kräfte, für Fruchtbarkeit und Gedeihen, doch wenn man sie verkehrt herum malt, wirkt sie zerstörerisch: Anstatt zu heilen, macht sie krank, anstatt für gute Ernte zu sorgen, bewirkt sie Hagel, anstatt Fruchtbarkeit und neues Leben zu bringen, sorgt sie für Schwäche und Chaos.« Sie blickte hoch. »Du hältst mich für eine Heidin und ja: In meinem Herzen werde ich immer eine sein. Ich traue dem Christengott nicht, zumindest nicht genug, um nur mit seinem Schutz in diesen Kampf zu gehen.«

Falls Alruna befremdet war, zeigte sie es nicht. Arfast bekundete jedoch ein letztes Mal seine Vorbehalte.

»Ich kann dich doch unmöglich allein dorthin gehen lassen ...«, sorgte er sich.

»In Dänemark ist es üblich, dass nicht der König die Untaten eines Mannes bestraft, sondern die Sippe sich dafür rächt. Sie würde vor Scham vergehen, wäre sie darauf angewiesen, seine Hilfe zu suchen. Richard würde niemals dulden, dass ich Rache übe, aber auch er kennt die Gesetze des Nordens und wird mich verstehen.«

»Richard wird niemals gutheißen, dass du dich in Gefahr bringst und ich tatenlos zusehe!«

»Nun, dann ist es umso besser, dass er nicht hier ist. Und du bleibst an dieser Stelle stehen und greifst erst ein, wenn ich dich rufe.«

Die Rune war fertig. Sie machte das Stück Holz an ihrem Gürtel fest und steckte das Messer dazu. Als sie ihren Umhang darüberwarf, war beides verborgen, ihr verräterisches Beben hatte nachgelassen. Sie wurde blind für Arfast, blind für Alruna, doch als sie auf die Hütte zuschritt, kam Alruna ihr noch einmal nach.

»Vielleicht sollte ich zuerst hineingehen«, murmelte sie, »um ihm zu sagen, dass du da bist.«

Gunnora überlegte kurz.

»Du hast recht.«

Trotz der Zustimmung zögerte Alruna. Noch trat sie nicht auf die Hütte zu, sondern umarmte Gunnora, eine deutliche Geste, sie zu ermutigen.

Gunnora erwiderte die Umarmung nicht, war vielmehr zutiefst befremdet über dieses Zeichen von Nähe, doch wenn Alruna ihr damit Kraft zu geben vermochte, so wollte sie diese gern annehmen. Sie brauchte alle, die sie bekommen konnte.

Alruna lief in die Hütte, und Gunnora wartete. Sie war nicht sicher, ob nur ein Augenblick verging oder eine Ewigkeit, in der sie die Macht der Rune Hagalaz, die sie geschnitzt hatte, beschwor und hoffte, sie möge so viel Zerstörung wie möglich bringen. An die Rune Isa dachte sie nicht. Vielleicht würde sie noch stärker und mutiger sein, wenn sie sich hinter einer Eisschicht verbarg, doch falls sie dort drinnen den Tod fand und Seinfreda zum letzten Mal sah, so sollte in dem Blick, den sie auf sie warf, alle Liebe stehen, derer sie fähig war, und alles Bedauern, dass sie so früh von ihr gehen musste. Ihre letzten Gedanken sollten ihrem kleinen Sohn gelten, und ihr letztes Gefühl die Trauer sein, ihn nicht wiederzusehen. Sie schloss die Augen, dachte an seinen kleinen, süßen Leib, an sein glucksendes Lachen, an die winzigen Finger, die die ihren manchmal so kraftvoll umkrallten, und den weichen Haarflaum, der sie am Kinn kitzelte, wenn sie ihn an sich presste.

Für dich tue ich es, auch für dich, dachte sie. Keine Rechnung der Vergangenheit soll offen sein, deine Zukunft vielmehr rein und unbelastet.

Sie öffnete die Augen und sah, dass Alruna wieder ins Freie getreten war. Fliegen umsurrten Hildes Leichnam, als Alruna über ihn stieg.

»Er weiß, dass du gleich kommst – aber glaubt, ich hätte dir verschwiegen, dass er hier ist.«

Es kam für Agnarr unerwartet, aber er musste sich mit der Zeit wohl oder übel eingestehen, dass auch die blonde Schwester Schneid hatte. Zuerst hatte sie, von Schrecken und Furcht übermannt, den Blick nicht vom Leichnam der Alten lösen können. Auch ihm selbst war dieser schließlich lästig geworden, erinnerte ihn die Tote doch an seine Mutter. Nachdem er sie nach draußen geworfen hatte, war Seinfreda gefasster, und in ihren Augen las er jene Kälte und jenen Stolz, um die er Gunnora oft beneidet hatte.

Er erinnerte sich an eine Geschichte, die er als Kind oft

gehört hatte – von den ersten Menschen Ask und Embla, die die Götter aus angeschwemmtem Treibholz geschnitzt hatten. Der Baum, aus dem diese Schwestern gemacht worden waren, musste ein besonders mächtiger sein. Die Rinde war so hart, dass man sich daran die Hand aufschürfte, das Blätterdach so dicht, dass im Schatten kein Pflänzchen wachsen konnte, und die Wurzeln, die aus dem Boden ragten, konnten jeden zu Fall bringen, der darüber stolperte.

Er war fest entschlossen, nicht zu fallen, hatte zu lange auf diesen Moment gewartet, doch er fragte sich unwillkürlich, aus welchem Holz er gemacht war. Kein besonders brüchiges war es, das gewiss, sonst wäre er nicht hier, doch wenn man es verbrannte, so würde es keine Wärme spenden, nur giftigen Rauch, der alles erstickte. Schließlich hatte er erst Berit in den Tod getrieben und dann seine Eltern getötet – den Vater durch eigene Hand, die Mutter, falls sie nicht doch noch irgendwo dahinvegetierte, durch Rücksichtslosigkeit.

Seinfreda beobachtete ihn argwöhnisch, doch mit der Zeit wurde sie sichtlich müde. Auch er bemerkte, wie anfängliches Triumphgefühl der Erschöpfung wich – und dem Hunger. Er befahl ihr, ein Mahl zu bereiten, und sie tat es wortlos. Was immer sie zusammenrührte und brutzelte – es schmeckte erstaunlicherweise gut. Als sie beide schweigend am Tisch saßen und das Herdfeuer ihre Schatten an die Wände malte, hätte jeder Fremde sie für ein trautes Paar halten können.

Alles auf der Welt ist Täuschung, dachte er. Wir tun ja bloß so, als lohnte es sich, Weiber zu lieben, Kinder in die Welt zu setzen, den Boden zu beackern und reiche Ernte einzufahren. Von all dem aber bleibt nichts. Das Einzige, woran sich die Götter erinnern, ist Ruhm.

Bald schien ihm wenig ruhmreich, eine Frau tagelang zu bewachen, und vor allem war es langweilig. Am zweiten Tag erwachte Ungeduld, doch ehe sie ihn aus der Hütte trieb, kehrte Alruna zurück. Es war noch nicht Mittag.

»Sie folgt mir«, erklärte sie hastig, »ich habe ihr gesagt, dass Seinfreda krank sei und sie sehen wolle ... Dass du stattdessen hier wartest, weiß sie nicht.«

Die Furcht in Seinfredas Gesicht war ein Häppchen, das er genüsslich auskostete; in Erwartung eines noch reicheren Mahls wuchs sein Appetit.

»Schau, dass du fortkommst«, herrschte er Alruna an. »Wenn du mich belogen hast, wirst du deiner Strafe nicht entgehen.«

Auch wenn sie die Furcht nicht offen zeigte, Unbehagen nahm er auch bei ihr wahr – und erfreute sich daran.

Und dann erschien sie, die schwarze Dänin, die so oft seine Träume heimgesucht, so oft seine Pläne durchkreuzt hatte und selbst dann für ihn unerreichbar geblieben war, als er sie in seinem Besitz gehabt hatte. Irgendwie war es ihr gelungen, ihr Innerstes zu verbergen. Nun lag es erstaunlich nackt vor ihm.

Zuerst war ihre Miene besorgt, dann, als sie ihn erkannte, entsetzt, schließlich, als ihr Blick ihre Schwester traf ... voller Liebe.

So weich waren ihre Züge noch nie gewesen, die Ahnung, wie unsinnig es war, sie zu schlachten, anstatt um diese Liebe zu buhlen, noch nie so stark, die Frage, warum er ihr Blut vergießen wollte, wenn aus ihrem Herzen doch süßer Honig quoll, noch nie so laut.

Warum will ich sie töten?, dachte er. Und warum hast du dich getötet, Berit? Du hättest mich doch einfach gern haben können, mich streicheln, mich küssen. Du hättest nicht beim Töten die Erste sein müssen, sondern beim Geben und Schenken. Du hättest mich doch wissen lassen können, wie die Liebe schmeckt.

Rasch rief er sich wieder zur Vernunft. Von Honig bekam man ja doch nur klebrige Finger und einen verschmierten Mund, und die Liebe bekam einem Mann gewiss kaum besser. Auf keiner Ahnentafel stand: Ich war ein Held, weil ich mir den Bauch vollgeschlagen habe.

Er griff nach seinem Schwert und drohte: »Dieses Mal entkommst du mir nicht.«

Die Augen verrieten die Angst, die Hände nicht. Anstatt sie schützend über ihrem Leib zu verschränken oder sie abwehrend zu heben, ließ sie sie hängen.

»Ich gehöre dir ... wenn du sie gehen lässt.«

»Du gehörst mir ohnehin.«

Obwohl er danach gehungert hatte, enttäuschte es ihn, dass ihr Blick nicht hart und kalt wurde, sondern flehentlich.

»Lass meine Schwester gehen, ich bitte dich!«

Ihre Stimme zitterte, und plötzlich war er sich sicher: Seine Mutter hätte sie dafür verachtet, und Berit noch mehr. Ob es ihm gefiel oder nicht, wusste er immer weniger.

Er rang mit sich, ging hin zu Seinfreda und löste ihre Fesseln. Sie rührte sich nicht.

»Geh!«, herrschte er sie an.

Sie regte sich immer noch nicht. Ehe er sie packen und hinauszerren konnte, richtete Gunnora das Wort an sie.

»Er hat recht, geh! Alles ertrage ich, nur nicht, dich in Gefahr zu wissen. Geh hinaus, lauf, so weit du kannst, und dreh dich nicht nach mir um. Dies ist meine Bitte, vielleicht die letzte: Achte auf dich, nicht auf mich. Du musst sie erfüllen.«

Da waren keine Furcht mehr und kein Entsetzen in Seinfredas Gesicht – nur Schmerz. Er ergötzte sich daran und fragte sich doch plötzlich, ob Schmerz noch langlebiger, weil intensiver war als Ruhm. Wer immer ihn erlitten hatte, der blieb von ihm gezeichnet: Seinfreda würde ein Leben lang klagend dieser Stunde gedenken.

Ist es am Ende das, was von uns bleibt?, dachte er. Das Leid, nicht der Triumph?

Aber nein, der Triumph war hart und kalt und dauerhaft wie ein Schwert, der Schmerz hingegen so klebrig wie Harz, das an den Händen haften blieb, stützte man sich gedankenlos an einen Baum. Erst wenn man einen Tümpel fand und sich so lange wusch, bis die Haut vor Kälte brannte, wurde man es los.

Er hatte keine Lust, sich weiterhin an Seinfredas Leid zu weiden. »Geh!«, brüllte er noch einmal.

Seinfreda floh, und ihr Schmerz verzerrte nun Gunnoras Gesicht. »Es ist keine Heldentat, eine Frau in seine Gewalt zu bringen und sie dann zu töten«, murmelte sie, als ahnte sie seine geheimsten Gedanken. »Es langweilt die Götter, es bringt sie weder zum Weinen noch zum Lachen.«

»Gewiss«, musste er eingestehen, »doch wenn ich nicht länger von dir abgelenkt bin, habe ich endlich genügend Zeit, Heldentaten zu vollbringen und den Göttern zu gefallen.«

»Selbst dann bleibst du einer, der wehrlose Menschen erschlägt.«

»Die Schwachen zu zertreten ist nichts, was den Göttern missfällt. Und selbst wenn es so wäre: Bist du tot, gibt es niemanden mehr, der sich daran erinnert. Dann werde ich es selbst vergessen und neu beginnen.«

»Und sieh, das unterscheidet uns. Ich kann die Neue und Alte zugleich sein, ohne vergessen zu müssen.«

Trotz stand nun in ihrem Gesicht, kein Schmerz mehr.

»Es mag viele geben, die dich betrauern werden«, knurrte er. »Doch wenn ich dich töte, gehörst du mir.«

Du wirst nicht als blutige Fratze meine Träume heimsuchen, dachte er. Du wirst mich nicht verhöhnen und lästern, mein Herz sei so tot wie deines. Du wirst ewiglich verstummen, wie's ein Mensch unweigerlich tut, fällt er von fremder, nicht von eigener Hand.

»Man gehört den Menschen, die man liebt«, murmelte sie.

»Nein«, widersprach er, »man gehört denen, die man hasst. Noch heute Abend werde ich weder dich noch Berit noch Aegla länger hassen. Noch heute Abend werde ich nur mir selbst gehören.«

Er trat auf sie zu, und Gunnora wusste: Die nächsten Augenblicke entschieden über ihr Geschick. Nicht ganz so sicher war sie, ob sie ihn ausreichend verärgert hatte, ob er blind war wie damals, als er sie ohnmächtig hatte liegen lassen und gedacht hatte, sie wäre tot. Dieses Mal, so viel stand fest, würde er nicht vorschnell gehen, vielmehr so lange mit dem Schwert auf sie einstechen, bis kein Leben mehr da war – zumindest, wenn er die Gelegenheit dazu bekäme.

Er hob die Hand und strich über ihr Gesicht. Entgegen eigentlichem Trachten erwachte der Wunsch, doch zu Eis zu werden und sich gegen die Erinnerungen zu schützen, die auf sie einprasselten – wie er ihre Eltern getötet, wie er sie im Wald verfolgt und wie er sie gewaltsam genommen hatte. Das zäheste Gefühl war nicht Hass, sondern Ekel, schwer zu ertragen, aber durchaus willkommen, denn wenn er sie auch nicht erkalten ließ, so schien ihr Blut doch nicht mehr heiß durch ihre Adern zu fließen, sondern es war zäh wie Pech.

»Worauf wartest du?«, fragte sie.

Sie hatte gedacht, dass seine Geduld zu Ende wäre und ihr Wortwechsel auch, stattdessen setzte er ihr nicht nur mit seiner Berührung zu, sondern auch mit weiteren Sätzen.

»Du bist nicht einmal besonders schön«, zischte er, »nur so stolz, dass alle Welt vermeint, du wärest es. Aber mich täuschst du nicht länger, mich nicht!«

Wieder streichelte er über ihr Gesicht, ließ sich nicht von seiner Gier überwältigen wie einst, sondern tat es bedächtig, langsam, wachsam. Unmöglich, so ihr Vorhaben umzusetzen. Als sie bloß nach der Rune tasten wollte, packte er sie prompt am Handgelenk und zerrte sie zurück, nahm ebenso grob die zweite Hand und presste sie an die Wand. Nun hatte er keine Hände mehr frei, um ihr Gesicht zu berühren, und tat es darum mit seinen Lippen. Der Kuss war sanfter als erwartet, er ließ ihre Haut nicht platzen. Der Faustschlag, der folgte, tat's umso mehr. Nun hatte er doch ihre Hände wieder losgelassen, sie vermochte dennoch nicht, erneut nach der Rune zu tasten oder gar nach dem Messer. Sie schmeckte Blut, fühlte Schwindel, vor allem Schmerz, als hätte er ihr den Schädel eingeschlagen.

Worte fand sie dennoch, höhnische Worte. »Davon werde ich auch nicht schöner.«

Er schlug wieder zu. »Das letzte Mal hast du nicht geschrien, aber dieses Mal wirst du schreien!«, zischte er, noch immer bedrohlich leise.

Das Bild vor ihren Augen schien zersprungen wie ein Tonkrug, den man hatte fallen lassen. Unmöglich, dass aus den Scherben jemals wieder ein Ganzes wurde! Doch wenn sie auch nur in Schemen sah – plötzlich wusste sie ganz genau, wie sie seiner Herr werden konnte.

Sie schrie auf und hielt weinend die Hände vors Gesicht: »Tu mir nichts, ich bitte dich, tu mir nichts.« Ihre Stimme klang flehentlich und hoch.

Nunmehr zum dritten Mal hatte er seine Hand gehoben, um sie wieder zu schlagen, aber ließ sie vorschnell sinken und lachte auf. Das Blut, auf das er gehofft hatte, ihr Herzblut, floss vermeintlich in Strömen, und wie erhofft, konnte er sich nicht beherrschen, wollte vielmehr darin baden! Er riss sie an den Haaren hoch, umfasste ihren Hals, drückte zu, nicht fest genug, um sie zu ersticken, nur, um das Bild vor ihren Augen noch mehr zu verdunkeln. Sie sah nicht, fühlte nur, wie die Hände tiefer wanderten. Immer noch flehte sie, schluchzte sie, zitterte sie.

Zugleich tastete sie nach ihrem Gürtel, fühlte die Rune, strich darüber und holte sich Kraft für das, was kam. Er würgte sie weiter, quetschte ihre Brüste, ihren Bauch, sie fühlte seine Berührungen kaum – allerdings fühlte sie auch das Messer nicht.

Sie tastete weiter. Nichts. Das Messer war fort. Das Messer, um ihn zu töten.

Wieder schrie sie auf, und dieses Mal war ihre Panik nicht gespielt. Agnarr merkte keinen Unterschied, sein Gesicht schien zu lodern, und kurz schien er gar nicht zu bemerken, dass sie nicht einfach nur Angst und Ekel aus sich hinausschrie, sondern einen Namen: »Arfast! Arfast!«

Sie tat es zu laut, als dass er sie überhörte. »Was, bei allen Göttern ...?«, entfuhr es ihm verwirrt.

»Arfast!«, brüllte sie wieder. »Arfast!«

Agnarr war nun gewarnt, ahnte gewiss, dass Alruna gelogen hatte, dass Gunnora nicht allein hier war und er nicht mehr viel Zeit hatte, sie zu töten, aber noch tat er's nicht. Er schleuderte sie von sich, und sie stolperte durch die Hütte, krachte mit dem Kopf gegen etwas Hartes und ging zu Boden. Das Bild vor ihren Augen verdunkelte sich jedoch nicht noch mehr, sondern klärte sich.

Sie sah, dass Agnarr die Tür aufstieß, nach draußen spähte und erkannte, was auch sie nun sah: Sie war nicht allein, sondern mit einem Krieger gekommen, Arfast, doch dieser konnte ihr nicht zu Hilfe eilen. Er war von einem Mann angefallen worden wie von einem Tier. Der Angreifer hielt seine Kehle umklammert und machte es ihm unmöglich, nach dem Schwert zu greifen und ihrem Schrei zu folgen.

Gunnora schloss die Augen. Der Mann war Samo. Er musste zurückgekommen sein, Hildes Leichnam entdeckt und vermutet haben, dass Arfast Seinfreda gefangen hielt. Dass dieser auch ohne Schwert auf Dauer stärker sein würde als er, darüber dachte er wohl nicht nach. Schon begann Arfast, ihn mit aller Kraft abzuschütteln, schon mit der Faust nach ihm zu schlagen. Samo wehrte sich verbittert, und auch wenn seine Kräfte nicht lange reichen würden – er raubte Arfast die seinen zu lange, als dass der Gunnora rechtzeitig zu retten vermochte.

Seinfreda hätte eingreifen und seinen Irrtum aufklären können, doch Seinfreda war fort ... in den Wald geflohen, wie Gunnora es ihr befohlen hatte. Und Alruna ... nun, Alruna würde in diesen Kampf gewiss nicht eingreifen. Alruna musste es gewesen sein, die ihr Messer an sich genommen hatte, als sie sie umarmte ...

Arfast und Seinfreda würden später bezeugen, dass sie Gunnora unter Einsatz ihres Lebens hatte retten wollen und Richard, gramgebeugt, aber gerecht, würde es Alruna lohnen, doch in Wahrheit hatte sie von Anfang an geplant, sie zu verraten ...

Gunnora richtete sich auf. Alle Glieder taten ihr weh, dennoch schaffte sie es, auf die Beine zu kommen. Es nutzte nichts. Agnarr schloss die Tür wieder, trat auf sie zu.

Schrei nicht!, dachte sie. Erniedrige dich nicht noch mehr!

Aber sie konnte nicht anders, als zu schreien. Und sie dachte: Ich will Richard wiedersehen, ich will meine Schwestern umarmen, ich will meinen kleinen Sohn liebkosen. Ich will die Sonne auf meiner Haut und das Gras unter meinen Sohlen fühlen, ich will süße Milch trinken und würziges Fleisch essen. Ich will doch leben.

Alruna war in den Wald gegangen. Sie wollte nichts sehen, vor allem nichts hören, doch sie war nicht weit genug gegangen, und die Wand aus Blättern war nicht dick genug, um die Schreie zu dämpfen.

Sie starrte auf das Messer in ihren Händen, konnte sich nicht erinnern, jemals eines gehalten zu haben, und fragte sich, ob sie die Macht hätte, es gegen einen Menschen zu richten. Sie war sich dessen nicht sicher. Zwar hätte sie beinahe den kleinen Richard getötet, aber sie hatte die Kälte zu ihrer Verbündeten gemacht, nicht auf Waffengewalt gesetzt, desgleichen wie nun Agnarr ihr Helfershelfer war.

Die Klinge war glatt und sauber. Kein Tropfen von Gunnoras Blut würde sie beschmutzen, und doch hatte sie sie so gut wie getötet, als sie ihr das Messer heimlich geraubt hatte. Sie umkrampfte den Griff so fest, dass sich ihre Fingernägel in den Daumenballen gruben – ein guter Schmerz, ebenso willkommen wie das Blut, das vielleicht fließen würde. Ja, wenn ihre Fingernägel nicht scharf genug waren, konnte sie mit dem Messer ihre Haut aufritzen, sodass ein wenig von dem Lebenssaft, der heute vergossen würde, auf sie zurückfiele, sie folglich nicht unversehrt aus allem hervorginge, sondern bestraft und deshalb fähig weiterzuleben, ohne vom schlechten Gewissen erdrückt zu werden.

Warum war es so leicht zu töten? Warum so schwer, mit dem Gedanken daran zu leben? Warum hatten ihre Hände so selbstverständlich Gunnoras Messer an sich gebracht? Und warum war da plötzlich ein Schmerz in der Brust, glühender noch als der, den sie Tag für Tag empfunden hatte in den Zeiten, da sie Richard liebte?

Vor allem aber: Was ging in der Hütte vor?

Sie schlich zurück, sah Arfast, der von Samo überwältigt worden war und sich vergebens wand, sah Agnarr, der voller Triumph an der Tür stand, und sah Gunnora mit blutigem Gesicht auf dem Boden liegen. War sie etwa schon tot? Nein, sie kämpfte sich mühsam hoch, konnte kaum gerade stehen, gab aber dennoch nicht auf – genauso wenig wie Arfast. Fast schon war er Samo Herr geworden, doch noch viel schneller würde Agnarr Gunnora bezwingen.

Alruna stand wie erstarrt da. Grelle Bilder blitzten vor ihren Augen auf. Sie sah Richard als Kind, Richard als Krieger, Richard an Gunnoras Seite. Unwillkürlich hob sie das Messer und schnitt durch die Luft. Wenn sie schon nicht fähig war, eigenhändig die Nebenbuhlerin zu töten, könnte sie wenigstens die Erinnerungen zerschneiden, bis nur mehr winzige Teilchen blieben, nicht größer als Schneeflocken, die zu Boden sanken und schmolzen und deren Kälte keine Macht mehr hatte.

Aber schon einen Augenblick später ließ sie das Messer wieder sinken, denn plötzlich wusste sie: Sie konnte die Erinnerungen an Richard nicht ausmerzen, und noch weniger die an Gunnora, die dort drinnen erbittert um ihr Leben kämpfte. Mochte dieser Kampf auch vergebens sein – er war doch der Beweis, dass das Leben schöner war als der Tod und sich selbst Schmerzen lohnten, solange sie Wunden heilen ließen.

Alruna hastete zur Hütte. Samo und Arfast hielten einander fest umklammert. Sie öffnete den Mund, wollte schon schreien: Tu ihm nichts, er ist nicht der Feind! Aber sie wusste, dass es nicht seine Aufgabe war, Gunnora zu retten, sondern ihre. Und es war nicht ihre Aufgabe, Agnarr zu töten, sondern die Gunnoras.

Agnarr hatte die Tür wieder zugeworfen, jetzt riss Alruna sie auf, stürzte in die Hütte. Sie sah kaum etwas, so düster wie es war. Die zwei Menschen glichen Schatten, ein großer war da und ein kleiner. Sie sprang Agnarr von hinten an, er schüttelte sie mühelos ab. Immerhin, dass sie laut polternd zu Boden fiel, zog seinen Blick auf sie. Er hob den Fuß, drückte ihn auf ihre Brust, sodass sie sich nicht rühren konnte – fast nicht. Ihre Hand hatte sie noch frei, und mit der Hand konnte sie das Messer in Gunnoras Richtung werfen. Sie tat's mit letzter Kraft, schloss die Augen, hörte nur, aber sah nicht mehr, was dann geschah.

Ein tödlicher Stoß. Ein überraschtes Ächzen. Gunnora schrie nicht mehr, doch sie sagte etwas.

»Das ist dafür, dass du meine Eltern getötet hast. Und dafür, dass du mich geschändet hast.«

Agnarr tobte nicht, als er starb, der Tod kam wohl zu schnell, er hatte ihn nicht kommen sehen, er hatte ihn schon gar nicht gehört.

Alruna öffnete die Augen wieder, sah das Messer in seiner Brust stecken, sah, wie er auf die Knie sackte, sah Blut auf den dunklen Boden fließen und dort versickern. Es schmilzt ja, dachte sie, es schmilzt ja wie Schnee! Und es schmerzt ja gar nicht, dass Gunnora noch lebt und Richard sie noch liebt!

Mit einem dumpfen Poltern fiel Agnarr auf den Boden. Sie konnte sein Gesicht nicht sehen, nicht erkennen, ob er noch grausam lächelte oder verblüfft aussah oder vielmehr wütend, weil er von einer Frauenhand getötet worden war. All das war an der Schwelle zu dem Reich, in dem erworbene Reichtümer so wenig zählten wie Empörung und Zorn, ja nicht mehr wichtig.

»Warum hast du das getan?« Gunnoras Stimme war dunkel und tief.

Alruna konnte eine Weile nichts sagen. »Ich musste es tun …«, stammelte sie, »ich … musste dir helfen. Genau so, wie du ihn töten musstest.«

Gunnora nickte. Auch sie war jener Schwelle, hinter der weder Vergangenheit noch Gefühle zählten, so nahe gekommen, dass sie vor allem verlockend schien, nicht beängstigend. Kurz war ihr Blick leer wie der eines Leichnams, doch ehe sich ihr wacher Geist der Schläfrigkeit des Todes ergab, ging ein Ruck durch ihre Gestalt, und mit jener Kraft, die in die Glieder zurückkehrte, trat sie nach Agnarrs Leichnam. Der Hass, der in ihr wütete, war heftig und laut, ihre Stimme war es nicht, als sie sich an Alruna wandte.

»Du hast gehört, was ich zu ihm sagte, nicht wahr?«, flüsterte sie. »Du bist eine kluge Frau und wirst daraus deine Schlüsse ziehen.«

Schweigen senkte sich über die Hütte, noch machtvoller als Gunnoras Hass. Sie trat nicht länger auf Agnarrs Leichnam ein, sondern wich zurück. Die Welt schien zu verstummen, während sie auf ihre Antwort wartete.

»Ja«, murmelte Alruna schließlich. »Aber es wird unser Geheimnis bleiben.«

Gunnora trat zu ihr und reichte ihr die Hand, jene Hand, die eben noch das Messer umkrampft hatte. Gunnoras Hand war warm. Alruna ließ sich von ihr hochziehen.

Das Schweigen war zu Ende.

Von draußen hörten sie Seinfredas Stimme, die von Samo und von Arfast, schließlich Schritte, das Knarren der Tür. Arfast stand auf der Schwelle und starrte auf den Toten.

»Was … was ist geschehen?«

»Nichts, wovon Richard je erfahren sollte«, sagte Gunnora. »Wir müssen ihn fortschaffen.«

Gunnora ließ Alrunas Hand los, doch diese fühlte die Berührung noch. Sie würde sie immer fühlen, ihr Band war fortan enger als das von Schwestern.

Sie hörte Samo aufheulen, der vor Hildes Leichnam in die Knie gegangen war, doch sein Klagen verstummte alsbald; die Tränen, die ihm die Wangen hinunterliefen, waren lautlos, sie hinterließen dunkle Schlieren. Die Trauer um seine Mutter mochte ehrlich sein, würde ihn aber nicht schwächen, sondern zu einem Mann machen, der endlich ganz allein über sein Leben entschied.

»Wir müssen auch sie begraben«, sagte Gunnora, »weit genug entfernt von ... ihm.«

Alruna vermochte sich nicht aus ihrer Starre zu lösen, doch Arfast nickte, packte den Toten bei den Füßen und zog ihn aus der Hütte.

ᚢ

Sie hatten Agnarr schon begraben, als sie das Getrappel von Pferdehufen vernahmen, kurz darauf erzitterte der Boden. Es mussten mehr als ein Dutzend Tiere sein, doch zunächst waren nur zwei Reiter zu sehen, Raoul und Richard. Vor der Hütte hielten sie die Pferde abrupt an, und die Tiere, eben noch zum vollen Galopp angetrieben, stiegen und wieherten laut. Es dauerte eine Weile, bis sie endlich ruhig standen, Richard vom Pferd sprang und zu Gunnora hastete.

»Was, zum Teufel, ist passiert?«

Es war so verlockend, in seine Arme zu fallen, den Kopf an seine Brust zu legen, sich an der Gewissheit zu laben, ich lebe noch, ich liebe noch, ich bin nicht allein. Aber noch konnte sie sich nicht ausruhen, noch galt es zu lügen.

»Die Schwiegermutter meiner Schwester ... sie wurde offenbar überfallen und grausam gemordet. Alruna hatte schreckliche Angst um ihr Leben und das meiner Schwester, darum hat sie Arfast um Hilfe gebeten ... und dieser hat mich benachrichtigt.«

Richard warf einen Blick auf Alruna, auf Arfast, auf Samo. Niemand widersprach ihr, aber niemand bestätigte die Geschichte.

»Warum hast du mir nichts gesagt? Und wie konntest du ganz allein hierherkommen? Bist du verrückt geworden? Einfach nachts das Zelt zu verlassen ...«

Gunnora presste die Lippen zusammen. Das Netz aus Lügen war nicht sehr reißfest. Anstatt bedächtig daran zu weben, hatte sie die ersten Fäden verknüpft, die ihr unter die Hände kamen. Was immer sie sagte, würde ihr Verhalten nicht bis ins Letzte erklären.

Arfast trat vor: »Es ist alles meine Schuld ... ich hätte zu dir kommen müssen, nicht zu Gunnora.«

»Ich verstehe ja, dass du ihr als Erstes davon berichtet hast. Aber warum wart ihr so wahnsinnig, allein loszureiten? Und überhaupt, was macht ... *sie* hier?« Sein Blick hatte sie zuvor nur flüchtig gestreift, jetzt bohrte er sich in Alruna.

Gunnora unterdrückte ein Seufzen. Stark und unbesiegbar hatte sie sich gefühlt, nachdem sie Agnarr getötet hatte – jetzt nur mehr hilflos. Selbst wenn ihr Lügennetz nicht risse – es konnte die Wahrheit kaum verdecken, und vor allem taugte es nicht dazu, Richards und Alrunas Versöhnung zu bewirken.

Während sie vergebens um Worte rang, trotzte Alruna Richards Blick und trat vor. »Es war alles ganz anders«, erklärte sie. »Es war kein Diebespack, das die Hütte heimsuchte, vielmehr der Anführer der Heiden, Agnarr.«

Gunnora erbleichte, Richard auch. »Agnarr war hier?«

Alruna nickte, zerriss das Netz damit endgültig, aber spann unvermittelt ein anderes. Sie war geübt zu weben, und darum gelang es ihr besser.

»Er trachtete Gunnora nach dem Leben und benutzte Seinfreda, um ihrer habhaft zu werden. Später kann sie dir mehr erzählen, im Augenblick zählt einzig, dass ich Gunnora herbeigerufen habe, sie jedoch zu spät kam. Als sie eintraf, war Agnarr bereits überwältigt und ermordet.«

»Von wem?«, fragte Richard fassungslos. »Von dir?«

Alruna nickte. »Es gelang mir mit seiner Hilfe.«

Sie deutete auf Samo, und der mochte zwar einfältig sein, aber nicht so dumm, dass er nicht begriff, dass es einen guten Grund geben musste, warum die Frauen die Geschichte verdrehten. Er tat, was er am besten konnte – er schwieg. Und auch Arfast fügte nichts hinzu.

Gunnora schmiegte sich nun doch an Richard. »Das ist wahr. Alruna hat meiner Schwester das Leben gerettet – und wahrscheinlich auch mir das meine. Sie ist über sich hinausgewachsen, hat allen Mut zusammengenommen und alle Kraft. Jetzt musst auch du dich überwinden. Es ist Zeit, ihr zu vergeben. Zeit, dass sie nach Rouen zurückkehren darf.«

Richard löste sich von Gunnora, rang die Hände. »Alruna ... hier im Wald. Ich habe zugestimmt, dass du sie im Kloster besuchst, jedoch nicht ...« Er brach ab. »Und Agnarr ... kaum auszudenken, was hätte passieren können ... Ich selbst hätte für Recht und Ordnung sorgen müssen, stattdessen tat es eine ... Frau. Ist die Welt verrückt geworden?«

»Die Welt ist ohne Agnarr in jedem Fall ein sichererer Ort für dich«, mischte sich erstmals Raoul ein. »Habt ihr ihn schon begraben?«

»Ja«, sagte Gunnora schlicht.

»Nun«, meinte Raoul zu Richard. »Mehr brauchst du nicht zu wissen.«

Er schien früher als sein Bruder begriffen zu haben, dass es für die Zukunft besser war, wenn Agnarrs Verschwinden nicht mit Richard in Verbindung gebracht wurde und somit keine neuen Feindseligkeiten rachsüchtiger Dänen provozierte.

Richard ging auf und ab, aber Gunnora gab ihm ein Zeichen, stehen zu bleiben. »Wir sollten so schnell wie möglich in den Norden aufbrechen«, erklärte sie.

Sie sah Verwirrung, Verständnislosigkeit, aber auch, wie er seine Beherrschung wieder fand.

»Ich werde nie begreifen, wie du Arfast ganz allein folgen konntest!«, fuhr er sie lediglich an.

»Es war das letzte Mal, dass ich etwas hinter deinem Rücken getan habe, ich schwöre es dir. Wie aber hast du mich gefunden? Warum bist du ausgerechnet hierhergekommen, als du mich suchtest?«

»Du hast mir vorgeworfen, ich könnte nicht in die Herzen der Menschen sehen, schon gar nicht in die der Frauen, doch dich kenne ich. Keinen Augenblick habe ich gedacht, du könntest heimlich geflohen sein wie einst – vielmehr, dass du einen guten Grund haben müsstest zu gehen. Und dass dieser mit deinen Schwestern zu tun hat. Da Wevia und Duvelina in Rouen sind, konnte es nur Seinfreda sein, die deine Hilfe brauchte.« Noch redend wandte er sich ab, und sein Blick fiel wieder auf Alruna, nicht länger streng, eher verlegen. »Ich hätte nie gedacht, dass du das kannst ... ich meine, einen Menschen töten ...«

Zu spät kam ihm wohl in den Sinn, dass er auch nie gedacht hätte, sie würde seinem Kind ein Leid zufügen, und doch hatte sie es getan. Prompt erwachte wieder Grimm.

»Wie ich schon sagte – sie hat meiner Schwester das Leben

gerettet. Und darum soll sie nun wieder deine Schwester sein«, sagte Gunnora schnell.

Schweigen senkte sich über die Lichtung. Gunnora sah, wie es hinter Richards Stirn arbeitete, wie sehr ihn das Geschehene peinigte, wusste aber auch, dass er nie lange haderte. Er hatte beinahe schon vergessen, dass sie ihn einst verraten hatte. Er würde irgendwann auch vergessen, was Alruna getan und was sich hier vermeintlich zugetragen hatte.

Nur sie und Alruna würden es ewig in Erinnerung behalten, dadurch geeint, dass die andere ihr geholfen hatte, Rache zu üben, und dass sie als Einzige ihr Geheimnis kannte.

»Bring Alruna zurück nach Rouen«, erklärte Richard an Arfast gewandt. Seine Worte klangen nicht im Geringsten herzlich, und er hatte auch keinen Blick mehr für Alruna.

Diese schien sich mit seiner Vergebung, obwohl halbherzig, zu begnügen. In ihrem Blick standen weder Hass auf Gunnora noch Liebe zu Richard, nur Entschlossenheit, neu zu beginnen.

ᚹ

Ihre Mutter vergab ihr schnell. Mathilda schien es zu genügen, dass Richard selbst die Heimkehr angeordnet hatte. Sie nahm ihre Tochter wieder in die Arme, presste sie an sich und glaubte ihr, dass sie ihre Taten aufrichtig bereute. Der Vater hingegen blieb verhalten. Er sprach zwar mit ihr, aber in so nüchternem Ton, als wäre sie eine Fremde, nicht sein kleines Mädchen, das er stets wie seinen Augapfel gehütet hatte.

Alruna schmerzte dies mehr, als sie erwartet hatte. Viele Blicke trafen sie, neugierige, feindselige, spöttische, doch keiner setzte ihr zu wie der von Arvid. In ihm stand keine Verachtung für sie, nur Enttäuschung.

Mehrere Wochen nahm sie es hin, doch mit der Zeit merkte sie, dass seine Ablehnung sie ähnlich zu vergiften drohte wie einst ihre Liebe zu Richard. Eines Tages wartete sie vor der Kapelle auf Arvid. In den frühen Morgenstunden zog er sich stets dorthin zurück.

»Hast du für mich gebetet?«, setzte sie grußlos an, sobald er das Gotteshaus verlassen hatte. »Oder denkst du, dass sich zwar Graf Richard meiner gnädig erweisen kann, aber nicht Gott der Allmächtige ... und du schon gar nicht?«

Sein Blick war müde, seine Haut grau, das Entsetzen in seinen Zügen aber höchst lebendig. »Lieber Himmel! Was denkst du nur von mir?«, rief er.

»Du meidest mich beharrlich. Was soll ich denn anderes denken, als dass du mir nicht vergeben kannst?«

Er seufzte. »Ich weiß doch nicht einmal, ob ich mir selbst vergeben kann«, bekannte er nach langem Zögern.

»Woran gibst du dir denn die Schuld?«, fragte sie verwundert. Gegen Anklagen hatte sie sich gewappnet, nicht gegen die Zerknirschung, die in seinem Gesicht stand.

Hastig nickte er ihr zu, auf dass sie ihm von der Kapelle weg folgte. Was er ihr zu sagen hatte, brachte er offenbar nicht in der Nähe eines heiligen Orts über die Lippen. Im Schatten der Mauer angekommen, zögerte er erneut lange. Seine Kiefer mahlten, und es schien ihm regelrecht Schmerzen zu bereiten, endlich zu sprechen.

»Mein Vater hieß Thure.«

Wieder hatte sie vieles erwartet, Vorwürfe und Selbstbezichtigungen, aber nicht das. Den Namen hatte sie irgendwann einmal gehört, ihm jedoch kein Gewicht zugesprochen; er gehörte zu den dunklen Mären aus Kindertagen, verhieß

Grusel, aber keine Angst, die im echten Leben Bestand hatte. Sie wusste nicht, was ihr Großvater, ganz gleich wie er hieß, mit ihr zu tun hatte und was mit dem Schmerz, der sich so deutlich auf dem Gesicht ihres Vaters abzeichnete.

»Mein Vater hieß Thure«, wiederholte er, flüsternd nun. Sie musste sich nahe zu ihm beugen, um ihn zu verstehen. »Er war ein Nordmann ... brutal, skrupellos, gierig. Er liebte das Chaos, er liebte die Gewalt. Ich weiß nicht viel von ihm, nicht, wie er aussah, nicht, wie seine Stimme klang. Aber ich weiß, dass er viel gelacht hat, auch in der Stunde, als er meine Mutter mit Gewalt nahm, sie schwängerte und sie hinterher blutend liegen ließ.«

Er starrte auf den Boden, wühlte die lehmige Erde auf, als wäre der Schmutz, der von der Seele troff, leichter zu ertragen, wenn auch die Füße darin gruben.

»Er ist tot, lange Jahre tot ... er starb am Tag meiner Geburt. Doch in mir war er lange Zeit lebendig. Ich fühlte sie so oft, die Gier nach Zerstörung, die Lust, jemanden zu schlagen, bis Blut floss, Steine zu schmeißen, bis alles zertrümmert war. Mein ganzes Leben habe ich vor diesen Gefühlen Angst gehabt und dagegen angekämpft.«

»Und gewiss mit Erfolg!«, rief Alruna. »Vater, du bist ein angesehener Mann. Nie habe ich aus deinem Mund ein böses Wort gehört, nie erlebt, dass du respektlos anderen gegenüber warst, nie vernommen, dass du die Fassung verloren, zu viel getrunken oder zu lange gefeiert hättest. Wer von dir spricht, tut es voller Ehrfurcht und bekräftigt mit jedem Wort, welch ehrenwerter Mann du bist.«

Seine Lippen verzogen sich zu einem schmerzlichen Lächeln. »In Gegenwart deiner Mutter war es so leicht, das Feuer zu löschen, das immer wieder in mir brannte ... und vor allem in deiner. Du bist ... warst mein kleines Mädchen, hübsch, unschuldig, wissbegierig. Du warst meine Tochter, oder vielmehr die Tochter des Mannes, der ich sein wollte, aber ganz gewiss nicht Thures Enkelkind.«

Endlich begriff Alruna, warum er zu dieser langen Rede angesetzt hatte und warum sein Blick ihrem immer noch auswich.

»Doch dann habe ich versucht, den kleinen Richard zu töten«, murmelte sie. »Und wenn du mich seitdem ansiehst, witterst du hinter meinen Zügen Thures Fratze.«

Er hob hilflos die Hand. »Es gibt so viele Menschen wie mich – Kinder von Christen und Heiden, die zeit ihres Lebens darum kämpfen, beider Erbe zu versöhnen, das Gute überleben zu lassen und das Schlechte zu töten. Ich dachte, ja, ich hoffte, du hättest es leichter und müsstest nicht andauernd mit dem Dunklen, Gemeinen, Gewalttätigen ringen.« Er seufzte. »Ich habe gehört, dass du selbst diesen Agnarr getötet hast, und ich weiß, es gab allen Grund dazu. Doch wenn ich mir vorstelle, wie du mit einem Messer auf einen rohen Mann losgegangen bist, wie du ...«

Er brach ab.

Alruna schwieg lange, dachte an das Versprechen, das sie Gunnora gegeben hatte, aber dachte auch, dass die Liebe ihres Vaters es wert war, es ein einziges Mal zu brechen.

»Nicht ich habe Agnarr getötet, sondern Gunnora hat es getan«, sagte sie leise.

Arvids Augen weiteten sich, und erstmals wich sein Blick dem ihren nicht aus. »Du hast die Tat auf dich genommen?«

»Gunnora hätte ihn ohne meine Hilfe nicht töten können, so viel steht fest, aber ja ... ich habe gelogen. Arfast kennt die Wahrheit und Seinfredas Mann Samo. Aber Richard haben wir sie wohlweislich verschwiegen.«

Arvid nickte, und sie war dankbar, dass sie ihm ihre Entscheidung nicht erklären musste. Keiner kannte die Lage im Land so gut wie er. Keiner wusste besser, dass Gunnora als die große Versöhnerin galt, die von den Dänen für eine der Ihren gehalten wurde. Nie durfte bekannt werden, dass sie einen ihrer Anführer getötet hatte, ganz gleich, was dieser verbrochen haben mochte.

»Warum?«, fragte er schlicht.

»Warum sie ihn getötet hat?« Wieder brach sie ihr Versprechen. »Weil er ihre Eltern getötet hat. Und ... und weil er sie geschändet hat.«

Er sog den Atem ein, dachte nach, schien zu berechnen, wann Gunnora fort von Rouen gewesen war und wann der kleine Richard geboren worden war.

»Sie hat deiner Mutter gesagt, dass der Kleine zweifellos Richards Sohn ist!«, rief er.

Alruna hielt seinem Blick stand. »Ja«, sagte sie gedehnt, »ja, das hat sie gesagt.«

Arvid weitete die Augen. »Es war eine dreiste Lüge?«, fragte er bestürzt.

»Vielleicht eine Lüge ... vielleicht einfach nur Ausdruck von Hoffnung. Gewiss wünscht sie sich von Herzen, dass der Kleine Richards Sohn ist. Doch mit letzter Sicherheit beschwören kann sie es nicht, und mit dieser Ungewissheit wird sie den Rest ihrer Tage leben müssen.«

Schweigen senkte sich über sie.

»Warum?«, frage Arvid schließlich wieder.

Da erst begriff sie, dass er gar nicht hatte wissen wollen, warum Gunnora Agnarr getötet hatte. Sondern vielmehr, warum sie ihr geholfen hatte. Und warum sie ein Geheimnis hütete, das, würde es aufgedeckt, Richard und Gunnora auf ewig entzweien könnte, anstatt Gunnora ganz offen zu bezichtigen, Mathilda belogen zu haben.

Alruna suchte lange nach einer passenden Antwort. Viele Worte kamen ihr in den Sinn, doch keines hatte Gewicht.

»Ich werde Arfast heiraten«, erklärte sie schließlich schlicht.

Das Lächeln, das nun auf Arvids Lippen erschien, war freudig, und kurz schien er von aller Sorge befreit. »Ich habe es seit Langem so sehr gehofft!«, rief er.

»Wisse, Vater, das unschuldige Mädchen, das du einst in mir sahst, bin ich nicht mehr und kann ich nie wieder werden, und wenn du mich dafür verachtest, kann ich es nicht ändern. Aber du hast selbst gesagt, dass du dein Leben lang gegen das Dunkle, Böse, Rohe angekämpft hast. Warum soll ich es nicht auch können? Ich bin und bleibe Thures Kindeskind, aber ich bin es eben nicht nur. Ich bin die Frau, die Richard vergebens liebte, aber nicht nur. Ich bin die Frau, die fast ein unschuldiges Kind getötet hätte, aber nicht nur.«

Arvid schwieg erneut eine Weile, ehe er die Arme ausbreitete und sie an sich zog. »Du willst, dass Richard glücklich ist. Deshalb dein Schweigen und deine Lügen.«

Sie erfreute sich an seiner Umarmung, löste sich schließlich dennoch davon.

»Ja«, sagte sie, »und überdies will ich selbst glücklich sein. Ich will nichts mehr vermissen müssen, nichts mehr versäumen, mich nicht mehr vergebens nach etwas sehnen. Als ich Agnarr sterben sah, begriff ich, dass es keinen halben Tod gibt. Und deswegen sollte auch das Leben, das davor kommt, kein halbes sein, sondern ein ganzes.«

ᚨ

Viele Wochen waren vergangen, und das Leben folgte wieder einem gemächlichen Takt. Gunnoras innere Unruhe hatte sich jedoch nicht gelegt. Tagsüber betäubte sie sich, indem sie niemals still stand, gewissenhaft die Hofhaltung kontrollierte, sich an ihrem kleinen Sohn erfreute oder Zeit mit Richard verbrachte, doch nachts holte sie die Vergangenheit ein. Sie hatte geglaubt, damit leben zu können, dass Richard womöglich Agnarrs Sohn war, war sich sicher gewesen, dass der Tote sie nicht in ihren Träumen verfolgen würde und außerdem überzeugt, dass Alruna ihr Geheimnis nie verraten würde.

Doch gerade weil jene eisern schwieg, Richard nie wieder auf die Ereignisse zu sprechen kam und Arvid ihr versichert hatte, die dänischen Aufständischen wüssten nichts von ihrer Tat, seine Männer hielten Agnarr vielmehr für einen Feigling und Verräter, der in den Norden geflohen war, verfolgten sie ihre Taten.

Und wenn es doch jemand erfuhr? Wenn ihr Leben, das sie sich mühsam aufgebaut hatte, irgendwann zusammenfiel wie eine morsche Hütte, die auf sumpfigem Moor stand? Was, wenn ihr Name dereinst beschmutzt würde von üblen Gerüchten, und schlimmer noch: der ihrer Kinder?

Sie ahnte, sie trug ein zweites unter dem Herzen, und sie freute sich darüber, zumal sie sich dieses Mal gewiss sein konnte, dass es Richards Kind war. Und dennoch: Wenn sie endgültig in die Zukunft schauen wollte, musste sie die Vergangenheit bannen, ihr jede Macht nehmen, ihre Geister einsperren.

Eines Nachts, als sie wieder nicht schlafen konnte, erhob sie sich von der Bettstatt. Schmerz fuhr ihr in den Rücken, ein

Zeichen, dass das Kind in ihr stetig wuchs, aber davon ließ sie sich nicht abhalten.

Das Schlimmste auf Erden ist nicht der Tod, das Schlimmste ist, vergessen zu werden.

Diese Worte ihrer Mutter kamen ihr in den Sinn, und auch, wie jene sie belehrt hatte, dass es eine Rune gab, die Vergessen brachte: die Rune Uruz, die zweite in der Runenfolge. Eigentlich stand sie für Verständnis und Weisheit, doch wenn man sie verkehrt schrieb und ihre Macht, zu schaden, nutzte, brachte sie Ignoranz und Blindheit.

Gunnora setzte sich an ihr Pult. Von Mathilda hatte sie gelernt, auf Pergament zu schreiben, und obwohl es sich fremd anfühlte, die Rune nicht in Holz einzuritzen, sondern mit Tinte zu malen, schritt sie beherzt zur Tat.

Sie schrieb die Rune Uruz, schrieb dann – gleichfalls in Runen – drei Sätze:

Agnarr hat mich geschändet.

Agnarr hat mich womöglich geschwängert.

Agnarr starb durch meine Hand.

Gunnora schloss erneut mit der Rune Uruz.

Als sie aufstand, fühlte sie sich befreit. Die dunklen Erinnerungen waren fortan auf dieses Stück Pergament gebannt und so aus ihrem Herzen ausgemerzt. Agnarr würde nicht länger in ihren Gedanken leben.

Sie verstaute die Rolle in einer Truhe und war sich sicher, dass sie hier niemand finden würde, und selbst wenn doch: Es würde niemand die Runen lesen können, sie war die einzige Meisterin am Hofe von Rouen.

Fécamp
996

Agnes war enttäuscht. Sie vermochte nicht zu sagen, was sie genau erwartet hatte, in jedem Fall etwas anderes als die verworrene Geschichte, die die Gräfin ihr erzählt hatte. Von einem Mann war da die Rede, der sie offenbar mit dem Tod bedroht und den sie darum selbst getötet hatte.

Gewiss, Mord war eine Sünde, die von Frauenhand ausgeübt wahrscheinlich noch schwerer wog, als von Männerhand, aber Agnes war überzeugt davon, dass Gott Verständnis zeigte, schützte man sein eigenes Leben und schickte man einen gottlosen Wüstling in die Hölle. Und wenn es Gott verstand, so doch auch die Mönche!

Die Gräfin sah das offenbar anders. »Viele Kirchenmänner haben mir jahrelang misstraut«, sagte sie leise. »Nicht nur wegen meiner Herkunft, sondern weil ich lange Zeit nicht rechtmäßig mit Richard verheiratet war. Ich meine nicht Dudo, dieser stand von Anfang an auf meiner Seite, aber es gab andere, die ihren Argwohn nie recht verbergen konnten …« Sie hielt einen Moment inne. »Wüssten sie von den damaligen Ereignissen, würden sie in ihrem Urteil bestärkt, dass ich eine wilde, kaum zu zähmende Frau bin.«

Agnes hätte am liebsten aufgelacht. Niemand war so be-

herrscht wie die Gräfin! Als deren blaue Augen sich allerdings in ihre bohrten und sie in ihrem Blick tatsächlich etwas von besagter Wildheit witterte, nickte sie verständig.

»Und die Menschen hierzulande, die sich weiterhin standhaft wehren, sich taufen zu lassen«, fuhr Agnes anstelle der Gräfin fort, »sie dürfen ebenso wenig erfahren, dass du einen der ihren getötet hast. Bruder Ouen und Bruder Remi wollten dieses Geheimnis nutzen, um Unfrieden zu stiften, Gottlob ist es ihnen nicht gelungen. Aber … aber was ist denn nun diese zweite Sache, die nicht ans Licht darf? Das Geheimnis, welches die Runen verraten …«

Die Gräfin schien ihre Frage nicht gehört zu haben. Vielleicht dachte sie an die Zeit im Wald, von der sie Agnes auch erzählt hatte, von den Elfen und Zwergen, die dort wohnten, von den Menschen, die sich von ihr hatten Runen schnitzen lassen, von den Füchsen und Eichhörnchen, die an manchen Tagen die einzige Gesellschaft waren. Allerdings: Als sie das erwähnt hatte, hatte ihr Gesicht weich und jung gewirkt, nun war es wie gewohnt streng und hart.

»Richard hat seine Herrschaft stabilisiert«, erklärte sie. »Aber mein Sohn ist noch unerfahren, was bedeutet, dass ich ihm helfen muss, das Land zu einen. Du hast sicher von den vielen aufrührerischen Bauern gehört, vor allem Iren darunter, die sich hier angesiedelt haben, sich jedoch unseren Gesetzen nicht beugen wollen.«

Agnes konnte sich vage erinnern, dass bei Hofe aufgeregt darüber gesprochen worden war. Sie und Emma hatten sich ausgemalt, wie diese wilden Iren aussahen. So neugierig sie darauf war, einem von ihnen einmal leibhaftig zu begegnen – der Wunsch, endlich das zweite Geheimnis zu erfahren, war größer. Wieder fragte sie danach, und wieder tat die Gräfin so, als hätte sie sie nicht gehört.

»Außerdem stehen wir in einem Konflikt mit England«, fuhr sie fort. »Der dortige König wirft uns vor, dass die Normandie Ausgangspunkt für Raubzüge von Nordmännern sei. Zwar wurde jüngstens Frieden geschlossen, aber die Feindseligkeiten können jederzeit erneut aufflackern. So abwegig ist das Ansinnen von Bruder Ouen und Bruder Remi gar nicht. Es gibt nicht wenige Menschen, die insgeheim denken, sie hätten es leichter, wäre unser Land Teil des fränkischen Reichs. Nicht alle von ihnen zählen zum geistlichen Stand, und es geht ihnen weniger um hohe Politik als ums schlichte Überleben. Und oft glaubt man, dieses wäre leichter, könnte man die Vergangenheit hinter sich lassen und ein anderer sein, in diesem Fall nicht länger Normanne, sondern Franke ...«

Agnes nickte wieder vermeintlich verständig, wurde aber immer ungeduldiger. Sie deutete auf die Runen und wollte das Stück Pergament ergreifen, doch ehe sie es berührte, nahm die Gräfin es an sich. Sie studierte die Schriftzeichen, runzelte die Stirn, und ehe Agnes es sich versah, begann sie, diese abzuschaben.

»Ich hätte die Runen nie aufschreiben dürfen ... und nie so lange aufbewahren. Ich dachte, dass ich auf diese Weise Agnarr vergessen könnte, aber selbst auf Pergament gebannt, konnte er noch seine zerstörerische Macht entfalten. Und zu glauben, ich wäre ganz und gar eine andere geworden und hätte meine Vergangenheit hinter mir gelassen, solange diese verborgen in einer Truhe lag, war gleichfalls ein Irrtum.«

»Wevia«, murmelte Agnes, »Wevia konnte die Runen lesen. Obwohl du eben noch gesagt hast, du wärest die Einzige bei Hof, die sie deuten kann ...«

»Auch darin habe ich mich wohl getäuscht«, gab die Gräfin zu. »Ich habe immer gedacht, dass Wevia glücklich wäre, besäße sie nur genügend Schmuck. Die Wahrheit ist, dass sie

sich, selbst reich mit Ketten behängt, immer nach unseren Eltern sehnte und sie sich ihnen näher fühlte, als sie die Runen zu schreiben und zu deuten lernte. Sie muss wohl eingesehen haben, dass es wenig fruchtet, sonst würde sie sich mit zunehmendem Alter nicht so sehr aufs Gebet verlegen. Wie auch immer, ich denke, Gyrid hat ihr beigebracht die Runen zu deuten.«

»Gyrid?«, fragte Agnes verwundert.

»Kein Name, den du dir merken musst«, sagte die Gräfin schnell. »Sie hat nie wieder gewagt, mir zu nahe zu kommen, und hat den Hof damals alsbald verlassen. Gewiss ist sie seit vielen Jahren tot ...«

Sie brach ab und schwieg, schabte jedoch weiter sorgfältig die Schriftzeichen vom Pergament. Enttäuscht musste Agnes zusehen, wie Rune um Rune verschwand. Sie wagte kein weiteres Mal, die Gräfin aufzuhalten, und auch nicht, erneut nach dem zweiten Geheimnis zu fragen. Plötzlich war sie sich sicher, dass sie es nie erfahren würde. Zu tief war es im Herzen der Gräfin verborgen, und es war viel zu gefährlich, bis zu dessen dunklem Grund zu tauchen, vor allem für ein Mädchen wie sie, weder lebenserfahren noch kühn genug.

Scharfsinnig jedoch war sie. Warum sonst kam ihr jäh eine Idee, wie sie aus ihrem Wissen, obwohl dieses nur bruchstückhaft war, Gewinn schlagen könnte.

Als sämtliche Runen vernichtet waren, sah die Gräfin sie wieder streng an. »Ich werde zusehen, dass mir weder Bruder Ouen noch Bruder Remi jemals wieder zu nahe kommen, und was immer sie in ihren Klöstern in Umlauf bringen, man wird es für ein Gerücht halten, über das sich zu klatschen lohnt, aber nicht, künftige Entscheidungen darauf zu bauen. Nie dürfen von unserer Seite jedoch diese Gerüchte Nahrung erhalten. Du darfst mit niemandem darüber reden.«

Agnes atmete tief durch. Die Angst vor der Gräfin, deren Entschlossenheit Bruder Remi und Bruder Ouen bald am eigenen Leib erfahren würden, war riesig, doch erdrücken lassen wollte sie sich davon nicht.

»Ich werde schweigen«, erklärte sie. Als die Gräfin sich schon erleichtert abwenden wollte, fügte sie zwar mit bebender Stimme, aber entschlossen hinzu: »Aber ... aber nur unter einer Bedingung.«

XIII.

988

»Es ist ein Skandal!«, rief der Mönch Dudo verzweifelt. »Warum hast du nicht schon viel früher daran gedacht, dass man dieses Ärgernis aus der Welt schaffen muss?«

Gunnora zuckte die Schultern, sah ihn gelassen an und verstand seine Erregung mitnichten. »Ich habe einfach nie daran gedacht«, erklärte sie.

Dudo schüttelte mahnend den Kopf. »So etwas kann man doch nicht vergessen!«

»Nun, ich war damit beschäftigt, meine vielen Kinder zu gebären.«

Seine Wangen färbten sich glühend rot, und sie unterdrückte nur mit Mühe ein Grinsen. Wie leicht man diesen Mönchen zusetzen konnte, indem man nur über das Gebären sprach!

Sie kamen sich über alle Welt erhaben vor, klug und gelehrt, weil sie schreiben und lesen konnten und Latein beherrschten, aber Gunnora war sicher, dass Dudo ohnmächtig geworden wäre, wenn er einer der vielen Geburten beigewohnt hätte. Auf den kleinen Richard war fast jährlich ein weiteres Kind gefolgt. Einige wenige waren früh gestorben, aber die meisten groß geworden: Richard, Robert, Mauger, Hawisa, Mathilde, Beatrix, und ihre Jüngste, Emma, gerade mal drei Jahre alt.

Eben hörte man vom Hof her das Lachen und Schreien der Kleinen, wo sie spielten und respektvoll zusahen, wie Mauger Unterricht von seinem Onkel Raoul bekam – er lernte, das große, schwere Schwert zu schwingen. An seiner Seite erwiesen sich auch Gottfried und Wilhelm als gelehrige Schüler – Bastarde von Richard und gute Freunde von Gunnoras Söhnen.

»Wie sollen wir diese Schande nur ausmerzen?«, rief Dudo verzweifelt.

»Nun, ich denke, das ist ganz einfach«, erwiderte Gunnora spöttisch. »Der Graf muss mich spät, aber doch heiraten.«

Sie blickte aus dem Fenster und sah in der Nähe der Stallungen auch ihren Ältesten, Richard. Längst konnte er mühelos mit dem Schwert umgehen, er bedurfte keines Unterrichts mehr. Auch er war mit Richards Bastarden befreundet, gleichwohl er sich ihnen gegenüber genauso unnahbar gab wie seinen jüngeren Brüdern. Gunnora wusste, im Zweifel hätte er sein Leben für sie gegeben, und doch war seine Haltung die hoheitsvolle und stolze eines künftigen Herrschers, dessen Amt einen Bannkreis um ihn schlug.

Wenige konnten diesen überwinden – nur Richards Vater, Raoul von Ivry oder Turulf von Pont-Audemer, sein Lehrer. Letzterer war ein einflussreicher normannischer Krieger, der wie sie von Dänen abstammte und sich beharrlich weigerte, die Taufe zu empfangen. Der Graf hatte ihn vergebens dazu überreden wollen, aber schließlich ein Auge zugedrückt. Gunnora wiederum fand es höchst erfreulich, dass das Band zwischen ihm und ihrem Sohn ein so enges war, gleich so, als wäre Turulf Richards Onkel. Nicht minder begeistert war sie gewesen, als Duvelina Turulf heiratete. Bei ihren beiden Söhnen – Turulf, nach dem Vater genannt, und Torketil – konnte der Vater die Taufe nicht verhindern, auch wenn er lautstark protestierte, doch vielleicht wurde er von der Tatsache getröstet, dass Duvelina den beiden Knaben oft Geschichten aus dem Norden erzählte, mit denen sie selber groß geworden war.

»Ich verstehe«, murmelte Dudo. »Das ist in der Tat die einzige Möglichkeit.«

Der aufgeregte Tonfall schwand aus seiner Stimme, sein Blick wurde berechnend. Obwohl sie sich oft über ihn lustig machte, verbrachte Gunnora gern Zeit mit dem Mönch, der sich selbst und seinen Gott zwar viel zu wichtig nahm, der aber einen wachen Geist besaß, dem selten etwas entging.

Kein Wunder, dass er so bestürzt reagierte, weil ausgerechnet ihm die Wahrheit um Richards und Gunnoras Verbindung verborgen geblieben war: Bis heute waren sie nicht vor Gott verheiratet, obwohl alle Welt Gunnora als Gräfin der Normandie betrachtete und sie so behandelte.

»Ihr solltet keinen Augenblick mehr verschwenden, die Eheschließung nachzuholen«, erklärte er. »Haltet mich ruhig für einen Frömmler, aber es geht hier nicht nur um die Wahrung der guten Sitten. Auch wenn Graf Richard deinen Sohn als legitimen Erben anerkannt hat – solange du nur seine Konkubine bist, könnten die fränkischen Nachbarn an seiner Legitimität rütteln.«

Gunnora wurde rasch wieder ernst.

»Gewiss hast du recht«, sagte sie schnell.

Sie entschied, ihm lieber zu verschweigen, dass eine Ehe nichts war, was sie sonderlich vermisste. Richard war ihr Mann, ganz gleich, was Gott davon hielt. Viel wichtiger war es in den letzten Jahren gewesen, ihren jüngeren Schwestern gute Partien zu verschaffen. Nicht nur Duvelina hatte mit Turulf einen angesehenen Mann gefunden, sondern auch Wevia, die vor einigen Jahren Gattin des Osbern von Bolbec geworden war und ihm zwei Söhne, Walter und Gottfried, geboren hatte.

Gunnora liebte die beiden Neffen wie ihre eigenen Kinder, doch über keine Geburt hatte sie sich so gefreut wie über die von Jocelina, Seinfredas kleiner Tochter. Anders als jahrelang befürchtet, war diese doch nicht verdammt gewesen, unfruchtbar zu bleiben, sondern kaum ein halbes Jahr nach den Ereignissen um Agnarrs Tod schwanger geworden. Vielleicht, hatte sich Gunnora oft überlegt, war dieser Umstand Hildes Tod geschuldet, war es doch denkbar, dass ausgerechnet die Frau, die sie selbst so oft der Zauberei bezichtigt hatte, einen solchen Zauber über die Schwiegertochter gesprochen hatte, weil sie nicht wollte, dass sich ihr Blut mit dem einer Tochter des Nordens vermischte.

»Sag, hörst du mir noch zu?«, fragte Dudo.

Gunnora hatte seine letzten Sätze überhört, wollte das aber nicht eingestehen. »Gewiss doch! Damit kein Zweifel an Richards Legitimität besteht, müssen sein Vater und ich heiraten. Es genügt doch, wenn wir den Bund vor Zeugen bekräftigen, oder?«

Empört schüttelte der Mönch den Kopf. »Was denkst du nur! Er muss von Gott selbst gesegnet werden.«

»Ach herrjeh«, Gunnora unterdrückte ein Seufzen. »Auf eine Messe können euresgleichen nie verzichten, nicht wahr? Weißt du eigentlich, dass es in Dänemark so viel leichter ist, ein Kind zu legitimieren? Es genügt, ein dreijähriges Rind zu schlachten und aus dem Leder des rechten Vorderbeins einen Schuh herzustellen. Dann wird der Schuh in die Mitte des Raumes gestellt, in dem die Zeremonie stattfindet, und nachdem der Vater seinen rechten Fuß hineingesteckt hat, tut es das besagte Kind ihm gleich und hinterher sämtliche anderen Mitglieder der Familie, die solcherart bezeugen, dass sie das Kind als ihresgleichen betrachten.«

Obwohl sie Dudo mochte, forderte sie ihn, die sie für alle

anderen die vorbildliche christliche Gräfin war, gern damit heraus, dass sie ihre wahre Herkunft nicht vergessen hatte.

»Es geht nicht nur um deinen Sohn Richard, denk daran«, ermahnte er sie streng.

Gunnora seufzte nun doch. Dudo hatte nur herausgefunden, dass sie beide nicht verheiratet waren, weil Robert, ihr Zweitgeborener, Erzbischof von Rouen werden sollte. Das Kapitel hatte sich geweigert und behauptet, er sei nur ein Bastard, was Dudo erst zutiefst empörte, dann – als er von der Rechtmäßigkeit dieses Urteils erfuhr – kleinlaut stimmte.

»Damit all deine Kinder als ehelich gelten, müssen sie während der Zeremonie unter dem Mantel ihrer Eltern versteckt sein.«

»Gewiss.« Gunnora versuchte ernst zu bleiben, aber es glückte nicht recht. Sie deutete aus dem Fenster. »Aber sieh sie dir nur an, meine lebendige Schar! Wie sollen sie alle Platz unter einem Mantel finden?«

»Er muss eben groß genug sein«, erklärte Dudo ernst.

»Einen solchen müssen wir erst anfertigen lassen. Was wiederum eine Weile dauert«, sagte sie schmunzelnd. »Und so lange, fürchte ich, bleibe ich Richards Konkubine.«

Dudo seufzte gottergeben. »Dein sündiges Leben währt so viele Jahre – einige Wochen werden kaum ins Gewicht fallen. Aber erst nach der Hochzeit bist du wahrhaft die Gräfin der Normandie.«

Am Tag ihrer Hochzeit herrschte große Aufregung. Gunnoras Gemach quoll vor geschwätzigen Mädchen und Frauen über. Ob sie nun der Familie angehörten oder zur Dienerschaft zählten – alle wollten sie einen Beitrag leisten und ihr helfen, als sie sich schmückte, ankleidete und die Haare kämmte. Alle bekundeten, wie schön sie sei und gewiss auch glücklich!

Gunnora war längst daran gewöhnt, edelste Kleidung und Schmuck zu tragen, doch Eitelkeit zählte nicht zu ihren Lastern. Die vielen Komplimente wurden ihr bald lästig, die neugierigen Blicke eine Bürde. Seht ihr nicht, hätte sie ihnen am liebsten entgegengehalten, dass ich zu alt dazu bin, eine Braut zu sein, vor allem keine, die sich vom Tag der Hochzeit die große Wende ihres Lebens erhofft, den Neubeginn, das unbekannte Glück?

Doch auch wenn es ihr schwerfiel, den besonderen Zauber dieses Tags zu fühlen, wollte Gunnora den vielen jungen Mädchen die Hoffnung denn doch nicht nehmen, irgendwann selbst diesem Zauber zu erliegen.

Als Unrast und Ungeduld sie zu übermannen drohten, erklärte sie schlicht: »Ich muss für eine Weile meine Gedanken sammeln, und das heißt: Ich will allein sein.«

Man gehorchte wie immer sofort, und die Stille, die folgte, war eine Labsal. Gunnora setzte sich und schloss die Augen. Eigentlich hatte sie die anderen nur loswerden wollen, war jetzt aber für die Gelegenheit dankbar, sich tatsächlich der Vergangenheit zu besinnen. Unwillkürlich eilten ihre Gedanken zu dem Tag zurück, an dem sie einst in der Normandie angekommen war. An die Ermordung ihrer Eltern wollte sie sich nicht erinnern, umso mehr jedoch an ihre hoffnungsvollen Gesichter. Nicht ohne Furcht hatten sie die neue Heimat betreten, doch auch mit dem festen Willen, sich hier ein besseres Leben aufzubauen.

Ob sie stolz sein würden auf sie, die Gräfin der Normandie? Oder sich schlichtweg freuen, weil sie glücklich war? Und ja, dachte sie plötzlich, ich bin es. Ich bin wahrhaft glücklich!

Sie war stolz auf ihre Kinderschar, ging in ihren Aufgaben als Herrscherin auf, war dankbar für die lange Friedenszeit, die hinter ihnen lag. Und Richard ... Nun, sie hätte ihn damals nicht selbst für sich erwählt, hatte lange Zeit trotz aller körperlichen Nähe manchen Gedanken vor ihm verborgen, doch mit der Zeit glichen sie zwei kräftigen Bäumen mit dickem Stamm und grünen Trieben, die nebeneinander wuchsen und deren Äste sich mehr und mehr ineinander verschlangen. Es war der gleiche Boden, der sie nährte und sie reiche Frucht tragen ließ.

Ein Klopfen riss Gunnora aus den Gedanken. Seufzend schlug sie die Augen auf.

»Gebt mir noch eine Weile!«, rief sie. Die Stille war gar so wohltuend.

»Ich fürchte, das hier hat keine Zeit.«

Sie fuhr herum. Auf der Schwelle zu ihrer Kemenate stand keine der jungen, aufgeregten Frauen, sondern ein Mönch. Sein Blick war stechend, das Lächeln höhnisch, und das hoch gereckte Kinn bekundete das Selbstbewusstsein von einem, der sie mit gutem Recht überrumpelte und nicht bereit war, dafür um Verzeihung zu bitten.

Gunnora öffnete den Mund, um den ungebetenen Gast rüde fortzuschicken, doch der trat einfach näher, zog aus seiner Kutte eine Schriftrolle und überreichte sie ihr.

Sämtlicher Protest verstummte, der Mund wurde ihr trocken, und plötzlich war die Stille nicht mehr wohltuend, sondern angespannt. Noch wollte Gunnora sich das Unbehagen nicht anmerken lassen, aber als sie die Zeilen überflog, konnte sie nicht verhindern, blass zu werden. Am noch satteren Lächeln des Mönchs erkannte sie, dass ihm das nicht entgangen war.

»Woher wisst Ihr ...«, setzte sie heiser an.

Die restlichen Worte, die ihr auf den Lippen lagen, schluckte sie hinunter. Sie wollte sich nicht in die Enge treiben lassen, zumal es nicht das erste Mal geschah, dass einer seiner Zunft sie mit Verachtung behandelte. Bis jetzt hatte sie immer voller Stolz darüber hinweggesehen, und ähnlich unbeugsam wollte sie auch diesem hier begegnen. Sie erhob sich und stellte mit Genugtuung fest, dass sie einen guten Kopf größer war als der Mönch.

Das hatte er wohl nicht erwartet, und erstmals zuckte er ein wenig zurück, doch wie sie fand auch er die Fassung alsbald wieder und trotzte ihr mit Worten.

»Vor vielen Jahren hat einer meiner Mitbrüder ein Gespräch von Alruna und Arvid belauscht. Er hat nicht alles gehört, was sie sich zu sagen hatten, aber vieles doch. So auch, dass Ihr selbst jenen Agnarr getötet habt, nicht Alruna, wie sie es alle Welt glauben machte. In der Stunde seines Sterbens hat sich dieser Bruder mir anvertraut, und ich habe die Wahrheit aufgeschrieben.«

»Warum?«, fuhr sie ihn herrisch an. »Es ist viele Jahre her und hat keinerlei Bedeutung!«

»Seid Ihr Euch sicher?«

»Gewiss! Die Christen und Heiden sind in unserem Land doch längst versöhnt und leben einträchtig miteinander.«

Er sagte nichts, zog nur argwöhnisch die Braue hoch. Die Stille wurde noch angespannter, und ihr letzter Satz echote nicht volltönend von den Wänden, sondern kleinlaut.

Die Normandie war nicht zerrissen wie einst, aber glich noch immer einem Kleid, das aus unterschiedlichen Stoffen zusammengenäht war und das zwar wärmte, jedoch kaum schön zu nennen war. Die Menschen sprachen fränkisch und gaben ihren Kindern fränkische Namen, aber viele hielten an den Sitten des Nordens fest. Es gab kaum einen Ort, an dem so viele Klöster und Kirchen gebaut wurden wie in der Normandie und an dem so viele Kleriker lebten, die von diesen angezogen wurden, doch kein anderes Gebiet wurde auch von Menschen aus dem Norden so überrannt. Sie kamen zwar mit friedlicher Absicht und dem Vorsatz, hart zu arbeiten, aber oft auch voller Unverständnis für den Glauben ihrer neuen Landsleute. Richard ließ nie Zweifel an seiner christlichen Gesinnung und mischte sich beharrlich in die Belange der Kirche ein, doch anders als seine fränkischen Nachbarn wandte er sich nie selbst an den Papst, hatte dieser doch oft genug zu verstehen gegeben, dass er den Grafen als Nachkommen von Piraten betrachtete. Und Richard mochte vieles tun, um sich nicht abzuheben, doch wenn man genau hinsah, wurde das Heer- und Rechtswesen mit strengerer Hand geführt als bei den Nachbarn.

Längst war aus der Not eine Tugend gemacht worden, und die Menschen waren stolz darauf, keine Franken zu sein, sondern Normannen, einzigartig und geeint vom Geist der Normannitas, der Tapferkeit, Stärke und ruhmreichen Waffengebrauch verhieß. Doch auch dieses Wort, das man einem Schutzschild gleich vor Anfeindungen und Spott hochhielt, war etwas hohl geworden, nachdem sich ausgerechnet jene Männer der Normannitas rühmten, deren Vorfahren gar nicht aus dem Norden stammten: Immer wieder hatte Richard in den letzten Jahren Söldner aus Flandern, der Bretagne, der Picardie und dem Artois rekrutiert, und wenn diese vielen ausländischen Krieger auch rasch im normannischen Adel aufgingen, blieben sie den dänischen Aufständischen doch ein Dorn im Auge. Zwar hatten diese bislang keinen neuen Anführer wie Agnarr hervorgebracht und nie offen eine Rebellion gewagt, waren Richard vielmehr gehorsam und fühlten sich insbesondere der Frau an seiner Seite verpflichtet, doch Gunnora wusste, dass aus jedem Bächlein ein reißender Strom werden konnte, aus jedem Funken ein Feuer, aus jedem Streit ein Krieg, fehlte genügend Männern der Eifer zu beschwichtigen und sehnten sie sich stattdessen – ehrgeizig, skrupellos und machthungrig – nach Zerstörung.

Der fremde Mönch leckte sich mit der Zunge über die Lippen, ehe er murmelte: »So einfach ist das nicht. Wenn ruchbar würde, dass Ihr eigenhändig einen Mann ... einen Dänen ermordet habt, könnte das Unruhe stiften.«

»Und warum seid Ihr dann hier bei mir und nicht bei den Dänen?«, fragte Gunnora scharf.

Der Mann lächelte. »Seid doch nicht so feindselig! Ich stehe auf Graf Richards Seite, der Eures Mannes ... Eures künftigen Mannes.«

Gunnora deutete auf die Schriften. »Also wollt Ihr mich damit nicht bloßstellen, sie vielmehr als Pfand einsetzen, um ein anderes Ziel zu erreichen. Und welches ist das?«

»Fragt lieber, woher ich komme ...«

Gunnora bebte innerlich vor Zorn. Seine Überheblichkeit setzte ihr ebenso zu wie die Einsicht, dass sie ihm ausgeliefert war, aber zugleich wusste sie: Menschen wie ihn strafte man am besten, wenn man ihnen die wahren Gefühle verschwieg.

»Nun gut, woher kommt Ihr?«, fragte sie zwar widerwillig, aber erwiderte zugleich sein sattes Lächeln.

»Aus dem Westen des Landes, aus Coutances. Dort gibt es ein Kloster und überdies den Plan, eine neue Kirche zu errichten, aber an allen Ecken und Enden fehlt das Geld. Wir haben kaum Bibeln, nur wenige Stundenbücher, und diese sind allesamt nicht illustriert. Bischof Gottfried, dem Coutances unterstellt ist, hat keinen Sinn für unsere Not.«

Gunnora ahnte, worauf der Mönch hinaus wollte, gab sich

aber unwissend. »Was habe ich damit zu tun?«, fragte sie forsch.

Er antwortete nicht darauf. »Und von noch einem Ärgernis kann ich berichten«, fuhr er fort. »Die Mönche von Coutances, die einst, vor vielen Jahrzehnten, vor Angriffen der Nordmänner flohen und Unterschlupf in Rouen fanden, brachten damals die Gebeine ihrer heiligen Bischöfe Laudus und Rumpharius mit. Bis heute werden sie in der Kirche von Saint-Sauveur aufbewahrt, und obwohl in Coutances keinerlei Gefahr besteht, will man sie nicht mehr hergeben.«

»Was habe ich damit zu tun?«, wiederholte sie.

»Nun, auch in den anderen Klöstern des Westens ist die Lage nicht sonderlich rosig. Gewiss, der Mont-Saint-Michel ist nicht mehr verwaist wie noch vor einigen Jahrzehnten. Ein neues geistiges Zentrum ist mittlerweile dort entstanden, nicht zuletzt dank des Eingreifens Eures Mannes … Eures künftigen Mannes. Er hat sich zum Ziel gesetzt, die Kirche dort ebenso aufzubauen, wie die Kathedrale Notre-Dame und Saint-Ouen in Rouen unter seinem Großvater Rollo aufgebaut wurden oder das Kloster von Jumièges unter seinem Vater Wilhelm.«

»Sagt mir«, begann Gunnora gedehnt, »ist die Lage in Coutances ähnlich wie einst die auf dem Mont-Saint-Michel? Ehe Richard sich des Wiederaufbaus annahm, so sagte man mir, hätten sich viele Kanoniker dort behaglich eingerichtet. Anstatt ein gottgefälliges Leben zu führen, hurten sie herum und trieben Völlerei. Der neue Abt Mainard von Saint-Wandrille, den Richard schickte, musste sich alle Mühe geben, um wieder für Zucht und Ordnung zu sorgen.«

Sie freute sich, dass die kleine Spitze sofort ihr Ziel traf, das Gesicht des Mönchs puterrot wurde und er das Pergament etwas fester umklammerte, doch er fing sich rasch wieder.

»Ich hoffe darauf, dass Coutances dereinst ähnlich groß und machtvoll sein wird wie Mont-Saint-Michel, Jumièges oder Saint-Ouen. Noch mehr Mönche sollten dorthin geschickt werden und endlich die Kirche erbaut werden – und zwar aus Stein, nicht aus Holz wie die Kirchen im Norden.« Das letzte Wort spuckte er nahezu verächtlich aus.

Gunnora nickte. »Ich verstehe. Ihr seid bereit, mir diese Schriften zu geben ... oder besser zu verkaufen – gegen meine Zusage, mich beim Grafen für Coutances einzusetzen.«

Die Farbe seiner Wangen wurde wieder etwas heller. »Warum klingt Ihr so böse? Ich habe nicht zuletzt Euer Wohl im Blick. Schließlich habt Ihr einen Menschen getötet, und auch wenn er ein Heide war, wird Gott diese Untat noch leichter vergessen, wenn Ihr den Grundstein für eine große Kirche legt.«

»Und denkt Ihr, diese Kirche wäre wahrhaft gesegnet, wenn Ihr darum feilscht wie ein Händler auf dem Markt?«

»Die Götter aus dem Norden tricksen und betrügen doch auch. Wenn die Nordmänner von den Franken lernen können, so wir von ihnen ebenfalls, nicht wahr?«

Gunnora lächelte schwach, wurde aber sofort wieder ernst. »Was gibt mir die Gewissheit, dass Ihr nicht das, was in den Schriften stehst, später erneut auf Pergament bannt, um mir damit zu schaden oder mich erneut zu erpressen?«

»Nichts«, gab er unumwunden zu. »Aber Ihr könnt darauf vertrauen, dass ich das alles nicht für mich tue, sondern für meine Gemeinschaft und letztlich für Gott selbst. Ich bin nicht so dumm, sein Wohlwollen überzustrapazieren ... und Eures auch nicht.«

Wieder senkte sich Schweigen über sie, es war jedoch nicht länger angespannt. Gunnora spürte, wie sich ihr Herzschlag beruhigte und der Ärger über den Mann nachließ. Wie es aussah, würde sie ihn nach dem heutigen Tag nie wiedersehen müssen, und wenn sie seine Mittel auch nicht guthieß, konnte sie durchaus verstehen, was ihn antrieb.

»Diese Schriften gegen eine steinerne Kirche in Coutances«, sagte sie. »Ihr habt mein Versprechen.«

Trotz aller Überheblichkeit stand deutliche Freude in seinem Gesicht geschrieben.

»Und Ihr das meine«, erklärte er.

Nachdem der Mönch gegangen war, hielt Gunnora die Schriftrolle lange in den Händen. Sie war nicht sicher, was sie damit tun sollte. Gewiss, sie könnte das darauf Geschriebene abschaben, aber das war zu mühsam, sie könnte sie auch verbrennen, aber das Pergament würde in den Flammen grässlich stinken. Schließlich entschied sie sich anders, trat zu einer ihrer Truhen und öffnete sie. Als sie die Rolle hineinlegen wollte, stieß sie auf eine andere, alte. Seit Jahren hatte sie nicht mehr an sie gedacht, hatte diese doch ihren Zweck erfüllt, sie von der Last einer Lüge zu befreien, die, ans Tageslicht gezerrt, nicht nur ihr eigenes Leben zerstören würde, sondern das von Richard und ihrem ältesten Sohn ebenso.

Gunnora versetzte es einen schmerzlichen Stich, als ihr Blick auf die Runen fiel und sie eines unheilvollen Zweifels gedenken musste.

Agnarr hat mich geschändet.

Agnarr hat mich womöglich geschwängert.

Agnarr starb durch meine Hand.

Oft hatte sie ihren Sohn Richard gemustert, oft seine Eigenarten studiert und überlegt, von wem er sie haben könnte. Sie erkannte sich selbst in ihm, ihren Vater Walram, manchmal sogar die jüngeren Schwestern. Doch ob er Richard ähnlich war oder vielmehr Agnarr und ob seine Sturheit dem Wunsch des einen, seine Macht zu erhalten, oder dem Trachten des anderen, sie zu unterwerfen und zu töten, entsprach, konnte sie nicht mit letzter Sicherheit sagen.

Sie schüttelte den Kopf. Nein, an einem Tag wie diesem wollte sie nicht daran denken. Hastig legte sie das Pergament hinzu, schloss die Truhe und drehte sich um. Zu spät erkannte sie, dass sie beobachtet worden war. Alruna stand in der Tür und musterte sie, wie sie es immer tat – respektvoll, aber auch ein wenig unnahbar. Kein Mensch war Gunnora je so nahe gekommen wie Alruna in der Stunde, da sie ihr half, Agnarr zu töten, doch das hatte sie zu Verbündeten im Schweigen gemacht, nicht zu Freundinnen, die sich über die Freuden des Lebens austauschten. Beide hatten sie viele davon erlebt, wenn sie dagegen einander anstarrten, so fühlte sich Gunnora weniger ihres Glücks gewiss, das sie gefunden hatte, sondern vielmehr daran gemahnt, dass die Menschen sterblich waren und dass die Zerbrechlichkeit des Lebens nicht nur bedrohlich war, sondern auch befreiend: Starke Menschen wie sie und Alruna konnten noch mit den Scherben der Niedergeschlagenheit, Verzagtheit und Hoffnungslosigkeit drohen.

»Bist du so weit?«, fragte Alruna.

Sie senkte rasch den Blick, um sich weder ansehen zu lassen, was sie beobachtet hatte und ob es sie an das Geheimnis erinnerte, das sie mit ihr teilte, noch was sie davon hielt, dass Gunnora an diesem Tag Richard heiraten würde. Es konnte unmöglich ein Freudentag sein. Zwar war sie mit Arfast glücklich geworden und hatte zwei Kinder bekommen, Osbern und die kleine Agnes, die im selben Alter wie Gunnoras jüngstes Kind Emma war, doch Liebe, dessen war sich Gunnora gewiss, ließ sich nicht bis zu den Wurzeln ausreißen. Selbst wenn sie nicht gedeihen und blühen konnte, wucherte sie womöglich noch irgendwo in Alrunas Herzen.

Vielleicht ist es ein Irrtum, dass man vergessen kann und soll, dachte Gunnora plötzlich. Vielleicht ist keine Rune machtvoll genug, die Erinnerungen zu bannen, und vielleicht hat das auch sein Gutes, denn Erinnerungen, ob freudige oder leidvolle, sind letztlich weder gefährlich noch zerstörerisch, sondern machen uns zu dem, der wir sind.

Sie würde endgültig die Gräfin der Normandie sein, einflussreich, angesehen, würdevoll, und Alruna eine Frau, die es geschafft hatte, die Bitterkeit aus ihrem Leben zu verbannen.

Kurz überlegte Gunnora, Alruna als Zeichen des unausgesprochenen Wohlwollens und der Anerkennung für ihr langjähriges Schweigen die Schriften zu zeigen und einzugestehen, dass ein fremder Mönch sie eben in Bedrängnis gebracht hatte, dass es immer noch wehtat, ihrer Eltern zu gedenken, und dass sie Agnarrs grobe Berührungen manchmal noch zu fühlen glaubte, doch ehe sie ein Wort über die Lippen brachte, wandte sich Alruna ab.

»Ja, ich bin bereit«, murmelte Gunnora und folgte ihr, um Graf Richards rechtmäßige Ehefrau zu werden.

Fécamp
997

Einige Monate waren seit Graf Richards Tod vergangen, als Agnes sich wieder einmal in die Schreibstube zurückzog. Früher hatte sie den Ort gemieden, heute genoss sie es, dort allein zu sein und unbeobachtet ein Stück Pergament zu beschreiben. Beim ersten Mal, als sie sich hierhergeschlichen hatte, hatte sie jeden Augenblick befürchtet, ertappt zu werden, doch mittlerweile gelang es ihr besser, die Angst zu unterdrücken, dass jemand ihr über die Schultern blickte und sah, was sie da schrieb.

Ich bin das Kind von Alruna und Arfast, Alruna ist das Kind von Arvid und Mathilda, Mathilda ist das Kind von Hawisa und Rögnvaldr, Arvid ist das Kind von Thure und Gisla. Arvids Ziehmutter ist Runa, und Runas Mutter hieß Asrun.

Zufrieden blickte sie auf das Geschriebene, und wie immer pochte ihr das Herz bis zum Hals. Nicht das, was sie geschrieben hatte, war verboten – jedoch wie sie es geschrieben hatte, nämlich in Runen.

Dies hatte sie zur Bedingung für ihr Schweigen gemacht. Sie wollte lernen, wie man in Runen schrieb und welche Macht die einzelnen Zeichen hatten, und die Gräfin hatte sich tatsächlich darauf eingelassen.

Bis heute war Agnes nicht sicher, warum sie sie in die Runenkunst einwies. Vielleicht, weil sie auf diese Weise sicher sein konnte, dass ihr Geheimnis gewahrt blieb, umso mehr, da es sonst niemanden bedrohte: Bruder Remi war zum Mont-Saint-Michel zurückgekehrt und Bruder Ouen von Dudo unter fadenscheinigem Vorwand seines Hofamts enthoben worden. Vielleicht aber gefiel es der Gräfin tief in ihrem Herzen schlichtweg, das uralte Wissen, das ihr selbst die Mutter vermittelt hatte, weiterzugeben.

Agnes war in jedem Fall sehr lernbegierig. Viel schneller hatte sie sich alle Runen eingeprägt als die Buchstaben des griechischen Alphabets, viel gerader und ebenmäßiger konnte sie sie aufschreiben als diese, und mittlerweile musste sie Gräfin Gunnora kaum mehr nach der Bedeutung einzelner Runen fragen. Stattdessen bedrängte sie sie, mehr über die nordischen Götter zu erzählen, wie sie hießen, welche Eigenarten sie hatten, worin sie besonders gut waren, wie die Menschen sie für sich einnehmen konnten.

Thor, Odin, Loki, Njörd, Freya, Sig …

Manchmal schrieb sie diese Geschichten in Runen auf, manchmal ihre eigene Geschichte oder vielmehr die ihrer Vorfahren. Christen waren darunter. Aber auch Heiden. Und sich vorzustellen, wie diese gelebt, geliebt, gewütet hatten, war ebenso unheimlich wie beängstigend und … aufregend.

Agnes' Blick fiel auf den letzten Namen, den sie geschrieben hatte: Asrun. Jene Frau hatte nie normannischen Boden betreten, sondern war in Norvegur, einem kalten, einsamen Land im Norden gestorben, vor nunmehr fast einem Jahrhundert.

Ob diese Asrun hatte zaubern können? Ob sie alle Runen gekannt und entsprechende Macht gehabt hatte?

Agnes' Rücken überliefen Schauer, zugleich rann das Blut

heiß durch ihre Adern, christliches Blut, aber auch heidnisches, gefährlich, verlockend, machtvoll.

»Agnes, wo bist du denn?«, hörte sie Emma rufen.

»Ich komme gleich.«

Früher hatte sie Emma alles anvertraut, aber dass sie um die Bedeutung der Runen wusste, war ihr und Gunnoras Geheimnis. Und ganz für sich allein behalten hatte sie die Entscheidung, dass sie deren Erbe bewahren wollte und mehr noch: dass sie sich wie Gunnora, die seit der Taufe auch den christlichen Namen Albereda trug, einen zweiten Namen gegeben hatte. Noch kannte ihn keiner, aber irgendwann, irgendwie und vor wem auch immer würde sie ihn nennen … und stolz darauf sein.

»Wo bleibst du denn?« Emma klang ungeduldig

Rasch versteckte sie das Pergament in der Lade unter dem Pult, setzte ihr unschuldigstes Lächeln auf und verließ hastig die Schreibstube.

Die Christen nennen mich Agnes, lautete der letzte Satz, den sie für heute aufgeschrieben hatte, aber für die Heiden bin ich künftig … Asrun.

ᛉᛊᚱᚢᚾ

Historische Anmerkung

Über historische Persönlichkeiten zu schreiben schränkt einen Autor zunächst ein – schließlich gilt es, die fiktive Handlung mit einer tatsächlichen Biografie zu verweben, folglich mit einem festen Gerüst an Daten. Über Persönlichkeiten aus dem Frühmittelalter zu schreiben fordert die Kreativität zugleich heraus, denn die meisten Daten sind vage oder umstritten – oft weiß man nicht, wann genau einzelne Personen geboren wurden und gestorben sind beziehungsweise wann sich bestimmte Ereignisse zugetragen haben. Überdies haben viele Lebensberichte eher den Status einer Legende, was bedeutet, dass auch das vermeintlich historisch Belegte womöglich nur Auslegung eines fantasiebegabten Zeitgenossen ist.

Unmöglich ist es also, die reinen Fakten und deren kreative Auslegung akkurat voneinander abzugrenzen – an dieser Stelle will ich lediglich in groben Zügen angeben, worüber in diversen Quellen mehr oder weniger ausführlich berichtet wurde und was folglich das Grundgerüst bildete, auf das ich meine Geschichte aufbaute. Was die genaue Datierung von Ereignissen anbelangt, habe ich mich, sofern diese nicht geklärt oder von der Forschung umstritten ist, immer für den

Zeitpunkt entschieden, der der Dramaturgie meiner Geschichte am förderlichsten schien.

Gunnora, die ursprünglich wohl Gunnovr hieß, oft schlicht als Gunnor bezeichnet wird und die nach der Taufe den Namen Albereda trug, wird von zwei Chronisten ausführlich erwähnt: Laut Dudo von Saint-Quentin war sie die Nachfahrin nobler Dänen, laut Robert von Torignis die Tochter eines Försters. Die Historikerin Eleanor Searles leitet daraus die These ab, dass Gunnora aus einer jener skandinavischen Familien stammte, die sich erst zur Zeit Richards I. in der östlichen Normandie niedergelassen hatten. Die Ehe markierte ein Bündnis zwischen den mittlerweile eingesessenen Normannen und den Neuankömmlingen, deren Integration Gunnora offenbar nach Kräften förderte.

Auch wenn über Gunnoras Eltern kaum etwas bekannt ist – belegt sind die Namen ihrer drei Schwestern sowie deren Ehemänner und Nachfahren, die ich in meinem Buch entsprechend genannt habe. In einer der zahlreichen mittelalterlichen Genealogien ist überdies ein Bruder erwähnt, der den Namen Arfast trug und einen Sohn namens Osbern hatte. Da von diesem Arfast ansonsten nie die Rede ist, habe ich mich entschieden, ihn nicht zu Gunnoras Bruder, sondern zum Mann einer Frau – der fiktiven Alruna – zu machen, deren Familie eng mit der Richards (und folglich Gunnoras) verbunden war. Vermeintliche verwandtschaftliche Beziehungen, wie sie in Genealogien oft angeführt werden, sagen schließlich oft nur wenig über die tatsächliche Blutsverwandtschaft aus, sondern sollen ein Beweis sein, wie treu eine Familie zu ihrem Herrscher stand.

Ferner werden zu Gunnoras reicher Kinderschar oft Gottfried von Brionne und Wilhelm Graf von Eu gezählt. Da Ersterer vor Richard II. geboren wurde, trotzdem nicht der Erbe der Normandie wurde und an anderer Stelle oft als Bastard bezeichnet wird, habe ich sie zwar erwähnt, jedoch zu den Kindern von Richards unzähligen, meist namenlosen Konkubinen, nicht zu denen von Gunnora gemacht.

Von ihren Namen und ihren späteren Familien abgesehen, sind Details aus dem Leben von Gunnoras Schwestern kaum bekannt. Am ausführlichsten ist in den Quellen noch von Seinfreda die Rede, die offenbar mit einem Waldhüter verheiratet war. Als Richard sich während einer Jagd im Wald verirrte, wird ferner berichtet, fand er Unterschlupf in dessen Hütte und an Seinfreda Gefallen, doch nachts schlich Gunnora an ihrer Stelle in sein Gemach. Am nächsten Morgen begleitete sie ihn nach Rouen, übernahm dort die Haushaltsführung, wurde Mutter seiner Kinder und eine mächtige Gräfin, die über Richards Tod hinaus großen Einfluss hatte.

Ob die Geschichte vom Tausch der Schwestern einen wahren Kern hat, kann man nicht sagen – für mich war sie in jedem Fall zu schön, um darauf zu verzichten.

Die Figur Agnarrs ist frei erfunden. Nicht erfunden ist jedoch Richards Konflikt mit den zugewanderten Dänen Mitte der Sechzigerjahre des 10. Jahrhunderts. Das Herzogtum Normandie (von dem man genau genommen erst gegen Ende von Richards Herrschaft sprechen kann, weswegen ich ihn konsequenterweise stets als Grafen, nicht als Herzog bezeichne) wurde damals von vielen Feinden bedroht. Nur knapp entging Richard mehreren Attentatsversuchen, und nur mühsam konnte er die Truppen, die oft zur Eroberung des Gebiets ansetzten, zurückschlagen. Im Konflikt mit diesen Gegenspielern, ob dem fränkischen König Lothar, dem deutschen Kaiser Otto oder Thibaud le Tricheur, holte sich Richard Hilfe bei König Harald von Dänemark, um am Ende die Mächte, die er rief, nicht mehr so leicht loszuwerden: Die dänischen Truppen, die sich entlang der Dives und vor allem bei Jeufosse niederließen, suchten nicht nur die Nachbarländer heim, sondern bedrohten langfristig die Stabilität der Normandie. Richard musste alles daransetzen, sie unter seiner Führung zu vereinen, was wiederum nur gelingen konnte, wenn sie sich taufen ließen.

Dudo von Saint-Quentin behauptet in seiner Chronik, Richard habe sechzehn Tage ununterbrochen gepredigt, ehe er die Dänen befrieden und zu guten Christen machen konnte. Das ist wohl die maßlose Übertreibung eines allzu wohlmeinenden und ehrfürchtigen Zeitgenossen, fest steht jedoch, dass Richards Verbindung mit Gunnora von der dänischen Bevölkerung als einheitsstiftender Akt erlebt wurde und nicht zuletzt ihrer Person die Konsolidierung seiner Herrschaft zu verdanken ist.

Wie stark, von diesem Konflikt abgesehen, die heidnische Kultur damals wirklich war, lässt sich nicht genau sagen. Die Quellen geben darüber keinen Aufschluss, stammen sie doch aus den Federn von Christen, die in der Normandie ein christliches Land sehen wollten. Mehr Rückschlüsse lassen da schon die vielen Ortsnamen, die einen nordischen Ursprung haben, und archäologische Funde zu. Letztere sind zwar überschaubar, doch immerhin fand man 1965 in der Normandie ein Frauengrab, das denen der norwegischen und dänischen Wikinger entsprach – ein Beweis dafür, dass alte Bräuche und Sitten durchaus überlebten.

Einschränkend ist an dieser Stelle aber natürlich zu sagen, dass diese Bräuche und Sitten nicht ohne Weiteres zu rekonstruieren sind. Der Glaube der Nordmänner war keine Buchreligion. Alles, was wir über die Götterwelt wissen, wurde aus der Perspektive von Dichtern oder christlichen Chronisten erzählt. Was das einfache Volk wirklich glaubte, bleibt im Dunkeln – und darum ist es auch nur eine Vermutung vieler Wikinger-Spezialisten, dass im Alltag der Menschen Fruchtbarkeitsriten eine größere Rolle spielten als die ferne Götterwelt.

Ob den Göttern Opfer dargebracht wurden, gar Menschenopfer, ist nicht sicher. Möglicherweise ist diese Behauptung von christlichen Autoren einfach eine Unterstellung. In Anbetracht dessen, dass dem Leben von Einzelnen nicht gerade ein hoher Wert zugesprochen wurde, ist es aber zumindest nicht unwahrscheinlich.

Was die Runen anbelangt, so beweisen archäologische Funde, dass sie zum Beispiel als Grabinschriften, Besitzvermerke und Segensformeln dienten. Ihnen kam folglich eine andere Bedeutung als unserer Schrift zu: Es galt nicht, Ereignisse festzuhalten – so etwas wie Annalen gab es nicht –, sondern Macht auszuüben. Runen wurden überdies zur Heilung verwendet, um Frauen fruchtbar zu machen, für gute Ernte zu sorgen und vieles mehr. Doch da es mehrere Schreibweisen und auch unterschiedliche Runenalphabete gibt, lässt sich nicht klar sagen, welche Rune genau welche Bedeutung hat. Nicht nur, dass man von großen regionalen Unterschieden auszugehen hat, änderte sich teilweise im Laufe der Zeit auch der Name einer Rune.

Nicht mit Sicherheit lässt sich sagen, wer genau über die Runen Kenntnis hatte. Es gab zwar so etwas wie eine Völva, eine Art Seherin – meist eine ältere Frau, bei der um Rat gesucht wurde und die im Ruf stand, die Zukunft vorhersagen zu können –, aber ob diese auch Runenmeisterin war, bleibt Spekulation.

Ebenfalls Spekulation bleibt, ob und wie weit die historische Gunnora noch in der nordischen Religion und Kultur verankert war. In den Quellen wird sie oft als mächtige, beherrschte, tugendhafte Frau, folglich als Vorbild dargestellt, was es schwierig macht, den Menschen dahinter zu fassen. Ich habe dennoch versucht, diesen Quellen gerecht zu werden, indem ich viele Geschichten aus Gunnoras Leben in die Handlung integriert habe, zum Beispiel, wie sie sich für die Freilassung des Sklaven Moriuht einsetzte oder dass sie es war, die den Bau der Kathedrale von Coutances veranlasste, wenngleich ich ihr dafür bestimmte Motive unterstellt habe.

Ohne Zweifel ist Gunnora die Ahnfrau vieler europäischer Herrschaftshäuser, war es ihr doch ein großes Anliegen, für ihre Kinder gute eheliche Verbindungen zu erzielen. Eine ihrer berühmtesten Nachfahrinnen ist Emma. Im vorliegenden Roman ist sie nur ein Kind, später wird sie als Gattin zweier Könige das Geschick Englands maßgeblich beeinflussen.

Aber das ist eine andere Geschichte …

Farbenprächtiger Mittelalter-Roman vor der herrlichen Kulisse Rügens – von der Erfolgsautorin Ricarda Jordan!

Ricarda Jordan
DIE GEISEL DES LÖWEN
Historischer Roman
624 Seiten
ISBN 978-3-404-16825-5

Rujana (Rügen), 1163: Magnus, ein junger Knappe und Neffe des Dänenkönigs Waldemar, bangt um sein Leben. Die Inselbewohner haben sein Schiff gekapert und ihn gefangen genommen. Nun soll er ihrem Gott Svantevit geopfert werden. Nur die junge Amra stellt sich gegen ihr Volk und riskiert ihr Leben, um Magnus zu retten. Tatsächlich kann Magnus fliehen, doch kann er seine Lebensretterin ebenso wenig vergessen wie Amra den jungen Edelmann.
Ihre Wege kreuzen sich wieder, als Amras Wagemut sie erneut in Gefahr bringt. Und nun ist es an Magnus, Amra vor dem Schlimmsten zu bewahren ...

Bastei Lübbe Taschenbuch